中国古典文学名著丛书

官场现形记

上

[清] 李宝嘉 著

華夏出版社
HUAXIA PUBLISHING HOUSE

图书在版编目（CIP）数据

官场现形记／（清）李宝嘉著. —北京：华夏出版社，2012.07（2024.09重印）

（中国古典文学名著丛书）

ISBN 978－7－5080－6443－7

Ⅰ. ①官… Ⅱ. ①李… Ⅲ. ①章回小说－中国－清代 Ⅳ. ①I242.4

中国版本图书馆 CIP 数据核字（2011）第 065344 号

出版发行：华夏出版社

（北京市东直门外香河园北里 4 号　邮编 100028）

经　　销：新华书店

印　　制：永清县晔盛亚胶印有限公司

版　　次：2012 年 07月北京第 1 版

2024 年 09月北京第 2 次印刷

开　　本：670×970　1/16 开

印　　张：46.5

字　　数：706.3 千字

定　　价：95.00 元（上下）

前　言

《官场现形记》共六十回，是我国第一部在报刊上连载、直面社会问题而取得轰动效应的长篇章回小说。它首开近代小说批判社会现实的先河，是晚清谴责小说最具代表性的作品。

《官场现形记》的作者李宝嘉(1867－1906)，又名宝凯，字伯元，江苏武进人，清末小说家。1896年，李宝嘉来到上海，先后创办《指南报》、《游戏报》、《世界繁华报》等报纸。李宝嘉一面办报，一面从事小说创作，旨在揭露时弊，洗刷污浊，改进政治，推动社会进步，其主要作品以《官场现形记》最为著名，被列为晚清四大谴责小说之一。

《官场现形记》从中举捐官的下层士子赵温和佐杂小官钱典史写起，联缀串起清政府的州府长吏、省级藩台、钦差大臣以及军机、中堂等形形色色的官僚，他们或龌龊卑鄙，或昏聩颟顸，或腐败堕落，构成了一幅清末官僚的百丑图。

《官场现形记》集中表现了封建社会崩溃时期旧官场的种种腐败、黑暗和丑恶。小说所写的不是个别的贪官污吏，而是整个政治体制的腐朽，无官不贪，无吏不污，卖官鬻爵、贪赃纳贿已成为官场的运行机制。通过慈禧太后之口，道出“通天底下一十八省，哪里来的清官”的社会丑态。

《官场现形记》善于抓住重点，在不长的篇幅内将人物写深、写透、写活。作者选最具有代表性、最能突出人物性格的材料加以润色渲染，运用夸张讽刺的手法，进行了细致生动的刻画，如“制台见洋人”、“华中堂开店”等都显示了作者在人物塑造方面的深厚功力。作者对于清末社会的黑暗、官场中的腐败洞若观火，又以作家特有的敏锐，抓住其表象，透过表象揭露其本质，使他们的丑恶形象和肮脏灵魂暴露无余。这种毫不留情的暴露，将作者的满腔激愤潜移默化地传递给读者，引起读者的共鸣，同时也加深了读者对清末社会现实的黑暗和作品内涵的了解。这是流传至今的《官场现形记》最大的成就。

《官场现形记》善于运用白描,注重细节渲染,人物刻画入木三分。如胡统领严州剿匪数回,布局精巧,错落有致,人物映带成趣。胡统领涎色贪财,昏聩颟顸,而又乔装张致,擅作威福;周老爷阴险势利,工于心计;文七爷纨绔阔少,风流自喜;赵不了寒酸猥琐,人穷志短;庄大老爷老奸巨猾,八面玲珑……都栩栩如生,构成相当生动逼真的社会风俗画卷。再比如,写佐杂太爷的酸甜苦辣,极尽揶揄之能事。“跌茶碗初次上台盘”是一幕精心设计的人间喜剧,通过跌茶碗这一细节,将小人物受宠若惊的扭曲心态描摹尽致。

《官场现形记》善于运用夸张、漫画式的闹剧手法,尤喜撕破人生的假面具。如浙江巡抚博理堂,自命崇尚理学,讲究“慎独”功夫,却偏有“叩辕门荡妇觅情郎”一幕好戏。《官场现形记》艺术上的缺陷是冗长、拖沓,人物情节间偶有雷同。

在这次再版中,我们约请了相关学者对原书进行了大量较为精细的校勘、补正和释义,对原书原来缺字的地方用□表示了出来,尽量为读者扫除阅读障碍。由于时间仓促,水平有限,难免有疏漏之处,望各位专家及广大读者予以指正。

编　者

2011 年 3 月

目　录

第一回

望成名学究训顽儿　讲制艺[①]乡绅勖[②]后进

话说陕西同州府朝邑县，城南三十里地方，原有一个村庄。这庄内住的，只有赵、方二姓，并无他族。这庄叫小不小，叫大不大，也有二三十户人家。祖上世代务农。到了姓赵的爷爷手里，居然请了先生，教他儿子攻书；到他孙子，忽然得中一名黉门秀士[③]。乡里人眼浅，看见中了秀才，竟是非同小可，合庄的人，都把他推戴起来；姓方的便渐渐的不敌了。姓方的瞧着眼热，有几家该钱的，也就不惜工本，公开一个学堂；又到城里请了一位举人老夫子，下乡来教他们的子弟读书。这举人姓王名仁，因为上了年纪，也就绝意进取，到得乡间，尽心教授。不上几年，居然造就出几个人材：有的也会对个对儿；有的也会诌几句诗；内中有个天分高强的，竟把笔做了"开讲[④]"。把这几个东家喜欢的了不得。到了九月重阳，大家商议着，明年还请这个先生。王仁见馆地蝉联，心中自是欢喜。这个会做开讲的学生，他父亲叫方必开。他家门前，原有两棵合抱大树，分列左右，因此乡下人都叫他为"大树头方家"。这方必开因见儿子有了这么大的能耐，便说自明年为始，另外送先生四贯铜钱。不在话下。

且说是年正值"大比之年"[⑤]，那姓赵的便送孙子去赶大考。考罢回家，天天望榜，自不必说。到了重阳过后，有一天早上，大家方在睡梦之中，忽听得一阵马铃声响，大家被他惊醒。开门看处，只见一群人，簇拥着向西而去。仔细一打听，都说赵相公考中了举人了。此时方必开也随了

---

① 制艺——指八股文。

② 勖(xù)——勉励。

③ 黉(hóng)门秀士——指有资格到县、州、府学里读书的秀才。黉，古代的学校；秀士，秀才。

④ 开讲——指八股文中的"起讲"部分。

⑤ 大比之年——指举行乡试的年份。乡试通常每三年在各省省城举行一次，又称为大比。

大众在街上看热闹，得了这个信息，连忙一口气跑到赵家门前探望。只见有一群人，头上戴着红缨帽子，正忙着在那里贴报条呢。方必开自从儿子读了书，西瓜大的字，也跟着学会了好几担搁在肚里。这时候他一心一意都在这报条上，一头看，一头念道："喜报贵府老爷赵印温，应本科陕西乡试，高中第四十一名举人。报喜人卜连元。"他看了又看，念了又念。正在那里咂嘴弄舌，不提防肩膀上有人拍了他一下，叫了一声"亲家"。方必开吓了一跳，定神一看，不是别人，就是那新中举人赵温的爷爷赵老头儿。原来这方必开，前头因为赵府上中了秀才，他已有心攀附，忙把自己第三个女孩子，托人做媒，许给赵温的兄弟，所以这赵老头儿赶着他叫亲家。他定睛一看，见是太亲翁，也不及登堂入室，便在大门外头，当街趴下，绷冬绷冬的磕了三个头。赵老头儿还礼不迭，赶忙扶他起来。方必开一面撢着自己衣服上的泥，一面说道："你老今后可相信咱的话了？咱从前常说，城里乡绅老爷们的眼力，是再不错的。十年前，城里石牌楼王乡绅下来上坟，是借你这屋里打的尖。王老先生饭后无事，走到书房，可巧一班学生在那里对对儿哩。王老先生一时高兴。便说我也出一个你们对对。刚刚那天下了两点雨，王老先生出的上联就是'下雨'两个字。我想着；你们这位少老爷便冲口而出，说是什么'出太阳'。王老先生点了点头儿，说道：'下雨两个字，出太阳三个字，虽然差了点，总算口气还好，将来这孩子倒或者有点出息。'你老想想看，这可不应了王老先生的话吗？"赵老头儿道："可不是呢。不是你提起，我倒忘记这会子事了。眼前已是九月，大约月底月初，王老先生一定要下来上坟的。亲家那时候把你家的孩子一齐叫了来，等王老先生考考他们。将来望你们令郎，也同我这小孙子一样就好了。"方必开听了这话，心中自是欢喜；又说了半天的话，方才告别回家。

那时候已有午牌①过后，家里人摆上饭来，叫他吃也不吃；却是自己一个人，背着手，在书房廊前踱来踱去，嘴里不住的自言自语，什么"捷报贵府少老爷"，什么"报喜人卜连元"。家里人听了都不明白。还亏了这书房里的王先生，他是曾经发达过的人，晓得其中奥妙。听了听，就说：

---

① 午牌——指上午十一点到下午一点。

"这是报条上的话,他不住地念这个,却是何故?"低头一想:"明白了:一定是今天赵家孩子中了举,东家见了眼馋,又勾起那痰迷心窍老毛病来了。"忙叫老三:"快把你爸爸搀到屋里来坐,别叫他在风地里吹。"这老三便是会做开讲的那孩子,听了这话,忙把父亲扶了进来。谁知他父亲跑进书房,就跪在地当中,朝着先生一连磕了二十四个响头。先生忙忙还礼不迭。连忙一手扶起了方必开,一面嘴里说:"东翁,有话好讲,这从那里说起!"这时候方必开一句话也说不出来,拿手指指自家的心,又拿手指指他儿子老三,又双手照着王仁拱了一拱。王仁的心上已明白了三四分了,就拿手指着老三,问道:"东翁,你是为了他么?"方必开点点头儿。王仁道:"这个容易。"随手拉过一条板凳,让东家坐下。又去拉了老三的手,说道:"老三,你知道你爸爸今儿这个样子,是为的谁呀?"老三回:"我不知道。"王仁道:"为的是你。"老三说:"为我什么?"王仁道:"你没有听见说,不是你赵家大哥哥,他今儿中了举人么?"老三道:"他中他的,与我什么相干?"王仁道:"不是这样讲。虽说人家中举,与你无干,到底你爸爸眼睛里总有点火辣辣的。"老三道:"他辣他的,又与我什么相干?"王仁道:"这就是你错了!"老三道:"我错什么?"王仁道:"你父亲就你一个儿子,既然叫你读了书,自然望你巴结上进,将来也同你赵家大哥哥一样,挣个举人回来。"老三道:"中了举人有什么好处呢?"王仁道:"中举之后,一路上去,中进士,拉翰林①,好处多着哩!"老三道:"到底有什么好处?"王仁道:"拉了翰林就有官做。做了官就有钱赚;还要坐堂打人;出起门来,开锣喝道。阿唷唷,这些好处,不念书,不中举,哪里来呢?"老三孩子虽小,听到"做了官就有钱赚"一句话,口虽不言,心内也有几分活动了。闷了半天不作声。又停了一会子,忽然问道:"师傅,你也是举人,为什么不去中进士做官呢?"

那时候,方必开听了先生教他儿子的一番话,心上一时欢喜,喉咙里的痰也就活动了许多;后来又听见先生说什么做了官就有钱赚,他就哇的一声,一大口的黏痰呕了出来;刚刚吐得一半,忽然又见他儿子回驳先生的几句话,驳的先生顿口无言,他的痰也就搁在嘴里头,不往外吐了。直

---

① 翰(hàn)林——唐以后的文学侍从官,明清两代从进士中选拔。

钩钩两只眼睛，瞅着先生，看他拿什么话回答学生。只见那王仁愣了好半天，脸上红一阵，白一阵，面色很不好看；忽然把眼睛一瞪，吹了吹胡子，一手提起戒尺，指着老三骂道："混账东西！我今儿一番好意，拿好话教导与你，你倒教训起我来了！问问你爸爸：请了我来，是叫我管你的呢，还是叫你管我的？学生都要管起师傅来，这还了得！这个馆不能处了！一定要辞馆，一定要辞馆！"这方必开是从来没见先生发过这样大的气，今儿明晓得是他儿子的不是，冲撞了他，惹出来的祸。但是满肚子里的痰，越发涌了上来，要吐吐不出，要说说不出，急得两手乱抓，嘴唇边吐出些白沫来。老三还在那里叽里咕噜说："是个好些儿的，就去中进士做官给我看，不要在我们家里混闲饭吃。"王仁听了这话，更是火上加油，拿着板子赶过来打；老三又哭又跳，闹得越发大了。还是老三的叔叔听见不像样，赶了进来，拍了老三两下；又朝着先生作了几个揖，赔了许多话；把哥子搀了出来才完的事。按下不表。

且说赵老头儿，自从孙子中举，得意非凡。当下就有报房①里人，三五成群，住在他家，镇日价大鱼大肉的供给，就是鸦片烟也是赵家的。赵老头儿就把一向来往的乡、姻、世、族谊，开了横单②交给报房里人，叫他填写报条，一家家去送。又忙着看日子祭宗祠，到城里雇的厨子，说要整猪整羊上供，还要炮手、乐工、礼生。又忙着拣日子请喜酒，一应乡、姻、世、族谊，都要请到。还说如今孙子中了孝廉，从此以后，又多几个同年③人家走动了。又忙着叫木匠做好六根旗杆：自家门前两根，坟上两根，祠堂两根。又忙着做好一块匾，要想求位翰林老先生题"孝廉第"三个字。想来想去，城里头没有这位阔亲戚可以求得的；只有坟邻王乡绅，春秋二季下乡扫墓，曾经见过几面。因此渊源，就送去了一份厚礼，央告他写了三个字，连夜叫漆匠做好，挂在门前，好不荣耀。又忙着替孙子做了一套及时应令的棉袍褂，预备开贺的那一天好穿了陪客。赵老头儿祖孙三代

① 报房——最先以录取的消息向新举人、进士报喜，以取得优厚赏金的人叫做报子，这种人的组合就叫做报房。

② 横单——即名单。

③ 同年——在同一科考取的举人、进士，彼此称为同年。

究竟都是乡下人，见识有限，那里能够照顾这许多，全亏他亲家，把他西宾[①]王孝廉请了过来一同帮忙，才能这般有条不紊。当下又备了一副大红金帖，上写着："谨择十月初三日，因小孙秋闱[②]侥幸，敬治薄酒，恭候台光。"下写："赵大礼率男百寿暨孙温载拜。"外面红封套签条居中写着："王大人"三个字，下面注着："城里石牌楼进士第"八个小字。大家知道，请的就是那王乡绅了。另外又烦王孝廉写了一封四六信，无非是仰慕他，记挂他，届期务必求他赏光的一派话。赵老头儿又叫在后面加注一笔，说赶初一先打发孩子赶驴上城，等初二就好骑了下来；这里打扫了两间庄房，好请他多住几天。帖子送去，王乡绅答应说来。赵老头儿不胜之喜。

有事便长，无话便短。看看日子，一天近似一天，赵家一门大小，日夜忙碌，早已弄得筋疲力尽，人仰马翻。到了初三黑早，赵老头儿从炕上爬起，唤醒了老伴并一家人起来，打火烧水洗脸，换衣裳，吃早饭。诸事停当，已有辰牌[③]时分，赶着先到祠堂里上祭。当下都让这中举的赵温走在头里，屁股后头才是他爷爷，他爸爸，他叔子，他兄弟，跟了一大串。走进了祠堂门，有几个本家，都迎了出来；只有一个老汉，嘴上挂着两撇胡子，手里拿着一根长旱烟袋，坐在那里不动。赵温一见，认得他是族长，赶忙走过来叫了一声"大公公"。那老汉点点头儿，拿眼把他上下估量了一回；单让他一个坐下，同他讲道："大相公，恭喜你，现在做了皇帝家人了！不知道我们祖先积了些什么阴功，今日都应在你一人身上。听见老一辈子的讲，要中一个举，是很不容易呢：进去考的时候，祖宗三代都跟了进去，站在龙门[④]老等，帮着你抗考篮；不然，那一百多斤的东西，怎么拿得动呢？还说是文昌老爷是阴间里的主考。等到放榜的那一天，文昌老爷穿戴着纱帽圆领，坐在上面；底下围着多少判官，在那里写榜。阴间里中的是谁，阳间里的榜上也就中谁，那是一点不会错的。到这时候，那些中举的祖宗三代，又要到阴间里看榜，又要到玉皇大帝跟前谢恩，总要三四

---

① 西安——旧时宾位在西，常用对家塾教师或幕友的敬称。

② 秋闱（wéi）——科举时代秋季举行的考试称为秋闱。

③ 辰牌——指上午七点到九点的时间。

④ 龙门——一般指比喻声望卓著的人的府第，这里指乡试考场的门。

夜不能睡觉哩。大相公,这些祖先熬到今天受你的供,真真是不容易呢。”

爷儿两个正在屋里讲话,忽然外面一片人声吵闹。问是什么事情,只见赵温的爷爷满头是汗,正在那里跺着脚骂厨子,说:“他们到如今还不来!这些王八崽子,不吃好草料的!停会子告诉王乡绅,一定送他们到衙门里去!”嘴里骂着,手里拿着一顶大帽子,借他当扇子扇,摇来摇去,气得眼睛都发了红了。正说着,只见厨子挑了碗盏家伙进来。大家拿他抱怨。厨子回说:“我的爷!从早晨到如今,饿着肚皮走了三十多里路,为的哪一项!半个老钱没有瞧见,倒说先把咱往衙门里送。城里的大官大府,翰林、尚书①,咱伺候过多少,没瞧过他这囚攮的暴发户,在咱面上混充老爷!开口王乡绅,闭口王乡绅,像他这样的老爷,只怕替王乡绅捡鞋还不要他哩!”一面骂,一面把炒菜的勺子往地下一掼,说:“咱老子不做啦,等他送罢!”这里大家见厨子动了气,不做菜,祠堂祭不成,大家坍台;又亏了赵温的叔叔走过来,左说好话,右说好话,好容易把厨子骗住了,一样一样的做现成了,端上去摆供。当下合族公推新孝廉主祭,族长陪祭,大众跟着磕头。虽有赞礼生在旁边吆喝着,无奈他们都是乡下人,不懂得这样的规矩;也有先作揖,后磕头的,也有磕起头来,再作一个揖的。礼生见他们参差不齐,也只好由着他们敷衍了事。一时祭罢祠堂,回到自己屋里,便是一起一起的人来客往,算起来还是穿草鞋的多。送的份子,倒也络续不断;顶多的一百铜钱,其余二十、三十也有,再少却亦没有了。

看看日头向西,人报王乡绅下来了。赵老头儿祖孙三代,早已等得心焦;吃喜酒的人,都要等着王乡绅来到方才开席,大家饿了肚皮,亦正等得不耐烦。忽然听说来了,赛如天上掉下来的一般,大家迎了出来。原来这王乡绅坐的是轿车,还没有走到门前,赵温的爸爸抢上一步,把牲口拢住,带至门前。王乡绅下车,爷儿三个连忙打恭作揖,如同捧凤凰似的捧了进来,在上首第一位坐下。这里请的陪客,只有王孝廉宾东两个。王孝廉同王乡绅叙起来还是本家,王孝廉比王乡绅小一辈,因此他二人以叔侄相称。他东家方必开因为赵老头儿说过,今日有心要叫王乡绅考考他儿子老三的才情,所以也戴了红帽子、白顶子,穿着天青外褂,装做斯斯文文的

---

① 尚书——当时封建王朝共设六部,分掌中央政务,各部最高长官为尚书。

样子，陪在下面；但是脚底下却没有着靴，只穿得一双绿梁的青布鞋罢了。

王乡绅坐定，尚未开谈，先喊了一声“来”！只见一个戴红缨帽子的二爷，答应了一声“者”！王乡绅就说：“我们带来的点小意思，交代了没有？”二爷未及回话，赵老头儿手里早拿着一个小红封套儿，朝着王乡绅说：“又要你老破费了，这是断断不敢当的！”王乡绅哪里肯依。赵老头儿无奈，只得收下，叫孙子过来叩谢王公公。当下吃过一开茶，就叫开席。王乡绅一席居中；两旁虽有几席，都是穿草鞋，穿短打的一班人；还有些上不得台盘的，都在天井里等着吃。这里送酒安席，一应规矩，赵老头儿全然不懂，一概托了王孝廉替他代做主人。当下王乡绅居中面南，王孝廉面西，方必开面东，他祖孙两个坐在底下作陪。

一时酒罢三巡，菜上五道。王乡绅叔侄两个讲到今年那省主考放的某人，中出来的“闱墨”①，一定是清真雅正，出色当行。又讲到今科本县所中的几位新孝廉，一个个都是揣摩功深，未曾出榜之前，早决他们是一定要发达的，果然不出所料：足见文章有价，名下无虚。两人讲到得意之际，不知不觉的多饮了几杯。原来这王乡绅也是两榜进士出身，做过一任监察御史②，后因年老告病回家，就在本县书院③掌教。现在满桌的人，除王孝廉之外，便没有第二个可以谈得来的。赵温虽说新中举，无奈他是少年新进，王乡绅还不将他放在眼里。至于他爷爷及方必开两个，到了此时，都变成“锯了嘴的葫芦”，只有执壶斟酒，举箸让菜，并无可以插得嘴的地方，所以也只好默默无言。

王乡绅饮至半酣，文思泉涌，议论风生，不禁大声向王孝廉说道：“老侄，你估量着这‘制艺’一道，还有多少年的气运？”王孝廉一听这话，心中不解，一句也答不上来；筷子上夹了一个肉圆，也不往嘴里送，只是睁着两只眼睛，望着王乡绅。王乡绅便把头点了两点，说道：“这事说起来话长。国朝诸大家，是不用说了；单就我们陕西而论：一位路润生先生，他造就的

---

① 闱墨——清代乡试、会试后，主考从试卷中选择较好的文章刊印出来，作为范本，以供观摩效仿。

② 监察御史——清代都察院下属的官员，分地区执行纠查弹劾的职务。

③ 书院——从前各地学者讲学之所叫做书院，有公立，有私办，略如后来的学校。

人才也就不少。前头入阁拜相①的阎老先生,同那做刑部大堂②的他们那位贵族,哪一个不是从小读着路先生的制艺,到后来才有这么大的经济!"一面说,一手指着赵家祖孙,嘴里又说道:"就以区区而论:记得那一年,我才十七岁,才学着开笔做文章,从的是史步通史老先生。这位史老先生虽说是个老贡生③,下过十三场没有中举;一部'仁在堂文稿'他却是滚瓜烂熟记在肚里。我还记得,我一开手,他叫我读的就是'制艺引全',是引人入门的法子。一天只教我读半篇。因我记性不好,先生就把这篇文章裁了下来,用浆子糊在桌上,叫我低着头念,偏偏念死念不熟。为这上头,也不知捱了多少打,罚了多少跪,到如今才挣得这两榜进士。唉!虽然吃了多少苦,也还不算冤枉。"王孝廉接口道:"这才合了俗语说的一句话,叫做'吃得苦中苦,方为人上人'。别的不讲,单是方才这几句话,不是你老人家一番阅历,也不能说得如此亲切有味。"王乡绅一听此言,不禁眉飞色舞,拿手向王孝廉身上一拍,说道:"对了。老侄,你能够说出这句话来,你的文章也着实有工夫了。现在我虽不求仕进,你也无意功名;你在乡下授徒,我在城中掌教,一样是替路先生宏宣教育,替我圣朝培养人才。这里头消长盈虚,关系甚重。老侄你自己不要看轻,这个重担,却在我叔侄两人身上,将来维持世运,历劫不磨。赵世兄他目前虽说是新中举,总是我们斯文一脉,将来昌明圣教,继往开来,舍我其谁?当仁不让。小子勉乎哉,小子勉乎哉!"说到这里,不觉闭着眼睛,颠头播脑起来。

赵温听了此言,不禁肃然起敬。他爷爷同方必开,起先尚懂得一二,知道他们讲的无非文章;后来王乡绅满嘴掉文,又做出许多痴像,笑又不敢笑,说又没得说。正在疑惑之际,不提防外头一片声嚷,吵闹起来。仔细一问,原来是王乡绅的二爷,因为他主人送了二分银子的贺礼,赵温的

---

① 入阁拜相——指内阁大学士。

② 大堂——清代中央政府各部、院的属员称主官为大堂,后来成为一般的称呼。刑部大堂即刑部尚书。

③ 贡生——清代年资较深和品学优良的秀才,官吏的子弟,乡试的副榜(犹如备取生),在一定的条件下,可以选送到国子监(当时的国立大学)读书,叫做贡生。

爸爸开销他三个铜钱的脚钱,他在那里嫌少,争着要添。赵温的爸爸说:"你主人止送了二分银子,换起来不到三十个钱;现在我给你三个铜钱,已经是格外的了。"二爷说:"脚钱不添,大远的奔来了,饭总要吃一碗。"赵温的爸爸不给他吃,他一定吵着要吃;自己又跑到厨房抢面吃,厨子不答应,因此争吵起来,一直闹到堂屋里。王乡绅站起来骂:"王八蛋!没有王法的东西!"当下还亏了王孝廉出来,做好做歹,自己掏腰摸出两个铜钱给他买烧饼吃,方才无话。坐定之后,王乡绅还在那里生气,嘴里说:"回去一定拿片子送到衙门里,打这王八羔子几百板子,戒戒他二次才好!"究竟赵老头儿是个心慈面软的人,听了这话,连忙替他求情,说:"受了官刑的人,就是死了做了鬼,是一辈子不会超生的,这不毁了他吗。你老那里不阴功积德,回来教训他几句,戒戒他下回罢了。"王乡绅听了不作声。

方必开忽然想起赵老头儿的话,要叫王乡绅考考他儿子的才情,就起身离座去找老三。叫唤了半天,前前后后,哪里有老三的影子;后来找到厨房里,才见老三伸着油晃晃的两只手,在那里啃骨头。一见他老子来到,就拿油手往簇新的衣服上乱擦乱抹。他老子又恨儿子不长进,又是可惜衣服,急得眼睛里冒火。当下忍着气,不说别的,先拿过一条沾布,替儿子擦手,说要同他前面去见王乡绅。老三是个上不得台盘的人,任凭他老子说得如何天花乱坠,他总是不肯去。他老子一时恨不过,狠狠地打了他一下耳刮子。他哇的一声哭了。大家忙过来劝住。他老子见是如此,也只好罢手。

这里王乡绅又吃过几样菜,起身告辞。赵老头儿又托王孝廉替他说:"孙子年纪小,不曾出过门;王府上可有使唤不着的管家,请赏荐一位,好跟着孙子明年上京会试。"王乡绅也应允了。方才大家送出大门,上车而去。欲知后事如何,且听下回分解。

第　二　回

钱典史同行说官趣　赵孝廉下第受奴欺

话说赵家中举开贺，一连忙了几天，便有本学老师①叫门斗②传话下来，叫赵温即日赴省，填写亲供③。当下爷儿三代，买了酒肉，请门斗饱餐一顿，又给了几百铜钱。门斗去后，赵温便踌躇这亲供如何填法；幸亏请教了老前辈王孝廉，一五一十的都教给他。赵温不胜之喜。他爷爷又向亲家方必开商量，要请王孝廉同到省城去走一遭，随时可以请教。方必开一来迫于太亲翁之命，二来是他女儿大伯子中举的大事，还有什么不愿意的？随即满口应允。赵老头儿自是感激不尽。取过历本一看，十月十五是个长行百事皆宜的黄道吉日，遂定在这天起身。因为自己牲口不够，又问方亲家借了两匹驴。几天头里，便是几门亲戚前来送礼饯行，赵温一概领受。

闲话少叙。转眼之间，已到十四。他爷爷，他爸爸，忙了一天；到得晚上，这一夜更不曾睡觉，替他弄这样，弄那样，忙了个六神不安。十五大早，赵温起来，洗过脸，吃饱了肚皮。外面的牲口早已伺候好了。少停一刻，方必开同了王孝廉也踱过来。赵温便向他爷爷、爸爸磕头辞行。赵老头儿又朝着王孝廉作了一个揖，托他照料孙子；王孝廉赶忙还礼不迭。等到行完了礼，一同送出大门，骑上牲口，顺着大路，便向城中进发。

原来几天头里，王乡绅有信下来，说赵世兄如若上省填亲供，可便道来城，在舍下也盘桓几日。所以赵温同了王孝廉，走了半天，一直进城，投奔石牌楼而来。王孝廉是熟门熟路，管门的一向认得，立时请进，并不阻挡；赵温却是头一遭。幸亏他素来细心，下驴之后，便留心观看。只见：门前粉白照墙一座，当中写着“鸿禧”两个大字；东西两根旗杆；大门左右，

---

① 本学老师——清代在各府、州、县里设立儒学，派教官负管理秀才的责任，习惯都呼为学老师。本学老师，指本县的教官。

② 门斗——儒学里的公役。

③ 亲供——秀才中举后填写的说明年龄、籍贯、三代和身貌的材料。

水磨八字砖墙；两扇黑漆大门，铜环擦得雪亮。门外挂着一块“劝募秦晋赈捐分局”的招牌；两面两扇虎头牌，写着“局务重地”，“闲人免进”八个大字；还有两根半红半黑的棍子①，挂在牌上。大门之内，便是六扇蓝漆屏门，上面悬着一块红底子金字的匾，写着“进士第”三个字；两边贴着多少新科举人的报条，也有认得的，也有不认得的，算来却都是同年；两边墙上，还挂着几顶红黑帽子，两条皮鞭子。门上的人因为他是王孝廉同来的人，也就让他进去。转过屏门，便是穿堂；上面也有三间大厅，却无桌椅台凳。两面靠墙，横七竖八摆着几副衔牌：什么“丙子科举人”，“庚辰科进士”，“赐进士出身”，“钦点主政”②，“江西道监察御史”。赵温心里明白，这些都是王乡绅自家的官衔。另外还摆着两顶半新不旧的轿子。又转过一重屏门，方是一个大院子，上面五间大厅；其时已是十月，正中挂着大红洋布的板门帘。前回跟着王乡绅下乡，王孝廉给他两个铜钱买烧饼吃的那个二爷，正在廊檐底下，提着一把溺壶③走来；一见他来，连忙站住。亏他不忘前情，迎上来朝着王孝廉打了一个千，问他几时来的。王孝廉回说“才到”。那二爷瞧瞧赵温，也像认得，却是不理他；一面说话，一面让屋里坐。赵温也跟了进去。原来居中是三间统厅，两头两个房间；上头也悬着一块匾，是“崇耻堂”三个字，下面落的是汪鸣銮的款。赵温念过“墨卷”④，晓得这汪鸣銮就是那做“能自强斋文稿”的柳门先生，他本是一代文宗，不觉肃然起敬。——当中悬着一副御笔，写的“龙虎”两字，却是石刻朱拓的；两边一副对联，是阎丹初阎老先生的款；天然几上一个古鼎、一个瓶、一面镜子；居中一张方桌，两旁八张椅子、四个茶几。上面梁上，还有几个像神像龛子⑤的东西，红漆描金，甚是好看。赵温不认得是什么东西，悄悄请教老前辈。王孝廉对他说：“这是盛‘诰命轴子’⑥的。”

---

① 半红半黑的棍子——一种硬木短棍，也叫做水火棍，是官署役吏所用的。

② 主政——当时中央各部院里的主事，大致相当于后来的科长。

③ 溺壶——指小便壶。

④ 墨卷——科举时代，为了防止考官徇私舞弊，规定考生用墨笔写卷子，叫做墨卷。

⑤ 龛(kān)子——供奉神佛的小阁子。

⑥ 诰(gào)命轴子——封建时代，皇帝对五品以上的官的封典叫诰命。诰命轴子，即把诰命裱成锦轴。

赵温还不懂得什么叫“诰命”,正想追问,里头王乡绅拖着一双鞋,手里拿着一根旱烟袋,已经出来了。王孝廉连忙上前请了一个安,王乡绅把他一扶。跟手赵温已经趴在地下了,王乡绅忙过来呵下腰去扶他。嘴里虽说还礼,两条腿却没有动;等到赵温起来,他才还了一个揖。分宾坐下。赵温坐的是东面一排第二张椅子,王孝廉坐是的西面第二张椅子,王乡绅就在西面第三张上坐了相陪。王乡绅先开口问赵温的爷爷、爸爸的好。谁知他到了此时,不但他爷爷临走嘱咐他到城之后,见了王乡绅替他问好的话,一句说不上来;连听了王乡绅的话,也不知如何回答。面孔涨得通红,嘴里吱吱了半天,才回了个“好”字。王乡绅见他如此,也就不同他再说别的了,只和王孝廉攀谈几句。

言谈之间,王乡绅提起:“有个舍亲,姓钱号叫伯芳,是内人第二个胞兄;在江南①做过一任典史。那年新抚台②到任,不上三个月,不知怎样就把他‘罣误’③了。却不料他官虽然只做得一任,任上的钱倒着实弄得几文回来。你们一进城,看见那一片新房子,就是他的住宅。做官不论大小,总要像他这样,这官才不算白做。现在他已经托了人,替他谋干了一个‘开复’④,一过年,也想到京里走走,看有什么路子,弄封把‘八行’⑤,还是出来做他的典史。”王孝廉道:“既然有路子,为什么不过班⑥做知县,到底是正印⑦。”王乡绅道:“何尝不是如此。我也劝过他几次。无奈我们这位内兄,他却另有一个见解。他说:州、县虽是亲民之官,究竟体制要尊贵些,有些事情自己插不得身,下不得手;自己不便,不免就要仰仗师爷同着二爷。多一个经手,就多一个扣头,一层一层的剥削了去,到得本官就有限了;所以反不及他做典史的,倒可以事事躬亲,实事求是。老侄,你想他这话,是一点不错的呢。这人做官倒着实有点才干,的的确确是位理财好手。”王孝廉道:“俗话说的好,‘千里为官只为财’。”王乡绅道:“正是

---

① 江南——此处专指江苏、安徽两省。

② 抚台——即巡抚,是清代总揽一省民政的最高官员。

③ 罣(guà)误——被别人牵连而受处分或损害。

④ 开复——官员革职后又官复原职叫开复。

⑤ 八行——此处指请托人情的信件。

⑥ 过班——因保举或捐纳而升官阶。

⑦ 正印——即主官。

这话。现在我想明年赵世兄上京会试,倒可叫他跟着我们内兄一路前去,诸事托他招呼招呼,他却是很在行的。”王孝廉道:“这是最好的了,还有什么说得。”当下王孝廉见王乡绅眼睛不睬赵温,瞧他坐在那里没得意思,就把这话告诉他一遍。赵温除了说“好”之外,亦没有别的话可以回答。王孝廉又替他问:“钱老伯府上,应该过去请安?”王乡绅道:“今天他下乡收租去了。我替你们说好,明年再见罢。”当下留他两人晚饭。就在大厅西首一间,住了一夜。次日一早起身,往省城而去。于是晓行夜宿,在路非止一日,已经到了省城,找着下处,安顿行李。

且说赵温虽然中举;世路上一切应酬,究未谙练①。前年小考,以及今年考取遗才,学台②大人,虽说见过两面,一直是一个坐着点名,一个提篮接卷,却是没有交谈过;这番中了举人,前来叩见,少不得总要攀谈两句。他平时见了稍些阔点的人,已经坐立不安,语无伦次;何况学台大人,钦差体制,何等威严,未曾见面,已经吓昏的了。亏得王孝廉遇事招呼,随时指教,凡他所想不到的,都替他想到。头一天晚上,教他怎样磕头,怎样回话,赛如春秋二季,“明伦堂③”上演礼④一般,好容易把他教会。又亏得赵温质地聪明,自己又操演了一夜,顶到天明,居然把一应礼节,牢记在心。少停,王孝廉睡醒,赵温忙即催他起来洗脸。自己换了袍套,手里捏着手本⑤。王孝廉又叫他封了四吊钱的钱票,送给学台大人做“贽见”⑥;另外带了些钱做一应使费。到了辕门,找到巡捕老爷,赵温朝他作了一个揖,拿手本交给他,求他到大人跟前代回。另外又送了这巡捕一吊钱的“门包”。巡捕嫌少;讲来讲去,又加了二百钱,方才去回。等了一会子,巡捕出来说:“大人今天不见客。”问他亲供填了没有。赵温听说大人不见,如同一块石头落地,把心放下。赶忙到承差屋里,将亲供恭恭敬敬的填好,交代明白。一应使费,俱是王孝廉隔夜替他打点停当,赵温到此不

---

① 谙(ān)练——熟练;有经验。

② 学台——主持一省学政和举业的官员。

③ “明伦堂”——明伦堂是清代各地学宫的大礼堂。

④ 演礼——指祭孔典礼。

⑤ 手本——属员谒见长官时专用的一种名帖。

⑥ 贽(zhì)见——旧时初次求见人时所送的礼物。

过花上几个喜钱,没有别的噜苏。当下事毕回寓,整顿行装,两人一直回乡。王孝廉又教给他写殿试策白折子①,预备来年会试不题。

正是兴阴似箭,日月如梭,转眼间已过新年,赵温一家门便忙着料理上京会试的事情。一日饭后,人报王乡绅处有人下书。赵温拆开看时,前半篇无非新年吉祥话头;又说:"舍亲处,已经说定结伴同行,两得裨益。旧仆贺根,相随多年,人甚可靠,于北道情形,亦颇熟悉,望即录用"云云。赵温知道,便是托王乡绅所荐的那位管家了。只见贺根头上戴一顶红帽子,身穿一件蓝羽缎棉袍,外加青缎马褂,脚下还蹬着一双粉底乌靴。见了赵温,请了一个安,嘴里说了声"谢少爷赏饭吃",又说"家主人请少爷的安"。赵温因他如此打扮,乡下从未见过,不觉心中呆了半天,不知拿什么话回答他方好。幸亏贺根知窍,看见少爷说不出话,便求少爷带着到上头,见见老太爷请请安。赵温只得同他进去,先见他爷爷。带见过之后,他爷爷说:"这个人是你王公公荐来的,僧来看佛面,不可轻慢于他。"就留他在书房里住。等到吃饭的时候,他爷爷一定又要从锅里另外盛出一碗饭,两样菜给贺根吃。一应大小事务,都不要他动手。后来还是王孝廉过来看见,就说:"现在这贺二爷既然是府上的管家,不必同他客气,事情都要叫他经经手,等他弄熟之后,好跟世兄起身。"赵家听得如此,才渐渐的差他做事。

到了十八这一天,便是择定长行的吉日。一切送行辞行的繁文,不用细述。这日仍请王孝廉伴送到城。此番因与钱典史同行,所以一直径奔他家,安顿了行李,同到王府请安。见面之后,留吃夜饭;台面上只有他郎舅、叔侄三个人说的话,赵温依然插不下嘴。饭罢,临行之时,王乡绅朝他拱拱手,说了声"耳听好音"。又朝他大舅子作了个揖,说:"恕我明天不来送行。到京住在哪里,早早给我知道。"又同王孝廉说了声"我们再会罢"。方才进去。三人一同回到钱家,住了一夜。次日,钱、赵二人,一同起身。王孝廉直等送过二人之后,方才下乡。

话分两头。单说钱典史一向是省俭惯的,晓得贺根是他妹丈所荐,他便不带管家,一路呼唤贺根做事。过了两天,不免忘其所以,渐渐的摆出

① 殿试策白折子——殿试策,指考策题的一种。白折子,是当时考卷的一种。

舅老爷款来。背地里不知被贺根咒骂了几顿。幸亏赵温初次为人,毫无理会。况兼这钱典史是势利场中历练过来的,今见赵温是个新贵,前程未可限量;虽然有些事情欺他是乡下人,暗里赚他钱用,然而面子上总是做得十二分要好。又打听得赵温的座师①吴翰林新近开了坊②,升了右春坊右赞善;京官的作用不比寻常,他一心便想巴结到这条路上。

有天落了店,吃完了饭,叫贺根替他把铺盖打开,点上烟灯。其时赵温正拿着一本新科闱墨,在外间灯下揣摩。钱典史便说:"堂屋里风大,不如到烟铺上躺着念的好。"赵温果然听话,便捧了文章进来,在烟铺空的一边躺下,嘴里还是念个不了。钱典史却不便阻他。自己呼了几口烟,又吃些水果、干点心之类;又拿起茶壶,就着壶嘴抽上两口;把壶放下,顺手拎过一支紫铜水烟袋,坐在床沿上吃水烟,一直吃个不了。后来钱典史被他噪聒的实在不耐烦,便借着贺根来出气。先说他偷懒不肯做事;后来又说他今天在路上买馒头,四个钱一个,他硬要五个半钱一个,十二个馒头,便赚了十八个钱:真真是混账东西!头里贺根听见钱舅老爷说他偷懒,已经满肚皮不愿意;后来又说他赚钱,又骂他混账,他却忍不住了,顿时嘴里叽里咕噜起来,什么"赚了钱买棺材,装你老爷",还说什么"混账东西,是咱大舅子"。钱典史不听则已,听了之时,立刻无明火三丈高,放下水烟袋,提起根烟枪就赶过来打。贺根也不是好缠的,看见他要打,便把脑袋向钱典史怀内一顶,说:"你打你打!不打是咱大舅子!"钱典史见他如此,倒也动手不得。嘴里吆喝:"好个撒野东西!回来写信给你老爷,他荐的好人,连我都不放在眼里!"贺根正待回话,幸亏得店家听见里头闹得不像样,进来好劝歹劝,才把贺根拉开。这里钱典史还在那里气得发抖。

当他二人闹时,赵温想上来劝,但不知怎样劝的好。后来见店家把贺根拉开,他又呆了半天,才说了一声:"天也不早了,钱老伯也好困觉了。"钱典史听了这话,便正言厉颜地对他说道:"世兄!用到这样管家,你做主人的总要有点主人的威势才好。像你这样好说话,一个管家治不下,让他动不动得罪客人,将来怎样做官管黎民呢?"赵温明晓得这场没趣是钱

---

① 座师——举人、进士称主考为座师、座主。

② 开了坊——翰林升任官职称为开坊。

典史自己找的，无奈他秉性柔弱，一句也对答不上，只好索性让他说，自己呆呆的听着。钱典史又道："想我从前在江南做官的时候，衙门虽小，上下也有三五个管家，还有书办①差役，都要我一个人去治伏他们；一个不当心，就被他们赚了去。像你一个底下人都治不服，那还了得！"赵温道："为着他是王公公荐的人，爷爷嘱咐过，要同他客气点，所以有些事情都让他些。"钱典史哈哈冷笑道："你将来要把他让成谋反叛逆，才不让他呢！这种东西，叫我一天至少骂他一百顿，还要同他客气！真真奇谈！"赵温道："既然老伯如此说，我明天管他就是了。"钱典史道："我并不是要叫你管他，我是告诉你做官的法子。"赵温心下疑惑道："这与做官有什么相干？"又不便驳他，只好拉长着耳朵听他讲。钱典史又说道："'齐家而后治国，治国而后平天下'，这两句话你们读书人是应该知道的。一个管家治不服，怎么好算得齐家？不能齐家，就不能治国。试问皇上家要你这官做什么用呢？你也可以不必上京会试赶功名了。就如我，从前虽然做过一任典史，倒着实替皇家出点力，不要说衙门里的人都受我节制，就是那些四乡八镇的地保、乡约②、图正③、董事，那一个敢欺我！"

赵温虽然是乡下人，也晓得典史比知县小；听他说得高兴，有意打趣他，便问他道："请教老伯：典史的官，比知县大是小？"钱典史欺他是外行，便道："一般大。他管得到的地方，我都管得到。论起来，这一县之主还要算是我。有起事情来，我同他客气，让他坐在当中，所以都称他'正堂'；我坐的是下首主位，所以都称我'右堂'。其实是一样的，不分什么大小。"赵温道："典史总要比知府小些。"钱典史道："他在府城里，我在县城里，我管不着他，他亦管不着我。赵世兄，你不要看轻了这典史，比别的官都难做；等到做顺了手，那时候给你状元，你还不要呢。我这句话，并不是瞧不起状元。常常听见人说，翰林院④里的人都是清贵之品，将来放了外任，不是主考，就是学政，自然有那些手底下的官儿前来孝敬，自己用不着为难；然而隔着一层，到底不大顺手。何如我们做典史的，既不比做州、

---

① 书办——官署里掌管文案的胥吏。
② 乡约——指奉官命在乡里管事的人。
③ 图正——农村中管本图鱼鳞册的人；鱼鳞册即为赋役而设的土地册。
④ 翰林院——中央政府里主管秘书著作的机关。

县的，每逢出门，定要开锣喝道，叫人家认得他是官；我们便衣就可上街，什么烟馆里，窑子里，赌场上，各处都可去得。认得咱的，这一县之内，都是咱的子民，谁敢不来奉承；不认得的，无事便罢，等到有起事情来，咱亦还他一个铁面无私。不上两年，还有谁不认得咱的？一年之内，我一个生日，我们贱内一个生日，这两个生日是刻板要做的；下来老太爷生日，老太太生日，少爷做亲，姑娘出嫁，一年上总有好几回。”赵温道：“我听见王大哥讲过，老伯还没养世兄，怎么倒做起亲来呢？”钱典史道：“你原来未入仕途，也难怪你不知道。大凡像我们做典史的，全靠着做生日，办喜事，弄两个钱。一桩事情收一回份子，一年有上五六桩事情，就收五六回的份子；一回收上几百吊，通扯起来就有好两千。真真大处不可小算。不要说我连着儿子、闺女都没有，就是先父、先母，我做官的时候，都已去世多年；不过托名头说在原籍，不在任上，打人家个把式罢了。这些钱都是面子上的，受了也不罪过；还有那不在面子上的，只要事在人为，却是一言难尽。我这番出山，也不想别的好处，只要早些选了出来，到了任，随你什么苦缺，只要有本事，总可以生发的。”说到这里，忽听窗外有人言道：“天不早了，客人也该睡了，明天好赶路。”原来是车夫半夜里起来解手，正打窗下走过，听见里面高谈阔论，所以才说这两句。钱典史听了笑道：“真的我说到高兴头上，把明儿赶路也就忘记了。”当下便催着赵温睡下，自己又吃了几袋水烟，方始安寝。次日依旧赶路不题。

却说他主仆三人，一路晓行夜宿，在河南地面上，又遇着一场大雪，直至二月二十后，方才到京。钱典史另有他那一帮人，天天出外应酬，忙个不了。这里赵温会着几个同年，把一应投文复试的事，都托了一位同年替他带办，免得另外求人，倒也省事不少。不过大帮复试已过，只好等到二十八这一天，同着些后来的在殿廷上复的试；居然取在三等里面，奉旨准他一体会试。赵温便高兴的了不得，写信禀告他爷爷、父亲知道。

这里自从到京，头一桩忙着便是拜老师。赵温请教了同年，把帖子写好，又封了二两银子的贽见，四吊钱的门包。他老师吴赞善，住在顺治门外，赵、钱二位却住在米市胡同，相去还不算远。这天赵温起了一个大早，连累了钱典史也爬起来，忙和着替他弄这样，弄那样，穿袍子，打腰折，都是钱典史亲自动手。又招呼贺根：“帖子拿好，车叫来没有。”一霎时，簇新的轿车停在门前。赵温出外上车，钱典史还送到门口。这里掌鞭的就把鞭子一洒，那牲口就拉着走了。一霎时到了吴赞善门前。赵温下车，举眼观看，只见大门之外，一双裹脚条，四块包脚布，高高贴起，上面写着什么"詹事府示：不准喧哗，如违送究"等话头。原来为时尚早，吴家未曾开得大门。门上一付对联，写着"皇恩春浩荡，文治日光华"十个大字。赵温心下揣摩，这一定是老师自己写的。就在门外徘徊了一回，方听得呀的一声，大门开处，走出一位老管家来。赵温手捧名帖，含笑向前，道了来意。那老管家知道是主人去年考中的门生，连忙让在门房里坐，取了手本、贽见，往里就跑。停了一会子，不见出来。赵温心下好生疑惑。

原来这些当穷京官的人，好容易熬到三年放了一趟差，原指望多收几个财主门生，好把旧欠还清，再拖新账。那吴赞善自从二月初头到于今，那些新举人来京会试的，他已见过不少。见了张三，探听李四，见了李四，探听张三：如若是同府同县，自然是一问便知；就是同府隔县，问了不知便罢，只要有点音头，他见了面，总要搜寻这些人的根底。此亦大概皆然，并不是吴赞善一人如此。目下单说吴赞善，他早把赵温的家私，问在肚里，便知道他是朝邑县一个大大的土财主，又是暴发户；早已打算，他若来时，这一分贽见，至少亦有二三百两。等到家人拿进手本，这时候他正是一梦初醒，卧床未起；听见"赵温"两字，便叫"请到书房里坐，泡盖碗茶"。老家人答应着。幸亏太太仔细，便问："贽见拿进来没有？"说话间，老家人已把手本连二两头银子，一同交给丫环拿进来了。太太接到手里，掂了一掂，嘴里说了声"只好有二两"。吴赞善不听则已，听了之时，一骨碌忙从床上跳下，大衣也不及穿，抢过来打开一看，果然只有二两银子。心内好像失落掉一件东西似的，面色登时改变起来。歇了一会子，忽然笑道："不要是他们的门包也拿了进来？那姓赵的很有钱，断不至于只送这一点点。"老家人道："家人们另外是四吊钱。姓赵的说的明明白白，只有二两银子的贽见。"吴赞善听到这里，便气得不可开交了，嘴里一片声嚷："退还给他，我不等他这二两银子买米下锅！回头他，——叫他不要来见我！"说着赌气仍旧爬上床去睡了。老家人无奈，只得出来回复赵温，替主人说"道乏"①，今天不见客。说完了这句，就把手本向桌上一撂，却把那二两头揣了去了。赵温扑了一个空，无精打采，怏怏的出门坐车回去。

① 道乏——拒见客人的客气话。

钱典史接着，忙问："回来的为什么这般快？可会见了没有？"赵温说："今儿老师不见客。"钱典史说："就该明儿再去。"到了明日，又起一个早跑了去。那老家人回也不替他回一声，让他一个人在门房里坐了老大一会子，才向他说道："我看你老还是回去罢，明日不用来了。"赵温听了这话，心上不懂。正待问他，老家人便说："我就要跟着出门，你老也不用坐了。"赵温无奈，只得依旧坐车回寓。钱典史知道他又不曾见着，晓得这里头有点不对，便把从前要靠赵温走他老师这条门路的心，也就淡了下来。

过了几天，恰是初八头场①。赵温进去，狠命用心，做了三篇文章，又恭恭敬敬的写到卷子上。——听见人说，三场试卷没有一个添注涂改，将来调起墨卷来，要比别人沾光，他所以就在这上头用工夫。谁知到了初十那一天，落太阳的时候，他还有一首诗不曾写，忽然来了许多穿靴子，戴顶子的，嚷着"抢卷子"；还有一个人，手里拿着一个大喇叭，照着他呜呜地吹。把他闹急了，赶忙提起笔来写。偏生要好不得好，一首八韵诗，当中脱落掉四句，只好添注了二十字，把他恼的了不得。匆匆忙忙，收拾了考篮，交了卷子出去。自己始终不放心；直到第二天"蓝榜"②贴了出来，没有他的名字，方才把心放下。接连二场、三场，他一连吃了九天辛苦。出场之后，足足困了两日两夜，方才困醒。

以后就是门生请主考，同年团拜。因为副主考请假回家修墓，尚没有来京，所以只请了吴赞善一个人。赵温穿着衣帽，也混在里头。钱典史跟着溜了进去瞧热闹。只见吴赞善坐在上面看戏，赵温坐的地方离他还远着哩；一直等到散戏，没有看见吴赞善理他。大家散了之后，钱典史不好明言，背地里说："有现成的老师尚不会巴结，叫我们这些赶门子，拜老师的怎样呢？"从此以后，就把赵温不放在眼里。转念一想，读书人是包不定的，还怕他联捷上去，姑且再等他两天。

赵温自从出场之后，自己就把头篇③抄了两份出来：一份寄到家里，一份带在身上，随时好请教人。人家都恭维他文章怎么做的好，一定联捷

---

① 初八头场——指入场而言。

② 蓝榜——用蓝笔写的榜。乡会时写作不合规定者，取消参加考试资格，并公布出榜。

③ 头篇——指乡、会试头场的头篇文章。头篇作的好，就有录取的希望。

的;他自己也拿稳一定是高中的了。就有人来说,四月初九放榜,初八写榜。从几天头里,他就没有好生睡觉。到了初八黑早,还没有天亮,他就唤醒了贺根,叫他琉璃厂去等信。贺根说:“我的爷!这会子人家都在家里睡觉,赶去做嘛?”赵温一定要他去,贺根推头天还早,一定要歇一会子再去;主仆两个就拌起嘴来。还是钱典史听不过,爬起来帮着赵温吆喝了两句,他才叽里咕噜的一路骂了出去。这一天赵温就同热锅上的蚂蚁一般,茶饭无心,坐立不定。到得下午,便有人来说,谁又中了,谁又中了。偏生贺根从天不亮出去,一直到晚不曾回来。赵温急得跳脚。等到晚上,街上人说榜都填完了,只等着“填五魁”①了。贺根知道没了指望,方才回寓。

赵温见了他眼睛里出火,骂他“没良心的东西”。贺根恨极,便说:“还有五魁没有出来,等我再去打听去。”一面说,一面跑了出来,找到一个卖烧饼的,同他商议,假充报子,说他少爷中了会魁,好讹他的钱分用。卖烧饼的依他话,便跑了来敲门报喜。贺根是早在大门前头等好的了,一见报子来到,也跟了进来。赵温自然欢喜,问要赏他多少银子。贺根道:“这是头报,应该多赏他几两。”赵温道:“赏他二两。”报喜人嚷着嫌少,一定要一个大元宝。后来还是贺根做好做歹,给了十两一锭。那报喜人去了,贺根跟着出去,定要分他八两,卖烧饼的只肯五两。两个人在那里吵嘴,被钱典史出去出小恭,一齐听了去。就说:“贺根,你少爷已经不中进士,不该再骗他钱用。”贺根道:“你老别多嘴。我骗他的钱,与你什么相干?谁要说破这件事,咱们白刀子进去,红刀子出来,叫他等着罢!”钱典史听了这话,把舌头一伸,缩不进去,哪里还敢多嘴。只可怜赵温白送了十两银子,空欢喜了一夜。到第二天,不见人来替他道喜;又买本题名录②来一看,自己没有名字,才知昨夜受人之骗。气的一天没有吃饭。欲知后事如何,且听下回分解。

---

① 填五魁——即五经魁,乡、会试发榜的前五名。在全部名字公布之后,再由第五名起倒至第一名,最后公布。

② 题名录——也叫登科录,科举中登第人员的记录。

第　三　回

苦钻差黑夜谒黄堂①　悲镌级②蓝呢糊绿轿

话说赵温自从正月出门到今,不差已将三月。只因离家日久,千般心绪,万种情怀,正在无可排遣;恰好春风报罢③,即拟整顿行装,起身回去。不料他爷爷望他成名心切,寄来一封书信,又汇到二千多两银子。书上写道:"倘若联捷,固为可喜;如其报罢,即赶紧捐一中书④在京供职。"信上并写明是王乡绅的主意,"所以东拼西凑,好容易弄成这个数目。望你好好在京做官。你在外面做官,家里便免得人来欺负。千万不可荒唐,把银子白白用掉"各等语。赵温接到此信,不好便回,只得托了钱典史替他打听,哪里捐的便易,预备上兑。那钱典史本来是瞧不起赵温的了,现在忽然看见他有了银子捐官,便从新亲热起来;想替他经经手,可以于中取利的意思。后见赵温果然托他,他喜的了不得,今天请听戏,明天请吃饭;又拉了一个打京片子⑤的人来,天天同吃同喝,说是他的盟弟,认得部里的书办,有什么事托他,那是万妥万当的。赵温信以为真,过了一天,又穿着衣帽去拜他,自己还做东请他。后来就托他上兑⑥:二千多两银子不够,又亏了他代担了五百两。赵温一面出了凭据,约了日期;一面写信家去,叫家里再寄银子出来好还他。这里一面找同乡,出印结⑦,到衙门,忙了一个多月才忙完。看官记清:从此以后,赵孝廉变了赵中书,还是贺根跟他在京供职。

---

① 黄堂——知府、太守的别称。

② 镌(juān)级——官员降级。

③ 春风报罢——即未考取进士。

④ 中书——请代撰拟、翻译和书写文件的官名。

⑤ 打京片子——说北京话。

⑥ 上兑——上,进献;兑,兑款。上兑就是进献银钱。

⑦ 印结——盖有印章的保证文书。结,表示负责或承认了结的字据。出具印结需要被保证人给予酬金,是当时穷京官的一笔较大的收入。

话分两头。且说钱典史在京里混了几个月,幸亏遇见一个相好的书办,替他想法子,把从前参案①的字眼改轻;然后拿银子捐复原官,加了花样②,仍在部里候选;又做了手脚,不上两个月,便选了江西上饶县典史。听说缺分还好,他心中自然欢喜。后来一打听,倒是从前在江南揭参他的那个知府,现在正做了江西藩司③。冤家路窄,偏偏又碰在他手里,他心中好不自在起来。跑来同他盟弟——就是上回赚他钱的那个人——商量。他盟弟道:"这容易得很。我间壁住的徐都老爷,就是这位藩台大人的同乡。去年这位藩台上京陛见④的时候,徐都老爷还请他吃过饭,是小弟作的陪。他两人的交情很厚,在席面上咕咕哝哝,谈个不了,还咬了半天耳朵,不晓得里头是些什么事情。后来这位藩台大人出京的时候,还叫长班⑤送了他四两银子的别敬⑥。"钱典史道:"像他这样交情,应该多送几两才是,怎么只送四两?"他盟弟把脸一红道:"这个却不晓得。或者另外多送,我们也瞧不见;再不然,大概同乡都是四两。他们做大员的,怎好厚一个,薄一个,叫别位同乡看着吃味儿⑦。"钱典史道:"这个我们不去管他。但是我的事情怎么样呢?"他盟弟道:"你别忙。停一会子我到隔壁,化上百把银子,找这徐都老爷写封信,替你疏通疏通,这不结了吗。"钱典史道:"一封信要这许多银子?"他盟弟道:"你别急。你老哥的事情,就是我兄弟的事情。你没有这一点子,我兄弟还效劳得起。"当时钱典史再三拜托而去。

原来他盟弟姓胡名理,绰号叫做狐狸精。人既精明,认的人又多,无论哪里都会溜了去。今番受了盟兄之托,当晚果然摸到隔壁,找到徐都老

---

① 参案——弹劾的案子。

② 花样——清末官多缺少,于是在原有班次之外,更添设"本班尽先"、"新班遇缺"、"新班遇缺先"等种种班次名目,以为补缺的先后标准,叫做花样。

③ 藩司——就是藩台,主管一省的财赋和人事。

④ 陛见——宫殿里的台阶叫做陛,因而陛见就成为谒见皇帝的专词。

⑤ 长班——会馆公用的仆人,和当时卖身家人的身份是不同的。

⑥ 别敬——后文也称别仪。送人银钱,加一个好听的字眼,叫做什么敬或仪之类。都是当时官场中的一种贿赂行为。

⑦ 吃味儿——吃醋的意思。

爷，说明来意；并说前途有五十金为寿，好歹求你赏一封信。徐都老爷道："论起来呢，同乡是同乡，不过没有什么大交情，怎么好写信；就是写了去，只怕也不灵。"胡理道："哪里管得许多。你看银子面上，随便拓几句给他就完了。"徐都老爷一想，家里正愁没钱买米，跟班的又要付工钱，太太还闹着赎当头，正在那里发急，没有法子想，可巧有了此事。心下一想，不如且拿他来应应急。遂即含笑应允，约他明早来拿信。又问："银子可现成？"胡理说："怎么不现成！"随即起身别去。徐都老爷还亲自送到大门口，说了一声"费心"，又叮咛了几句，方才进去。

到了第二天一早，徐都老爷就起身把信写好。一等等到晌午，还不见胡理送银子来。心下发急说："不要不成功！为什么这时候还不来呢？"跟班的请他吃饭也不吃。原来昨日晚上，他已经把这话告诉了太太和跟班的了。大家知道他就有钱付，太太也不闹着赎当，跟班的也不催着付工钱了。谁知第二天左等不到，右等不到，真正把他急得要死。好容易等到两点钟，砰砰敲门。徐都老爷自己去开门，一看是胡理，把他喜的心花都开了。连忙请了进来，吩咐泡茶，拿水烟袋，又叫把烟灯点上。胡理未曾开口，徐都老爷已经把信取出，送到他面前。胡理将信从信壳里取出，看了一遍。胡理一面套信壳，一面嘴里说道："真正想不到，就会变了卦。"徐都老爷听了这话，一个闷雷，当是不成功，脸上颜色顿时改变。忙问："怎么了？可是不成功？"胡理徐徐的答道："有我在里头，怕他逃到哪里去。不过拿不出，也就没有法子了。"徐都老爷道："可是一个没有？"胡理道："有是有的，不过只有一半。对不住你老，叫我怪不好意思的，拿不出手来。"徐都老爷道："到底他肯出多少？"胡理也不答言，靴掖子①里拿出一张银票，上写"凭票付京平银二十五两正"，下面还有图书，却是一张"四恒"②的票子。徐都老爷望着眼睛里出火，伸手一把夺了去。胡理道："就这二十五两还是我垫出来的哩。你老先收着使，以后再补罢。"徐都老爷无奈，只好拿信给他。胡理也不吃烟，不吃茶，取了信一直去找钱典史。告诉他，替他垫了一百两银子；起先徐家里还不肯写，后来看我面上

---

① 靴掖子——后文也做靴页子。一种用皮或缎子制成的夹子，里面可以放置钱票、文件、柬帖之类的东西。因为是放在靴筒里面的，所以叫做靴掖子。

② "四恒"——清末北京有四大银号，都以恒字为名，叫做"四大恒"。

却不过,他才写的。

钱典史自是感激不尽。忙着连夜收拾行李,打算后天长行,一直到省。结算下来,只有他盟弟胡理处,尚有首尾未清。他盟弟外面虽然大方,心里极其啬刻;想钱典史同他算清,面子上又不好露出。因见钱典史有一个翡翠的带头子,值得几文,从前钱典史也说过要卖掉他。胡理到此就心生一计,说有主顾要买;骗到手,估算起来还可多赚几文,满心欢喜。次日便推头有病,写了一封书信,叫做饭的拿来替他送行。信上还说:"带头子前途已经看过,不肯多出价钱;等到卖去之后,即将款项汇来。"事到其间,钱典史也无可如何。只得自己算完了房饭账,与赵温作别,坐了双套骡车而去。

有话便长,无话便短。他到了天津,便向水路进发,海有海轮,江有江轮,不消一月,便到了江西省城,找到下处。齐巧那位藩司又是护院①。他一时也不敢投信,候准牌期②,跟着同班一大帮走进二堂,在廊檐底下朝着大人磕了三个头,起来又请了一个安。那大人只摊摊手,呵呵腰儿,也没有问话就进去了。钱典史来的时候手里捏着一把汗,恐怕问起前情,难以回话;幸亏大人不记小人之过,过了此关,才把一块石头放下。

但是他选的那个缺,现在有人署事,到任未及三月。这署事的人也弄了什么大帽子的信,好容易署了这个缺;上司看了写信人面上,总要叫他署满一年,不便半路上撤他回来。好在姓钱的是实缺,就是闲空一年半载也不打紧:上司存了这个意见,所以竟不挂牌叫他赴任。却不想这位钱太爷只巴巴的一心想到任,叫他空闲在省城,他却受不得了。一天到晚,不是钻门子,就是找朋友,东也打听,西也打听,高的仰攀不上,只要府、厅班子里,有能在上司面前说得动话的,他便极力巴结,天天穿着衣帽到公馆里去请安。后来就有人告诉他:现在支应局③兼营务处的候补府黄大人,是护院的天字第一号的红人。凡百事情托了他,到护院面前,说一是一,

① 护院——藩台暂时代理抚院职务为护院。

② 牌期——督、抚官署每月在规定的几个日期里,给属员以普遍谒见陈述政务的机会,这个日子叫做牌期或辕期。

③ 支应局——官署名,主管军饷。

说二是二。新近赈捐案内,又蒙山西抚院保举了"免补"①,部文虽未回来,即日就要过班,便是一位道台②了。向来司、道一体,便与藩、臬两司同起同坐。所以他现在虽然还是知府,除掉护院之外,藩、臬却都不在他眼里,有些事情竟要硬驳回去。藩、臬为他是护院的红人,而且即日就要过班,所以凡事也都让他三分。

闲话休题。且说钱典史听见这条门路,便一心一意地想去钻。究竟他办事精细,未曾禀见黄大人,先托人介绍,认得了黄大人的门口,同他门口一个叫戴升的先要好起来:拜把子,送东西,如兄若弟,叫的应天响。慢慢的才把"省里闲不起,想求大人提拔提拔"的意思说了出来。戴升道:"老弟,你为什么不早说?这一点点事情,做哥哥的还可以帮你一把力。"钱典史听了,喜的嘴都合不拢来,忙说:"既然如此,我明天一早就来禀见。"戴升道:"你别忙。早来无用,早晨找他的人多,哪里有工夫见你;要来,明儿晚上来。"钱典史忙说:"领教。倘能蒙老哥吹嘘,大人栽培,赏派个把差使,免得妻儿老小捱饿,便是老哥莫大之恩。"说完之后,便即起身告辞。戴升说:"自家兄弟,说那里的话。明晚再会罢,我也不送你了。"钱典史去后,齐巧上头有事来叫戴升进去,问了两句话。只因黄知府今日为了支应局一个收支委员亏空了几百两银子,被他查了出来,马上撤掉差使,听候详参。心想,这些候补小班子里头,一个个都是穷光蛋,靠得住的实在没有。便与戴升谈及此事。也是钱典史运气来了,戴升便保举他,说:"现在有个新选上饶县典史钱某人,"如何精明,如何谙练,"而且曾任实缺,现在又从部里选了出来;因为有人署事,暂缓赴任。如若委了这种有缺的人,他一定尽心报效,再不会出岔子的。"黄知府道:"我没有瞧见过这个人。"戴升道:"他可常常来禀见。小的为着老爷事忙,哪里有工夫见他,所以从没有上来回。"黄知府道:"既然如此,叫他明天夜里来见我。"戴升答应了几个"是",又站了一会子,才退了出去。

---

① 免补——候补官员还没有实授本职就超升了一级,免除他经过本职的补缺阶段,叫做免补。

② 道台——清时省以下,府以上的一级官员叫做道台,也称观察。

到了第二天，钱典史那里等到天黑，太阳还大高的，他穿了花衣补服①跑了去。只见公馆外头平放着两乘轿子。他便趔趔趄趄，走到戴升屋里，请安坐下。戴升把昨儿夜间替他吹嘘的话告诉了他，还说："支应局出了一个收支差使，上头一定要委别人，已经有了主了，是我硬替你老弟抗下来的。停刻见了面就有喜信的。"钱典史又是感激，又是欢喜，忙问："大人几时回来的？"戴升道："早晨七点钟上院，九点下来；接着会审了一桩什么案子；赶十二点钟到局里吃过饭，又看公事；才回来抽不上三袋烟，又是什么局里的委员来禀见，现在正在那里会客咧。你且在这屋里吃饭，等他老人家送过客，过了瘾，再上去不迟。"钱典史无奈，只得暂且坐着等候。停了一会子，只听得里头喊"送客"。见两个委员前头走，黄知府后面跟着送。走到二门口，那两个委员就站住了脚；黄知府照他们呵呵腰，就自己先进去了。两个委员各自上轿回去不题。

这里黄知府，踱进二门，便问管家："轿子店里催过没有？"有个管家便回："已经打发了三次人去催去了。"黄知府道："今儿在院上，护院还提起，说部文这两天里头一定可到。轿子做不来，坐了什么上院呢？真正这些王八蛋！我不说，你们再不去催的。"众管家碰了钉子，一声也不敢言语，一个个鸦雀无声，垂手侍立。黄知府说完了话，也踱了进去。

等到上灯之后，钱典史在戴升屋里吃过了夜饭，然后戴升拿着手本进去替他回过，又出来领他到大厅西面一间小花厅里坐下。此时钱典史恭而且敬，一个人坐在那里，静悄悄的，足足等了半个钟头才听见靴子响。还没进花厅门，又咳嗽了一声。随见小跟班的，将花厅门帘打起，便是大人走了进来：家常便服，一个胖胀面孔，吃烟吃的满脸发青，一嘴的浓黑胡子，两只眼睛直往上瞧。钱典史连忙跪倒，同拜材头的一样，叩了三个头，起来请了一个安，跟手又请安，从袖筒管里取出履历呈上。黄大人接在手中，一面让坐。钱典史只有半个屁股坐在椅子上，斜着脸儿听大人问话。黄知府把他的履历翻了一翻，随手搁下，便问："几时到的？"钱典史忙回：

---

① 花衣补服——花衣，就是蟒袍，是当时官员的公服，视官阶的大小，通身绣九蟒到四蟒。补服，下文也作补子、补褂，是加在蟒袍外面的外褂，胸前和背后用金线织绣方形的鸟兽图案，视官阶的大小而决定绣何种鸟兽，例如文官一品穿仙鹤补服，武官一品穿麒麟补服等。

“上个月到的。”黄知府道：“上饶的缺很不坏?”钱典史道：“大人的栽培！但是一时还不得到任。”说到这里，黄知府叫了一声“来”。只见小跟班的拿着水烟袋进来装烟。黄知府只管吃烟，并不答话。钱典史熬不过，便站起来又请了一个安，说：“卑职母老家贫，虽说选了出来，藩宪一时不挂牌。总求大人提拔提拔！”黄知府道：“求我的人实在多，总要再添几百个差使，才能够都应酬得到。”钱典史听了不敢言语。只见黄知府拿茶碗一端①，管家们喊了一声“送客”，他只好辞了出来。黄知府送到二门，也就进去了。

钱典史出来，仍旧走到戴升屋里，哭丧着面孔，在那里换衣服，一声也不言语。还是戴升看出他的苗头，就说：“老弟！官场里的事情，你也总算经过来的了，哪里有一见面就委你差使的？少不得多走两趟。不是说，有愚兄在里头，咱们兄弟自己的事，还有什么不替你上紧的。这算得什么，也值得放在心上，就马上不自在起来。快别这样！”钱典史道：“做兄弟的并非不知道这个道理。但是一件，刚才我求他，他老人家的口气不大好，再来恐怕他不见。”戴升道：“你放心，有我呢！你看他一天忙到夜，找他的人又多。我说句话你别动气：像你老弟这样的班子，不是有人在里头招呼，如要见他一面，只怕等上三年见不着的尽多哩。”钱典史道：“我晓得。不是你老哥在里头，兄弟哪里够得上见他。有你老哥拍胸脯，兄弟还有什么不放心的。你快别多心，以后全仗大力！”一面又替戴升请了一个安，然后辞了出来，自回寓处。后来又去过几次，也有时见着，有时见不着。

忽然一天，钱典史正走进门房，戴升适从上头回事下来，笑嘻嘻的朝着钱典史道：“老弟，有件事情，你要怎样谢我？说了再告诉你。”钱典史一听话内的因，心上一想，便道：“老哥，你别拿人开心。谁不知道戴二太爷一向是一清如水，谁见你受过人家的谢礼？这话也不像你说出来的。”旁边有戴升的一个伙计听了这话，笑道：“真正钱太爷好口才！”戴升道：

---

① 拿茶碗一端——清时官场习惯，属员谒见长官，长官认为没有再谈下去的必要，但又不便当面下逐客令，就以端茶碗示意；茶碗一端，侍役就高呼送客，这时客人必须立即辞出。

“真是真,假是假,不要说玩话。我们过这边来讲正经要紧。”钱典史便跟了戴升到套间里,两个人咕咕哝哝了半天,也不知说些什么。只听得临了一句是钱典史口音,说:“凡事先有了你老哥才有我兄弟,你我还分彼此吗!”说完出来,欢天喜地而去。究竟所说的那个收支差使派他没有,后文再题。

且说黄知府有一天上院回来,正在家里吃夜饭,忽然院上有人送来一角文书,拆开一看,正是保准过班的行知。照例开销来人。便是戴升领头,约齐一班家人,戴着红帽子,上去给老爷叩喜。叩头起来,戴升便回:“绿呢轿子可巧今天饭后送来。家人刚才看过历本,明天上好的日子,老爷好坐着上院。”黄知府点点头儿。又问:“价钱讲过没有?”戴升道:“拿旧蓝呢轿子折给他,找他有限的钱。”黄知府道:“旧轿子抬去了没有?”戴升道:“明天老爷坐了新轿子,就叫他们把旧的抬了去。”黄知府没有别的言语,戴升便退了下来。接着首府、首县,以及支应局、营务处的各位委员老爷,统通得了信,一齐拿着手本前来叩喜。内中只有首府来的时候,黄知府同他极其客气。无奈做此官,行此礼,凭你是谁,总跳不过这个理去。始终那首府按照见上司的规矩见的他。

一宵无话。次日一早,黄知府便坐了绿呢大轿上院,叩谢行知。仍旧坐了知府官厅。惹得那些候补知府们都站起来请安,一口一声的叫“大人”。黄大人正在那里推让的时候,只见有人拿了藩、臬两宪的名帖前来请他到司、道官厅去坐。那些知府又站了班,送他出去。到司、道官厅,各位大人都对他作揖道喜。他依旧一个个的请安,还他旧属的体制。各位大人说:“以后我们是同寅,要免去这个礼的了。”各位大人又一齐让位,黄大人便扭扭捏捏的在下手一张椅子上坐下。列位看官记清:黄大人现在已经变为道台,做书的人也要改称,不好再称他为黄知府了。

当日黄道台上院下来,便拿了旧属帖子,先从藩台拜起,接着是臬台、粮巡道、盐法道,以及各局总办,并在省的候补道,统通都要拜到。一路上,前头一把红伞;四个营务处的亲兵,一匹顶马,——骑马的戴的是五品奖札,还拖着一枝蓝翎①;两个营务处的差官,戴着白石头顶子,穿着“抓

---

① “红伞”、“奖状”、“蓝翎”——均是表示官员身份的穿戴。

地虎"①,替他把轿杠;另外一个号房,夹着护书,跑的满头是汗;后头两匹跟马,骑马的二爷,还穿着外套。黄道台坐在绿呢大轿里,鼻子上架着一副又大又圆,测黑的墨晶眼镜,嘴里含着一枝旱烟袋。四个轿夫扛着他,东赶到西,西赶到东。那个把轿杠的差官还替他时时刻刻的装烟。从午前一直到三点半钟才回到公馆。他老的烟瘾上来了,尽着打呵欠,不等衣服脱完,一头躺下。一口气呼呼地抽了二十四袋。跟他的人,不容说肚皮是饿穿的了。接着还有多少候补大人、老爷们前来道喜,都是戴升替他一个个道乏挡驾。

又过了两天,戴升想巴结主人,趁空便进来回道:"现在老爷已经过了班,可巧大后天又是太太的生日,家人们大众齐了份子叫了一本戏,备了两台酒,替老爷、太太热闹两天。这点面子老爷总要赏小的,总算家人们一点孝心。"黄道台道:"何苦又要你们花钱?"戴升道:"钱算得什么!老爷肯赏脸,家人们倾家都是愿意的。"黄道台道:"只怕这一闹,不要叫局里那些人知道,他们又有什么公分闹不清爽。——还有营务处上的。"戴升道:"老爷的大喜,应该热闹两天才是。"黄道台也无他说。戴升便退了下来,自去办事。不料这个风声传了出去,果然营务处手下的一班营官一天公分;支应局的一班委员一天公分:都是一本戏、两台酒,一齐拿了手本,前来送礼。黄道台道:"果不出我所料,被戴升这一闹,闹出事情来了。"戴升道:"要他们知道才好。"于是定了头一天暖寿,是本公馆众家人的戏酒;第二天正日,是营务处各营官的;第三天方轮到支应局的众委员。

到了暖寿的第一天晚上,黄道台便同戴升商量道:"做这一个生日,唱戏吃酒,都是靡费,一点不得实惠。"戴升正要回话,忽见门上传进一封电报信来,上面写明"南京来电送支应局黄大人升"。黄道台知道是要紧事情,连忙拆开来一看,上头只有号码。黄道台是不认得外国字的,忙请了账房师爷来,找到一本"华洋历本",翻出电码,一个一个的查。前头八个字是"南昌支应局黄道台"。黄道台急于要看底下,偏偏错了一个码子,查死查不对。黄道台急了,说:"不去管他,空着这一个字,查底下的罢。"那师爷又翻出三个字,是"军装案"。黄道台一见这三个字,他的心就毕卜毕卜跳起来了。瞪着两只眼睛看他往底下翻。那师爷又翻出六个

---

① 抓地虎——一种薄底、短筒、便于行走的靴子。也叫爬山虎,就是快靴。

字,是“帅[1]查确,拟揭参”。黄道台此时犹如打了一个闷雷似的,咕咚一声,往椅子上就坐下了。那师爷又翻了一翻,说:“还有哩。”黄道台忙问:“还有什么?”师爷一面翻,一面说:“朱守[2]、王令[3]均拟革,兄拟降同知[4],速设法。”下头注着一个“荃”字。黄道台便晓得这电报是两江督幕里他一个亲戚姓王号仲荃的得了风声,知会他的。便说:“这事从哪里说起!”师爷说:“照这电报上,令亲既来关照,折子还没有出去。观察早点设法,总还可以挽回。”黄道台道:“你们别吵!我此刻方寸已乱,等我定一定神再谈。”

歇了一会子,正要说话,忽见院上文巡捕胡老爷,不等通报,一直闯了进来,请安坐下。众人见他来的古怪,都退了出去。胡老爷四顾无人,方才说道:“护院叫卑职到此,特为通知大人一个信。”黄道台正在昏迷之际,也不知回答什么方好,只是拿眼瞧着他。胡老爷又说道:“护院接到南京制台[5]的电报,说是那年军装一案,大人也罣误在里头。真是想不到的事情!护院叫劝劝大人,不要把这事放在心上,过上两个月,冷一冷场,总要替大人想法子的。”此时黄道台早已急得五内如焚,一句话也回答不出。后来听见胡巡捕说出护院的一番美意,真是重生父母,再造爹娘,那一种感激涕零的样子,画也画不出。便说:“求老兄先在护院前替兄弟叩谢宪恩。兄弟现在是被议人员,日里不便出门,等到明儿晚上,再亲自上院叩谢。”说完之后,胡老爷要赶着回去销差,立刻辞了出来。黄道台此番竟是非常客气,一直送出大门方回。

当下一个人,也不进上房,仍走到小客厅里,背着手,低着头,踱来踱去。有时也在炕上躺躺,椅子上坐坐;总躺不到、坐不到三分钟的时候,又爬起来,在地下打圈子了。约摸有四更多天,太太派了老妈子三四次来请老爷安歇,大家看见老爷这个样子,都不敢回。后来太太怕他急出病来,

---

① 帅——指总督。清时总督和巡抚都兼掌军权或兼军衔,所以也常被称为帅。

② 守——太守的简称,就是知府。

③ 令——县令的简称,就是知县。

④ 同知——这里指府同知,是知府的辅佐官。

⑤ 制台——总督的别称,后文也称制军。总督是管辖一省或几省的最高长官,和巡抚是同级的,职权也差不多;大致总督偏重军政,巡抚偏重民政。

只好自己出来解劝了半天，黄道台方才没精打采的跟了进去。

到了第二天，本是太太暖寿的正日，因为遭了这件事，上下都没了兴头。太太便叫戴升上去，同他商量，想把戏班子回掉不做。戴升一见老爷坏了事，谁肯化这冤钱，便落得顺水推船说："家人也晓得老爷心上不舒服。既然太太如此说，家人们过天再替太太补祝罢。"说完出去，叫了掌班的来，回头他说："不要唱了。"掌班的说："我的太爷！为的是大人差使，好容易才抓到这个班子，多少唱两天再叫他们回去。"戴升道："不要就是不要！你不走，难道还在这里等着挨揍不成？"掌班的被他骂了两句，头里也听见这里大人的风声不好，知道这事不成功，只好垂头丧气出来，叫人把箱抬走。一面戴升又去知会了局里、营里。大家亦已得信，今见如此，乐得省下几文。不在话下。

到了下午，大人从床上起身，洗脸吃饭，一言不发；等到过完瘾，那时已有上灯时分。戴升进来回："外面都已伺候好了。请老爷的示：还是吃过夜饭上院，还是此刻去？"黄大人说："吃过夜饭再去。"原来这位黄大人的太太最是知书识礼的，一听丈夫降了官，便同戴升说："现在老爷出门，是坐不来绿呢大轿①的了。我们那顶旧蓝呢的又被轿子店里抬了去，你看向哪位相好老爷家借一顶来？"戴升道："现在的事情，没头没脑，不过一个电报，还作不得准。据家人的意思，老爷今天还是照旧，等到奉到明文再换不迟。况且同人家去借，面子上也不好说。"太太说："据我看，这桩事情是不会假的。再坐着绿大呢的轿子上院，被人家指指摘摘的不好，不如换掉了妥当。横竖早晚要换的。家里有的是老太爷不在的时候，人家送的蓝大呢帐子，拿出两架来把他蒙上，很容易的事。"一面说，一面就叫姨太太同了小姐立刻去开箱子，找出三个蓝呢帐子，交给戴升拿了出去。戴升回到门房里说道："说起来，我们老爷真真可怜！好容易创了一顶绿大呢的轿子，没有坐满五回，现在又坐不成了。太太叫把蓝呢蒙上，说得好容易，谁是轿子店里的出身？我是弄不来。好在老爷是糊里糊涂的，今儿晚上让他再多坐一次。吩咐亲兵，明天一早叫轿子店里的人来一两个，带了家伙，就在我们公馆里把他蒙好就是了。"究竟黄大人是否仍坐绿呢大轿上院，且听下回分解。

---

① 绿呢大轿——一种官阶标志，当时三品以上官员才坐绿呢大轿。

第　四　回

白简[1]留情补祝寿　黄金有价快升官

却说黄道台吃过了晚饭，又过了瘾，一壁换衣服，一壁咳声叹气。扎扮停当出来上轿，仍旧是红伞顶马，灯笼火把而去。到得院上，一个人踱进了司、道官厅。胡巡捕听说他来，因为一向要好的，赶忙进去请了安，说："护院正会客哩，等等再上去回。大人吃过饭了没有？"黄道台说："偏过了。老哥，你这称呼要改的了，兄弟是降调人员，不同老哥一样吗？"说着，就要拉胡巡捕坐下谈天。胡巡捕也半推半就地坐了。说不到两三句话，便说："卑职要上去瞧瞧看，客人去了，好进去回。"黄道台又说了一声"费心"。胡巡捕去不多时，就来相请。黄道台把马蹄袖放了下来，又拿手整一整帽子，跟了进去。护院已经迎出来了。一到屋里，黄道台请了一个安，跟手跪下磕了一个头，又请了一个安，说："叩谢大人为职道事情操心。"归座之后，接着就说："职道没有福气伺候大人。将来还求大人栽培，职道为牛为马也情愿的。"护院道："真也想不到的事情。但是制台的电报说虽如此说，折子还没有出去。昨日胡巡捕回来，讲老哥有位令亲在幕府里，为什么不托他想法子去挽回挽回？"黄道台道："虽是职道的亲戚在里头，怕的是制军面前不大好说话。总求大人替职道想个法子，疏通疏通。职道也不敢望别的好处，但求保全声名，那就感戴大人的恩典已经不浅。"说着，又离座请了一个安。护院道："我今天就打个电报去。但是令亲那里，你也应该复他一电，把底子搜一搜清，到底是怎么一件事。"黄道台道："不用问得。"一面说，一面把嘴凑在护院耳朵跟前，如此如此，这般这般，说了一遍。方才高声言道："少不得总求大人的栽培。"护院听了他话，皱了一回眉头说："老哥当初这件事，实在你自己大意了些，没有安排得好，所以出了这个岔子。"黄道台答应了一声"是"。护院又着实宽慰他几句，叫他在公馆里等信："我这里立刻打电报去，少不得要替你想法子

---

① 白简——弹劾的奏折。

的。”然后端茶送客。黄道台辞了出来。胡巡捕赶上说:“护院已经答应替大人想法子,看起来这事一定不要紧。等到一有喜信,卑职就立刻过来。”黄道台连说:“费心!”又谦逊了一回,然后上轿而去。

一霎回到公馆,他老人家的气色便不像前头的呆滞了。下轿之后,也不回上房,直到大厅坐下,叫请师爷来,告诉他缘故,叫他拟电报,按照护院的话,就托王仲荃替他查明据实电复。师爷说:“这个电报字太多,若是送到电报局里去,单单加一的译费就得好几角,不如我们费点事,翻好了送去。”黄道台点头称“是”。师爷便取过那本“华洋历本”来,查着“电报新编”一门,一个一个的码子写了出来,打发二爷送去。黄道台方才回到上房,脱去衣服,同太太谈论护院的恩典。太太也着实感激,说:“等到我们有了好处,怎么补报补报他方好。”当下安寝无话。

且说戴升看见老爷打电报,等到老爷进去,他便进来问过师爷,方才知道底细。师爷说:“这事护院很肯帮忙,看来还有得挽回。”戴升鼻子里哼的冷笑一声,说:“等着罢!我是早把铺盖卷好等着的了。想想做官的人也真是作孽。你瞧他前天升了官一个样子,今儿参掉官又是一个样子。不比我们当家人的,辞了东家,还有西家,一样吃他妈的饭;做官的可只有一个皇帝,逃不到哪里去的。你说护院肯帮忙,护院就要回任的,未见得制台就听他的话。以后的事情瞧罢咧!能够不要我们卷铺盖,那是最好没有。”一头说着,一头笑着出去。师爷也不同他多话,各自归房不题。

且说黄道台在公馆里一等等了三天,不见院上有人来送信,把他急得真如热锅上蚂蚁一般,走出走进,坐立不定。真正说也不信:官场的势利,竟比龙虎山上张真人的符还灵。从前黄道台才过班的时候,哪一天不是车马盈门,还有多少人要见不得见;到了如今,竟其鬼也没有一个,——便是受过他的提拔,新委支应局收支委员的钱典史,也是绝迹不到,并且连戴升门房里,亦有四五天没有他的影子了。黄道台此事却不在意。但是胡巡捕素来最要好、最关切的人,他今不来,可见事情不妙。到了第四天饭后,他老人家已经死心塌地,绝了念头。一等等到天黑,忽见戴升高高兴兴拿了一封信进来,说:“院上传见。这封信是文巡捕胡老爷送来的。——大约南京的事情有了好消息,所以院上传见。”黄道台连忙取过拆开一看,只见上面写的是:“敬禀者:窃卑职顷奉抚宪面谕,刻接制宪电称,所事尚未出奏,已委郭道查办,定可转圜。嘱请宪驾即速到院。肃此谨禀。恭叩大人福安。伏乞垂鉴。卑职尔调谨禀。”黄道台尚未看完，便说：“这件事情，仲荃太胡闹了。现在影子都没有，怎么就打那么一个电报呢？真正荒唐！”一手拿着信，一头嚷着，赶到上房告诉太太去了。大家听着，自然欢喜。

他便立刻换衣服，坐轿子上院。到了官厅里，胡巡捕先来请安。此番黄道台的架子比不得那天晚上了：便站着同他讲话，不让他坐。胡巡捕也不敢坐。黄道台道：“天下哪里有这样荒唐人！想我们舍亲凭空来这么一个电报！现在委了郭观察查办，那事就好说了。”说着，胡巡捕进去回过出来请见。黄道台此番进去，却换了礼节，仍旧照着他们司、道的规矩，见面只打一恭，不像那天晚上，叠二连三地请安了。护院告诉他：“那天吾兄去后，兄弟就打了一个电报给江宁藩台，因为他也是兄弟的相好，托他替吾兄想个法子。刚才接到他的回电，老兄请看。”一面说，一面把电报拿了出来给黄道台看。只见上面写的是：“江电谨悉。黄道事折已缮就。遵谕代达，帅怒稍霁，饬郭道确查核办。本司某虞电。”黄道台看完，便重新谢过护院，说了些感激的话，辞了出来。

回到公馆，也不晓得什么人给的信，所有局里的、营务上的那些委员，一个个都在公馆里等着请安。黄道台会了几个，其余一概道乏，大家回去。只有钱典史一直落了门房，同戴升商量，托他替回，就说：“这两日知道大人心上不舒服，不敢惊动，所以太太生日，送的戏也没有唱。现在是没有事的了。况且我又是受过栽培的人，比别人不同，应该领个头，邀集两下里的同事、同寅，前来补祝。老哥，你看就是明天如何？烦你就替我先上去回一声。”戴升道：“兄弟别客气罢！前两天我们这里真冷清，望你来谈谈，你也不来。这一会子又来闹这个了。”钱典史把脸一红道：“我不是不来，怕的是碰在他老人家不高兴头上，怪不好意思的。现在这样，也是我们的一点孝心，是不好少的。”戴升道：“我知道了。你别着忙，少不得说定日子就给你信的。”原来钱典史自从那一天同戴升私语之后，第二天便奉到支应局的札子，派他做了收支委员。一切谢委到差，都是照例公事，不必细赘。凡是做书，叙一桩事情，有明点，有暗点，有补点。此番钱典史得差，乃是暗点兼补点法，看官不可不知。

闲话休题。且说是日钱典史去后，戴升一想这话不错，立刻就到上房，不说钱典史的主意，竟其算他自己的意思，说道：“前天太太生日，家人们本来要替太太祝寿的，偏偏来了这么一个电报，闹了这几天。家人连饭也几天没有吃，夜间也睡不着觉。心里想，好容易跟得一个主人，总要望主人轰轰烈烈的，升官发财方好。况且老爷官声，统江西第一，算来决计不会出岔子的。前几天家人同伙当中，还有几个一天到晚垂头丧气，想着要求某老爷、某老爷外头荐事情，公馆里的事情都不肯做。这些没有良心的东西，真把家人恨的了不得！”黄道台道：“这些没良心的王八蛋，还好用吗！是哪一个？立刻赶掉他！”戴升道：“名也不用说了。常言大人不记小人之过，这些没有良心的东西，将来总没有好日子，等着瞧罢。”当下太太也帮着劝解一番，黄道台方始无言。然后讲到看日子补祝寿。局里头是钱太爷领头，还要照上回说的一样办。黄道台应允了。就看定日子，后天为始。戴升出来，就去通知了钱典史。仍旧是众家人头一天暖寿，局里第二天，营务处第三天：挨排下去。

打条子给县里，请他知会学里老师去封戏班子的箱。不上半天，仍旧上回那个掌班的押着戏箱来到公馆。先见门政大爷戴大爷，请过安。那掌班的说：“我的大太爷！上回唱过不结了吗！害的咱东也找人，西也找人，为的是大人差事，赚钱事小，总要占个面子。哪里知道半天里一个雷，说不唱了。我的大太爷！那真啃死小人了！足足赔了一百二十四吊，就是剩了条裤子没有进当！幸亏好，今儿还是咱的差使，赏咱们个面子，咱恨不得竭力报效。大太爷你想，咱班子里一个老生，一个花脸，一个小生，一个衫子，都是刮刮叫，超等第一名的角色：老生叫赛菊仙，花脸叫赛秀山，小生叫赛素云，衫子叫赛怡云。”戴升道：“怎么全是‘赛’？只怕赛不过罢！”掌班的发急道：“这原是江西有名的‘四赛’，谁不知道。等到开了台，大太爷听过，就知道咱不是说的瞎话。”戴升道：“唱得好，没有话说；唱得不好，送到县里，赏你三百板子一面枷。”掌班的道：“唱得不好，也有你大太爷包涵；唱得好了，更不用说，只你大太爷一句话，多不敢想，把大人库里的元宝赏咱两个，补补上回的数，那就是大太爷栽培小人了。”戴升道：“他有银子在他手里；我想赏你，他不肯，亦是没有法想。”掌班的道：“大太爷你别瞒我，谁不知道支应局的戴大太爷，大人跟前说一是一，说二是二。只要你老吩咐就是了，不要说一个元宝，就是上千上万的，也尽着你拿。”戴升道：“那倒好了。我有这些银子，也不在这里当门口了。”正说着话，可巧上头来叫戴升，就此把话打断。

有话便长，无话便短。转瞬间，便到了暖寿的那一天。班子里规矩，两点钟就要开锣，黄道台因为此事，上院请了三天假，在公馆里吃过午饭，就同着太太出来坐在大厅上听戏。还有姨太太、小姐，一个个都打扮着像花蝴蝶似的，一同陪着瞧戏。

黄道台还有一个少爷，今年只得十三岁，是姨太太养的。因为太太没有儿子，却拿他爱如珍宝，把这位少爷脾气惯得比谁还要厉害。他说要天上日头，就得有人拿梯子才好；不然，他那牛性一发，十个老爷也强他不过。这天唱戏，他一早就钻在戏房里，戴着胡子，尽着在那里使枪耍棒。班子里人为的是少爷，也不敢多讲。后来倒是一个唱小丑的看不过，说了一句："我的少爷，我们在这里唱戏，你老倒在这里做清客串了。"少爷听了不懂。跟少爷的二爷听了这话，就朝着那个唱小丑的眉毛一竖，说他糟蹋少爷，一定要上去回。唱小丑的不服，两个人就对打起来。掌班的看不过，过来把那个唱小丑的吆喝下来；又过来替二爷赔不是，劝他同少爷厅上去瞧戏，戏房里人多口杂，得罪了少爷是不是玩的。那二爷方才同了少爷出来。少爷到底偷了人家一挂胡子，藏在袖子里。掌班的查着了，也不敢问。

少停天黑，台上停锣预备上寿。老爷、太太一齐进去，扎扮出来：老爷穿的是朝珠补褂，太太穿的是红裙披风。双双站立厅前，同受众人行礼。起先是自己家里的人，接着方是戴升领着合府家人。那戴升头戴红缨大帽，身穿元青外套；其余的也有着马褂的，也有只穿一件长袍的，一齐朝上磕头。老爷站在上面，也还了一个揖。太太也福了一福。众家人叩头起来，便是众位师爷行礼。太太回避，单是黄道台出来让了一回。大家散去。接着合省官员，从知府以下的，都来上手本。黄道台吩咐一概挡驾。独有钱典史，也不管厅上有人没人，身穿彩画蟒袍，头戴五品奖札，走到居中，跪下磕了三个头，起来请过安，又要找太太当面叩见、叩祝。太太见他进来的时候，早已走开了。黄道台又同他客气一回，让他在这里看戏。他说："卑职不比别人，应得在这里伺候的。"诸事停当，方才坐席开锣，重跳加官，挜排点戏，直闹到十二点半钟方始停当。

却说这一天送礼的人倒也不少，无非这酒、烛、糕桃、幛屏之类居多。全是戴升一个人专管此事。某人送的某物，开发力钱多少，一一登账记清。戴升还问人家要门包，也有两吊的，也有一吊的，真正是细大不捐，积少成多,合算起来也着实不少。还有些候补老爷们,知道黄道台同护院要好,说得动话,便借此为由,也有送一百两的,也有送五十两的,也有送衣料、金器的。那门包更不用说了。凡送现银子及衣料、金器的,因为太太吩咐过,一概立时交进;其余晚上停锣之后交账,太太要亲自点过,方才安寝。

转瞬之间,已过三天,黄道台上院销假。又过了几天,凡来拜寿的同寅地方,一处处都要去谢步。暗中又托人到郭道台那里打点,送了一万银子。郭道台就替他洗刷清楚,说了些"事出有因,查无实据"的话头,禀复了制台。那制台也因得了护院的信,替他求情,面子难却,遂把这事放下不题。且说黄道台仍旧当他的差使。因为护院相信他,什么牙厘局①的老总、保甲局②的老总、洋务局的老总,统通都委了他,真正是锦上添花,通省再找不出第二个。

无奈实缺巡抚已经请训南下,不日就要到任。别人还好,独有那位藩台大人,是盐法道署的,他这人生平顶爱的是钱。自从署任以来,怕人说他的闲话,还不敢公然出卖差缺。今因听得新抚台不久就要接印,他指日也要回任,这藩台是不能久的。他便利令智昏,叫他的幕友、官亲,四下里替他招揽买卖:其中以一千元起码,只能委个中等差使;顶好的缺,总得头二万银子。谁有银子谁做,却是公平交易,丝毫没有偏枯。有的没有现钱,就是出张到任后的期票,这位大人也收。——但是碰着一个现惠的,这出期票的也要退后了。

闲话休题。且说这位藩台大人,自从改定章程,划一不二,却是"臣门如市",生涯十分茂盛。内中便有一个知县看中一个缺,一心想要,便走了藩台兄弟的门路,情愿报效八千银子。藩台应允,立时三面成交。正要挂出牌去,忽然院上传见,赶忙打轿上院。护院接见之下,原来不为别事,为的是胡巡捕当了半年的差,很献殷勤,现在护院不久就要交卸,意思想给他一个美缺,无非是调剂他的意思。不料护院指名所要的那个缺,就是这位藩台大人八千两头出卖的那个缺。护院话已出口,藩台心下好不

---

① 牙厘局——掌管厘金税收。

② 保甲局——掌管保甲治安。

踌躇。心想:“缺是多得很。若是别一个还好,偏偏这个昨天才许了人家,而且是现银交易。初意以为详院挂牌,其权仍旧在我;不料护院也看中是这个缺,叫我怎么回头人家呢?”转念一想:“横竖他不久就要回任的,司、道平行,他也与我一样。他要照应人,何不等他回任之后,他爱拿那个缺给谁,也不关我事,何必这时候来抢我的衣食饭碗呢。然而又不便直言回复。不如另外给他个缺,敷衍过去。”主意打定,便回护院道:“大人所说的这个缺,一来离省较远,二来缺分听说也徒有虚名,毫无实在。胡令当差勤奋,又是大人的吩咐,等司里回去,再对付一个好点的缺调剂他。今天晚上就来禀复。至于大人所说的这个缺,现在有应署人员,司里回去也就挂牌出去。”护院道:“通省的缺,依我看,这个也上等的了,难道还不算好?”藩台道:“缺纵然好,也要看民情如何。那地方民情不好,事情不大好办。等司里对付一个民情好点的地方,也不负大人栽培他这一番盛意。”原来这藩台卖缺,护院已有风闻,大约这个缺已经成交的了。心上原想定要同他争一争;既而一想,我又不久就要回任的,何苦做此冤家。他既说得如此要好,且看他拿什么好地方来给我。遂即点头应允,说了声“某翁费心”。藩台方始辞别回去。

一霎时回到本衙,吃过了饭,正在签押房里过瘾。只见他兄弟三大人走进房间,叫了一声“哥”。藩台问他:“什么事?”三大人说:“昨天九江府出缺。今天一早,票号里一个朋友接到他那里的首县一个电报,托号里替他垫送二千银子,求委这首县代理一两个月。这个缺也有限,不过是面子上好看些的意思。”藩台道:“九江府也没有听见长病,怎么就会死?”三大人道:“现在只晓得是出缺,论不定是病死,是丁忧①,电报上没有写明。”藩台道:“首县代理知府,原是常有的事。但是一个知府只值两吊银子,未免太便宜了。老三,生意不好做的这么滥!”三大人说:“我的哥呀!现在不是时候了!新抚台一接印,护院回了任,我们也跟着回任,还不趁早捞得一个是一个?”藩台道:“一个知府总不止这个数。要是知府止卖二千,那些州、县岂不更差了一级呢?”三大人道:“缺分有高低,要看货讨

---

① 丁忧——也叫丁艰。封建丧制:官员遭遇了父母的丧事,要立刻停职守制,必须三年服满,才能再出来做官,叫做丁忧。

价，这代理不过两三个月的事情。"藩台道："代理就不要挂牌吗？"三大人道："牌是自然要挂的。"藩台道："要挂这张牌，至少叫他拿五千现银子。代理虽不过两三个月，现在离着收漕①的时候也不远了，这一接印，一分到任规、一分漕规，再做一个寿，论不定新任过了年出京，再收一分年礼，至少要弄万把银子。现在叫他拿出一半，并不为过。况且这万把银子都是面子上的钱；若是手长些，弄上一底一面，谁能管他呢。"三大人见他哥这么一说，心上自己转念头，说："哥的话并不错。"便对他哥道："既然如此，等我去找票号里那个朋友，叫他今天就打个电报去回他，说五千银子一个不能少。是不是，叫他当天电复。有个缺在这里，还怕鱼儿不上钩。况且省里的候补知府多得很哩。"藩台道："是呀。你就立刻去找那个朋友，好歹叫他给一个回信。他不要，还有别人呢。"原来这位署藩台姓的是何，他有个绰号，叫做荷包。这位三大人也有一个绰号，叫做三荷包。还有人说，他这个荷包是个无底的，有多少，装多少，是不会漏掉的。

且说这三荷包辞了他哥出来，也不及坐轿，便叫小跟班的打了灯笼，一直走到司前一爿汇票号里，找到挡手②的倪二先生。——就是拿电报来同他商量的那个朋友。——这倪二先生，有名的烂好人，大家都叫他泥菩萨。他这人专门替人家拉皮条，溜钩子。何藩台在盐道任上，三荷包账房，一直同他来往。及至署了藩台，卖买更好，进出的多，他来的更比前殷勤。通藩司衙门，上上下下，以及把门的三小子，没一个不认得泥菩萨；就是衙门里的狗，见了他面善，要咬也就不咬了。三荷包进了他的店，一叠连声的喊"泥菩萨"。泥菩萨听见，便知是早上那件事情的回音来了，赶忙出来接了进去。见面之后，泥菩萨便问："那事怎么样了？"三荷包道："你这人，人人都叫你'菩萨"，我看你比强盗还厉害。我们自家人，你好意思给我当上？"倪二先生发急道："这从哪儿说起！我是什么东西，敢给三大人当上？"三荷包道："说句玩话，也值急得这么样！"倪二先生道："我的三大人！你可知道，我是泥做的，禁不起吓，一吓就要吓化了的。"说着，两个人又哈哈地笑了。笑过之后，三荷包便一五一十的，把他哥的话告诉了倪二先生。倪二先生道："我说句不知轻重的话，不怕你三大人招

---

① 收漕——征收钱粮。

② 挡手——经理人。

怪:现在新抚台指日到任,令兄大人不日就要回任的,现在乐得捞一个是一个。前途出到二千,据我看,也是个分上了。如今叫他多,也多不到哪里,反怕事情要弄僵。我劝三大人,还是回去劝劝令兄大人,便宜他这一遭。有我做中人,将来少不得要找补的。"三荷包道:"我何尝不是这样说。无奈我们大先生一定要扳个价,叫我怎么样呢?"倪二先生道:"事已到此,不添不成功。这里头有二八扣,现在我情愿白效劳,就把这四百两也报效了令兄大人。这总说得过了。"三荷包道:"他的有了,你的不要了,我呢?——就是你,也没有白效劳的。"倪二先生道:"二千之外,我早替三大人想好了,还用吩咐吗!"三荷包把身子凑前一步,低声问道:"多少呢?"倪二先生道:"加二。"三荷包道:"泥菩萨,你是知道我的用度大的,这一点点怎么够呢!我们大先生那里,二千答应下来答应不下来,尽着我去抗,横竖叫他代理这缺就是了。但是我两个,总得叫他好看些。"倪二先生道:"我另外提开算,单尽你三大人罢。多要了开不出口;如果些微润色点,我旁边人就替他硬做主,还可以使得。我的意思,二成之外,再加一百,一共五百两。倘若别人,我们须得三一三十一的分派;现在是你三大人,我们兄弟分上,你尽着使罢。"三荷包道:"这个不算数,看你的分上,以后要多照顾些才是。"倪二先生道:"这个自然。承你三大人看得起我,做了这两年的朋友,难道我的心,三大人你还不晓得吗?"三荷包道:"你赶今晚就复他一个电报,叫他预备接印。大先生跟前有我哩。"倪二先生欢天喜地的答应了,又奉承了几句话,三荷包方才回去。究竟此事他哥能否应允,且听下回分解。

第　五　回

藩司卖缺兄弟失和　县令贪赃主仆同恶

却说三荷包回到衙内,见了他哥,问起"那事怎么样了"。三荷包道:"不要说起,这事闹坏了!大哥,你另外委别人罢,这件事看上去不会成功。"藩台一听这话,一盆冷水从头顶心浇了下来!呆了半晌,问:"到底是谁闹坏的?由我讨价,就由他还价;他还过价,我不依他,他再走也还像句话。那里能够他说二千就是二千,全盘都依了他?不如这个藩台让给他做,也不必来找我了。你们兄弟好几房人,都靠着我老大哥一个替你们一房房的成亲,还要一个个的捐官。老三,不是我做大哥的说句不中听的话:这点事情也是为的大家,你做兄弟的就是替我出点力也不为过,怎么叫你去说说就不成功呢?况且姓倪的那里,我们司里多少银子在他那里出出进进,又不要他大利钱,他也有得赚了。为着这一点点他就拿把①,我看来也不是什么有良心的东西!"原来三荷包进来的时候,本想做个反跌文章,先说个不成功,好等他哥来还价,他用的是"引船就岸"的计策。先看了他哥的样子,后来又说什么由他还价,三荷包听了满心欢喜,心想这可由我杀价,这叫做"里外两赚"。及至听到后一半,被他哥埋怨了这一大篇,不觉老羞成怒。

本来三荷包在他哥面前一向是极循谨的;如今受他这一番排揎②,以为被他看出隐情,叫他容身无地,不禁一时火起,就对着他哥发话道:"大哥,你别这么说。你要这么一说,咱们兄弟的账,索性大家算一算。"何藩台道:"你说什么?"三荷包道:"算账!"何藩台道:"算什么账?"三荷包道:"算分家账!"何藩台听了,哼哼冷笑两声道:"老三,还有你二哥、四弟,连你弟兄三个,哪一个不是在我手里长大的?还要同我算账?"三荷包道:"我知道的。爸爸不在的时候,共总剩下也有十来万银子。先是你

---

① 拿把——拿乔,有所倚恃而故意刁难的意思。

② 排揎——数落、斥责。

捐知县,捐了一万多,弄到一个实缺;不上三年,老太太去世,丁艰下来,又从家里搬出二万多,弥补亏空:你自己名下的,早已用过头了。从此以后,坐吃山空,你的人口又多,等到服满,又该人家一万多两;凭空里知县不做了,忽然想要高升,捐什么知府,连引见走门子,又是二万多。到省之后,当了三年的厘局总办;在人家总可以剩两个,谁知你还是叫苦连天,论不定是真穷还是装穷。候补知府做了一阵子,又厌烦了,又要过什么班。八千两银子买一个密保,送部引见;又是三万两,买到这个盐道:哪一注不是我们三个的钱。就是替我们成亲,替我们捐官,我们用的只好算是用的利钱,何曾动到正本。现在我们用的是自家的钱,用不着你来卖好!什么娶亲,什么捐官,你要不管尽管不管,只要还我们的钱!我们有钱,还怕娶不得亲,捐不得官!"何藩台听了这话,气得脸似冬瓜一般的青了,一只手绺着胡子,坐在那里发愣,一声也不言语。

三荷包见他哥无话可说,索性高谈阔论起来。一头说,一头走,背着手,仰着头,在地下踱来踱去。只听他讲道:"现在莫说家务,就是我做兄弟的替你经手的事情,你算一算:玉山的王梦梅,是个一万二;萍乡的周小辫子八千;新昌胡子根六千;上饶莫桂英五千五;吉水陆子龄五千;庐陵黄□甫六千四;新畲赵苓州四千五;新建王尔梅三千五;南昌蒋大化三千;铅山孔庆辂、武陵卢子庭,都是二千;还有些一千、八百的,一时也记不清,至少亦有二三十注。我笔笔都有账的。这些钱,不是我兄弟替你帮忙,请教那里来呢?说说好听,同我二八、三七,拿进来的钱可是不少,几时看见你半个沙壳子漏在我手里?如今倒同我算起账来了。我们索性算算清。算不明白,就到南昌县里,叫蒋大化替我们分派分派;蒋大化再办不了,还有首府、首道;再不然,还有抚台;就是京控①亦不要紧。我到哪里,你就跟我那里。要晓得兄弟也不是好欺侮的!"三荷包越说越得意,把个藩台白瞪着眼,只是吹胡子,在那里气得瑟瑟地抖。愣了好半天,才喘吁吁的说道:"我也不要做这官了!大家落拓大家穷,我辛辛苦苦,为的哪一项!爽性自己兄弟也不拿我当作人,我这人生在世上还有什么趣味!不如剃了头发当和尚去,还落个清静!"三荷包说道:"你辛辛苦苦,到底为的哪

---

① 京控——清时,有了冤屈经过地方最高级官署的处理还是不能公平解决时,可以到北京向刑部、都察院、步军统领衙门等机关去申诉,叫做京控。

一项？——横竖总不是为的别人。你说兄弟不拿你当人，你就该应摆出做哥子的款来！你不做官，你要做和尚，横竖随你自家的便，与旁人毫不相干。"

何藩台听了这话，越想越气。本来躺在床上抽大烟，站起身来，把烟枪一丢，豁琅一声，打碎一只茶碗，泼了一床的茶，褥子潮了一大块。三荷包见他来的凶猛，只当是他哥动手要打他。说时迟，那时快。他便把马褂一脱，卷了卷袖子，一个老虎势，望他哥怀里扑将来。何藩台初意丢掉烟枪之后，原想奔出去找师爷，替他打禀帖给抚台告病。今见兄弟撒起泼来，一面竭力抵挡，一面嘴里说："你打死我罢！"起先他兄弟俩斗嘴的时候，一众家人都在外间，静悄悄的不敢则声。等到后头闹大了，就有几个年纪大些的二爷进来相劝老爷放手；一个从身后抱住三老爷，想把他拖开，谁知用了多大的力也拖不开。还有几个小跟班，不敢进来劝，立刻奔到后堂告诉太太说："老爷同了三老爷打架，拉着辫子不放。"太太听了，这一吓非同小可！也不及穿裙子，也不要老妈子搀，独自一个奔到花厅。众跟班看见，连忙打帘子让太太进去，只见他哥儿俩还是揪在一块，不曾分开。太太急得没法，拼着自己身体，奔向前去，使尽生平气力，想拉开他两个。哪里拉得动！一个说："你打死我罢！"一个说："要死死在一块儿！"太太急得淌眼泪说："到底怎么样！"嘴里如此说，心上到底帮着自己的丈夫，竭力的把她丈夫往旁边拉。何藩台一看太太这个样子，心早已软了，连忙一松手，往旁边一张椅子上坐下。

那三荷包却不提防他哥此刻松手，仍旧使着全副气力往前直顶，等到他哥坐下，他却扑了一个空，齐头拿头顶在他嫂子肚皮上。他嫂子是女人，又有了三个月的身孕，本是没有气力的，被他叔子一头撞来，刚正撞在肚皮上。只听得太太啊唷一声，跟手咕咚一声，就跌在地下。三荷包也爬下了，刚刚磕在太太身上。何藩台看了，又气又急：气的是兄弟不讲理；急的是太太有了三个月的身孕，自己已经一把胡子的人了，这个填房太太是去年娶的，如今才有了喜，倘或因此小产，那可不是玩的。当时也就顾不得别的了，只好亲自过来，一手把兄弟拉起，却用两只手去拉他太太。谁知拉死拉不起。只见太太坐在地下，一手摸着肚皮，一手托着腮，低着头，闭着眼，皱着眉头；那头上的汗珠子比黄豆还大。何藩台问他怎样，只是摇头说不出话。何藩台发急道："真正不知道我是哪一辈子造下的孽，碰着你们这些孽障!”三荷包见此光景,搭讪着就溜之乎也。

起先太太出来的时候,另外有个小底下人奔到外面声张起来,说:“老爷同三老爷打架,你们众位师爷不去劝劝!”顷刻间,各位师爷都得了信,还有官亲大舅太爷、二舅老爷、姑老爷、外孙少爷、本家叔大爷、二老爷、侄少爷,约齐好了,到签押房里去劝和。走进外间,跟班回说:“太太在里头。”于是大家缩住了脚,不便进去;几个本家也是客气的,一齐站在外间听信。后首听见三老爷把太太撞倒,太太啊唷一声,大家就知道这事越闹越大,连劝打的人也打在里头了。跟手看见三老爷掀帘子出来,大家接着齐问他什么事。三老爷因见几个长辈在跟前,也不好说自己的是,也不好说他哥的不是,但听得说了一声道:“咱们兄弟的事,说来话长。我的气已受够了,还说他做甚!”说罢了这一句,便一溜烟外面去了。这里众人依旧摸不着头脑。后来账房师爷同着本家二老爷,向值签押房的跟班细细地问了一遍,方知就里。

二老爷还要接着问别的,只听得里面太太又在那里啊唷啊唷地喊个不住。想是刚才闪了力了,论不定还是三老爷把他撞坏的。大家都知这太太有了三个月的喜,怕的是小产。外间几个人正在那里议论,又听得何藩台一叠连声的叫人去喊收生婆。又在那里骂上房里的老妈子:“都死绝了,怎么一个都不出来?”众跟班听得主人动气,连忙分头去叫。不多一刻,姨太太、小姐带了众老妈,已经走到屏门背后。于是众位师爷只好回避出去。姨太太、小姐带领三四个老妈进来,又被何藩台骂了一顿,大家不敢做声。好容易五六个人拿个太太连抬带扛,把他弄了进去。何藩台也跟进上房,眼看着把太太扶到床上躺下。问她怎样,也说不出怎样。

何藩台便叫人到官医局里请张聋子张老爷前来看脉。张聋子立刻穿着衣帽,来到藩司衙门,先落官厅,手本传进;等到号房出来,说了一声“请”,方才跟着进去。走到宅门号房站住,便是执帖二爷领他进去。张聋子同这二爷,先赔着笑脸,寒暄了几句,不知不觉领到上房。何藩台从房里迎到外间,连说:“劳驾得很!”张聋子见面先行官礼,请了一个安,便说:“宪太太欠安,卑职应得早来伺候。”何藩台当即让他坐下,把病源细细说了一遍。不多一刻,老妈出来相请。何藩台随让他同进房间。只见上面放着帐子。张聋子知道太太睡在床上,不便行礼,只说一句“请太太的安”。帐子里面也不则声,倒是何藩台同他客气了一句。他便侧着身子，在床面前一张凳子上坐下。叫老妈把太太的右手请了出来，放在三本书上，他却闭着眼，低着头，用三个指头按准寸、关、尺三步脉位，足足把了一刻钟的时候；一只把完，又把那一只左手换了出来，照样把了半天。然后叫老妈去看太太的舌苔。何藩台恐怕老妈靠不住，点了个火，枭开帐子，让张聋子亲自来看。张聋子立刻站了起来，只些微的一看，就叫把帐子放下，嘴里说："冒了风不是玩的！"说完这句说，仍由何藩台陪着到外间开方子。张聋子说："太太的病本来是郁怒伤肝，又闪了一点力，略略动了胎气。看来还不要紧。"于是开了一张方子，无非是白术、子芩、川连、黑山栀之类。写好之后，递给了何藩台，嘴里说："卑职不懂得什么，总求大人指教。"何藩台接过，看了一遍，连说："高明得很！……"又见方子后面另外注着一行小字，道是"委办官医局提调、江西试用通判张聪谨拟"十七个字。何藩台看过一笑。就交给跟班的拿折子赶紧去撮药。这里张聋子也就起身告辞。少停撮药的回来照方煎服。不到半个钟头，居然太太的肚皮也不痛了。何藩台方才放心。

只因这事是他兄弟闹的，太太虽然病不妨事，但他兄弟始终不肯服软，这事情总得有个下场。到了第二天，何藩台便上院请了两天假，推说是感冒，其实是坐在家里生气。三荷包也不睬他。把他气得越发火上加油，只好虚张声势，到签押房里，请师爷打禀帖给护院，替他告病；说："我这官一定不要做了！我辛辛苦苦做了这几年官，连个奴才还不如，我又何苦来呢！"那师爷不肯动笔，他还作揖打恭地求他快写。师爷急了，只好同伺候签押房的二爷咬了个耳朵，叫他把合衙门的师爷，什么舅太爷、叔太爷，通通请来相劝。不消一刻，一齐来了。当下七嘴八舌，言来语去。起先何藩台咬定牙齿不答应。亏得一个舅太爷，一个叔太爷，两个老人家心上有主意，齐说："这事情是老三不是，总得叫他来下个礼，赔个罪，才好消这口气。"何藩台道："不要叫他，那不折死了我吗！"舅太爷道："我舅舅的话他敢不听！"便拉了叔太爷，一同出去找三荷包。

三荷包是一向在衙门里管账房的，虽说是他舅舅，他叔叔，平时不免总有仰仗他的地方，所以见面之后，少不得还要拍马屁。当下舅太爷虽然当着何藩台说，"我舅舅的话他敢不听"；其实两个人到了账房里来，一见三荷包，依旧是眉花眼笑，下气柔声。舅太爷拖长了嗓子，叫了一声"老贤甥"，底下好像有多少话似的，一句也说不出口。三荷包却已看出来意,便说:“不是说要告病吗?他拿这个压制我,我却不怕。等他告准了,我再同他算账。”舅太爷道:“不是这么说。你们总是亲兄弟。现在不说别的,总算是你让他的。你帮着他这几多年,辛辛苦苦管了这个账,替他外头张罗,他并不是不知道好歹;不过为的是不久就要交卸,心上有点不高兴,彼此就顶撞起来。”三荷包道:“我顶撞他什么?如果是我先顶撞了他,该剐该杀,听凭他办。”舅太爷道:“我何曾派老贤甥的不是!不过他是个老大哥,你总看手足分上,拼着我这老脸,替你两人打个圆场,完了这桩事。”叔太爷也帮着如此说。——他叔叔却不称他为“老贤侄”,比舅太爷还要恭敬,竟其口口声声地叫“三爷”。

三荷包听了,心想这事总要有个收场;倘若这事弄僵了,他的二千不必说,还有我的五百头,岂不白便宜了别人。想好主意,便对他舅舅、叔叔说道:“我做事不要瞒人。他若是有我兄弟在心上,这桩口舌是非原是为九江府起的。”便如此这般的,把卖缺一事,自头至尾,说了一遍。两人齐说:“那是我们知道的。”三荷包道:“要他答应了人家二千,我就同他讲和。倘若还要摆他的臭架子,叫他把我名下应该分的家当,立刻算还了给我,我立刻滚蛋;叫他从今以后,也不要认我兄弟。”舅太爷道:“说哪里话来!一切事情都在娘舅身上。你说二千就是二千,我舅舅叫他只准要二千,他敢不听!”说着,便同叔太爷一边一个,拉着三荷包到签押房来。

跟班的看见三老爷来了,连忙打帘子。当下舅太爷、叔太爷,一个在前,一个在后,把个三荷包夹在中间。三荷包走进房门,只见一屋子的人都站起来招呼他;独有他哥还是直挺挺的坐在椅子上不动。三荷包看了,不免又添上些气。亏得舅太爷老脸,说又说得出,做又做得出;一手拉着三荷包的手,跑到何藩台面前说:“自家兄弟有什么说不了的事情,叫人家瞧着替你俩担心?我从昨天到如今,为着你俩没有好好地吃一顿饭。老三,你过来,你做兄弟的,说不得先走上去叫一声大哥。弟兄和和气气,这事不就完了吗?”三荷包此时虽是满肚皮的不愿意,也是没法,只得板着脸,硬着头,狠獗獗的叫了声“大哥”。何藩台还没答腔,舅老爷已经张开两撇黄胡子的嘴,哈哈大笑道:“好了,好了!你兄弟照常一样,我的饭也吃得下了。”说到这里,何藩台正想当着众人发落他兄弟两句,好光光自己的脸;忽见执帖门上来回:“新任玉山县王梦梅王大老爷禀辞、禀见。”这个人可巧是三荷包经手,拿过他一万二千块的一个大主顾,今天因要赴任,特来禀辞。何藩台见了手本,回心转念,想到这是自家兄弟的好处,不知不觉,那面上的气色就和平了许多。一面换了衣服出去,一面回头对三荷包道:“我要会客,你在这里陪陪诸位罢。”大家齐说:“好了,我们也要散了。”说着,舅太爷、叔太爷,同着众位师爷一哄而散。何藩台自己出来会客。

原来这位新挂牌的玉山县王梦梅,本是一个做官好手。上半年在那里办过几个月厘局,不该应要钱的心太狠了,直弄得民怨沸腾,有无数商人来省上控。牙厘局的总办立刻详院,将他一面撤委,一面提集司事、巡丁①到省质讯。后来查明是他不合纵容司、巡,任情需索。幸得宪恩高厚,只把司、巡办掉几个,又把他详院,记大过三次,停委一年,将此事敷衍过去。可巧何藩台署了藩司,约摸将交卸的一个月前头,得到不久就要回任的信息,他便大开山门,四方募化。又有个兄弟做了帮手,竭意招徕。只要不惜重资,便尔有求必应。王梦梅晓得了这条门路,便转辗托人先请三荷包吃了两台花酒。齐巧有一天是三荷包的生日,他便借此为名,送了三四百两银子的寿礼;就在婊子家弄了一本戏,叫了几台酒,聚集了一班狐群狗党,替三荷包庆了一天寿。这天直把三荷包乐得不可开交,就此与王梦梅做了一个知己。可巧前任玉山县因案撤省②。这玉山是江西著名的好缺,他便找到三荷包,请愿孝敬洋钱一万块,把他署理这缺。三荷包就进去替他说合。何藩台说他是停委的人,现在要破例委他,这个数还觉着嫌少。说来说去,又添了二千。王梦梅又私自送了三荷包二千的银票。三荷包一手接票子,一面嘴里说:“咱弟兄还要这个吗?”等到这句话说完,票子已到他怀里去了。

究竟这王梦梅只办过一趟厘局,而且未曾终局,半路撤回;回省之后,还还账,应酬应酬,再贴补些与那替他当灾的巡丁、司事,就是钱再多些,到此也就有限了。此番买缺,幸亏得他有个钱庄上的朋友替他借了三千;他又弄到一个带肚子③的师爷,一个带肚子的二爷,每人三千,说明到任

---

① 巡丁——关卡上负责验货收捐的差役。

② 撤省——免职,调省察看。

③ 带肚子——本作带驮子,指官员到任时借用带来的幕友或差役的银钱而言,意思是幕友差役带了钱来垫借,有如骡马的负重一样。

之后，一个管账房，一个做稿案[①]：三注共得九千。下余的四五千多是自己凑的。这日因为就要上任，前来禀辞，乃是官样文章，不必细述。

王梦梅辞过上司，别过同寅，带领家眷，与所有的幕友、家丁，一直上任而去。在路非止一日。将到玉山的头一天，先有红谕下去，便见本县书差前来迎接。王梦梅的意思，为着目下乃是收漕的时候，一时一刻都不能耽误的。原想到的那一天就要接印，谁知到的晚了，已有上灯时分。把他急得暴跳如雷，恨不得立时就把印抢了过来。亏得钱谷上老夫子前来解劝，说："今天天色已晚，就是有人来完钱粮漕米，也总要等到明天天亮，黑了天是不收的，不如明天一早接印的好。"王梦梅听了他言，方始无话。却是这一夜不曾合眼。约摸有四更时分便已起身，怕的是误了天亮接印，把漕米钱粮被前任收了去。等到人齐，把他抬到衙门里去，那太阳已经在墙上了。拜印之后，升座公案，便是典史参堂，书差叩贺，照例公事，话休絮烦。

且说他前任的县官本是个进士出身，人是长厚一路，性情却极和平；唯于听断上稍欠明白些。因此上宪甄别属员本内，就轻轻替他出了几句考语，说他是："听断糊涂，难膺民社。惟系进士出身，文理尚优，请以教谕归部铨选。"本章上去，那军机处拟旨的章京[②]向来是一字不易的，照着批了下来。省里先得电报，随后部文到来。偏偏这王梦梅做了手脚，弄到此缺。王梦梅这边接印，那前任当日就把家眷搬出衙门，好让给新任进去。自己算清了交代，便自回省不题。

且说王梦梅到任之后，别的犹可，倒是他那一个账房，一个稿案，都是带肚子的，凡百事情总想挟制本官。起初不过有点呼应不灵；到得后来，渐渐的这个官竟像他二人做的一样。王梦梅有个侄少爷，这人也在衙门里帮着管账房，肚里却还明白。看看苗头不对，便对他叔子说："自从我们接了印，也有半个多月，幸亏碰着收漕的时候，总算一到任就有钱进。不如把他俩的钱还了他们，打发他走，免得自己声名有累。"他叔子听了，

---

① 稿案——管理案件的差役。

② 军机处拟旨的章京——军机处是清代直隶于皇帝的最高政务机关，由军机大臣主持。军机处的办事人员，从内阁和各部里调用，叫做军机章京。皇帝的谕旨多由章京草拟，经过核准后施行。

愣了一愣。歇了一会，才说得一声："慢着，我自有道理。"侄少爷见话说不进，也就不谈了。原来这王梦梅的为人最恶不过的。他从接印之后，便事事有心退让，任凭他二人胡作胡为；等到有一天闹出事来，便翻转面孔，把他二人重重的一办，或是递解回籍，永免后患。不但干没了他二人的钱文，并且得了好名声，岂不一举两得。你说他这人的心思毒还不毒？所以他侄少爷说话，毫不在意。

回到签押房，偏偏那个带肚子的二爷，名字唤蒋福的，上来回公事。有一桩案件，王梦梅已批驳的了；蒋福得了原告的银钱，重新走来，定要王梦梅出票子捉拿被告。王梦梅不肯。两个人就斗了一会嘴；蒋福叽里咕噜的，撅着嘴骂了出去。王梦梅不与他计较，便拿朱笔写了一纸谕单，贴在二堂之上，晓谕那些幕友、门丁。其中大略意思无非是：

本官一清如水。倘有幕友、官亲，以及门稿、书役，有不安本分，招摇撞骗，私自向人需索者，一经查实，立即按例从重惩办，决不宽贷。

各等语。此谕贴出之后，别人还可，独有蒋福是心虚的，看了好生不乐。回到门房，心上盘算了一回，自言自语道："他出这张谕帖，明明是替我关门。一来绝了我的路，二来借着这个清正的名声，好来摆布我们。哼哼！有饭大家吃，无饭大家饿，我蒋某人也不是好惹的。你想独吞，叫我们一齐饿着，那却没有如此便宜！"想好主意，次日堂事完后，王梦梅刚才进去，一众书役正要纷纷退下，他拿手儿一招道："诸位慢着！老爷有话吩咐。"众人听得有话，连忙一齐站定。他便拖着嗓子讲道："老爷叫我叫你们回来，不为别事，只因我们老爷为官一向清正，从来不要一个钱的；而且最体恤百姓，晓得地方上百姓苦，今年年成又没有十分收成，第一桩想叫那些完钱粮的照着串①上一个完一个，不准多收一分一厘。这件事昨日已经有话，等到定好章程就要贴出来的。第二桩是你们这些书役，除掉照例应得的工食，老爷都一概拿出来给你们，却不准你们在外头多要一个钱。你们可知道，昨天已贴了谕帖，不准官亲、师爷私自弄钱？查了出来，无论是谁，一定重办。你们大家小心点！"说完这话，他便走开，回到自己屋子里去。

---

① 串——政府发给的缴纳钱粮的收据叫做串票、串纸，简称"串"。

这些书差一干人退了下来,面面相觑,却想不出本官何以有此一番举动,真正摸不出头脑。于是此话哄传出去,合城皆知,都说:“老爷是个清官,不日就有章程出来,豁除钱粮浮收,不准书差需索。”那第二件,人家还不理会;倒是头一件,人家得了这个信息,都想等着占便宜。一等三天,告示不曾出来,这三天内的钱粮却是分文未曾收着。王梦梅甚为诧异,说:“好端端,这三天里头怎么一个钱都不见!”因差心腹人出外察听,才晓得是如此如此。这一气非同小可!恨得他要立时坐堂,把蒋福打三千板子,方出得这一口气。后来幸亏被众位师爷劝住,齐说:“这事闹出来不好听。”王梦梅道:“被他这一闹,我的钱还想收吗?”钱谷师爷道:“不如打发了他。这件事总算没有,他的话不足为凭,难道这些百姓果真地抗着不来完吗?”

王梦梅见大家说得有理,就叫了管账房的侄少爷来,叫他去开销蒋福,立时三刻要他卷铺盖滚出去。侄少爷道:“三千头怎么说?”王梦梅道:“等查明白了没有弊病,才能给他。”侄少爷道:“这话恐怕说不下去罢。”王梦梅道:“怎么你们都巴望我多拿出去一个,你们才乐?”侄少爷碰了这个钉子,不敢多说话,只得出来同蒋福说。蒋福道:“我打老爷接印的那一天,我就知道我这饭是吃不长的。要我走容易得很,只要拿我的那三千洋钱还我,立时就走。还有一件:从前老爷有过话,是‘有福同享,有难同当’。现在老爷有得升官发财,我们做家人的出了力、赔了钱,只落得一个半途而废。这里头请你少爷怎么替家人说说,利钱之外,总得贴补点家人才好。还有几桩案子里弄的钱,小事情,十块、二十块,也不必提了。即如孔家因为争过继,胡家同卢家为着退婚,就此两桩事情,少说也得半万银子。老爷这个缺一共是一万四千几百块钱,连着盘费就算他一万五。家人这里头有三千,三五一十五,应该怎么个拆法?老爷他是做官的人,大才大量,谅来不会刻苦我们做家人的。求少爷替家人善言一声,家人今天晚上再来候信。”说罢,退了出去。

侄少爷听了这话,好不为难。心下思量:“他倒会软调脾,说出来的话软的同棉花一样,却是字眼里头都含着刺。替他回的好,还是不替他回的好?若是直言摆上,我们这位叔太爷的脾气是不好惹的,刚才我才说得一句,他就排揎我,说我帮着外头人叫他出钱。若是不去回,停刻蒋福又要来讨回信,叫我怎样发付他。说一句良心话,人家三千块钱,那不是一封一封的填在里头给你用的；现在想要干没了人家的，恰是良心上说不过。况且蒋福这东西也不是什么吃得光的。真正一个恶过一个，叫我有什么法子想！——也罢，等我上去找着婶子，探探口气看是如何，再作道理。”主意打定，便叫人打听老爷正在签押房里看公事，他便趁空溜到上房，把这事从头至尾告诉了太太一遍。又说：“现在叔叔的意思，一时不想拿这钱还人家。蒋福那东西顶坏不过，恐怕他未必就此干休。所以侄儿来请婶娘的示，看是怎么办的好？”岂知这位太太性情吝啬，只有进，没有出，却与丈夫同一脾气。听了这话，便说：“大少爷，你第一别答应他的钱。叔叔弄到这个缺不轻容易，为的是收这两季子钱粮漕米，贴补贴补。被蒋福这东西如此一闹，人家已经好几天不交钱粮了！你叔叔恨得牙痒痒。为的是到任的时候，他垫了三千块钱，有这点功劳，所以不去办他。至于那注钱亦不是吃掉他的，要查明白没有弊病才肯给他。你若答应了他，你叔叔免不得又要怪你了。”侄少爷听了这话，不免心下没了主意，又不好讲别的。只得搭讪着出来，回到账房，闷闷不乐。忽见帘子掀起，走进一人。你道是谁？原来就是蒋福听回信来了。侄少爷一见是他，不觉心上毕拍一跳。究竟如何发付蒋福，与那蒋福肯干休与否，且听下回分解。

第六回

急张罗州官接巡抚　少训练副将降都司

却说蒋福走进账房探听消息，侄少爷无法，只得同他说道："你的钱，老爷说过，一个不少的；但是总得再过几天才能还你。好在你的家眷也同了来，今日说走，今日也未必动得身。等你动身的时候，自然是还你的。"这位侄少爷总算得能言会道，不肯把叔子的话直言回复蒋福，原是免得淘气的意思。然而那一种吞吞吐吐的情形，已被蒋福看透。听罢之后，不禁鼻子管里哼哼冷笑了两声，说："这算什么话！要人走，钱不还人家，这个理信倒少有。现在也不必说别的，我们同到府里评评这个理去。"侄少爷连忙劝他说："你放心罢，你这钱断断不会少你的。"蒋福道："有本事只管少，我也不怕！"说着，自己去了。

原来这蒋福同广信府的一个稿案门上，又是同乡，又是亲家，两人又极其要好。这个稿案门又是府大人第一个红人，说一是一，说二是二。蒋福从账房里下来，便一直上府，找到他亲家，说老王不还他钱，他要先到府里上控，求亲家好歹拉一把。他亲家听了，自然是拍胸脯，一力承当，把他欢喜的了不得。当天稿案门就回了本府，说县里这位王大老爷怎么不好，怎么不好。亏得这位本府，自从王梦梅到任以来，为他会巴结，心里还同他说得来；就说："这事情闹了出来，面子上不好看，还是不叫他上控的好。"就同刑名[①]老夫子商量。刑名道："太尊的话是极。晚生即刻就找了他来，开导开导他，叫他不要辜负了太尊的美意。"知府说："如此很好。"刑名便叫自己的二爷拿了名片到县里，请王大老爷便衣过来，有公事面谈。去不多时，果见王梦梅来了。走进书房，作揖归座，说了几句闲话。刑名老夫子便提到刚才太尊的意思，说："太尊说的，彼此要好，不要弄出笑话来。只要梦翁把用他的钱给了他，其余无凭无据的事，也断不能容他放肆。"便把蒋福要告他的话说了一遍。

---

① 刑名——官名，主事刑事判牍的幕僚。

王梦梅听了这话，脸上一红。心上想，此事他既晓得，须瞒他不得。便把蒋福如何可恶，也说了一遍："现在已经三天没有人来交钱粮。兄弟心上恨不过，所以虽然有钱，也要叫他难过两天再给他，并没有吃没他的意思。至于蒋福说要上控兄弟的话，同城耳目众多，府宪又是精明不过的，况且又蒙你老夫子拿兄弟当做人，兄弟即使有点不好，难道能够瞒过府宪？不要说对不住府宪，连你老夫子也对不住。"刑名道："这些话谁有工夫去听他，我不过当作闲话谈谈罢了。只要老哥早给他一天钱，早叫他滚蛋一天，大家耳根清楚，不结了吗。"王梦梅又把脸一红，道："这蒋福原是一个朋友荐来的，说他如何可靠。来了不到三天，就拿了一笔钱，是三千块，叫兄弟替他放。兄弟就是没钱用，也不至于用他们的钱。"刑名道："是呀。"王梦梅道："我想他们不过贪图几个利钱，所以就留下他的，替他放在庄上是有的。"刑名道："不管他是存是放，你只要提还他就是了。"王梦梅又愣了一会，道："说到如此，兄弟无不遵命。明天兄弟便把三千块划过来，放在老夫子这里。兄弟那里，总要查过他没有弊病，才能放他滚蛋。"王梦梅的话，不过是借此收场的意思。刑名亦看出来，便说："很好，就是如此办。果然有弊病，我还要告诉太尊，重重地办他一办。"说完，王梦梅辞去。次日上府，果然带到一张三千块钱月底期的庄票。刑名收了下来，便问："你从前出过凭据给蒋福没有？"王梦梅说："折子是有一个。"刑名道："今天我先出张收条给你，明天你拿着来换折子便了。"一桩事情，总算府大人从中转圜，蒋福未曾再敢多要，王梦梅也未曾出丑。到了年底，倒是那刑名仗着此事出了把力，写封信来问王梦梅借五百银子过年，王梦梅应酬了他二百两，才把这事过去。此是后话不题。

有话便长，无话便短。且说三荷包自从和他哥讲和之后，但九江府一注买卖，他自己就弄到几百两；连着前前后后经手的多了，少说有万把银子在荷包里了。那时候正值山西水旱，开办赈捐，三荷包到处拉拢，叫人捐官，他自己好赚扣头。他身上原有一个州同①，就此加捐一个知州，又捐了一个十成花样，归部铨选。可巧他运气好，掣签②掣得第一。此时他

① 州同——知州的辅佐官。

② 掣签——清时外省官吏的分发任用，根据官吏的职位、资格、班次，分单双月，由吏部用抽签的方法来决定分发哪一省，叫做掣签。

哥大荷包已经回任,他便把账房银钱交代清楚,立刻进京投供候选。第二个月,山东莒州知州出缺,轮到他顶选,就此选了出来。

不过这缺苦点。他便把荷包里的钱掏了出来,托人走门子,化上二千两,拜了一位军机大人做老师。这天是手本夹着银票一块儿进去的。等了好半天,军机大人传见。他进去磕了三个头,那军机大人只还了半个揖,让他坐下。只问得两句:“你几时来的?”三荷包回过;又问:“几时走?”三荷包回:“耽搁三四天就走。”说完了两句话,那军机大人就端茶送客,自己踱了进去。三荷包无奈,只好退了下来,回到寓所。次日军机大人差人送来一封书子,说是带给山东抚院的。三荷包收了下来,又送来人八两银子,来人方去。三荷包灯下无事,把封信偷着拆开一看,只见那信只有一张八行书,数一数,核桃大的字不到二十几个。三荷包官场登久了的,晓得大人先生们八行书不过如此。仍旧套好封好。

过了两天,他便离了京城,一直奔赴山东济南省城禀到、禀见,把军机大人的书信投了进去。次日果蒙抚台传见,说:“莒州缺苦,我已经同藩台说过,偏偏昨日胶州出缺,就先挂牌委你署理。随后有别的好点的缺,我再替你对付。”三荷包打千谢过,回说:“卑职学陋才浅,现在的胶州有了外国人,事情很不好办,总求大人常常教训。”抚台道:“好在我目下就要出省大阅①,先到东三府②,大约不上一月,就可到得胶州。那时候有什么事,我们当面斟酌再说。你老兄就赶紧去到任。”三荷包答应了几声“是”,退了出去。不到晚上,果然藩司前挂出牌来。三荷包自然欢喜。次日大早,连忙到上宪衙门禀谢,也有见得着的,也有见不着的;跟手第二天又拜了一天客;第三天又赴各衙门禀辞。三荷包一面去上任,这里抚台大人也就起身了。

三荷包到了胶州,忙着拜庙③、接印、点卯、盘库、阅城、阅监、拜同寅、

① 大阅——清代一省的最高长官,每三年到所属各地检阅一次军队,叫做大阅。

② 东三府——指当时的登州府、莱州府、青州府。

③ 拜庙——到孔庙、关帝庙、文昌帝君庙和城隍庙里进香,是地方官到任后必履行的手续之一。

拜绅士,还与前任算交代,整整忙了二十几天方才忙完。接着上县滚单①下来,晓得抚台是打莱州府一路来的。三荷包得了这信,因他是初次为官,所有铺垫摆设,样样都是创起来,现在又要办这样的大差使,就是有钱,这几天里如何来得及呢。在省城临动身的时候,什么洋货店里,南货店里,绸缎店里,人家因为他是现任大老爷,而且又是江西盐道的三大人,谁不相信他。都肯拿东西赊给他,不要他的现钱,因此也赊了几千银子的东西;然而立时立刻要办怎么一个差使,还要办得妥贴,着实为难。霎时间把他急得走投无路,如热锅上蚂蚁一般。当下便同衙门里师爷商量。

内中有个书启老夫子,姓丁各自建,是济阳县里一位名孝廉。从前在省城泺源书院肄业,屡屡考在超等。不但八股②精通,而且诗词歌赋,无一不会。一笔王石谷的画,一手赵松雪的字,真正刻板无二。从前这位抚台大人做济东道的时候,这丁自建屡次在他手里考过,算得一个得意门生。现在因为丁忧在家,没有事做,仍旧找到旧日恩师,求他推荐一个馆地。幸喜此时这位恩师已经开府山东,一省之内,唯彼独尊。自然是登高一呼,众山响应。因此就把他荐与三荷包,当得一名书启幕宾。这日因见东家为着办差的事,愁得双眉不展;问了众人,也不得一个主意。他便从旁献计道:“东翁现在这差,晚生倒有一个办法。”三荷包忙问:“是何办法?”丁自建道:“我这敝老师生来一种脾气,颇有阎文介、李鉴堂之风。从前他做道台的时候,晚生曾在他衙内住过几天。其实他的上房里另外有个小厨房,饮食极其讲究;然而等到请起客来,不过四盆两碗,还要弄些豆腐、青菜在里头。他太太就是晚生的敝师母,晚生也曾拜见过几次,一般是珠翠满头,绫罗遍身;然而这位敝老师,无冬无夏,只得一件灰布袍、一件天青哈喇呢外褂,还要打上几个补丁,一顶帽子,也不知从那里古董摊上拾得来的:若照外面看上去,实在清廉得很。其实有人孝敬他老人家,他的为人又极世故,一定必须要领人家情;不过你不去送他,他却决不朝你开口。但凡有过孝敬的,他一定还要另眼看待。所以他的好处,也在

① 滚单——是征收钱粮时所用的一种传观后依次递送下去的单据。

② 八股——即八股文,也称“时文”、“制义”、或“制艺”,是清时科场考试制度所规定的文体,以四书、五经为题,文里必须包括破题、承题、起讲、入手、起股、中股、后股、束股八个段落,叫做八股文。

这里。现在办他的差使，能够华丽固然是好；倘或不能，依晚生愚见，不妨面子稍许推板①点，骨子里头，老老实实地叫他见你个情。横竖一样化钱，在我们一面乐得省事，在他一面又得了实惠，又得了好名声，这又何乐而不为呢。”三荷包道：“办这个差使，无论如何推板，体制所关，总得有个分寸才好。”丁自建道：“这个容易。现在已经五月天气，今年又热得早，行辕里铺陈过于华丽了，反瞧着叫人心烦，不如清淡些。最好是铺几个外国房间，只要有台毯、帐子，其余桌围、椅披，一概不要。再弄几百盆花，屋里、院子里，统通摆满。一天两顿，也不用满、汉席，燕菜席，竟请他吃大菜。他这一路来，燕菜烧烤早已吃腻了，等他清淡两天也好。况且有了这个房间，就是外国人来拜，也便当许多。”三荷包听了他话，甚是觉得有理。忽又踌躇道：“这些外国家伙，一时到哪里去办呢？”丁自建道：“这个容易。晚生有个朋友，同德国兵官极其要好，就托他去借；连吃大菜的刀叉杯盘，桌子上的摆式，还有做大菜的厨子，亦问他借用几天。东西不够，再托他替我们借些，总够用的了。”三荷包道：“问人家借厨子，人家就不吃饭了吗？”丁自建道：“这几天就叫这外国人不必开火仓，统通在我们这里做好，叫打杂的替他送去，他也乐得省钱，岂不两全其美。”

三荷包道：“里面如此，大致已妥。外面怎么？”丁自建道：“里头弄好，那外头愈加好说了。但如今到底是用哪里的房子做行辕？有了房子，方好摆布。”三荷包道：“你们看哪里好？”众位师爷有的说借东门外孙家的，有的说借南门里王家的。三荷包听了都不中意：不是门口不像样，就是房子太浅促。后来还是杂务门高二爷见多识广，是个老办手，忙说：“这两处都嫌远，不如就把书院腾了出来，路又近，房子宽爽，从大门走进来，一直到上房，笔直一条路，岂不比孙家、王家的好？”三荷包一听这话，连说不错。丁自建也忙说好。

三荷包就此托丁师爷帮着账房总办此事，自己也忙着调度，外面篷匠、彩画匠，一切都是高门上去办；里头丁师爷只管借东西，弄厨子，铺设房间。亏得人多手快，日夜不停，足足忙了五六天，居然一律停当。接着上县的滚单又是雪片的滚将下来，说抚院后天可到。三荷包忙着会同了营里出境去接。

---

① 推板——较次、较差。

且说那胶州营营官本是一员副将,这人姓王名必魁,是个武榜眼出身,拉得一手好弓,射得一手好箭。但是武营里的习气,所有的兵丁平时是从不习练;而且还要克扣粮饷,化公为私。这些弊病,却是一言难尽。只有三年大阅是他们的一重关煞,那一种急来抱佛脚情形,比起那些秀才们三年岁考还要急。抚院来的三月个头里,这协台得了文书,就是心下一个疙瘩。幸亏日子离着还远,不过传齐了标下①大小将官,从中军都司起,以及守备、千总、把总、外委②,叫他们把手下的额子都招招齐,免得临时忙乱。一干人得了这个吩咐,关系自己考程,也就不敢怠慢,所有地方的青皮光棍,没有行业的人,统通被他招了去。从此这干人进了营,当了兵,吃了口粮,就也不去为非作歹,地方上倒平安了许多。不在话下。

且说离着抚院来的日子一天近似一天,大小将弁带领着兵丁们,天天下校场操演,不时这位协台大人还要自己去看操。正是五天一大操,三天一小操,镇日价旌旗耀日,金鼓齐鸣,好不齐整,好不威武。列位要晓得,中国绿营③的兵,只要有两件本事就可以当得:第一件是会跑。大人看操的时候,所有摆的阵势,不过是一个跟着一个地跑。在校场里会兜圈子,就会摆得阵。排在一溜的叫长蛇阵;团在一堆的叫螺蛳阵;分作八下的叫八卦阵。第二件是会喊。瞧着大人轿子老远的来了,一齐跪在田里。当头的将官,双手高捧手本,口报"某官某人,叩接大人"。大人跟前的戈什④喊一声"起去",所有的兵丁,齐齐答应一声"嗄"!这一声要一齐张嘴,不得参差。喊过之后,拔起脚来就跑,又赶到前面伺候去了。所以这一个跑,一个喊,竟是他们秘传的心法,人人要操练的。至于那些耍枪弄棒,顽藤牌,翻筋斗,正月城隍庙里耍枪、卖膏药的一般人都会得两手,此时都找了来,到了校场上,敲着鼓,打着锣,咚咚咚,镗镗镗,耍一套,换一套,真正比耍猴还要好看。他们编的名字叫"打对子"。这些样子,今天看看不过如此,明天看看也不过如此,把个协台大人早看得心烦了,看过

---

① 标下——是管辖下的兵队。又下级武官对长官自称标下,意思是在管辖之下。

② 外委——清时一种额外的低级武官,薪俸较少。

③ 绿营——就是绿旗兵。清代规定黄、白、红、蓝等八旗兵之外的汉军用绿旗,所以叫做绿营,是地方的防军。

④ 戈什——戈什哈的省称,是督、抚等高级官员的侍从武弁。

几次，就派中军替他代劳。空了工夫，这班总爷、副爷自己还要吊膀子，下箭道学着射箭。怕的是抚台大人来到，一枝射不中，要说他技艺生疏，送掉前程，那就作下了。年纪大些的，同那打过仗、受过伤的，都改骑射为放枪。射步箭有箭靶子；射马箭是三角皮球；放洋枪是个灰包，一枪过去，枪子穿过灰包，就有多少灰飞了出来，那是顶好看的。

这几天里头，文官忙办差，武官忙操演，直忙得个不择饭而食，不择席而卧。

一天滚单到来，知道抚台大人已到前站。三荷包便会同了王协台出境相迎。接着之后，赶到行辕禀见。抚院单传他进见，敷衍了两句，退了下来。跟手到营务处候补道洪大人的公馆里禀见。又拜跟了来的什么文案老爷、巡捕老爷。这些老爷班次不过同、通①、州、县，都是三荷包同寅，用不着手本，只叫号房拿着帖子，一处处去拜。拜过之后，等到晚上，打听大人已经睡觉，巡捕陆老爷已经下来。三荷包在省的时候，早同他拜过把子，好托他在大人跟前做个小耳朵；此时见面之后，着实显殷勤。三荷包诉说自己是才到任，"诸事不周，全仗大力从中照应"。陆巡捕一力承当，说："诸事老哥放心，都在小弟身上。就是大人跟前的这些二爷，晓得兄弟要好的朋友，那是断断不会作难的。"三荷包听了此言，千恩万谢，感激不尽。

外面办差的二爷同着州里管厨的，另外又去找大人带来的厨子，同他讲盘子。那厨子一口咬定要三百吊一天，只伺候大人两顿饭、两顿点心。后首说来说去，好容易讲成功了，统通在内，一天一百五十吊，住一天，算一天。那厨子又同这里管厨的说："我们大人是最好打发的。你家老爷也不用多化钱，咱们这些伙计也不用费事，只要四碟两碗，他老人家还要看着心疼。就是这个菜，也不要什么好的，只要一碟韭菜炒肉丝、一碟炒鸡蛋；现在到了夏天了，一碟子拌王瓜、一盘子杂拌，再炖上一碗蛋糕、一碗豆腐汤，多加上些香油，包你都中意。早点心是两个烧饼、一碗稀饭；下半天的点心只要两个馍馍。是万万不会挑眼的。"管厨的听了这话，连声多谢。彼此分手，跟着本官回来料理。本官三荷包沿途又找着陆巡捕，叨了多少教。

---

① 同、通——同知、通判的省称。

接着抚院进了本境，打过尖。这天约摸有未牌时候，宪驾已到东门城外，哄动了合城的人，都去看。等了一会子，只见接差的营兵，一个个都掮着大旗，拿着刀，扛着枪，跑的满头是汗，在头里冲头阵。后面方是钦差阅兵大臣的执事，什么冲锋旗、帅字旗、官衔牌、头锣、腰锣、伞扇、令旗、令箭、刽子手、清道旗、飞虎旗、十八般兵器、马道马伞，金瓜钺斧、朝天凳①、顶马、提炉、亲兵、戈什哈、巡捕，一对一对的过完，才见那抚院坐着一顶八人抬的绿大呢轿子，缓缓而来。抚院架着一副墨晶眼镜，一手绺着胡子，一手扇着一把潮州扇；前呼后拥，好不威武。不上一刻，三声大炮，到了行辕，两边吹鼓亭上奏起乐来。抚院的轿子，一直由戈什扶着，抬到里头下轿。大小官员，齐在那里站班。抚院朝着大众点了点头儿，簇拥着进去。便是一众官员上手本禀见。抚院便把三荷包同王协台②两个人传了进去，问问地方上的公事，又问问外国人的情形。又同王协台说："今天已经四点钟了，明天一早到校场看操。"王协台答应着。

抚院说着话，便拿眼睛四下里瞧了一瞧，连说："太华丽了！……何大哥，我没有出省的时候，就叫人带信给你们，不可过于靡费，怎么还如此费事？"原来抚宪此刻顿的是会客厅，三荷包原按着中国官场体制预备的，一概是绣花铺垫，所以抚院看着嫌它华丽，其实后面住的外国房间还没有瞧见，所以他不知道。三荷包便回："这是会客厅。后面替大人预备下几间外国房间，不过夏天住着相宜，那里头没有什么摆设。"抚院一听是外国房间，马上就对三荷包说："你我里头去坐。"当下便撇了王协台，三荷包伺候着抚院进去。只见院子里摆着好几百盆的花，抚院便赞了一声"好"。等到到了房间里，四下一瞧，连说："清爽得很！……"又对三荷包说："这些外国家伙，只怕价钱也不会便宜在那里呢。"三荷包不肯说是借来的，只好说："不值什么钱。"趁空又回："卑职晓得大人夏天欢喜清爽，所以预备的是外国大菜。"抚院一听外国大菜，愣了一愣，说道："外国大菜牛羊肉居多；兄弟家里，已经七辈子不吃牛肉，只要家常饭菜便好。你老哥也不必费事，兄弟吃了不及那个舒服。"三荷包道："外国菜、中国

---

① 朝天凳——凳，疑镫字之误。朝天镫的形状像倒过来的马镫，下面有一个长柄，是高级官员出行时仪仗的一种。

② 协台——指副将。

菜统通预备,——就是外国菜,免去牛肉亦可以做得。”抚院道:“既有中国菜,我就吃这个好;把那外国菜留着,过天请外国人吃。”三荷包听了这话,立刻丢一个眼色给办差家人,叫他去招呼管厨的,赶紧预备。又谈了一回公事,三荷包方才退了下来,又到各位随员屋子内请安拜见。那抚院吃过晚饭,州官又上手本禀安,巡捕下来说了声道乏。三荷包回去,这里抚院也就安睡。一切都照着巡捕陆老爷吩咐的话预备,所以抚院心上甚是中意

话休絮烦。且说这一夜工夫,三荷包足足熬了一夜不敢合眼,怕的是误了差使。第二天黑早,传说大人已经起身,厨房里把预备的稀饭、烧饼早点心端了进去。那时候行辕上已发二鼓了。接着一众官员齐上手本,巡捕下来说:“一概免见,停会校场再见。”说话间已发三鼓。大人出来上轿,合城的官都在那里直挺挺地站着候送。这位抚院甚是谦恭,一路走出来,还朝着他们呵呵腰儿;他们却还直绷绷的一动不动。直等抚院上轿,在轿子里拿手拱了一拱,他们统通齐打一躬,才把个钦差阅兵大臣送出辕门。这里一众官员齐走小路,又要赶在抚院头里,以便迎接。真正是人不停步,马不停蹄,一口气跑到校场。有另外预备的官厅,大家进来,暂时休歇。不上一刻工夫,忽听得三声大炮,那抚院的执事也就到了营门外了,当下是王协台居首,率领着标下弁兵,什么都司、守备、千、把之类,一齐顶盔贯甲佩刀跪迎。王协台另外有个差官替他报名;其余都、守以下,都是自己捧着手本,跪在地下高声喊叫。喊过之后,抚院前的戈什仍旧喊了一声“起去”,众兵丁齐声答应一声“嗄”!只见前呼后拥,簇拥着抚院大轿,向演武厅如飞而来。且说这校场原在东门外头,地方甚是空阔。上面一座高台,几间厂房,是演武厅;东面是将台;西面是马道;演武厅后面另外有三间起坐,是预备抚院吃饭歇息的处所。演武厅东西两面另外有几架席棚:东面是预备站班的众位官员腿酸了,好进去坐坐,或者换换衣服;西面是预备营务处随员帮着看射箭的。一样摆设公案。

闲话休题。但说那抚院轿子上得演武厅,大小官员接着。抚院下轿,先到后面歇息。营务处上洪大人陪着进去,回了几句话。吃了一碗茶,吩咐升坐。只听得营门外三声大炮,将台上先掌号,随后又吹打起来。抚院升坐之后,便有带来的随员同着本城州官,营里的王协台上来参堂,连打三躬。抚院还了三躬。接着一班巡捕老爷上去请了一个安,抚院止拱了

一拱手。参堂之后,站立两旁。便是王协台顶盔贯甲,挂刀佩弓,从演武厅旁边拔了一面旗,两手拿着,走到抚院公案前,屈了一条腿,嘴里报了声"请大人发令"。抚院吩咐先看洋操,次看阵图,次演放大炮,末了看藤牌①同各种技艺。王协台答应下来。走到演武厅台阶上,把面旗子交到中军都司手里。那中军执旗在手,朝着南面越了两越,将台呜呜地奏起西乐来。老远的便见有多少洋枪队,由教习打着外国口号,一斩齐地走了上来。中军又朝着演武厅双膝跪下,报了一声"大人看洋枪队",然后起来站在一边。这底下便是洋枪队操演,放了几排枪,仍旧由教习押着下去。接着看操演阵势:什么一字长蛇阵、两仪阵、三才阵、四面埋伏阵,五路进攻阵;当中还有什么长蛇阵变螺蛳阵,螺蛳阵变八卦阵。忽而两军对垒,互相厮杀。正在热闹之际,这个挡里放了几门大炮,放得震天价响,众兵各归队伍。照壁墙下,紧对演武厅,支起一架帐篷,上竖起一面大旗,写着"三军司命"四个大字。接着就演藤牌并各种技艺,翻筋斗、爬杆子,样样都做到。然后将台上打着得胜鼓,吹着将军令,把所有的队伍,围着校场,由前至后,兜了一个圈子,说是收队。然后中军仍旧拿旗子走上去交给协台;协台跪禀抚院,报了声"请大人收令"。然后抚院退堂吃饭,一众官员亦下去歇息。

吃过午饭重新升座,一切参堂礼毕,就看各将校的步箭。此乃军政大典,王协台虽是二品大员,到了此时也不能不佩弓伺候。向例抚院谦和点的,必定免射;况且他是武鼎甲出身,是天子开轩亲取的门生,就是放出来做个参将,比协台小了一级,也是一概传免。这位抚院性情虽是谦和,无奈他见了这位王协台一脸烟气,问他营里的事情,多是前言不对后语,因此心上就十二分的不舒服他。等到点名的时候,上头巡捕官唱了一声"王将官",王必魁在底下答应了一声"到"。一面拿弓在手,一面却拿眼睛瞧着上头,一心只指望上头免射,顾全他的面子。谁晓得上头只是不开口;一等等了一刻多工夫,大家都看愣了,上头还是不响。王协台这一气非同小可!只得拔出箭来,搭上弓弦,也不及摆架子、对准头,飕飕飕五枝箭接连射去,却是一枝都不中。射完之后,照例上来屈膝报名。那抚台见是如此,知道王协台有心瞧他不起,一时恼羞成怒。等他上来报名的时

① 藤牌——藤制的盾牌。

候,便认真发作起来,说:"三年军政,乃是朝廷大典,现奉上谕不准瞻徇。你瞧不起本院,便是瞧不起朝廷!你为一营表率,弓箭尚如此生疏,则其他可想!本院唯有照例奏参,以肃军政!"说完,便叫先摘去他的顶戴①,下去候参。王协台原本因他是武鼎甲出身,抚院不给他面子,免他步射,一时火性发作,有意五枝不中。今见抚院动气,便也懊悔不迭,只是跪在地下,不肯起来。抚院也不睬他。便把其余各将官,依次点名校射。抚院又嫌靶子太近,唤了一个亲信的巡捕,同了两个戈什,拿弓重新量准。谁知这些巡捕、戈什都是得了他们钱的,任凭抚院如何认真,量来量去,那弓只是在地下打滚。

闲话休题。靶子立好,于是一个个挨次射去。西面席棚子里,另有营务处洪大人帮同校看,免得耽误时候。众人因见抚院动气,大家俱各小心,不敢怠慢。一时事完。王协台还是跪着不起。抚院退堂之后,少坐一坐,便令起身回辕。众人照例送迎,不须多述。

且说抚院回到行辕,便传营务处洪大人进见,说:"王协台技艺既已生疏,兵丁亦少训练,立刻将他撤任,另委跟来的一个记名总兵先行署理。回省之后,再行具折奏参。"洪大人答应了下来。只有王协台戴着没有顶子的帽子,两只眼睛哭得红肿肿的,同着本州三荷包到洪大人跟前,托他求情。又被洪大人埋怨一番,说:"你怎么好同他赌气呢?现在叫我亦没有法想。你暂且交卸,跟着到省替你想法子。"王协台无法,只得退去。后来抚院回省之后,王协台又去求洪大人。洪大人要他六千银子,保他不坏功名。可怜他一个武官,哪里拿得出,好容易凑了二千银子送去,洪大人不收。抚院的意思要拿他奏参革职;洪大人假做好人,替他求情,降了一个都司②。看官须知:大凡革职的人,一保就可以开复原官;降调的人,非一级一级的保升上去不可。这便是洪大人使的坏。这是后话。要知抚院看操之后尚有何项举动,且听下回分解。

---

① 摘去顶戴——清代官员依帽顶的颜色来区别官阶的尊卑,这种帽顶叫做顶戴。高级官员对重大失职的属官,有权先行紧急处分,把他的顶戴摘去,表示已经暂时失去了官员的资格了,然后再呈报把他革职或降级。

② 都司——清朝为绿营军官。

第　七　回

宴洋官中丞娴礼节　办机器司马①比匪人

却说那抚院阅兵之后，因为山东东半省地方已渐渐为外国人势力圈所有，不时有交涉事件，虽说中外协和，凡事尚能和平办理。抚院来的时候，那外国总督特地派了一支兵前来迎接，也就算得十二分面子。所以抚院一进行辕，便叫翻译写一封洋文信送去，订期阅兵之后，前来拜见。到了这一天，抚院吃过早饭，便带了一个洋务随员，是个同知前程，姓梁名世昌，广东人氏；一个翻译，是个知县，姓林名履祥，福建人氏；抚院大轿在前，他二人小轿随后，到了总督公馆，投进帖子。里头传出话来，说了一声"请"。抚院降舆进内。那总督着实敬重，立刻脱帽降阶相迎，见面握手归座之后，彼此说了些仰慕的话，无非翻译传言，无庸细述。那总督又拿出几种洋酒、洋点心敬客。抚院扰过之后，便即相辞出来。跟手那外国总督命驾前来答拜。抚院接着，也着实殷勤一番。

总督去后，抚院便传州官上去，同他商量，预备明天请外国人吃饭。州官三荷包听了抚院吩咐下来，自己思量，上司的差使倒好办，这请外国人吃饭的事情却没有办过。外国人吃番菜，是不用说的了。从前走过几趟上海，大菜馆里很扰过人家两顿。有了厨子，菜还做得来；但是请外国人是个什么仪注，须得预先考较，免得临时贻笑外人。少不得又把丁自建丁师爷请来商议。丁自建想了一会子，说："这事情须得同抚宪同来的翻译商量。他们这些人自小同外国人来往，这个礼信一定知道的。"三荷包一听这话有理，便叫拿帖子去拜抚院同来的翻译林老爷。二人相见之后，寒暄了几句，三荷包便把要叨教的意思说了出来。谁知这位林老爷是个最坏不过的，一听来意是要叨他的教，他便拿腔做势，跳到架子上，说："这是顶容易的事。"嘴里虽说容易，究竟容易在哪里，却不肯告诉与人。

---

① 司马——同知的别称。这里司马指陶子尧，陶子尧是个通判，通判的别称为别驾，称为司马，是作者弄错了。通判也是知府的辅佐官，比同知低一级。

三荷包再问问他，他便指东话西，一味支吾。又说："临时我自来照料。"又说："连我也不懂得什么。"三荷包无可奈何，只得辞了出来，又与丁师爷商量。还亏得丁师爷交游道广，仍旧找到他那个借外国家生的朋友，——也是在外国官跟前当翻译的一个广东人，同他说了。承他的情，什么规矩，什么仪注，那是头一席，那是第二席，那是主位，先上什么酒：一五一十，统通告诉了他。丁师爷回来告诉了三荷包。三荷包欢喜不尽。连夜又把那位翻译请了来，留他吃饭，同他商量；又请他写了一张菜单，一共开了十几样菜、五六样酒。三荷包接过看时，只见上面开的是：清牛汤、炙鲥鱼、冰蚕阿、丁湾羊肉、汉巴德、牛排、冻猪脚、橙子冰淇淋、澳洲翠鸟鸡、龟仔芦笋、生菜英腿、咖喱蛋饭、白浪布丁、滨格、朱古力冰淇淋、葡萄干、香蕉、咖啡。另外几样酒是：白兰地、魏司格、红酒、巴德、香槟，外带甜水、咸水。三荷包看了，连说："费心得很！……"又愁抚宪大人是忌牛的，第一道汤可以改作燕菜鸽蛋汤。——这样燕菜是我们这边的顶贵重的菜，而且合了抚宪大人的意思，免得头一样上来主人就不吃，叫外国人瞧着不好。那翻译连说："改得好……索性牛排改做猪排。"三荷包道："外国人吃牛肉，也不好没有。等到拿上来的时候，多做几分猪排，不吃牛的吃猪，你说好不好？"翻译又连说："就是这样变通办理。"三荷包又叫把单子交给书禀师爷，用工楷誊出十几份来。

到了第二天大早，三荷包起来，穿着簇新的蟒袍补褂，走到抚院这边亲自监督，调排桌椅，安放刀叉。总共请了三个外国官、四个外国商人、两个外国官带来的翻译。边里是抚宪一位、营务处洪大人一位、洋务随员梁老爷一位、抚院翻译林老爷一位，连着州官三荷包，共是五个中国官：算一算，一总是十四位。去叫书禀师爷，把某大人，某老爷，一个个拿红纸写了签条。三荷包又请那位翻译帮着点对：哪里是首席，该什么人坐；哪里是二席，该什么人坐。分派既定，就把红签放在这人坐的面前。倘是外国人，随手请翻译写一排洋字在上面，好叫外国人认得。这时候桌子上的摆设，玻璃瓶件鲜花之类，一律齐备。厨房里亦诸事停当。三荷包又问："外国酒送来没有？"管家们回："都已送来。"三荷包叫把酒瓶一律打开，连荷兰水也开好几瓶等用，免得临时手忙脚乱。翻译说："酒和水开了怕走气，只好临时要用现开。"三荷包又说："今日请客，自然抚院主人，然而兄弟也有半个主人在里面。一切仪注，须预先学习。"翻译说："外国人请贵重客,都是主人自己把菜一份一份地分好,然后叫细崽[1]端到客人面前。"三荷包听了他话,马上要学这个礼节,便叫厨房里把做好的多余菜,拿出几样,经他的手一份一份地分好;叫管家们一律穿着簇新的大褂,装作细崽模样,以供奔走。

等到各事停当,那时已有巳牌时候。外国人向来是说几点钟便是几点钟,是不要催请的。这日请的十二点钟。等到十一点打过,抚院同来的什么洪大人、梁老爷、林老爷,一齐穿着行装[2],上来伺候。三荷包便请丁师爷陪着那个翻译在账房里吃饭,以便调度一切。又歇了两刻钟,果见外国人陆续地来了。抚院接着,拉过手,探过帽子,分宾坐下。彼此寒暄了几句,无非翻译传话。少停众客来齐,抚院让他们入席。众人一看签条,各人认定自己的座位,毫无退让。先上一道汤,众人吃过。抚院便举杯在手,说了些"两国辑睦,彼此要好"的话,由翻译翻了出来。那首席的外国官也照样回答了几句,仍由翻译传给抚院听了。抚院又谢过。举起酒来,一饮而尽。一面说话,一面吃菜,不知不觉,已吃过八九样。后来不晓得上到哪样菜,三荷包帮着做主人,一份一份地分派。不知道怎样,一个调羹,一把刀,没有把他夹好,掉了一块在他身上,把簇新的天青外套油了一大块。他心上一急,一个不当心,一只马蹄袖又翻倒了一杯香槟酒。幸亏这桌子上铺着白台毯,那酒跟手收了进去,不至淌到别处。又幸亏这张大菜桌子又长又大,抚院坐在那一头做主人,三荷包坐在这一头打陪,两个隔着很远,没有被抚院瞧见,还是大幸。然而已经把他急得耳朵都发了红了。又约摸有半点多钟,各菜上齐。管家们送上洗嘴的水,用玻璃碗盛着。营务处洪大人一向是大营出身,不知道吃大菜的规矩,当作荷兰水之类,端起碗来喝了一口,嘴里还说:"刚才吃的荷兰水,一种是甜的,一种是咸的;这一种想是淡的,然而不及那两样好。"他喝水的时候,众人都不在意,只有外国人瞧着他笑。后来听他如此一说,才知道他把洗嘴的水喝了下去。翻译林老爷拉了他一把袖子,悄悄的同他说:"这是洗嘴的水,不好吃的。"他还不服,嘴里说:"不是喝的水,为什么要用这好碗盛呢?"

---

① 细崽——男侍役。

② 行装——有别于公服的一种服装,最初本为便于乘马而设,后来成为普通的服装了。

大家晓得他有痰气的,也不同他计较。后来吃到水果,他见大众统通自家拿着刀子削那果子的皮,他也只好自己动手。吃到一半,又一个不当心,手指头上的皮削掉了一大块,弄得各处都是血。慌得他连忙拿手到水碗里去洗,霎时间那半碗的水都变成鲜红的了。众人看了诧异,问他怎的。他又好强,不肯说。又回头低声骂办差的,连水果都不削好了送上来。管家们不敢回嘴。三荷包看着很难为情。少停吃过咖啡,客人陆续辞去。主人送客,大家散席。仍旧是丁师爷过来监督着收家伙。

有个值席的二爷说:"到底人家做到抚院,大人大物,无论他见中国人、外国人,那规矩是一点不会错的。有这样的才情,所以才能够做到抚院。想这洪大人,不是喝了洗嘴水,就是割了手指头:什么材料做什么官,那是一丝一毫不会推板的。想我们老爷演习了一早上,还把身上油了一大块;倘若不演习,还不知要弄到哪个份上哩。"这二爷正说得高兴,不提防旁边那个抚院跟来的一个三小子——是伺候抚院执帖门上的——听了这话,便说道:"你说抚台大人他不演习;他演习的时候,这怕你瞧不见罢哩。"那二爷道:"伙计你瞧见你说。"三小子道:"他老人家演习我那里会看得见,我也不过是听我们包大爷讲的。我们包大爷说:'大人昨天晚上,叫了林老爷上去,问了好半天的话。林老爷比给大人看,大人又亲自操习演半夜。'我们包大爷也在旁边,帮着学上菜。整整闹到四更多天,才下来打了个盹。天底下哪有不学就会的事情?"那二爷还要再说,被丁师爷催着收家伙不能再说了。后来那些外国官员、商人,又请抚院一干人到他那里去宴会,一连吃了两三天,方才吃完。

这几天里,抚院很认得了几个外国人,提起富强之道,外国人都劝他做生意。抚院心里亦以为然,就向他们着实叨教。回省之后,有几个会走心经的候补老爷们,一个个上条陈,讲商务,抚院一概收下。内中有一个候选通判——是洋务局老总的舅爷——姓陶名华,字子尧。靠他姊夫的面子,为他文墨尚好,有时候做封四六信①还冲得过;所以他姊夫就求了抚院,委他在洋务局里充当一名文案委员。他见姊夫上院回来,屡屡谈及抚宪大人近来着实讲求商务,凡有上来的条陈,都是自己过目;候补班子

① 四六信——用骈文写的信,四字四字相间为句,称骈四俪六。

里很有两个因此得法。他把这话听在肚里，心想："像我在这里当文案，每月拿他二十四两银子薪水，就是当一辈子也不会出头。现在既有这个机会，我何不也学他们上一个条陈？或者得个好处，也未可知。就是说的不好，像我这候选的，又不求他什么，谅来是没事的。"主意打定，便开了书箱，把去年考大考时候买的什么"商务策"、"论时务"从新拿了些出来摆在桌子上。先把目录查了半天，看有什么对劲的，抄上几条，省得费心。可巧有一篇是从那里书院课艺上采下来的，题目是"整顿商务策"。他看到这个题目，急忙查出原文来一看，洋洋洒洒，足有五千多字，一起一结，当中现现成成有十二条条陈。把他喜得了不得。大略看了一遍，也有懂得的，也有不懂得的。上头还有几个外国人的名字，看了不知出处。心下踌躇道："如果照本抄誊，倘若抚宪传问起来，还不出这几个人的出典，就要露马脚。"又想把这几个人名字拿掉不写，"又显不出我的学问渊博。"想来想去，"好在抚台也是外行，不如欺他一欺。倘若问起来，随便英国也好，法国也好，还他个糊里糊涂，横竖没有查考的。"主意打定。他又是聪明绝顶的人，官场款式，无一不知，把头尾些须改了几个字，又添上两行。先誊了一张草底，说是自己打肚子里才做出来的，同姊夫说明缘故，请他指教。

他姊夫虽说当的是洋务差使，于这文墨一道也甚有限。听他舅爷说要到院上上条陈，他便郑重其事的，戴上老花眼镜，先把舅老爷浑身上下估量了一回。嘴里说道："看你不出，有这样的大才情！但这位中丞是个精明不过的，一个条陈进去，总要请各位老夫子过目。倘若把话说岔了，老夫子就要批驳下来。所以这上条陈一件事，竟是难上加难，非有十二分大本领的人，决不敢冒险。倘若说错，反不如藏拙的好。"他说这话，原是看不起他舅爷的意思。陶子尧便说道："我也不知道好不好，所以拿底子送给姊夫过目。"他姊夫也不理他，便把条陈一条一条的念去；碰着有几个不认得的字，便把舌头在嘴里打一个滚，含糊过去。一个条陈看完，竟有大半不懂。看看舅爷还坐在对面，少不得要批评他两句。停了半晌，说道："老弟肚里实在博学。但上头的意思是要实事求是；你的文章固然很好，然而空话太多，上头看了恐怕未必中意。愚兄于这笔墨一道虽及不到你老弟，论起官场上阅历却比你老弟多些。"陶子尧忙辩道："这个条陈引用的典故，都是外国的事，并不是空话。”他姊夫道：“是呀。外国人没有到过我们中国，怎么就会晓得我们中国的情形呢?”陶子尧道：“并不是说外国人晓得我们中国的情形，原是引证外国人办的事情确有效验，要我们照他办的意思。”姊夫道：“我也没工夫同你去辩。总之：这上条陈的事情不是儿戏的；你倘若一定要上，你也总要斟酌尽善。院上几位老夫子我统通认得，你做好之后，等我先拿进去请教请教他们几位；他们说不差，再递上去，免得碰钉子，岂不是好?”陶子尧听了，很不自在。接过稿子，敷衍了两句，搭讪着出来，回到自己书房里。心想：“此事与他商量，托他代递，是万万不会成功的。不如自己写好，明天一早自己去递。‘乌龟爬门槛，就看此一跌’，好歹又不与他什么相干。”

主意打定，连夜恭恭敬敬誊了一个手折。次日一早，乘他姊夫上院没有下来，他便穿好袍褂，拿着手本，也不坐轿，也不带人，一直赶到院上。晓得这位抚院的新章：凡有递条陈的人，先在巡捕老爷那里挂号，专派一个巡捕管理此事，随到随递。倘若中意，立刻传见。所以凡是来递条陈的，都归这巡捕老爷接待。当下陶子尧走来，那巡捕问明来意，因为抚院有过吩咐，是不敢怠慢的，立刻让进来吃茶抽烟，抽空拿着手本，夹着条陈，上头去回。此时抚院正在那里同洋务局总办讲话，看了条陈，甚是中意。一见手本是洋务局文案委员，便对他姊夫说道：“这陶某是你局里的文案。他这个条陈很有道理，不比那些空疏无据的。这个想你老哥已经见过的了。”他姊夫听见是他舅子上条陈，心上老大捏着一把汗，还怪他不听话，瞒着他做事。后来听见抚院这一番夸奖，不禁转怒为喜，连忙掇转风头，忙说：“这陶倅是职道的内亲。蒙大人提拔，自从今年二月起，就在局里当差。他笔下还过得去。”抚院道：“非但过得去，而且很好。他这章程上，有几条切中现今的时势，很可以办得。”说着，便问巡捕：“这人来没有?”巡捕回：“在外头候着呢。”抚院就命请来相见。巡捕去不多时，果见陶子尧跟了进来，见了抚院，磕过头，请过安。抚院让他上坐。他见姊夫也在坐，脸上火辣辣，怪不好意思的。又因姊夫是局里的老总，不好僭①他的坐，抵死要让他姊夫坐在上头。姊夫说：“大人吩咐过，你就坐下罢。”然后在上面坐下。茶房端上茶来。当下抚院拿他着实抬举，并说：

---

① 僭(jiàn)——超越本分。

"老兄的章程,竟有一大半可以行得。内如榨油、造纸,成本不多,至于赚钱却是拿得稳的。但是这些机器总得外洋去买。你那章程里头说的几样机器,依兄弟的意思,不妨每样买上一份,带来试用。"陶子尧连忙回说:"办机器要到上海什么瑞记洋行、信义洋行。那行里的买办,卑职都有朋友,同他们相好。只要托了他们,同外国人订好合同,签过字,到外洋去办,不消三五个月,就可以来回。"抚院说:"很好。"随便又问了些别的说话,跟了他姊夫一块儿出来,回到洋务局里。

这时候他姊夫因见抚院将他抬举,也不埋怨他了;还约他同到公馆里吃饭。到得公馆里,他姊夫已忙着把这话从头至尾,告诉了他姊姊一遍。姊姊听了,自然欢喜,忙同丈夫说:"你做姊夫的该应在抚台面前,替他出把力,顶好就把这办机器的差使委了他,等他好趁两个。他有了好处,再不会忘记你姊夫的。"他姊夫道:"自己至亲,说什么客气话,这不是应该的吗。"当下吃过中饭,陶子尧仍旧回到局里。

次日姊夫上院,抚院便把要委陶子尧到上海的话,告诉了他。他果然又替他舅子着实吹嘘了许多好话。等到下院回到局里,那委办机器的札子,已经下来了:"先在善后局拨给二万银子,带了去办。如果不够,等到讲定价钱,电禀请示,随时筹拨。"郎舅两个接到这个札子,自然欢喜。这日他姊夫便叫他把行李搬到公馆里住,说:"不到几天就要远行,搬在一处,至亲骨肉,好畅叙两日。"这里文案自然另委他人,不必细述。次日陶子尧上院谢委,又蒙抚院传上去,着实灌了些米汤,把他兴头的了不得。回到公馆料理行装,又到各衙门同事处辞行,接着各处备酒饯行。一时亦难尽记。

且说这日正是洋务局里几个旧同事,因为他此番奉委,一定名利双收,因此大家借了趵突泉地方,凑了公分备了一席酒替他送行。约的是午刻十二点钟会齐;谁知左等不来,右等不来,直至日落西山,约摸有五点多钟时分,大家已等得心焦,才见他坐着姊夫公馆里的四人中轿,吃得醉醺醺而来。大家接着,奉坐献茶。陶子尧先开口道:"今午可巧家姊丈请客,请的是两司、首道、学堂里的总办王观察、营务处洪观察,一定要拉小弟作陪。一直吃到此时方才散席,所以来得迟了一步,累诸公久等!"大家齐说:"还早"。少顷摆上席面,自然是陶子尧首座,其余作陪。菜上一半,酒过三巡,大众都要上来替他把盏,说他“有此宪眷,机器办到之后,一定大有作为。将来却要提拔提拔小弟们。”陶子尧听了,一面孔得意之色,撇着腔说道:“这用说吗!不是兄弟夸口,这山东一省讲洋务的,除掉中丞,竟没有第二个人我可以同他谈得来的。”对面一个同事道:“我们老总要算得这里头在行的了。”陶子尧鼻子里哼了一声道:“谈何容易,就讲到‘在行’两个字!家姊丈办了这几年的洋务局,他只知道外国人三个字。你问他是哪几个国度的外国人,看他说得出说不出!兄弟固然没有办过什么交涉,然而眼睛前几个国度的名字也还说得出。”大家齐说:“将来上海回来,老总的洋务局一席,只怕就要让给老哥。”陶子尧道:“这也看罢咧。”当夜宴罢回来。

次日一早起身,他姊夫替他料理这样,料理那样,很露殷勤。为他一向省俭,是从来不用管家的,特特为为,又把自己的二爷拨出一个,给他带着出门。陶子尧拜别了姊夫、姊姊,带了管家,取道东三府,到潍县上火车,到了青岛。可巧有轮船进口,他便写了票,搬上轮船。等到开船离了岸,那天忽然刮起风来,吹得海水壁立,把个轮船摇荡不止。陶子尧一向是有晕船的毛病,一上船就躺下不能动了。他管家叫张升,本是北边人,没有坐过船,更是撑不住。那风刮了两天两夜不住,他主仆两个,也就困了两天两夜没起。陶子尧上船的时候,有人替他写了一封信,托轮船上一位账房照应。这账房姓刘,号瞻光。一上船彼此请教过大名。陶子尧很摆架子。这刘瞻光估量他一定是山东抚台的红人,所以才派他这赚钱差使;一心便想拍他的马屁,口口声声称他陶大人。陶子尧得意非凡。始而要房间,船上没有,刘瞻光就把自己的一间账房让了出来给他;吃饭是另外开,刘瞻光拿自己的体己菜出来让他吃;等到刮风的时候,他管家困倒了,吃茶吃水,都是刘瞻光派人招呼;自己又时时刻刻过来问候:因此陶子尧心上着实感激。

这天到了上海,风也息了,船也定了,他主仆两个也不晕了。陶子尧是做官人,贪图吉利,因此就择了棋盘街的高升栈。由栈里接客的接着,叫了小车,把行李推着就走。主仆两个另外雇了东洋车,一路跟来。到了栈房,喝过茶,洗过脸,开饭吃过。为着船头上颠簸了两天,没有好生睡,因此暂不出门,先在栈中睡了一觉。等到醒来,已是天黑。只见茶房送进一张请客票来。陶子尧接过来一看，上写着："即请棋盘街高升栈陶子尧大人，驾临四马路老巡捕房对过一品香九号，番酌一叙。勿却为幸！此请台安。"末了一行便是年，月，日。下注三个小字，是"瞻光约"。旁边还注着一行小字，道是"今日山东烟台来，问明柜上探请"几个字。陶子尧看过，便知是轮船上那个账房了。他一面看条子，一面管家绞上一把手巾，接来揩过。便起身换了一件单袍子，一件二尺七寸天青对面襟大袖方马褂。其时虽交八月，天气还热，手里又拿了一把折扇。叫管家拿了烟袋，夹了护书，跟在后头。走到街上不认得路，只得唤了两部东洋车，叫他拉到一品香。高升栈到一品香能有多远，车夫乐得赚他几个，拉着兜了个圈子方才拉到。主仆二人下车，付过车钱，问了房间，走了进去。刘瞻光即起身相迎，作揖坐下。

其时台面上已有七八个人了：有的头上四转都有些短头发垂了下来，却是梳得净光的匀；又有大衿纽扣上插着一朵鲜花；还有些人不知道是拿什么熏的，一阵阵的香气喷了过来。这些人穿的衣服，一律都是绫罗绸缎，其中也有一两个些微旧点的，总不及陶子尧的古板。陶子尧是初到上海，由山东临来的时候，姊夫曾叮嘱过他，说："上海不是好地方，你又是初次奉差，千万不可荒唐！化钱事小，声名事大！"陶子尧做官心切，便把此话牢记在心。自己拿定主意，到了上海，不叫局①，不吃花酒，免得上当。这日来到一品香，见过主人之后，又照着众人作了一个揖。席上的人也有站起来拱手的，也有坐着不动的。刘瞻光便告诉他，这是某人，这是某人，无非某行买办、某处翻译之类，一一道过姓名。随后又来一个人，同陶子尧一并排坐下。这人两撇蟹钳胡须，年纪四十上下。"请教尊姓、台甫？"那人自称："姓魏名翩仞。"问他公馆，说是"住在栈里。"刘瞻光也将他姓名报与众人，说："这位陶大人是山东抚院派来办机器的，是山东通省有名的第一位能员，小弟素来仰慕的。"众人听说，着实起敬。内中有个专做军装机器的买办，姓仇名五科，听了这话，便想替自己行里拉卖买，就竭力恭维了几句，以示亲热之意。魏翩仞同他坐在一块儿，问长问短，更说个不了。后来主人让他点菜，他说不懂。魏翩仞就替他写了六样。大家又要叫局。刘瞻光托魏翩仞替他代一个。陶子尧一定不肯，说："诸

① 叫局——叫妓女。

位请便。兄弟是向不破戒,请免了罢。”众人一定要他叫,他一定不肯叫。后来众人见他急得面红耳赤,也就罢了。当下各人的相好陆续来到,也有唱的,也有不唱的。独有魏翩仞叫的是小先生①,跟局大姐着实标致,一见魏老就伏在他身上,咬了半天的耳朵。席面上的人都说:“老三搭②魏老直头恩得来!”老三斜溜了他们一眼,不理众人,仍旧说他的话。此时陶子尧坐在一边,只作不看见。一霎时局已到齐,真正是翠绕珠围,金迷纸醉,说不尽温柔景象,旖旎风光。

当下仇五科竭力地想拉拢他,趁众人厮混的时候,已嘱咐他相好,赶紧回去备个双台。跟局的答应着,匆匆装了两袋烟,同了先生下楼而去。仇五科便走到刘瞻光面前,托他代邀陶大人同去吃酒。刘瞻光立刻代达。陶子尧再三推辞。刘瞻光道:“子翁不叫局,兄弟不敢勉强。少坐一会,吃一两样赏赏光。”魏翩仞亦帮着凑趣说:“我们这五科哥极爱朋友。今天是专诚相请,酒已交代,子翁务必要去的。”又向五科说:“五科哥,你不妨先走一步,吩咐他们就摆起来。稍停一刻,我们陪了子翁过来。”仇五科又说了一声“拜托”,方才穿好马褂,辞别众人而去。这里主人见菜上齐,吃过咖啡,细崽送上账单,主人签过字,便让众人同到仇五科相好家吃酒去。陶子尧先还不肯,后来被刘瞻光、魏翩仞一边一个拉了就走。出得一品香,一直朝西而去。魏翩仞便告诉他:“这条叫四马路,是上海第一个热闹所在。”这是书场,这是茶店,……一一地说给他听。陶子尧在外头混了多年,也听见人家说过四马路的景致,今番目睹,真正是笙歌彻夜,灯火通宵,他那一种心迷目眩的情形,也就不能尽述。

魏翩仞是聪明不过的人,到眼便知分晓。况且刚才台面上已经同他混熟,因此就在路上,一力劝他说:“子翁,古人有句话说得好,叫做:‘大德不逾闲,小德出入可也。’像你子翁不叫局,不吃酒,自然是方正极了。然而现在要在世路上行事,照此样子,未免就要吃亏。”陶子尧听了,不胜诧异,一定要请教。魏翩仞道:“兄弟不是一定要拉子翁下水;但是上海的生意,十成当中,倒有九成出在堂子里。你看来往官员,哪一个不吃花酒,不叫局?”陶子尧道:“你说生意,什么又说到做官的呢?”魏翩仞道:

---

① 小先生——还没有卖身的妓女称为小先生,也叫清倌人。

② 搭——跟、与之意,为吴方言。

"你不要听了奇怪。即如你子翁,谁不知道你是山东抚院委来的,你子翁明明是个官;然而办的是机器。请问这样机器,那样机器,哪一项不是生意呢?要办机器,就要找到洋行。这些洋行里的'康白度'①,哪一个不吃花酒?非但他请你,还得你请他:他请你,一半是地主之情,一半是拉你的卖买;你请他,是要劳他费心,替你在洋人跟前讲价钱,约日子。只要同你讲得来,包你事事办得妥当,而且又省钱,又不会耽误日期,岂不一举两得呢?"陶子尧道:"如此说来,一定要兄弟吃酒叫局的了。"魏翩仞道:"这个自然。你不叫局,你到哪里摆酒请朋友呢?"陶子尧一头走,一头寻思。忽走到一爿茶店门口,上面竖着一块匾,写着"西荟芳"三个字。众人齐说:"就在这里进去罢。"陶子尧不知不觉,便跟了进去。究竟魏翩仞是何等样人,陶子尧曾否破戒,且听下回分解。

---

① 康白度——英文"买办"的译音。

第　八　回

谈官派信口开河　亏公项走投无路

话说陶子尧跟了众人走进西荟芳。只见这弄堂里面,熙来攘往,毂击肩摩;那出进的轿子,更觉络绎不绝。魏翩仞便告诉他:“这轿子里头坐的就是出局的妓女。你看,出出进进,这一晚上要有多少生意!”陶子尧听了答应着。便想到自己从前在山东省里的时候,虽沾姊夫的光当了文案,然而终是寄人篱下。有时在路上走着,碰着那些现任老爷们坐轿拜客,前呼后拥,好不威武。几时我方得有此一日?如今看见出局的轿子,一般是呼么喝六,横冲直撞,叫人见了,不觉打动了做官思想。

陶子尧一头呆想,不知不觉,又穿过一道门,走到一家门口,高高点着一盏玻璃方罩的洋灯,墙上挂着几张招牌,写着某某书寓……一时也记不清楚。众人让他进去。他便随了众人,一直上楼。楼下有些男人喊了一声“客人上来”。一帮人才走到半扶梯,就有许多娘姨①、大姐前来接应。一问是仇老一淘,就领了进去。又喊了一声“仇老客人”,便见仇五科迎了出来。大家朝他拱手,陶子尧也只得作了一个揖。接着娘姨请宽马褂,倒茶,拿水烟袋,绞手巾。先生敬瓜子,别人是认得的,只有陶子尧是生客,随口问了一声“尊姓”,陶子尧恭恭敬敬回答了一声“姓陶”。先生听着笑了一笑。仇五科便请众位写局票。魏翩仞抢着代笔,自己先写了一张陆桂芳。刘瞻光说:“翩仞总是叫这个小把戏。”仇五科说:“翩翁是‘醉翁之意’罢哩。”魏翩仞只顾写他的,也不理人,一连写了三四张。回头又问:“子翁到底怎么样?还是破戒不破戒?”陶子尧说:“我这里没有熟人可叫。”仇五科说:“小弟的台面,子翁总得赏光,破一转戒的了。”魏翩仞见陶子尧说话活动,知道刚才路上劝他的话有点意思了。就说:“子翁没有熟人,五科的熟人很多,就请他代一个罢。”当下仇五科就替他代了一个小陆兰芬。陶子尧看见桌子上的局票共是八九张,一时也记不清楚。

---

① 娘姨——吴地对女佣的叫法。

只见刘瞻光叫的是张书玉，想就是在一品香叫的那一个了。又见桌子上还有几张写剩的请客票，上面是刻就的，“飞请大人（老爷），即临同安里小金媛媛家一叙”等话。他看了稀罕，说道：“这倒便当得很。”就问：“谁是小金媛媛？”翩仞告诉他：“就是五科的贵相知。刚才一品香见过，来到这里又问过你尊姓，怎么就忘记了？”彼此一笑而罢。少停摆台面，起手巾。仇五科便让陶子尧首座。陶子尧抵死不肯坐。刘瞻光、魏翩仞又帮着说：“今天是五科专诚相请，我们是没有人僭你的。”一面说，一面大众都坐好，只剩一个首座。陶子尧无法，只得坐了。仇五科手执酒壶，亲自奉酒。陶子尧竟其恪守官场规矩，站起来作揖；弄得仇五科无法，只得放下酒壶，还他的揖。主人一齐敬完之后，他一定要还敬；斟了酒还不算，又深深作了一个揖；又朝着众人作了一个揖，说了声“有僭”，然后坐下吃酒。一时菜上八道，酒过三巡，叫的局陆续都来了，只有陶子尧的局没有来。他虽初入花丛，瞧着别人的局都到了，自己的不来，未免觉着没趣。后来菜都上齐，主人数了一数，台面上的局，独独小陆兰芬未到，立刻叫人去催了。一会小陆兰芬来了，见了仇五科，竟不提姓，叫了声“秃头老爷”。问：“哪一位是陶大少？”仇五科指给他看。跟局娘姨同先生到了陶子尧跟前，一家说一句：“陶大少，对不住！”陶子尧一听叫人家老爷，叫我大少，心上有点不高兴。后来见魏翩仞赶着跟局娘姨叫新嫂嫂，说：“这位陶大人是从山东来的，今天才下轮船。叫你先生多唱两只曲子，过天陶大人还要到你搭去请客哩。”娘姨听了，赶到陶子尧背后，连忙改口，一口一声“陶大人”，什么“场化小，大人勿厌弃，请过来”。几个大人长，大人短，把个陶子尧喜的不亦乐乎。

一时上过干、稀饭。小陆兰芬跟局新嫂嫂听了魏翩仞一番言语，晓得陶子尧是户好客人，一直坐着不走。等到散过台面，一定要同到他家去坐。起初陶子尧不肯，后来又是魏翩仞劝驾，两人一路同去，陶子尧方才允了。当下新嫂嫂跟着轿子在前，陶、魏两人在后。转了两个弯，又是一个弄堂，上面写着“同庆里”三个字。进去第三家，上楼对扶梯一直便是兰芬房间。等到二人上楼，兰芬已经到家多时了。新嫂嫂竭力张罗：宽马褂，打手巾；先生敬瓜子，装水烟。左一声“大人”，右一声“大人”，叫得陶子尧好不乐意。也不顾魏翩仞在座，便打着官腔，把自己的履历尽情告诉了二人。这房间里还有两个粗做老婆子，听了不懂，都坐在那里打盹。魏翩仞先在榻床上吃大烟,后来也睡着了。

这里陶子尧没了顾忌,话到投机,越说越高兴。只听见他说道:“我们做官的人,说不定今天在这里,明天就在那里,自己是不能做主的。”新嫂嫂道:“那么,大人做官格身体,搭子讨人身体差勿多哉。”陶子尧不懂什么叫做“讨人身体”。新嫂嫂就告诉他,才说得一句“堂子里格小姐”,陶子尧就驳他道:“咱的闺女才叫小姐,堂子里只有姑娘,怎么又跑出小姐来了?”新嫂嫂说:“上海格规矩才叫小姐,也有称先生格。”陶子尧道:“你又来了。咱们请的西席老夫子才叫先生,怎么堂子里好称先生?”新嫂嫂知道他是外行,笑着同他说道:“耐勿要管俚先生、小姐。卖拨勒人家,或者是押账,有仔管头,自家做勿动主,才叫做讨人身体格。耐朵做官人,自家做勿动主,阿是一样格?”陶子尧道:“你这人真是瞎来来!我们的官是拿银子捐来的,又不是卖身,同你们堂子里一个买进,一个卖出,真正天悬地隔,怎么好拿你们堂子里来比?”说着,那面色很不快活。

新嫂嫂最乖不过,一看陶子尧气色不对,连忙拿话打岔道:“大人路浪辛苦哉!走仔几日天?太太阿曾同来?是啥格船来格?”他怕陶子尧太太同来,有了管头,所以问这一句话,这是新嫂嫂细心之处。陶子尧见问,不禁怒气全消,面孔上又换了一副得意之色,说道:“你听我来告诉你:你们不知道,我们做官的人,辛苦呢固然辛苦,然而等到官运好的时候,做的着实有趣,也就不觉其苦了。山东做官,怎么就会来在你们上海?”新嫂嫂道:“格当中是啥格缘故?阿是高升到别场化去,路过上海格?”陶子尧闭着眼睛,吃水烟,不去理他。看看一根纸吹吃完,新嫂嫂赶忙又点好一根送上。陶子尧才同他讲道:“说来也巧:今年大年初一,我早晨起来拜过天地祖先,就请出骨牌来。”新嫂嫂道:“阿是推牌九?”陶子尧道:“别胡说!”新嫂嫂吓得不敢则声。陶子尧道:“因我生平顶相信是‘牙牌神数’。这是拿骨牌起课,一起出来,却是两个‘上上’,一个‘中下’。那首诗的句子我全记得,我念给你听:头两句是‘一帆风顺及时扬,稳渡鲸川万里航。’头一句风顺,是说我的官运;第二句就隐隐指着我要到上海。这都是命里注定的,你说灵不灵!”

新嫂嫂听了诗句不懂,只好顺着说道:“最灵勿过格是菩萨。大人耐格本签诗阿带得来?也替倪起格课。倪有仔三个月格喜哉,起起是男是女。如果是男,将来命里阿有官做。也勿想啥入阁拜相,只要像你大人也好哉。”陶子尧连连摇手道：“笑话笑话！你们的儿子怎么也好做起官来了？”新嫂嫂道：“倪格儿子为啥做勿得官格？”陶子尧道：“大清例上，凡是娼、优、隶、卒的子孙，一概不准考，不准做官。”新嫂嫂道：“难末，倪又勿懂哉。倪格娘有格过房儿子，算倪的阿哥，从前也勒一爿洋行里做买办格。前年捐仔知府，新近升仔道台，连搭顶子也红哉，就勒此地啥个局里当总办。”新嫂嫂刚说到此，小陆兰芬插嘴道：“阿姨，耐说格阿是老爷？前埭老爷屋里做生日，叫倪格堂差，屋里向几几化化[①]红顶子，才勒浪拜生日，阿要显焕！老爷还说明朝来吃酒呀。”新嫂嫂道：“就是俚哉。”又对陶子尧说道：“倪格阿哥可以做官，倪格儿子是俚格阿侄，有啥勿好做格？”

陶子尧听了，做声不得，心想：“他家里有这么阔人，我得拿两句话盖过他，才转过我的面子来。”寻思了半天，说道：“我这番来，抚台给我几十万银子，托我办机器。我动身的那一天，抚台还坐着八轿，亲自送我到城外。藩台以下那些大人们离城十里，搭了一座彩棚，在那里候着送。等我到得那里，抚台也赶到了。把公事谈完，随手在靴页子里掏出一张四万银子的汇丰银行的汇票，托我到上海替他留心买四位姨太太。大约一万银子一个。如果不够，叫我打电报去问他找。”新嫂嫂道：“像倪格兰芬只要耐八千洋钱。陶大人，耐阿好拿倪格兰芬讨仔去罢？”兰芬道：“倪阿有格号福气！”陶子尧道：“你别这么说。俗语说的好：‘嫁鸡随鸡，嫁狗随狗。’你嫁了我们抚台做姨太太，我们都得称你宪姨太太。”新嫂嫂道：“有心托仔耐格大人，做仔格格媒人罢！”兰芬说：“倪总勿会忘记耐格。谢谢耐，后补耐末哉！”陶子尧道：“的的确确是实缺，并不是候补。”说到这里，新嫂嫂又特地倒了一碗茶，叫他润润嘴。

陶子尧又说道：“刚才的话没有说完。抚台拿银票交代与我之后，我拿过来往马褂袋里一放，随即起身上轿。抚台还要敬酒。我被他们闹得脑子疼，再三辞谢，方才免了。抚台带领大小官员，送到轿前，齐打一恭，我也还了一个揖。只听得耳朵旁边‘泊隆通’，‘泊隆通’。”新嫂嫂道：“格当中啥个缘故？”陶子尧道：“营里的兵开大炮送我，所以耳朵旁边只听得‘泊隆通’，‘泊隆通’。”陶子尧说得高兴，不提防魏翩仞在榻上一觉

---

① 几几化化——多少。吴方言，本回的人物对话全是吴方言。

困醒,并不知道他说的什么,只听得什么"泊隆通","泊隆通",也就依着他说"泊隆通","泊隆通"。陶子尧见他睡醒,疑心方才的话都已被他听见,面上一红,不好意思再说下去。自言自语道:"我们在这里说营里放大炮。"新嫂嫂道:"勿壳张格格大炮,倒拿魏老吓醒。"魏翩仞睡眼朦胧,也没有听清,只是揉眼睛。新嫂嫂连忙绞过一块手巾。兰芬道:"陶大人说格闹忙煞,格底下说哩。"陶子尧也不理他。

魏翩仞揩过脸,摸出表来一看,已是三点三刻,说:"时候不早了,陶大人就在这里借了一夜干铺罢。我是要失陪了。"陶子尧一定也要起身回栈。新嫂嫂挽留不住,又要留他两人吃过稀饭再走。他两人因为时已晚,急欲回去。新嫂嫂同了兰芬一直送到楼下,开开大门,看他两人出弄堂。陶子尧不识路途,魏翩仞便同他走出弄堂,由石路挽到四马路,叫陶子尧向东,一直走到巡捕房朝南,——朝东是一品香,朝南便是棋盘街,离高升栈很近的。陶子尧至此,方悟原来高升栈到一品香甚近,用不着坐东洋车的。今天从栈里出来,被东洋车夫所欺,不知道在哪里兜了一个圈子才到得一品香。可见上海地方人心欺诈,是要刻刻留心的,当下便谢过魏翩仞,两人拱手作别。陶子尧带了跟班回栈。魏翩仞自到相好大姐老三处过夜不题。

且说次日陶子尧一觉困到一点钟方才睡醒。才起来洗脸,便有魏翩仞前来,约他一同出去,到九华楼吃扬州馆子。吃完之后,就在公一马车行叫了一部橡皮轮皮篷车,一同去游张园。可巧这日是礼拜,所有昨天台面上几个朋友,倒有一大半在这里。刘瞻光因轮船未开,亦到园中玩耍。仇五科一直等到打过四点钟,方才来到。在大洋房里大家会齐,分了两张桌子吃茶。此时游园妓女,数一数足足到了五六十个,把个大洋房挤得实实窒窒的,好不热闹。陶子尧跟了众人出去兜了一回圈子,不提防在照相地方碰见新嫂嫂同了兰芬在那里照相。见面之后,着实殷勤,一路跟着同到大洋房。新嫂嫂便把烟袋送过。魏翩仞因同陶子尧咬耳朵,说:"趁着瞻光还未开船,难得今天朋友齐全,不如此刻就到他家请客,又应酬了兰芬,岂不一举两得?"陶子尧本有到他那里请客的意思,但是面嫩,一时说不出口。听得魏翩仞之言,连说:"好极,好极!"魏翩仞先替他交代新嫂嫂道:"陶大人吃酒,菜是要好的,交代本家大阿姐,不要搭桨!"说完之后,又替他张罗刘瞻光、仇五科一班人。这班酒肉朋友天天在堂子里混惯的，岂有不来之理。

当下新嫂嫂要拉着陶子尧一同回去，陶子尧又拉着魏翩仞一块儿走，随即上了马车，离了张园。不上一刻工夫，早已来到泥城桥。马夫巴结，大大的兜了一个圈子，方才回到石路同庆里口。下车进去，新嫂嫂先交代过本家，喊了一台下去。两人上楼吃茶吃烟。不多一歇，刘瞻光同了两个朋友先到，跟手仇五科也来了。其时已有上灯时分。在席的人多半因有翻台，催着快摆。立刻写局票，摆台面，起手巾，叫局。主人一个个敬酒，然后大家归座。少停局到，唱曲子，划拳，手忙脚乱，烟雾腾天。陶子尧自充行家，嫌这些姑娘们的曲子不好。仇五科便说："子翁一定是高明的了。"台面上有一个不懂事的朋友，一定要请教一札；又把一位先生拉胡琴的乌师留下，好教他拉着，等陶大人唱。谁知陶大人抵死不肯唱。后来把他弄急了，他拿刘瞻光拉到一边，低低同他说道："我们是官体，怎么好同他们一样？倘若这风声传播到山东，那可不是玩的！"刘瞻光招呼了仇五科，仇五科又招呼了那个朋友。大家觉着没趣，不及上干、稀饭，都已兴辞而去。陶子尧也不在意。

吃过了酒，送过了客，独有魏翩仞不走。他原是最坏不过的，看见陶子尧官派熏天，官腔十足，晓得是欢喜拍马屁、戴炭篓子的一流人。新嫂嫂虽是女流，亦早已看出。魏翩仞假托出恭，拉了新嫂嫂到小房间里，二人如此如此，这般这般，商量好了一条计策。

其时陶子尧正在大房间里坐在烟铺上，叫兰芬装水烟，听他的高谈阔论，说："做了抚台姨太太，出起门来，要坐四人轿，还有戴顶子的把轿杠。轿子前头还有一顶红伞。无论走到哪里，都有人办差，有人伺候。怕的是姨太太在大人跟前，不要说大坏话，只要稍微点上两句，无论是谁都吃不起。姨太太屋里伺候的人，有丫头，有老妈，有二爷，有打杂的。要什么有什么。面子上的月费一个月二百两，做衣服，打首饰，吃饭，用人工钱，还不在内。但就二百两一月而论，已经比我们局里总办的薪水多了一倍。"兰芬道："陶大人，耐做官一个月有几化进账？耐阿有姨太太？耐格姨太太一个月拨俚几化洋钱用？"陶子尧只顾说得高兴，不提防有此一问，堵住了嘴，一时对答不来。兰芬还连着问他。他只顾吃水烟。歇了半晌，正想拿话支吾他；恰好魏翩仞同新嫂嫂从小房间里出来，把话打住。

魏翩仞便披起马褂要走，又朝着新嫂嫂努努嘴。新嫂嫂会意。其时陶子尧又要跟着走，谁知一件马褂，却被新嫂嫂扣住不给。陶子尧到此无法，只好听魏翩仞一人独去。这里新嫂嫂又张罗陶子尧吃稀饭，又打发陶子尧管家，先回栈房。这天晚上，自从摆台面，一直到魏翩仞走，凡有来叫局的，新嫂嫂都叫小大姐阿金跟了出去，自己却一直在屋里陪着陶子尧。无意中又同陶子尧说："兰芬虽已十六岁，还是小先生勒。样式事体，有倪勒浪，决勿会亏待耐的。"陶子尧虽说只来得两天，因他聪明不过，台面上亦听得人讲起，这新嫂嫂的身份，也就都已明白了。当下吃过稀饭，打过两点钟，兰芬是没有晏堂差的，大家收拾安睡。陶子尧居然就在这里借了一夜干铺。究竟如何，无庸深考。但觉与新嫂嫂情投意合，如漆如胶。

一连住了七八日，不是人家请他，就是他请人家，一连七八天，没有断过。每天总要困到两三点钟方起。等新嫂嫂梳洗过后，一同吃早饭。吃过早饭，便是一部马车，起先还带兰芬同坐，后来连兰芬也不带了。出门之后，不是游张园，便是兜圈子。走到大马路仁昌祥、震泰昌，以及亨达利等处，总得下车，不是买绸缎，便是买表，买戒指，一买便是几百块；此外打首饰，买珠子，还不在内。起先每次出门，陶子尧一定要到钱庄上，带几百银子庄票，一二百块洋钱、钞票在身边；后来各家都熟了，知道陶大人是个阔客，就是没得钱，也肯赊给他了。从前陶大人穿的衣服，新嫂嫂嫌他古板，特特为为，叫了几名裁缝，在家里客堂里替他做，趁便自己又做了些时式衣服。细算起来，数目也就不少了。陶子尧一心被新嫂嫂迷住，竭力报效，核计所化之钱，旬日之间，和酒、局帐，不过一百多元，买东西，做衣服，通扯已不下三四千金之谱。再加别的用度，通算起来，带来的二万，不过才用得四分之一。自己一算，还不为多，将来机器买成，无论那注账里多报销一笔就够了。如此一算，心上一宽，依旧烂化浪费起来。有一天新嫂嫂的娘过生日，喊了一班人，在堂子里宣卷①。单他一个，摆了一个四双双台，有些不认得的人也都拉来吃酒。

魏翩仞看见他的钱化的淌水一般，不加爱惜，心上便想："他的钱，也就用的不少了，若不从此时下手，更待何时。"次日先去同仇五科商量。仇五科道："这种寿头，不弄他两个弄谁。"魏翩仞道："想个什么法子去弄

① 宣卷——一种七字唱的书本，内容多系民间故事。苏沪一带家人做寿时，由亲友请数人前来唱这种宝卷，叫做宣卷。往往要通宵达旦，以示庆祝。

他?”仇五科道:“容易。你去同他说,后天开公司船,他要办机器,同他到我这里来。大家都是自己人,还他便宜就是了。”魏翩仞同仇五科本来是做惯联手的,心上明白,急急奔至同庆里,找到陶子尧。其时新嫂嫂正坐在客堂窗下梳头,陶子尧坐在旁边坐着吃汤团。一面吃汤团,一面看梳头。恰在出神的时候,底下喊“客人上来”。正思躲避,见是魏翩仞,才缩住了脚。当下寒暄得几句,魏翩仞便拉他到正房间里坐下,同他讲到买机器的话,说:“不要看这桩事情,倒是很不容易办的。听见仇五科说:‘明天有公司船开。有什么图样,一块带了去,三个月就有得来。倘若明天不寄,等到下一班,又要多少天。’五科是自己人,替朋友帮忙,难道还要你的好处吗。他叫我来问你一声,有什么话,你去同他说亦好,我替你传话亦好。”陶子尧连说:“费心。……”忙问:“我的当差的来了没有?”房中娘姨,一叠连声的叫陶大人当差的。当差的上来,陶子尧便交代他一把钥匙,叫他回栈房,把枕箱开开,“里面有个纸包,抚台的札子统通在内。把那个纸包替我拿了来。”这里两个人闲谈。不多一刻,当差的回来,将纸包呈上。陶子尧打开,取出一片账目——大约开着几件机器,也不详细,——递与魏翩仞。魏翩仞道:“就是这个账吗?”陶子尧道:“这里头该有几件东西我也不知道,本来要请教五科,我们此刻就去看他。”魏翩仞道:“同去也好。”新嫂嫂道:“啥格要紧事体,托仔魏老,勿是一样格?啥事体要一定自家去?”魏翩仞道:“恩得来,一歇歇才离勿开格哉!”新嫂嫂拿眼睛眇了他一眇,也不说别的,仍旧梳他的头。陶子尧想要去,真是听了新嫂嫂的话,就有点懒怠去了。魏翩仞道:“你不去也好。我就替你问他一声,叫他替你开一篇帐,寄到外洋,将来银子是要你付的呢。”陶子尧道:“这个自然。价钱克己点。”魏翩仞道:“这个是外国定好了来的价钱,贵贱我们做不得主的。”一面说,一面穿马褂。趁空陶子尧又拉他到一旁,说道:“不瞒翩翁说:兄弟当这一趟差使,上头发的盘川不过是个名色,不够用的,况且到了上海又不能不应酬。这里头托你同五科讲一声,将来开帐的时候,叫他酌量开,总算他照应我的。”魏翩仞道:“这个还要你说吗。不过照这篇账,有限的几样东西,看上去不过二万银子的进出,多开上一千、八百也望得见的。子翁,我听见人说,你这遭来,不是要办几十万银子机器吗?我们都是好朋友,你别拿小注的给我们,拿大注的又去照应别人。”陶子尧听说,愣了一愣,说道:“机器是还要添办,先要看这个办的便宜，再办别的。”魏翩仞见此情形，心下明白，也不再追问了。便说：“今天托五科寄信去，价钱替你合准，包你便宜。只要你明天同外国人当面签个字就完了。”说着扬长而去。

一走走到五科行里。五科接着忙问：“生意怎么样？开帐没有？”魏翩仞递给他看。五科看完之后，说了声：“就是这个吗？”又笑了笑道：“这篇糊里糊涂的账怎么好带到外国去？而且一件机器另外总有些零碎件头，都要一笔笔的开上。”魏翩仞道：“他原说托你替他斟酌。五科哥，据我看起来，生意不过二万银子，他这里头，还想托你替他开花账，吞吞吐吐的，弯着舌头，说又说不清，只怕兰芬那里的一笔用账，要出在这上头。”五科道：“看他不出，赚钱的本事倒有。但是他既托了我，你去同他说，说我都已明白，账也开好，合同也弄好，叫他明天来签字，我们好去替他办。”魏翩仞道：“你真的替他办么？他银子存在号里，刚才我从同庆里出来，先挽到号里打听过，由山东汇下来总共不过二万银子，听他说这一礼拜头里倒去拿过好几千。兰芬家新嫂嫂手上金刚钻戒指也有了，金钏臂也有了，倒着实在那里报效。不要我们替他办了机器，到那时候拿不出来。”仇五科道：“你这个人，真正戆①大！叫他先来签了字，怕他走到哪里去。你我总不会落空就是了。”魏翩仞一听此言，也就明白。当夜又赶到同庆里通知陶子尧，告诉他说，各事都已停当，只要他明天十一点钟，到行里签字。

到了次日十点钟，魏翩仞仍赶到同庆里叫醒陶子尧，起来洗脸吃点心，一块同去找五科。新嫂嫂蓬头赤脚，一定还要亲自替陶子尧打一条辫子，方容他走。当下两个人同到洋行里，仇五科接着，着实殷勤。请坐之后，又每人敬了一根吕宋烟。从抽屉里取出帐来一看，共是二万二千两规元银子。签字之后，先付一半，又拿合同念给他听。陶子尧是不认得洋文的，由着他念，听上去无甚出入，也无话说。随问魏翩仞：“这个帐就这么开吗？昨儿托的事怎么？”魏翩仞又问仇五科。仇五科道：“这个是子翁同我们敝行东打的合同，将来银子付清是要重新写过的。”陶子尧方才放心。仇五科就同他去见洋东，拉了拉手。洋东还说了几句洋话。陶子尧不懂，又是仇五科翻给他听，无非是应酬话头。当面签过字。魏翩仞跟着

① 戆(gàng)——傻、愣。

去划银子。陶子尧一想:“号里只存着一万四千多银子,现在划出一万一千两,只剩得三千多两,将来机器到上海还得找他一万一千两。现在短得虽多,幸亏临动身的时候,抚台大人有过话,如果不够,随时可以电拨。”于是到得号里,写了一张银票。就托号里代打一个电报,说明缘故,请再拨一万五千两。号里朋友拟好电稿,请他过目,无甚说得。两人辞别出去,找到仇五科,交代清爽,取转那一份合同。当天仍到同庆里摆了一个双台,因为仇五科、魏翩仞两个帮了忙,所以就推他二位坐了上座。

正是光阴似箭,日月如梭,自从那日在号里发电报的日子算起,核算起来,顶多三天定有回音,现在倒有七八天了。亏得他天天被新嫂嫂迷住,所以也不觉得。及到屈指一算,不禁慌张起来。若论自己的宪眷,一定不会驳回的;大约抚台公事忙碌,一时理会不到,也是有的,然而总不至于置之不复。因此弄得他心上好像有十五个吊桶一般,七上八下。亏得新嫂嫂能言会道,譬解过去。后来一等等了半个月,还是无回信。看看这里的钱又用去了二千多。新嫂嫂还一心要嫁他,说明做“两头大”。身价不要,只要一副珍珠头面①;下等的拿不出手,就是中等的,至少亦得一两千块。其余衣饰还不在内。真正公私交迫,昼夜不宁。又过了几天,数了数日子,电报打去已经二十天了,依旧杳无音信。把他急得熬不住,只得又打一个电报去催款。另外又打一个电报,要他姊夫从旁吹嘘。到第三天得到姊夫的回电,说抚宪请病假,藩宪代理。机器已经另外托了外国人办好,价钱很便宜,而且包用,叫他不要办了。并催他即日回东。陶子尧得了这个电报,赛如一瓢冷水,从顶门上浇了下来,急得无法。可巧魏翩仞来看他,他便把此事告知,想叫他去同仇五科商量,说机器不要了,叫他退钱。魏翩仞道:“同了外国人打的合同,怎么翻悔得来?倘若账目没有寄出去,还可收得转;如今已经二十多天了,只怕已经到了外洋,怎么好收转?”陶子尧道:“打电报去止住。”魏翩仞道:“说的好容易!人家不是被你弄着玩的,我也不好说出口。”

陶子尧见他不肯退机器,心上更加烦闷。打那日起,就在栈中写了两天的信,一直没有到同庆里去。新嫂嫂派了一个小大姐到栈里钉住他,叫他去,他不肯去。把他弄急了,同小大姐说:“不是我不来,我这两天心上

---

① 头面——头上插戴的首饰。

不舒服,等我的事情弄定规了,自然要来的。"小大姐回去告诉了新嫂嫂。新嫂嫂知事不妙,乐得弄他几个现的。见小大姐请不来,只好自己坐了车到栈里来请。陶子尧虽说跟他同到堂子里,依旧没精打采。禁不住新嫂嫂甜言蜜语,不由他不把号里剩下的银子,取来报效。后来用的只剩得几百两了。号里的人,最是势利不过的,就把下余的钱算一算清,打一张票子,差一个学生送给陶子尧,把折子收回,以后不相来往,从此更绝了指望。

还有魏翩仞听见信息不好,虽说不准他退机器,料想再要他找,是万万找不出来的了。便去同仇五科商量。仇五科说道:"他真的拿不出吗?你去同他讲:如若机器运到,不来出货,我们虽然是朋友,外国人却不讲交情,将来怕有官司在里头。还是叫他办去的好。"魏翩仞又去告诉了他,顺便探消息,顺便催银子。把个陶子尧真正弄的走投无路,只得又打一个电报给姊夫,说明洋人不退机器,请他转圜的话。谁知接到回电,陶子尧看了,这一惊竟非同小可!欲知电中所言何事,且听下回分解。

第 九 回

观察公讨银翻脸　布政使署缺伤心

话说陶子尧接到姊夫的回电，拆出来一看，上面写的是："上峰不允购办机器。婉商务退款二万，悉数交王观察收。"陶子尧不等到看完，两只手已经气得冰冷，眼睛直勾勾的，坐在那里一声也不言语。停了一会子说道："这是我的'钉封文书'①到了！"其时陶子尧还在兰芬家同新嫂嫂一块儿吃饭。管家送电报来，是电报局已经翻好了来的。陶子尧看完之后，做出这个样子，大家都猜一定报上有了什么话句。亏得新嫂嫂心定，仍旧吃她的饭。等把一碗饭扒完，才慢慢地问："到底哪哼？"陶子尧也不便告诉他，但说得一句："是催我回去的话。"新嫂嫂心上明白，也不再问。陶子尧便问："魏翩仞住在哪里？"新嫂嫂说："耐笃一淘出，一淘进，俚格住处，耐有啥勿晓得格。"陶子尧道："我同他是台面上认得的，其实没有到过他家。"管家插嘴道："上海的这些露天掮客真正不少，钱到了他们手里，再要他挖出来可是烦难。老爷又不认得他，怎么会托他办事情？"陶子尧骂道："王八蛋！放屁！你懂得什么！"管家不敢做声。新嫂嫂连忙改口道："魏老格人倒是划一不二格，托仔俚事体俚总归搭倪办到格。机器退勿脱，格是外国人格事体，关俚啥事。"陶子尧也不答应，穿马褂，拔起脚来要走。新嫂嫂问他："到啥场化去？"说："到栈里去。"新嫂嫂明知留也无益，任其扬长而去。

陶子尧回栈未久，头一个是魏翩仞来找他，道："五科已把这话同洋人商量过。洋人大不答应，说打过合同如何可以懊悔的。就是这会子把已经付过的一万一千统通改做罚款，他亦不要，一定要你出货。子翁，你得详详细细把这情形写个禀帖给抚台，也免得你为难。将来闹出事情，打起官司，总是你山东巡抚派来的人。"陶子尧听了，正在满腹踌躇，无话可

---

① 钉封文书——清时寄递处决囚犯的紧要公文，在文件上穿一个纸捻示意，叫做钉封文书。这里引用"钉封文书"的意思，犹如说是"催命符"。

答,忽见管家拿进一封信来,说是长春栈二十一号,山东候补道王大人差人送来的,立候回音。陶子尧听了王大人三个字,又是一呆。连忙把信拆开来一看,——就是刚才他姊夫来的电报上所说王观察了。王观察信上言明是奉了东抚之命,前往东洋考察学务。到了上海又接电报,叫他顺便考察农、工、商诸事,添派四个委员,大小十几个学生。因此就叫他向委员手里讨回那二万银子做盘川。亦是今天接到电报,所以特为写信前来通知。如果银子现成,他就立刻派人来取。陶子尧不看则已,看了之时,急得一句话也说不出。心里想:"这洋人非但不肯退,而且还要逼后头的。那里王观察又是山东抚宪派来的,叫他来讨。就是洋人肯退银子,只有一万一,那九千已经被我用的九成多了。无论如何,二万的数目总不能归原,叫我心上如何不急!但恨没有地洞,如有地洞,我早已钻进去了。"他一面想,只是不言语。管家站在一旁等回信,也不敢说什么。

当下还是魏翩仞等得不耐烦,说:"人家问你讨回音,你怎么讲?"一句话提醒了陶子尧,立刻翻出信笺要写回信。忽然想起王观察是本省上司,论规矩应得写张夹单禀复他才是。他本是做文案出身,这些款式是懂得的。无奈心绪不宁,提起笔来,写不上半行,不是脱落字,就是写错字,一连换了五张红单帖,始终未曾写满三行。把他急得头上汗珠子有黄豆大,无如总是写不好。后来还亏魏翩仞替他出主意,说:"王观察乃子翁的本省上司,他既然到这里,你总得去拜他一趟。今日且不必写回信,只拿个片子交给来人,叫他先回去言语一声,说你子翁明天过来一切面谈。"陶子尧正愁着这封回信无从着笔,听了此言,连说"有理……"。立刻自己从护书里找出一张小字官衔名片交代管家,叫他出去告诉来人,托他回去转禀大人,说大人的来信收到,明天一早过来请安,还有许多下情,须得明天面禀。管家拿了衔片自去交代不题。

这里魏翩仞便问他:"这事到底怎样办?"陶子尧道:"翩翁,外国人那一边,总得叫他能够退才好。"魏翩仞道:"子翁,我们都是自家兄弟,有些事情你虽然没有告诉我,我岂有不知道的。"陶子尧一听这话,脸上一红,知道各事瞒他不过,不妨同他实说,或者有个商量。便说:"我现在好比骆驼搁在桥板上,两头无着落。你总得替我想个方法才好。"魏翩仞道:"依我看起来,这机器还是不退的好。"陶子尧道:"何以见得?"魏翩仞道:"你子翁带来的钱,同你在上海化消的钱,我心里都有个数。洋人那里的钱就是退不掉,还算你因公受过,上司跟前不至于有什么大责罚的。倒是你自己化消的钱如何报销?我同你做了知己朋友,总得替你筹算筹算。”陶子尧道:“多承费心。兄弟一时没有了把握,亏空了公项,倘若追起这笔银子来,怎么办呢?”魏翩仞道:“我早替你想好一条主意了。”陶子尧忙问:“什么主意?”魏翩仞道:“现在机器是万万退不得的!退了机器,你没有生发了。洋人那里,但凭五科一句话,要退便退;现在老实对你说,是我替你抗住不退。你明天见了王观察,只说机器的事,一到上海就同洋人打好合同。索性多说些,二万二的机器,乐得说他四万银子。二万不够,又托朋友在庄上借了二万。价钱统通付清,机器不日可到。洋人那边是万万不肯退的。现在既然山东来电一定要退,只好请讼师同他打官司。倘若打不赢外国人,你这机器本不要退,这笔讼费至少也得几千两,还有别的费用,也只好由你报销。况且王观察面前也有得推托,叫他不至于来逼你。你说这话可好不好?”陶子尧连称“妙计……”。又说:“我上次发去的电报,早禀明二万不够,还要请上头发款,这话是埋过根的。”

魏翩仞道:“但是一件,这外国律师你是一定要请一位的。”陶子尧道:“我没有熟人,哪里去请?”魏翩仞说:“有我,这里头我都有熟人。我此刻就替你去找一位。明天上半天把事办好回来,你再去见王道台。他见你打官司,这事情是真的了,他一定不好再来逼你。腾出空来,我们再想别的法子。”陶子尧道:“如此,就请你费心罢。”魏翩仞道:“你这回请讼师不过面子账,用不着他替你着力。我们知己人,能够省一个,乐得省一个。”魏翩仞一面说,一面掐指一算,说道:“这事总得上回把堂,好遮遮人家的耳目。你先拿五百银子出来,我请个朋友替你去包办下来。你说可好?”陶子尧听了,愣了一回道:“要这些钱么?”魏翩仞道:“同你说面子账。如若要他出力,只怕二三千还不够哩!”陶子尧自己估量:“一共总只剩得七百几十两银子,还有二百多块钱的钞票。如今又去五百。照此情形,山东不见得再有汇来;倘若用完,叫我指着什么呢?”想了好半天,只得据实告诉了魏翩仞,托他想法子同讼师商量,先付若干,其余的打完官司再付。魏翩仞听了无法,于是叫他先付三百。后来讲来讲去,陶子尧只肯先付二百。魏翩仞无奈,只得拿了就走。出得门来,先去通知了仇五科。仇五科道:“翩仞哥,又有点小进项了。”魏翩仞道:“这个自然。我们天天在四马路混的是哪一项呢?”五科一笑无言。

魏翩仞出来，到一家熟钱庄上，把银子划出五十两。找到一个讼师公馆，先会见翻译。彼此都是熟人，把手脚做好，然后翻译走到公事房里，一五一十地告诉了讼师。讼师答应立刻先替他写两封外国信：一封是给仇五科的洋东，说要退机器的话；一封是给新衙门①的，等陶子尧禀帖写好，一块送进去。魏翩仞见事办妥，把银子交代清楚，然后袖了这封信回来见陶子尧。其时陶子尧禀帖稿子已经打好，是抱告②家人陶升出名，告的是"仇五科代办机器，浮开花名，不照原账，意图侵蚀，恳请饬退"一派的话。魏翩仞道："这条倒是亏你想的。可巧那篇到外洋定机器的账，都是五科一手写出来的。若照你那篇原账，只有几个总名字，写得不清不爽，只怕走遍地球也没处去办。不料五科为朋友要好，如今倒被人家拿做了把柄。"陶子尧道："我何曾要同他打官司。不过是无事要生发点事情出来，别的话说不上去，只有这条还说得过。"魏翩仞道："这词讼一门，不料子翁倒是行家。"陶子尧道："小弟才到山东的时候，本学过三年刑名。后来家父常说：'凡做刑名的人，总要作孽。'所以小弟改行，才入了这仕宦一途。"魏翩仞道："原来如此，倒失敬了。"当下禀稿看过，没甚改动。陶子尧立刻写好，随了外国讼师的信，一块儿拿帖子送了进去，接到回片方才放心。

次日一早，就到长春栈二十一号去见王道台。这天穿的衣裳，照例是行装打扮。雇了一辆轿子马车，拉到长春栈门口。管家先进去投手本。王道台正在那里会客，一见是他，便说了声"请"，吩咐跟班的引他到别的屋里坐一会。跟班会意，把陶子尧请了进来，同他到随员周老爷屋里坐下。不多一刻，王道台送客回来，赶到这边相见。陶子尧虽久在山东，同王道台却是从未谋面。见面之下，少不得磕头请安。王道台晓得他是抚台特识的人，不好怠慢于他，还说了许多仰慕的话。陶子尧忙回："卑职

① 新衙门——指当时上海的会审公廨，会审公廨是公共租界里的审判机关，对中外互控的案件，由会审公廨的中国和英、美、法三国的会审官会同审理，实际上大权完全操在外国会审官手里，中国会审官不过备员画诺而已。为了和中国原有的官署有所区别，习惯称会审公廨为新衙门。

② 抱告——一种特许的诉讼代理人。清代制度，现任官员或妇女和人打官司，如果因为身份关系，或者不愿抛头露面，可以委托亲属或派遣仆人代理出庭，叫做抱告。

一直是在洋务局里当差,没有伺候过大人。今番大人来在上海,卑职没有预先得信,所以来的迟了。今日特地前来禀安请罪。"王道台道:"说哪里话!"彼此言来语去,慢慢说到退机器、划银子的话。王道台道:"兄弟这回出来,本来是奉了别的差使,到了上海接着电报,才晓得还要到东洋去走一趟,所以出省的时候没有带什么钱。后来打电报去请上头发款,接到回电,才晓得老兄那里有这笔银子,所以昨天写信通知老兄。这款想来是现成的,只等老兄回信,兄弟就派人来领。现在老兄又要自己过来,实在劳驾得很。"陶子尧道:"为了这事,卑职正在为难。晓得大人来到这里,本应该过来禀安,二来还求大人教训,好替卑职作一个主。卑职虽然没有到省,然而当的是山东差使,大人就是卑职的亲临上司一样,所以一切总要求大人指教。"王道台听了摸不着头脑,只得随口应酬了两句。后来又问:"这银子几时好划?"陶子尧方说道:"上头发款二万两,差卑职到上海办机器。一到上海,就与洋行订好合同,约摸机器不到一月一定运到。款项不够,已由卑职出名,向庄上借银子二万两垫付。不料诸事办妥,上头又打电报来,叫把机器退掉,银子要回。洋行的规矩大人是晓得的,订了合同,如何翻悔得来。但是卑职既经奉了上头的电谕,也不敢不遵办。同洋行说过几次,说不明白,只好请讼师同他打官司。禀帖是昨儿晚上进去的。将来新衙门还得求大人去关照一声,叫他替咱们出把力,好教卑职将来可以销差。"说罢,又站起来请了一个安,说了声"大人栽培"。王道台听了他话,也不好说什么,于是敷衍了几句,端茶送客。少不得次日出门,顺便到高升栈,过门飞片谢步。照例挡驾,自不必说。

且说陶子尧自从见过王道台,满心欢喜,以为现在我可把他搪塞住了,关了这道门,免他向我讨钱,再想别的法子。自此每日仍到新嫂嫂那里鬼混。他们的事情,新嫂嫂都已明白,乐得再用他两个。后来陶子尧把钱用完,便去同魏翩仞商量,托他向庄上借一二千。魏翩仞起先不肯,后来想到他这事情,闹到后来,不怕山东巡抚不拿钱来替他赎身。主意打定,虽不能如他的意,也借与他好几百两银子。陶子尧异常感激。新嫂嫂一边,魏翩仞还不时要去卖情,说:"陶大人没有钱用,山东不汇下来,都是我借给他。"好叫新嫂嫂见好。自从新嫂嫂敲到了陶子尧的竹杠,不是剪两件衣料,就是顺便叫裁缝做件把衣裳,不收他的钱,好补补他的情。更兼魏翩仞或是碰和,或假称出门匆促,未曾带得洋钱,时常一二十、三四十,到新嫂嫂手里借用。连借了几次,也有一百多块钱,始终未曾还得分文。新嫂嫂却也不肯向他讨取。这些事不但陶子尧一直未曾知道,而且还拿他当作朋友看待,真正可笑。

闲话休题。再说王道台因见陶子尧那里的钱不能划到,他这里出洋又等钱用,只有仍打电报到山东去。其时抚台请病假,各事都由藩司代拆代行,接到了这个电报,便打一个回电给陶子尧,说他不肯退机器,不会办事,着实将他申饬两句,一定要退掉机器。陶子尧虽有魏翩仞代出主意,究竟本省上司的言语,不敢违拗,因此甚是为难。同时那个藩台又复一个电报给王道台,叫他仍向陶委员划付。王道台无奈,只得又拿片子前去请他商议此事。陶子尧满肚皮怀着鬼胎,只好前去禀见。这几天头里,他的事情王道台已经访着了一大半。只因王道台的随员周老爷是山西太原府人,同前头陶子尧存放银子的那家票号里的老板是嫡亲同乡。周老爷到得这里拜望同乡,这票号里的老板很同他来往。晓得山东有电报叫王道台向陶子尧手里付银子,陶子尧付不出,他就把这里事情,原原本本,一齐告诉了周老爷。周老爷回来,亦就一五一十地通知与王道台。王道台无奈,只好请了他来当面问过,看是如何,再作道理。

这日见面之下,王道台取出电报来与他看。陶子尧一口咬定:"银子四万,通通付出。带来的不够,在庄上又借了两万。现在卑职手里实在分文没有。就是请讼师打官司,还得另外张罗。总求大人原谅。大人如果有信到山东,还求大人把卑职为难情形代为表白几句,那是感激不尽!"王道台虽然已经晓得他的底细,听了这话,不便将他说破,只些微露点口气,说:"洋人那里,吾兄是何等精明,断乎不会全数付他。已经付出的呢,兄弟也不说不讲情理的话。退与不退,自然等到打完官司再讲。但是兄弟还有一句公道话:我们出来做官,所为何事?况且子翁来到上海,自然有些用度,倘若还有钱没有付出,子翁不能不自留两千,预备正用。兄弟这里,或者先付五六千。一来兄弟同老兄的事,上头也有了交代,其余不足的,兄弟自然再打电报向上头去要,决计不来再逼吾兄。吾兄看此事可好如此办法?"陶子尧只是一口咬定没有存钱。王道台本来也正想银子使用,齐巧派了这个差使,有二万两拨给他,他如何不拼命的追?况且已经探实陶子尧的细底,如何肯将他放松?便道:"这注银子是上头叫兄弟讨的,既然老哥没有,须得给兄弟一个凭据,我也好回复上头,请上头汇款下来。”陶子尧道：“卑职回去就具个禀帖过来，大人好据着卑职的禀帖回复上头。”王道台道：“不但这个，吾兄付款出去总有收条，这个收条一定是洋字。兄弟这边因为出洋，才找到一位翻译。吾兄回来可把这个收条带了过来，由兄弟叫翻译替你翻好，写一份寄到上头去。并不是不放心吾兄，向吾兄要收条，为的是有了实凭实据，银子实实在在付给洋人，上头看见，也不好再叫兄弟前来追逼吾兄。吾兄以为何如？兄弟这里翻译是现成的，免得吾兄出去找人，又要化钱。”陶子尧一听王道台问他要收条，知道事情不妙，怕要弄僵，忙回道：“收条本来是有的。但是因为银子不够，向人家借垫，人家不相信，暂时只得将合同收条抵押在那个人家，并不在卑职手头。现在大人要看，须得卑职先去说起来看。”王道台道：“并不是我要顶真，为的是大家洗清身子。既然押在人家，亦不妨事，我叫翻译跟了老兄同去，就在那个人家取出来一看，翻他一张底子带了回来，岂不甚便？”陶子尧道：“这事总得卑职先去通知一声，叫那人家把东西拿在手头，然后卑职再来同了翻译前去，免得耽误时刻。”王道台见他总是一味推诿，也不值再去逼他。便乃一笑，端茶送客。

过了两三日，王道台见他竟无回音，便差了周老爷同了翻译前去拜他，讨他的回信。倘若已与前途说妥，就叫翻译立刻翻好带了回来，因为立等寄信山东，免得耽误时刻。谁知一连去了三次，总是未曾见面，亦不见他前来回拜。把个王道台气的了不得，说他靠了谁的势，连我都不在他眼睛里。跟手写了一封信，居然摆出上司的款来，很拿他申饬几句，还说什么：“老兄在这里办的事，兄弟统通知道；不过因与令姊夫是同官同寅，处处顾全面子。现在反将我一片好心当作了歹意。既然不肯赐教，兄弟也只得据实禀复上头，将来休要怪弟不留面情！”痛痛快快地写了一封信，送到栈里。管家见是王道台来的要信，立刻到小陆兰芬家，找到主人，把信呈上。陶子尧看了，着实有点耽心事，愁眉不展，茶饭无心。新嫂嫂见了问问他，虽说是一味支吾，然而已经十猜六七。便说：“有甚为难之事，魏老主意极多，外面人头也熟，何不请他前来商量商量？”一句话把陶子尧提醒，立刻写了一个票头，差相帮去请。堂子里请不着，后来还是新嫂嫂差了一个小大姐，在六马路他的姘头大姐老三小房子里找着的，一同到同庆里。魏翩仞便问何事。此时陶子尧早拿他当自己人看待，便也不去瞒他，把王道台的信取了出来与他观看，同他商量办法。

魏翩仞道："这事须得同五科商量。我想除掉借洋人的势力克伏他，是没有第二个法子。"说完，便约了陶子尧一同去见仇五科，告诉他王道台情形。仇五科道："这事须得请洋东即刻打个电报到山东，托他们的总督向山东抚台说话。就说：'定了机器，无故要退，商人吃亏不起。委员已经同我们打官司，他们山东官场上又派什么姓王的道台来到这里提钱。我们的招牌已经被他们闹坏了，以后不能做生意。现在非但不准他退生意，而且还要山东抚台赔我们的招牌。'照此电报打去，外国的总督没有不帮着自己商人的。如此做去，陶子翁，包你的机器一定办得成。敲开板壁说亮话：合同打好再由你退，我们行里只好替你们白忙，生意也不要做了。陶子翁，你去同王道台说，叫他不要来逼你；他再来逼你，叫他提防些，我要出他的花样。上海地方还轮不着他海外①哩。"陶子尧听了，千恩万谢。跟手魏翩仞替他出主意，叫他同仇五科另外订了一张定办四万银子机器的假合同，写好两份，两人签过字，一人拿着一张，预备将来真果打官司，好呈上去做凭据。仇五科也叫陶子尧另外写了一张借银二万，即以订办机器合同作抵的字据，连合同交给魏翩仞收好。此时陶子尧拿魏翩仞真当作自己人看待，以为他办的事真是千妥万当，异常放心。不在话下。等到陶子尧去后，仇五科果然把此事始末根由，又编上许多假话，告诉了本行洋东，请洋东打个电报给本国总督，请他照会山东巡抚。总督得了电报，果然外国的官专以保商为重，不比中国官场是专门凌虐商人的，一个电报打过去，除了机器四万不能退还分文外，还要索赔四万。山东抚台得了这个电报，这一惊非同小可！

且说其时原委陶子尧办机器的那位巡抚，前因抱病请假，一切公事，奏明由藩司代拆代行。等到假满，病仍未痊，只好奏请开缺。朝廷允准，立刻放人，就命本省藩司先行署理。这藩司姓胡名鲤图，乃是陕西人氏。早年由两榜出身，钦用榜下知县，吏部掣签，分发湖广。到任不多两年，就补得一个实缺。不料那年地方上民、教不和，打死一个洋人，闹出事来。上司说他办理不善，先拿他撤任；后来附片进去，又将他革职。后来好容易投效军营，开复原官，又历保至知府放缺。为了一桩什么交涉案件，得

① 海外——管辖不到的地方，引申为放肆、横行、目中无人的意思。

罪了外国人。外国人禀了外国公使,本国公使告诉了总理衙门[1],行文下来,又拿他开缺。把他气的了不得。后来又走了门路,凑巧那年闹"拳匪",杀洋人,山西抚台把他咨调过去办团练;等到和局告成,惩办罪魁,换了巡抚。后任虽未查出他纵团仇教的真凭实据,然而为他是前任的红人,就借了一桩别的事情,将他奏参,降三级调用。他名心未死,竭力张罗,于秦、晋赈捐案内,捐复原官,加捐道台。幸喜折扣便宜,花钱有限,又把家里的老本一齐搬了出来,报效国家二万银子,就有人保荐他奉旨记名简放,并交部带领引见。他就立刻进京,又走了老公的门路。吃亏花的钱不多,不能望得好缺,就放了山东兖沂曹济道,是个苦缺。到任之后,因在内地,洋人来的不多,遂得平安无事。然而为了不知哪一国的教士,要在这兖州府一个地方买地建立教堂,与乡人议价不合,教士告诉本道。胡鲤图非但不办乡下人,而且反劝教士多出两个。教士大动其气,进省告知巡抚。虽没甚大过处,巡抚曾将他申饬一番。因此他生平做官,屡次翻斤斗,都是为了洋人的事。幸喜圣眷极优,不到两年,升运司,升臬司,仍旧做到山东藩司。不与洋人交涉,宦途甚觉顺利。目今因本省巡抚告病,奉旨就叫他升署。未曾升署之前,因为抚台请假,照例是他代拆代行。接到陶子尧来电,禀请添拨款项。他生平最怕与洋人交涉,忽然发了一个多一事不如省一事的念头,立刻就打电报叫陶子尧停办机器,要回银子,立刻回省销差。又叫王道台帮着讨回此款。却不想到因此一番举动,却生出无数是非,非但银子不能讨还,而且还受外国人许多闲话。毕竟是他不识外情,不谙交涉之故。

闲话休题。且说这日正是他接印日期,一早起来,把他兴头的了不得。辰正三刻,摆齐全副执事,亲到抚院大堂拜受印信并王命旗牌。升座之后,便有司、道各官上来参堂;从前虽是同寅,现在却做了下僚了。一时接印礼成。其余照例仪注,不用细述。只因抚台尚未迁出,所以署院只好将印信带回自己藩司衙门办事。当下胡鲤图胡大人才回得衙门,便有合城官员拿着手本前来禀贺。胡大人只命把司、道请进,行礼之后,彼此闲

---

① 总理衙门——总理各国事务衙门的省称。清末新设的官署,后来又改为外务部,就是后来的外交部。

谈。正说得高兴时候，忽见巡捕官送进一个洋文电报来，说是胶州打来的。胡大人一听，不觉心上陡然一惊。忙叫翻译翻出，原来正是不准陶子尧退机器，并叫山东官场再赔四万银子的那个电报。胡大人看过，登时吓得面孔如白纸一般。歇了半天，才说道："我想不到我的运气就这么坏！我走到哪里，外国人跟到我哪里！总算做了半年扬州运司，八个月的湖北臬司，算没有同他来往，省得多少气恼；就是在藩司任上也好。怎么一署巡抚，他就跟着屁股赶来！偏偏是今天接印，他今天就同我捣蛋，叫我一天安稳日子都不能过！真正不知道是我哪一门的七世仇寇，八世冤家！照这样的官，真正我一天也不要做了！"一面说，一面咳声叹气不止。署藩台劝道："陶某人办机器的事情也长远了。"其时洋务局的老总，——就是陶子尧的姊夫——也正在座，署藩台便道："某翁，陶某人是你令亲，还是你打个电报给他，叫他把事情早点弄好回来，免得大人操心。"陶子尧的姊夫道："当初我早晓得他不能办事，果然闹得不好。当初原是他上条陈，前院忽然赏识起来，就派他这个差使。真真年轻不能办事！"胡大人道："你也不必埋怨他，这都是我兄弟命里所招。兄弟自从县令起家，直到如今，为了洋人，不知道害我花了多少冤枉钱，叫我走了多少冤枉路，吃了多少苦头！我走到东，他跟到东，我走到西，他跟到西，真正是我命里所招。看来这把椅子又要叫我坐不长远了！"他正说得伤心，忽见巡捕官又拿着一个电报来回，说外务部来的电报，胡大人这一惊更非同小可！欲知后事如何，且听下回分解。

第　十　回

怕老婆别驾担惊　送胞妹和尚多事

却说署理山东巡抚胡鲤图胡大人，为了外国人同他捣蛋，正在那里愁眉不展；忽见巡捕官拿进一封外务部的电报，以为一定是那桩事情发作了，心上急的了不得！等到拆开来一看，才知道是桩不要紧的事情，于是把心放下。对着司、道说道："将来我兄弟这条命一定送在外国人手里！诸公不要不相信，等着瞧罢！"众人也不好回答别的。还是陶子尧的姊夫，——洋务局老总——他办事办熟了，稍微有点把握，就开口说道："外国人的事情是没有情理讲的，你依着他也是如此，你不依他也是如此。职道自从十九岁上到省，就当的是洋务差使，一当当了三十几年，手里大大小小事情也办过不少，从来没有驳过一条。这陶倅是职道的亲戚，年纪又轻，阅历又浅，本来不曾当过什么差使，现在头一件就是叫他同外国人打交道，怎么办得来呢。职道的意思，就请大人打个电报给王道台，叫他就近把这件事弄好。办好的机器，如果能退，就是贴点水脚，再罚上几个，都还有限；倘或实在退不掉，没有法，也只好吃亏买了下来。至于另外还要赔四万，外国人也不过借此说说罢了，我们亦断乎不能答应他的。"胡大人道："到底老哥是老洋务。好在陶某人是令亲，这件事只好奉托费心的了。"说完端茶送客。

陶子尧的姊夫下来，立刻就到电报局打一个电报给自己舅爷，叫他赶紧把事办好，回来销差。又打一个电报给王道台，面子上总算托他费心，其实这里头已经照应他舅爷不少。王道台出洋经费，回明署院，另外由山东拨汇，以安王道台之心，便不至于与他舅爷为难。其实王道台只要自己出洋经费有了开销，看同寅面上，落得做好人，就是陶子尧真果有大不了的事，他早已帮着替他遮瞒了。

话分两头。且说王道台在上海栈房里，正为着讨不到钱，心上气恼。这日饭后又要打发周老爷去催。周老爷道："一个高升栈的门槛都被我们踏穿了，只是见不着他的面。他玩的那爿堂子，我也找过几趟，不是推头没有来,便是说已经来过去了;房间里放着门帘,说有别的客人,我们也不好闯进去。现在再到栈里去,一定还是不照面的。”王道台道:“你不找他,哪里同他照面。你去同他说,他再照这模样儿,我可要动真公事了!”周老爷被王道台逼不过,只好换了衣裳去找。刚刚跨出房门,只见电报局送到电报一封,上写着是山东打给王道台的。他便跟了进来,瞧这电报上说的什么话。王道台拆开看时,原来就是陶子尧姊夫发来的。上面写的是:

“上海长发栈王道台:陶倅所办机器,望代商洋人,可退即退,不可退即购。不敷之款及出洋经费另电汇。至洋行另索四万,望与磋磨勿赔。事毕,促陶倅速押机器回省。乞电复。”

下面还注着陶子尧姊夫的名字。王道台看到电汇出洋经费一句话,便说:“我们的钱也不必去问陶子尧去讨了。他的事情有他姊夫帮忙,不要说四万,就是十万八万,也没有不成功的。”连忙回头叫周老爷不必再去。又说:“既然是他姊丈的电报,应得去通知他一声。”周老爷道:“也不必去通知。他那里得了信,自然会跑来的。”王道台道:“你说的不错,等着他来也好。”当下无言而罢。

且说陶子尧自从王道台同他要钱没有,问他要合同收条又没有,因此不敢见王道台的面,天天躲在同庆里小陆兰芬家,省得有人找他。以前周老爷来过两趟,管家曾经回过;后来见主人躲着不见,周老爷再来时,便是管家代为支吾,也就不来回主人了。故此数日陶子尧反觉逍遥自在,专候仇五科行里的回信。一天魏翩仞来说:“外国总督那里已有回电,准了行东的电报,允向山东官场代索赔款。”陶子尧听了,又是惊,又是喜:惊的事情越闹越大,将来不好收场;喜的是有了外国人帮忙,只要机器不退,我的好处是稳的。既而一想:“我已经请过讼师告过仇五科,将来回省销差,上司跟前决不会疑心到我,说我捣鬼。”又一转念:“横竖只要好处到手,有了钱赚,就是不回山东也使得。或者将来在上海寻注把生意做做,就像五科、翩仞两个,一年到头,赚的钱着实不少。不要说候补道、府跟他不上,就是什么洋务局、营务处、支应局几位老总,算得第一份的红人,也赶不上他。”主意打定,混到哪里,算到哪里。但是一件,前头跟翩仞借的几百银子,看看又要用完,现在一筹莫展,又不便再向他启齿,因此心内十分踌躇。面子上只好敷衍他,说:“我同翩仞哥是自家人。这件事情若不是翩仞哥、五科出力,兄弟这一趟非但白走,而且还要赔钱。但愿他们连四万头一同赔了过来,也好补补你二位的辛苦。"翩仞道:"但愿如此更好。但是五科说过'不准他退机器是真的。至于赔款一层,也不过说说罢了。'"当下又说了些别的闲话别去。

这里新嫂嫂见陶子尧这几日手头不宽,心上未免有点不乐。这天因为催陶子尧替她看一处小房子,陶子尧推头这两天身体不快,过两天一定去看。新嫂嫂明知他手头不便,便嗔着说道:"倪格人说一句是一句,说话出仔嘴,一世勿作兴忘记格。耐格声说话,阿是三礼拜前头就许倪格?"陶子尧道:"我怎么说话不当话。我的意思,不过要等我身体好点,自然要料理这事。彼此相处这多少时候,你还有什么不放心我的?"新嫂嫂听了无甚说得,但说:"倪格碗断命饭也勿要吃哉。早舒齐一日,早定心一日。"陶子尧道:"你的心,我还有什么不知道的。"当下又闲谈一回,无庸细述。又过了两天新嫂嫂只是催他寻房子。陶子尧到了上海这许多时候,也晓得这轧姘头事情是不容易的,便去请教魏翩仞这事怎么办法。魏翩仞道:"恭喜,恭喜!到底子翁的艳福好;我们白相了多年,面子上要好,都是假的。"陶子尧道:"休要取笑。"魏翩仞便问:"她是个什么局面?"陶子尧道:"他一定要嫁我。"魏翩仞道:"啊唷,还要拜堂结亲哩!"陶子尧道:"何尝不是如此。这句话已经说过三四个礼拜了。她说明要红裙披风全头面,还要花轿小堂名①。兄弟想,我们做官的人家规矩,似乎这些也不可少的。但是另外要我二千块钱,也不晓得做什么用。问她也不肯说。如果是礼金,用不到这许多。翩仞哥,你替我想想。"魏翩仞道:"这须得问过新嫂嫂方好斟酌。"两个人便一同来到同庆里。见面之后,新嫂嫂劈口便问:"房子阿看好?"陶子尧一声不言语。魏翩仞道:"恭喜,恭喜!你们两家头的事情,怎么好没有媒人?有些话不好当面说,等我做个现成媒人罢,也好替你们传传话。"新嫂嫂道:"媒人阿有啥捱上门格?倪搭俚现在也勿做啥亲,还用勿着啥媒人。"魏翩仞一听不对,便对陶子尧说道:"怎么说?"陶子尧忽见新嫂嫂变了卦,不觉目瞪口呆。歇了半天,方向新嫂嫂说道:"不是你说要嫁给我吗?还要什么红裙披风花轿执

---

① 小堂名——苏沪一带的清音乐班。通常用十岁到十五六岁的儿童八人,为喜庆人家所雇用。这种乐班都以某堂为名,所以叫做堂名。

事。”新嫂嫂道:“还有呢?”陶子尧道:“还有再讲。”新嫂嫂回头对魏翩仞道:“魏老,勿是倪说话勿作准,为仔俚格人有点靠勿住。嫁人是一生一世格事体,倪又勿是啥林黛玉、张书玉,歇歇嫁人,歇歇出来,搭俚弄白相。现在租好仔小房子,搭俚住格一头两节,合式末嫁拨俚,勿好末大家勿好说啥。魏老,阿是?”魏翩仞笑而不答。陶子尧跳起来说道:“我们做官人家,要娶就娶,要嫁就嫁,有什么轧姘头的?”魏翩仞道:“陶大人心上不要不舒服,还是轧姘头的好:要轧就轧,要拆就拆,可以随你的便;不比娶了回去,那事情就弄僵了。新嫂嫂是同你要好,照应你,不会给你当上的。”陶子尧听了无话。新嫂嫂拿眼睛对着魏翩仞一眇,说道:“要耐多嘴!”魏翩仞道:“是啊,我就不说话。”新嫂嫂道:“倪又勿要耐做啥哑子。倪末将来总要嫁拨俚格。耐想俚格人,房子末勿看,铜钱也呒不,耐看俚格人阿靠得住靠勿住?”陶子尧心上想:“自从我到此地,钱也花的不少了,还说我不给她钱用。不知道前头的那些钱,都用在哪里去了。”心上如此想,面孔上早露出悻悻之色,坐在那里,一声不响。新嫂嫂道:“耐为啥勿响?”陶子尧道:“我没有钱,叫我响什么!”两个人你一句,我一句,登时拌起嘴来。魏翩仞只得起身相劝。谁知此时他二人,一个是动了真气,一个是有心呕他,因此魏翩仞拦阻不住。

正在闹到不可开交的时候,只见陶子尧的管家送上一封电报信。众人瞧见,以为一定是山东的电报来了。等到接在手中一看,见是绍兴来的。魏翩仞莫明其妙。陶子尧却不免心上一呆。连忙拆开,又是没有翻过的,立刻叫人到书铺里买到一本“电报新编”。魏翩仞在烟铺上吃烟,同新嫂嫂说闲话。陶子尧却独自一个坐在方桌上翻电报,翻一个,写一个。魏翩仞问他:“是什么电报?”他摇摇头不做声。等到电报翻完,就在身上袋里一塞,走了过来,一声也不言语。魏翩仞一定要问他哪里的电报,他只是不说。当下无精打采地坐了一会。魏翩仞要走,他也要跟着一同走。新嫂嫂并不挽留。

当下出得门来,魏翩仞便问他:“刚刚那个电报,到底是哪里来的?”陶子尧叹一口气道:“不要说起,是绍兴舍间来的。”魏翩仞又问:“到底什么事?不妨说说。我们是自己人,或者好替你出个主意分分忧。”陶子尧道:“翩仞哥不是外人,说出来实在坍台得很!”魏翩仞道:“说哪里话!”陶子尧道:“兄弟在山东洋务局里当差,每月的薪水都是家姊丈经手。他一定要每月替我扣下十两银子，替我汇到舍间，作贱内的日用。等到兄弟奉差出门，这笔薪水已归别人。家姊丈以为兄弟得了这宗好差使，家用是不必愁的了。这是兄弟荒唐，初到上海只寄过一封家信，一混两三个月，一块钱也没有寄过。这一个多月，又为着心上不舒服，也就懒得写信。家里贱内倒来过五封信，又是要钱，又是不放心我在外头，恐怕有什么病痛。兄弟只是没有复她。所以她急了，发了一个电报给我，还说日内就要过江，由杭州趁小火轮到上海来。所以兄弟的意思，新嫂嫂的事情不成功倒好。等到山东电报回来，贱内也可来到上海，看是事情如何。兄弟此行，本来想要带着搬取家眷，齐巧她来也好，就省得我走此一趟。”魏翩仞道：“既然嫂夫人要来，这事情自以不办为是。倘若嫂夫人是大度包容的呢，自然没得话说；然而妇人家见识，保不住总有三言两语。依我看来，也是不办的好。”当下又闲话一回，彼此分手。

陶子尧果然在栈房一连住了三天。他既不到同庆里，新嫂嫂也不叫人前来相请。日间无事，便在第一楼吃碗茶，或者同朋友开盏灯。每天却是一早出门，至夜里睡觉方回。他的意思是怕王道台派人来找他讨钱，只得借着出门，好不与他相见。一天正在南诚信开灯，只见他当差的喘吁吁的赶来，说：“栈房里有个人拿一封信，一定要当面见老爷。小的回他老爷出门；他说有要紧事情，立逼小的出来找寻老爷，他在栈里老等。就请老爷吃了这筒烟赶紧回去。”陶子尧摸不着头脑，心下好生踌躇：欲待回去，恐怕是王道台派来的人向他缠绕；欲待不去，又实在放心不下。慢慢的吃过一筒烟，又喝了一碗茶，穿好马褂，付了烟钱，跟了管家就走。陶子尧一头走，一头问管家：“你可曾问过这人，是哪里来的？”管家道：“他只是催小的快来，小的披好衣裳就来，所以未曾问得。”陶子尧道：“糊涂王八蛋！”一面骂，一面走，不知不觉，回到栈中。走进客堂一看，你道是谁？原来是仇五科行里的朋友，拿了一封五科的亲笔信。这人是老实人，叫他面交，他一定要见过面才肯把信交代出来。陶子尧拆开看时，无奈生意人文理有限，数一数，五行信倒有二十多个白字，还有些似通不通的话。子尧看了好笑，忙对来人说道：“我这里却还没有接到电报，他这信息是哪里来的？”那人道：“听说是个票庄上朋友说的，据说王观察那边昨天已经接着山东电报，机器照办，不够的银子由山东汇下来，连王观察出洋经费也一同汇来。”陶子尧道：“我说呢，怪不得姓周的今天没有来。事情既已如此,谅来我这里一定也有电报的。”话言未了,齐巧电报局里有人送报到来。陶子尧赶紧翻出看时,果然是他姊丈打来的电报。上说机器能退即退,不能退照办。机器一到,叫他赶紧回山东销差。陶子尧自是欢喜。一面照抄一张,交给来人带回去与仇五科看,又写一封信,差管家去找魏翩仞,约他今晚在一品香晚饭。

却说仇五科那里,一面送信与陶子尧,一面也就叫人去找魏翩仞。魏翩仞到得行里,仇五科便同他商量:“现在的事情总算被我们扳过来了。但是犯不着便宜姓陶的;我们费心费力,叫他去享用,天下哪里有这种现成的事,况且他拿了钱去,无非送给堂子里,我们不好留着自己用吗。翩仞哥,你听我说的可错不错?”魏翩仞道:“不要冤枉人,同庆里是早已断的了。但是我们出了力叫人家受用,却是犯不着。现在总共是一万出头银子的货,上头倒报了四万。姓陶的一个人已先亏空了将近万把,据我的意思,也可以不必再分给他了。”仇五科道:“山东汇来的银子,依旧要在他手里过付,恐怕由不得我们做主。”魏翩仞道:“怕他怎的!他一共有两份合同在咱手里:一份是前头打的,是二万二千银子;一份是第二次打的,上头却写的明明白白是四万,原是预备同山东抚台打官司的。虽说是假的,等到出起场来,不怕他不认。他能够放明白些,不同我们争论,算他的运气;若有半个不字,我拿了这两份合同,一定还要他找二万二出来。”仇五科道:“有两份合同,要两份钱,就得有两份机器。”魏翩仞道:“原要有两份机器才好。他多办一份,我们多得一份佣钱,不过不能像四万头来得容易罢了。”仇五科听了有财可发,把他喜得嘴都合不拢,便催魏翩仞去问陶子尧山东银子几时好到,叫他照付。

再说陶子尧自从接到电报,打发管家去找魏翩仞去后,独自一个坐在栈房,甚是开心。一面自己想:“这事王道台那里虽说也有电报,我明天须得去见他一见:一来敷衍他的面子;二来前头虽说彼此有点嫌隙,就此也可说开;三则他如今自己已经有了钱,虽则不来分我的好处,将来回省之后,也免得冲我的冷水;四则这笔银子究竟不知几时好到,大约同王道台出洋经费一同汇出,到他那里顺便去问一声,也是要紧的。”又想到:“仇五科能够叫他洋东打怎么一个电报去,山东官场就不敢不依,可见洋人的势力着实厉害。明天倒要联络联络他们,能够就此同外国人要好了,将来到省做官，托他们写封把外国信，只怕比京里王爷、中堂[①]们的八行书还要灵，要署事就署事，要补缺就补缺。”想到此间，好不乐意。又想：“我前头的钱，只有请律师用的是冤枉的。”又一转念：“亦不算冤枉：有此一层，我将来回省倒有得交代了。这事情是山东抚台答应的，可见得并不是我不出力。”

忽然又想到新嫂嫂：“她究竟不是无情的人，是我没有钱，叫我赁房子不赁，问我拿钱不拿，因此上反的目。毕竟还是我亏负她。现在我用的不算，大约山东又汇来二万银子，照机器的原价只有二万二千两，这里头已经有我一个扣头；下余的一万八，是魏翩仞、仇五科两个人出力弄来的，少不得要谢他俩一二千银子：我总有一万好赚。有了一万，什么事情做不得。”陶子尧想到这里，送信去找魏翩仞的管家已经回来，说：“小的到得魏老爷那里，魏老爷齐巧打仇老爷那里回来。小的拿老爷的信给他瞧。他说本来要来会老爷，停刻一品香准到。”陶子尧点点头，又问：“魏老爷还说些什么？”管家道：“魏老爷问老爷这两天还到同庆里去不去，小的回说不去。”陶子尧听了无语，管家自行退去。陶子尧本来在那里想新嫂嫂，又听了管家的话，不禁触动前情，愈觉相思不置。肚里寻思道：“前头是我无钱，以致同她翻脸；如今有了钱，各色事情就好商议了。但是已经翻脸，怎么再好踏进她的大门？”又一转念道：“我同她不过斗了两句嘴，又没有拍桌子，打板凳，真的同她翻脸。是我一时不合，不应该赌气，这几天不去走动，就觉着生疏了。最好今天一品香仍旧去叫局，吃完了大菜就翻过去，顺便请请几个朋友。她若留我，乐得顺水推舟；她若不留，我也不走。等到明天山东的钱到手之后，先把房子租好，索性租一所五楼五底的房子，场面也好看些。然后托魏翩仞再去同她商量。女人的心最活不过，况且她并不是无情于我。倘若把这事办好了，她从前是有过话的，不肯到别处去，一直要住上海。这里有的是招商局、电报局，弄个把差使当当，快活两年再说。”想到这里，一个人在房里，忽而躺在床上，忽而踱来踱去，看他好不自在。

正想得高兴时候，忽见管家带进一个土头土脑的人来，见面作揖。陶

---

① 中堂——指宰相等大官吏，唐代中书省里的政事堂，是宰相办公的地方，后来就称宰相一类的大官为中堂。

子尧一见,认得是他表弟周大权。问他怎么来的。周大权打着绍兴白说道:“阿哥,阿嫂来东哉。”陶子尧一惊非同小可!忙问:“住在哪里?”周大权道:“东来升栈房里。”陶子尧道:“还有什么人同来?”周大权道:“还有个和尚同来。”陶子尧听了,面孔气得雪雪白,一句话也说不出来。你道为何?只因这位陶子尧的太太,著名的一个泼辣货,平日在家里的时候,不是同人家拌嘴,就是同人家相骂,所有东邻家,西舍家,没有一个说她好的。后来她丈夫在山东捐了官,当了差使,越发把她扬气的了不得,俨然一位诰命夫人了。本来她家里的称呼,都是什么“大娘娘”、“二娘娘”;自从陶子尧做了官,她一定压住人家要叫她做太太。绍兴的风俗,人家的妇女没有一个不相信吃斋念佛的。有一天,她正在佛堂里烧香,她婆婆偶然叫错了一声,只称得她大娘娘,没有称她做太太。把她气的了不得,念一声“阿弥陀佛”,骂一声“娘东贼杀”。等到佛堂里出来,还一手捻着佛珠,一手拍着桌子,骂个不了。亏得她婆婆是一个忠厚人,不曾同她计较。此番却是陶子尧不好,不该一连两三个月不曾寄得家信。太太没有钱用还是小事,实因常常听见人说,上海地方不是好地方,婊子极多,一个个狐狸似的,但凡稍些没有把握的人,到了上海没有不被她们迷住的。今见陶子尧不寄银信,一定是被婊子迷住了。一个月头里,她太太就要亲自到上海来找他,是她婆婆劝住的。后来又等了一个月,还是杳无音信。她一定要走,婆婆劝不住,只好让她动身。因为没有人伴送,她婆婆把自己的内侄周大权找来伴送。太太嫌他土头土脑,上不得台盘。齐巧她娘家哥哥,在扬州天宁寺当执事的一个和尚,法名叫做清海,这番在寺里告假回家探亲,目下正要前赴上海,顺便趁宁波轮船上普陀进香。他妹子知道了,就约他同行。这和尚自从出家,在外头溜惯了,所以绍兴的土气一点没有。他平时在寺里的时候,专管接待往来客人,见了施主老爷们,极其漂亮。陶子尧却因他是出家人,很不欢喜,时常说他太太同着和尚并起并坐,成个怎么样子。太太听了这话,心上不服,就指着他脸骂道:“我同我的自家阿哥并起并坐,有什么要紧?我不去偷和尚,就留你的面子了。”陶子尧听了这话,更把他气的虾蟆一样。清海和尚见妹夫不同他好,因此他也不同妹夫好。这番陶子尧听说是他同了家小同来,所以气的了不得。

当下就同表弟周大权说:“你表嫂既然来了,我立刻就派人打轿子接到此地一块儿住。你也同来,省得另住栈房,又多花费。那个和尚,就叫他住在那爿栈房里，不要他来见我。"周大权听了，诺诺连声。陶子尧又叫茶房先端一碗鱼面给周大权吃。大权不上三口，把面吃完，端起碗来喝汤，一口也不剩。吃完之后，陶子尧便叫管家同了轿班抬着轿子去接太太。刚才出得大门，陶子尧正在房里寻思，说："他早不来，晚不来，偏偏今儿有事，他偏偏来了，真正不凑巧！"话言未了，忽见茶房领着一个中年妇人，一个和尚，赶了进来。茶房未及开口，那女人已经破口大骂起来。陶子尧定睛一看，不是别人，正是他的太太同他大舅子两个人。太太见了他，不由分说，兜胸脯一把，未及讲话，先号咷痛哭起来。陶子尧发急道："有话好说，这像什么样子？岂不被人家笑话！还成我们做官人家体统吗？"连忙叫茶房替太太泡茶，打洗脸水；又问吃过饭没有。太太一手拉住他胸脯只是不放，嘴里说："用不着你瞎张罗！人家做太太，熬的老爷做了官，好享福；我是越熬越受罪！不要说这两年多在家里活守寡，如今越发连信都没有了。银子不寄，家亦不顾了。我还要充哪一门子的太太！可怜我跟了你吃了多少年的苦，哪里跟得上你心爱的人，什么新嫂嫂，旧嫂嫂！听说你这个差使有十几万银子，现在都到哪里去了？"陶子尧辩道："哪里来的这宗好差使？你不要听人家的胡说！"嘴上如此说，心上也甚诧异："是谁告诉她的？"又听太太说道："你做了事你还想赖！我有凭有据，还他见证。"陶子尧道："没有这回事，哪里来的见证？"太太道："你别问我，你去问问谢二官再来。"陶子尧一听谢二官两个字很熟，一时想不起来，齐巧去接太太的管家，因为接不着，已经回来，站在一旁，看老爷太太打架。听见太太说谢二官，老爷一时想不起来，她就接嘴道："老爷，不是常常到这里，身上穿的像化子似的那个人？有时候问老爷讨一角钱，有时讨三个铜元。他说同老爷是乡亲，老爷从前还用过他家的钱。小的并问过他'贵姓'，他说'姓谢'。想来一定就是他了。"陶子尧道："胡说！我会用人家的钱！这种不安分的王八蛋，搬是非，造谣言，如果看见他再来，就替我交给巡捕。"太太道："啊呀！啊呀！你使人家的钱还算少！你那年捐这捞什子官的时候，连我娘家妹子手上一付镀银镯子，都被你脱了下来凑在里头，还说不用人家的钱！问问你还要面孔不要？"其时栈房里看的人早哄了一院子。还是同来的和尚看他们闹的太不成体统了，只得和身插在中间，竭力地相劝；劝了好半天，好容易把他俩劝开。太太三脚两步，走进房间。表老爷周大权，押着行李也就来了。还有跟来的丫头，忙着替太太找梳头家伙，又找盆打洗脸水。

陶子尧在外间，虽然太太不同他吵了，低下头一看，身上才换上的一件硬面子的宁绸袍子，已经被太太的头，弄皱了一大块。原想穿这件新衣裳到一品香请客的，今见如此，心上一气，跺跺脚说："我不知道哪里来的晦气！这种日子我一天不要过！"正是满肚皮的不愿意，不知道要向哪里发泄方好。一面自己抱怨自己，忽又想起一品香已经约下魏翩仞，却忘记去定房间；现在已有上灯时分，不知道还有房间没有。幸亏栈房里到一品香不远，便即一人走出栈来，踱到一品香。才上扶梯，刚巧遇着魏翩仞。两人一见大喜。问了问，只有十八号还空着，两个人就坐了十八号。细崽端上茶来，又送上菜单点菜。两人先把大概的情形说了一遍。魏、仇一边如何办法，魏翩仞因他银子尚未到手，一时暂不说破。席间陶子尧提起他"贱内已经来到"，并刚才在栈房里大闹的话，全行告诉了魏翩仞。说话之间，不免长吁短叹。魏翩仞见他无精打采，就撺掇他叫局。陶子尧一来也想借此遣闷，二来又可与新嫂嫂叙旧，连忙写票头去叫。吃不到三样菜，果见新嫂嫂同了小陆兰芬进来。新嫂嫂板着面孔，一声不响，陶子尧也不好意思同他说话。倒是魏翩仞竭力替他拉拢，一五一十地告诉她说："陶大人的银子明天好汇到了，这一次是不会搭你桨的了。"陶子尧正在听到得意时候，细崽来说："六号里来了一个女人，同了一个和尚吃大菜。那个女人自说'姓陶'，又说'我们老爷今天也在这里请客'。"陶子尧不听则已，听了之时，陡然变色，便说："这夜叉婆不知同我哪一世的对头！我走到哪里，她跟到哪里！"说完站起来，说了声："翩哥，我们再会罢！"拔起脚来，一直向外下楼而去，也不知到哪里去了。新嫂嫂同了兰芬，也只好就走。魏翩仞等吃过咖啡，签过字，站起身来，走到六号门口张了一张，只见果然一个女人同了一个和尚在那里吃大菜，是个什么面孔，一时却未曾看得清楚。魏翩仞也就出得一品香，自去干事不题。

且说陶太太同他哥在栈房里，晓得陶子尧在一品香请客，一定要叫局热闹，故而借吃大菜为名，意想拿住破绽，闹他一个不亦乐乎。不提防陶子尧先已得信，逃走无踪，太太只得罢手。一时吃完，回到栈内。一等等到两点钟，不见老爷回来，急得个太太犹如热锅上蚂蚁一般，又气又恼。后来越听越无消息，料想一定是在窑子里过夜，不回来的了。气得太太坐在床上，一夜不曾合眼，足足地骂了一夜：骂一声"烂婊子"，骂一声"黑良心,杀千刀,不吃好草料的”。她哥和尚也陪着她一夜不睡。到了次日天明,陶子尧还没有回来。太太披头散发,乱哭乱嚷,一定要到新衙门里去告状,要请新衙门老爷赶掉这些婊子,省得在此害人。闹得她哥劝一回,拦一回,好容易把她劝住。

看看日已正午,长春栈里的王道台打发周老爷来说,山东的银子已到,是汇在王道台手里的;叫周老爷来带信,叫陶子尧去付。太太听见了,也不顾有人没人,赶出来说:“有银子交给我。交不得那个杀千刀的,他是要去贴相好的。”周老爷看了好笑。问了管家,才知道是陶子尧的太太。当下陶太太恐怕王道台私下付银子给陶子尧,一定要自己跟着周老爷到长春栈里去见王大人。后来把个周老爷弄急了,又亏得和尚出来打圆场,说:“王大人是我们妹夫的上司,太太不便去的;还是我出家人替你走一遭罢。”周老爷问了来历,只得说“好”。和尚便叫管家拿护书,叫马车,穿了一件簇新的海青①,到长春栈里去拜王大人去。究竟此时陶子尧逃在何方,与那清海和尚如何去见王道台,且听下回分解。

---

① 海青——即宽袍大袖的衣服。

第 十 一 回

穷佐杂夤缘说差使　红州县倾轧斗心思

话说清海和尚同了周老爷去见王道台，当下一部马车走到长春栈门口。周老爷把和尚让在账房客堂里坐，自己先进去回王道台。王道台听了皱眉头说："好端端的，哪里又弄了个和尚来？你去同他说，我是'僧道无缘'的，劝他到别处去罢。"周老爷道："他来并不是化缘，听说为的家务事情。"王道台道："这也奇了！和尚管起人家的家务来了！"周老爷道："听说他是陶子尧的内兄。卑职去的时候，陶子尧不在家，他太太一定要跟了卑职来见大人。亏得和尚打圆场，好容易才把那女人劝下的，所以同了他来。大人如果不要见他，叫人出去道乏就是了。"王道台未及回言，不料和尚因为等得不耐烦，已经进来了。王道台想要不理他，一时又放不下脸来；要想理他，心上又不高兴：只把身子些微地欠了一欠，仍旧坐下了。和尚进来，却是恭恭敬敬作了一个揖。叫他坐，起先还不敢坐，后来见王道台先坐了，他方才斜签着坐下。王道台同："几时来的？"和尚回："是昨天到的。陶子尧陶老爷是舍妹丈。这回是送舍妹来的。大人跟前，一向少来请安。去年僧人到过山东。现在这位护院，那时候还在东司任上，他的太太捐过有二万多银子的功德；就是西司①的太太、济东道的太太，还有粮道胡大人，都是相信僧人的，一共也捐了好两万的功德。"和尚的意思，原想说出几个山东省里的阔人，可以打动王道台；岂知王道台听了，只是不睬他，由他说。王道台一直眼睛望着别处，有时还同管家们说话。和尚一看不对头，赶紧言归正传，预备说完了好告辞。才说得半句"舍妹丈这个差使……"王道台已经端茶送客。听见和尚还有说话，于是站住了脚，也不等和尚说，他先说："我明天就要动身往东洋去。找他不到，我也没有这么大工夫去等他。好在我们周老爷不走，把银子替他存在庄上，等他自己去付就是了。"说完了这两句，已经走到门槛外头，等着送

---

① 西司——按察使的尊称。

客;等到和尚才出房门,他老人家把头一点,已经进去了。

和尚没趣,只好仍旧坐了马车回来。见了妹子还要摆阔,说王道台同他怎么要好:“一见我面,晓得我要募化他盖大殿,不等我开口,一捐就是一万;还约我开岁后再到山东走一趟。他本来回拜我的,我因为他明天就要动身往东洋去,事情很忙,找他的人又多,所以我止住他,叫他不要来。”他妹子听了,信以为真。便问:“你妹夫的事情怎么样?”和尚道:“他们做大官大府的人,为着这点小事情,怎么好去烦动他?”他妹子发急道:“原来你去了半天,我的事情一点没有办!”和尚道:“这些事情,王大人已经交代过周老爷了,只要问周老爷就是了。”他妹子将信将疑的,只好答应着。和尚又问:“妹夫到底回来没有?”他妹子含着一包眼泪,说:“哪里有他的影子!”和尚道:“他这么大的人,又是个官,是断乎不会失落的。倘若找不到,只要我到上海道里一托,立刻一封信托洋场上的官交代了包打听,是没有找不到的。妹子但请放心便了。”

话分两头。且说王道台送罢和尚回来,管家来回:“前天来的那个邹太爷又来了。”王道台听了皱眉头说:“我哪里有这闲工夫去会他。”管家道:“邹太爷晓得老爷明天一准动身,昨天一早就跑了来,坐在家人屋里,一定要家人上来替他回,一直挨到昨天半夜里两点钟,才被家人们赶走的;今天一早又来。他说老爷亲口答应他,替他在上海道跟前递条子说差使,他所以要来听个回音。”王道台道:“他托弄差使,我替他说到就是了,哪里能够包他一定得。况且说不说由我,派不派由他,我又不能够压着上海道一定派他的差使。就是上海道看我面子,肯派他事情,也有个迟早,哪里有手到擒拿的。你叫他不要光在我这里缠绕,应该上的衙门勤走两趟,做上司的人看见他上衙门上的勤,自然会派他差使的。”管家道:“这种人是再惹不得的!他来禀见,当初老爷不见他也就罢了;就是见了他,也不可当面许他什么。”王道台叹一口气道:“你们这些人哪里知道!这些穷候补的,挨上十几年,一个红点子①没有见,家里当光吃光。我们做上司的再不去理他,他们简直只好死,还有第二条活路吗?所以从前张朗斋张大人做山东巡抚的时候——我是伺候过他老人家的——他老人家的

① 红点子——清时官吏的委任状,对上面的人名和日期,一定要用红笔点、圈、钩一下,叫做标朱,习惯就称差事为红点子。

脾气,是凡遇就派差使的人上去禀见,你瞧他那副不理人的面孔,着实难看;有些人他不想给他差使,等到见了面,却是十二分客气。他老人家说:‘我已经没有差使派他,再拿冷面孔给他看,他这人还有日子过吗?所以先灌上他些米汤,他就是没有差使,也不至于十二分怨我了。’这是他老人家亲口对我说的,所以我就学他这个法子。”

管家道:“据小的看,这位邹太爷鸦片烟瘾来的可不小。一天到夜,只有抽烟的工夫,哪里还有上衙门的工夫。这两天到这里来,时时刻刻要出去上小烟馆过瘾。”王道台道:“吃大烟呢,其实也无害于事。现在做官的人哪一个不抽大烟。我自从二十几岁上到省候补,先出来当佐杂①,一直在河工上当差。我总是一夜顶天亮,吃烟不睡觉。约摸天明的时候,穿穿衣裳,先到老总号房里挂号,回回总是我头一个;等到挂号回来再睡觉。后来历年在省城候补,都是这个法子。所以有些上司不知道,还说某人当差当的勤。我从县丞过知县,同知过知府,以至现在升到道台,都沾的是吃大烟、头一个上衙门的光。等邹太爷来时,你们无意之中把我这话传给他,等他上两趟早衙门,自然上司喜欢他,派他事情。我是要走的人,哪里还有这么大工夫去理他。”

管家无奈,退了出来。邹太爷正在门房里候信呢,忙问:“大人怎么吩咐?”管家没有好气,说道:“大人说过,你们这些小老爷,总是不肯勤上衙门,所以轮不到差使。”邹太爷道:“我的爷!实不相瞒,我就吃亏在这大烟上:自从吃了这两口劳什子,以后起死起不早了。”管家道:“不能起早,可能睡迟?我们大人有个法子传授你。”便把王道台说的话述了一遍,还说:“包你照样做去,以后还要升道台呢!”邹太爷道:“人家急得要死,同你们说正经话,休要取笑。”管家把脸一板道:“说的何尝不是正经话,谁有工夫同你取笑!”邹太爷一看苗头不对,赶紧赔着笑脸道:“老哥哥教导的话,句句是金玉良言。小弟是穷昏了,所以说出来的话,自己还不觉得,已经得罪了人。真正是小弟不是!老哥千万不必介怀!”说着又深深地作了一个揖。管家不睬他。

邹太爷摸不着头脑,呆呆地坐了半天。忽然心生一计,趁众人忙乱的时候,一溜溜了出来,赶到自己屋里。他哪里还住得起公馆,租了人家半

---

① 佐杂——指官署中的辅助官员。

间楼面，一夫一妻，暂时顿身。两块松板支了一张床；旁边放着一个行灶；太太陪嫁的箱子虽说还有一两只，无奈全是空的。太太蓬着个头，少说有一个月没有梳，身上飘一块，荡一块：他那副打扮，比起大公馆里的三等老妈还不如，真正冤枉做了一个太太！而且老两口子都爱抽烟，男的又连年不得差使；不要说坐吃山空，支持不住，就是抽大烟也就抽穷了人家了。闲话休题。当下邹太爷回得家中，也不同太太说话，就掀开箱子乱翻，翻了半天，又翻不出个什么来。太太问他也不响。后来被太太看出苗头，晓得他要当当，太太说："我的东西生生的都被你当的完了，这会子还不饶我！我现在穿的在身上，吃的在肚里，你有本事拿我去当了罢！我这日子一天也不要过了！"一头数说，一头号啕痛哭起来。左邻右舍家还当他家死了人，哭得如此伤心，大家一齐跑过来看。邹太爷也无心管他，只是满屋里搜寻东西。后来从床上找到一个包袱，一摸里头还有两件衣服，意思就要拎了就走。被太太看见，一把拦住道："这里头我只剩一件竹布衫、一条裙子，你再拿了去，我就出不得门了！"邹太爷哪里肯依，夺了就走。太太毕竟是个女人，没有气力，拗他不过；索性躺在楼板上，泣血捶膺的，一直哭到半夜。二房东被他吵不过，发了两句话，要他明天让房子，太太才不敢哭了。

且说邹太爷拎了衣包，一走走到当铺里。柜上朝奉①打开来一看，只肯当四百铜钱；禁不住邹太爷攒眉苦脸，求他多当两个，总算当了四百五十钱。邹太爷藏好当票，用手巾包好钱，一走走到稻香村，想买一斤蜜枣、一盒子山楂糕，好去送礼。后来一算钱不够，只买了十两蜜枣、一斤云片糕。托店里伙计替他拿纸包大些，说是送礼好看些。扎缚停当，把钱付过，还多得几十个钱。邹太爷非常之喜，拿两手捧着，一直到长春栈王道台门房而来。一走走到门房里，把买的蜜枣、云片糕望桌子上一放。王道台的管家还当是他自己买的什么东西哩，心上一个不高兴，说："这人好不知趣，不管人家有事没事，只是来缠些什么。"一面想，一面坐着不动，不去睬他。只见邹太爷把东西放在桌上，笑嘻嘻地说道："我晓得我屡次来打搅老哥们，心上实在过意不去；难得相与一场，彼此又说得来。明天老哥们又要伺候大人到东洋去，目下就要分手；这一点点东西，算不得个

① 朝奉——原为官名，原来也称员外、富翁一类人物。

意思,不过预备老哥们船上饿的时候点点饥罢了。”管家晓得包里是送的点心,才连忙站起来,说:“邹太爷,这算得哪一回的事,又要你老破费。况且你老光景又不大好,怎么好意思收你的呢?”邹太爷道:“自家兄弟,说哪里话来!只要老哥不把兄弟当外,赏脸收下,兄弟心上就舒服了。”管家听了这话,知道他一定不肯收回去的;又想:“怎么好白受他的!”只得重新让他坐下,彼此扳谈一回。邹太爷心上要说求他到大人跟前吹嘘的话,一时不便出口;——然而明天他们就要动身,错了这个机会,只有活活饿死;——然而要说又不好意思。幸亏这位大爷也晓得他送东西一定是为说差使;然而他不先说,我不好迎上去,被人家看轻,说我只认得东西。

两个人正在那里转念头的时候,齐巧走进一个人来;管家赶忙站起,同那人咕唧了一回,那人仍旧走了进去。邹太爷正苦没有话说,幸亏认得这人,便搭讪着问道:“这位不是周老爷吗?”管家说:“是。”邹太爷道:“他明天一定也是跟着大人一块到东洋去的了?”管家说:“你没有瞧见报吗?他是浙江巡抚奏调过的,等我们动身之后,他就要到杭州的。”邹太爷道:“他不去,谁跟着大人去?这随员当中不是少个人吗?”说到这里,合该邹太爷要交好运,管家忽然恍然大悟道:“是呀!今天早上上头还说过,周老爷不去,少个办事的人。你等一等,我去替你探一探口气,再托周老爷敲敲边鼓。周老爷说上去的话,看来总有六七成好拿得稳。”邹太爷听了,不胜之喜,连忙又说了些:“老哥提拔,老哥栽培!倘若咱们弟兄们能在一块儿做同事,那是再好没有的了。”

管家进去找到周老爷,先把这话告诉了他,只说是自己的乡亲,托他务必周全一下子。周老爷道:“我们自己的事情,我总得替你竭力地说;但是时候太急促了些,明天就要动身,他早来两天也好。”管家道:“来是这两天天天往这里跑;上海道那里也替他递过条子。”周老爷道:“大人已经替他递过条子,叫他等两天自然有眉目,何必一定要吃这一趟苦呢?”管家道:“人在人情在。我们老爷又不是上海道的什么顶门上司,不过是隔省的一个同寅;况且人家是实缺,咱们又是候补。老实说罢:这种条子递上一百张,当时面子账收了下来,转背谁还认得你,还不是骗小孩子的?”周老爷一听这话不错。吃不住这位管家大爷追得凶,只得到王道台跟前。才说了几句别的话,齐巧王道台先开口说道:“你不同我去,真正叫我不便当。有些事情他们都办不下来，这叫我怎么好呢！”周老爷回道：“卑职蒙大人栽培，原该应伺候大人到东洋竭力的报效；无奈浙江刘中丞已经奏调过，又叫朋友写了信来催，不准多耽误。卑职也叫做无法，只好将来再报效大人的了。大人这趟去，手底下少人伺候，卑职倒留心到一个人。”王道台问：“是谁？”周老爷忙回道：“就是天天来的那邹典史。这人当差使，看来还在行。”王道台道：“这个人说来也好笑。他老人家从前在山东茌平处馆，我齐巧出差到那里，彼此认得之后，从此就相与起来了。后来他还找我替他弄过几回事情。大约此人去世已有靠二十年光景了。当时他故了下来，同乡里出来替他打把式，我还帮过他二两银子，以后就没有通过音信。这回来在上海，不知道怎么被他打听着，天天来缠不清爽。据他自己说，他自从丁忧服满，出来到省，就分道在这里当差。这许多年一个红点子没有轮到，也不知道他是怎么熬的。”

王道台说的时候，管家都站在底下听。王道台说到这里，便照着管家说：“不是你们说，这人的烟瘾很大么？”那个收他蜜枣、云片糕的管家便说：“从前烟瘾是不小；现在想要当差使，这两天正在那里戒烟哩。”王道台道：“吃了烟要戒是说说的。真的要戒，为什么不早戒？为什么要到这时候才戒？我虽然同他老人家认识，但是同他到外洋，不比在内地里当差，弄得不好，不要被外国人笑了去！”管家忙插口道：“邹太爷在上海这许多年，出出进进，洋场上外国人也见过不少了。一切事情，就是没有办过，看也看熟了。”王道台把脸一沉道：“要我放心，才好委他差使。我知道他能办事不能办事，你们倒晓得！”管家得了没趣，趔趄着退了出来。王道台道：“好笑不好笑，用着他们干起劲。”周老爷连忙打圆场，说：“他们也没有别的，不过看他可怜，随便求大人赏派个事情，叫他学习罢了。”王道台道：“老远的带他出门，我总有点不放心。制造局郑某人那里用的人多；昨天席面上他还说起，为着一桩什么事情，委员、司事要换掉二十多个。给他封信，等他再去碰碰，看看他的运气罢。”周老爷见王道台已允写信，不便再说别的。且喜王道台向来写信都是他代笔，也无用客气得，立刻走到桌子边，拔起笔来就写。写完之后，给王道台看过，没有话说，周老爷便拿出来交给管家。

先是管家碰了钉子出来，便气愤愤地走到自己屋里，正在那里没好气。邹太爷看见气色不对，手里捏着一把汗，心里在那里叫苦。后来停了一会子周老爷出来，拿信交给了他，说明原委。邹太爷本来是不同周老爷拉拢的；到了此时，感激涕零，立刻走过来就替周老爷请安。从前已经打听明白，周老爷是才过班的知县，他就一口一声的赶着喊“堂翁”，自己称“卑职”，连说：“卑职蒙堂翁栽培，实在感激得了不得！”又同管家大爷咬耳朵，说他自己不敢冒昧，意思想“今天晚上求堂翁赏光，到雅叙园叙叙。”管家替他代达。周老爷说：“心领了罢，我今天实在不空。大人明天要动身；刚才陶子尧又有信来，托我替他去了事情，叫我怎么忙得过来。只好改日再扰罢！”邹太爷见周老爷一定不肯去，只得搭讪着说道：“既然堂翁不赏脸，等稍停两天卑职再来奉请。”周老爷说：“彼此相会的日子长着哩，何必一定要客气。”当下邹太爷又问管家借了一件方马褂，到上头叩谢了王道台。王道台不免勉励了两句，叫他好生当差。邹太爷站着答应了几声“是”，退了下来。次日又到东洋码头上恭送，回来自往制造局投信不题。

且说周老爷昨天傍晚的时候接到陶子尧的信，约他到一品香小酌，说有要事奉商。周老爷因为没工夫，本来是不去的；后来为着银子已划在庄上，须得当面交代一声，较为妥当，所以抽了一个空到一品香来会着陶子尧。原来陶子尧昨天同太太打饥荒①，从一品香溜了出来，一来也是赌气，不回栈里过夜；二来路上又碰着一个朋友，拉他到一家住家人家碰了一夜和。次日碰到十点钟才完，打了一个盹，等到敲到四点钟，踱回栈房。太太已经闹到不像样了，和尚亦拜过王道台回来了。陶子尧正在那里埋怨他大舅子，不该应去拜王道台。他舅子不服气地探掉帽子，光郎头上出火。偏偏魏翩仞又来找他，把事情一齐推在仇五科身上，说他从前有两张合同，想要叫他出两份钱。陶子尧发急道：“合同一张是假的，原是预备打官司的。大家好朋友，怎么好讹起我来呢！”魏翩仞道：“等到出起首来，你好说是假的吗？你既然笔迹落在外头，总得想个法子收回来才好。”当时陶子尧急了，所以要请周老爷商议。太太起先因他一夜不回，好容易回来，正在那里哭骂；后来见他被人家讹诈，毕竟夫妻无隔夜之仇，

① 找饥荒——发生麻烦。

胳膊曲了往里弯，到了此时也就不同他吵闹了。当下陶子尧气愤愤的，就邀了魏翩仞同他大舅子和尚，一同到了一品香；不多一会，周老爷接着他的信也来了。当时三个会着，闲谈了几句。周老爷先把银子存在庄上的话交代明白。陶子尧便把周老爷拉到外面洋台上，靠着栏杆，把底细统通告诉了他。周老爷道："本来这件事，你子翁闹的也太大了！"陶子尧道："这些话不要去讲他。只求你老哥替小弟想个法子，小弟情愿把这里头好处同老哥平分，何必便宜他们呢？"周老爷听了，心上一动，又说道："他们两个帮了子翁出了这么一把力，一个捞不到，看上去怕没有如此容易了结呢！"陶子尧道："老哥你看怎么样？"周老爷道："做到哪里算哪里，也不能预定的。"当下入席点菜：和尚点的是麻菇汤、炒冬菇、素十景、素面。——当着人面前，一定要守佛门规矩，是断断不肯破戒的。其余的人都是荤菜，不用细述；独有周老爷只点了一样汤，说是有事不能久坐。当时在席面上，周老爷只是肚皮里打主意，一直没有提起这事。把汤吃完，起身告辞。陶子尧又再三的叮嘱。周老爷答应他，明天替他烦出一个人来料理此事。彼此分手而别。

这里陶子尧又自己竭力地托魏翩仞。魏翩仞道："不但五科那里两份合同是老哥的亲笔迹；后来打的一份，一式两张，一张五科拿去，一张是兄弟经手替你押在外头；还有子翁写的抵借银子的押据。"陶子尧听了这个，越发着急道："这个统通都是假的！只有头一张合同，办二万二千银子的货是真的。"魏翩仞道："你别发急，我现在又不问你要钱。大家都是好朋友，有福同享，有难同当。横竖上头发下来的钱总不止二万二千，这种意外的钱，大家也就要靠着你子翁沾光两个。"陶子尧见话松了些，因为自己已托了周老爷，也不多说。但托他："见了五科哥，好歹替我善为说辞，说这里头我也没有什么大好处，总算他照应我兄弟罢了。"魏翩仞也只好答应着。当下吃完，各自散去。

单说周老爷单名是一个因字，表字果甫，本是山东试用府经。这番跟了王道台出来，原说同到东洋去的，齐巧浙江巡抚刘中丞有文书奏调他。他从前在刘中丞家里处过馆，做过西席①，有此渊源，所以刘中丞就提拔他。他得了这个机会，心想府经总不过是个佐杂，怕的派不着好差使。幸

---

① 西席——古时人家所聘教书先生或管账本。

喜他这人专会拉扯，所有这些汇票庄上都是他同乡，人人同他要好。他这会就去同人家商量，想趁此机会捐过知县班。果然一齐应允，也有二百的，也有一百的，也有五十的，居然集腋成裘，立刻到捐局里填了部照出来。从此以后，场面愈阔，拉拢愈大，天天在外头应酬，有几个大点洋行里的买办，他统通认得了。有天台面上无意之中，听见人家讲起，这讹诈陶子尧的仇五科，就是他新近结交的一个军装买办的外甥。这买办姓王名二调，同周老爷叙起来还有点亲，因此格外要好。王二调的意思，无非因为他是浙江巡抚的红人，竭力同他扯拉，好预备将来兜揽他的生意，并没有别的意思。周老爷有此一个好朋友，陶子尧的事情，就好办了。

且说他头天晚上扰过陶子尧一品香回栈，足足忙了一夜。次日把王道台送了动身，他便一直找到王二调行里，说起这件事情，托他为力。王二调立刻答应，并说："我们这个外甥，他去年到这爿洋行里做生意，是我娘舅做的保人。包管一说便妥。就是姓魏的也是熟人，不消多虑。"周老爷去后，王二调果然把他外甥叫了来，说："大家都是面子上的人，不要拆人家的梢。"仇五科当下将底细全盘告诉了娘舅。王二调道："既然如此，也不犯着便宜姓陶的。但是一件，我已经答应了周某人，等我告诉他，随便叫姓陶的拿出几个来，过个场完事罢。"仇五科不好违拗娘舅的话，答应着告退回家，通知魏翩仞，专听娘舅的调处，多少看起来不会落空罢了。魏翩仞跺脚说道："这事情闹糟了，怎么好叫他老知道呢！"当天晚上，王二调便到万年春，请了周老爷来，叫他"去同陶子翁说，各式事情兄弟都替他抗了下来。但是这里头，五科、翩仞两个人也着实替他出力，很花了些冤枉钱。费心转致陶子翁，随便补偿他们点。兄弟吩咐过，多少不准争论。所以特地请老兄来关照一声。"周老爷闻言，感谢不尽。回来就通知了陶子尧，商量仇、魏二人应送若干。陶子尧只肯每人一千。周老爷说："至少分一半给他们，大家免得后论。"陶子尧舍不得。周老爷争来争去，每人送了二千，却另外送了周老爷一千。周老爷意思嫌少，问他多借一千，他又应酬了五百。周老爷拿了四千的银票，仍去找了王二调，把这件事交割清楚。陶子尧出的假笔据，统通收了回来。只等机器一到，就可出货，运往山东。

当下仇五科，因为娘舅之命，不敢多说什么。只有魏翩仞心上还不甘愿，自己没有法子想，便撺掇新嫂嫂，同她说："陶子尧现在有钱了。他这人是没有良心的，乐得去讹他一下子。”新嫂嫂便亲自到栈房里去找他。他素性是惧内的，一见新嫂嫂找到栈房里，恐怕太太知道，一直让新嫂嫂到底下人房间里坐。新嫂嫂先同他讲，仍照前议轧姘头的话；看看话不投机，又讲到拆姘头的话。坐的时候长久了，陶子尧怕太太见怪，便催着她走。一时又想不到别人，便说：“有话你托魏老来说罢。”新嫂嫂正中下怀。后来他俩一直没见面，两头都是魏翩仞一个人跑来跑去，替他们传话，一跑跑了好多天。魏翩仞说：“新嫂嫂一口咬定要三千；如果不答应，明天要亲自到栈房来同你拼命！”陶子尧急了，央告魏翩仞，可能再少点。后来说来说去，讲到二千了事。魏翩仞拿了去，其实只给了新嫂嫂五百块；陶子尧却又谢他五百块：共总意外得了二千。他的心也就死了。以后陶子尧等到机器到埠，是否携同家眷前往山东交代，或者另生枝节，做书的人到了此时，不能不将他这一段公案先行结束，免得阅者生厌。

且说周老爷凭空得了一千五百块洋钱，也算意外之财，拿了它便一直前往浙江。到省之后，照例禀见。刘中丞系属旧交，当天见面之后，立刻下札子委他帮办文案，又兼洋务局的差使。周老爷次日上去谢委下来，又禀见司、道，遍拜同寅，一连忙了好多日方才忙完。大家晓得他与中丞有旧，莫不另眼相看。同时院上有一个办文案的，姓戴名大理，是个一榜出身，候补知州。他在刘中丞手里当差，却也非止一日，一向是言听计从，院上这些老爷们，没有一个盖过他的，真正是天字第一号的红人。周老爷虽是中丞的旧交，无奈戴大理总以老前辈自居，不把周老爷放在眼里。周老爷晓得自己资格尚浅，诸事让他三分，暂不同他计较。

有一天，出了一个什么知县缺，刘中丞的意思想叫戴大理去署理。偶同藩司说起，说：“戴某人跟着兄弟辛苦了这许多时候，这个缺就调剂了他罢。”藩台诺诺称是。此不过抚、藩二宪商量的话，究竟尚未奉有明文。当时却有个站在跟前的巡捕老爷，他都听在耳朵里。等到会完了客，他便赶到文案处戴大理那里送信报喜，说：“今天中丞当面同藩台说过，大约今晚牌就可以挂出来。”戴大理听了，自然欢喜。一班同寅个个过来称贺，周老爷也只好跟着大众过来敷衍了一声。

合当有事：是日中饭过后，刘中丞忽然传见周老爷，说起：“文案上一向是戴某人最靠得住，无论什么公事，凡经他手，无不细心，从来没有出过岔子。我为他辛苦了多年,意思想给他一个缺,等他出去捞两个。以后的事须得你们诸位格外当心才好。”周老爷听了,想了一想,说道:“回大人的话:大人说的戴牧,实实在在是个老公事。不要说别的,他已经五十多岁的人了,写起奏折来,无论几千字,一直到底,不作兴一个错字,又快又好。卑职们几个人,万万赶他不上。论起来这话不好说:为大局起见,这里头实实在在少他不得。现在湖南、广东两省,因为折子有了错字,或者抬头差了,被上头申饬下来。现在年底下事情又多,若把戴牧放了出去,卑职们纵然处处留心,恐怕出了一点岔子,耽误大人的公事。——但是戴牧苦了这多时,今番恩出自上,调剂他一个缺,卑职们难道好说叫他不去到任。——但是为公事起见,实实少他不得!”刘中丞一听这话不错:“周某人是我从前西席老夫子,他的话却是可靠的。现在上头挑剔又多,设或他去之后,出点岔子怎么好呢。”想了一想,说道:“好在我给他这个缺的话,还没有向他说过。不如把这缺委了别人;叫他忙过了冬天,等别人公事熟练些,明年再出什么好缺,给他一个也使得。”说完,便叫通知藩台:“某县缺不委戴某人了。等着明天上院,当面商量,再委别人。”周老爷等话说完,退了下来。

这天晚上,正是文案上几个朋友凑了公份,备了酒席,先替戴大理贺喜;周老爷也出了一份。刚才刘中丞同他所讲的话,闷在肚里,一声不响;面子上跟着大众一同敬酒称贺,说说笑笑,好不热闹。此时戴大理一面孔的得意洋洋之色。喝过十几盅酒,——他的酒量本来不大,已经些微有点醉意。——便举杯在手,对大众说道:“我们同在一块儿办事的人,想不到倒是兄弟先撇了诸位出去。”大众齐说:“这是中丞佩服老哥的大才,所以特地把这个缺留给老哥,好展布老哥的经济。”戴大理道:“有什么经济!不过上宪格外垂爱,有心调剂我罢咧。”众人道:“说不定指日年底甄别,还要拿老哥明保。”戴大理道:“那亦看罢咧。但愿列位都像兄弟得了缺出去!”众人道:“这个恩出自上,兄弟们资格尚浅,哪里比得上你老前辈呢。”周老爷也随着大众将他一味的恭维,肚里却着实好笑。一霎席散,其时已有三更多天。

戴大理回到自己家里细问跟班:“藩台衙门的牌出来没有?”戴大理以为虽是中丞吩咐,未必有如此之快,因此并不在意。过了一夜,到了第二天,等到十点钟还没有挂出牌来。戴大理不免有点疑惑起来。等到饭后,仍无消息。戴大理就同跟班说:“不要漂①了罢?”跟班不敢言语。此刻他的心上想想:“自己的宪眷是靠得住的,既然有了这个意思,是不会漂的。”又想:“不要被什么有大帽子的抢了去?然而浙江一省有的是缺,未必就看中我这一个。总而言之:那通信的巡捕他决计不会来骗我的。”一霎时犹如热锅上蚂蚁一般,茶饭无心,坐立不定,好生难过。一直等到傍黑,跟班的又出去打听;不多一刻,只见垂头丧气而回。戴大理忙问:“怎样了?”跟班的又不敢瞒,只得回说:“怎么昨日巡捕老爷拿人开心,不是真的!”戴大理一听这话不对,还要顶住跟班的问:“你不要看错了别缺罢?”跟班的道:“巡捕老爷来送信的时候,小的在跟前听的明明白白的,怎么会看错呢。”戴大理道:“委的那个?”跟班道:“委的这个姓孔,听说是营务处上的。”到了此时,戴大理一个到手的肥缺活活被人家夺了去,这一气真非同小可,简直气出臌胀病来!便请了五天假,坐在公馆里,生气不见客。

后来刘中丞因为一件公事想起他来,问他犯的什么病,着实的记挂,就派了前番报喜的那个巡捕到公馆里瞧他。那巡捕见了他,着实的将他宽慰,又说:“那日中丞说得明明白白,是委你老先生去的;怎的同周某人谈的半天就变了卦。”戴大理忙问:“周某人说我什么?”巡捕道:“有句说句,他倒是极力保举老先生的。”便把周老爷同刘中丞讲的一番说话,统通告诉了戴大理。毕竟戴大理胸有丘壑,听了此言,恍然大悟道:“是了,是了!我好好的一个缺,就葬送在他这几句话上了!”又细问:“他同中丞说话是什么时候?”“何以那天晚上,酒席台上一声也不言语?这个人竟如此阴险,实在可恶得很!”想罢,不由咬牙切齿的恨个不止:“一定要报复他一番,才显得我的本事!”要知后事如何,且听下回分解。

---

① 漂——将要成功的事情而忽然失败。

第十二回

设陷阱借刀杀人　割靴腰隔船吃醋

却说戴大理向巡捕问过底细,晓得他的这个缺是断送在周老爷手里,因此将周老爷恨入骨髓。当时却也不露词色。向巡捕交代过公事,送过巡捕去后,他却是直气得一夜未睡。整整盘算了一夜,总得借端报复他一次,方泄得心头之恨。

且说他这五天假期里头,所有文案上几个同事一齐来瞧他,安慰他。周老爷却更比别人走的殷勤,每天早晚两趟,口口声声地说:"自从老前辈这两天不出来,一应公事,觉着很不顺手;总望老前辈痊愈之后,早点出门才好。"他同戴大理敷衍,戴大理也就同他敷衍。周老爷回到院上,有时刘中丞传见,问起戴大理的病,周老爷便回中丞说:"戴牧并没有什么病。听说大人前头要委他署事,后来又委了别人,他心上不高兴,所以请假在家养病。卑职想此番不放他出去,原是大人看重他的意思,为的年下公事多,他总算这里熟手,所以留他在里头多顿两个月。卑职伺候上司也伺候过好几位了,像大人这样体恤人,晓得人家甘苦,只要有本事能报效,还怕后来没有提拔吗？戴牧却看不透这个道理,反误会了大人的一番美意,将来总是自己吃亏。"刘中丞一听这话,心上好生不悦,道:"我委他缺,又没有当面同他讲过,他若一直在我这里当差,还怕将来没有调剂？怎么我要他多帮我几个月就不能够吗？有病请假,没有病也请假,他还是拿把我,除了他我就没有人办事吗?"周老爷听了,并不言语。谁知刘中丞倒越想越气。过了五天,戴大理假期已满,上去禀见;刘中丞虽没有见他,幸亏还没有撤他的委。他仍旧逐日上院办公事。毕竟他是老公事,刘中丞少不得他,所以虽然不欢喜他,然而有些公事还得同他商量。他一见宪眷比从前差了许多,晓得其中一定有人下井投石,说他的坏话。他也不动声色,勤勤慎慎办他的公事,一句话也不多说,一步路亦不多走。见了同事周老爷一班人,格外显得殷勤,称兄道弟,好不闹热。并且有时还称周老爷为老夫子，说："周老爷是中丞从前请的西宾，中丞尚且另眼看待，我等岂可怠慢于他。"周老爷一帮人见他如此随和，大家也愿意同他亲近。周老爷没有家眷，是住在院上的，他不时要到周老爷屋子里坐坐谈谈天；还时常从公馆里做好几件家常小菜，自己带来给周老爷吃，说是小妾亲手做的；如此者两个多月，大家只见他好，不见他坏。偶然中丞提起，大伙儿一齐替他说好话，因此宪眷又渐渐的复转来。况且他在院上当差已久，不要说外面人头熟，就是里头的什么跟班、门上跑上房的，还有抱小少爷的奶妈子，统通都认得。戴大老爷自从在周老爷面上摆了一会老前辈，就碰了这么一个钉子，吃过这一转亏，以后便事事留心。这是他阅历有得，也是他聪明过人之处。

闲话休题。且说此时浙东严州一带地方，时常有土匪作乱，抗官拒捕，打家劫舍，甚不安静。浙江省城本有几个营头，一向是委一位候补道台做统领。现在这当统领的，姓胡号华若，是湖南人氏，同戴大理同乡同年，因此他俩交情比别人更厚。却说这班土匪正在桐庐一带啸聚，虽是乌合之众，无奈官兵见了，不要说是打仗，只要望见土匪的影子，早已闻风而逃。官兵有两种：一种是绿营，便是本城额设的营泛。太平时节，十额九空，都被营官、哨官、千爷、副爷之类，通同吃饱。遇见抚台下来大阅，他便临期招募，暂时弥缝；只等抚台一走，依然是故态复萌。这番土匪作乱，虽也奉到省台密札，叫他们竭力防御，保守城池；无奈旧有的兵，大概是老羸疲弱，新招的队，又多是土棍青皮，平时鱼肉乡愚，无恶不作，到这时候有了护符，更是任所欲为的了。至于那些营官、哨官、千爷、副爷，他的功名大都从钻营奔竞而来，除了接差、送差、吃大烟、抱孩子之外，更有何事能为；平日要捉个小贼尚且不能，更不用说身临大敌了。一种是防营。从前打"粤匪"，打"捻匪"，什么淮军、湘军，却也很立下功劳。等到事平之后，裁的裁，撤的撤，一省之内总还留得几营，以为防守地方起见。当初裁撤的时候，原说留其精锐、汰其软弱，所以这里头很有些打过前敌，杀过"长毛"的人；就是营、哨各官，也都是当时立过汗马功劳，什么"黄马褂"①、

① 黄马褂——清时皇帝赏给有军功的臣下的"恩典"之一，叫做赏穿黄马褂。

"巴图鲁"①、"提督军门头品顶戴",一个个保至无可再保。事平之后,哪里有这许多缺应付他们,于是有此一个防营,就可安顿这一班人不少。又过了二十年,那些打过前敌,杀过"长毛"的人,早已老的老了,死的死了,又招了这些新的,还怕不与绿营一样。这防营的统领帮带,无论什么人,只要有大帽子八行书,就可当得;真正打过仗,立过功的人,反都搁起来没有饭吃。就有几个上头有照应,差使十几年不动,到了这种世界,入了这种官场,他若不随和,不通融,便叫他立脚不稳;而且暮气已深,嗜好渐染,就是再叫他出去杀贼也杀不动了。至于那些谋挖这个差使的,无非为克扣军饷起见,其积弊更与绿营相等。这回所说的胡华若胡统领,正坐在这个毛病。

这时候严州一带地方文武官员,雪片的文书到省告急。上司也晓得该处营汛兵力单弱,不足防御,就委胡华若统带六营防军,前往剿捕。胡华若的这个统领,本是弄了京里什么大帽子信得来的,胸中既无韬略,平时又无纪律。太平无事,尚可优游自在;一旦有警,早已吓得意乱心慌;等到上头派了下来,更把他急得走投无路。只因戴大理交情顶厚,未曾奉札之前,偏偏又是戴大理头一个赶来送信道喜。请安归座,便说:"蠢尔小丑,大兵一到,不难克日荡平。指日报到捷音,便是超升不次。所以卑职前来叩喜。"胡华若道:"老同年休要取笑!你我彼此知己,更有何话不谈。你想,我从前谋挖这个差使的时候,花的银子你是晓得的。通共只当得半年,从前的亏空还没弥补,就出了这个岔子,你说我心上是什么滋味!况且这出兵打仗的事情,岂是你我所做得来的?钱倒没有弄到,白白的把命送掉,却是有点划算不来。至于立功得保举的话,等别人去做罢,这种好处我是不敢妄想的了。"戴大理道:"上头委了下来,大人总得辛苦一趟。"胡华若道:"我不去!我这身子是吃不来苦的,倘若送了命,岂不是白填在里头!什么封荫恤典,我是不贪图的。等到札子下来,我拼着这官不做,一定交还上头,请他另委别人。"戴大理道:"这个倒不好退的。好在那里是乌合之众,没有什么大不了的事情。大人不过只想不担这个沉重,其实卑职倒有一条主意:大人上院禀请一个人同去,各式事情只要委了他,无论办好办丑,都可不与大人相干。"胡华若忙问:"何人?"戴大理

① 巴图鲁——满语,武勇之意,是清时皇帝给予有战功的臣下的一种称号。

道:“就是同卑职在一块办文案的周某人。”胡华若道:“我也晓得这个人,听说他做过中丞的西席的。”戴大理道:“正是为此,所以他在中丞跟前,言听计从,竟没有一个赶得上他。现在上头委了大人到严州剿办土匪,大人要说不去,以卑职愚见,那是万万使不得的。被上头看了,倒像我们有心规避,恐怕差使辞不掉,还要叫上头心上不舒服。”胡华若道:“依你老同年的意思怎么样?”戴大理道:“现在只等公事一下,大人就上院回中丞,禀请几个得力随员一同前去;头一个就把周某人名字开上。上头是没有不答应的。周某人想在中丞跟前当红差使,好意思说不去。等他前来禀见之时,大人就把一切剿捕事宜,竭力重托在他身上。将来设或事情办得顺手,大家有面子;倘若办得不好,大人只须往周某人身上一推。中丞见是周某人办的,就是要说什么,也不好说什么了。到这时候,大人再去求交卸,求上头另委他人,上头就是怪大人办的不好,譬如有十分不是,到此亦减去七分了。大人明鉴:卑职这个条陈可否使得?”胡华若一听他言,不禁恍然大悟。连忙满脸的堆着笑,说道:“老同年此计甚妙,兄弟一定照办。”说到这里,戴大理又请一个安,说道:“将来大人得胜回来,保案里头,务求大人在中丞跟前栽培几句,替卑职插个名字在内。”胡华若道:“只个自然。但怕办的不好回来,叫老同年打嘴。”戴大理尚未及回答,忽见一个差官来禀:“院上有要事立刻传见。”戴大理只好起身相辞。

胡华若立刻坐轿上院。走进官厅,手本刚才上去,里头已叫“请见”。当下刘中丞同他讲的就是严州府的事情,叫他连夜前去剿办土匪。并说:“那里的事情十分紧急。老兄带了六个营头先去。如果不敷调遣,赶紧打个电报给兄弟,再调几营来接应。今天因为事情太急,所以先请老兄来此一谈,随后补了公事送过来。”胡华若连连答应。等中丞说完,接着回道:“职道的阅历浅,恐怕办不好,辜负大人的委任。况且手下办事的人得力的也很少,现在想求大人赏派几个人同去。”刘中丞道:“你要调谁,就叫谁去。”胡华若道:“大人这里文案上的周令,职道晓得这人很有阅历,从前在大营里顿过;有了他去,职道各事就可靠托在他一人身上。”刘中丞道:“他吃的了吗?”胡华若道:“这人职道很晓得的。”刘中丞道:“他能够吃的了,最好。好在我这里没有什么大事情,就叫他跟了你去。还要谁?”胡华若又禀了一个候补同知,姓黄号仲皆;一个候补知县,姓文号西山;连着周老爷一共是三个人。刘中丞统通答应,立刻就叫人去传三个人来见。三个之中,周老爷是在院上当差的,一传就到。见面之后,刘中丞告诉他缘故,要他同去剿办土匪。周老爷听了,不免自己谦让了两句。后见胡华若在旁极力地恭维,说了些"久仰大才,这回的事一定要借重"的话。周老爷一见如此抬举他,又想倘若得胜回来,倒是升官的捷径。想到这里,早已心花都开,便不由自主的答应了下来。胡华若自然欢喜。不多一会子,那两个也都来了。中丞面谕他们,没有一个不去的。胡华若便先起身告辞。又叫他三位各人赶紧预备预备,今天夜里就要动身,公事停刻补过来。三个人站起来答应着。刘中丞便送胡华若出来。一头走,一头问他:"三个人派什么差事?"胡华若回道:"黄丞总办粮台;文令人甚精细,可以随营差遣;周令阅历最深,想委他总理营务。"刘中丞听了无话。送到二门,一哈腰进去了。那周、黄、文三个不等中丞送客,趁空溜了出来,在外头候着替统领站了一个班。胡华若吩咐他们赶紧收拾行李;应领薪水,各付三个月,立刻叫人送到。三个人听了这话,又一齐请安禀谢,送过胡华若上轿不题。

且说周老爷回到文案上,众同寅是早已得信的了,大伙儿过来道喜,齐说:"上马杀贼,乃是千载罕逢之机会。班生此去,何异登仙!指日红旗报捷,什么司马、黄堂,都是指顾间事。那时扶摇直上,便与弟辈分隔云泥,真令人又羡又妒!"周老爷道:"此乃中丞的栽培,统领的抬举,与各位老同寅的见爱。此去但能不负期望,侥幸成功,便是莫大幸事,何敢多存妄想。"众人道:"说哪里话来!"正在那里谦让的时候,忽然戴大理走过来,拿他一把袖子,拖到隔壁一间堆公事的屋里,说道:"我有一句话关照你。"周老爷道:"极蒙指教!但不知是什么事情?"戴大理道:"就是禀请你的那位胡统领。他这人同兄弟不但同乡,而且同年,从前又同过事。虽说他已经过了道班,兄弟却与他很熟,极知道他的脾气。老哥现在跟了他去,所以兄弟特地关照一声,所谓知无不言,方合了我们做朋友的道理。"周老爷道:"老前辈如有关照,实在感激得很!"戴大理道:"客气。这位胡统领最是小胆,凡百事情,优柔寡断。你在他手下办事,只可以独断独行;倘若都要请教过他再做,那是一百年也不会成功的。而且军情一息万变,不是可以挨时挨刻的事。你切记我的说话,到那时候该剿者剿,该抚者抚;他虽然是个统领,既然大权交代与你,你就得便宜行事,所谓'将在外,君命有所不受'。你能如此,他格外敬重你,说你能办事;倘或事事让他，他一定拿你看得半文不值。我同他顿在一块儿这许多年，还有什么不知道的。”周老爷听了他的言语，果真感激的了不得，而且是心上发出来的感激，并不是嘴里空谈。

当下两个人又谈了一会别的。周老爷赶着回家，收拾行李。未到天黑，胡华若派人把公事送到，又送了三个月的薪水：因为出兵打仗，格外从丰，每月共总二百两银子，三个月是六百两。周老爷开销过来人，收拾好行李，一直挑到候潮门外江头下船。那黄、文二位亦刚刚才到。又等了一会子，方见胡统领打着灯笼火把，一路蜂拥而来，到了船上，一同会着。胡华若吩咐立刻开船。船家回道：“现在夜里不好走，就是开了船，也走不上多少路。不如等到下半夜月亮上来，潮水来的时候，趁着潮水的势头，一穿就是多远，走的又快，伙计们又省力，岂不两得其便？”船头上的差官进来把这话回过，胡华若无甚说得，差官退了出去。

原来这钱塘江里有一种大船，专门承值差使的，其名叫做“江山船”。这船上的女儿、媳妇，一个个都擦脂抹粉，插花带朵。平时无事的时候，天天坐在船头上，勾引那些王孙公子上船玩耍；一旦有了差使，他们都在舱里伺候。他们船上有个口号，把这些女人叫作“招牌主”：无非说是一扇活招牌，可以招徕主顾的意思。这一种船是从来单装差使，不装货的。还有一种可以装得货的，不过舱深些，至舱面上的规矩，仍同“江山船”一样，其名亦叫“茭白船”。除此之外，只有两头通的“义乌船”。这“义乌船”也搭客人也装货，不过没有女人伺候罢了。此时胡统领手下的兵丁坐的全是“炮划子”。因为他自己贪舒服，所以特地叫县里替他封了一只“江山船”。县里要好，知道他还有随员、师爷，一只船不够，又封了两只“茭白船”。当下胡统领坐的是“江山船”；周、黄、文三位随员老爷，还有胡统领两位老夫子，一共五个人，分坐了两只“茭白船”。有人说起这“江山船”名字又叫做“九姓渔船”。只因前朝朱洪武得了天下，把陈友谅一帮人的家小统通贬在船上，犹如官妓一般；所以现在船上的人还是陈友谅一帮人的子孙，别人是不能冒充的。

闲话休题。且说当日胡华若上了“江山船”，各随员回避之后，便有船上的“招牌主”上来，孝敬了一碗燕菜。胡统领是久在江头玩耍惯的，上船之后，横竖用的是皇上家的钱，乐得任意开销，一应规矩，应有尽有，倒也不必表他。却说三位随员,两位幕宾,分坐了两只"茭白船"。五人之中,黄仲皆黄老爷是有家眷,一直在杭州的。一位老夫子姓王,表字仲循,是上了年纪的人;而且鸦片瘾又来得大,一天吃到晚,一夜吃到天亮,还不过瘾,哪里再有工夫去嫖呢。所以这两个须提开,不必去算。下余的三个人:第一个文西山文老爷是旗人,年纪又轻,脸蛋儿又标致;穿两件衣裳,又干净,又俏僻。不要说女人见了欢喜,就是男人见了也舍他不得。因为他排行第七,大家都尊他为文七爷。还有一个老夫子,姓赵。他的号本来叫做补蓼,后来被人家叫浑了,竟变成"不了"两字。年纪也只有二十来岁。抛撇了家小,离乡背井,二千多里来就这个馆,真真合了一句话,"三年不见女人面,见了水牛也觉得弯眉细眼"。这赵不了确实实在在有此情景。末了说到周老爷。他这人上回已经表过,业已知其大略。他的为人,却合了新学家所说的"骑墙党"一派:遇见正经人,他便正经;碰着了好玩的朋友,他便叫局吃酒,样样都来。外面极其圆通,所以人人都欢喜他。但有一件毛病,乃先天带了来,一世也不会改的,是把铜钱看的太重;除掉送给女人之外,一钱不落虚空地。临走的时候,胡华若送他三百银子,他分文不曾带上船,一齐托朋友替他放在外头,预备将来收利钱用。他的意思,这回跟着出门打土匪,少不得胡统领总要派两个营头给他带;有兵就有饷,有饷就好由我克扣。倘或短了一千、八百,还可以向胡统领硬借。戴大理说他吃硬不吃软,他们是熟人,说的话一定是不会错的。

此刻单表文、赵二位,他俩齐巧顿在一只船上。文七爷早已存心,未曾上船之前,已经吩咐水手,把他这只船开的远远的,不要同统领的船紧靠隔壁。船上人会意,知道接到了大财神了。等到一上船,齐巧这船上有个"招牌主"叫做玉仙,是文七爷叫过局的,此刻碰见了熟人,格外要好。文七爷从统领船上回话回来,玉仙忙过来替他接帽子,解带子,换衣服,脱靴子,连管家都不要用了。跟手玉仙又亲自端着燕窝汤,叫文七爷就着他手里喝汤。两个人手拉手儿,一并排坐在炕沿上。赵不了见了眼热,心上想:"到底这些人势利,见了做官的就巴结。"正在盘算的时候,不提防一个人,也拿了一个盖碗往他面前一放,把他吓了一跳。定睛看时,不是别人,却是玉仙的妹妹,名字叫兰仙的,亦端了一碗燕菜汤给他。你道为何?原来这船上的人起先看见他穿的朴素,不及文七爷穿的体面,还当他是底下人。后来文七爷的管家到后头冲水说起来,船家才晓得他是总领大人的师爷，所以连忙补了碗燕窝汤。但是罐子里的燕窝早都倒给文七爷了，剩得一点燕窝滓了。船家正在踌躇，冲水的二爷道："冲上些开水，再加点白糖，不就结了吗。"一言提醒了船家，如法炮制，叫兰仙端了进去。赵不了一见，直把他喜的了不得。又幸亏他生平没有吃过燕菜，如今吃得甜蜜蜜的，又加兰仙朝着他挤眉弄眼，弄得他魂不附体，哪里还辨得出是燕菜是糖水。

列位看官：你可晓得文七爷的嫖是有钱的阔嫖；——前头书上说的陶子尧的嫖，是赚了钱才去嫖的，也要算得阔嫖。——单是这位赵不了，他一个做朋友的人，此番跟了东家出门，不过赚上十两八两银子的薪水，哪里来的钱能供他嫖呢。所以他这嫖，只好算得穷嫖。把话说清，列位便知这篇文字不是重复文章了。

闲话休题。且说赵不了当时把碗糖汤吃完，一口也不剩。吃完之后，也不睡觉，便同兰仙两个人尽着在舱里胡吵。此时文七爷却同玉仙静悄悄的在耳房里，一点声息也听不见。一直等到下半夜，齐说潮水来了。船上的伙计一齐站在船头上候着。只听老远的同锣鼓声音一般，由远而近，声音亦渐渐的大了；及至到了跟前，竟像千军万马一样，一冲冲了过来。一个回身，把船头顿了两顿。伙计们用篙把船头一拨就转，趁着潮水，一穿多远，已经离开江头十几里了。其时大众都被潮水惊醒。不多一刻，天已大亮，船家照例行船。文七爷已经起来的了，看看天色尚早，依旧到耳房里去睡；玉仙仍旧跟着进去伺候。起先还听见文七爷同玉仙说话的声音，后来也不听见了。赵不了自从同兰仙鬼混了半夜，等到开船之后，兰仙却被船家叫到后艄头去睡觉，一直不曾出来。中舱只剩得赵不了一个，举目无亲，好不凄凉可惨。一回想到玉仙待文七爷的情形，一回又想到兰仙的模样儿，真正心上好像有十五个吊桶一般，七上八下。

到了次日停船之后，文七爷照例替玉仙摆了一桌八大八小的饭，请的客便是两船上几个同事，只是没有请统领。王、黄二位没有叫陪花①，周老爷也想不叫。文七爷说："你不带局，太冷清了。"周老爷无法，便带了他坐船上一个小"招牌主"，名字叫招弟的。赵不了不用说，刚才入座，兰仙已经跟在身后坐下了。文七爷还嫌冷清，又偷偷的叫人把统领船上的

① 陪花——花，指美女；陪花，陪酒女郎一类。

两个“招牌主”一齐叫了来，坐在身旁。等到大碗小碗一齐上齐，通桌的陪花，从主人起，五啊六啊，每人豁了一个通关。把拳豁完，便是玉仙抱着琵琶，唱一支“先帝爷”。文七爷自己点鼓板。玉仙唱完，兰仙接着唱了一支小调。一面唱，一面同赵不了做眉眼。赵不了不时回头去看她，又被人家看出来，一齐喝彩。文七爷吵着要赵不了替他摆饭。赵不了算算自己腰包里的钱，只够摆酒，不够摆饭，便一口咬定不肯摆饭。兰仙拗他不过，只得替他交代了一台酒。

文七爷晓得赵不了还要翻台，便催着上饭。吃过之后，撤去残席。黄、王二位要过船过瘾，赵不了不放，说：“我是难得摆酒的，怎么二位就不赏脸?”王、黄二位无奈，只得就在这边船上过瘾。“江山船”上的规矩，摆饭是八块洋钱，便饭六块，摆酒只要四块。赵不了褡裢袋里只剩得三块洋钱，八个角子，还有十几个铜钱。趁空向他同事王仲循借了三个角子，一共十一个角子；又同文七爷管家掉到一块大洋钱。钱换停当，席面已经摆好了。赵不了坐了主位，好不兴头。黄、王二位还是不叫陪花。周老爷依旧叫的是招弟。因为招弟年纪只有十一岁，一上船时，船家老板奶奶就同周老爷说过：“只要老爷肯照顾，多少请老爷赏赐，断乎不敢计较。”所以周老爷打了这个算盘，认定主意，一直叫他。文七爷是不用说，自家一个玉仙，还有统领船上的两个“招牌主”，一共三个。文七爷摆饭的时候，听说统领大人正在船上打瞌铳①，所以敢把他船上的“招牌主”叫了来。起先原关照过的，等到统领一醒，叫他们来知会，姊姊两个分一个过去伺候大人，免得大人寂寞。谁知胡统领这个瞌铳竟打了三个钟头，方才睡醒。这边文七爷连吃两台，酒落欢肠，不知不觉宽饮了几杯，竟其大有醉意。等到统领船上的人前来关照说“大人已醒”，叫她姊妹们过去一个。谁知被文七爷扣牢不放。

原来统领船上的“招牌主”是姊妹两个：姊姊叫龙珠，现在十八岁；妹妹叫凤珠，现在十六岁。她二人长的一个是沉鱼落雁之容，一个是闭月羞花之貌，真正数一数二的人才。凡有官场来往，都指定要她家的船。其实胡统领同龙珠的交情，也非寻常泛泛可比。首县大老爷会走心境，所以在江头就替他封了这只船。胡统领上船之后，要茶要水，全是龙珠一人承

① 打瞌铳——坐着小睡。

值;龙珠偶然有事,便是凤珠替代。因为凤珠也是十六岁的人了,胡统领早存了个得陇望蜀的心思,想慢慢施展他一箭双雕的手段。所以姊妹两个,都是他心坎上的人,除掉打盹之外,总得有一个常在跟前。

这回一觉醒来,不见她姊妹的影子,叫了两声,也没人答应。一个人起来坐了一回,又背着手踱来踱去,走了两趟,心内好不耐烦。侧着耳朵一听,恍惚老远的有划拳的声音。又听了一听,有个大嗓在那里唱京调,唱的是"乌龙院",刚唱到"我为你盖了乌龙院,我为你花了许多银。"两句,一时辨不出谁的声音。又侧耳一听,忽然一阵笑声,却是龙珠,不是别人。胡统领满腹狐疑,到底是谁在那里唱呢?又听那船上唱道:"举手抡拳将尔打。"唱完此句,大众一齐喝彩,这里头却明明白白夹着赵不了的声音。胡统领至此方才大悟,刚才唱的不是别人,一定是文七爷。不由怒从心上起,火向耳边生,把桌子上一只茶碗,豁琅一声,向地下摔了个粉碎。又停了半晌,还没有人过来。原来这边大船上的人,什么老板、伙计,连着大人的跟班、差官,一齐都赶到那边船上去瞧热闹,这边却未剩得一人。胡统领此时大发雷霆,真按捺不住了,顺手取过一张椅子,从船窗洞里丢了出来。幸亏隔壁船上听见响动,赶出来一看,才晓得统领动气。他们船帮里,本是互相关照的,赶忙跑到文七爷船上,如此这般,说了一遍。大家都吓昏了。赵不了平时畏东家如虎,一听此信,忙着叫撤台面。无奈文七爷多吃了几杯,便嚷着说:"我是不受他节制的。他们当统领的好玩,难道我们当随员的不好玩么。"一面说,一面伸着两只手把龙珠姊妹两个的衣裳按住。后来被龙珠说了多少好话,把凤珠留下,才算放她。文七爷还发脾气,说龙珠是统领心上的人,"你们这些烂婊子,只知道巴结大人,把我们不放在眼里!"

龙珠也不敢回嘴,急忙忙赶回自己船上。只见统领大人面孔已发青了。一个船老板,三四个伙计,跪在地下磕响头。胡统领骂了船家,又问:"这里是哪一县该管?"吩咐差官:"拿片子,把这些混账王八蛋一齐送到县里去!"此时龙珠过来,巴结又不好,分辨又不好。他们在文七爷船上做的事,及文七爷醉后之言,又全被统领听在耳朵里,所以又是气,又是醋,并在一处,一发而不可收拾。后来幸亏一个伶俐差官见此事没有收场,于是心生一计,跑了进来,帮着统领把船家踢了几脚,嘴里说道:"有话到县里讲去,大人没有工夫同你们噜苏。"说着,便把一干人带到船头上，好让龙珠一个人在舱里伺候大人，慢慢地替大人消气。起先胡统领板着面孔不去理她，禁不住龙珠媚言柔语，大人也就软了下来。大人躺在烟铺上吃烟，龙珠在一旁烧烟。统领便问起她来："怎么在那船上同文老爷要好，一直不过来？想是讨厌我老胡子不如文老爷长得标致？既然如此，我也不要你装烟了。"龙珠闻言，忙忙地分辨道："他们船上的'招牌主'叫我去玩，所以误了大人的差使，并没有看见姓文的影子。"胡统领道："你不要赖。都被我听见了，还想赖呢。"一面同龙珠说话，又勾起刚才吃醋的心，把文老爷恨如切骨。还说："是什么时候，当的什么差使，他们竟其一味的吃酒作乐，这还了得！"只因这一番，胡统领同文老爷竟因龙珠出生无数的风波来，连周老爷、赵不了统通有份在内。要知端的，且听续编分解。

第十三回

听申饬随员忍气　受委屈妓女轻生

上回书所说的胡统领，因为争夺“江山船”妓女龙珠，同随员文老爷吃醋。当下胡统领足足问了龙珠半夜的话，盘来盘去，问她同文老爷认得了几年，有无深交。龙珠一口咬定：非但吃酒叫局的事从来没有，并且连文老爷是个胖子、瘦子，高个、矮个，全然不知，全然不晓。胡统领见她赖得净光，格外动了疑心，不但怪文老爷不该割我上司的靴腰子，并怪龙珠不该不念我往日之情，私底下同别人要好。“不要说别的，就是拿官而论，我是道台，他是知县，他要爬到我的份上，只怕也就烦难。可恨这贱人不识高低，只拣着好脸蛋儿的去赶着巴结。”一面想，一面把她恨得牙痒痒。又想：“这件事须得明天发落一番，要他们晓得这些老爷是不中用的，总不能挑过我的头去。”主意打定，这夜竟不要龙珠伺候，逼她出去，独自一个冷冷清清地躺下，却是翻来覆去，一直不曾合眼。龙珠见大人动了真气，不要她伺候，恐怕船上老鸨婆晓得之后要打她骂她，急得在中舱坐着哭：既不敢到大人耳舱里去，又不敢到后梢头睡。有时想到自己的苦处，不由自言自语地说道：“这碗饭真正不是人吃的！宁可剃掉头发当姑子；不然，跳下河去寻个死，也不吃这碗饭了！”到了五更头，船家照例一早起来开船。恍惚听得大人起来，自己倒茶吃。龙珠赶着进舱伺候，胡统领不要她动手，自己喝了半杯茶，重新躺下。龙珠坐在床前一张小凳子上，胡统领既不理她，她也不敢去睡。

一等等到九点多钟，到了一个什么镇市上，船家拢船上岸买菜。那两船上的随员老爷都起来了。文老爷昨日虽然吃醉，因被管家唤醒，也只好挣扎起来，随了大众过来请安。想起昨夜的事情，自己也觉得脸上很难为情。走进统领中舱一看，幸喜统领大人还未升帐，已经听得咳嗽之声，知道离着起身已不远了。等了一刻，管家进去打洗脸水，拿漱口盂子、牙刷、牙粉，拿了这样，又缺那样。龙珠也忙着张罗，但没听见统领同龙珠说话的声音。统领有个毛病，清晨起来，一定要出一个早恭的。急嗓子喊了一声“来”,三四个管家一齐赶了进去。又接着听见吩咐了一句“拿马桶”,只见一个黑苍苍的脸,当惯这差使的一个二爷,奔到后舱,拎了马桶到耳舱里去。别的管家一齐退出,龙珠也跟了出来。人家都认得这拎马桶的二爷,是每逢大人出门,他一定要穿着外套,骑着马,雄赳赳气昂昂,跟在轿子后头的;大人回了公馆,他便卸了装,把脚一跷,坐在门房里。有些小老爷们来禀见,人家见了他,二太爷长,二太爷短,他还爱理不理的。此时却在这里替大人拎马桶:真正人不可以貌相了。

且说龙珠走进中舱之后,别人还不关心,只有文七爷的眼尖,头一个先望见。陡见龙珠两只眼睛哭得肿肿的,不觉心上毕拍一跳,想不出什么道理来。还疑心昨天自己在台面上冲撞了她,给了她没脸,叫她受了委屈;“此乃是我醉后之事,她也不好同我作仇,就哭到这步田地?又论不定她把我骂她的话竟来哭诉了统领,所以刚才统领的声气不大好听;但是龙珠这人何等聪明,何至于呆到如此?她究竟为了什么事情,哭得眼睛都肿了?真正令人难解。”意思想赶上前去问她,“周、黄二位同寅是不要紧;倘若被统领听见了,岂不要格外疑心?却也作怪,可恨这丫头自从耳房里出来,非但不同我答腔,眼皮也不朝我望一望,其中必有缘故。”

正想到这里,又听得耳舱里统领又喊得一声“来”。只见前头那个拎惯马桶的二爷,推门进去,霎时右手拎着马桶出来,却拿左手掩着鼻子。大家都看着好笑。又听得统领骂一个小跟班的,说他也偷懒不进来装水烟。小跟班的道:“不是一上船,老爷就吩咐过的吗:不奉呼唤,不许进舱。小的怎么敢进来!”统领道:“放你妈的狗臭大驴屁!我不叫你,你就不该进来伺候吗?好个大胆的王八蛋,你仗着谁的势,敢同我来斗嘴?我晓得你们这些没良心的混账王八羔子,我好意带了你们出来,就要作怪,背了我好去吃酒作乐,嫖女人,唱曲子。哪桩事情能瞒得过我?你们当我老爷糊涂;老爷并不糊涂,也没有睡觉,我样样事情都知道,还来蒙我呢。我此番出来,是替皇上家打土匪的,并不是出来玩的。你们不要发昏!”统领这番骂跟班的话,别人听了都不在意,文七爷听了倒着实有点难过。心想:“统领骂的是哪一个?很像指的是自己。难道昨夜的事情发作了吗?”一个人肚里寻思,一阵阵脸上红出来,止不住心上十五个吊桶,七上八落。等了一会子,听见里面水烟袋响。小跟班的装完了烟,撅着嘴走到外舱。见了各位老爷,面子上落不下去,只听他叽里咕噜地说道:“皇上家要你这样的官来打土匪，还不是来替皇上家造百姓的。这样龙珠，那样龙珠，有了龙珠，还想着我们吗！”一头说，一头走到后舱去了。大家都听了好笑。

随后方见龙珠进去，帮着替大人换衣裳，打腰折，扎扮停当，咳嗽一声，大人踱了出来。众人上前请安相见。胡统领见面之下，什么“天气很好”，“船走得不慢”，随口敷衍了两句，一句正经话亦没有。倒是周老爷国事关心，问了一声：“大人得严州的信息没有？”统领听了一惊，回说：“没有。老哥可听见有什么紧信？”周老爷道：“的确的消息也没有，不过他们船帮里传来的话。”胡统领战兢兢地道：“阿弥陀佛！总要望他好才好！”周老爷道：“听说土匪虽有，并不怎么十二分厉害，而且枪炮不灵，只等大兵一到，就可指日平定的。”胡统领顿时又扬扬得意道：“本来这些吆么小丑，算不得什么。连土匪都打不下，还算得人吗？但是兄弟有一句过虑的话：兄弟在省里的时候，常常听见中丞说起，浙东的吏治，比起那浙西来更其不如。‘这句话怎么讲呢？只因浙东有了‘江山船’，所有的官员大半被这船上女人迷住，所以办起公事来格外糊涂。照着大清律例，狎妓饮酒就该革职，叫兄弟一时也参不了许多。总得诸位老兄替兄弟当点心，随时劝戒劝戒他们。倘若闹点事情出来，或者办错了公事，那时候白简无情，岂不枉送了前程，还要惹人家笑话？’中丞的话如此说法，但是兄弟不能不把这话转述一番。”说完，不住地拿眼睛瞧文老爷。只见文老爷坐在那里，脸上红一阵，白一阵，很觉得局促不安。就是黄老爷、周老爷，晓得统领这话不是说的自己，但是昨天都同在台面上，不免总有点虚心，静悄悄的一声也不敢言语。胡统领停了一会，见大家都没有话说，只好端茶送客。他三位走到船头上，一字儿站齐，等统领走出舱门，朝他们把腰一呵，仍旧缩了进去，然后三个人自回本船。

三人之中，别人犹可，只有文七爷见了统领，听了隔壁闲话，知道统领是指桑骂槐，已经受了一肚皮的气；刚才统领出来，又一直没有睬他，因此更把他气得了不得。回到自己船上没有地方出气，齐巧一个贴身的小二爷，一向是寸步不离的，这会子因见主人到大船上禀见统领，约摸一时不得回来，他就跟了船家到岸上玩耍去了。谁知文七爷回来，叫他不到，生气骂船家。幸亏玉仙出来张罗了半天，方才把气平下。一霎小二爷回来了，文七爷不免把他叫上来教训几句。偏偏这小二爷不服教训，撅着张嘴,在中舱里叽里咕噜地说闲话,齐巧又被文七爷听见。本来不动气的了,因此又动了气,骂小二爷道:“我老爷到省才几年,倒抓过五回印把子,什么好缺都做过,什么好差都当过,就是参了官不准我做,也未必就会把我饿死。现在看了上司的脸嘴还不算,还要看奴才的脸嘴!我老爷也太好说话了!”骂着,就立刻逼他打铺盖,叫他搭船回省去。别位二爷齐来劝这小二爷道:“老爷待你是与我们不同的,你怎么好撇了他走呢?我们带你到老爷跟前下个礼,服个软,把气一平,就无话说了。”小二爷道:“他要我,他自然要来找我的;我不去!”说着,躲在后梢头去了。这里文七爷动了半天的气,好容易又被玉仙劝住。

如是晓行夜泊,已非一日。有天傍晚,刚正靠定了船,问了问,到严州只有几十里路了。下来的人都说:“没有什么土匪。有天半夜里,不晓得哪里来的强盗,明火执仗,一连抢了两家当铺,一家钱庄,因此闭了城门,挨家搜捕。”其实闭了一天一夜的城,一个小毛贼也没有捉到,倒生出无数谣言。官府愈觉害怕,他们谣言愈觉造得凶。还说什么“这回抢当铺、钱庄的人,并不是什么寻常小强盗,是城外一座山里的大王出来借粮的,所以只抢东西不伤人。这大王现在有了粮草,不久就要起事了。”地方文武官听了这个诳报,居然信以为真,雪片文书到省告急。所以省里大宪特地派了防营统领胡大人,率领大小三军,随带员弁前来剿捕。

从杭州到严州,不过只有两天多路,倒被这些“江山船”、“茭白船”,一走走了五六天还没有到。虽说是水浅沙涨,行走烦难;究竟这两程还有潮水,无论如何,总不会耽搁至如许之久。其中恰有一个缘故:只因这几只船上的“招牌主”,一个个都抓住了好户头,多在路上走一天,多摆台把酒,他们就多寻两个钱;倘若早到地头一天,少在船上住一夜,他们就少赚两个钱。如今头一个胡统领就不用说,龙珠本是旧交;虽不便公然摆酒,他早同王师爷等说过:“等我们得胜回来,原坐这只船进省。那时候必须脱略一切,免去仪注,与诸公痛饮一番。”这几天龙珠身上,明的虽没有,暗底下早已五六百用去了。第二个文七爷,比统领还阔:他这趟出来,却是从家里带钱来用,并不是克扣军饷。一赏玉仙就是一对金镯子;开开箱子,就是四匹衣料;连着赵不了赵师爷的新相好兰仙,赵不了还没有给她什么,文七爷看了她姊姊分上,也顺手给了她两件。这种阔老,怎么叫人不巴结呢。第三个是兰仙同赵不了要好。虽然赵不了拿不出什么,总得想她两个；做妓女的人，好歹总没有脱空的。第四个周老爷，——他这船上一位王师爷，一位黄老爷，都是绝欲多年的，剩得个周老爷。——碰着吃酒，他却总带招弟，一直不曾跳过槽。小虽小，也是生意。还有大人跟前的几位大爷、二爷同着营官老爷，晚上停了船，同到后梢头坐坐，呼两筒鸦片烟，还要摸索摸索。大爷、二爷白叨了光，营官老爷有回把不免破费几块。他们有这些生意，就是有水可以走快，也决计不走快了。往往白天走了七十里，晚上一定要退回三十里。所以两天多的路程，走了六天还不曾走到。

单说赵不了自从上船兰仙送燕菜给他吃过之后，两个人就从此要好起来。赵不了又摆了一台酒，替她做了一个面子。又把裤腰带上常常挂着的，祖传下来的一块汉玉件头解了下来，送给了兰仙。兰仙嫌它像块石头似的，不要；赵不了只得自己拿回，仍旧拴在裤腰带上。一时面子上落不下，就说："现在路上没有好东西给你。将来回省之后，一定打付金镯子送你，几百块钱算不了什么。""江山船"上的女人眼眶子浅，听了他话，当他是真正好户头了。就是一天不晓得兰仙给了他些什么利益，害得他越发五体投地，竟把兰仙当作了生平第一个知己，就是他自己的家小还要打第二。兰仙问他要五十块洋钱，他自己没有；这几天看见文七爷用的钱像水淌，晓得他有钱，想问他借，怕他见笑。后来被兰仙催不过了，只好硬硬头皮，老老脸皮，同文七爷商量。不料文七爷一口答应，立刻开开枕箱，取出一封一百洋钱，分了一半给他。赵不了看着眼热，心上懊悔，说道："早知如此，应该向他借一百，也是一借；如今只有五十，统通被兰仙拿了去，我还是没有。"一面想的时候，文七爷早把那剩下的五十块洋钱包好，仍旧锁入枕箱去了。赵不了不好再说别的，谢了一声，两只手捧了出来。不到一刻工夫，已经到了兰仙手里了。

这日饭后，太阳还很高的，船家已经拢了船。问了问，到严州只有十里路了。问他"为什么不走"。回道："大船上统领吩咐过：'明天交立冬节，今天是个四离四绝的日子①。这趟出门是出兵打仗，是要取个吉利

① 四离四绝的日子——迷信说法：农历立春、立夏、立秋、立冬的前一天叫做绝日；春分、秋分、夏至、冬至的前一天叫做离日；统称四绝四离。以为在这几个日子里，做任何事情都是不吉利的。这里指立冬节的前一天，所以说是四离四绝的日子。

的。'所以吩咐今日停船。明天饭后,等到未正二刻,交过了节气,然后动身,一直顶码头。"别人听了还可,只有一个赵不了喜欢的了不得。因为在船上同兰仙热闹惯了,一时一刻也拆不开,恐怕早到码头一天,他二人早分离一天。如今得了这个信,先赶进舱来告诉文七爷。文七爷知道他腰包里有了五十块钱了,便敲他吃酒。赵不了愣了一愣。兰仙已经替他交代下去了,还说:"明天上了岸,大人们一齐要高升了,一杯送行酒是万不可少的。"文七爷自从那天听了统领的说话,一直也没有再到统领坐船上禀安。心上想:"横竖事已如此,也不想他什么好处,我且乐我的再说。"跟手又吩咐玉仙:"今天晚上赵师爷的酒吃过之后,再替我预备一桌饭。"玉仙答应着。他又去约了那船上的王、黄、周三位;索性又把炮船上的统带,什么赵大人、鲁总爷,又约了两位;连自己同着赵不了,一共是七位,整整一桌。当下王、黄二位答应说来。只有周老爷忽然胆小起来,说:"恐怕统领晓得说话。"赵、鲁二位也再三推辞。文七爷道:"这里头的事情,难道你们诸位还不晓得?统领那天生气,并不是为着我摆酒生气,为的是我带了龙珠的局,割了他的靴腰子,所以生气。我今天不叫龙珠的局,那就一定没事的了。况且统领还说过到了严州,打退了土匪,还要自己摆酒同大家痛饮一番。这是你们诸公亲耳听见的。他做大人的好摆得酒,怎么能够禁止我们呢。又况严州并没有什么土匪,这趟还怕不是白走。我们也不望什么保举,他也不好说我们什么不是。等摆好台面,叫船家把船开远些,叫他听不见就是了。"

原来这几天统领船上,王、黄二位只顾抽鸦片烟,没有工夫过去。文七爷因为碰了钉子,也不好意思过去。赵不了虽然东家带了他来,有时候写封把信,当当杂差才叫着他;平时东家并不拿他放在眼里,他也怕见东家的面。这几天被兰仙缠昏了,自己又怀着鬼胎,所以东家不叫他,他也乐得退后,不敢上前。这个空档里,只有一个周老爷,一天三四趟的往统领坐船上跑。他本是中丞的红人,统领自然同他客气。偏偏又得到严州信息,晓得没有什么土匪,统领自然高兴,他也帮着高兴。虽然他临走的时候,戴大理交代过他,说:"统领的为人,吃硬不吃软。"及至见过几面,才晓得统领并不是这样的人,戴大理的话有点不确,须得见机行事,幸亏没有造次。连日统领见了他,着实灌米汤;他亦顺水推船,一天到晚,制造了无数的高帽子给统领戴,说什么:"严州一带全是个山,本是盗贼出没之所,土匪亦是一年到头有的;如今是被统领的威名震压住了,吓得他们一个也不敢出来。将来到了严州,少不得惩办几个,给他们一个厉害,叫他们下次不敢再反。回来再在四乡八镇,各处搜寻一回,然后禀报肃清,也好叫上头晓得大人这一趟辛苦不是轻容易的,将来一定还好开个保案,提拔提拔卑职们。"胡统领道:"不是你老哥说,我正想先把严州没有土匪的消息连夜禀报上头,好叫上头放心。"周老爷道:"使不得!使不得!如此一办,叫上头把事情看轻,将来用多了钱也不好报销,保举也没有了。如今禀上去,越说得凶越好。"胡统领一听此言,恍然大悟,连说:"老哥指教的极是,兄弟一准照办……"当下就关照龙珠,另外叫她多备几样菜,留周老爷在这边船上吃晚饭。周老爷有了这个好处,所以文七爷请他,执定不肯奉扰。文七爷见请他不到,也只好随他。等到上火之后,船家果然把他们两只坐船撑到对岸停泊。其时周老爷早已跳在统领大船上去了。

赵不了台面摆好,数了数人头,就是不见周老爷,忙着要叫人去找。文七爷道:"现在他做了统领的红人儿了,统领一时一刻不能离开他。他眼睛里哪里有我们,我们也不必去仰攀他了。"赵不了道:"不请他,恐怕他在东家跟前要说我们什么。"王师爷道:"周某人同你往日无仇,他为什么要挤你?这倒可以无虑的。"赵不了只得罢手,不过心上总有点疑疑惑惑,觉着总不舒服。一台酒敷衍吃完,拳也没有划,酒也没有多吃。幸亏一个文七爷兴高采烈,一台吃完,忙吩咐摆他那一台。又去请赵大人、鲁总爷,一个个坐了小划子都来了。赵大人并且把他的一个相好名字叫爱珠的带了来。文七爷见了非常之喜。连说:"到底赵大人脾气爽快。……"又催着替鲁总爷带局。鲁总爷没有相好,文七爷就把周老爷叫的招弟的一个姊姊,名字叫翠林的荐给他。一时宾主六人,团团入座。文七爷因为刚才在赵不了台面上没有吃得痛快,连命拿大碗来。王、黄二位是不大吃酒的,赵不了量也有限。幸亏炮船上统带赵大人是行伍出身,天生海量:年轻的时候,一晚上一个人能够吃三大坛子的绍兴酒,吐了再吃,吃了再吐,从不作兴讨饶的;如今上了年纪,酒兴比前大减,然而还有五六十斤的酒量。就以现在而论,文七爷还不是他的对手。但是文七爷亦是个好汉,人家喝一碗,他一定也要陪一碗;人家喝十碗,他一定也要陪十碗。喝酒喝得吐血,如今又得了痰喘的病,他还是要喝。见了酒没命地喝,见了女人,那酒更是没地的喝。先是抢三,三拳一碗;后来还嫌不爽快,改了一拳一碗。赵大人吃酒吃得火上来了，把小帽子、皮袍子一齐脱掉。文七爷也光穿着一件枣儿红的小紧身，映着雪白的白脸蛋，格外好看。王、黄二位吃了一半，到后舱里躺下抽烟。赵不了趁空便同兰仙胡缠。

台面上只剩得一个鲁总爷。这鲁总爷，是江南徐州府人氏，本是个盐枭投诚过来的。两只眼睛乌溜溜，东也张张，西也望望，忽而坐下，忽而站起，没有一霎安稳，好像有什么心事似的。幸亏大家并不留意。后来大家吃稀饭，让他吃；他一定不吃，说是"酒吃多了，头里晕得慌，要紧回去睡觉。"文七爷还同他辨道："你何尝吃什么酒？"鲁总爷道："兄弟只有三杯酒量，吃到第四杯，头里就要发晕的。"众人见他如此说，只好随他先走，吩咐船上搭好扶手，眼望他上了划子。文、赵二位，依旧进舱对垒。

赵大人赶着赵不了叫老宗台①："只顾同相好说话，不理我们，应该罚三大碗。"赵不了再三讨饶，只吃得一杯；兰仙抢过去吃了一大半，只剩得一点点酒脚，才递给赵师爷吃过。文、赵二位又喝了几碗。文七爷有点撑不住了，方才罢手。赵大人也有点东倒西歪，众人架着，趔趔趄趄，跳上划子，回到自己炮船上睡觉。黄、王二位也回本船。周老爷从大船上回来睡着了。这里文七爷的酒越发涌了上来，不能再坐，连玉仙来同他说话，替他宽马褂，倒茶替他润嘴，他一概不知道，扶到床上，倒头便睡。玉仙自到后面歇息。赵不了自有兰仙相陪，不必提他。却说玉仙这夜不时起来听信，怕的是七爷酒醒，要汤要水，没人伺候。谁晓得他老这一觉，一直困了一夜零半天，约摸有一点钟，统领船上闹着未时已过，要开船了，他这里才慢慢地醒来。玉仙先送上一碗燕窝汤，呷了一口；然后披衣起身下床，洗脸刷牙，吃早饭。一头吃着，船已开动。

文七爷伸手往自己袍子袋里一摸，谁知一个金表不见了。当时以为不在袋里，一定在床上，就叫玉仙"到床上把我的表拿来"。谁知玉仙到床上找了半天，竟找不到；后来连枕头底下，褥子底下，统通翻到，竟没有一点点影子花。文七爷还在外头嚷，问她"怎么拿不来"。后来玉仙回报了没有，文七爷亲自到耳舱里来寻，也找不到。自己疑心，或者昨天酒醉的时候锁在枕箱里也未可知，连忙拿出钥匙，想去开枕箱。谁知枕箱并没

---

① 老宗台——宗，同宗。台是对人的尊称。这里因为两人是同姓，所以赵大人叫赵不了为老宗台，是认做本家的客气称呼。

有锁。文七爷一看大惊；再仔细一看，铜鼻子也断了，一定锁被人家裂掉无疑了。赶忙打开一看，一封整百的洋钱，还有给赵不了剩下的五十块洋钱，还有一只金镶藤镯，——金子虽不多，也有八钱金子在上头——都不见了；还有一个翡翠扳指、两个鼻烟壶，都是文七爷心爱之物，连着衣袋里的一只打璜金表、一条金链条，统通不见。文七爷脾气是毛躁的，立刻嚷了起来，说："船上有了贼了，还了得！"玉仙吓得面无人色。后舱里人一齐哄到前舱里来。船老板道："我们的船，在这江里上上下下一年总得走上几十趟，只要东西在船上，一个绣花针也不会少的。总是忘记搁在哪里了，求老爷再叫他们仔仔细细找一找。"文七爷道："一个舱里都找遍了，哪里有个影儿。"船老板不相信，亲自到耳舱里看了一遍，又掀开地板找了一会，统通没有，连称奇怪。文七爷疑心船上伙计不老实。船老板道："我这些伙计，都是有根脚的，偷偷摸摸的事情是从来没有的。"文七爷发火道："难道我冤枉你们不成！既然东西在你们船上失落掉的，就得问你要。"船老板不敢多言。船头上一个伙计说道："昨天喝酒的时候，人多手杂，保得住谁是贼，谁不是贼？"文七爷一听这话，越发生气，一跳跳得三丈高，骂道："喝酒的人都是我的朋友，你们想赖我的朋友做贼吗！况且昨天晚上，除掉客人，就是叫的局；一个局来了，总有两三个乌龟王八跟了来，一齐顿在船头上，推开耳舱门伸手摸了去，论不定就是这般乌龟偷的。如今倒怪起我的客人来了。真是混账王八蛋！等等到了严州，一齐送到县里去打着问他。"船老板见文七爷动了真火，立刻到船头上知会伙计，叫他不要多嘴。又回到舱里，叫玉仙倒茶给文老爷喝。文七爷也不理她。此时船在江中行走，别船上的人不能过来，只有本船上的，人人诧异，个个称奇。赵不了也帮着找了半天，哪里有点影子。大家总疑心是船上伙计偷的，决非他人。文七爷统计所失：一个扳指顶值钱，是九百两银子买的；两个鼻烟壶，四百两一个；打璜金表连着金链条，值二百多块；一只金镶藤镯，不过四十块；其余现洋钱是有数的了。一面算，一面托赵不了替他开了一张失单。霎时间船抵码头，便有本城文武大小官员前来迎接。文七爷是随员，只得穿了衣帽，到统领船上请安禀见，怕的是有什么差遣。这个档里，见了严州府首县建德县知县庄大老爷，他们本是同寅，又是熟人，便把船上失窃的事告诉了他，随手又把一张失单递了过去。庄大老爷立刻吩咐出来,把这船上的老板、伙计统通锁起,带回衙门审讯;其余几只船上,责成船老板不准放走一个伙计,将来回明统领,一齐要带到城里对质的。果然现任县太爷一呼百诺,令出如山,只吩咐得一句,便有一个门上,带了好几个衙役,拿着铁链子,把这船上的老板、伙计一齐锁了带上岸去了。

且说统领船上把各官传了几位上来,盘问土匪情形。一个府里,一个营里,都是预先商量就的,见了统领,一齐禀称,起先土匪如何猖獗,人心如何惊慌,"后来被卑府们协力擒拿,早把他们吓跑,现在是一律肃清的了。"他二人的意思原想借此可以冒功,谁知胡统领听了周老爷上的计策,意思同他一样。船到码头时候,胡统领还捏着一把汗,生怕路上听来的信息不确,到了严州被土匪把他宰了;及至听了府里、营里的言语,胆子立刻壮起来,便说:"这些伏莽为患已久,现在他们打听得大兵前来,所以暂时解散;等到兄弟去后,依旧是出来搅扰。两位老兄虽说是已经肃清,据兄弟看来,后患方长,不可不虑。且等明天兄弟上岸察看情形,再作计较。"当下又说了些别的闲话,端茶送客,众官别去。不在话下。

单说文七爷船上的老板、伙计被县里锁了去,吓得一船的女人哭哭啼啼,跪着向文老爷讨情,文老爷不理;又替赵师爷磕头,赵师爷也作不得主。后来文七爷被玉仙缠不过,只好答应她,且等县里问过一堂再去说情。未到天黑,县里的办差门上进来回文七爷的话,说道:"已经替大老爷同师爷另外封了一只船,就请今天搬过去。这只船是贼船,我们敝上要重重地办他们一办。"文七爷道:"很好。"船上的女人,听说老爷要过船,更没有依靠了,一齐跪在舱板上不起来。玉仙拉着文七爷,兰仙拉着赵师爷,更是哭个不了。文七爷没法,只好安慰玉仙道:"我决不难为你的。"玉仙没法,只好让文七爷过船。行李刚搬得一半,县里庄大老爷派的捕快也就来了。先到船上请示失去的扳指、烟壶是什么样子;听说有一百五十块现洋钱,有无图书。文七爷说:"洋钱全是鼎记拿来的,一律是本庄图章。"齐巧身边还有一块,就拿出来给他们看,好拿着比样子去找。捕快说:"城里大小当铺都找过,没有,想来还不曾出手。洋钱论不定要先出档。昨天喝酒的那些老爷们共是几位?小的们不敢疑心到老爷,怕的是带来的管家手脚不好。虽不敢明查他们,也得暗里留心;就是拿住之后,不替他们声张出来,也有个水落石出。至于这几只船上的伙计,将来禀过大人,一齐要好好地搜一搜。”文七爷见这捕快说话在行,就统通告诉了他,还着实夸赞他几句,说他能办事。

等到文七爷、赵师爷才把船过停当,捕快就进了中舱坐下,勒令别家船上的伙计把船替他撑开码头,靠在一爿茶馆底下。捕快向这茶馆里一招手,又上来好几个,是他同伙的人,一齐到了中舱。就叫船家的女人帮着把舱板掀开,大约看了一遍,没有。又到后舱。起先玉仙姊妹是一直在前舱的,一个个哭得同泪人一般,也不像什么美人了。谁知兰仙看见一帮人往后头去,她也赶到后头去。被一个捕快把她一拦道:“小姑娘,你别往这里瞎跑!”兰仙道:“我们女人有些东西不好给你们男人看的,我得收拾收拾。”捕快道:“慢着,不好看的东西也要看看的了。”一面说,一面伙计们已在后舱翻的不成样儿了。后首不知怎样,在兰仙床上搜出一封洋钱,立刻打开来一看,一对图章,丝毫不错。捕快道:“赃在这里了!”众人听了一惊。兰仙急攘攘地说道:“这是赵师爷交给我,托我替他买东西的。”捕快道:“赵师爷没人托了,会托到你!这话只好骗三岁孩子。”兰仙道:“如果不相信,好去请了赵师爷来对的。”捕快道:“真赃实据,你还要赖!”一面说,一伸手就是一个巴掌。船上的女人,统通认是兰仙做贼,一个个都吓昏了。原来赵不了从文七爷手里借了五十块洋钱给了兰仙,兰仙却瞒住她娘,不曾被她知道;等到抄了出来,所以她娘也摸不着头脑。兰仙又不是亲生女儿,是买来做媳妇的,一时气头上,也不分青红皂白,赶过来狠命地帮着把兰仙一顿的打。嘴里还骂道:“不要脸的小娼妇!偷人家的钱,带累别人!不等上堂老爷打你,我先要了你的命!”捕快道:“有了洋钱,别的东西就好找了。”忙着翻了一大阵,却是一毫影子没有。又赶过来问兰仙。其时兰仙已被她娘打得不成样子了。捕快连忙喝阻道:“她今犯了官罪,有老爷管她,你须管她不到了。你自己的人作贼,连你自家都有罪,还有面孔打人呢!”老板奶奶被捕快埋怨了一顿,一声也不敢响。捕快催问兰仙别的东西。兰仙只是哭,没有话。大众格外疑心。她娘也催着她说道:“多偷只有一个罪,少偷亦只有一个罪。小祖宗!你快招认罢,省得再害别人了!”兰仙还是哭,没有话。

捕快道:“她不说,亦不要她说了。且把她带到城里再讲。”于是拖了就走。那捕快还拉着老板奶奶同着一块儿去。老板奶奶吓得瑟瑟抖,不敢去;又被他们骂了两句,只好跟着同去。一头走,一头骂兰仙。兰仙此时被众人拖了就走。上岸之后,在茶馆里略坐片刻,一同押着进城,可怜她小脚难行,走三步,捱一步,捕役还不时的催。恨得她娘一路拿巴掌打她。

好容易捱到衙门口,在二门外头台阶上坐了一会。捕快进去禀报,传话出来:“老爷此刻就要上府,晚上统领大人还要传去问话,吩咐把船上两个女人先交官媒看管,明天再审。”众人听了,便去传到官媒婆,把两个女人交给他。官媒婆领了就走,一走走到她家。

这时候她娘儿两个头上的金簪子、银耳挖子,统通被差上拿去,说是贼赃,要交给老爷的。娘儿俩也不敢作声。到了官媒那里,头上的首饰已经一丝一毫都没有了。官媒还不死心,又拿她二人细细地一搜,兰仙手上还有一副镀金银镯子,也被她探了下来,说明天要交案的。其时初冬天气,她娘儿们都穿着大厚棉袄,官媒婆一定说是偷来的贼赃,要她脱了下来。她二人不敢不遵。每人只穿两件布衫,冻得瑟瑟地抖。凡初到官媒婆那里的人,总得服她的规矩,先饿上两天,再捱上几顿打,晚上不准睡;没有把你吊起来,还算是便宜你的。至于做贼的女犯,她们相待更是与众不同:白天把你拴在床腿上,叫你看马桶,闻臭气;等到晚上,还要把你捆在一扇板门上,要动不能动,搁在一间空屋子里,明天再放你出来。可怜兰仙虽然落在船上,做了这卖笑生涯,一样玉食锦衣,哪里受过这样的苦楚。只因她生性好强,又极有情义;赵不了给她钱的时候,曾对她说过:“不要同你妈说起是我送的,怕传在统领耳朵里去。”所以她牢记在心。等到捕役搜到之后,她一时情急,只说得一句是“赵师爷托我买东西的”。后来被他们拉了上岸,早已知道此去没有活路,与其零碎受苦,何如自己寻个下场——就是不死,这碗船上的饭也不是好吃的。所以听说要将她拖上岸去,她早已萌了死志,顺手把炕上烟盘里的一个烟盒拿在手中。等到官媒婆搜的时候,要藏没处藏,就往嘴里一送,熬熬苦,吞了下去,趁空把匣子丢掉。一时官媒搜过,她便对她娘说道:“妈!你亦不必埋怨我,亦不必想我。这个苦,我是受不来的。早也是一死,晚也是一死,倒不如早死干净。我死之后,你老人家到堂上,只要一口咬定请赵师爷对审,我的冤就可以伸,你老人家也不至于受苦了。”她娘此时又气又吓,又冻又饿,早已糊里糊涂,她媳妇说的话始终未曾听得一句。等到上灯,官媒婆因她二人是贼,便将板门抬了进来,如法炮制,锁入空房。谁知次日一早推门,这一吓非同小可!欲知后事如何,且听下回分解。

第十四回

剿土匪鱼龙曼衍　开保案鸡犬飞升

却说兰仙既死之后，次早官媒推门进去一看，这一吓非同小可，立刻张皇起来。老板奶奶见媳妇已死，抢地呼天，哭个不了。官媒到此却也奈何她不得。又因她年纪已老，料想不会逃走，也就不把她拴在床腿上了。奉官看守的女犯，一旦自尽，何敢隐瞒，只好拼着不要命，立时禀报县太爷知晓。

庄大老爷一听人命关天，虽然有点惊慌，幸亏他是老州县出身，心上有的是主意，便立时升堂，把死者的婆婆带了上来，问过几句。老婆子只是哭求伸冤。老爷不理她，特地把捕快叫了上去，问他："兰仙做贼，是谁证见？"捕快回称："是她婆婆的证见。"老爷喝道："她同她婆婆还有不是一气的？怎么说她是证见呢？"捕快回道："文大老爷的洋钱，块块上头都有鼎记图章；小的在这死的兰仙床上搜到了一封，一看图章正对。她妈也不知这洋钱是哪里来的，还打着问她。大老爷不相信，问这船上的老婆子可是不是。"老爷便问老板奶奶道："你媳妇这洋钱是哪里来的？"老婆子回："不知。"老爷道："我亦晓得你不知情，倘若知情，岂不是你也同她统通一气，都做了贼吗？"老婆子道："我的青天大老爷！我实情不知道！"老爷道："捕快搜的时候，你看见没有，还是在死的兰仙床上搜着的呢？还是在你同你别的女儿床上搜着的呢？"老婆子一听这话，恐怕又拖累到自己连着玉仙，连忙哭诉道"实实在在是兰仙偷的，是在她床上翻着的。"老爷道："可是你亲眼所见？"婆子道："是我亲眼所见。"老爷道："这是你死的媳妇不好。我老爷比镜子还亮，你放心罢，我决不连累你的。"老婆子道："真真青天大老爷！"

老爷这里又把官媒婆传了上去，把惊堂木一拍，骂了声："好个混账王八蛋！我老爷把重要贼犯交你看管，你胆敢将她凌虐至死！到我这里，谅你也无可抵赖。我今天将你活活打死，好替兰仙偿命！"说罢，便吩咐差役将她衣服剥去，"拿藤条来，替我着实的抽。"两边衙役答应一声，立刻走过七八个似狼如虎的人，伸手将媒婆衣服剥去，只剩得一件布衫，跪在地下，瑟瑟抖个不了。老爷又喊一声“打”，便有一个人提着头发，两个人一边一个，架着她的两只膀子，一个拎着一根指头粗的藤条，一五一十，一下下都打在媒婆身上。五十一换班，打得媒婆“啊呀皇天”的乱叫，不住地喊“大老爷开恩”。老爷也不理她。看看一口气打了整整五百下，方才住手。老爷又问船上老婆子道：“你的媳妇可是官媒婆弄死她的不是？如果是她弄死的，我今天立刻就弄死她，好替你媳妇偿命。”老婆子跪在一旁，看见老爷打人，早已吓昏的了，虽有吩咐下来，她却一句不曾听见，只是在地下发愣。老爷又指着船上老婆子同官媒说：“你的死活在她嘴里：她要你活就活，她叫你死就死。我老爷只能公断。”官媒一听这话，便哭着求老婆子道：“老奶奶！头上有天！你媳妇可是自己寻的死，并不与我什么相干。现在老爷打死我，这要你老人家说一句良心话，你媳妇是我弄死的不是？果若是我弄死的，我死而无怨。我的老奶奶！我的命现在吊在你嘴里，你要冤枉死我，我做了鬼也不同你干休！”老婆子心上本来是恨官媒婆的；今见老爷已经打了她一顿，“倘若我再说了些什么，老爷一定要将她打死，这条人命岂不是我害的。别的不怕，倘若冤魂不散，与我缠绕起来，那可不是玩的！现在这一顿打已经够她受用的了，况且兰仙又实实在在不是她弄死的，我又何必一定要她的命呢？”想罢，便回老爷道：“大老爷，我们兰仙是自己死的，不与她相干，求老爷饶了她罢！”老爷听了这话，便道：“既然是你替她求情，我老爷今天就饶她一条狗命。”官媒又在堂上替老婆子磕头，谢过老奶奶。

老爷又对老婆子道：“昨天船上的事情，我也知道是兰仙一个人做的，与你并不相干，我本来今天想放你的。既然如此，你赶紧下去，具张结上来，好领你媳妇尸首去盛殓。”老婆子巴不得这一声，老爷开恩放她。立刻下去具结，无非是“媳妇羞愤自尽，并无凌虐情事”等话头。写好之后，送上老爷过目。又拿下去，叫老婆子画了十字。诸事停当，老爷又把船上的一般男人，什么老板、伙计，通同提了上去，告诉他们：“现在文大老爷少的东西，查明白了，是兰仙偷的，藏在床上，是她婆婆亲眼为证，看着捕快搜出来的。现在兰仙已经畏罪自尽，千个罪并成一个罪，等她死的一个人承当了去。余下少的东西，我去替你们求求文大老爷，请他不必追究，可以开脱你们。”众人听了，自然感激不尽。老爷便命仍把一干人还押，等禀过本府大人，请邻封①验过尸首回来，再行取保释放。众人叩谢下去。老爷便立刻上府，将情禀知本府，请派邻封相验。他们堂属本来接洽，自然帮着了事，哪里还有挑剔之理。邻封相验，是照例文章，无庸细述。

庄大老爷又赶到船上向文七爷叨情："失落的东西该价若干，由兄弟送过来。现在做贼的人已经畏罪自尽，免其拖累家属。"文七爷忙问："东西是哪个偷的？"庄大老爷回说："是本船上的'招牌主'兰仙偷的。"文七爷听了，好生诧异。本来还想盘问，因为庄大老爷是要好朋友，知道他是借此开脱自己的干系，同寅面上不好为难，只得应允。还说："东西失已失了，做贼的人已经死了，哪有叫老哥赔的道理。"庄大老爷道："老同寅面上，怎敢说赔，但是老哥也等着钱用，兄弟是知道的，停会就送过来。"文七爷见他如此，也不好说别的。当时又说了几句闲话，彼此别过。走到船头上，庄大老爷又同文七爷咬个耳朵，托他在统领面前善言一声。文七爷也答应。庄大老爷回去之后，当晚先送了三百银子给文七爷。次日邻封验过尸，尸亲具过结，没有话说，庄大老爷将一干人释放。这班人倒反感颂县太爷不置：一条人命大事，轻轻被他瞒过，这便是老州县的手段。

闲话休题。且说当庄大老爷同文七爷讲话之时，都被赵不了听去。先听见兰仙做贼，已吃一惊；后来听话她畏罪自尽，这一吓更非同小可！想起两个人要好的情意，止不住扑簌簌掉下泪来。然而还当她果真是贼，却想不到是自己五十块洋钱将她害的。当夜一宵没生合眼。后来打听到船上人俱已释放，兰仙已经掩埋。他常常写四六信写惯的，便抽空做了一篇祭文，偷着到岸上空地方望空拜奠了一番。回得船来，又是一夜不睡，替兰仙做了一篇小传，还诌了几首七言四句的诗。自己想着："将来刻在文稿里，叫她留名万载，也算以报知己了。"幸亏这两天，文七爷公事忙，时时刻刻被统领差遣出去，所以由他一个尽着去干，也没人来管他。

单说胡统领自从船靠码头，本城文武禀见之后，他听了周老爷的计策，便一心一意想无中生有，以小化大。次日一早排齐队伍，先独自一个坐了绿呢大轿，进城回拜了文武官员。首县替他在城里备了一个公馆。

---

① 邻封——邻县。

他心上实在舍不得龙珠，面子上只说："船上办事很便，不消老哥费心。"所以预备的那个公馆，他竟不到。是日就在府衙门里吃的中饭。一面吃饭，一面同府里、营里说道："据兄弟看来，土匪一定是听见大兵来了，所以一齐逃走，大约总在这四面山坳子里；等到大兵一去，依旧要出来为非作歹。斩草不除根，来春又发芽。兄弟此来，决计不能够养痈遗患，定要去绝根株。今天晚上，就请贵营把人马调齐，驻扎城外，兄弟自有办法。"营官诺诺连声，不敢违拗。本府意思还想冒功，遂又禀道："土匪初起的时候，本甚猖獗；后来卑府会同营里同他们打了两仗，都已杀败，四处逃生，现在是一个贼的影子也没有了。大人可以不必过虑。"胡统领道："贵府退贼之功，兄弟亦早有所闻。但兄弟总恐怕不能斩尽杀绝，将来一发而不可收拾，不但上宪跟前兄弟无以交代，就连着老哥们也不好看，好像我们敷衍了事，不肯出力似的。"本府听了此话，面上一红。

一霎吃完饭，胡统领回船。营官回去传令，不到天黑，早已传齐三军人马，打着旗，掌着号，一班副爷们，一个个骑着马，挂着刀，赛如迎喜神一般，到了城外，择到一个空地方把营扎下。本营参将到船上禀过统领。此时统领真同做了大元帅一样：自己坐船在当中；两边两只，便是三个随员，两位老夫子的坐船；此外还有家人们的船、差官们的船、伙食船、行李船、轿子船。又有县里预备的吹手船：一天吃三顿，吹打三次；统领出门回来，还要升炮；到了晚上，一更二更，顶到放天明炮，船上擂鼓，亲兵掌号，呜嘟嘟，呜嘟嘟，吹得真正好听；放过炮之后，还要细吹细打一次，都是照例的规矩。吹手船之外，便是统领带来的兵船，有陆军，有水师：水师坐的都是炮划子，桅杆上都扯着白镶边的红旗子，写着某营、某哨；旗子当中写的便是本船统带的姓。船头上，船尾巴上，统通插着五色旗子，也有画八卦的，也有画一条龙的，五颜六色，映在水里，着实耀眼。

胡统领等到吃过晚饭，便同军师周老爷商量发兵之事。当下周老爷过来，附着胡统领的耳朵，如此如此，这般这般，说了一遍。胡统领称谢不迭。赶紧躺下抽烟，抽了二十多筒，他的瘾也过足了，一翻身在炕上爬起，传令发兵。这个时候差不多已有三更多天了，岸上的参将、守备、千总、把总，船上的营头、哨官，都静悄悄地候着。胡统领走到中舱一坐，差官们雁翅般的排列着；两边明晃晃的点着一对手照；一边架上插着子丑寅卯辰巳午未申酉戌亥十二支令箭，还有黄绸做的小旗子。胡统领拔了一支令箭，传参将上来，叫他带五百人作为先锋，一路上逢山开道，遇水叠桥。参将答应一声“得令”。又传守备上来，叫他也带五百人，作为接应。一个千总，一个把总，各带三百人，作为卫队。一干人都答应一声“得令”，拿了令箭站在一旁。看官须知道：武营里的规矩，碰着开仗，顶多出个七成队，有时还只出得个三成队、四成队的，从没有出过十成队的。今番胡统领明知道地面上一个土匪都没有，乐得阔他一阔，出个十成队，叫人家看着热闹热闹。按下不提。他还不知道从哪里找得一张地理图，画得极其工细，灯光之下，瞧了半天瞧不清楚。亏得小跟班递上老花眼镜来戴着，歪了头瞧了半天，按着周老爷的话，打什么地方进兵，打什么地方退兵，什么地方可以安营扎寨，什么地方可以埋伏，指手画脚地讲了一遍。参将、守备、千总、把总诺诺连声，嘴里都说“遵大人吩咐。”说时迟，那时快，岸上两个号筒手早已掌起号来，“出队，出队”的吹个不了。这些兵勇们打大旗的，扛洋枪的，扛刀叉的——这种刀叉名字叫做“南阳技业”。扛苗子①的，装着白蜡杆，足足有八尺多长；扛马刀的，马刀上都捆着红布；滚藤牌的，穿的老虎衣。一面灯球火把，照耀如同白昼，单等参将、守备、千总、把总下来，指明方向，他们就可分头进发。

这个时候，偏偏有个都司叫作柏铜士的，踉踉跄跄上来回道：“刚才大人所说的进兵的地方，标下的船曾经摇过，厨子上去买菜，标下上去出恭，四面儿瞧过一瞧，一点动静都没有。”胡统领正在兴头上，突然被他阻住，不觉心中发火，大声喝道：“我正在这里指授进兵的方略，胆敢摇唇鼓舌，煽惑军心！本该将你斩首，姑念用人之际，从宽发落。”一面喝：“拖下去！跟我结实地打！”只见四个亲兵，如狼似虎，早把柏都司按下，举起军棍，一声吆喝，那军棍就从柏都司身上落下。看看打到二百，胡统领还不叫住手，棍子又来的结实，柏都司实实熬不得了。于是一众官员，自参将起，至外委止，一齐朝着胡统领跪下求情；舱里容不下，连着岸上跪的都是人。胡统领还拿腔做势，申饬了一大顿，方命把柏都司放起，将众官斥退。

大队人马，都已分派齐全。又传下令来：“五更造饭，天明起马。”胡统领自己在后押住队伍，督率前进。所有的随员，除两位老夫子及黄同知

---

① 苗子——长矛。

留守大船外,周、文二位一概随同前去。吩咐已毕,其时已有四更多天,胡统领又急急地横在铺上呼了二十四筒鸦片烟,把瘾过足,又传早点心。这个空档里头,周老爷、文七爷一班人便也回到自己船上,料理一切。

且说本营参将奉了将令,点齐人马,正待起身,手下有个老将前来禀道:"统领叫大人打前敌,现在土匪一个影子都没有,到底去干什么事呢?"一句话把参将提醒,意思想上船请统领的示;见了刚才柏都司挨打的情形,恐防又碰在统领气头上,讨个没趣:因此要去又不敢去。亏得这个老将聪明,便说:"统领跟前不好请示,好在几位随员老爷已经下来,大人何不到他们船上问一声儿?"参将正在没得主意,一闻此言大喜,立刻叫伴当拿了名片,赶到随员船上,因与文七爷相熟,指名拜文大老爷。文七爷见了名片,就说:"立时就要动身,哪里还有工夫会客。"周老爷道:"你别管,姑且先叫他进来。你没工夫,等我陪他。"便命手下"快请"。参将进得舱中,朝着诸位一一打恭。归座之后,周老爷劈口问他:"半夜惠顾,有何赐教?"参将凑近一步,将来意陈明:"请教统领大人是何用意?此地实实在在一个土匪没有,如今带了大兵前去,到底干吗呢?"周老爷听了这话,笑而不答。参将一定要请教。周老爷道:"此事须问统领方知,兄弟同老哥一样,大家都是奉令差遣,别事一概不知。"参将急了,细想这事一定要问文七爷。文七爷因为这几天一直没有好生睡觉,刚才从统领船上站班回来,意思想横在床上打个盹就起身,不料参将缠不清爽,一定要见他。他身无奈,只得起来相陪。参将便把他拉在一旁,同他细说,问他怎样办法可以不叫统领生气。文七爷的脾气一向是马马虎虎的,一句话便把他问住。周老爷见文七爷回答不出,忽然心生一计,仍旧自己出来同他讲,说这件事须问统领的跟班曹二爷才晓得。参将道:"哪里去找他呢?"周老爷道:"容易。"立刻叫他自己管家:"到大人船上看曹二爷空不空,倘若无事,请他过来一趟。"一霎曹二爷来了,站在船头上不肯进来。周老爷赶出去同他咕唧了一回,又转身进来同参将说,无非说他们这趟跟着统领出门,怎样吃苦,总想你老哥栽培他们的意思。参将一听明白,知道这事情非钱不应,立刻答应了一百银子。还说:"兄弟的缺是著名的苦缺,列位是知道的。这一点点不成个意思,不过请诸位吃杯茶罢。"周老爷又赶到船头上同曹二爷说,曹二爷嫌少,一定要五百。周老爷舱里舱外跑了好几趟,好容易讲明白三百银子,明天回来先付一百两;

下余的二百，在大人动身之前一齐付清。又恐怕口说无凭，因为文七爷同他相好，周老爷一定要拉文七爷担保。文七爷见周老爷向参将要钱，心上已经不高兴；后来又见他跑出跑进，做出多少鬼串，愈觉瞧他不起。周老爷还不觉得，郑重其事的把统领的意思无非是虚张声势，将来可以开保的缘故，统通告诉了参将。参将到此，方才恍然大悟。立刻起身相辞，舍舟登岸，料理出队的事情。

说时迟，那时快，一霎时分拨停当，统领船上传令起身，便见参将身骑战马，督率大队，按照统领所指的地图，滔滔而去。等到大队人马都已动身，其时太阳已经落地，统领船上方传伺候。胡统领坐的仍旧是绿呢大轿，轿子跟前一把红伞，一斩齐十六名亲兵，掮着的雪亮的刀叉，左右护卫。再前头便是在船上替他拎马桶的那个二爷，戴着五品功牌①，拖着蓝翎，腰里插着一枝令箭，骑在马上，好不威武。再前头，全是中军队伍，只见五颜六色的旗子，迎风招展，挖云镶边的号褂，映日争辉。亏得周老爷是打大营出身，文七爷是在旗，他二人都还能够骑马，不曾再坐县里的轿子。

自从动身之后，胡统领一直在轿子里打瞌铳，并没有别的事情。渐渐离城已远，偶然走到一个村庄，他一定总要自己下轿踏勘一回，有无土匪踪迹。乡下人眼眶子浅，哪里见过这种场面，胆大的藏在屋后头，等他们走过再出来；胆小的一见这些人马，早已吓得东跳西走，十室九空。起先走过几个村庄，胡统领因不见人的踪影，疑心他们都是土匪，大兵一到，一齐逃走，定要拿火烧他们的房子。这话才传出去，便有无数兵丁跳到人家屋里四处搜寻，有些孩子、女人都从床后头拖了出来。胡统领定要将他们正法。幸亏周老爷明白，连忙劝阻。胡统领吩咐带在轿子后头，回城审问口供再办。正在说话之间，前面庄子里头已经起了火了。不到一刻，前面先锋大队都得了信，一齐纵容兵丁搜掠抢劫起来；甚至洗灭村庄，奸淫妇女，无所不至。胡统领再要传令下去阻止他们，已经来不及了。当下统率大队走到乡下，东南西北，四乡八镇，整整兜了一个大圈子。

胡统领因见没有一个人出来同他抵敌，自以为得了胜仗，奏凯班师。

---

① 功牌——清时督、抚等给予有军功的人的一种奖牌，长方形，上有赏字。最初是银质的，后来用纸制成。

将到城门的时候，传令军士们一律摆齐队伍，鸣金击鼓，穿城而过。当他轿子离城还有十里路的光景，府、县俱已得了捷报，一概出城迎接。此时胡统领满脸精神，自以为曾九帅克复南京也不过同我一样。见了府、县各官，他老亦只得下轿，走到接官亭里，把自己战功叙述两句。本府意思想请统领大人到本府大堂，摆宴庆功；胡统领意思一定要回到船上。本府拗他不过，只得跟他又兜了一个大圈子，仍送他到城外下船。所有的队伍统通摆齐在岸滩上，足足摆了好几里路的远，统领轿子一到，一齐跪倒在地，呐喊作威。少停升炮作乐，把统领送到船上，下轿进舱。接连着文武大小官员，前来请安禀见。统领送客之后，一面过瘾，一面吩咐打电报给抚台：先把土匪猖獗情形，略述数语；后面便报一律肃清，好为将来开保地步。电报发过，他老的烟瘾亦已过足，先在岸滩上席棚底下摆设香案，自己当先穿着行装，率领随征将弁望阙叩头谢恩已毕，然后回船受贺。诸事停当，先传令："每棚兵丁赏羊一腔、猪一头、酒两坛、馒头一百个。"各兵丁由哨官带领着在岸上叩头谢赏。

一面船上吩咐摆席，一切早由首县办差家人办理停当。一溜十二只"江山船"，整整摆了十二桌整饭，仍旧是统领坐船居中，随员及老夫子的船夹在两旁，余外全是首县办的。其时已有初更时分，船头上舱里头，点的灯烛辉煌，照耀如同白昼。"江山船"的窗户是可以挂起来的，十二只船统通可以望见，灯红酒绿，甚是好看。一声摆席，一个知府，一个参将，一齐换了吉服进舱，替统领定席。吹手船上吹打细乐。胡统领见各官进来，不免谦让了一回，口称："今日之事，我们仰托着朝廷洪福，得以成此大功，极应该脱略仪注，上下快乐一宵。况且这船又是兄弟的坐船，诸位是客，兄弟是主，只有兄弟敬诸位的酒，哪有反劳诸位的道理。"知府道："今日是替大人庆功，理应大人首座，卑府们陪坐。"胡统领一定不肯。又要诸位宽章①，诸位只好遵命。于是又请了两位老夫子过来。原定五个人一席，胡统领又叫请周老爷，说一切调度都是他一人之功，一定要他坐首位。周老爷见本府在座，不敢僭越，仍旧坐了第五位。余下黄、文二位随员亦在隔壁船上坐定。一霎时十二只船都已坐满，不必细述。

单说当中一只船上，六个人刚刚坐定，胡统领已急不可耐，头一个开

---

① 宽章——宽衣的意思，就是请客人把外面的袍褂脱去。

口就说："我们今日非往常可比，须大家尽兴一乐。"府里、营里只答应"是，是"。统领眼睛望好了赵不了，知道他年轻好玩，意思想要他开端，齐巧碰着他一肚皮的心事。他此刻身子虽然陪着东家吃酒，一心想到兰仙，又想到兰仙死的冤枉，心上好不凄惨。肚皮里寻思："倘若此时兰仙尚在，如今陪了东家一块吃酒，是走了明路的，何等快活，何等有趣！——偏偏她又死了！"想到这里，不禁掉下泪来；又怕人看见，只好装做眼睛被灰迷住了，不住地把手去揉，幸而未被众人看破。当下胡统领张罗了半天，无人答腔，觉着很没意思。还亏周老爷聪明，看出苗头，暗地里把黄老夫子拉了一把，为他年纪大些，脸皮厚些，人家讲不出的话他都讲得出，所以要他先开口。他果然会意，正待发言，齐巧龙珠在中舱门口招呼伙计们上菜，黄老夫子便趁势说道："龙珠姑娘弹的一手好琵琶，钱塘江里没有比得过她的。"胡统领道："不错，不错，你老夫子是爱听琵琶的。"黄老夫子道："好琵琶人人爱听。今天不比往常，极应该脱略形迹，烦龙珠姑娘多弹两套，替统领大人多消几杯酒。"胡统领道："今日是与民同乐。兄弟头一个破例，叫龙珠上来弹两套给诸位大人、师爷下酒。"龙珠巴不得一声，赶忙走过来坐下，跟手凤珠亦跟了进来。胡统领一定要在席人统通叫局。本府、参将各人叫了各人相好；周老爷仍旧叫了小把戏招弟；黄老夫子不叫局，胡统领倒也不勉强他一定要叫。末了临到赵不了，胡统领道："今天是先生放学生，准你开心一次。你叫哪个？"赵不了回说："没有。"胡统领一定要他叫，他一定不叫。胡统领心上很怪他："背地里作乐，当面假撇清，这种不配抬举的，不该叫他上台盘。"心上如此想，面色就很不好看。哪里晓得他一腔心事，满腹牢骚，他正在那里难过，哪里还有心肠再叫别人呢。当下胡统领便不去睬他，忙着招呼隔壁船上文七爷等统通叫局。此时兰仙已死，玉仙无事，依旧做她的生意，文七爷于是仍把他叫了来。赵不了隔着窗户看见了玉仙，想起他妹妹，他心上更是说不出的难过。一霎时局都叫齐，豁过了拳，龙珠便抱着琵琶，过来请示弹什么调头。本府大人在行，说道："今天是统领大人得胜回来，应该弹两套吉利曲子。"众人齐说一声"是"。本府便点了一套"将军令"，一套"卸甲封王"。胡统领果然非常之喜。一霎时琵琶弹完，本府、参将一齐离座前来敬统领的酒，齐说："大人卸甲之后，指日就要高升，这杯喜酒是一定要吃的。"胡统领道："要喜大家喜。兄弟回来就要把今天出力的人员，禀请中丞结结实实保举一次，几位老兄忙了这许多天，都是应该得保的。”本府、参将听到此言，又一齐离位请安，谢大人的栽培。

这里只图说得高兴，不提防右首文七爷船上首县庄大老爷正在那里吃酒，看见大船上本府、参将一个个离座替统领把盏，庄大老爷也想讨好，便约会了在桌的几个人，正待过船敬统领的酒。一只脚才跨出舱门，忽见衙门里一个二爷，气吁吁的，跑得满头是汗，跨上跳板，告诉他主人说道："老爷不好了！"庄大老爷一听大惊，忙问："姨太太怎么样了？"那二爷道："不是姨太太的事。西北乡里来了多多少少的男人、女人，有的头已打破，浑身是血，还有女人扛了上来，要求老爷伸冤。"庄大老爷道："什么事情，难道又被土匪打劫了不成？"二爷道："并不是土匪，是统领大人带下来的兵勇，也不知哪一位老爷带的，把人家的人也杀了，东西也抢了，女人也强奸了，房子也烧完了，所以他们赶来告状。"庄大老爷一听这话，很觉为难。刚巧这两天姨太太已经达月，所以一见二爷赶来，还当是姨太太养孩子出了什么岔子，后来听说不是，才把一条心放下。但是乡下来了这许多人，怎么发付？统领正在高兴头上，也不便去回。到底他是老州县，见多识广，早有成竹在胸，便问二爷道："究竟来了多少人？"二爷道："看上去好像有四五十个。"庄大老爷道："你先回去传我的话：他们的冤枉我统通知道。等我回过统领大人，一定替他们伸冤。叫他们不要啰唣。"

二爷去后，庄大老爷才同文七爷等跨到统领船上，挨排敬酒。胡统领还说了许多灌米汤的话。庄大老爷答应着，又谢过统领，仍回到隔壁船上，却把二爷来说的话，一句未向统领说起。等到席散，在席的官员一个个过来谢酒，千、把、外委们一齐站在船头上摆齐了请安，两位老夫子只作了一个揖。胡统领送罢各客，转回舱内，便见贴身曹二爷走上来，把乡下人来城告状的话说了一遍。胡统领道："怕他什么！如果事情要紧，首县又不是木头，为什么刚才台面上一声不言语？要你们大惊小怪！"曹二爷碰了钉子，不敢作声，趔趄着退了出去。此时周老爷已回本船，胡统领又叫人把他请了过来，告诉他刚才曹二爷的话。周老爷心中明白，听了着实担心，不敢言语。

胡统领又要同他商量开保案的事，谁是"寻常"，谁是"异常"，谁该"随折"，谁归"大案"，斟酌定了，好禀给中丞知道。当下周老爷自然谦让了一回，说道："这个恩出自上，卑职何敢参预。"胡统领道："你老哥自然是异常，一定要求中丞随折奏保，这是不用说的了。其余的呢?”周老爷见统领如此器重，赶忙谢过栽培之恩。不便过于推辞，肚皮里略为想了一想，便保举了本府、参将、首县、黄丞、文令、赵管带、鲁帮带，统通是异常劳绩。胡统领看了别人的名字还可，独独提到文七爷，他心上总还有点不舒服，便说:“自己带来的人一概是异常，未免有招物议。我想文令年纪还轻，不大老练，等他得个寻常罢。本地文武没有出什么大力，何必也要异常?”周老爷同文七爷交情本来不甚厚，听了统领的话，只答应了一声“是”。后来见统领又要把当地文武抹去，他便献策道:“大人明鉴:这件事情是瞒不过他们的。他们倒比不得文令可以随随便便，总求大人格外赏他们个体面，堵堵他们的嘴。这是卑职顾全大局的意思。”胡统领一听这话不错，便说:“老哥所见极是，兄弟照办。有这几个随折的，也尽够了。随折不比别的，似乎不宜过多。倘若我们开上去被中丞驳了下来，倒弄得没有意思，所以要斟酌尽善。”周老爷连忙答应几声“是”。又接着说道:“别人呢，卑职也不敢滥保，但是同来的两位老夫子，辛苦了一趟，齐巧碰着这个机会，也好趁便等他们弄个功名。这里头应该怎样，但凭大人做主，卑职也不敢妄言。此外还有大人跟前几个得力的管家，卑职问过他们，功牌、奖札，也统通得过的了。此番或者外委、千、把，求大人赏他们一个功名，也不枉大人提拔他们一番的盛意。”胡统领道:“老夫子呢，再谈。至于我这些当差的，就是有保举，也只好随着大案一块儿出去。兄弟现在要紧过瘾，就请老哥今天住在兄弟这边船上，替兄弟把应保人员，照刚才的话，先起一个稿，等明天我们再斟酌。”说完之后，龙珠便上前替统领烧烟。

周老爷退到中舱，取出笔砚，独自坐在灯下拟稿。一头写，一头肚里寻思，自己还有一个兄弟，一个内弟:兄弟已经捐有县丞底子，内弟连底子都没有。意思想趁这个当口弄个保举，谅来统领一定答应的。只要他答应，虽说内弟没有功名，就是连忙去上兑，倒填年月，填张实收[1]出来，也还容易。正在寻思，龙珠因见统领在烟铺上睡着了，便轻轻地走到中舱，看见周老爷正在那里写字呢，龙珠趁便倒了碗茶给他。周老爷一见龙珠，晓得他是统领心上人，连忙站起来说了声:“劳动姑娘，怎么当得起呢!”

---

① 实收——捐官缴款后发给的收据。

龙珠付之一笑。便问周老爷还不睡觉,在这里写什么。周老爷便趁势自己摆阔,说道:“我写的是各位大人、老爷的功名,他们的功名都要在我手里经过。”龙珠便问:“为什么要在你手里经过?”周老爷道:“今天统领到这里打土匪,他们这些官跟着一块出征打仗,现在土匪都杀完了,所以一齐要保举他们一下子。”龙珠道:“什么叫土匪?”周老爷道:“同从前‘长毛’一样。”龙珠道:“我们在路上不是听见船上人说,并没有什么‘长毛’吗?”周老爷道:“怎么没有,一齐藏在山洞子里;如果不去灭了他们,将来我们走后,一定就要出来杀人放火的。”龙珠听了,信以为真。又问道:“府大人、县里老爷不统通都是官吗?还要升到哪里去?”周老爷道:“县里升府里,府里升道台,升了道台就同统领一样。”龙珠道:“刚才我听见你同大人说什么曹二爷也要做官。他做什么官?”周老爷道:“这些人也没有什么大官给他们做,不过一家给他们一个副爷罢了。”龙珠道:“你不要看轻副爷,小虽小,到底是皇上家的官,势力是大的。我们在江头的时候,有天晚上,候潮门外的卢副爷上船来摆酒,一个钱不开销还罢了,又说是嫌菜不好,一定要拿片子拿我爸爸往城里送。后来我们一船的人都跪着向他磕头求情,又叫我妹妹凤珠陪了他两天,才算消了气:真正是做官的厉害!”

周老爷道:“统领大人常常说凤珠还是个清的,照你的话,不是也有点靠不住吗?”龙珠道:“我们吃了这碗饭,老实说,哪里有什么清的!我十五岁上跟着我娘到过上海一趟,人家都叫我清倌人。我肚里好笑。我想我们的清倌人也同你们老爷们一样。”周老爷听了诧异道:“怎么说我们做官的同你们清倌人一样?你也太糟蹋我们做官的了!”龙珠道:“周老爷不要动气。我的话还没有说完,你听我说:只因去年八月里,江山县钱大老爷在江头雇了我们的船,同了太太去上任。听说这钱大老爷在杭州等缺等了二十几年,穷的了不得,连什么都当了,好容易才熬到去上任。他一共一个太太,两个少爷,倒有九个小姐。大少爷已经三十多岁,没有娶媳妇。从杭州动身的时候,一家门的行李不上五担,箱子都很轻的。到了今年八月里,预先写信叫我们的船上来接他回杭州。等到上船那一天,红皮衣箱一多就多了五十几只,别的还不算。上任的时候,太太戴的是镀金簪子;等到走,连奶小少爷的奶妈,一个个都是金耳坠子了。钱大老爷走的那一天,还有人送了他好几把万民伞,大家一齐说老爷是清官,不要钱,所以人家才肯送他这些东西。我肚皮里好笑:老爷不要钱,这些箱子是哪里来的呢?来是什么样子,走是什么样子,能够瞒得过我吗?做官的人得了钱,自己还要说是清官,同我们吃了这碗饭,一定要说清倌人,岂不是一样的吗?周老爷,我是拿钱大老爷做个比方,不是说的你,你老人家千万不要动气!”周老爷听了她的话,气得一句话也说不出,倒反朝着她笑。歇了半天,才说得一句:“你比方的不错。”

龙珠又问道:“周老爷,这些人的功名都要在你手里经过,我有一件事情拜托你。我想我吃了这碗饭,也不曾有什么好处到我的爸爸。我想求求你老人家替我爸爸写个名字在里头,只想同曹二爷一样也就好了。将来我爸爸做了副爷,到了江头,城门上的卢副爷再到我们船上,我也不怕他了。”周老爷听了此言,不觉好笑,一回又皱皱眉头。龙珠又盯着问他:“到底行不行?”一定要周老爷答应。周老爷拿嘴朝着耳舱里努,意思想叫她同统领去说。龙珠尚未答话,只听得耳舱里胡统领一连咳嗽了几声,龙珠立刻赶着进去。欲知后事如何,且听下回分解。

第十五回

老吏断狱着着争先　捕快查赃头头是道

话说龙珠走进耳舱，看见胡统领已醒，连忙倒了一碗茶；胡统领喝过之后，龙珠又拿了一支烟袋，坐在床沿上替他装烟。一面装烟，一面闲谈，就讲到保举一事。龙珠撒娇撒痴，一定要大人保他爸爸做副爷。胡统领恐怕人家说闲话，不肯答应。禁不住龙珠一再软求，统领弄得没法，便指引她叫她去求周老爷。龙珠道："周老爷不答应，才叫我来找你的。"胡统领道："刚才他不答应，包管你再去找他，他一定答应。"龙珠道："我不管，我见了周老爷，我只说是你叫我说的。"胡统领把脸一沉道："你别瞎闹！"说完这句，他老人家仍旧睡下。

龙珠恐怕耽误他爸爸的功名大事，仍旧走到外舱找周老爷。谁知这个档口，一个中舱人都挤满的了：有几个是船上的哨官、帮带，其余的便是统领的跟班、厨子，一齐在那里围着周老爷讲话。因为统领睡了觉，不敢高声，都凑上去同周老爷咬耳朵。只见周老爷有的点点头，有的摇摇头，也不知说些什么。又见厨子给周老爷打千。等到这些人退去，船头上又站了不少的人。周老爷摇手，叫他们不要进来，怕惊了统领的驾；他们虽然不敢进来，却是不肯散去。周老爷叫把舱门关上。龙珠方又上来求他。周老爷也懂得这里头的机关，乐得在统领面上讨好，便应允了。等到稿子拟好，天已大亮了。船上的乌龟格外巴结，特地熬了一锅稀饭，备了四碟小菜，请他到后梢头去吃。龙珠又到前舱里，听了听统领正在好睡的时候，便回来同周老爷说道："大人一时还不会醒。周老爷你整整辛苦了两天两夜，就在这船上歇歇，打个盹罢。"周老爷道："我真的熬不住了！"说完此句，果然就在船老板床上躺下了。龙珠替他拿被盖好。老板说是天冷得很，自己又从柜子里取出一条毯子，给他盖上。周老爷连忙客气，还说："你如今保举了官了，我们就是同寅了，怎么好劳动你呢？"老板道："老爷说哪里话来！小人不是托着你老人家的福，哪里来的官做呢。"周老爷到底辛苦了两天两夜，实在撑不住，一上床就朦胧睡去。等到一觉困醒，已经是一点钟了。赶紧起身，洗了一把脸，就拿拟的稿子送给胡统领瞧。胡统领正躺在被窝里过瘾，一手接过稿子，一面嘴里说："费心得很！"等到过足了瘾，打开稿子一看，头一张便是办剿土匪，一律肃清的详细禀稿；连着禀请随折奏保的几个衔名；其余的只开了几张横单，等到善后办好再禀上去，此时不过先把大概应保人员斟酌出一个底子，以便随后增添。胡统领看过无话，便命先将禀帖缮发；又叫把周老爷的名字摆在头一个。周老爷答应着，出来照办不题。

且说建德县知县庄大老爷自在统领船上赴宴之后，辞别进城。一到衙前，果见人头拥挤；刚才进得大门，便有无数乡民跪在轿旁，叩求伸冤。庄大老爷一见这个样子，立刻下轿，亲自去搀扶为首的两个耆民①。不等他们开口，自己先说："这些兵勇实在可恶得很！我已经禀过统领，一定要正法几个，把人头号令在你们庄子上，才好替你们出这口气。"庄大老爷一头走，一头说，走到大堂，随即坐下。此时通班衙役两旁站齐，大堂上灯笼火把照耀如同白昼。庄大老爷坐定之后，告状的一班乡民，把个大堂跪得实实足足。庄大老爷皱着眉头，哭丧着脸，向底下说道："我想你们这些百姓真可怜呀！本县是一县的父母，你们都是本县的子民：天下做儿子的受了人家欺负，那做父母的心上焉有不痛之理！今日之事，不要说你们来到这里哀求我替你们伸冤，就是你们不来，本县亦是一定要办人的。"庄大老爷的话还未说完，堂下跪的一班人一齐都叫："青天大老爷，真正是小人们的父母！晓得众子民的苦处！你老吩咐的话，都是众子民心上的话，真正是青天老爷！也不用小人们再说别的了。"庄大老爷听到这里，晓得这事容易了结，便说："你们先下去商量商量，谁人被杀，谁家被抢，谁家妇女被人强奸，谁家房子被火烧掉，细细的补个状子上来。明日一早，本县好据你们的状子到船上问统领要人，立刻正法，当面办给你们看。"众乡民又一齐叩头谢大老爷的恩典，一齐下来，歌功颂德不置。

庄大老爷退堂之后，不做别的，立刻拟就一道招告的告示，连夜写好发贴。告示上写的是：

"统领军令森严。此番带兵剿办土匪，原为除暴安良起见。深恐不法勇丁，骚扰百姓，所以面谕本县：倘有前项情事，证据确凿，准

① 耆民（qí）——即老年人。

其到县指控。审明之后,即以军法从事,决不宽贷。”

各等语。等到告示发出,庄大老爷方才回到上房打了一个盹。次日一早,先上府禀明此事。府大人听了甚是踌躇,想了一会,叫他先到城外面回统领。其时统领正在好睡的时候,管家又不敢喊他。庄大老爷在官厅里,一直等到一点半钟,肚里饿得难过,意思想转回衙门,吃过饭再来。偏偏又有人来说,统领已经睡醒,只好等着传见。一等等到两点多钟,船上传话下来,吩咐说“请”。庄大老爷上船见了统领,先行礼谢过昨天的酒,然后归座,慢慢地谈到公事。庄大老爷便把昨天晚上的事,禀陈了一遍。又说:“昨天晚上卑职在船上,就得到这个信息,恐怕不确,所以没有敢回。”胡统领一听他言,方想起昨日家人曹升来说的话并不是假,心上甚不快活,半天没有言语。庄大老爷见统领为难,乐得趁势卖好,便说:“这件事情卑职已有办法,包管乡下人告不出。大人这里也不用办一个人,自然可以无事。”胡统领忙问:“有何办法?”庄大老爷便如此如此,这般这般,说了一遍。起先统领只是拉长着耳朵听他讲话,后来渐渐的面有喜色,临到末了,不禁大笑起来,连说:“甚好,甚好!老哥如此费心,兄弟感激得很!”说完之后,又告诉他:“老哥的衔名已经禀请中丞随折奏奖。”庄大老爷立刻又请安谢过保举,然后辞别。

坐轿回到衙中,传齐三班[①]衙役,立刻就要升堂理事。又叫人知会城守营,摆齐队伍,前来助威。诸事停当,然后庄大老爷升坐公案,把一干人提到案前审问。庄大老爷一见这班人,仍旧做出一副愁眉苦脸的情形,对这些人说道:“本县想这些兵勇真正可恶!一定今天要正法两个,好替你们伸冤。所有被害的人家,本县已经禀明统领,一概捐廉从丰抚恤。你们的状纸想都已写好的了,先拿来我看,好拿钱分给你们。”众人一听,又有钱给他们,又替他们伸冤,真正是个青天大老爷,又连连磕头称颂不迭。于是齐把那状子呈上。庄大老爷看过之后,便吩咐左右道:“照这状子上,赵大房子烧掉,又打死一个小工,顶顶吃亏,应该抚恤银五十两。”立刻堂上发下一锭大元宝。赵大拿着欢喜,众人望着眼热。下余钱二、孙三、李四、周五、吴六、郑七、王八,也有三四十两的,也有十两八两的。庄大老爷见几个顶吃亏的都已敷衍完毕,便指着一个人说道:“你说你的老

---

① 三班——指州、县官署里的皂、壮、快的三班,担负捕盗、警卫之责。

婆、女儿被人强奸,这件事情顶大,审问明白,立刻当面拿人杀给你看。但是一样:这事情人命关天,究竟哪一个强奸你的老婆,哪一个强奸你的女儿,你须认明,不可乱指。你老婆、女儿带来了没有?”这人道:“昨天就同了来的。”庄大老爷道:“很好。你老婆不用说,等到把你女儿验过,我就立刻办人。”那人听了无话,庄大老爷道:“从来打官司顶要紧的是证见,有了证见,就可办人。你们的状子已在这里,谁是证见,快去想来。不但这个须得证见,赵大的小工被兵打死,究竟是谁的凶手,亦要查个明白;房子被烧,亦得有人放火。你们快快查出人头,我老爷立刻等着办呢。”众人听了,面面相觑,一句对答不上。老爷便说:“你们暂且下去,想想再来,或者一时忘记也论不定。”众人退下,七嘴八舌,议了半天,毕竟未曾说出一个人来。那个女儿被人家强奸的,听说要验,尤其不肯。因此闹了半天,竟不能重新上堂禀复。

且说庄大老爷所拟的招告告示贴出之后,四乡八镇得了这个风声,那些被害人家谁不想来告状,半日之间,衙前聚了好几百人,为首的还是两个武秀才,闹哄哄的一齐要见本官。庄大老爷得信之后,知道人多难以理喻,便吩咐开了中门,请这两位武秀才内庭相见。起先这两个武秀才仗着人多,都是雄赳赳,气昂昂,好像有万夫不当之勇;及至听到一声“请”,又见本官衣冠迎接出来,大堂两边,自外至内,重重叠叠,站立着无数营兵、衙役,到了此时,不觉威风矮了一半。众人见他两位尚且如此,大家也无甚说得。跟了进来,一齐站在大堂院子里,不敢多说一句话。庄大老爷把两个武秀才迎了进去。他两个见了父母官,不敢不下跪磕头,起来又作了一个揖。庄大老爷奉他两位炕上一边一个坐下,茶房又奉上茶来。弄得他二人坐立不安,手足无措,不知如何是好。想要说话,不知从哪里说起。那个坐首座的不觉瑟瑟地抖了起来。庄大老爷不等他开口,依旧做出他那副老手段来,咬牙切齿,骂这些兵丁伤天害理,又咳声叹气,替百姓呼冤。两个武秀才听了,直觉他俩心上要说的话,都被大老爷替他们说了出来,除掉诺诺称是之外,更无一句可以说得。庄大老爷立刻逼着:“快快出去查明受害的百姓,赶紧指出真凶实犯,本县立刻就要办人!”两个武秀才坐在上面实在难过,巴不得一声,马上辞别下来。庄大老爷仍旧送到二门。他俩会到众人,正在商议办法;又会见刚才过堂下来的一班人,彼此见面,提及前事,亦因不能指出人名,不能回复。正在为难的时候,里头知县又挂出一扇牌来。众人拥上去看,无非又是催促他们赶紧查齐人证,以便从严惩办的一派话语。众人看了,真正满肚皮冤枉,却是寻不着对头。而且人命关天,非同儿戏;倘若冤枉了人,做了鬼要来讨命,那却更不是玩的:因此又议了半天,仍旧是一无头绪。

一霎时又听得里面传呼伺候老爷升坐,要提先来的一帮人审问。众人无奈,只得仍到堂上跪下。庄大老爷便换了一副严厉之色,催问他们:"查出人头没有? 有无证见?"众人你看看我,我看看你,仍然是无辞以对。庄大老爷便发话道:"本县爱民如子,有意要替你们伸冤,怎么倒来欺瞒本县? 这还了得! 现在你们的状子都在本县手里,已经禀过统领。统领问本县要证见,本县就得问你们要人。你们还不出人来,非但退回刚才发给你们的抚恤银子,还要办你们反告的罪。你们想想:杀人放火,强奸妇女,是个什么罪名! 你们有几个脑袋? 已经有冤没处伸,如今还经得起再添这么一个罪名吗? 本县看你们实在可怜得很,怎么不弄明白就来告状?"众人一齐磕头,没有话说。庄大老爷只是逼着他们快说,叫他们赶紧指出人头,无奈众人只是说不出。庄大老爷发狠道:"你们到底怎样? 若照这个样子,叫本县怎么回复统领呢! 现在只有一条路,要你们指出人头,立时三刻正法;除了这一条,就得办你们诬告。"众人听得如此说,一齐跪在地下求饶。庄大老爷见他们害怕,越发得计。一回说,要解他们到统领船上去;一回又说,既然没有凭据,刚才的银子都不该领,要他们一齐退出来。众人不肯,只是哭哭啼啼地在地下磕头。庄大老爷道:"我想你们这些人,可怜呢果然可怜,然而又可恨之极! 既要伸冤,为什么不指出真凶实犯,等我办给你看? 现在弄得有冤没处伸,还落一个诬告的罪名! 幸而本县晓得你们的苦处,若是换了别人,你们今天闯的这个乱子可不小! 现在你们想怎么样? 说了出来,本县替你做主。"众人道:"小的们还有什么说得! 小的是大老爷的子民,只要大老爷痛顾小的们一点,就是小人们重生父母了。"庄大老爷听了,也不言语,皱了一回眉头,方说道:"这事叫我也为难。现在放你们容易,但是统领跟前我要为你们受不是的。"众人只是磕头无话。

庄大老爷又问:"房子烧掉,小工杀掉,东西抢掉,可是真的?"众人道:"是真。"又问:"强奸妇女可是真的?"那个老婆、女儿被兵强奸的人,只是淌眼泪,不敢回答。庄大老爷道:"现在我只有一个法子,给你们开一条生路，非但不办反告的罪，还可以安安稳稳得几两抚恤银子。”众人一听大老爷如此开恩，又一齐磕头。庄大老爷道：“这些事情本县知道全是兵勇做的，但是没有凭据怎么可以办人？现在要替你们开脱罪名，除非把这些事情一齐推在土匪身上。你们一家换一张呈子，只说如何受土匪糟蹋，来求本县替你们伸冤的话。再各人具一张领纸，写明领到本县抚恤银子若干两。本县就拿着你们这个到统领跟前替你们求情。倘若求得下来，是你们的造化；求不下来，亦是没法的事。”众人说：“大老爷替我们去求统领大人，是没有不准的。”庄大老爷道：“那亦看罢了。但是一桩：你们遭了土匪的害，统领替你们打平了土匪，你们做百姓的也总得有点道理。”众人还当是统领要钱，一齐哭着说道：“小人们遭了土匪，一家家家破人亡，哪里还有钱孝敬统领大人！求大老爷开恩！”庄大老爷道：“统领大人哪里稀罕你们的钱！临走的时候孝敬几把万民伞，不就结了吗？一个人能出几文钱？”众人听了，又一齐叩头，谢过大老爷的恩典，下去改换呈子，并补领状。

头一帮人发落已毕，再发落后头一帮人。后头一帮人也是没有真凭实据的，看见前头的样子早已胆寒。庄大老爷本来也想当堂发落的，因见人多，恐怕滋事，仍旧退堂，叫人把两位为首的武秀才叫了进来；又叫这两个秀才转邀了十几个耆民①，一齐到大厅相见。两个秀才见过官的了，几个耆民见了官都瑟瑟地抖。庄大老爷安慰他们，让他们坐了讲话。当下先对两个秀才说道：“今天简直把本县气死！可恨这些人，既要伸冤，又指不出真凭实据。不问张三、李四，你想本县能够乱杀人吗？就是本县肯帮着他们，替他伸冤，怕上头也不答应；非但不答应，一定还要本县拿人，办他们的诬告。你说冤不冤！本县实在可怜他们，所以才替他们想出一个法子，非但不办罪，而且每人反可落几两抚恤银子。我亦总算对得住你们建德的百姓了。”两个秀才齐道：“蒙老父台这样，真正是爱民如子。”众耆民亦不住地称颂青天大老爷。

庄大老爷方才言归正传，问两个秀才道：“你二位身入黉门，是懂得皇上家法度的。今番来到这里，一定拿到了真凶实犯，非但替你们乡邻伸冤，还可替本县出出这口气。”两个秀才涨红了面，一句回答不出，坐在那

① 耆（qí）民——耆，指六十岁以上的人，耆民指年高有德的人。

里着实局促不安。庄大老爷又向几个耆民说道："你们几位都是上了岁数的人,俗语说道,'嘴上无毛,办事不牢',像你诸位一定是靠得住,不会冤枉人的了?"岂知几个耆民,在乡下时,虽然众人见了他们唯命是听,及至他们见了官,亦变成了没嘴葫芦。庄大老爷说一句,他们答应一句。及至问他究竟,依然是面面相觑,默无声息。庄大老爷诧异道:"怎么诸位一声不响呢?本县是个性急的人,只要诸位说出人头,本县恨不得立时立刻办人。"众人依然无语。庄大老爷故意踌躇了半天,又问了好几遍,见他们始终不说,庄大老爷才把脸一板道:"这是什么事情,也可以闹着玩的?他人犹可,你二位是有功名的人,诬告一个罪、硬出头一个罪、聚众一个罪、吵闹衙门一个罪。知法犯法,这还了得!"两个秀才听到这里,早已吓死了,连忙拍落托跪在地下:"求老父台高抬贵手!武生们是不识字的,不懂得道理。此番回去,一定安分用功;倘有不好事情传在老父台耳朵里,两桩罪一块儿办。"说着,又迭连绷冬绷冬地磕响头。连着几个耆民也都跪下了,齐说:"情愿叫来的人都回去,求大老爷别动气!"庄大老爷看了,肚皮里着实好笑,却忍住不笑。忙用手扶起两个秀才,叫众人一齐归座。又拿腔做势,扳谈了好半天,准把几个耆民开释无事;两位秀才暂时留在城里,听候统领的示下。众人感激不尽,却把两个秀才活活吓死!庄大老爷又会卖好,向众人说道:"你们出去先传谕众百姓,叫他们各自回家。不日本县亲自下乡踏勘,果然受了糟蹋,还要抚恤他们。"众人听了越发感激。两个秀才却吓得面色都发了白了,不觉又一同跪下叩头求饶。庄大老爷只是头朝上仰着天,一手拈着胡须,慢慢地说道:"诬告大事,本县担不起这个沉重。"众人见大老爷如此说法,以为这事不妙,连忙又一齐跪下,磕头如捣蒜一般。庄大老爷道:"你们众位是无知愚民,情有可恕;他二人身入黉门,哪有不知王法的道理。本县并不难为于他,把他送到学里,交待老师,且等本县见过学宪①再作道理。"两个秀才一听要禀学宪,更吓得魄散魂飞,恐斥革功名②,失了饭碗,因此更哀求不已。众人又再四环求。庄大老爷一想,架子已经摆足,乐得顺水推船;便

① 学宪——这里指学台。

② 斥革功名——科举时代,中了秀才就有了功名;秀才犯罪,由教官申报取消他秀才的资格,叫做斥革功名。

对几个耆民道："百姓的苦处，本县一概知道，早晚自有抚恤。他们做秀才的人，亟应谨守卧碑①，安分守己；现在事不干己，胆敢硬来出头。他在本县面前尚且如此，若在乡下，更不知如何鱼肉小民了。所以本县也要留他在这里，访问访问平时有无劣迹再办。现在既然是你们一再替他求情，本县就给你们个面子，暂时交你们带去。以后本县要人，必须随时交到；倘若不交，唯你们是问。但不知你们可能替他做个保人不能？"众人齐说："愿代具保。"庄大老爷听了无话。两个秀才同了众人又一齐谢过，方才起来。

代书②早已伺候现成，立刻就在厢房里把保状先写好。又补了两个公呈：一个是禀告土匪作乱，环求请兵剿捕；一个是感颂统领督兵剿匪，除暴安良，带述百姓们的苦处，顺便禀求赈抚的话头。起先几个乡下人还不肯如此写，齐说："我们大老爷是好的，很体恤我们子民。统领的兵一个个无法无天，我们的苦头也吃够了，实在说不出一个'好'字。"庄大老爷又私底下叫人开导他们道："你们众人呈子上不把统领恭维好，这抚恤银子他如何肯发？你们既然没有凭据，伸不出冤，何如每人先拿他几个现的呢？你不如此写，老爷到统领跟前也不好替你们说话。若把老爷弄毛了，他一动气，要顶真办起来，你们吃得住吗？"众人听了方才无话，只得忍气吞声，由着代书写了出来，又一个个打了手印，然后送庄大老爷过目。庄大老爷见两帮人俱已无话，然后一并释放他们回去。

一天大事，瓦解冰消，心上好不自在。立刻袖了禀词、结状，出城来见统领。统领问知端的，不胜感激。便说："应该赈抚多少银子，老兄只管禀请，兄弟立刻核放。这个将来可以报销的。"当时就留他吃饭。一头吃着饭，问他："到任有几年了？"庄大老爷回称："两年多了。"又问："老兄做了这许多年实缺，总该应多两个？"庄大老爷回道："卑职前头的空子太大了，人口又多，虽然蒙上宪栽培，做了二十三年实缺，非但不能剩钱，而且还有三万多银子的亏空。不过有个缺照在那里，掩得动罢了。"胡统领

① 卧碑——清时在各地学宫的明伦堂旁立碑，上面镌刻皇帝对秀才的戒条八项，不许秀才身入公门，议论政治，叫做卧碑，教官每月要集合秀才诵读碑上的戒条，以示警惕。

② 代书——州、县等官署里专门代写状纸禀帖的人。代写状纸是要给予酬金的，代书并有售卖状纸之权。这种人必须经过考试，才许充任。

道:“做了二十三年实缺尚且不能剩钱,这就难了!”庄大老爷道:“有些钱卑职又不肯要,所以有几个缺,人家好赚一万的,到了卑职手里只好打个七折。而且卑职应酬又大,有些事情,该垫的,该化的,卑职多先垫的垫了,化的化了,将来人家还不还,一概置之脑后:所以空子就越弄越大了。”胡统领道:“我这回事极承老哥费心,断不好再叫你垫钱,总共发了多少抚恤银子,你尽管到我这里来领。倘你若要用,或者多支一万、八千都使得,将来总是这一笔报销罢了。”庄大老爷道:“蒙大人体恤,卑职感激得很!抚恤乡下人不过三两吊银子,卑职情愿报效。至于大人这里,卑职已经受恩深重,额外的赏赐断不敢领。既蒙大人栽培,卑职自己年纪已不小了,也不能做什么事情;卑职有两个儿子,一个兄弟,一个女婿,将来大案里头倘蒙大人赏个保举,叫他们小孩子们日后有个进身,总是大人所赐。”说毕,请了一个安。胡统领一面还礼,一面说道:“这事容易得很,立刻叫他开履历。”庄大老爷回称:“明天开好再呈上来”。

列位看官须知:胡统领身为统兵大员,不能约束兵丁,以致骚害百姓,倘被百姓告发,他的罪名可就不小。现在被庄大老爷施了小小手段,乡下人非但不来告状,不求伸冤,而且还要称颂统领的好处,具了甘结,从此冤沉海底,铁案如山,就使包老爷复生,亦翻不过。这便是老州县作用,胡统领怎么能够不感激!在他的意思,原想借着抚恤为名,叫庄大老爷多支一万、八千,横竖是皇上家的国帑①,用了不心疼的,乐得借此补报庄大老爷的情。谁知庄大老爷这笔款项情愿报效,只代子弟们求几个保举,更是惠而不费之事。将来造起报销来,还可同庄大老爷说通,叫他出张印领,仍可任意开支,收入自己私橐②,所以愈觉欢喜,立时满口答应。又问他如要随折,一个名字尚可安放。庄大老爷重新请安谢过。想想两个儿子,二少爷是姨太太养的,未免心上偏爱些。今年虽只有十二岁,幸亏捐官的时候多报了几年年纪,细算起来,照官照③上已有十七岁了。当下便把他保了上去。统领应允。又说了些别的闲话,方才辞别回城。

刚刚走进衙门下轿,只见门上拿着帖子来回,说是:“船上鲁总爷派

---

① 国帑(tǎng)——国库里的钱财。

② 私橐(tuó)——私囊。

③ 官照——捐官的执照,也称部照。

了两个兵押着一个伴当到此，请老爷审办。说是伴当做贼，偷了总爷二十块洋钱。”庄大老爷道：“我今天忙了一天，哪里还有工夫管这些小事情。但是鲁总爷的面子，又不好回头他，且收下押起来再讲。”二爷答应了一声“是”，出来吩咐过，拿一张回片交给来人。因为送来的人是要当贼办的，所以就交代给捕快看管。

原来鲁总爷这个伴当姓王名长贵，是淮安府山阳县人，同鲁总爷还沾点亲。总爷做了炮船上的帮带，照应亲戚，就把他提拔做了伴当，吃了一份口粮。只因这王长贵生性好赌，在炮船上空闲下来就同水手、兵丁们耍钱。无奈他赌运不佳，输得当光卖绝，只剩得一条裤子，一件长衫没有进当。现在十月天气，在河底下北风吹着，冻得瑟瑟地抖，他还是不改脾气，依然见了赌就没有命。他总爷虽是当了帮带，究竟进项有限，手底下不甚宽余。自从到了严州以后，忽然阔绰起来，腰包里时常叮铃当啷的洋钱声响，今天买这个，明天买那个。有天晚上，还要偷到“江山船”上摆台把整饭，请请朋友。王长贵就疑心他：“怎么到了严州，忽然就有了钱了？”留心观看，才见他时常在随身一只小衣箱里头去拿洋钱。合当有事：一天总爷不在船上，王长贵同水手们推牌九，又赌输了钱。人家逼着他讨，他一时拿不出，很被赢他的人糟蹋了两句。他不肯失这一口气，便趁众人上岸玩耍的时候，他托名肚子疼，不能上岸，情愿睡在舱里看船，让别人出去玩耍。别人自然愿意。他等人去之后，便悄悄地想法把锁开了；又怕被人看见，胡乱用手摸了半天，摸到这封洋钱，顺手往怀里一揣，连忙把锁锁好。等到众人回来，忙将赌账两元二角还清。一船的人都是粗人，只要欠账还清，谁还问他这钱是哪里来的。然而他自己心上明白：“停刻总爷回来，查了出来，岂不要问？”想了半天：“横竖身边还有十七块多钱，不如请个假回省住上两天，就是将来查出来，也不至于疑心到我身上了。只要探听将来没甚话说，我过了两天仍旧好来。”主意打定，等了一会，总爷回船，他便上来告假，说是他娘病在杭州，想要连夜搭船回省探母。总爷应允。好在他无甚行李，身上除掉几张当票之外，便是方才新偷的十七块多钱，所以走得甚是爽快。这种人军营里是看惯了的，自来自去，随随便便，倒也并不在意。却不凑巧，这天晚上鲁总爷又有什么用头，开开箱子拿洋钱，找不着这二十块钱的一封。登时发了毛暴，满船地搜查起来，搜了一回没有，才想到王长贵身上，马上派了人四下里去寻；寻了半天，居然在一爿烟馆里寻着,还没有动身呢。当下簇拥到船上,谁料一搜便已搜着。恨得鲁总爷了不得,伸手打了他五六个嘴巴,立时立刻派人送到庄大老爷那里请办,所以才会到衙门里来的。

当下捕快拿他一带带到下处。从来贼见捕快,犹如老鼠见猫一般,捕快问他,不敢不说实话,先把怎样输钱,怎么偷钱,自始至终说了一遍。虽说他是总爷的伴当,到了此时竟其不徇情面,捕快头儿却是拿他当贼看待。一到下处,便喝令叫他自己脱去衣服。幸亏没有什么穿着,脱去长衫,只剩得一衫一裤。捕快又叫他除去帽子,脱去鞋袜,不提防豁琅一响,有两块几角钱落地。捕快看了奇怪,连说:"怎么你身上还有洋钱?……"王长贵道:"头儿明鉴。"捕快伸手一个巴掌,骂道:"谁是你的头儿?头儿是你乱叫得的!"王长贵立刻改口,称他老爷,方才无话。捕快问道:"你偷总爷的钱不是已经被他搜了去吗?怎么你身边还有?这是哪里偷来的?"王长贵道:"这亦是总爷的洋钱。"捕快道:"你到底偷了他多少?"王长贵道:"一共拿他二十块钱,还了两块二角钱的赌账,下余十七块八角。我告假之后,到了烟馆里数了数,把十五块包了一包,揣在腰里;这两块八角,正想付过烟账,上街买一件棉马褂。想不到他们众人就找了来,把我一找,找到船上,我这两块多钱还捏在手里。我一见总爷脸色不对,就顺手往袜子筒里一放,所以没有被他们搜去。不瞒老爷说:总爷还是我的姑表哥哥哩。他的钱我就用他两个,大家亲戚,也不好说我是贼。他忘记他从前穷的时候了,空在省里,一点事情没有,东也借钱,西也借当;我妈的褂子也被他当了,至今没有赎出来。如今做了总爷,算他运气好,就这一趟差使就弄了不少的钱。有福同享,有难同当,我用他这两文,要拿咱当贼办,真正岂有此理!"捕快听到这里,忽然意有所触,便说:"你们总爷是几时得的差使?"王长贵道:"是今年五月里才得的。"捕快道:"他这差使一年有多少钱?你一个月赚几块钱?"王长贵道:"我只吃一份口粮,哪里会有多少钱。就是我们总爷也是寅吃卯粮,先缺后空。太平的时候,听说还过得去;现在有了军务,就是要赚也就有限了。"捕快道:"他的差使既然不好,哪里还有钱供你偷呢?"王长贵道:"就是这个奇怪。没有来的时候,一直闹着说差使不好;一到这里,他老就阔起来了。而且他的钱是在下乡巡哨的前头有的,如果在下乡的后头,一定要说他是打劫来的了。"捕快一面听他讲,便把那两块大洋钱重新取出来一看,无奈图章已经糊涂,不能辨认。就问:“你那两块二角钱是输给哪一个的?”王长贵道:“输给本船上拿舵的老大,姓徐名字叫得胜,是他赢的。”

捕快听说,心上已经了了。便把王长贵交代伙计看管,自己走进衙门,找到稿案上二爷,托他去回本官,先把王长贵的话,一五一十,述了一遍;自己方说:“据小的看起来,上回文大老爷少的那一注洋钱,虽说是死的婊子偷的,后来蒙大老爷恩典,并不追比。但是死的婊子床上只翻出来五十块,那死的婊子还说是那位师爷托他买东西的。小的不相信,就把她锁了来。现在婊子死了,没有对证。但是文大老爷一共失窃一百五十块钱,还有别的东西。纵然有了五十,到底还有一百,连别的东西没有下落。虽说大老爷不向小的们要贼要赃;小的当的什么差使,有得破案,总得破案。今番船上总爷送来的那个贼,已由小的仔细问过,据他说,他总爷这个钱来路很不明白。如今这人身上还藏着两块几角钱,可惜图章不大清楚,辨认不出。小的想求大老爷把鲁总爷在这贼身上搜出来的十五块钱要了来查对查对。这贼还有两元二角钱输给本船掌舵的徐得胜,小的意思,亦想求大老爷拿片子把这徐得胜要了来,看看图书①对不对。小的是如此想,求大老爷明鉴。”庄大老爷道:“上回的事,我不来比你们就是了。现在鲁总爷为着他伴当做贼,送到我这里来托我办,轻则打两板子开释,重则押上几个月,递解回籍。前头的事还去翻腾它做什么!”捕快道:“小的当的什么差使,总得弄弄明白。就是查了出来,顾了总爷的面子,不去说穿就是了。”说来说去,庄大老爷只答应拿片子要徐得胜到案质讯,不再去追问别的。等到把人传到,捕快先问他:“王某人还你的那两块洋钱尚在身边不在?”谁料徐得胜恐怕老爷办他赌钱,不敢说实话。禁不住捕快连吓带骗,好容易说了出来,还说:“洋钱已经化去一半了,只有一块在身边。”捕快记得前头鼎记的图书,叫他取了出来一看,果然不错。捕快非常之喜,立刻就托二爷上去禀知庄大老爷。庄大老爷道:“这件案子早已结好的了,他又不是死的婊子什么亲人,要他来翻什么案!”

捕快讨了没趣下来,心上闷闷。回家吃了几杯烧酒,心上寻思:“出了窃案,一准要问我们当捕快的;捉不着人,我们屁股赔在里头遭殃。现在是戴顶子的老爷也入了我们的行了,不料我们大老爷先护在里头,连问

① 图书——此处指图章。

也不叫我问一声儿,可见他们官官相护,这才是'只准州官放火,不许百姓点灯',古人说的话是再不得错的。我倒有点不相信,一定要问个明白。"想罢,换了一身衣服,回到衙门,从门房里偷到一张本官的片子,把他自己荐到鲁总爷船上。就说是本官听见船上少了一个伴当,恐怕缺人使唤,所以把他荐了来,总爷是断乎不会疑心的。"只要他肯收留,将来总有法子好想。现在洋钱上的图章已对,看上去已十有八九。但是鼎记图章并非文大老爷一个人独有的,必须拿到别的东西方能作准。"主意打定,立刻瞒了本官,依计而行。走到船上,见了总爷,说明来意。鲁总爷因为是庄大老爷的面子,不好回头,暂时留用。当差异常敏捷,总爷甚是喜他。他还不时抽空回到城里,承值他公事。

过了两天,庄大老爷过堂,顺便提王长贵到堂,打了二百板子,递解回籍。那个掌舵的本来无事,捕快说他"擅受贼赃,而且在船赌博,决非安分之人。纵不责打,不如一并递解回籍,免得在外滋事"。庄大老爷听了他话,照样判断,回复了鲁总爷。虽然多办一个人,他却并不在意。捕快的意思,是恐怕这掌舵的回到船上,识破他的机关,所以加了他一个小小罪名,将他赶去:这都是老公事的作用。要知以后如何,且听下回分解。

第十六回

瞒贼赃知县吃情　驳保案同寅报怨

却说建德县捕快头儿,自从荐在船上充当一名伴当,又自己改了名字,叫做高升。从来做官的人没有不巴结升官的,所以他就取了这个名字。果然合了鲁总爷之意,甚是欢喜。但是胡统领虽然平定了土匪,仍旧驻扎此地,办理善后事宜;究意没有什么大事情,多则一月,少则半月,只等上头公事下来叫他回省,他就得动身。鲁总爷自然也跟了同去。高升是新来的人,纵然办事勤能,主人欢喜,然未必就肯以心腹相待。捕快职司拿贼,乃是自己分内之事,在这几天里头如何就能破案。心内好不踌躇。却喜这鲁总爷是粗鲁一流;并有个脾气,是最喜欢戴炭篓子①,只要人家拿他一派臭恭维,就是牛头不对马嘴,他亦快乐。高升是何等样人,上船一天,就被他看出苗头,因此就拿个主人一顶顶到天上去:主人想喝茶,只要把吞头舐两舐嘴唇皮,他的茶已经倒上来了;主人想吃烟,只要打两个呵欠,他已经点了灯,并打好两袋烟,装好伺候下了。诸如此类,总不要主人说话,他都样样想到,样样做到。试问这种当差的,主人怎么不欢喜呢?

一等等了三天。这天晚上,高升正在舱内替总爷打烟。总爷同他闲谈,问起:"庄大老爷衙门里有多少人?你从前跟谁的?他怎么拿你荐给我呢?"高升见问,即景生情,便一一答道:"庄大老爷的人口,叫多不多:一个二老爷管理账房,是顶有钱的。两个少爷,大的是太太养的,小的是姨太太养的。一个小姐,是前头大太太养的,去年出的阁;姑爷就招在衙门里。小的本来是伺候二老爷的;因为同姨太太的老妈拌了嘴,姨太太在老爷跟前说了话,因此老爷不叫二老爷用小的。小的伺候二老爷已经六七年了,并没有一点错处,二老爷心上过不去,所以同老爷说了,荐小的来伺候总爷的。"鲁总爷道:"用熟了一个人,走掉了是很不便的。"高升道:

---

① 炭篓子——高帽子。

"正是这句话。做家人的伺候熟了一个主人,也不愿意时常换新鲜。所以二老爷说过,倘若小的找不到好地方,过上一两月,等老爷消消气,仍旧叫小的进去。现在小的伺候了总爷,有了安身之处,也就不想别的了。"鲁总爷道:"二老爷管账房,他一年能有几个钱?"高升道:"少则一二千,多则三四千。"鲁总爷道:"据你说来,他管上十年账房,手里不要有两三万吗?"高升道:"进账是好,只可惜来的多,去的多,不会剩钱。"鲁总爷道:"这是什么缘故?"高升道:"我们这位二老爷顶欢喜的是买翡翠玉器。一个翡翠扳指三百两,他老人家还说'价钱便宜无好货'。只要东西好,他却肯花钱。又最喜的是买钟表,金表、银表、座钟、挂钟,一共值八千多两银子。你只要有表卖给他,就是旧货摊不要的,他亦收了去。他自己又会修表,修好了永世不会坏的,所以他要这个。若不是为这两桩,他一年到头,老大要多两个钱哩。"鲁总爷听了他话,不觉心上一动,仍旧按下。高升亦不再提。打完了烟,睡觉歇息,一夜无话。

到了次日,高升叫他伙计拿了五件细毛的衣服到船上来兜卖。价钱很公道,估了估足值四百多块钱,卖主只讨二百两银子。鲁总爷一还价,一百六十块钱,后来添到二百十块钱买成。鲁总爷箱子里只剩了五十几块钱;因钱不够,同高升商量,先付他五十块,其余等月底关了饷来补还他。那人答应,把东西留下;但是五天之内,必须算钱,等不到月底。鲁总爷一想,横竖有别的东西可以抵钱,看来断不止此数,于是答应他五天来取钱。五十块钱由高升点给他。高升留心观看,又与文大老爷失去的洋钱图书一样。当下也不作声,交付来人而去。这天鲁总爷买着便宜货,心上非常之喜,颠来倒去看了几遍,连说便宜。高升道:"这个人我认得他的。他家里从前很有钱,有的是东西。一百钱的东西,时常十个、二十个钱就卖了。如今被他尝着了甜头,包管他明天还要来。等他明天再来的时候,大大得杀杀他的价钱,买他些便宜东西。"鲁总爷道:"要买便宜货,要有现钱方好。"高升道:"他认得我,不要紧。刚才不是小的同他熟识,他肯把衣服留下,拿了五十块钱就走吗?"

鲁总爷不语,心上思量。过了一会子,躺下吃烟,趁着高升替他烧烟的时候,就同他商量道:"我有一件事情要托你去办。"高升忙问:"有什么事情着小的去办?"鲁总爷道:"不是你说的,你们庄二老爷欢喜买翡翠玉器,还有什么洋货钟表吗?"高升道:"是。可惜没有这些东西;如果有在这里,我拿了去包管一定成功。只要东西好,而且可以卖他大价钱。"鲁总爷听了。非常之喜,低声向他说道:"这些东西现在我有。"高升道:"总爷既有这些东西,何不早说?"鲁总爷道:"你来了能有几天?我以前何曾晓得你们二老爷喜欢这个?"高升道:"有了这个,包管拿去就换了钱来。"鲁总爷道:"但是我的东西好,不晓得他识货不识货。"高升道:"你先拿出来瞧瞧。说个价,少到什么数目不卖。"鲁总爷道:"你识货吗?"高升道:"跟二老爷时候久了,这些东西天天在眼里经过,虽不全懂,也还晓得一二。"鲁总爷道:"如此更好了。我于这上头也有限。这些东西是个亲戚托我替他销的,且拿出来替他估估价钱,免得吃亏。"

一头说,一头便取出钥匙,开了箱子,搬出那几件东西来:一个扳指,一个金表。鲁总爷开箱子的时候,像怕众人看见似的,先把众人一齐差了出去,只把高升留下。等到东西取出,高升拿到手里一看,恰恰与文大老爷失单上开的一样。他看了又是喜,又是气:喜的是真赃实犯,果不出我之所料;气的是这班不长进的老爷,干此下作营生,偏会偷偷摸摸。现在东西已经被我拿到,意思就要想声张起来。后来一想:"本官前头如何吩咐,设或闹的不得下台,大家的面子不好;不如且隐忍起来,等到回过本官再作道理。"当下不动声色。等鲁总爷把东西拿齐,仍旧把箱子锁好。只见他拿个扳指套在大拇指头上,对着高升说道:"这个绿玉的颜色倒很好看。同这只金表,你估估看,能值多少钱?"高升肚里好笑,笑他不认得翡翠,当作绿玉。又把表擎在手里,转动表把,旋紧了砝条,又揿住关捩①,当当的敲了几下。鲁总爷听见金表会打得有响声,心上觉得诧异,肚里寻思:"怎么金表会打得响呢?不要是个小钟罢?"高升拿东西翻来复去看了两遍,因问总爷:"要个什么价?"鲁总爷道:"你说罢。"高升道:"据小的看起来,一个扳指要他一千五。"鲁总爷道:"一千五百块?"高升道:"一千五百两。"鲁总爷把舌头一伸道:"要的太多了!不要吓退他不敢买,弄得生意不成功。就是少些也不妨,好歹由你去做。这个表呢?"高升道:"这个表是大西洋来的,在这里总得卖他三百块。"鲁总爷道:"不要亦嫌多罢?"高升道:"多什么!小的此刻拿了去,包管总有一样成功。"鲁总爷听了他言,心上虽非常之喜,然而总不免毕卜毕卜的乱跳。把两件东西郑重

① 关捩(liè)——转钮,机关。

其事地交代了高升。

高升接过,用手巾包好,揣在怀里。又伺候总爷过足了瘾,然后辞别上岸,先寻到文七爷船上,托管家舱里去回说:“县里上回派来查东西的捕快,有话要面禀大老爷。”文七爷吩咐叫他进来。捕快进舱,先替文七爷请过安,垂手站立一旁。文七爷就问:“东西查着了没有?”捕快道:“回大老爷的话:小的自蒙本县大老爷派了这件差使,日夜在心,城里城外统通查到,一点影子都没有。好容易今天才查到。”文七爷一听大喜,忙问:“东西在哪里寻着的?”捕快暂时不肯说出,但回得一声是:“在船上拿到的。请大老爷看过是与不是,小的再回去禀知本县大老爷。”一面说,一面将东西取出,送到文七爷手里。文七爷道:“别的尚在其次,就是这个扳指是我心爱之物。你看这个绿有多好!如今化上三二千块钱没有地方去买。你居然能替我查到,这个本事不小!停刻我同你们庄大老爷说过,还要酬你的劳。这个贼现在哪里?”捕快道:“这个贼就在这里。赃虽拿到,然而这个贼小的不敢拿,等回过本官,还要回过统领,才好去拿他。”文七爷道:“想是这个贼本事很大,你吃他不了?”捕快但笑不言。文七爷将东西看了一遍,仍旧拿手巾包好。捕快接了过来,又回道:“小的此刻就要进城到本县大老爷前去报信,明天再来回大老爷的话。”文七爷点点头儿。

捕快辞别进城,禀知门稿,转禀本官。庄大老爷一听是鲁总爷做贼,甚为诧异。便说:“真赃实犯,难为他查着。但是这事情怎么办呢?”当时先把捕快传了进去,问他怎么查到的。捕快据实供了一遍,又说:“原赃已送到文大老爷那里看过,的的确确是原物。现在请大老爷的示,怎么想个法子办人?”庄大老爷听了无话,满腹踌躇。便问:“你同文大老爷说出偷的人头没有?”捕快道:“小的没有禀过大老爷,所以没把人头说给文大老爷知道。”庄大老爷道:“好好好,幸亏你没有说给他。毁了一个鲁总爷事小,为的是统领面子上不好看,而且也不好去回。倘或被他说两声‘我带来的人都是贼’,请问你还是办的好,还是不办的好?依我意思,先把文大老爷请了过来,拿话告诉了他,大家商量一个办法。你先下去,回来我同文大老爷说过,自然有赏的。至于那个姓鲁的,也不能如此便宜,且给他点心事担担。就是东西拿了出来,难道一百五十块钱就给他白用吗?”捕快诺诺称是,又谢过大老爷的恩典,方才退了下去。

这里庄大老爷便差人拿片子到城外去请文大老爷，说是东西查到，请他进城谈谈。不多一会，文七爷果然坐着轿子进城。才跨下轿，便对庄大老爷说道："你们建德县的捕役本事真大，我的东西居然查到。"庄大老爷道："你老棣台的东西，敢查不到吗？"一头说，一头坐下。文七爷道："老把兄，你又取笑了。东西有了，我得还你的钱。"庄大老爷道："我的钱，老棣台尽管用，还说什么还不还。"文七爷道："我的东西有了，自然要还你的钱。"庄大老爷道："你的东西虽然有了，但是那一百五十块钱还无着落。"文七爷道："这两件有了，我已心满意足的了。百把块钱算不了事，注着破财，譬如多吃十来台花酒，就有在里头了。倒是这个捕快本事真好，我想赏他一百银子，回来就送过来。现在贼在哪里？据捕快说起来，东西虽然有了，然而人不好办。这是什么缘故？我们总得办人才好。"庄大老爷道："正是为此，所以要请你老弟过来谈谈。现在这做贼的人，你猜哪个？"文七爷道："那天那位赵不了赵师爷，的的确确在我手里借去五十块钱，送他相好兰仙。后来都说是兰仙作贼，就此冤枉死了！那两天我的事情很忙，所以没理会到这上头；等到事过之后，我才知道。这位赵老夫子，可怜他爱莫能助，整整哭了三天三夜。现在有了真赃，就有实犯，等到把贼拿到，也好替死者明冤。"庄大老爷道："老弟，那死的婊子也顾她不得了，如今我们且说活的。"文七爷道："人命官司，救生不救死，这是我们做州县官的秘诀。但是这件事情既不是人命官司，怎么说到这个？到底是什么人做贼？你快说了罢！"庄大老爷到此，方把捕快如何改扮，鲁某人如何托他销东西，因之破案，并自己的意思，说了一遍。又说："如今愚兄的意思，不要他们声张出来。姓鲁的交情有限，为的是统领面子上不好看。"文七爷一听说是鲁某人做贼，嘴里连连说道："他会做贼？……我是一辈子也想不到的了！实在看他不出！"庄大老爷道："当过捻子的人，你知道他是什么出身？你当他做了官就换了人，其实这里头的人，人面兽心的多得很哩！"文七爷听了无话。歇了半晌，方说道："老哥叫他们不要声张，这主意很是。一来关于统领面子，二来我们同寅也不好看。我只要东西寻着就是了，少了百把块钱也不必追他了。但是老哥要叫了他来说破这件事情。兄弟同他是同事，当着面难为情；等兄弟走了，你去叫他。"庄大老爷道："不把他弄了来，叫他担点心事，亦未免太便宜他了。"文七爷道："正是。"当下又说了些别的，方才告辞出城。这里庄大老爷果然等他去后,才差人拿片子请鲁总爷进城。

且说鲁总爷,自从高升拿着东西上岸,约摸已有三个时辰,不见回来,心上正是疑惑。忽见建德县差人拿片子来请他进城,说是有话面谈,究竟贼人心虚,不觉吓了一跳。忽然想到:“文某人东西失窃,曾在县里报过,现有失单。不该自不检点,听凭高升一面之言,将东西送到他兄弟那里。设或被他们看出,如何是好!”想到这里,心上一似滚油煎的,直往上冲;急得搔头抓耳,走投无路。既而一想:“文老七少掉的洋钱,大众都说是兰仙偷的。如今兰仙已死,当了灾去,没有对证,案子已了,人家未必再疑心到我身上。东西送去,人家只顾辨论好丑,或者不至于理会到这上头,也论不定。”想到这里,心上似乎一松。又想:“我同县里,却同他见过几面。他请我吃饭,我亦扰过他。彼此总算认得。或者有别的事情,也未可知。”一面想,一面换了衣服,坐了首县替统领二爷办差的小轿,一路心上盘算。

进了城门,到得县衙,轿子歇在大堂底下。一个兵把名帖投了进去,半天不见出来。他在轿子里急得了不得,又叫一个兵进去探信。谁知只有进去的人,不见出来的人,这真把他急死了!自想:“早知如此,极应该托病不来。如今懊悔已迟!”于是自己下轿,踱进宅门,探听光景。谁知劈面遇见一人。你道这人是谁?却是建德县的门政大爷。鲁总爷不认得他,他却认得鲁总爷。见面之后,便说:“总爷来了。我们敝上现有要紧公事同师爷商量,请总爷先在外头坐一会再进去。”一面说,一面便在前头引路。鲁总爷摸不着头脑,只得跟了就走。一走走到门房里坐下,那位大爷就进去了。亏得鲁总爷门房是坐惯的,倒也并不在意。

谁知等了好半天,不见有人来请,心中疑惑不定。又等了一会,只见那个门政大爷从里头出来,吩咐:“传伺候,老爷坐堂。”鲁总爷愈觉惊疑。停了一刻,又见催问:“城外文大老爷的爷们,还有船上死的婊子的尸亲,来了没有?”底下回称:“已经催去了。”鲁总爷听了,直吓得汗流满体!只听门政大爷又说:“老爷传捕快上去问话,叫他把那查着的翡翠扳指、打璜金表一齐带上来。”话言未了,随在玻璃窗内看见一个人,头戴红缨帽子,走了进去。起先鲁总爷听见里头要扳指、金表,已经魂不附体;及至看见进来的这一个人,不觉魂飞天外,头晕眼花,四肢气力毫无,咕咚一声,就坐在一张凳子上。心上恍恍惚惚,也不知是醉是梦,又不知世界上到底有我这个人没有。你道为何？只因这个进来戴红缨帽子的捕快，不是别人，正是他自己托销东西的高升。到此方悟：他们串通一气，冒充伴当，骗出赃物；自不小心，落了他们的圈套。回想转来，直觉无地自容，恨无地缝可以钻入。

坐了半天，刚正有点明白，门政大爷也进来了。只见他赔着笑脸说道："敝上公事未完，又有堂事，倒教总爷老等了！"说完了话，却朝着他笑。鲁总爷呆呆地望着他，也不知说什么方好。想了半天，才说得一句："你们老爷坐堂，为件什么事？"门政大爷道："总爷是做官的人，还有什么不明白的，我哪里晓得？"说完了，又朝着他笑。鲁总爷到此，知道事情已破，有点熬不住。只得苦了他那副老脸，从凳子一站就起，跟手爬在地下，绷冬绷冬地乱磕头。嘴里不住地说道："大爷救我！大爷救我！"那门政大爷本来是朝着他笑的，不提防他忽然跪下磕头。还是回磕的好，还是扶他起来的好？一时不得主意，忙了手脚，只得也跪在地下，双手去扶他。嘴里说："我是什么人，怎么当得起总爷下跪！快快请起，有话好讲。"鲁总爷只是不肯起，一定要他答应。

两人正在相持的时候，忽然又有一个人手掀帘子进来。一进门，便哈哈大笑道："这是哪一回子的事，在这里下跪！"那一个门政大爷一见这人，赶忙起来站在一旁，垂手侍立。鲁总爷抬头一望，见是庄大老爷，真羞得满脸通红；亦站了起来，低头不语。庄大老爷道："你来了这半天，他们为我有公事，亦没有进来回，倒叫你老兄好等。"一面说，一面把鲁总爷拉了就走。谁知鲁总爷的两条腿犹如棉花一般，一步捱不上三寸。庄大老爷便叫跟班的搀着他走。一搀搀到花厅上，分宾主坐下。先同他说了半天的闲话，鲁总爷方才渐渐地醒转来，但是除掉诺诺称是之外，其他的话一句也说不出。又歇了半天，心上转念头，要探探庄大老爷的口气。无奈庄大老爷总不提及此事，但一味地敷衍。鲁总爷急了，想来想去，别无法想，只得仍旧跪下，口称："兄弟该死！求你老爷高抬贵手！"庄大老爷假作不知，忙问："什么事情要行此大礼？快请起来！"鲁总爷道："你老爷不答应，兄弟就跪在这里，一世不起来！"庄大老爷道："到底什么事情？我竟其一点也不明白。"鲁总爷道："你老爷差了捕快来私访我的，你老人家还有什么不晓得。"庄大老爷道："这更奇了。我何曾叫捕快来私访你？你老爷有什么事怕捕快？你越说我越糊涂了！"鲁总爷只是跪在地下，不肯起来。庄大老爷只是催他起来，催他快说。鲁总爷道："丑媳妇总得要见公婆的，索性我自己招罢。这事情原是我一时不好，不该拿文某人的东西。如今东西呢，已经在你老人家这里了；我自己知道错处，只求你老爷替我留脸，我情愿拿东西还他。一辈子供你老爷的长生禄位，也不敢忘记了你！"说罢，又连连磕头。

庄大老爷听到这里，便也直立不动，等他磕完了头，故意板着面孔，说道："我当是谁做贼，船上人是没有这么大的胆子，原来就是你阁下。——你阁下也不至于偷偷摸摸。自从姓文的失了东西，统领以为是他带来的人，一定要我办贼；我办贼不到，统领跟前不知受了多少申饬。姓文的又时时刻刻来问我要钱。我弄得没有法子想，私底下已经送过他五百两，他还嫌少。现在既然是你阁下拿的，这话更好说了。你是统领带来的人，同姓文的又是同事，他们没有不照顾你的。我只要把你送到统领跟前，卸了我的干系。我们都是熟人，我又何必同你为难呢。你快快起来，我们一齐出城。"鲁总爷听了这话，真正急得要死，只是跪着哭，不肯起来。庄大老爷道："这桩事说起来我也不相信。你阁下还怕少了钱用，要干这营生？现在是被他们捕快拿着的。我肯照应你，替你瞒起来不说破；他们一般小人，为你这桩事情，每人至少也捱过二三千板子，现在真赃实犯，倒被我不声不响地放掉，我于他们脸上怎么交代得过？如此下去，以后还要办案不要办案？你也是做官的人，应该晓得兄弟的苦处。"

鲁总爷见庄大老爷不肯答应，急得两泪交流，口称："家里还有八十三岁的老娘，晓得我做了贼，丢掉官是小事，她老人家一定要气死的，岂不是罪上加罪！现在没有别的好说，总求你大老爷格外施恩！我将来为牛为马，做你的儿子孙子也来报答你的！"庄大老爷见他说得可怜，心上想："这半天也够他受用的了。有娘无娘，不必信他，从来犯了罪的人都是如此说法。因为还有公事，倘若耽搁下去，外面张扬起来，反不好办；不如趁此收篷，算他运气好，便宜他这遭就是了。"想了半天，便长叹一声道："唉！既有今日，悔不当初。我本来不要难为你的，但是文某人少的钱总得补上，——我已经替你送过他五百银子。还有捕快，他们辛苦了一番，不能不赏他几个钱，至少一百两。难道这个钱真果要姓文的出吗？"鲁总爷道："实实在在只拿他一百五十块钱，哪里要得五百两。"庄大老爷道："这个我也不知道，你去同他当面辨个明白也好。"鲁总爷道："承你老爷恩典，我还有什么辨头。只求宽限几个月，等我关了饷来拔还就是了。”庄大老爷又叹一口气道：“说来说去，总是皇上家的钱晦气。你欠人家的钱，一定要关了饷来拔还，这几个月的兵吃什么？不是我说句得罪你的话：你们这些做武官的，直结儿没有一个好东西在里头！一旦国家有事，怎么不一败涂地呢！我好人做到底，也不管你这些闲事。但是我付出的五百两，口说无凭，须得写张字给我。文七爷跟前我去替你抗，说得下，说不下，碰你运气。这赏捕快的一百两你今天要拿来的，叫他们多少赚两个，也好堵堵他们的嘴，免得替你在外头声张。”鲁总爷为这一百两银子虽是为难，听了庄大老爷的话，不得不唯唯遵命。又重新叩头谢过恩典。庄大老爷叫签稿替他起了一张稿子，叫他亲自照写。只见他捧笔在手，比千斤石还重，半天写不上三个字，急得满头是汗。庄大老爷等的不耐烦，叫签稿代写，叫他画了十字。庄大老爷收起，就叫签稿送他出去。

鲁总爷谢了又谢。跟着签稿出来，又朝着签稿作揖。一出宅门，瞥面遇见捕快，赶上来叫了一声“总爷”，又笑着说道：“高升是来伺候总爷的。总爷还是坐轿回去，还是骑马回去？”这一声，更把他羞得了不得，赶忙又替捕快作揖，说：“诸位老兄休得取笑了！”捕快又道：“总爷可到小的家里坐一回去？”总爷道：“不消费心了。停刻我就叫人送来。还有那天的皮货，一块儿拿过来。”一面说，一面朝诸人拱拱手，匆匆忙忙上轿而去。庄大老爷便写一封信，随着起出来的赃送给文七爷，告诉他办法。文七爷自是欢喜。因为鲁总爷是同寅，也就和平了事。当赏捕快一百两银子，就交来人带回。又另外赏了来人四块洋钱。庄大老爷接到回信，又叫捕快到船上叩谢过文大老爷。

鲁总爷回船之后，东拼西凑，除掉号褂、旗子典当里不要，其他之物，连船上的帐篷，通同进了典当，好容易凑了六十块钱。自己送到县衙，苦苦的向门政大爷哀求，托他转禀庄大老爷，请把六十块钱先收下，其余约期再付。庄大老爷听说，也只好一笑置之。鲁总爷又叫跟来的人把皮统子送还了捕快。又当面约捕快吃饭，过天在哪里叙叙，说：“我们哪里不拉个朋友。”捕快道：“我的总爷，只求你老人家照顾俺，不要出难题目给俺做，本官面前少捱两顿板子，就有在里头了！什么请酒、请饭，倒不消多费的。”鲁总爷一听这话，明明是奚落他的，脸上不觉一红。彼此无话而别。

自此以后,鲁总爷总躲着不敢见文七爷的面。倒是文七爷宽宏大量,等到没有人的时候,把他叫了来,反把好话安慰他。当下鲁总爷虽不免感激涕零,但是转背之后,心上总觉得同他有点心病似的。此乃晚近人情之薄,不足为奇。按下不表。

且说浙江巡抚刘中丞,自从委派胡统领带了随员,统率水陆各军,前往严州剿办土匪,一心生怕土匪造反,事情越弄越大,叫他不安于位,终日愁眉不展,自怨自艾。心想:“怎么我的运气不好,到了任就出乱子!”不时电信来报,今日派的兵到了哪里,计算日子,某日可到严州。胡统领未到严州的头一天,又有急电打来:“访得匪势猖狂,不易措手。”他老听了格外愁闷。随后忽听得说,大兵一到严州,把土匪都吓跑了。他老还不相信。后来接到胡统领具报出师搜剿土匪日期电报,方把一块石头放下。过了一天,又得“一律肃清”的捷电,中丞非常之喜。藩、臬以下,齐来禀贺。中丞随发一电奖励胡统领,允他破格奏保。歇了两天,齐巧胡统领把剿办土匪详细情形禀了上来,附有禀请随折奏保异常出力人员折子一扣。中丞看过无话,就把文案老总戴大理传了来,叫他速拟折稿。告诉他说,无非是叙述土匪如何猖獗,“经臣遴派胡某人前往剿捕,刻幸仰仗天威,一律肃清。所有在事员弁,实属异常奋勇,得以迅奏肤功。相应请旨将该员等照单奖励”各等语。随手就把胡统领开来的单子也交给戴大理,叫他照写。戴大理接在手里一看,单子上头一个就是周老爷的名字,心上便觉得一个刺。一时想不出主意,也不便说什么,只得退了下来。回到文案处,一面提笔在手,一面想摆布周老爷的法子。心想:“不料这件事倒便宜他了。然而我的心上总不甘愿。但是现在这人是胡统领保的,要顾统领的面子,就不好批驳他;若要批驳他,就于统领的面子不好看。”想来想去,甚是为难。等到奏折做好一半,烟瘾上来,躺下过瘾。拿过稿子复看一遍,起先无非把土匪作乱,叙得天花乱坠,好像当年“长毛”造反,蹂躏十三省也不过如此。折中又叙:“经臣遴委得候补道胡统领,统带水陆各军,面授机宜,督师往剿,幸而士卒用命,得以一扫而平。”隐隐间把自己“调度有方”四个字的考语隐含在内。看到此间,忽想起:“这件事情应得侧重中丞身上着笔,方为得体。中丞不能自己保自己,只要把话说明,叫上头看得出,至少一定有个‘交部从优议叙’。

如此一做,胡统领便是中丞手下之人,随折只保他一个;其余的统归大案,方为合体。大案总得善后办好方可出奏,多宽几天日期,我就可以摆布姓周的了。"

主意打定,便拢了做好的一半折稿,离开文案处,径至签押房。晓得中丞还在签押房里看公事,他是多年老文案,便衣见惯的,便乃掀帘进去。刘中丞叫他在公事案桌对面一张椅子上坐下,问他什么事情。他便回道:"卑职想这严州肃清一案,实实在在是大人一人之功。胡道若不是大人调度,也不能办得如此顺手。现在大人的意思把功劳都推在胡道身上,虽是大人栽培属员的盛意,然而依卑职愚见,大人调度之功,亦不可以埋没。"刘中丞道:"你话固然不错,然而我总不能自己保自己。"戴大理听到此间,便把折底双手奉上,说:"请大人过目,卑职拟的可对?从前古人有个功狗功人的比方:出兵打仗的人就比方他是只狗,这发号令的却是个人。这件事情,胡道的功劳实实在在在大人之下,胡道带去的随员更差了一层。倘若一齐保了上去,论不定就要驳下来,倒不如我们斟酌妥当再出奏的好。一来大人的功勋不致淹没;二来上头见我们一无冒滥①,不但胡道保举不遭批驳,感激大人的栽培,就叫上头看着,也显得大人办事顶真。将来大案上去,就是多保两个,那班爱说话的都老爷也不能派我们的不是。"此时刘中丞一心只在奏折上头,他说的故典究竟未曾听见。后来听到他后半截的话甚是入耳,连连点头,但说:"跟胡道同去的人,不给他们两个好处,恐怕人家寒心。"戴大理道:"此番保的太多,奏了进去,倘若驳了下来,以后事情弄僵倒不好办。如今拿他们一齐归入大案,各人有本事,各人有手面,只要到部里招呼一声,是没有不核准的。虽然面子差些,究竟事有把握,倒是大人成全他们的盛意,他们反得实惠。有像大人这样的上司还要寒心,也不成个人了。"刘中丞听了甚是喜欢,连说:"你话不错。……你就照这样子把稿拟好。胡道那里,你去写个信给他,把我的这个意思说明:不是我一定要撤他们的保案,为的是要成全他们,所以暂时从缓;将来大案里一定保举他们的。"

戴大理见计已行,非常之喜,连答应了几声"是",退了下来。等到把底子拟好,赶忙写了一封信给胡统领,隐隐地说他上来的禀帖不该应只夸

---

① 冒滥——不合格而滥予任用。

奖自己手下人好，把中丞调度之功，反行抹煞。中丞见了甚是不乐，意思想把这事搁起，不肯出奏。后经卑职从旁再三出力，方才随折保了宪台一位，其余随员暂时从缓。胡统领接到此信，甚是担惊；及至看到后一半，才晓得此事全亏得老同年戴大理一人之力。立刻具禀叩谢中丞；又写一封信给戴大理，说了些感激他的话。因为上次禀帖是周老爷拟的底子，就疑心周老爷"有心卖弄自己的好处，并不归功于上，险些把我的保案弄僵。看来此人也不是个可靠的。"从此以后，就同周老爷冷淡下来，不如先前的信任了。欲知后事如何，且听下回分解。

第十七回

三万金借公敲诈　五十两买折弹参

却说胡统领同周老爷虽然比前冷淡了许多,然而有些事情终究不能不请教他,所以心上虽不舒服,面子上还下得去。周老爷虽也觉得,也不好说什么。

一日接到省宪批禀,叫胡统领酌留兵丁,以防余孽,其余概行撤回,各赴防次;并饬胡统领赶把善后事宜,一一办妥,率同回省。胡统领一得此信,别的都不在意,只有开造报销是第一件大事。出兵一次,共需军装若干,枪炮子药若干,兵勇们口粮若干;土匪抗官拒捕,共失去军装若干,用去枪炮子药若干,兵勇受伤津贴若干;无辜乡村被累,抚恤若干;打了胜仗,犒赏若干;办理善后,预备若干:先扎了一篇底账。想了半天,没有一个人可以办得此事,只得仍把周老爷请来,同他商量。周老爷道:"容易。有些事情叫首县庄令去办,其余的由我们自己斟酌一个数目。等卑职商同粮台黄丞,传知各营官一声,叫他们具个领纸上来,要开多少就多少,还有什么不成功的。"胡统领道:"不瞒老兄说:兄弟这个差使,耽了许多惊,受了许多怕,虽然得了个随折,其实也有名无实。总得老哥费心,替兄弟留个后手,帮兄弟出把力,将来兄弟另图厚报。"周老爷道:"大人委办的事,卑职应得效劳,况是大人分内应得的好处。"嘴里如此说,心上早已打了主意。等到退了下来,一切费用,任意乱开,约摸总在六七十万之谱。先送上胡统领过目。胡统领道:"太开多了,怕上头要驳。"周老爷道:"卑职的事,别人好瞒,瞒不过大人。卑职自从过班到如今,还没有引见,已经背了一万多银子亏空。现在蒙大人栽培,趁着这个机会,一来想把前头的空子弥补弥补,二来弄个引见盘缠;就是引见之后,一到省也不会就得什么差使,总得空上二三年,免得再去拖空子:这个都是大人栽培卑职的。至于大人的事,卑职感恩知己,自当知无不言。这桩事情下来,虽瞒得一时耳目,终究一定有人晓得;既然晓得,保不住就要说话。多开少开,总是一样。将来回省之后,幕府里面,同寅当中,应该应酬的地方,少不得还要点缀点缀。所以卑职也要商通了首县庄令、粮台黄丞,方可办得。"

胡统领一听他口气,虽然推在别人身上,知道他已经存了分肥念头,心上老大不愿。忙道:"老兄要引见,兄弟另外借给老兄。现在的事,只要切实替兄弟帮忙,兄弟没有不知道的,将来一定另图厚报。就是黄、庄两人,兄弟亦自有帮他们忙的地方。总之,报销上去的数目还要斟酌。"周老爷明晓得胡统领心上不愿意他分肥。忽然想到从省里临来的时候,戴大理嘱咐他的一番话,说胡统领的为人,吃硬不吃软。"我今同他商量,他竟其不答应。现在忙了这多天,连个随折都没弄到,看他样子还像怪我不替他出力似的。出了好心没有好报,看来为人也有限。若不趁此赚两个,将来还望有别的好处吗。至于他说将来怎样帮忙,也不过嘴上好看。现在的人都是过河拆桥的,到了那时候,你去朝他张口,他理都不理你呢。为今之计,只有用强横手段,要作弊大家作弊,看他拿我怎么样。"主意打定,正待发作,忽又转念一想道:"且慢。我今同他硬做,倘或彼此把话说僵,以后事情倒不好办。现在这里的人又没一个可以打得圆场的。我看此事须得如此如此,方能如愿。"一面打算,一面答应了几声"是",说:"大人吩咐的话,实在叫卑职刻骨铭心。卑职蒙大人始终成全,还有什么不替大人出力的。"胡统领道:"如此甚好,将来兄弟自有厚报。"

周老爷见话说完,退了下来,回到自己船上。此时主意早经打定,便命跟班的拿了帖子,跟着进城,去拜县丞单太爷。原来这里的县丞姓单名逢玉,大家都尊他为单太爷。自从到任至今,已有二十多年。平时同绅士们还说得来。只因他为人骗功最好,无论见了什么人,一张嘴竟像蜜炙过的,比糖还甜,说得人家心上发痒,不能不同他要好。

严州虽然是座府城,并没有什么大绅士,顶大的一个进士底子的主事。因为发达的晚,上了年纪,所以不到京里去做官,只在家里管管闲事,同地方官往来往来,包揽两件词讼,生发生发,借此过过日子。虽然也没有什么大进项,比起没有发达的时候,在人家坐冷板凳,做猢狲大王,已经天悬地隔了。这位主事老爷姓魏名翘,表字竹冈,就住在本城南门里头。只因本年十月十二是他亲家生日,——他亲家是屯溪有名的茶商,姓汪名本仁——他所以特地预早一个月奔了前去:一来拜亲家的寿,二来顺便看看女儿,三来再打两百块钱的秋风①,回来好做过冬盘缠。后来严州信息不好,家里写信给他,催他回去。汪本仁说:“亲家,现在正是乱信头上,你年纪大了,犯不着碰在刀头上。我这里专人去打听,如果势头来得凶,连你宝眷一块接了来,就在我这里权且顿身;倘若没有什么事情呢,你再回去不迟。”魏竹冈听了亲家的话,只得权时忍耐。等到胡统领大兵一到,土匪平静,他儿子又赶了信去,连着前头他亲家汪本仁派往严州的人也就回来了。魏竹冈晓得家乡无事,把心放下。其时亲家的生日早经做过。他又住了几时,辞别起身。亲家知道他是靠抽丰过日子的,于盘缠之外,加送了他二百块钱的年敬;女儿又在自己私房当中,贴了他二百块钱:总共得了四百块钱回家度岁,倒也心满意足。冬天水干,船行极慢,一路上滩下滩,足足走了十几天,方到严州。

其时胡统领已奉到省宪催他回去的公事,同周老爷商量开造报销的数目。周老爷因为胡统领不能遂他的心愿,晓得这里县丞单太爷神通广大,他二人从前在那里又同过事,交情自与别人不同,所以特地进城拜望他,同他商酌一个借刀杀人的办法。单太爷听了会意,便说:“这事情你老堂台出不得面:一来关系名声;二来同统领闹翻之后,也没人打得圆场。依晚生愚见:不如找个人出来教给他去做,等他做好之后,稍些分点好处与他。等他做恶人,我们做好人。应得帮腔的地方,我们就在里头帮两句,岂不更有把握?”周老爷道:“兄弟此来,正是这个意思。但是此人甚不好找。”单太爷便把魏竹冈保了上去,说道此人如何能干,“无论什么事情都做得出。他一年帮晚生忙的地方很不少,晚生一年帮他忙的地方也不少。托了他,保管成功。但是此人两月头前就到屯溪去拜他亲家的寿,目下不知道已经回来没有。”说罢,便叫跟班:“拿我的片子,到南门里魏府上打听魏大老爷屯溪回来没有。立等回信。”跟班的去不多时,回来禀报:“魏大老爷是刚刚昨天夜里转的。因为路上受了一点风寒,在家里养病,所以还没有过来。叫小的回来先替老爷请安,说有什么事情就请过去谈谈。”单太爷点点头,跟班的退了下去。周老爷便催他立刻去看魏竹冈,“好歹今晚给我一个回信。”单太爷满口答应。

---

① 秋风——也叫打秋风,利用各种借口索取财物。

等送过周老爷，他也不坐轿，便衣出得衙门，只带一个小跟班的，拿了一根长旱烟袋，一直走到魏家门口，通报进去。魏竹冈请他书房相见。进得门来，作揖问好，那副亲热情形画亦画不出。一时分宾归座，端上茶来。两个人先寒暄了几句，随后讲到土匪闹事。魏竹冈一向是以趋奉官场为宗旨的，先开口说道："这位统领同兄弟乡榜①先后只隔一科；他中举人的座师，就是兄弟会试的房师。他的朱卷我看见过，笔路同我一样；只可惜单薄些，所以不会中进士。我二人叙起来还是个同门。难得他到我们这里办了这么一件事。等我的病好些，我得去拜他一趟：一来叙叙同门之谊；二来我们地方上的绅士应得前去谢谢他。将来等他回省的时候，我还要齐个公分，做几把万民伞送他，同他拉拢拉拢。将来等他回省之后，省里有什么事情，也好借他通通声气。老哥是自己人，我的事是不瞒你的，你说我这个主意可好不好？"单太爷道："好是好的。但是现在的人总是过桥拆轿，转过脸就不认得人的。等到你有事去请教他，他又跳到架子上去了。依我之见：现在倒不如趁此机会想个法子，弄他点好处，我们现到手为妙。等到好处到手，我们再送他万民伞。那是大家光光脸的事情，有也罢，没有也罢，好在是众人的钱，又不要你自己掏腰，倒也无甚出入。"

魏竹冈听了诧异道："怎么这件事情还有什么好处在内？兄弟敲竹杠也算会敲的了，难道这里头还有竹杠不成？"单太爷道："不是我说的，你几乎错过。我晓得你从屯溪回来，一路受了些辛苦，所以特地备下这份厚礼替你接风。"魏竹冈听了，心痒难抓，忙问："到底是个什么缘故？"单太爷道："你出门两个月，刚刚回来，也不曾出过大门，无怪乎你不晓得。等我来告诉你。"说着，便把此事始末，说了一遍。又道："当初并没有什么土匪，不过城厢里出了两起盗案。地方文武张大其词，禀报到省；上头为所蒙蔽，派了胡统领下来。其时地方上早经平安无事。偏偏又碰着这位胡统领好大喜功，定要打草惊蛇，下乡搜捕；土匪没有办到一个，百姓倒大受其累。统领自以为得计，竟把剿办土匪，地方肃清禀报上去，希图得保。现在又叫他手下的人开办报销，听说竟其浮开到一百多万。害了百姓不算数，还要昧着天良，赚皇上家的钱。这样的人，亏你认作同门，还要去拜谢他呢！"魏竹冈道："据你说来，真正岂有此理！他下乡骚扰百姓，

① 乡榜——乡试录取名单的榜示。

百姓吃了他的苦,为什么不来告呢?”单太爷道:“这是我们这位堂翁办的好事。百姓起初原来告的,不知道怎么一来,一个个都乖乖的回去,后来一点动静都没有了。”魏竹冈道:“这事情我不相信,我倒要去问问他。一个地方官有多大,只知谄媚上官,罔恤民隐,这还了得吗!”说罢,立刻亲自下座,到书案桌上取出信笺笔砚,先写一封信给本县庄大老爷。

单太爷劝他不要写,他一定要写。信上隐隐间责他办事颟顸①,帮着上司,不替百姓伸冤。“兄弟刚从屯溪回来,就有许多乡亲前来哭诉,一齐想要进省上控。是兄弟暂将他们压住。到底这件事老公祖是怎么办的?即望详示”云云。写完立刻差人送去,并说立等回信。一面仍同单太爷商量敲竹杠的法子。不多一刻,庄大老爷回信已到。魏竹冈拆开看时,不料上面写的甚是义正词严,还说什么:“百姓果有冤枉,何以敝县屡次出示招告,他们并不来告?虽然来了几起人,都是受土匪骚扰的,并没有受过官兵骚扰,现有他们甘结为凭。况且被害之人,敝县早经一一抚恤,领去的银子,都有领状可以查考。敝县忝为民上,时时以民事为念;这不替百姓伸冤的话是哪里来的?还求详细指教”各等语。魏竹冈看完之后,把舌头一伸,道:“好厉害!如今倒变了他的一篇大理信了。”单太爷道:“我们这位堂翁是不好缠的,劝你不必同他啰嗦,还是想想你们贵同门胡统领的法子罢。”

魏竹冈听了踌躇道:“不瞒老哥说:下头的竹杠小弟倒是敲惯的。我们这些敝乡亲见了小弟都有点害怕,还有乡下人,也是一敲就来。人家骂小弟鱼肉乡愚,这句话仔细想来,在小弟却是‘当仁不让’。倒是这上头的竹杠兄弟却从来没有敲过,应得用个什么法子?”单太爷道:“只要有本事会敲,一敲下去,十万、八万也论不定,三万、二万也论不定,再少一万、八千也论不定:看什么事情去做。要敲敲大的;至于今天说官司,明天包漕米,什么零零碎碎,三块、五块,十块、八块,弄得不吃羊肉空惹一身骚,那是要坏名气的,这种竹杠我劝你还是不敲的好。要弄弄一笔大的。就是人家说我们敲竹杠,不错,是我的本事敲来的,尔其将奈我何。就是因此被人家说坏名气,也还值得。”魏竹冈听了,心上欢喜,张开胡子嘴,笑得合不拢来。笑了一会,说道:“我也不想十万、八万,三万、两万,只弄他

① 颟顸(mānhān)——糊涂而马虎。

一万、八千,拿来放放利钱,够了我的养老盘缠,我也心满意足了。如今倒是怎么样敲法的好?还是写信,还是当面?"单太爷想了半天,道:"当面怕弄僵,还是写信的好。你写信只管打官话,是不怕他出首的。有什么事情,里头我有一个至好朋友替我做内线。见事论事,随机应变,依我看来,断没有不来的。"

说到这里,伺候他的小厮上来请吃饭。魏竹冈不答应,看他意思,想要把信写好再吃饭。只见他走到书桌跟前坐下,开了墨盒子,顺手取过信笺一张,一只手摸着笺纸,一只手拿了一枝笔,将笔头含在嘴里,闭着眼睛出神。却不料单太爷自从下午到此,已经坐了大半天,腹中老大有点饥饿,又不便一人先吃,只得催他吃过晚饭再写。魏竹冈至此方悟客人未曾吃饭,连忙吩咐小厮进去说:"今天有客在此,菜不够吃,快去添样菜来。"小厮进去多时,方见捧了一小碟炒鸡蛋出来。安排匙箸都已停当,二人一同入座。单太爷举眼看时,只见桌上的菜一共三碟一碗:一碟炒蚕豆,一碟豆腐乳,一碟就是刚才添出来的鸡蛋,一碗雪里红虾米酱油汤。等到将饭摆上,乃是开水泡的干饭。魏竹冈举箸相让,谦称"没有菜。"单太爷道:"好说。彼此知己,只要家常便饭,本来无须客气。"一面吃着,魏竹冈又拿筷子夹了一小块豆腐乳送到单太爷碗上,说道:"此乃贱内亲手做的,老哥尝尝滋味如何。"单太爷连称"很好……"说话间,魏竹冈已吃了三碗泡饭,单太爷一碗未完。只听他说了声"慢请",立起身来,走过去拔起笔来写信。幸而他是两榜出身,又兼历年在家包揽词讼,就是刀笔也还来得,所以写封把信并不烦难。等到单太爷吃完了饭过来看时,已经写成三四张了。

他一头写,单太爷一头看;等到看完,他亦写完。只见上头先写些仰慕的话;接着又写了些自己谦虚的话;末后才说到:

本城并无土匪作乱。先前不过几个强盗,打劫了两家当典、钱庄。城厢重地,迭出抢案,地方官例有处分;乃地方官为规避处分起见,索性张大其词,托言土匪造反,非地方官所能抵御,以冀宽免处分。上宪不察,特派重兵前来剿捕。议者皆谓阁下到此,亟应察访虚实,镇抚闾阎①;乃计不出此,而亦偏听地方文武蒙蔽之言,以搜捕遗

---

① 闾(lǘ)阎——本指里巷的门,借指平民。

> 孽为名，纵所部兵四出劫掠，焚戮淫暴，无所不为。合境蒙冤，神人共愤。现在梓里士民，争欲联名赴省上控。幸鄙人与执事谊属同门，交非泛泛，稔知此等举动皆不肖将弁所为，阁下决不出此。唯探闻上控呈词，业经拟定，共计八款，子目未详。叨在知交，曷敢不以实告。应如何预为抵制之处，尚祈大才斟酌，并望示复为盼。

各等语。单太爷看了，连连拍手称妙。魏竹冈道："我只同他拉交情，招呼他，看他如何回答我。"单太爷道："听里头朋友说，他还有朦开保案、浮开报销几条大劣迹，为什么不一同叙进?"魏竹冈拿手指着"共计八款"四个字，说道："一齐包括在内，给他个糊里糊涂的好。等他来问我，我再一样一样的告诉他。我的信只算要好通个信，我犯不着派他不是，所以信上有些话一齐托了别人的口气，不说是我说的，只要他觉着就是了。"单太爷听了甚为佩服，连说："到底竹翁先生是做八股做通的人，一通而无不通。……小弟是没有读过书，主意虽有，提起笔来就要现原形的。"魏竹冈道："这也怪不得你。你若八股做通，你早已上去，也不在这里做县丞了。"正说着，将信封好，开了信面。怕自己的跟人不在行，交给单太爷的小跟班即刻去送。叫他到船上说是魏家来的，守候回信，千万不可说明是单太爷的家人。小跟班的答应着去了。约摸两个钟头，方才拿了一张回片回来，说："有信明天送过来。"魏竹冈道："我这个信不是什么容易复的，定要斟酌斟酌，且看他明日回信如何写法，再作道理。倘若没有回信，好在你有位朋友在里头，就托他探个信，告诉我们一声。或者再写一封信去，或者商量别的办法。"单太爷答应着，又说了些别的闲话，方才回去。按下不表。

且说周老爷自从辞别单太爷出城之后，一直回到船上。毕竟心怀鬼胎，见了胡统领比前反觉殷勤。胡统领本是个随随便便的人，倒也并不在意。等到晚上吃过夜饭，正是几个随员在大船上趋奉统领的时候，忽见船头上传进一封信来，说是本城绅衿魏大老爷那里写来的。胡统领听了诧异，连忙接在手中一看，只见上面写明"内要信送呈胡大人勋启"，下面只写着"魏缄"两个字，还有"守候福音"四个小字。一头拆信，一头心上转念："我并不认得此人，这是哪里来的?"信封拆破，掏出来一看，先是一张名片，刻着"魏翘"两个大字；后面注着"拜谒留名，不作别用"八个红字；另用墨笔添写"号竹冈，某科举人、某科进士、兵部主事、会试出某某先生之门。”胡统领看了明白：“是要我晓得他与我同门的意思。看来总是拉拢交情，为借贷说项地步。”因此并不在意，从从容容将信取阅。及至看到一半，说着“并无土匪”的事，心中始觉慌张；兼之一路看来，无非责备他的话头，因此心上很不舒服；及至临了，叙到他两个本是同门，因此特地前来关照，以及“鹄候回信”等语。他翻来覆去看了两遍，一声不响。众随员瞧看也摸不着头脑。周老爷虽已猜着九分九，也只好装作不知。一傍动问：“是哪里来信？为的什么事情？”胡统领不说什么，但把信交在周老爷手中，说了声“你去看”，自己躺下吃烟。周老爷接信在手，从头至尾看了一遍。心内早已了然，口中不便说出。只说：“奇怪得很！看他来信倒着实同大人要好，所以特地前来关照。”胡统领道：“他虽然与我同门，我又何曾认得他？你说他同我要好，所以特来关照；据我看来，只怕不是好意思呢！”周老爷道：“这也不见得。倘若他不同大人同门，或者难保；既然同大人有此一层交情，借此拉拢，或者有之。倒是他信面上写明白守候回信，现在怎样回他？”胡统领道：“给他个回片，先叫来人转去，等明天访明实在，有回信再给他送去。”家人们答应一声，取出名片交给来人，叫他回去销差。

这里胡统领抽了几口烟，一声不响；等到过足了瘾，坐起来对周老爷说道：“我看这件事情不妙。——好在眼前都是自己人。——这件事情倘若闹了出来，终究有点不便。怎么想个法子预先布置布置的好。事不宜迟，办事越慢，花钱越多。就是我从前谋这个差使的时候，军机王大人跟前经手的朋友是他的内侄，这条路原是再好没有。他只叫我送三千银子的贽见，包我得这个差使。我嫌多没有理他。后来托了别人，一花花了五千，经手的还要谢仪，一共花了六千，足足的耽搁了半年事情才成功。兄弟是过来人，这点机关我还懂得。诸位替我想想看，可是不是？”文七爷接口道：“大人这事怕什么！大人是上头派了来的，无论事情办的错不错，一来上头总得护着大人，断不肯自己认错；二来县里有他们乡下人的甘结、领状，都是真凭实据。他们有多大胆子敢上控！直捷可以不理他。”胡统领尚未开言，周老爷道：“怕呢原是没有什么怕他，但是等到事情闹出来，大家没有味。这种人直捷是地方上的无赖，胜之不足为荣，败之反足为辱。还是大人的明鉴，预先布置的好。”文七爷道：“只要我们理直气壮，怕他怎的！”胡统领道：“文大哥，周某人话不错。兄弟的脾气，宁可息事,花两钱算什么,只要小的去,大的来,就有在里头了。但是总得有个人先去探探口气,我们才好商量。”周老爷道:“是。先去探探口气,果然是美意,我们也乐得同他拉拢拉拢。大人就给他一角公事,或者请他清查本地被土匪扰害的灾户,借此为名,等他开支几两银子的薪水:这是好的一面说法。倘若存了别的主意,大人跟前卑职要直谈的,那是他一定存了敲竹杠的意思。但是现在先写信,看来事情一定还可挽回,大人也不必烦心。这里的捕厅姓单,同卑职是十几年的相好,听说他同本地这些人还联络得来,卑职就去找他当中疏通疏通。将来事成之后,大案里头,求大人赏他一个保举就是了。”胡统领道:“这是惠而不费的,我又何乐而不为呢。但是你老哥见了单县丞,只说你托他,不必提出我来。各式事情,我们心照就是了。”周老爷答应着说:“明天一早就进城去。事情要办的快,总要明天一天里头了结才好。”胡统领道:“是啊。如此我也不留你们多坐了。你们各自回船歇息,明天好办正经。”于是各随员一齐辞别退去。

到了次日,周老爷果然起了一个早,坐轿进城会见单太爷,讲起昨夜统领的情形,知道事有把握。单太爷帮着敲了竹杠,统领还要保举他,真是名利兼收,非常之喜。连说:“晚生倘能因此过班,已是老堂翁的提拔。……至于银钱里头,用着晚生出力的地方,晚生无不竭力,无论多少好处,一齐都是你堂翁的。至于魏老朋友那里,有兄弟去抗,少则一头二千,多则三五六千,随你堂翁的便。他坐在家里哪里来得这些银子,多了岂不是白便宜他呢。”周老爷听了,自然也自欢喜。又商量了一回,仍旧出城禀见统领,说起这魏竹冈的为人:“据单县丞说,竟其不是个好东西,而且同京里张昌言张御史是姑表兄弟,所以在地方上很不安分。地方官看他表弟面上,有些事情都让他,不同他计较。单县丞虽然同他要好,晓得他利心太重,有些话也只好说起来看。总之,想敲一个大竹杠是实情。”胡统领听了踌躇道:“少呢,我们那里不花两钱;如果要的多,也只好听他的便了。”周老爷道:“据单县丞说,只怕开出口来不会少呢!”胡统领听了诧异道:“怎么单县丞晓得他要敲我的竹杠?”周老爷连忙分辩道:“他如何会晓得,也不过外头听来的传言。他听见大人肯赏他保举,他感激的了不得,立刻就到姓魏的那里探听去了。”

周老爷正同统领说话的时候,忽然船头上有人来回说:“有客到隔壁船上拜周老爷。”周老爷道:“只怕是单县丞探了口气来了。”统领道:“论不定就是他，你快过去看看罢。”周老爷辞别出来，回到自己船上，果然是单太爷。当时因人多不便说话，便把他拉到耳舱里，两个人鬼鬼祟祟的半天。周老爷送客出来，一直仍回到统领船上。一进门见了统领，便嚷道：“真正想不到的事情，简捷要把卑职气死！怎么不做一个好人，一定要敲竹杠！”胡统领忙问：“怎的？”周老爷只顾说他自己的话，说道：“他上天讨价，不能不由我落地还钱。且看单太爷去说，他能听不能听，再作道理。”胡统领忙问：“到底他要多少数目？”周老爷道：“大人估量他要多少？”胡统领道：“多则五千，少则三千。”周老爷道：“三千再加一百倍！”胡统领愣了一愣，舌头一伸，道：“怎么一百倍？”周老爷道：“他开口就是三十万，岂不是一百倍。”胡统领道：“他的心比谁还狠！咱们辛苦了一趟，所为何事，他竟要一网打尽，我们还要吃什么呢。你怎么回头他的？”周老爷道：“回头了他恐防生变。卑职总想着大人‘宁可息事’的一句话，只同他讲价钱，不同他翻脸。”胡统领道：“你到底同他讲多少？”周老爷道：“他开的盘子太大了，过少不好出口，卑职还了他三万。”胡统领听了，默默无语。停了好半天，又问道：“你还他三万，他答应不答应呢？”周老爷道：“他要三十万，是单县丞传来的。卑职只还个数目给他，不晓得他答应不答应。”胡统领听了摇摇头，说道：“都要像这样敲起来，一个三万，十个就是三十万。我的钱有完的时候，他们的竹杠没有完的时候。这个我吃不了！你替我回头他：有什么本事只管施来，我不怕；如若要钱，我没有。”

周老爷听了，陡的吃了一惊。心上思量道：“怎么这件事他倒变起卦来？而且也不像他平日为人。”但是碰了下来，也不好说别的，只搭讪着说道：“卑职这事是仰体大人意思做的，所以敢还他一个价。横竖这点数目总还开销得出。”胡统领一听话中有因，明明说他的钱是赚来的，揭着他的痛疮，心上越发生气。其时天气已交小寒，胡统领穿着一件枣儿红的大毛袍子，没有扎腰，也没有穿马褂，头上戴着“皮困秋”①，脚下蹬着薄底京靴，因为烘眼，戴了一副又大又圆的墨晶眼镜，一手捧着水烟袋，一手绺着老鼠胡子，坐在床边上，摇来摇去。床上点着烟灯。只见他的面孔比铁还青，坐了老半天，一声不响。周老爷也只好相对无言。又歇了一会，说道：“我替他们地方上办了这么大的一件事，一把万民伞都没有，还来敲

---

① 皮困秋——一种上有帽结，下有皮帽檐的便帽。

我的竹杠!”周老爷道:“等卑职出去通个风给他们,一定有得来的。”胡统领道:“算了罢!我省得三万银子,至少几千把万民伞好做。这个虚体面,我如今亦不在乎了!”周老爷一连碰了几个钉子,满肚皮不愿意,瘪在肚里不敢响。听他的口音,三万头还赖着不肯出。一时不敢多说,只得随便敷衍了几句,搭讪着出去。

回到自己船上,踱来踱去,一时想不出主意。想了半天,忽然想到建德县庄某人,统领同他还说得来,只好请他来打个圆场,或者有个挽回,到底捞他两个。主意打定,便去拜见庄大老爷,言明来意,只说:“外头风声甚是不好;虽然乡下人都有真凭实据在我们手里,到底闹出来总不好看。魏竹冈是著名的无赖,送他两个,堵堵他的嘴,我们省听多少闲话。”庄大老爷听了,心想:“上回乡下人的事情,虽然我替统领竭力的做了下来;然而对得住上司,毕竟对不住百姓,早晚总有一个反复。倒不如等他们出两个钱,我也免得后患。”想罢,便连声称“是”。又道:“统领脾气,兄弟是晓得的,等兄弟去劝他,应该总答应。”周老爷感激不尽,辞别出门。不多时候,庄大老爷也就来了。见了统领,闲谈了几句,慢慢讲到此事。胡统领咬定一口不答应,还说了许多闲话,总怪周老爷帮着外头人。又说:“兄弟这趟差使是苦差使,瞒不过诸公的。周某人总想多开销兄弟两个他才高兴,不晓得他存着一个什么心。像你老哥才算得真能办事情的人。”庄大老爷随便替周老爷分辩了两句,把嘴凑在统领耳朵上,咕咕唧唧了半天。先见统领皱一回眉,摇一回头;后来渐渐有了笑容,一连把头点了几点,方才高声说道:“这件事,兄弟总看你老哥的面子;如果是别人,兄弟一定不能答应。”庄大老爷又重新谢过,辞别回去不题。

单说胡统领此番虽然听了庄大老爷的话,答应送魏竹冈三万银子,托为布置一切;他的初意,因为不放心周老爷,一定要庄大老爷经手。庄大老爷明晓得这里头周某人有好处,而且当面又托过,犯不着做什么恶人,所以求了统领,仍交周某人经手。统领面子上虽然答应,等周老爷上来请示要划这笔银子,他老人家总是推三阻四,一连耽搁了好几天亦没有吩咐下来。周老爷心上着急,又不好十分催他。而且胡统领有意为难,过了两天,竟其推病不见客,连周老爷来见也是不见。等到病好,周老爷再上去请示,倒说:“兄弟哪里来的钱?还是老兄外头面子大,交情多,无论哪里先替兄弟拉三万银子;随后等兄弟有了缺,本利一个不少他的就是了。”

周老爷听了,气得半天说不出话来。意思待要发作两句,既而一想:"好汉不吃眼前亏。且让他一步,再作道理。"回到自己船上,越想越气。忽又想到:"戴大理的话真是一点不错。横竖总不落好,碰见这种人只好同他硬做。但是一件:银钱是黄仲皆经管,我今同他商量,他是个胆小人,一定不肯答应;与其碰了回来,不如不张口为妙。"想来想去,一夜未眠。

次日一早起身,正在一个人盘算主意的时候,齐巧单太爷前来探信。周老爷一想:"他来得凑巧,我今姑且同他商量。"当下请进,见面叙坐。周老爷先开口道:"一连接到老哥三张条子,为着事情大有反复,所以一直未能报命。"单太爷道:"晚生并不敢来催堂翁,只因魏竹冈天天派人到晚生那里来讨回信,赛如欠了他的债一般。这种人真正可恶!晚生想不去理他,又怕耽误了堂翁这边的事,统领跟前无以交代,所以急于两面圆场。也晓得堂翁这里事情多,不好为着这点小事情时来絮聒①,为的实系被催不过,所以写过几封信,意思想讨堂翁一个回信,晚生也好回复前途。一连几日,既未见堂翁进城,事情如何又未蒙台谕,所以晚生只得自己过来,一来请请安,二来请个示,到底这事如何办法?"周老爷听了,皱了一皱眉头,说道:"兄弟亦正因此事为难,正想进城同老哥商量,现在老哥来此甚好。"单太爷道:"怎么说?"周老爷把嘴凑在他耳朵边,将此事始末缘由,他如何为难,统领如何蛮横,现在想赖这笔银子的话,说了一遍。单太爷听了,想了一会,说道:"堂翁现在意下如何?"周老爷道:"这种人不到黄河心不死。现在横竖我们总不落好,索性给他一个一不做,二不休。你看如何?"单太爷道:"任凭他们去上控?"周老爷道:"犹不止此。"单太爷诧异道:"还要怎样?"周老爷愣了半天,方说道:"论理呢,我们原不应该下此毒手;但是他这人横竖拿着好人当坏人的,出了好心没有好报,我也犯不着替他了事。依我的意思,单叫人去上控还是便宜他,最好弄个人从里头参出来,给他一个迅雷不及掩耳。要赚大家赚,要漂大家漂,何苦单单便宜他一个。我上回恍惚听见你老哥说起,张昌言张御史同魏竹冈是表兄弟,可有这个话?"单太爷道:"他俩不错是表兄弟。但是他如今通信不通信,须得问问魏竹冈方晓得。"周老爷道:"我想托你去找找他,通个信到京里干他一个子,你看怎样?"单太爷道:"只要他肯写信,那是没有

---

① 絮聒(xùguō)——麻烦别人。

不成功的。但是一件,事情越闹越大,将来怎么收功?于他固然有损,于我们亦何尝有益呢?"周老爷道:"我不为别的,我定要出这一口气。就是张都老爷那里稍须要点缀点缀,这个钱我也肯拿。"

单太爷一听他肯拿钱,便也心中一动,辞别起身,去找魏竹冈。两人见面之下,魏竹冈晓得事情不成功,这一气也非同小可,大骂胡统领不止。立刻要亲自进省去上控,不怕弄他不倒。单太爷道:"现在县里有了凭据,所以他们有恃无恐。他是省里委下来的,抚台一定帮好了他。官司打不赢,徒然讨场没趣。"魏竹冈道:"省控不准就京控。"单太爷道:"你有闲工夫同他去打,这笔打官司的钱哪里来呢?"魏竹冈一听这话有理,半天不语。单太爷道:"你令亲在京里,不好托托他想个法子吗?"魏竹冈道:"再不要提起我们那位舍表弟。他自从补了御史,时常写信来托我替他拉买卖。我这趟在屯溪替他拉到一注,人家送了五百两。我不想赚他的,同他好商量,在里头挪出二百我用;谁知他来信一定不肯,说年底下空子多,好歹叫我汇给他。还说明:'将来你表兄有什么事情,小弟无不竭力帮忙,应该要一百的,打个对折就够了。'老父台,你想想看,我老表兄的事情,他不肯说不要钱,只肯打个对折,你说他这要钱的心可多狠!"单太爷道:"不管他心狠不心狠,'千里为官只为财',这个钱也是他们做都老爷的人应该要的。不然,他们在京里,难道叫他喝西北风不成?"魏竹冈道:"闲话少说。现在我就写信去托。但是一件,空口说白话,恐怕不着力,前途要有点说法方好。"单太爷道:"看上去不至于落空。至于一定要若干,我却不敢包场。"魏竹冈道:"到底肯出若干买他这个折子?"单太爷道:"现在已到年下了,送点小意思,总算个炭敬罢了。"魏竹冈道:"炭敬亦有多少:一万、八万也是,三十、二十亦是。到底若干,说明白了我好去托他。你不知道他们这些都老爷卖折参人,同大老官们写信,都与做买卖一样,一两银子,就还你一两银子的货;十两银子,就还你十两银子的货:却最为公气,一点不肯骗人的。所以叫人家相信,肯拿银子送给他用。我看这件事情总算兄弟家乡的事情,于兄弟也有关系,你也一定有人托你。你就同前途说,叫他拿五百两银子,我替他包办。"单太爷道:"五百太多罢?"魏竹冈道:"论起这件事来,五千也不为多。现在一来是你老哥来托我,二来舍表弟那里我也好措辞。总而言之:这件事参出去,胡统领一面多少总可以生法，还可以‘树上开花’[1]。不过借我们这点当作药线，好处在后头，所以不必叫他多要。你如今连个‘名世之数’[2]都不肯出，真正大才小用了。"单太爷道："这钱也不是我出，等我同前途商量好了再来复你。"魏竹冈道："要写信，早给兄弟一个回头。"单太爷道："这个自然。"说完别去。

当晚出城，找到周老爷说："姓魏的答应写信，言明一千银子包办。"周老爷听了嫌多。当下同单太爷再三斟酌，只出六百银子。单太爷无奈，只得拿了三百银子去托魏竹冈说："前途实在拿不出。大小是件生意，你就贱卖一次，以后补你的情便了。"魏竹冈起先还不答应。禁不住单太爷涎脸相求，魏竹冈只得应允。等到单太爷去后，写了一封信，只封得五十银子给他表弟，托他奏参出去。以后如何，且听下回分解。

---

① 树上开花——意别有收获。

② 名世之数——五百的代称，语出《孟子》："五百年必有王者兴，其间必有世者。"

第十八回

颂德政大令挖腰包　查参案随员卖关节

却说胡统领自从到了严州，本地地方官备了行辕，屡次请他上岸去住；无奈他迷恋龙珠，为色所困，难舍难分，所以一直就在船上打了“水公馆”。后来接到上宪来文，叫他回省，他便把经手未完事件赶办清楚，定期动身。此番出省剿匪，共计浮开报销三十八万之谱：有些已经开支，有的尚待回省补领。胡统领心满意足。自己想想，总觉有点过意不去，便于其中提出二万：一万派给众位文武随员，以及老夫子、家人等众，一来叫他们感激，二来也好堵堵他们的嘴。周老爷虽非统领所喜，因为一切事情都是他经手，特地分给他三千。下余的一千、八百，三百、五百，大小不等。赵不了顶没用，也分到一百五十两银子，比起统领顶得意的门上曹二爷虽觉不如，在他已经乐的不可收拾了。

尚有一万，由统领交托周老爷，说道：“本地绅士魏竹冈，他要敲兄弟三万，他的心未免太狠，我一时哪里来得及。现在把这一万银子，托老兄替兄弟去安排安排，免得他们说话，大家不干净。倘若不够，只得请老兄替兄弟代挪数千金补上；再要多，我可没有了。”周老爷听了，心下寻思道：“我的妈！你这钱若肯早拿几天，我也不至于托姓魏的写信到京里去了。现在事已如此，再出多些也无益，我乐得自己上腰，也犯不着再给姓魏的。我有了这个钱，回省之后另打主意，或者仍往山东一跑；将来就是他们参了出来，弄到放钦差查办，也与我不相干涉。”主意打定，仍旧恭而且敬的回答统领道：“大人委办的事，卑职没有不尽心的。齐巧这两天他们那边也松了下来，大约一万就可了事。”胡统领道：“可见这些人是贱的。你不理他，一万也就好了；你若是依着他，只怕三万也不会了事。”周老爷心里好笑，嘴里不作声。

胡统领道：“现在钱也出了，我的万民伞呢？这点虚面子，他们总不好少我的罢？”周老爷道：“这个自然。”胡统领道：“一万银子买几把布伞，我还是不要的好。”周老爷道：“叫他们送缎子的。城里一把，四乡四把，至少也得五把。”胡统领道：“我不是稀罕这个，为的是面子。被上司晓得，还说我替地方上出了怎么大一把力，连把万民伞还没有，面子上说不下去。”周老爷答应着。见话说完，退了下去。一头走，一头想，心想：“这送万民伞的事情须得同本地绅士商量。现在这些人一齐把统领恨如切骨，说上去非但不听，而且还要受他们的句子①。不如且到县里同庄某人斟酌斟酌再说。”主意打定，立刻坐了轿子到县里拜会庄大老爷，说明来意。

庄大老爷道，“我虽是地方官，这件事也不好勉强他们，须得他们愿意。而且我也不好同他们去谈这个。你去找找捕厅单某人，他与本地绅士还联络，不如叫他去说说看。说成了固然是好；倘若不成功，他的主意多，叫他想个法子弄几把伞，有几个人送了去，统领面子上糊得过，不就结了吗。”周老爷道：“单某人是我认得的，如此即刻我去找他。”说完辞了出来。捕厅就在县衙东面，也不用坐轿子，踱了过来。单太爷接着，寒暄之后，便问：“老堂台同统领几时动身？晚生明日还要请老堂台叙叙，一定要赏光的。”周老爷自然谦了几句，便将来意告知。单太爷道：“绅士、商人于统领的口碑都有限，如今要他们送万民伞，就是贴了钱也万万不会成功：不如不去说的好。老堂台如果怕统领面子上难以交代，晚生有句老实话：除非统领大人自己挖腰包不可。若以现在外面口碑而论，就是统领大人自己把牌、伞做好交给他们，他们也未必就肯送来，因为来了就要磕头的。老堂台如今要办这个，依晚生愚见，这笔钱是没有人肯出的。果然自己挖腰包把伞做好，由晚生这里雇几个人替你掮了去，也还容易。但是这些戴顶子送的人哪里去找？”周老爷听了不语，心下寻思道：“好在我已拿着他一万银子，拼出一二百块钱，做几把伞、四扇牌应酬他也不打紧。”想罢，便对单太爷道：“这个钱现在归兄弟拿出来，你不必愁。但是请几位朋友去送，总得你老哥想个法子。到底你老哥在这里做官做久了，外面人头熟，说出去的话，人家总得还你个面子。”单太爷道：“人头果然熟，然而也要看什么事情。我替老堂台想，你们带来的营头，还有炮船那些统领、帮带、哨官、什长，哪一个不是颜色顶子。去同他们商量，到了那天检几个永远见不着统领面的，叫他们穿着衣帽来送，就说是本地绅衿。横竖进来

① 句子——冷言冷语。

磕过头就出去的，谁能辨他是真假呢?”周老爷一听不错，连称：“老哥所说极是，兄弟一定照办。……”又把做万民牌、伞的事托单太爷代办。单太爷问：“做什么样子的?”周老爷说：“要缎子的。”单太爷愣了一愣道：“缎子的太费罢?”周老爷道：“不用缎子，至少也得绫子。你老哥瞧着看，怎么省钱，怎么好看怎么办。兄弟的事情，你老哥还肯叫我多花钱吗。”说着又问：“几天做好？何日去送?”单太爷屈指一算，说：“今天不算，总得两天做成，一准第三天送就是了。”周老爷回到城外，先去找了赵大人、鲁总爷一帮人，商量妥当，把人头派齐。然后回到大船上禀知统领，统领自然无话。预备第三天早上收过万民伞、德政牌之后，饭后开船回省。

正是光阴迅速，转瞬间已到了第二天了。这天合城文武在本府衙门备了满汉全席，公饯统领，并请了周老爷、赵不了等一班随员、老夫子作陪。又传了一班戏在厅上唱着。当下自然是胡统领坐了居中第一位，众官左右相陪。胡统领穿的是吉祥狄缺衿袍子，反穿金丝猴马褂。台子面前放着一个大火盆，烧着通红的炭。十多个穿袍套的管家，左右分班上菜斟酒。从午后两点钟入座，一直吃到上灯还没有完。胡统领嘴里喝着酒，眼里看着戏，正在出神时候，不提防一阵风来，把戏台上一幅彩绸吹在蜡烛上，登时烧将起来。虽然当时就被人瞧见，赶紧上前扑救；无奈风大得很，早已轰轰烈烈，把檐上挂的彩绸一齐烧着。大众这一惊非同小可！一时七手八脚，异常忙乱：有些人取水泼救，有些人想拿竹杆子去挑。其时戏台上已经停锣，众戏子一齐站在台口上帮着出力。幸亏其中有一个唱“开口跳”①的小丑，本事高强，攀着柱子爬了上去，左一拉，右一扯，总算把彩绸扯下，余火扑灭。一场大祸，顿归乌有，众人方才把心放下。回看地上，业已满地是水，当差的拿扫帚扫过，重新入席，开锣唱戏。当火起的时候，胡统领面色都吓白了，就叫打轿子说要回去。后见无事，众官又过来一再挽留，请大人宽用几杯，替大人压惊。谁知这位统领大人是忌讳最多的，见了这个样子，心上很不高兴，勉强喝过几杯，未及传饭，首先回船。众人亦纷纷相继告辞。胡统领回到船上，开口就说：“今日好端端的人家替我饯行，几乎失火，不晓得是什么兆头！”众人不敢回答。亏得文七爷能言惯道，便说：“火是旺相。这是大人升官的预兆，一定是好兆头。”一

① 开口跳——京剧里武丑的别称，是一种武工和滑稽并重的角色。

句话把他老人家提醒,说说笑笑,依旧欢天喜地起来。

到了第三天,手下之人一齐起早伺候。码头上本有彩棚,因为统领定于今日动身回省,首县办差家人重将彩绸灯笼更换一新。大小炮船,一律旌旆①鲜明,迎风招展。码头左右,全是水陆大小将官,行装跨刀,左右鹄立。将官之下,便是全军队伍,足足站有三四里路之遥,或执刀叉,或擎洋枪。每五十人,便有一员哨官,手拿马棒,往来弹压。德政牌、伞言明是日十点钟由城里送到船上。赵大人、鲁总爷所派武职人员,一早穿了衣帽,同到单太爷那里,预备冒充本城绅衿,遮掩统领耳目。单太爷又嫌人数太少,不足壮观,另把自己素有往来的几个买卖人,什么米店老板、南货铺里掌柜的,还有两个当书办的,一齐穿了顶帽,坐了单太爷预备的小轿。单太爷办事精细,恐怕惹人议论,叫人悄悄地到伞、牌店里,把五把伞、四扇牌取来,送到城门洞子里会齐。又预先传了一班鼓手在那里候着。等到诸位副爷、老板轿子一到,然后将伞撑起,随着鼓手、德政牌,吹打着一同出城。出城不远,两旁便有兵勇站街,有人保护,不怕滋事了。分派停当,已经九下钟。合城文武官员络续奔至城外官厅伺候。

约摸有十点半钟,只听岸滩上三声大炮,两旁吹鼓亭吹打起来。胡统领赶忙更换衣冠:头戴红顶貂帽,后拖一支蓝扎大披肩的花翎;身穿枣儿红猞猁狲缺襟开气袍,上罩一件寿桃貂马褂,下垂对子荷包;脚蹬绿皮挖如意行靴。几个管家,一个个都是灰色褡裢布②袍子,天青哈喇呢马褂,头戴白顶水晶顶,后拖貂尾,脚踏快靴。其时德政牌、伞已到岸上彩棚底下,一众送伞的人齐上手本。执帖门上呈上统领过目之后,便吩咐伺候。岸上又升三声大炮。只见十六名亲兵,穿着红羽毛、黑绒镶滚的号褂战裙,手执雪亮钢叉,钢叉之上,一齐缠着红绸。亲兵后头,挨排八个差官。由船到岸虽只一箭之遥,只因体制所关,所以胡统领仍旧坐了四人绿呢大轿。轿前一把行伞,轿后一群跟班。到了岸上彩棚底下下轿,朝着众位送伞的人谦逊了几句。其时地上红毡官垫都已铺齐,众人纷纷磕头下去。统领一旁还礼不迭。起来又谢过众人,又留诸位到船上吃茶。众人再三辞谢。统领送过众人。其时各炮船船头上齐开大炮,轰轰隆隆,闹得镇天

---

① 旌旆(jīng pèi)——旌旗。

② 褡裢布——一种很厚的粗布。

价响。两旁兵勇掌号,吹鼓亭吹打细乐。统领依旧坐着轿子,由差官、亲兵等簇拥回船。

不提防轿子刚才抬上跳板,忽见一群披麻戴孝的人,手拿纸锭,一齐奔到河滩,朝着大船放声号啕痛哭起来。其时统领手下的亲兵,县里派来的差役,见了这个样子,拿马棒的拿马棒,拿鞭子的拿鞭子,一齐上前吆喝。谁料这些人丝毫不怕,起先是哭,后来带哭带骂。骂的话虽然听不清楚,隐隐间也有一二句可以辨得,说什么“官兵就是强盗,害的我们好苦呀”一派话头。这些人听了,愈加生气,打骂得更凶。那些人只是哭他的,伏在地下,慢慢化锭,慢慢诉说,只是不动。四面弹压的人及码头上瞧热闹的人,早已聚了无数。哭骂的话,胡统领也并非一无所闻,幸亏他宽宏大量,装作不知。上船之后,就命立刻开船,离了码头。

再说府、县各官听说统领就要开船,一齐踱出官厅,上船叩送。走至岸滩,见了许多人围聚一处,问起根由,众人不敢隐瞒,只得依实直说。本府不语。首县庄大老爷便骂当差的,问他:“为什么不早驱逐闲人?现在围了多少人在这里,叫统领大人瞧着像个什么样子呢?”办差的不敢回嘴。庄大老爷又吩咐:“把地保锁起来!”地保一听老爷动气,立刻分开众人,要想把一个身穿重孝,哭的最厉害的人,扭了来禀见本官。谁知这个人并不畏惧,反拿了哭丧棒打地保的头。嘴里还说:“我的妈,我的哥,都死在他们手里,我的房子亦烧掉了,我还要命吗!他是什么大人!我见了他,我拼着命不要,我定要同他拼拼!”其时庄大老爷站在码头上,这些话都听得明白,晓得骂的不是自己,虽然生气,似乎可以宽些。忙传话下去,叫地保不要同他啰嗦,把他们赶掉就是了。地保得令,同着七八个差役,两个拖一个,把他们拖走。这些人依旧破口骂个不了。但是相去已远,统领听不见,庄大老爷也听不见,就作为如无其事,不去提他了。

且说各官挨排见过了统领,各人有各人坐船,一齐各回本船,跟着统领的船走了有十几里。统领再三相辞,方才回去。至各武官一齐在江边排队,鸣枪跪送,更不消说得。本道驻扎衢州,自从九月生病,请了三个多月的假。上头因为他京里有照应,所以并不动他。地方上虽有事,竟于他丝毫不相干涉似的。自从胡统领到严州,一直等到回省,始终未见一面。胡统领也晓得他的来头,所以也并不追求。

正是有话便长,无话便短。胡统领在船上走了几天,顶到回省已经是年下。照例上院禀见,一则禀陈剿办情形,二则叩谢随折保奖。照例公事,敷衍过去。下来之后,便是同寅接风,僚属贺喜。过年之时,另有一番忙碌。官样文章,不必细述。

单说同去的随员,黄、文两位,各自回家。周老爷原有抚院文案差使,抚宪同他要好,一直未曾开去,他回省之后,原旧可以当他的差使。无奈他在严州因与胡统领屡屡龃龉①,非但托人到京买折奏参,而且还赚了他一万银子;将来这事总要发作,浙江终究不能立足。与其将来弄得不好,不如趁此囊橐②充盈,见机而作。所以自从回省之后,一直请假,在朋友家中借住。等到捱过元宵,他又借着探亲为名,上院禀见抚宪,口称:"亲老多病,倚闾③望切,屡屡寄信前来叫卑职回去。今幸严州土匪一律剿平,卑职并无经手未完事件,意欲请假半载,回籍省亲。假满之后,一定仍来报效。"刘中丞是同他有交情的,听了此言,甚为关切,不得不允。但嫌半年日子太长,只给了三个月的假。还说:"随折只保得胡道一人,早奉批折允准。旨意上并准兄弟择尤保奖,不日就要出奏,老哥的事情,是用不着嘱咐的。"周老爷又请安谢过。然后下去禀辞各上司,辞别各同寅,卷卷行李,搭上了小火轮,先到上海,再图行止。按下慢表。

再说戴大理听见胡统领回省,先到公馆禀见。见面之后,寒暄几句,胡统领先谢他从中斡旋④之事,又提到周老爷,竟其甚不满意。戴大理便趁势说了他许多坏话。又说:"这番不给他随折,也是卑职做的手脚。"胡统领道:"非但不给他随折,而且等到大案上去的时候,兄弟还要禀明中丞,把他名字撤去才好。"戴大理听了甚喜。正是光阴似箭,日月如梭,周老爷去不多时,这里大案也就出去。胡统领虽与周老爷不对,屡次在中丞面前说他的坏话,戴大理也帮着在内运动;无奈中丞念他往日交情与这一番辛苦,不肯撤去他的名字,依旧保了进去。当经奉旨交部议奏。随手就有部里书办写信出来,叫人招呼:无非以官职之大小,定送钱之多少;有钱

---

① 龃龉(jǔ yǔ)——上下牙齿不齐,比喻意见不合。

② 囊橐(náng tuó)——口袋。

③ 闾(lǘ)——门。

④ 斡(wò)旋——从中调解。

的核准,无钱的批驳。往返函商,不免耽误时日,所以奉旨已经三月,而部复尚未出来。此乃部办常情,不足为怪。

看看一年容易,早已是五月初旬。一日,刘中丞正在传见一班司、道,忽然电报局送进一封电传阁抄①。拆开看时,原来是钦派两位大员,随带司员,驰驿前赴福建查办事件。当下中丞看过,便说与众人知道。藩台回称:“现在福建并没有什么事情被人参奏,何以要派钦差查办?”到底臬台是当小军机出身,成案最熟,想了一会,说道:“据司里看起来,只怕查的不是福建。——向来简放钦差,查办的是山东,上谕上一定说是山西,好叫人不防备;等到到了山东,这钦差可就不走了。然而决计等不到钦差来到,一定亦预先得信,里头有熟人,没有不写信关照的。”刘中丞道:“我们浙江不至于有什么事情叫人说话。”司、道听了无话。送客之后,歇了两三天,刘中丞接到京信——也是一个要好的小军机写给他的——上头写的明明白白,是中丞被三个御史一连参了三个折子,所以放了钦差查办。刘中丞至此方才吃了一惊。到了次日,又奉上谕,已将省份指明,着派两钦差来浙查办。但是只说有人奏,没有提出御史的名字。此亦照例文章,无庸琐述。至于所参的是哪几款,上谕未曾宣明。合省官员,虽有几位自己心上明白,究竟一时也不得主脑。过了几日,京里的那个小军机又写了一封信来,才把被参的大概情形约略通知,虽还不能详细,大略情形已得六七。列位看官须知:大凡在外省做督、抚的人,里头军机大臣上,如果有人关切,自然是极好的事;即使没有,什么达拉密章京——就是所称为小军机的——那帮人,总得结交一两位,每年馈送些炭敬、冰敬,凡事预先关照,便是有了防备了。京城里面刘中丞虽然不少相好,无奈这些人听见他被参,恐怕事情不妙,都有点退后,不敢同他来往;又有人心上很想通知他,又打听不出被参的根由,因此不敢多言;本城司、道当中有几个虽得实信,但是有碍中丞面子,横竖将来总会水落石出,此时也不便多谈:有此三层,所以钦差已经请训南下一月有余,所参各节,刘中丞反不能全然知道,却是这个缘故。

闲话休题,言归正传。且说到了六月底接着电报,晓得钦差已经行抵

① 阁抄——官府发的公报。

清江，这边浙江省城便委了文武巡捕前往迎接。赶到七月中旬，业已顶到杭州。探马来报，听说离城不远。文自巡抚以下，武自将军以下，一齐到接官厅，预备恭请圣安。出城不到一刻，远远听得河中小火轮的气筒呜呜地响了两声。两岸接差的营兵，一阵排枪放过，便见两只小火轮，拖带钦差及随员大小坐船二十余只，一路冲风破浪而来。船泊码头，三声大炮，随见两位钦差，身着行装，坐了大轿，抬到岸上，一同出轿，走至香案旁边，东西站定。将军、巡抚以下，都统、臬司以上，凡够得着请圣安的，一齐跪定。巡抚、将军居首，口报："某官臣某人，率领某某人，恭请圣安。"然后叩头下去。钦差照例回答过。一时礼毕。两位钦差只同将军、学台寒暄了两句，见了其余各官，只是脸仰着天，一言不发。便命打轿进城。其时内城早经预备，把个总督行台做了钦差行辕。此番办差非同小可，为的是查办本省事件，所以首县格外当心。藩台又怕首县照顾不到，另派了一个同知、两个知县，帮同仁、钱二县料理此事。

钦差到了行辕，因为请训的时候面奉谕旨，叫他破除情面，彻底根查，所以关防非常严密：各官来拜，一概不见。又禁阻随员人等，不准出门，也不准会客。大门内派了一员巡捕官同一位亲信师爷，一天到晚，坐在那里稽查：有人出入，都要挂号。这个风声一出，直把合省官员吓得不得主意。

到了第二天，钦差又传出话来，叫首县预备十付新刑具，链子、杆子、板子、夹棍，一样不得少。随后又叫添办三十付手铐、脚镣，十付木钩子、四个站笼①。首县奉命去办，连夜做好，次日一早送到行辕。各员闻知，更觉魂不附体。刑具造齐之后，一连两日不见动静，合城官员越发摸不着头脑。凡钦差一举一动，首县及本省所派的文武巡捕均随时禀知抚院；今因不见动静，自然格外惊疑。

到了第三天，钦差行辕忽然发出一角公文，咨给本省巡抚。刘中丞拆出看时，上面写的大略是：

> "本大臣钦奉谕旨，来此查办事件。凡与案内牵涉各员，相应咨请贵抚院，按照另开各员，分别撤任、撤差、看管"

各等语。另外一张名单，共是两个实缺道，是宁绍台一个，金衢严一个，均先撤任；两个候补道，一个是支应局的老总，一个便是防军统领胡道台，均

---

① 站笼——也叫立枷，封建时代的一种酷刑，将囚犯枷在里面。

先撤差；五个知府，十四个同、通、州、县，——建德县庄大老爷亦在其内，得的处分是先行撤任，发交首县看管——此外是全撤任、撤差，发县看管的，共有三个；佐杂班子里，撤任、撤差的共有八个；此外武官当中也不少。另有一篇名字，是捉拿劣幕二人，一个还是现在抚院的幕府；三个门丁，两个是跟藩台的，一个是运司的；又有某处绅士某人；某县书办某人……：足足有一百五十多个，一时也记不清爽。刘中丞一看，别的还好，偏偏自己幕友也在其内，乃是第一扫脸之事。而且司、道大员，统通有份，便知事情不小。但是来文当中但叫撤任、撤差，拿人看管，并不指出所犯案情。惟因事关钦案，既不敢驳，又不敢问，只好一一遵照去办。这个信息一出，真正吓昏了全省的官，人人手中捏着一把汗；欲待打听，又打听不出，这一急尤其非同小可！不在话下。

且说两位钦差大人自从行文之后，行辕关防忽然松了许多。就有几位随来的司官老爷，偶尔晚上出门找找朋友，拜拜客；但是出门总在天黑上火之后，日间仍旧顿在家里。钦差的随员谁不巴结，他既出来拜客，人家自然赶着亲近，有的是亲戚、年谊，叙起来总比寻常分外亲热。起先只约会吃饭接风，后来送东送西，行辕里面来往的人也就渐渐的多了。两位钦差只装作不闻不知，任他们去干。这随带司员当中有一个旗人，名唤拉达，官居刑部员外郎，是正钦差的门生。师生之间，平时极其水乳。杭州候补道里头有一个管城门保甲的，也是个一榜出身，姓过名富，同拉达是同榜举人，也中在正钦差门下。

却说这位正钦差，他是个旗员出身，现官兵部大堂，又兼内务府大臣之职。这趟差使原是上头有意照应他，说："某人当差谨慎，在里头苦了这多少年，如今派了他去，也好叫他捞回两个。"等到圣旨一下，还未请训，他先到老公①屋里，打听上头派他这个差使是个什么意思。老公说道："这差使上头原先要派某某人去的，我们是自己人，有了好事情肯叫别人去吗？所以就在佛爷跟前，替你把这差使求了下来。"正钦差听了，自然异常感激，随手说道："这件事情闹的很不小，看来很不好办。要请请示，上头是个什么意思？"老公鼻子里扑哧一笑道："现在还有难办的事情吗？佛爷早有话：'通天底下一十八省，哪里来的清官。但是御史不

① 老公——太监。

说，我也装做糊涂罢了；就是御史参过，派了大臣查过，办掉几个人，还不是这么一件事。前者已去，后者又来，真正能够惩一儆百吗？'这才是明鉴万里呢！你如今到浙江，事情虽然不好办，我教给你一个好法子，叫做'只拉弓，不放箭'：一来不辜负佛爷栽培你的这番恩典；二来落个好名声，省得背后人家咒骂；三来你自己也落得实惠。你如今也有了岁数了，少爷又多，上头有恩典给你，还不趁此捞回两个吗？"正钦差听了，别的还不在意，倒于这个"只拉弓，不放箭"两句话，着实心领神会。

等到辞别出京，顶到杭州，一直恪守这老公的一番议论。外面风声虽然厉害，什么拿人、造刑具，闹得一天星斗；其实他老人家天天坐在行辕里面，除掉闻鼻烟、抽鸦片之外，一无所事。空闲之时，便同几个跟班的唱唱二黄莲花落，消遣消遣。不但提来的人，他一个不审，一个不问；就是调来的案卷，他老人家始终没有瞧过一个字，只吩咐交给司员们看。同来的副钦差虽是个汉人，他的官不过是个副宪，顶子还没有红，各式事情都让正钦差在头里，总不肯越过他去。至于带来的司员，很有几个懂得例案，留心公事的；无奈见了钦差如此举动，一齐没了主意。其中只有员外郎拉达，因是正钦差的门生，他二人做了一气，正钦差拿他当心腹人看待；他又同他同年过道台做了联手。

这位过富过道台，本是个一榜，上代也很有交情。自从到省以来，足足一十七载。从前几任巡抚看他上代的面子，也很委过他几趟差使；无奈他太无能耐，不是办的不好，就是闹了乱子回来。所以近来七八年，历任巡抚都引以为戒，不敢委他事情，只叫他看看城门，每月支领一百块洋钱的薪水。每逢牌期、朔、望，虽然跟了许多司、道上院，不过照例挂号，永无传见之期：真正黑的比煤炭还黑。不料天无绝人之路，偏偏本省出了乱子，接二连三被都老爷参上几本；事情闹大了，以致放钦差查办，刚巧是他中举的老师。头一天去禀见，巡捕传出话来，说是钦差不见客。起初他还不晓得老同年拉达同来；过了几天，拉达先拿着"年愚弟"帖子前来拜望，叙起来知道是同榜、同门，因此非常亲热。拉达受了钦差的吩咐，有心要叫过道台做拉马，他二人竟其没有一天不碰头两三次。凡钦差行辕一举一动，本省大宪是没有不知道的。自从他二人要好，一班耳报神早已飞奔的报到抚台跟前了。

这几天抚台正为这事茫无头绪，得了这个信，便传两司来商议。还是臬台老练有主意，说道：“既然过道是钦差的门生，少不得将来要照应他的。大人不如先送个人情给他：一来过道感激大人的栽培，各色事情没有不竭力报效的；二来叫钦差瞧着大人诸事都有他脸上，他也不好不念大人这点情分；三则过道既同钦差随员相好，也可以借他通通气。好在目下支应局、营务处、防军统领出了几个差使都没有委人，大人何不先委他一两桩？这个人情是乐得做的。”抚院听了甚以为然，立刻应允。等到两司回去，未到天黑，札子已经写好，送到过道台的公馆里去了。

且说过道台自从黑了许多年，手中也着实拮据。现在老同年到了，总得些微应酬点，而且还想他在老师跟前吹嘘吹嘘，再托本省抚宪另外委他个好点的差使。幸喜他秉性忠厚，只想老同年替他说两句好话，至于借名招摇的事确丝毫没有。这天正在公馆里打算：“明天请老同年逛西湖，只要一只船；到了西湖，随便到岸上小酌一顿，化上头两块钱，便算请过了他，尽了东道之谊。”穷候补了多年，饭馆子上都欠不动了，只好打这个小算盘，这正是他的苦处。

不料正在打主意的时候，忽然院上送了两个札子来。过道台是多年不见红点子的人，忽然院上送来两个札子，还不知道什么事情，甚是惊讶不定。等到拆开一看，才晓得是委了两个差使：一个支应局，一个营务处。这一喜非同小可！第二天上院谢委，磕头起来，说了许多感激的话。刘中丞也着实拿他灌米汤，还说：“老兄的大才，兄弟是素来知道的。一向没有机会，所以拿你搁到如今。以后借重的地方还不少。”过道台的底子毕竟忠厚，从此以后，便一心一意帮着刘中丞，替他出力。都是后话不提。单说他上院下来，次日会见老同年，忙把此事告知。拉达心上明白，回到行辕，亦禀知了老师。钦差会意，等到晚上无人的时候，请了拉达过来，面授机宜，如此如此，这般这般的，吩咐了一番。拉达道：“老师的事情，门生还有不竭力的吗？但是一件：我们也只可以逸待劳，以静待动，等他们来请教我们。若是我去俯就他，这就不值钱了。”钦差道：“是呀，你老弟的话一些儿不错。听凭你老弟去办，我没有不好商量的。”拉达次日一早便去拜望过道台。门上人说：“我们大人一早就被院上传了去，下来还要拜客，一时间怕不得转来。”拉达听说，只好回去。

且说过道台是日一早果然是被刘中丞传到院上。这日刘中丞托称感冒，吩咐巡捕官止了辕门，凡官员来见的一概道乏；单传了过道台进去，又叫把他请进内签押房，以示要好之意。等到过道台进来，刘中丞已站在那里等候许久了。二人相见，打躬归座。中丞穿的是件接衫①，也没有戴大帽子。见面先让升冠。又问："便衣带来没有?"过道台回称"没带"。中丞便同自己跟班的说道："我的衣服过大人穿着还对，快去把我新做的那件实地纱大褂拿来给过大人穿。"跟班的答应着。去不多时，取了出来给过道台穿上。尚未坐定，中丞又说："今儿天早得很，只怕没有吃点心。"又叫跟班的去拿点心，"我同过大人一块儿吃"。少刻点心摆上，二人对吃。一头吃，一头说，无非说些闲话，还没有提到正经。一霎点心吃完。刘中丞见过道台头上汗珠有黄豆大小，滚了下来，又赶着叫他宽大褂，又叫他把小褂一齐脱掉。吩咐管家绞手巾，"替过大人擦背"。正闹着，巡捕拿着手本来回道："已撤防军统领胡道禀见。"中丞把眼一瞪道："我有工夫会他吗！我说过今天不见客，你们没有耳朵吗?"巡捕道："胡道说有要紧公事面回。"刘中丞道："什么要紧公事，叫他去找戴某人。"巡捕碰了钉子下来，不敢作声，只好通知胡统领，叫他去找戴大理。胡统领无奈，低头忍气而去。

且说过道台承中丞这一番优待，不禁受宠若惊，坐立不稳，正不知如何是好。一时擦背已毕，归座奉茶。刘中丞慢慢地同他讲到："钦差来到这里查办事件，到底不晓得几时可了。事了之后，还得请他叙叙。兄弟那年上京陛见的时候，同他二位很会过几次。听说正钦差还是老兄的座主。"过道台忙答应了一声"是"。又回："查办的事这两天虽然不见动静，随员当中，职道有个同年，天天到职道那里来的。大人有什么事情，职道可以问他。"刘中丞道："我有什么事怕人说话? 老夫子呢，是历任请下来的，又不是我的亲戚故旧；好便好，不好驱逐回籍也与我毫不相干。我怕的是事情闹的太大了，未免牵动全局；全局一坏，将来杭州的官不好做，差事也不好当了。我为的是大众，并非是我一人之事。"过道台听了，心上甚是钦佩；又想起刚才相待的情形，竟是感深肺腑，一心一意想要竭力报效。便一口答应，说道："钦差是职道的座师，随员拉某人是职道的同门、同年。现在查办的事乃是关系大局的事。大人是个什么意思，职道能够出力，没有不竭力的。就是拉某人那里，职道把大人盛意通知了他，料想

① 接衫——两种不同颜色料子接做的长衫。

他亦是一定肯帮忙的。”刘中丞道:“果然承他费了心,也没有叫他白费心的道理。说句老实话:只要我开出口,难道还要我掏腰吗? 查是查的浙江省的事,用是用的浙江省的钱,多两个,少两个,倒不在乎,只要大家能把面子光过就算完了。第一老兄见了贵同年,先把原折抄个底子看看,也好有个把握;就是他们查不到的事情,我也好帮着他们去查。”过道台诺诺连声。见中丞无甚说得,方始告辞。他的意思一定还要换了衣帽出去,中丞不允,叫他穿了大褂出去。又说:“就把这件大褂送与老兄穿罢。”过道台又请安谢赐。中丞道:“将来借重的地方多着哩,一件大褂值得什么!”言罢,吩咐跟班的替过大人拿衣帽送了出去。

过道台下院之后,也不及回公馆,一直奔到钦差行辕,会着老同年拉达。拉达把“刚才奉访不见”的话说了,过道台忙说:“失迎。”二人言来语去,过道台便将刘中丞的话一一转达。拉达听了,笑了一笑道:“他身任封疆,凡百事情都要唯他是问,怎么好说与他毫不相干呢?”过道台道:“并不是说各色事情都与他毫不相干,指的单是这位被参的老夫子,是前任一直请下来的。”拉达道:“既然不好,就不该联下去,为什么不早些把他辞掉? 现在动了参案,纵然没有通同作弊,这失察处分也难免的。”过道台道:“我们这位中丞是忠厚人,你又何必如此顶真? 常言说的好,‘得罢手时且罢手’。总之,你替他出了力,他总不辜负你就是了。”拉达道:“老同年,这也不能怪你,你同他是感恩知己,自然要盼他无事才好。但是煌煌天使,奉旨而来,难道就此偃旗息鼓,一问不问吗?”过道台起先听见拉达直揭他的心病,不免脸上红了一阵,半天回答不出;等到听见后来几句话,才说道:“事关钦案,也没有偃旗息鼓,一问不问的道理。将来终究有个交代,或者把要紧的人坏掉几个,还怕搪塞不了吗?”拉达道:“闹来闹去,终是位分越小的越晦气,这点机关难道我还不懂。总之,这件事不是看你同年面上,我兄弟一定不答应,定要回过钦差,给他一个水落石出。现在一来是你老同年一力担当,难道我们这点交情还没有。二来你老同年才得了这个美差,生怕再换一个上司,差使不牢,可是这个缘故?”过道台又把脸一红道:“我有你老同年照应,要署缺也容易,当个把差使算不得什么。”拉达道:“我是说顽话,你别生气。”过道台道:“你真正把我当作傻子了,彼此说说笑笑,哪有当作真的道理。”拉达道:“真是真,假是假,这事情也不是我一个人能作得主的。果然他们有什么意思,等我回过上头，再通知你罢。”

过道台道：“这个自然。但是原参的底子你不妨先给我知道。”拉达道：“这个底子我虽然不妨拿给你看，我同你还分甚彼此；不过我们这几个同事有两个很疙瘩的，我给你看了，他们不晓得我二人的交情，还当着我得了你几多银子似的。想起来真正可恨！”过道台道：“只要肯拿出来，这点小意思，中丞吩咐过，原应得尽心的。”拉达见说的话渐渐合拍，便让过道台到自己住的房间里坐，又让过道台在床沿上坐了。把嘴凑在过道台耳朵上，同他低低说道：“这事我好瞒别人，瞒不得你老同年。老师早有过话的了，一齐在内，总得这个数。”一面说，一面伸了两个指头。过道台道：“二万？”拉达道：“差的天上地下哩！”过道台道：“二十万？”拉达把头一摇道：“止有一折。”过道台着惊道：“怎么只有一折！”拉达道：“老师说过，总要二百万，二十万岂不是才有一折。”过道台听了，半天无话。拉达晓得他意思嫌多，便说：“事情又不是我的事情，你也不过做个当中人。这一个要得出，只要那一个答应得下，要你替古人担忧做什么呢？”过道台道：“你既开了盘子，我总替你达到。但是底子你可先给我瞧瞧。”拉达道：“这是我们同事里的好处，我一人实实做不得主；但是你老同年既然如此说了，我再不给你瞧，朋友面上也难为情。如今我硬做主，你能答应五万银子，我就抄给你瞧。同事里头有什么说的，等我替你去抗。”过道台听了还以为多；后来讲来讲去，让到二万银了，再少一个，断断办不到。过道台只得一力担承。拉达又叫他写个欠银字据，嘴里说道：“并不是不放心你。人家晓得咱俩是同年，你不写这个，别人还要疑心我得了你若干；你写这个，总算是照应我的。”过道台无奈，只得提笔在手，写了一张字据交与拉达。然后拉达从拜盒里取出参案的底子来。过道台见了，舌头一伸，几乎缩不下去。

欲知后事如何，且听下回分解。

第十九回

重正途宦海尚科名　讲理学官场崇节俭

却说拉达将参案底稿取出，过道台接在手中一看，只见上面自从抚院起，一直到佐杂以及幕友、绅士、书吏、家丁人等，一共有二十多款，牵连到二百多人。一时也看不清楚，只好拿在手中，告辞回去，约过明日再送回信。出门上轿，并不及回公馆，一直上院，见了中丞，禀知一切，将底子呈上。刘中丞也不及细阅，单拣与自己关系的事，细细注目看了一回，其余只看一个大略。看罢，随手往桌上一撩，说道："到底他们定个什么意思？"过道台又把钦差意思想要二百万的话说了一遍。刘中丞道："我情愿同他到京里打官司去！他要这许多，难道浙江的饭都被他一个吃完，就不留点给别人吗？他既会要钱，我自然有我的法子，暂且把他搁起来，不要理他。至于底下的花费，头两万银子，尚在情理之中，明天你到善后局去领就是了。"说完送客。过道台不得头脑，只得回家。幸喜"写了凭据的二万头，中丞已允，卸了我的干系。别事'见风使帆'，再作道理"。

谁知一歇三天，拉达听听无信，只得自己过来拜访过道台，探听消息。过道台无奈，又把中丞的话说了。拉达赛如顶上打了一个闷雷似的，歇了半天，无精打采而去。回到行辕，正钦差亦在那里眼巴巴地望信哩。拉达只得据实告诉。正钦差发了脾气，一定一个钱不要，吵着行文给巡抚，问他办的人怎么样了，立刻就要提审。这个风声一出，合省的官吓毛了。司、道上院商量办法。刘中丞道："不要说只参得二十来款，就是再多些，既然开了盘子肯要钱，那事就好办了。现在查办的事，兄弟不必说，一省之主，样样都关到的，就是诸位也有一大半在内。这个兄弟都不着急，横竖有钱替我们说话，替我们弥补。但是要的少些，我们还好应酬；如今一开口就是二百万，我们答应了他，设或他没有替我们弄好，再被御史一参，又派上两个钦差，倒要我们二千万，难道亦应酬他吗？为今之计，只好搁起他们来。有什么话，我同他几个一块儿到京里去讲。"列位看官须知：刘中丞的意思，原想借着不理他，等他自己收篷，可以少拿几个。谁知钦差不认这笔账，仍旧用他的"只扯弓，不放箭"的手段。众官一齐着急。刘中丞也知事情弄僵，但是面子上不能不做好汉，嘴里虽如此说，心上甚是盼望事情早了。藩、臬两司仰体宪意，面子上再三解劝，连称："求大人息怒。……顾全大局要紧。钦差那边，就托过道前去磋磨，能得少些，自然极好；倘若不能，由司里出去传谕他们被参的，这笔钱应得大众公认，断无要大人操心之理。"刘中丞道："既然你们诸位胆子小，一定要如此办，我又何必从中阻挠，叫你们为难。如今让你们去办，办好办歹，统通与我无干。现在的世界，这个官还好做吗！等到事情一了，哪个不告病的？"司、道一齐说道："司里、职道见识有限，凡事总还求大人教训。"中丞也不答言。藩台又回道："等司里下去通知过道，就好开议。听说钦差要紧回京，我们也乐得早了一天好一天。"刘中丞道："你们斟酌去办罢。"于是司、道一齐退出。

当时藩台便亲自去拜会过道台，把个担子统通交付了他；又把自己的事情再三相托。过道台听了非常之喜，立刻去关照拉达。拉达又禀知钦差。钦差巴不得事情有了挽回，登时应允，限五天之内禀复。拉达出来又说给过道台，说："老师叫你赶紧去办。"等到过道台到家，官场早已得信，门口的轿子已经排满了。有些府、厅、州、县老爷们都落了门房；几个佐杂都朝着门政大爷作揖磕头，求他在大人跟前吹嘘。其时巡抚檄调的都已到齐：也有撤任的；也有撤差的；有的已交首县看管，自己不能来，只好托了人来说情的。所以这天自下午到半夜，过道台公馆里一直没有断客；而且有些人见不到，第二天起早再来的：真正合了古人一句话，叫作"臣门如市"。还有些接连来了好几天，过道台不见他，弄的没法，只好托了别位道台写信代为说项。又过上两天，外省的电报信也打来了，连信连电报，足足积了一尺多高。这两天过道台请假，不上院，也不到局里办公，专门清理此事。趁空便去同拉达商量。他的人虽忠厚，要钱的本事是有的。譬如钦差要这人八万；拉达传话出来，必说十万；过道台同人家讲，必说十二万：他俩已经各有二万好赚了。诸如此类，不胜枚举。一连闹了几天，钦差限期已到，拉达来讨回信。他说："头绪纷繁，断非一时能了，务托代求展限数天。"拉达回去，钦差应允。这几日把个过道台忙得昼夜不宁，茶饭无定。有的应该硬做，有的应得软商，面子上全是他一个；暗里却是拉达，又添了副钦差的一个心腹，两人做主。正是光阴似箭，又过了好几天，过道台这里大致方才就绪。有些拿得出钱的，早已放心胆大，晓得可以无事；就是得点处分，也不过风流罪过，不至于罣误①功名。撤差的就可得差，撤任的还可回任。这都是拉达所说，由过道台传话出来的。至于那些拿不出钱的人，钦差自然不肯拿他放松，他自己也预备参官问罪。到了期满的这一天，大家早已死心塌地的了。

大致停当，拉达回过正钦差，来的时候如何办法。正钦差早把打好的主意告诉了副钦差。副钦差的官虽然比正钦差小些，然而论起科分来，他入翰林比正钦差早十年，的的确确是位老前辈。做京官的最讲究这个。他面子上虽然处处让正钦差在前头，然而正钦差遇事还得同他商量，不敢僭越一点，恐怕他摆出老前辈的架子来，那是大干物议的。且说这副钦差连日看见拉达鬼鬼祟祟地到正钦差屋里回话，他便赶过来听；等到他来了，师生二人又不说了。因此心上大为疑惑，便向正钦差发话道："怎么这些随员当中，只有拉某人会办事？"正钦差支吾道："不过为他还活动些，二来人头也熟。"副钦差道："事情太多，怕他一个人忙不了，我明天再派一个人帮他去办。公事大家都得做，还好分彼此吗？"正钦差不便驳他，只得答应着，说："如此甚好。"这派的却就是他的心腹。因此内里有了他二人做主。

闲话休题，言归正传。单说正、副两钦差晓得大致已妥，便传谕随员们，把不出钱的人，什么候补知县、佐贰太爷们，以及绅士、书吏，提了几十个到钦差行辕，叫这些随员老爷们逐日分班问案。有该用刑的地方，丝毫不徇情面，该打的打，该收监的收监，好遮掩人家的耳目：如此者又有七八天。等到这边的人证问齐，那边过道台经手的银子也就送到了。正、副两位钦差，一面督率随员，查照原参各款，分别清理。哪个应该开脱，哪个应该参办，虽早有成竹在胸；只因头绪纷繁，断非一二天所能了事，因此又拟议了七八天，方才定案。等到案定之后，他二人的赃款也就分完了：面子上虽然一样，毕竟正钦差有两位门生帮忙，自然要多沾光些；副钦差要钱的心虽亦难免，幸亏他素以道学自命，面子上总要做得十二分清廉，而且拿不着人家的破绽，也只得罢手。公事完毕，方才出门拜客。便是将军请，巡抚请，学台请，司、道公请。又逛了两天西湖。接连忙了几日，却也

① 罣(guà)误——同"挂误"，因过失或牵连而受到处分。

不得空闲。

一日，副钦差坐在行辕内，忽然巡捕官上来回，说是府学老师禀见。副钦差一看名字，幸亏记得这老师不是别人，乃是老太爷当年北闱[1]中举一个乡榜同年。老太爷中的第九名，这老师中的第八名。副钦差是幼秉庭训，由老太爷自己手里教大的。老太爷发解之后，就把这科的文章，从第一名起，一直顶到第十八名，所有的闱墨，统通教儿子念熟。还说："应试正宗，莫妙于此！"后来老太爷会试多次，始终没有会上，在家里教教馆，遂以举人而终。等到副钦差服满应试，年纪不过二十岁。头场首艺，全亏套了这位老年伯的墨卷调头，居然也中乡魁。次年连捷中进士，钦点主事，签分吏部；吏部人少，容易补缺；后又考取御史，传补到班；过了几年，升给事中[2]；由给事中内转九卿[3]：从中进士至今，不上二三十年，就做到副宪，也算得是一帆风顺了。是年这位做杭州府学的老师的老年伯，年纪已有七十多岁，甚是龙钟得很。每逢书院月课点名，抚台见了他，必定问他高寿。还说："像你这一把年纪，也可以回家享福了。"后来又叫本府传出话来，叫他自己告病，免得等到年下甄别折内，对不住，就要送他的终了。因此这位老师两手常常捏着一把汗。想要告病，无奈膝下有五个儿子，有两个尚未成婚；十个女儿嫁掉四个，第五个今年也有三十多岁。如此儿女一大群，一告病就绝了指望。深悔当年不该养这许多儿女。倘若不告病，抚宪大人已经有过话，如不见机，将来名登白简，更将此半世虚名，付诸东洋大海。想来想去，除了终日淌眼泪之外，无一良策。

正在为难的时候，却不料老年侄放了本省钦差。钦差初到的时候，照例不得见客；好容易等到事完开门，又在辕门外伺候了七八天。巡捕官因为他只送得两块洋钱的门包，不肯替他去回，累得他托了多少人情，作了多少揖，方才上去回的。不料副钦差一见手本，立刻叫请。见面之后，府老师战战兢兢的，照例磕头打躬，还他的规矩。副钦差一旁还过礼，口称

---

① 北闱——指在顺天府（今北京）乡试。

② 给事中——当时的谏官。清时划归都察院。给事中主要是对内的，认为皇帝的制敕不妥，有封还之权。

③ 九卿——指都察院、通政司、大理寺、太常寺、光禄寺、鸿胪寺、太仆寺、宗人府、銮仪卫九官署的正副主官。

老年伯。请老年伯上坐；自己并不敢对面相坐，却坐在下面一张椅子上。言谈之间，着实亲热，着实恭敬。后来提到近年宦况，府老师止不住两泪交流，把抚台预先关照的话详述一遍，总求钦差大人成全。副钦差听了，甚是代为叹息。立刻拍胸脯，说："刘某人那里，小侄去同他说，保老年伯无事。但是小侄替老年伯想，照此冷落一官，就是再做上几年，也是无补于事。"府老师道："这亦不过做到哪里说到哪里，以后的事何堪设想！"副钦差道："老年伯且请宽心，容小侄慢慢的替你打个主意。"府老师听说，谢了又谢。副钦差又留他吃饭，叫他升冠宽衣。做老师的是一向吃豆腐把嘴吃淡的了，以为今天钦差留我吃饭，一定可以痛痛快快地饱餐一顿鱼肉荤腥。谁知端上菜来，只有四碟两碗：当中只有一碟韭菜炒肉丝，其余全是素菜。心中大为失望。勉强吃罢，又闲谈了几句，方才告辞退去。副钦差还要一定请轿。府老师说："体制所关，断断不敢！"副钦差说："老年伯非他人可比。"一手拖着，等把轿子打进。先前不肯替他上来回的那个巡捕，这番见钦差如此把他看重，也和在里头，帮着下轿帘，扶轿杠，弄得这老头儿心神不定。直待轿子抬出大门，方才把心放下。

副钦差得空，便写了一封信给刘中丞，替他缓颊。自然一说便允。后来又吹了个风声在中丞耳朵里，说："这人本是个八股名家，可惜遭逢不偶，潦倒终身。现在儿女一大群，大半未曾婚嫁。意思想要替他张罗几千银子。"中丞便把此意说给藩台，藩台又出来晓谕了众人。次日一早，在官厅上，便是藩台居首，帮银一百两；臬台、运台，也各一百两；以下也有七十的，也有五十的：不到一霎工夫，已凑了二千几百两。藩台又叫首府、首县写信出去，向外府、县替他张罗，大约一二千金，易如反掌。议定之后，面回中丞。中丞自己又额外帮了二百两。又吩咐司里，某处书院今年年底如果换人，可以请他掌教。安排妥当，方才函复副钦差。钦差通知了老年伯。直把个老年伯喜的晚上睡不着觉。真正是老运亨通，转祸为福，万万梦想不到之事。

这个风声传播出来，大家晓得副钦差讲究年谊，就有些人转着弯子前来仰攀：有些的的确确自与钦差同年，自然蒙另眼看待；还有些仗着叔伯兄弟的年谊，也来倚附，副钦差亦一概照应。其中又有一个穷知县，是钦差嫡亲同年，因为纵容家丁，私和人命，被都老爷顺笔带了一句，朝廷就叫这两位钦差一同查办。可怜他半世为官，清风两袖，只因没有银两孝敬，致被罣误在内，大约至少也要得个革职处分。后首被他探得这个风声，就去求见首府，托为斡旋。首府应允，就替他回过藩台；藩台趁便面求钦差。副钦差听了这话，立刻翻出同年齿录①一看，果然不错，满口答应替他开脱。等到藩台退去，副钦差便同正钦差商量，意欲开除他的名字，随便以"查无实据"四个字含混入奏。正钦差却不过副钦差的情面，只得应允，吩咐司员叙稿将他情节改轻。这人感激自不必说。只苦了那些无钱无势的人，只好静等着参官罢职。虽是人生不平之事，事到其间，也说不得了。

正是光阴似箭，日月如梭，两位钦差事完之后，倏②已多日。正待回京复命，却不料中丞又被都老爷参了一本。他里头人缘本极平常，朝廷同他开心，就下了一道旨意，教他开缺来京，另候简用，所遗巡抚一缺，即着副钦差暂行署理。有了电报，得信最早，合省官员齐赴行辕禀安叩贺。副钦差等部文递到方才择吉上任，刘中丞即于是日交卸。怕里头说他规避，不敢骤然告病；交卸次日，带领家眷上船，用小轮船拖到上海，然后取道天津，遵旨北上。正钦差等副钦差接过印，他却按照驿站大道回京复命。等到动身的那一天，署院率同两司以及将军、织造、学政等官，照例寄请圣安。文武官员，出境恭送。不在话下。

单说署院接印的头一天，便颁出朱谕一道，贴在官厅之内，上面写的无非说：

"浙江吏治之坏，甲于天下。推原其故，实由于仕途之杂；仕途之杂，实由于捐纳之繁。无论市井之夫，纨绔之子，朝输白镪③，夕绾④青绫；口未诵夫诗书，目不辨乎菽麦。其尤甚者，方倚官为孤注，俨有道以生财；民脂民膏，任情剥削。如此而欲澄清吏治，整饬官方，其可得乎！本署院莅任伊始，首以严核捐职人员为急务：自候补道以至通、同、州、县，凡系捐纳出身者，无论有缺无缺，有差无差，统限三

---

① 同年齿录——乡、会试同榜举人、进士的题名录，是依照年龄大小为次序排列的，所以叫做同年齿录。

② 倏(shū)——极快的。

③ 镪(qiǎng)——古代称成串的钱。

④ 绾(wǎn)——将长条形状物盘绕起来。

个月逐一面加考试一次。取列高等，方许得差；倘系不通，定行撤委。其佐杂各官，则委正途出身之道、府代为考试，一律办理”

各等语。次日又通饬各属办保甲，办积谷，办清讼。又传谕巡捕官：嗣后凡遇年、节、生日，文武属官来送礼的，一概不收。又传谕两首县：从本署院起，以及各司、道衙门，都不许办差。又传谕各官道：

“吏治之坏，由于操守不廉；操守不廉，由于奢侈无度。今本署院力祛积弊，冀挽浇风，豁免办差，永除供亿。凡所属官吏，有仍蹈故辙，以及有意逢迎，希图尝试者，一经察觉，白简无情，勿谓言之不预也”

云云。各官看见，俱为咋舌。一日辕期[①]，司、道上去禀见。只见署院穿的是灰色褡裢布袍子，天青哈喇呢外褂，挂了一串木头朝珠；补子[②]虽是画的，如今颜色也不大鲜明了；脚下一双破靴；头上一顶帽子，还是多年的老式，帽缨子都发了黄了。各官进去打躬归座。左右伺候的人，身上都是打补丁的。端上茶来，署院揭开盖子一看，就骂茶房糟蹋茶叶，说道：“我怎样嘱咐过，每天只要一把茶叶，浓浓的泡上一碗，等到客来，先冲一碗开水，再镶一点茶卤子，不就结了吗。如今一碗茶要一把叶子，照这样子，只怕喝茶就要喝穷了人家。真正岂有此理！”说罢，恨恨之声，不绝于口。

这会上来禀见的各位道台，当中科甲出身的也有，捐班的也有；齐巧两司都不是正途。署院便检了一个翰林底子的候补道，同他讲道：“孔夫子有句话，叫做‘节用而爱人’。什么叫‘节用’？就是说为人在世，不可浪费。又说道：‘与其奢也宁俭。’可见这‘俭朴’二字，最是人生之美德。没有德行的人，是断断不肯省俭的，一天到晚，只讲究穿的阔，吃的阔，于政事上毫不讲究。试问他这些钱是从哪里来的呢？无非是敲剥百姓而来。所以这种人，他的存心竟同强盗一样！兄弟从通籍[③]到如今，不瞒老哥讲，顶戴换过多次，一顶帽子，却足足戴了三十多年。有天召见，皇上看见我的缨子旧了，就叫太监赏了我一挂缨子。我想皇上赏的东西，一定是

---

① 辕期——辕，官署的外门。辕期，指官吏接见属员的日期。

② 补子——即补服，旧时官服的前胸，后背缀有金线、彩丝绣成的各种图案，是官员品级的徽识。

③ 通籍——中了进士或初次出来做官叫做通籍。

御用的东西,臣下何敢僭用。过天召见,皇上问我为什么不戴,兄弟就把这个意思回了上去。皇上点点头。等我下来,皇上就同军机大臣贾中堂说道:'看不出某人,倒着实谨慎。'诸位想想看,《三国志》上诸葛先生,一生谨慎,兄弟是何等样人,能担当得这两个字的考语!不过我们老太爷一生讲究理学,兄弟是自小谨守庭训,不敢乱走一步,如今一举一动总还是老太爷的教训。不过这些话同几位读过书的人去讲,或者懂得一二:至于他们捐纳诸公,只怕兄弟说破了嘴,他们还是不懂。"几句话说的两司及几个捐班道台,脸上都一阵阵的红起来。署院也觉着自己失言,便对两司道:"两位都是军功出身,一直保举到这个分位,所谓'简在帝心',同那捐班的到底要高一层。"这几句更把那几个捐班道台,羞得无地自容了!署院又说道:"不是兄弟瞧不起捐班,实实在在有叫我瞧不起的道理。譬如当窑姐的,张三出了银子也好去嫖,李四出了银子也好去嫖。以官而论:自从朝廷开了捐,张三有钱也好捐,李四有钱也好捐,谁有钱,谁就是个官。这个官,还不同窑姐儿一样吗?至于正途毕竟不同:不要管他文章怎样好,学问怎样深,他能够下得场,中得举,肚子里总是通通儿的。举人、进士,是不用说的了;就以五贡而论,哪一个不是羊毛笔换得来的?捐班的何尝吃过这种苦呢?"他只顾自己说得高兴,不提防藩台插嘴道:"回大人的话:属员当中,亦很有些屡试不第,不得已才就这异途的。"署院晓得藩台这句话是驳他的,便打住话头,不往底下再说。坐了一回,端茶送客。

各位司、道下来之后,齐巧有两个新到的候补道上来禀见。这两个候补道,一个姓刘,是南京人。他父亲从前做过关道,手里着实有钱。他本是少爷出身,自小到大,各事不知,只知道闹阔。人家都叫他为刘大侉子。去年秦、晋赈捐案内,新过道班,入京引见。住在店里,结交到一个朋友。这朋友姓黄,是扬州人。他祖上一直办盐,也是很有银钱。到他手里,官兴发作,一心一意地只想做官。没有事在家里,朝着几个家人还要"来啊来"的闹官派。只因他好嫖,到京引见的时候,每日总要到相公下处溜一趟。他排行第三,因此就有他的一个相好替他起了一个诨名,尊他为黄三溜子。他同刘大侉子偏偏住在一店,一问又是同乡、同班、同省。黄三溜子大喜,次日便拿了"寅乡愚弟"的帖子,到刘大侉子房间里来拜会。刘大侉子也是最爱结交朋友的,便也来回拜。自此二人臭味相投,相与很厚。凑巧同天引见,同时领凭,便互相约好,同日起身。到得上海,两个人住下烂玩了好几个月,看看凭限已到,方才坐了小火轮来省禀到。

其时正值副钦差署院之始,他二人是约就的,一同上院禀见。一齐穿着簇新平金的蟒袍,平金补服,金珀朝珠,珊瑚记念。一个个都是捐现成的二品顶戴,大红顶子,翡翠翎管;手指头上翡翠扳指,金钢钻戒指;腰里挂着打璜金表,金丝眼镜袋,什么汉玉件头,滴里答腊东西,着实带得不少。两人都是大爷身份,又是鸦片烟大瘾,晚上不睡,早晨不起。这日总算赶了一个大早上院,一齐坐着簇新的绿呢大轿,前头顶马、红伞,后头跟班,好不荣耀。在他二人以为再要早没有的了;谁知等到赶到院上,司、道已经上去。他二人便发脾气,骂跟班的:"为什么不早叫我们起来?"又嫌轿夫走得慢,回来一定拿片子送他们到仁和县里去打屁股。自从进了官厅,一直没有住嘴的骂人。一家一个跟班,拿着水烟袋装烟,左一袋,右一袋,吃个不了。又因外头传说,署院做官严厉,做属员的常常要碰钉子,便又不时从袖筒里拿出一张又像条陈又像说帖的一张纸头,翻来覆去的看,唯恐上头问了下来无以回答。

正在神志昏迷的时候,忽见巡捕官拿着手本邀他们上去。当下刘大侉子在前,黄三溜子在后,一同进去。只因署院穿的朴素,都不当他是抚台。刘大侉子悄悄地问巡捕道:"大人下来没有?"巡捕不便答话,朝上努嘴给他看。刘大侉子立刻跪下磕头。黄三溜子站着不动。巡捕在旁做手势,叫他一块儿磕,省得署院重新还礼。无奈黄三溜子不懂,定要等刘大侉子起来他方才磕下去。署院心上已经不愿意。

等到行礼完毕,署院举目一看,见他二人都是穿的簇新袍褂,手指头上耀目晶光的,也不晓得是些什么东西,便知他二人是阔少出身。当下也不问话,先拿眼睛盯住他俩,从头上直看到脚上,看来看去,看个不了。刘大侉子究竟是宦家子弟,还晓得一点规矩,大人不问,不敢开口。黄三溜子急了,满肚皮的想要搜寻出几句话来应酬应酬大人才好;想了半天,熬不住,先开口道:"大人贵姓是傅,台甫没有请教?"署院一听他问这两句话,便知道他是初出茅庐,不懂得什么。也不同他生气,笑了一笑,说道:"不错,我姓傅,我的号叫做理堂。你老哥一向在家里做什么的?"黄三溜子不提防署院有此一问,红涨了脸,不知道怎样回答方好,吱吱了好半天,一句说不出来。署院拿两只眼只是瞅紧了他,也不说别的。又迸了半天,黄三溜子才说得一句:“职道家里办盐。”

署院道:“原来是位盐商,失敬得很!”回过头去,叫人拿个笔砚来。跟班的立刻送上。署院提笔在手,说道:“兄弟记性不好,说过话就要忘记的,请老兄替我记一记。”黄三溜子是从来不会写字的,一见这个,早吓毛了,迸在那里做声不得。署院道:“不多几个字:不过写个名字,连着一个号,住在哪里,一向在家做什么事情,就完了。”黄三溜子急得汗流满面,又吱吱了半天,站起来回道:“职道在路上吹了点风,这两天手上有毛病,不能拿笔。大人要写,我们这位刘大哥,他的书法极好,他在京里的时候,对子也都写过。”刘大侉子见抚院要他写字,便想卖弄自己的才学,于是提笔在手,先把自己练就的履历上几个字,写得明明白白。署院看了,只有一个错字,是二品顶戴的“戴”字,先写了一个“载”字,底下又加两点,弄得“戴”不像“戴”,“载”不像“载”。署院笑了一笑,说道:“刘大哥,你这双靴子价钱倒不便宜,想是同红顶子一块儿捐得来的?”刘大侉子还不知道是自己写错,听了这话,忙回道:“职道这靴子是在京里内兴隆定做的。齐巧那天领了部照出来,靴子刚刚亦是那天送到,所以同是一天换的。”署院听了,哈哈一笑。随手又托他“把黄大哥的履历开开”。别的还好,后来写到盐商的“鹽”字,写了半天,竟其不成个字了:“鹽”字肚里一个“卤”字,卤字当中是一个“×”,四个“点”。他老人家忘记怎么写,左点又不是,右点又不是,一点点了十几点,越点越不像。署院看了笑道:“黄大哥倒是个小白脸,你何苦替他装出这许多麻子呢?”刘大侉子涨红了脸,不敢则声。一霎写完,署院接过。因他二人烟气冲天,无话可说,只得端茶送客。

等到署院把茶碗放下,刘大侉子晓得规矩,早已站了起来。不料黄三溜子依旧坐着不动,低声对刘大侉子说道:“刘大哥,时候还早,再坐一回去。”刘大侉子不理他。后来见署院也站了起来,手下的人,一叠连声地喊“送客”,他只得起身跟着出来。走上几步,一定要回过身去推两推,口称:“请大人留步,大人送不敢当!”署院见他处处外行,便也不愿意送他,走到半路上,把头一点,进去了。他二人方才摇摇摆摆地退了下来。

刘大侉子看出今日抚台的气色不好,心上不住地乱跳。黄三溜子不晓得,一定要拉他上馆子吃饭,饭后又要逛西湖。刘大侉子道:“算了罢,我们回去过瘾要紧。”黄三溜子无奈,只得一同赶到公馆,吃过饭,过足瘾,又困了一觉中觉,以补早晨之不足。等到醒来,便见管家来回:“藩台衙门里卢师爷送一封紧要信来。"刘大侉子晓得这卢师爷名字叫卢维义，是他嫡堂娘舅，现在浙江藩幕充当钱谷老夫子。他今有信来，一定有关切之事。赶紧拆开一看，才晓得"今日下午，抚台因事传见藩台，告诉藩台说：'今天新到省的两个试用道，一个刘某人，一个黄某人，一个是纨绔，一个是市井。本院看这两个人不能做官'，意思想要出奏，把他二人咨回原籍。幸亏藩台再三地求情，说是监司大员总求大人格外赏他们个面子。抚台听了无话。虽无后命，尚不知以后如何办法。望老贤甥赶紧设法挽回为要"云云。刘大侉子看了，甚是着急。黄三溜子不认得字，还不晓得信上说些什么。后来刘大侉子一五一十地统通告诉了他，才把他急得抓耳搔腮，走投无路。刘大侉子此时也顾不得他，自己坐了轿子去找娘舅，托他转求藩台设法。

黄三溜子虽然有钱，但是官场上并无熟人，只好把他一向存放银子，有往来的裕记票号里二掌柜的请了来，和他商议，请他划策。二掌柜的道："这事情幸亏观察请教到做晚的，做晚的早留好一条门路，预备替你去走。"黄三溜子忙问："有什么门路？"二掌柜的道："现在的这位中丞，面子上虽然清廉，骨底子也是个见钱眼开的人。前个月里放钦差下来，都是小号一家经手，替他汇进京的足有五十多万。后来奉旨署任，又把银子追转来，现在存在小号里。为今之计，观察能够泼出头两万银子，做晚的替你去打点打点，大约可保无事。"黄三溜子道："太多太多！我捐这个官还不消这许多。"二掌柜的道："少了人家不在眼里；就是多送，而且还不好公然送去，他是个清廉的人，肯落这个要钱的名气吗？"黄三溜子道："就依了你，你有什么法子？"二掌柜的想了一会道："有了，有了！凑巧他有一个姨太太，一个少爷，明天可到。等到了的时候，你化上一万银子，我替你打两张票子，每张五千，用红封套装好，一张送少爷，一张送姨太太。送姨太太的签条上写'陪敬'，送少爷的签条上写'文仪'。现在北京城里，官场孝敬，大行大市都是如此，我们就照着他办。昨日上海《新闻报》上的明明白白，是不会错的。"黄三溜子想来想去，别无他法，只好依着他办。二掌柜的道："阎王好见，小鬼难当。旁边若有人帮衬，敲敲边鼓，用一个钱可得两钱之益。倒是送这一万银子的门包，少了拿不出去，总得五千起码。"黄三溜子嫌多。争来争去，争到三千。二掌柜的去后，到了次日，打听署院姨太太、少爷进了衙门，他便拿了银票，人不知，鬼不觉，找到得常到号里来替署院存银子的那个心腹，托他把银票递进。果然赏收。当天便传出话来，叫他明日穿了极破极旧的袍套再来上衙门，一定还有好消息。二掌柜的出来告诉了黄三溜子。

黄三溜子非常之喜。但是自己一向是阔惯的，一套新衣裳穿不满一季就要赏管家的，如今指明要极旧的，哪里去找。当差的劝他到估衣铺里去挑选。黄三溜子道："估衣铺里卖的衣服，是我们这种人穿得的吗？"后来又跑到裕记请教二掌柜的。二掌柜的道："上头吩咐越旧越好，观察万万不可拘泥。如嫌买的衣服龌龊[①]，做晚的倒有一身可以奉借。"黄三溜子道："必不得已，还是借你的穿穿罢。"二掌柜的道："我这副行头还是我们先祖创的，一年到头，拜年敬财神，朋友家吃喜酒，衙门里有什么应酬，用着他的地方很不少。"一面说，一面开箱子取了出来；又自己爬到厨顶上拿帽盒；房门背后挂着一双靴，亦一同拿了出来。黄三溜子一看，比起署院身上穿的戴的还要破旧，见了心上腻烦，不住地皱眉头。二掌柜的道："观察穿了这个上去，恭喜之后，非但要你赔还做晚的一身新的，而且还要好好地敲你一个竹杠。"黄三溜子道："做副把袍套算得什么！只要我有差使，你一年四季都穿我的也有限。"说完，便叫当差的把靴、帽、袍套包了一包，拿着跟了回去。回到自己公馆，连忙找一个裁缝钉补子；但是补子一时找不到旧的，只好仍把簇新平金的钉了上去。管家帮着换顶珠，装花翎。偏偏顶襻又断了，亏得裁缝现成，立刻拿红丝线连了两针。翡翠翎管不敢用，就把管家的一个料烟嘴子当作翎管，安了上去。

收拾停当，齐巧刘大侉子回来。黄三溜子赶着问他："事情怎么样了？怎么一去三天，也不回来吃饭，也不回来睡觉？这两天是住在哪里的？"刘大侉子道："住在家母舅那里。兄弟的事情，藩台已允帮忙，大约可以挽回。但是藩台再三叮嘱，叫我们不要穿新衣裳去禀见，所以我就把我们家母舅的袍套借了回来，明日穿着上院。"又问黄三溜子事情如何。黄三溜子只说事已托人代为吹嘘，但把行贿的话瞒住不提。一宵易过，次日天明，二人都换了旧衣裳上院禀见。欲知此番署院见面后如何情形，且听下回分解。

---

① 龌龊（wò chuò）——不干净。

第二十回

巧逢迎争制羊皮褂　思振作劝除鸦片烟

话说次日大早，刘大侉子同了黄三溜子两个人穿了极旧的袍套上院。刚才跨进官厅，只见各位司、道大人都是素褂，不钉补服，亦不挂珠。刘大侉子留心，便晓得今天是忌辰，说了一声："啊呀！我连这个都忘记了。"吩咐管家赶紧回去拿来，重行更换。黄三溜子还不晓得什么事情，刘大侉子告诉他方才明白。急得他一叠连声地喊"来"，偏偏管家又不在跟前。把他气得了不得，在官厅子里跺着脚骂"王八蛋"。各位司、道大人都瞧着他好笑。骂了一回，管家来了，他就伸手上去给他两个耳刮子。管家不服，口里叽里咕噜，也不知说些什么。把黄三溜子气伤了，立时立刻，就要叫号房拿片子，把这混账王八蛋交给仁和县打屁股，办他递解。刘大侉子毕竟懂得道理，恐怕别位司、道大人瞧着不雅，走上前去竭力解劝。不提防黄三溜子所借的那件外褂太不牢了，豁扯一声，拉了一条大缝。管家趁空也跑掉了。黄三溜子还在那里生气。齐巧巡捕拿着手本邀各位大人进见。刘大侉子急了，就是叫人回去拿衣服一时也拿不来。俗语说的好，"情急智生"，还是刘大侉子有主意，赶忙把朝珠探掉，拿个外褂反过来穿，跟了众人一块进去，或者抚台不会看出。黄三溜子到此无法，只得学他的样，亦是把个外褂反穿了进去。但是袖子上一条大缝，还有一片绸子掉了下来，被风吹着，飘飘荡荡，实不雅观。无奈事到其间，也说不得了。

一霎见了署院，打躬归座。署院先同藩、臬两司及几个有差使的红道台，闲谈了一回公事。黄三溜子是有内线的，刘大侉子亦有藩台先入之言，署院便有意留心看他二人。见他二人穿的衣裳与前大不相同，但是外褂一概反穿，却是莫明其故。要问又不好问，只得闷在肚里。他两人当中，黄三溜子的穿戴尤其破旧，浑身上下，竟找不出一毫新的，而且袖子上还有一大块破的。署院看了一回，便掉文说道："人孰无过？你两位老兄亦可谓善于补过的了。"黄三溜子不懂署院说的什么，私底下拉拉刘大侉子的袖子；刘大侉子把身子一晃不理他，更把他急得了不得。又听署院说道："你们两位老兄，能够从今日起，事事节俭下来，一反从前所为，兄弟极为佩服，极为欢喜。但是见了兄弟要如此，就是不见兄弟也要如此。我们讲理学的人，最讲究的是'慎独'工夫，总要能够衾影无惭[①]，屋漏不愧。倘若见了兄弟一个样子，背转兄弟又是一个样子，不能'慎独'，便于行止有亏。兄弟天天派人在外察访，老兄们一举一动都是晓得的。"刘大侉子听了，汗流浃背。黄三溜子依然不懂。署院又说道："我们先君一生讲理学，讲的就是这'慎独'工夫。自从生了兄弟之后，顶到下世，一直是吃的'独睡丸'，一个人住在书房里，从不到上房一步。有时先母叫丫头送茶送点心给先君吃，先君从不拿正眼看丫头一眼，怕的是因人欲之私，夺其天理之正：这才算得实做'慎独'二字。"各位司，道大人听到这里，因为署院说的是他老大人，一齐肃然起敬。后来署院又勉励了大众几句，方才端茶送客。黄三溜子回去，又把小当差的骂了一顿，定要叫他卷铺盖；后来幸亏刘大侉子讲情，方才罢手。

又过了两天，抚台便同两司说："候补道当中新到省的黄某人，虽然是个捐班，然而勇于改过，着实可嘉！第二回来见我，竟其浑身上下找不出一丝一毫新东西。同他同来的刘某人，袍套果然亦是极旧，然而靴帽还嫌时派。我们要做一个顶天立地的人，总得自己有个主意，不能随了大众，与世浮沉；所以黄道比起刘道来，似乎还高一层。兄弟今日不能不破例拿他做个榜样，回来给他一个事情，奖励奖励他，也好劝化劝化别人。两兄以为如何？"藩、臬两司，连连称是。等到下来，抚院立刻下了一个札子，先叫他会办营务处。黄三溜子得信，这一喜竟是梦想不到！次日一早上院见了抚台，叩头谢委，竟不知要说些什么方好，吱吱了老半天，仍旧一个字未曾说。署院无非拿他勉励了几句。他除掉诺诺称是之外，一无他语。自此黄三溜子得了差使，气焰便与别人不同，同朋友说起话来，三句不脱署院，两句不离营务处，赛如统省候补道当中，没有一个在他眼里的，刘大侉子更不消说得了。

但是从此以后，浙江官场风气为之大变。官厅子上，大大小小官员，每日总得好两百人出进，不是拖一爿，就是挂一块，赛如一群叫花子似的。从前的风气，无论一靴一帽，以及穿的衣服花头、颜色，大家都要比赛谁比

---

① 衾(qīn)影无惭——谓未做亏心事。

谁的时样；事到如今，谁比谁穿的破烂，那个穿的顶顶破烂的人，大家都朝他恭喜，说：“老哥不久一定要得差得缺的了！”过上一两天，果然委了出来。大家得了这个捷径，索性于公事上全不过问，但一心一意穿破衣服。所有杭州城里的估衣铺，破烂袍褂一概卖完；古董摊上的旧靴旧帽，亦一律搜买净尽。大家都知道官场上的人专门搜罗旧货，因此价钱飞涨，竟比新货还要价昂一倍。过了些时，有些外府州、县来省禀到，晓得中丞这个脾气，不敢穿着新衣禀见，只得赶买旧的；无奈估衣铺通通走遍，旧货无存，甚至捏着两三倍的钱还没处去买一件。有些同寅当中有交情的，只得互相借用。

后来外州府底下有一个老知县，已经多年不进省了；这番因新抚到任，不得不来一次。到省之后，听得这个风声，无奈为时已迟，没处去买；而且同寅当中久不来往，无处告贷。这位县太爷情急智生，只得穿了新衣前去上院。这时候新署院令出唯行，文自藩、臬以下，武自镇、副以下，没有一个不遵他的号令。他不欢喜新衣服，一时风气大变，没有一个不是穿的极破烂不堪的。不料这位县太爷，这天竟着了簇新袍褂前来禀见。同时禀见的人，一班有五六个，独他一个与众不同。大众都瞧着奇怪，就是署院见了也以为稀奇。

等到坐定之后，谈了两句公事，署院熬不住，板着面孔先发话道：“某老兄，你在外任久了，一直还是从前的打扮！兄弟到任之后，早已有个新章，而且还叫巡捕传知你们各位，谅你老兄现在也该晓得的了？”这位知县连忙拿身子一斜，腰背一挺，说道：“回大人的话：卑职昨日一到省，就听得人说大人这个章程。卑职何敢故违禁令，自外生成？因此急急要去找一套旧的穿了来见大人。谁知这旧衣服非但找不到，就是有了，卑职也买它不起。”署院道：“这是什么缘故呢？”知县道：“自从大人下了这个号令，通城的官都要遵大人的吩咐，不敢穿新衣裳来禀见，因此不得不买旧的。估衣铺里晓得大众都要这个，所以旧的价钱比新的反贵得一两倍不等。卑职这身袍褂还是到任的那年做的。倘在别人，早已穿旧的了；卑职深知物力艰难，每逢穿到身上，格外爱惜，格外当心，所以到如今还同新的一样。《朱子家训》①上有句话：‘一丝一缕，当思来处不易。’卑职一生最

---

① 《朱子家训》——明末理学家朱柏庐著的一部书，叫《治家格言》。

佩服是这两句。”署院听到这里，心中甚为高兴，面孔上渐渐地换了一副和颜悦色。又说道：“其实旧衣裳何必定要自己去买呢，朋友家有的，借一身穿穿也不妨。古人云：‘乘肥马，衣轻裘，与朋友共，敝之而无憾。’何况又是旧的呢。”知县更正言厉色地答道：“大人明鉴：朋友的衣服原可以借得，但是借了来只穿着来见大人，下去仍得送还人家。既把旧的还了人家，将来不免总要再穿新的。这便是卑职穿了旧的专门来哄骗大人的了。卑职虽不才，要欺骗大人，卑职实实不敢！今日卑职故违大人禁令，自知罪有应得。大人若把卑职撤任、参官，卑职都死而无怨；若要卑职欺瞒大人，便是行止有亏，卑职宁死不从！”署院听了，心上盘算道：“想不到这人倒如此硬绷，说的话句句有理，不好怎么样他。”立刻满面堆着笑，说道：“你老兄真是个诚笃君子，兄弟失敬得很！通浙江做官的人都能像你老兄这样，吏治还怕没有起色吗？”随手又问了几句民情怎样，年岁怎样，方才端茶送客。这知县后来又穿着新衣裳上辕禀见过几次。署院很拿他灌米汤，叫他先行回任，将来出个大点的缺还要借重。知县禀辞回任去后，胆小的仍然穿着破烂不堪的衣服来见。有两个胆子稍些大点的，半新不旧的衣服有时候也穿件把。问起来，便说旧衣服价钱大，实在买不起。如此者，署院被人家顶过两次，也渐渐地不来责备这个了。

署院来此查办事件的时候是夏天事情；查完以至署缺上任，其中约摸耽搁了一两个月；自从接印之后，传见属员，清理公事，转眼又有两个多月，已是十一月天气了。他自己要装清俭，不穿皮衣，一众官员都进着穿了棉袍褂上院。齐巧这年又冷的早，已下过一场大雪。有些该钱的老爷，外面虽穿棉袍褂，里头都穿丝棉小棉袄，狐皮紧身，所以尚不觉得冷，不过面子上太单薄些罢了。至于一般穷候补老爷们，因为署院不喜这个，齐巧没得钱用，乐得早早把它当在当铺里去了；谁知天气一变，每天清早起来上衙门，可怜直冻得瑟瑟地抖。起初藩台还遵他的功令，后来熬不住了，便说：“我们出来做官，主子原是叫我们出来享福的，不是叫我们来做化子的。官场上的人都寒酸到这个地位，明明是丢主子的脸。我从明天可不受他的管了。”第二天便穿了狐皮袍子，貂外褂，并戴了貂帽子，前去上院。抚台见了，很不为然，拿眼睛瞅了藩台半天；始终为他位分大了，也不好说别的。后来藩台去后，他便同师爷们谈起这事，说：“藩司某人，今日何以忽然改常？”便有个晓得藩台底细的，回说道：“现在某人进了军机，该应他阔起来了。”署院闻言，恍然大悟。原来这位藩台是旗人，是现今吏部满尚书某协办的私人。昨儿奉上谕，这位协办进了军机，所以他的腰把子亦登时硬绷起来，连抚台都不在他眼里了。

抚台晓得了这个缘故，虽然奈何他不得，然而心上总不高兴。第二天便自己写了一道手谕，叫刻字匠替他刻了板，刷成功几千分，折成手折一样，除通饬各属分派外，一个官厅子上一定要摆上几百本，每一个官发一本。手谕上写的大致是：

“本部院以廉勤率属，不尚酬酢①周旋。于接见僚属之时，一再告以勤修己职，俯恤民艰，勿饰虚文，勿习奔竞，严切通饬各在案。至于衣服奢华，酒食征逐，尤宜切戒。夏葛冬裘，但求适体御寒足矣，何须争新炫富，必合时趋。本署院任京秩时，伏见朝廷崇尚节俭，宵旰②忧勤，属在臣工，尤宜惕厉。近三年来，非朝会大典，不着貂裘，当为同官所共谅。若夫宴饮流连，最易愒③时废事；况屡奉诏旨，停止筵宴，饬戒浮靡，圣谕煌煌，尤当恪守。为此申明前义，特启寅僚，无论实缺、候补，在任、在差，一体遵照。如竟视为故事，日久渐忘，即系罔识良箴，甘冒不韪。希恕戆直！此启”

云云。等到这张手谕印了出来，署院有意特特为为拿红封套封了一分，叫人送给藩台去看。藩台看了一遍，哈哈地笑了两声，搁在一旁，不去理会。

第二天仍然穿着他的贵重细毛衣服去上院。一走走到官厅子上，等各位司、道大人到齐之后，他老人家先发话道：“中丞的手谕，料想诸位都见过了？”各位大人齐说“见过”。藩台道：“像我们这样做官，一定发不了财。”众人听他说的诧异，一齐要请教。藩台道：“像我们这位中丞大人，吃亦不要，穿亦不要，整几十万两银子存在钱庄上生利，银子怎么不要多出来呢。我们呢，穿又讲究，吃又讲究，缺好亦不会剩钱，缺不好更不用说了。但是我们自己丢脸不要紧，如此堂堂大国一个方面大员④，连着衣裳都穿不起，叫外国人瞧着还成个什么样儿呢？如今正闹着借洋债开铁路，

---

① 酬酢（zuò）——应酬。

② 宵旰（gàn）——天不亮就穿衣服，天黑了才吃饭，形容勤于政务。

③ 愒（kài）——贪。

④ 方面大员——指外省独当一面的大官。

你穷到这步田地,外国人谁相信你,谁肯借钱给你用?”藩台这话,一半是庄论,一半是戏言。他原仗着他自己腰把子硬,所以才敢如此。其余的官只有相对无言,不敢回答一语。有些人故意走走开,怕风声传到抚院跟前,致干未便。哪知这位署院小耳朵极多,藩台议论的话,不到晚上,就有人上去告诉了他;把他气的了不得,满肚皮要想找藩台的岔子,好动他的手。

齐巧有借钱给中国要包办浙江铁路的一个洋商前来拜见,谈完公事,洋商见他这个寒酸样子,便拿他开心道:“贵抚台做官实在清廉,我们佩服得很!”署院道:“兄弟做了这几十年的官,一个钱都不剩。”洋商道:“你们贵国,这几年为了赔款,国家也弄穷了,百姓也弄穷了。我们的意思,总以为你贵抚台是有钱的;如今听你的话,看你的这个样子,才晓得你贵抚台也是一个钱没有。我还记得两年前头,我曾到过你们贵省一趟,齐巧亦是冬天,天气冷得很,你们洋务局里的老爷们,一个个都穿着很好的皮袍子;这趟来看看,竟其穿不起了:可见得你们贵国的现在情形,实在穷得很!”署院道:“为此,所以要赶紧的想把铁路开通。能够商务一兴旺,或者有个挽回。”洋商道:“贵省的官都穷到这步田地,我们有点不放心。我们的钱,要回去商量商量再借给你们。只要我们把钱借给你们,你们贵省的官就有了皮衣服穿了。”洋商说完这两句话,拿眼瞅着署院只是笑。署院这时候正为着铁路借款的事要与洋商磋磨,今听他如此一番言语,不觉大惊失色。又想起藩台背后的话果然不错,他倒有点先见。现在事情弄僵了,不得不想个法子把事情挽回转来。想了一想,便对洋商道:“你嫌他们穷,老实对你说,他们其实不是真穷,是我兄弟嫌他们穿的衣服太华丽,不准他们穿,所以他们不能不遵我的吩咐。你如不信,你过天来看,包管另换一个样儿。但是穿的过于怎么讲究,兄弟亦不能自相矛盾,总叫他一个适中便了。”洋商道:“正是,我也奇怪,你们贵省里的厘金①又好,贵国官场上又是中饱惯的,怎么一时就会穷起来?真正叫人不相信。贵抚台不说清楚,我是一辈子不明白的。”署院又把脸一红,淡淡地说了几句闲话,洋商方才辞去。

---

① 厘金——清时在水陆交通重要地点,设置卡局,向行商征收货物通过税,叫做厘金,也称厘捐。

署院回来心上甚是闷闷,因为大局所关,不得不委屈相从。次日接见司、道的时候,他便发言道:“兄弟的脾气是古板一路。兄弟总恨这江、浙两省近来奢侈太盛,所以到任之后,事事以撙节①为先。现在几个月下来,居然上行下效,草偃风行,兄弟心上甚是高兴。但是兄弟一个人是省俭惯的,到了冬天,皮衣服穿也罢,不穿也罢;诸位衣服虽然不必过于奢靡,然而体制所关,也不可过于寒俭。诸公出去可传谕他们:直毛头细衣服价钱很贵,倘然制不起,还是以不制为是;羊皮褂子价钱不大,似乎不即不离,酌乎中道,每人不妨制办一身。兄弟当了几十年的京官,不瞒诸位老兄说,只有一件羊皮褂子;现在穿的毛都没有了,只剩得光板子,面子上还打了几个补丁,实在穿不出去。倘然另做一件,不免又要花钱,所以一直迸到如今,还是棉袍棉褂。唉!像兄弟这样的做官,也总算对得住皇上了。”司、道大人听了,俱各答应着。等到出去上轿,齐巧首府、县都赶出来站班。藩台就拿这话当面传知了首府。首府挺着胸脯,笔直地站在那里,答应了几声“是”。藩台又笑道:“以后你们倒要大大的巴结巴结洋人才是,不然可就要冻死了。”一头说,一头笑着上轿而去。霎时间把这话官厅子上都传遍。有些老爷们同估衣铺熟的,等不到回家,就赶去制办羊皮褂子;有些回家拿羊皮袍子改做的也不少;还有些该钱的,为着天气冷,毛头小了穿着不暖和,就出了大价钱,买了滩皮回来叫裁缝做:统计几天里头,杭州城里的羊皮卖掉了好几千件,价钱顿时飞涨。成衣匠忙得做夜工都来不及。过了五天,等下一期辕期,居然大小官员一个个身上都长了毛了;就是抚院瞧着也觉得比前头体面了许多。从此以后,于属员穿衣服一事就不大理会了。却把个藩台恨如切骨,常要动他的手,而又不敢动他的手:为他里头有照应,腰把子硬的缘故,怕动他不倒,反为不妙,因此隐忍在心,迟疑不发。但是拿他无可如何,只好拿他的同乡、亲戚来出气,凡是藩台的私人,以及被藩台保举过的人,抚台都要寻点错处,拿他撤差、撤委。他却有一件好处,这些差缺并不安置自己的私人,先检着正途出身人员,按照次序委派。藩台拿他无法,也只好遵他的教。

过了些时,齐巧辕期,刘大侉子跟了一班候补道上院禀见。署院一看名字,忽然想起:“这人是个纨绔出身,专会写白字。我从前要拿他咨回

---

① 撙(zǔn)节——节约俭省。

原籍，是藩台替他求下来的，大约他俩有什么渊源。今天且拿他发挥几句再讲。”想完，便叫请见。刘大侉子进来坐定之后，署院先同别位候补道闲谈了几句，回过脸来看看刘大侉子浑身上下，倒也无可指摘，即淡淡地说道：“刘大哥，委屈了你了！你要到省，哪一省不好指，横竖是元宝捐来的，何苦偏偏要指个浙江呢？”此时刘大侉子见黄三溜子因穿破衣服早经得意，自己思量：“我是同他一样的，而且一天到的省。他已经得了差使，料想我也不会久空的。”所以这一阵上衙门格外上得勤，满心指望：“无论大小，叫我得个把差使，也好光光面子，免得被黄三溜子瞧不起。”不料平空里今日上院，被署院似讥似讽的埋怨这么上两句，一时摸不着头脑，又不好回什么，又不好答应是，愣在那里不响。

署院又说道：“凡是捐官出来做的人有三等：头一等是大员子弟，世受国恩，自己又有才干，不肯暴弃，总想着出来报效国家；而又屡试不售，不得正途，于是才走了这捐班一路。这是头一等。第二等是生意买卖人，或是当商，或是盐商，平时报效国家已经不少；奖叙得个把功名，出来阅历阅历，一来显亲扬名，二来也免受人家欺负，这种人也还可恕。第三等最是不堪的了，是自己一无本事，仗着老人家手里有几个臭钱，书既不读，文章亦不会做；写起字来，白字连篇。在老子任上当少爷的时候，一派的纨绔习气；老子死了，渐渐地把家业败完，没有事干了，然后出来做官，不是府，就是道。你们列位想想看，这种人出来做了官，这吏治怎么会有起色呢？”署院说到这里，又把脸回过来朝着刘大侉子说道：“刘大哥，我这话可错不错？”刘大侉子听说，晓得署院这话明明说的是他，把脸羞得绯红，一句话也回答不上。署院又说道：“刘大哥，从前你们老太爷，我同他很会过几面。他做了一任关道，很弄得两文回去。到你老哥手里，日子一定着实好过。你有这种好日子，大可在家里享福，何必一定要出来做这个官呢？”刘大侉子道：“自从职道父亲去世，也有靠十年了。家里人口又多，累重得很，所以职道不得不出来。”署院道：“做官做官！有了官，就得有本事去做，不是马上可以发得财的。况且你们老太爷有这许多钱，怎么现在一个也没有了？你老哥也算得会用的了，真正阔手笔！看你不出，倒是个大处落墨的！”

刘大侉子见署院说的话句句都戳他的心，弄的坐立不安。齐巧今天赶上衙门，又起了一个大早，鸦片烟瘾没有过足，坐在那里，不知不觉打了一个呵欠。署院一见,得了这个题目,又有文章好做了,便又说道:“刘大哥,你们一定要出来做官,我总不解。我们是没有法子想,上了马下不得马;比不得你,有了偌大的家私,何犯着再出来吃这个苦呢?譬如我如今幸亏没有吃上鸦片烟;如果也学别人似的,抽上了瘾,到如今一天到晚只好躺在烟铺上过日子,哪里还有工夫又要会客,又要办公事呢?自从鸦片烟进了中国,害了我们多少人,弄得一个个痿倒疲倦,还成个世界吗!诸位老兄可以把我的话传谕大家一齐知道,限他们三个月一齐戒除;如果不戒,到那时候却是不要怪我兄弟!”刘大侉子一想:“自己烟瘾是大的。如今署院的话虽不是专为我一人而言,然而我听了总不免担心。”越想越觉可危。

正在为难的时候,忽然商务局的老总——也是一个候补道——把身子一斜,插嘴说道:“回大人的话:大人限他们三个月叫他们戒烟,宽之以期限,动之以利害,不忍不教而诛;做属员的人再不振作精神,屏除嗜好,也就不成个人了。昨日有个新到省的试用知县胡镜孙胡令,在职道局里递了一个禀帖,说是自己报效,开办一个什么‘贫弱戒烟善会’,求职道局里给张告示。禀帖上写明白,大人跟前另外具禀。”署院道:“是啊,禀帖是有一个,我看了还没有批。这胡令他一向是做什么的?戒烟原是好事情,既然开善会,为什么不取个吉祥点的名字咧?又‘贫’又‘弱’,这两个字实在不好听。”商务局老总道:“听说这胡令从前是在梅花碑开丸药铺的。虽然捐了官已经禀到,一直还没有引见。为什么题这个名字,职道也问过他。他说:‘人生在世,譬如家业本是富的,吃了烟就会贫穷;身子本是强壮的,吃了烟就会瘦弱:因此题这两字,无非是劝醒人的意思。’”署院道:“果然办得见效呢,叫这些官场上的人去戒戒也好。但他究竟是个市井,能够靠得住靠不住,总得查查明白,才好给他告示。”商务局老总答应着。

等到退了下来,头一个刘大侉子,听了署院一番话,又是心上发急,又是烟瘾上来,出了一身大汗,连小棉袄都湿透了。走到大堂底下,还没有上轿,一把袖子拖住商务局的老总,问他胡镜孙这个会已经开办没有,开在哪条街上。商务局老总道:“据他禀帖上说,就在梅花碑,大约同他丸药铺在一块。自从今年二月起,已将近一年了。他自家说,每天总得戒上几十个人。每天来戒的人,他都天天抄了名字,托人到上海去上报。现在的局面被他弄得着实不小。”刘大侉子道：“果然灵验，我头一个就要去戒。怎么我来了几个月，一直不曾晓得呢。”说罢，各自上轿而去。一霎到得公馆，先过瘾，再吃饭。一头吃饭，一头想起署院的一番话，老大担心。

吃过了饭，立刻吩咐打轿，向梅花碑胡镜孙丸药铺而来。刘大侉子自己思量：“现在各事都丢在脑后，且把这劳什子戒掉再想别的法子。”轿子未到梅花碑，总以为这爿丸药铺连着戒烟善会，不晓得有多大。及至下轿一看，原来这药铺只有小小一间门面，旁边挂着一扇戒烟会的招牌，就算是善会了。但是药铺门里门外，足足挂着二三十块匾额：什么“功同良相”，什么“扁鹊复生”，什么“妙手回春”，什么“是乃仁术”，匾上的字句，一时也记不清楚。旁边落的款，不是某中堂，就是某督、抚，都是些阔人。刘大侉子看了，心上着实钦敬。正在看匾的时候，这善会里的老板——就是胡镜孙——早已得信，顺手取过一顶大帽子合在头上，赶着出来迎接宪驾。一见刘大侉子，就在街上迎面先打一个千。刘大侉子还礼不迭。跨进店来，胡镜孙把他一领，领到店后头一间披屋，只容得三四个人。刘大侉子举目观看，房间虽小，摆设俱全。墙上挂的对子写着“某某司马大人雅属”，再一看，这胡镜孙头上戴的是料球①，便知道他是捐过同知衔的知县了。

少停学徒弟的送上茶来。刘大侉子一面吃茶，一面问他：“丸药店里生意可好？戒烟的人，一天到晚，一定不会少的了？”胡镜孙道：“大人明鉴：这丸药店本是卑职祖父手里创的。自从卑职入了仕途，把丸药铺改了公司，为的是做官的人不便再做生意买卖，叫上头晓得了说话。”慢慢的两个人讲到戒烟的一事。胡镜孙竭力称赞他的戒烟丸药如何灵验；又说：“一天到晚，总得有一二十号人来戒，实在来不及。”正说着话，齐巧学徒弟的进来拿东西。胡镜孙故意问他道：“现在戒烟的人，已经有多少号了？”这个徒弟不提防他问，一时顺嘴说了出来，说道：“只有大前天有个人买了一包丸药去，这两天一直没有人来问过信。”胡镜孙听了这两句话，急得脸上绯红，连忙说道：“你不懂的，快替我走！”又自己埋怨自己道：“是我糊涂。他是丸药店里的徒弟，戒烟会另有司事承管，这事须得

---

① 料球——用玻璃质类制造的帽顶上的饰物。

问司事才知道,问他是不晓得的。"刘大侉子道:"我不管戒烟的人多人少,我只问你这丸药吃了可灵不灵?"胡镜孙道:"卑职这丸药,比如有一钱的瘾,只消吃两粒丸药;等到烟瘾上来时候,一吃下去就抵挡得住,比仙丹还灵。二钱瘾,吃四粒;四钱瘾,吃八粒;弄到后来,只要吃丸药就够了,用不着吃烟了。"刘大侉子道:"我从京里来的时候,路过上海,听说上海也有一种什么戒烟丸药,是咖啡做的。虽然能够抵得烟瘾,然而吃了下去,受累无穷,一世戒不脱的。不要你这丸药亦是那个东西做的?"胡镜孙听了诧异道:"咖啡只好当茶吃,从来没有听说可以抵得烟瘾的。想必外国人又出了什么新法了?"刘大侉子道:"外国人想赚钱的法子本来很多。"胡镜孙想了一会,恍然大悟道:"不要是吗啡罢?"刘大侉子听他一提,心上亦明白过来是吗啡,但是不肯自己认错,怕人家笑他外行。也把脸一红道:"不管他是咖啡是吗啡,横竖是外国来的就是了。"胡镜孙道:"卑职开办这个善会是发过誓的,如今封袋上都刻明白:'如以吗啡害人,雷殛[1]火焚'。大人不信,请验。"说着,顺手在抽屉里取出一包戒烟丸药。刘大侉子接过一看,果然不错,有此十字。一头看,又一头念了一遍。

刚刚念到"火焚"二字,忽然隔壁人家大声呼唤起来,登时合店的人都赶到后头来看。再一听,不是别事,原来为这边厨房里有个学徒的烧开水泡饭吃,烧的稻柴太多了,火焰上冲,轰了烟筒,火星直冒,隔壁人家当是起火,登时声张起来。亏得这边人手众多,上屋的上屋,打水的打水,灌了几桶的水,弄得灶肚里开了河,灶也坏了,火也灭了。胡镜孙才把心放下。他堂客此刻也顾不得店堂内有客无客,手里拿了一串佛珠,站在天井里,举头朝上,不住地念:"阿弥陀佛! 救苦救难白衣观世音菩萨!"刘大侉子见他家有事,只得辞别回去。胡镜孙还要再三地相留,刘大侉子不肯,只得送了出来。胡镜孙道:"大人如要戒烟,卑职立刻就送一百包丸药过来。"刘大侉子道:"用不着这许多,吃了有效验再来取。"说罢,上轿而去。胡镜孙赶到街上站了一个班,还他做卑职的规矩,方才进店。要知刘大侉子此番能否把烟戒去,且听下回分解。

---

① 殛(jí)——杀死,此处指打雷劈死。

第二十一回

反本透赢当场出彩　弄巧成拙蓦地撤差

却说刘大侉子从戒烟善会回来，刚才下轿，胡镜孙已经派人把戒烟丸药送到，共计丸药一百包，一张小字的官衔名片。刘大侉子吩咐收下。打发来人去后，从此以后，果然立志戒烟，天天吃丸药，不敢间断。说也不信：丸药果然灵验，吃了丸药，便也不想吃烟。只可惜有一件，谁知这丸药也会上瘾的，一天不吃，亦是一天难过，比起鸦片烟瘾不相上下。但是吃丸药的名声总比吃大烟好听，所以这刘大侉子便一心一意地吃丸药，不敢再尝大烟了。

正是光阴如箭，转眼间腊尽春来。官场正月一无事情，除掉拜年应酬之外，便是赌钱吃酒。此时黄三溜子晓得自己有了内线，署院于他决不苛求；而且较之寻常候补道格外垂青，一差之外，又添一差。黄三溜子也知感激，便借年敬为名，私下又馈送八千银票，也是裕记号二掌柜的替他过付，意思想求署院委他署缺一次，不论司、道，也不论缺分好坏，但求有个面子。署院答应他徐图机会，不可性急，防人议论。二掌柜的出来把这话传谕黄三溜子，黄三溜子自然欢喜，晓得署院已允，将来总有指望，从此更意满心高，任情玩耍。

齐巧正月有些外府州、县实缺人员上省贺岁。这些老爷们，平时刮地皮，都是发财发足的了。有些候补同寅新年无事，便借请春酒为名，请了这些实缺老爷们来家，吃过一顿饭，不是摇摊，便是牌九；纵然不能赢钱，弄他们两个头钱，贴补贴补候补之用也是好的。大家都晓得黄三溜子的脾气，顶爱的是耍钱，只要有得赌，什么大人卑职，上司下属，统通不管。而且逢场必到，一请就来。赢了钱，便大把的赏人；输了钱，无论上千上万，从不兴皱皱眉头：真要算得独一无二的好赌品了。因此大众更舍他不得。

这日是正月十三；俗例十三夜上灯，十八落灯。官场上一到二十又要开印①,各官有事,便不能任情玩耍了。且说这日是住在焦旗杆的一位候补知府请客。这位太尊姓双名福,表字晋才,是镶红旗满洲人氏。他爸爸在浙江做过一任乍浦副都统,他一直在任上当少大人。因他行二,大家都尊他为双二爷。后来他爸爸死了,他本是一个京官,起服之后,就改捐知府,指分浙江,在省候补也有五六年了。他虽为官,总不脱做阔少爷的脾气:赁的极大的公馆;家里用的好厨子,烹调的好菜。他自己爱的是赌,时常邀几个相好朋友到家叉麻雀,不是五百块钱一底,就是一千块钱一底。黄三溜子也同他着实来往。虽然署院力崇节俭,也只好外面上遵他的教,其实人家公馆里哪能件件依他。

自交正月,例不禁赌。双二爷天天在公馆里请朋友吃喝。吃完之后,前两天还是摇摊,后因摇摊气闷,就改为牌九,已经痛痛快快地赌过几夜。过了几天,齐巧一个实缺金华府知府彭子和彭太尊,一个实缺山阴县知县萧添爵萧大令,两人同天到省贺岁,却都是这双二爷的拜把子兄弟,从前常常在一处玩耍惯的。因此双二爷兴致格外好。头一天,双二爷上院,彼此在官厅上碰着,依双二爷的意思,就要把他俩拉回公馆吃便饭,先玩一夜。他俩因为要到别处上衙门拜客,所以改了次日,就是十三这一天了。头天晚上,双二爷吩咐管厨的预备上等筵席。别的朋友横竖天天来要钱要惯的,用不着预邀。到了次日,中饭吃过,双二爷为着来的人还不多,不能成局,先打八圈麻雀。在座的人都是些阔手笔,言明一千块一底,还说是小玩意儿。当下管家们调排桌椅,扳位归座,立时间劈劈啪啪,打了起来。一打打了两个钟头,四圈已毕,重复扳位掷点。当时算了算,双二爷输了半底。说是这样小麻雀打的不高兴,自己站起身来要去过瘾,就把自己的筹码让给一个人代碰。

双二爷正过着瘾,人报彭大人来了。彭大人刚从别处拜客而来,依旧穿着衣帽,走到厅上,磕头拜年,自不必说。磕头起来,朝着众人一个个作揖,大半都不认得。正待归座,只见黄三溜子从院子里一路嚷了进来,嘴里喊着说道:“你们不等我,这早的就上局!”才跨进门槛,迎面瞧见彭知府穿了衣帽,黄三溜子一呆。双二爷便告诉他是金华府彭守,昨儿才到的。又告诉彭知府说:“这位就是黄观察黄大人。”彭知府是久仰大名的,

① 开印——即恢复办公。停止办公为封印。

究竟他是本省上司,不敢怠慢,立刻放下袖子,走上一步,请了一个安,口称:“卑府今天早上到大人公馆里禀安。”黄三溜子也不知回答什么方好,想了半天,才回了声:“兄弟还没有过来回拜。”当由双二爷忙着叫宽章,让坐奉茶。正在张罗的时候,山阴县萧大老爷也来了。无非又是双二爷代通名姓。黄三溜子为他是知县,到底品级差了几层,就不同他多说话,坐在炕上也不动。只同彭知府扳谈,满嘴的什么:“天气好呀,”“你老哥几时来的,住在哪里?”“难得到省,可以盘桓几天”,……颠来倒去,只有这几句说话。

顷刻间,打麻雀的已完,别的赌友也来的多了。双二爷一一引见,无非某太守、某观察,官职比他小的便是某翁;当中还有几个盐商的子弟、参店的老板、票号钱庄的挡手,一时也数他不清。头一个黄三溜子高兴说:“我们肚子很饱,赌一场再吃。”其中有几个人说:“吃过再赌。”黄三溜子不肯。双二爷为他是老宪台,不便违他的教,只得依他。当下入局的人共有三四十个。黄三溜子不喜欢摇摊,一定要推牌九。无奈彭太尊说:“白天打牌九不雅相,天色早得很,不如摇四十摊,吃过饭再推牌九。”黄三溜子道:“我打摊打得气闷;既然要打摊,须得让我做皇帝①。”其时正有个票号里挡手抢着做上手,听说摇摊,已经坐了上去。主人家要巴结老宪台,千对不住,万对不住,把那人请了下来。黄三溜子一屁股坐定,也不管大众齐与未齐,拿起摊盆摇了三摇,开盆看点。旁边记路的人,拿着笔一齐记下。霎时亮过三摊。黄三溜子又把宝盆摇了三摇,等人来押。头几下大家看不出路,押的注码还少。黄三溜子赢了几千,把他高兴的了不得。双二爷道:“为着老宪台总不喜欢摇摊,叫你老人家赢两个,以后也就相信这个了。”黄三溜子道:“所以我除了做皇帝,下手是不做的:皇帝还好赢几个,下手只有输无赢。”双二爷道:“那也不见得。”正说着话,黄三溜子又摇过几摊,台面上的筹码、洋钱、票子,渐渐的多了起来。黄三溜子一连赔了两摊,数了数,但将赢来的钱输去八九,幸喜不曾动本。后来越押越大,他老人家亦就越输越多,统算起来,至少也有四万光景。霎时间已开过三十六摊,再摇四摊便已了局。黄三溜子急于返本,嫌人家押的少,还说人家赢钱的都藏着不肯拿出来。

---

① 皇帝——这里指赌博的庄家。

众人气他不过。内中有几个老赌手取过宝路一看,大小路都在“二”上,于是满台的人倒有一大半去押“白虎”。还有些不相信宝路的,亦有专押老宝的,亦有烧惯冷灶的,亦有专赶热门的:于是么、三、四三门亦押了不少。彭太守年轻时很欢喜摇摊。摇摊的别号又叫做“听自鸣钟”。他自己常说:“我因为听自鸣钟,曾经听掉两爿当铺、三爿钱铺子,也算得老资格了。”到这第三十七摊上,他亦看准一定是“二”,自己押了“二”还不算,又把进、出两门上的注码,一齐改在“二”上。有个押“四”的钱庄里挡手①,独他不相信,说一定是“四”。彭太尊要同他赌个东道。他理也不理,拉着嗓子喊了一声:“二翻四。”彭太尊气他不过,跟手喊了一声:“四翻二。”钱庄里挡手又喊一声:“再翻在四上。”彭太尊亦喊一声:“再翻在二上。”钱庄里挡手还要再喊,主人双二爷把手一摆,道:“慢着,你们算算看。”黄三溜子道:“算什么!”双二爷道:“别说算什么。彭子翁先把进、出两门的注码吃到‘二’上,现在又同对门翻了两翻。这一下开出来,设如是个‘二’,你想他要赔多少!就是个‘四’,彭子翁也不轻。”付档的人正待举起算盘来算,黄三溜子急于下庄好去过瘾,便朝着双二爷嚷道:“人家输得起,要你担心!我可等不及了。”一面说,一面掀开宝盆一看,大家齐喊一声“四”。黄三溜子道:“‘四’也好,不是‘四’也好,横竖你们自己去做输赢,我只管我的就是了。”钱庄里老板一团高兴,嘴里说道:“怎么样!我赌了几十年,最不相信的是什么路不路;如果猜得着,这宝也没人打了。”此时只有他一个人咂嘴弄舌,众人也不睬他。把个彭太尊气昏了,拿着手里的筹码往桌子上一掼,说道:“输钱事小;我走了几十年的大小路,向来没有失过,真正岂有此理!”当时付档的人,按照所翻的数目,一一付清。黄三溜子赶着把余下三摊摇完。算了算,通台的人只有彭太尊顶输,大约有五万光景。黄三溜子后三下赢些回来,只有三万多了。

钱庄里老板是头一个大赢家。四十摊之后,别的人过瘾的过瘾,谈天的谈天,独他一个穿穿马褂,说:“号里有事,不能不回去。”彭太尊嚷着不放他走;双二爷、黄三溜子亦赶过来帮着挽留。黄三溜子道:“通台就是你一个大赢家,怎么你好走?就是真有事也不放你。我们熟人不要紧,你同彭大人是初次相会,你走了,他心下要不高兴的。”钱店里老板却不过

① 挡手——商号的老板、经理。

众人的情,只好仍旧脱去马褂,陪着大众一块儿吃饭。虽然是双二爷专诚备了好菜请彭太尊,无奈他赌输了钱,吃着总没有味儿。

一时饭罢,黄三溜子赶着推牌九。彭太尊一定还要打摊。主人双二爷左右为难。幸亏是夜里,来赶赌的人比白天又多了二十几位,只好分一局为两局:是一局摊,一局牌九,各从其便。黄三溜子齐了一帮人专打牌九,彭太尊齐了一帮人专打摊。吃饭的时候已是二更多天,比及上局,约摸已有三更了。这一夜,竟其顶到第二天大天白亮还没有完,后来有些人渐渐熬不住。赢钱的都已溜回家去睡觉;只剩些输钱的还守着不肯散,想返本。黄三溜子一见人少了,便要并两局为一局。彼此问了问,彭太尊只翻回来几千银子,黄三溜子却又下去一万。主人双二爷亲自过来,让众位用些点心。又说:"今天是十四,不是辕期,没有什么事情。不如此刻大家睡一会儿,等到饭后,邀齐了人再图恢复何如?"黄三溜子道:"赌一夜算什么!只要有赌,我可以十天十夜不回头。"彭太尊道:"卑府在金华的时候,同朋友在'江山船'上打过三天三夜麻雀没有歇一歇,这天把算得什么!"于是大众就此鼓起兴来。这时候彭太尊摊也不摇了,亦过来推牌九。

这天自从早晨八点钟入局,轮流坐庄,一直到晚未曾住手。黄三溜子连躺下过瘾的工夫都没有。幸亏一心只恋着赌,肚里并不觉得饥饿。虽说双二爷应酬周到,时常叫厨子备了点心送到赌台上,他并不沾唇。有时想吃烟,全是管家打好了装在象皮枪上:这象皮枪有好几尺长,赛如根软皮条;管家在炕上替他对准了火,他坐在那里就可以呼呼的抽,可以坐着不动,再要便当没有。但是玩了一天,没有什么上下。等到上火之后,来的人比起昨天来还要多。此刻他老人家的手气居然渐渐地复转来,一连吃了三条。下手的人一看风色不对,注码就不肯多下了。黄三溜子只顾推他的,一连又吃过七八条,弄得他非凡得意。

正在高兴头上,不提防自己公馆里的一个家人找了来,附在他耳朵上请示,说:"明天各位司、道大人统通一齐上院,庆贺元宵。请老爷今天早些回公馆,歇息歇息,明天好起早上院。"黄三溜子道:"忙什么!我今天要在这里玩一夜。把该应穿的衣服拿了来。等到明天时候,叫轿班到这里来伺候。我今天不回去,明天就在这里起身上院,等院上下来再回家睡觉。"家人是懂得他的脾气的,只得退了出去,依他办事。

他这里上上下下,总算手气还好,进多出少。后来见大众不肯打了,他亦只好下庄,让别人去推。自己数了数,一共赢进二万多,连昨夜的扯起来,还差一半光景。自己懊悔昨天不该应摇摊。又连连说道:“如果再推下去,这头两万银子算不得什么;多进三五万,亦论不定。……”此时是别人坐庄,他做下手,弄了半天,做上手的输了几条就干了。他虽然赢钱,总嫌打的气闷。众人只得重新让他上去坐庄。几个轮流,到他已有四更天了。谁知到了他手,庄风大好,押一千吃一千,押五百吃半千。此时台面上现银子、洋钱,都没有了,全是用筹码。他自己身边筹码堆了一大堆,约摸又有二三万光景。

众人正在着急的时候,忽然庄上掷出一副“五在手”,自己掀出来一看,是一张天牌,一张红九,是个一点。自以为必输的了,仍旧把牌合在桌上,默然无语,回过头去抽烟。谁知三家把牌打开,上门是一张人牌,一张么丁;天门是一张地牌,一张三六;下门是一张和牌,一张么六:统算起来都是一点。大家面面相觑,做声不得。黄三溜子把一筒烟抽完,回过脸来,举目一看,都是一点。这一喜非同小可!把自己两扇牌翻过来,用力在桌上一拍,道了声“对不住”,顺手向桌上一掳。当时台面上几个赢家并不说话;有几个输急的人,嘴里就不免叽里咕噜起来。一个说:“牌里有毛病,不然,怎么会四门都是一点?齐巧又是天、地、人、和配好了的?”一个说:“一定骰子里有毛病,何以不掷‘二上庄’,何以不掷‘四到底’,偏偏掷个‘五在手’?庄家拿个‘天九一’吃三门,这里头总有个缘故。”又有人说:“毛病是没有,一定有了鬼了,很该应买些冥锭来烧烧;不然,为什么不出别的一点,单出这天、地、人、和四个一点呢?”当下你一句,我一句,大家都住手不打。黄三溜子起先还怕扰乱众心,拆了赌局,连说:“赌场上鬼是有的,……应得多买些锭烧烧。从前我在家乡开赌,每天烧锭的钱总得好几块。老一辈子的人常说道:‘鬼在黑暗地下,看着我们阳世人间赌得高兴,他的手也在那里痒痒。自己没有本钱,就来捉弄我们。烧点锭给他就好了。’”双二爷闻言,连说“不错。……”立刻吩咐管家去买银锭来烧。锭已烧过,黄三溜子洗过牌,重新坐庄。无奈内中有个输钱顶多的人,心上气不服,一口咬定牌里有讲究,骰子也靠不住。黄三溜子气极了,就同他拌起嘴来。那人也不肯相让。便是你一句,我一句,吵个不了。主人双二爷立刻过来劝解,用手把那个输钱的人拉出大门。那人一路骂了出去。彭太尊也竭力劝黄三溜子,连说:“大人息怒。……”又说:“他算什么！请大人不必同他计较。”一番吵闹，登时把场子拆散。有些怕事的人，当他二人拌嘴的时候，早已溜掉一大半。黄三溜子见赌不成功，便把筹码往衣裳袋里一袋，躺下吃烟。

说话间，东方已将发亮了。黄三溜子的管家、轿班都已前来伺候主人上院。彭太尊之外，还有几位候补道、府，都说一块儿同去。主人一面搬出点心请众位用，一面检点筹码，要他们把账算一算清。黄三溜子道：“忙什么！那王八羔子不来，我们今天就不赌了吗？筹码各人带在身上，上院下来赌过再算。”主人连说：“使得。……”当初入局的时候，都用现银子、洋钱买的筹码。而且这位双二爷，历年开赌的牌子极为硬绷。这副筹码异常考究，怕的是有人做假，根根上头都刻了自己的别号；所以筹码出去，人家既不怕他少钱，他也不怕人家做假。此刻黄三溜子不要人家算账，说上院回来重新入局，他做主人的自然高兴，有何不允从之理。霎时点心吃过，一众大人们一齐扎扮起来。黄三溜子等把蟒袍穿好，不及穿外褂，就把赢来的筹码数了数，除弥补两天输头之外，足足又赢了一万多。满心欢喜，便把筹码抓在手里，也不用纸包，也不用手巾包，一把一把的只往怀里来塞。管家说：“不妥当，怕掉出来。等家人们替老爷拿着罢。”黄三溜子道：“这都是赢来的钱，今天大十五，揣着上院，也是一点彩头。”家人不敢多说。

一时扎扮停当，忽然轿班头上来回道：“有一个轿夫没有来，请大人等一刻。”黄三溜子急得跺脚骂王八蛋。当时就有一个同赌的武官，——是个记名副将，借署抚标右营都司——晓得黄三溜子在署院前还站得起，又是营务处，便说：“标下的轿子不妨先让给大人坐。大人司、道一班，传见在前；标下雇肩小轿随后赶来，是不妨事的。”黄三溜子见他要好，便同他扳谈，说：“老兄很面善，我们好像在哪里会过似的。”那武官还没有回答，双二爷忙过来替他报履历。黄三溜子连说：“久仰。……”又说：“老兄训练兵丁，步伐整齐，兄弟是极佩服的。”那武官道：“大人在营务处，是标下的顶门上司，总得求大人格外照应。”黄三溜子道：“这还要说吗？”一面说着话，一面又嚷道：“我记起来了：还是去年十二月初七，一个什么人家出殡，执事当中，我看见有你，骑了一匹马，押着队伍，好不威武！你手下的兵打的锣鼓同闹元宵一样，很有板眼。我们快去，等院上下来，我们亦来闹一套玩玩。”说完了话，赶出大门上轿。那武官连忙跟着出来，招呼自己的轿班。谁知走出大门，黄三溜子的轿夫也来了。被黄三溜子骂了两句,仍旧坐着自己的轿子而去。

霎时到得院上,会着各位司、道大人,上过手本,随蒙传见。见了署院,一齐爬在地下磕头贺节。等到磕完了头,黄三溜子正要爬起来的时候,不料右边有他一个同班,一只脚不留心,踏住了黄三溜子的蟒袍;黄三溜子起来得匆忙,也是一个不当心,被衣服一顿,身子一歪。究竟两夜未睡,人是虚的,一个斤斗,就跌在踏他蟒袍的那人身上,连那个人也栽倒了。署院看见,连说:“怎么样了?”他俩困在地下,羞得面孔绯红,挣扎着爬起来。刚起得一半,不料黄三溜子跌的时候势头太猛,竟把怀里的筹码从大襟里滑了出来,滑在外褂子里头;等到站起,早已豁喇喇地掉在地下了。署院起先但听得声音响,还不晓得是什么东西,连说:“你们两位,有什么东西掉在地下,还不拾起来?”一面说,一面招呼巡捕帮着去拾。黄三溜子毕竟自己虚心,连忙又往地下一蹲,用两只马蹄袖在地毯上乱掳。幸亏筹码滑出来的不多,捡了起来,不便再望怀里来塞,只得握在手中。掸掸衣服,跟着各位司、道大人归座。却不料地下还有抵得一百两银子的一根大筹码未曾拾起,落在地毯上。黄三溜子瞧着实在难过,又不敢再去拾,只是脸上一阵阵发红。其实署院已经看见,也晓得是黄三溜子这宝贝带来的。署院生平顶恨的是赌,意思想要发作两句;转念一想,隐忍着不响。齐巧那根筹码被巡捕看见,走上去拾了起来,袖了出去。署院也装做没事人一样。等到送客之后,署院问巡捕把那根筹码要了来,封在信里,叫先前替黄三溜子过付的那个人仍旧送还了他。传谕他:“下次不可如此;再要这样,本院就不能回护他了,叫他各人自己心上放明白些。”

黄三溜子这日下得院来,晓得自己做错了事,手里捏着一把汗,便无精打采的,一直回到自己公馆,不到双二爷家赌钱了。双二爷等他不来,便叫管家来请他。他便打发当差的同了双二爷的管家到双家把账算清,说是自己身上不爽快,改天再过来。此时大众已晓得他今天上院跌出筹码之事,官场上传为笑话,他不肯再来,一定是脸上害臊,因此也不再来勉强他。过了一天,黄三溜子接到署院的手札,并附还筹码一根,又是感激,又是羞愤。恐怕以后不妥,又托原经手替他送了三千银子的票子,一直等到回信,说署院大人赏收了,然后把心放下,照旧当差不题。

且刘大胯子自从吃胡镜孙的丸药,三个月下来,烟瘾居然挡住;但是脸色发青,好像病过一场似的。且有天不吃丸药,竟比烟瘾上来的时候还难过。刘大侉子便去请教胡镜孙。胡镜孙道:“大人要戒的是烟,只要烟戒掉就是了,别的卑职亦不能管。”刘大侉子见他说得有理,难以驳他,只好请医生自去医治,不在话下。但是他自从到省以来,署院一直没有给他好嘴脸,差使更不消说得。后来署院见他面色碧青,便说他嗜好太深,难期振作。每见一面,一定要唠唠叨叨地申饬一次,还说什么是“我认得你老人家的。他的子侄不好,我做父执的应该替他教训才是。”刘大侉子被他弄得走投无路,便去找藩台,托藩台替他想法子,说:“照这种样儿,晚生的日子一天不能过了。”藩台说:“他同兄弟不对,兄弟说的话未必听。我劝老兄忍耐几时,再作道理。”

刘大侉子无法,又去找他娘舅。娘舅久充宪幕,见的什面多了,很有随机应变的工夫。听了外甥的话,闭目养神了半天,一声也不响。想了一会,说道:“他时常教训你,都是些什么话?”刘大侉子便大概地述了一遍。娘舅道:“他同老人家真有交情吗?”刘大侉子道:“不过会过几面,就是有交情也有限。”娘舅道:“有了。道学朋友,只有拿着他的法子治他,所谓‘君子可欺以方’,只有这一功他还受。”又说什么“即以其人之道,还治其人之身”。刘大侉子忙问:“是用什么法子?”娘舅便附在他耳朵上,如此如此的嘱咐一番。刘大侉子将信将疑,恐怕不妥;但是事已至此,只可做到哪里,说到哪里。

到了第二天又去禀见。他是一个没有差使的黑道台,抚台原可以不见他的;只因他脾气好说话,署院把他训饬惯了,好借着他发落别人,所以他十次上院,倒有九次传见。这日见面坐定之后,署院闲谈了几句,便渐渐地说到他身上来。先问他:“现在的烟瘾比起从前又大得多少?”他回道:“职道现在戒烟,已经有好两个月不抽了。”署院鼻子里哼的一声。他又回道:“职道自从吃了胡镜孙胡令‘贫弱戒烟善会’里的丸药,倒很见效。”署院道:“抽与不抽,我也不来问你。你自己拿把镜子照照你的脸,随便给谁看,说你不吃烟,谁能相信。当初你们老太爷我是见过的,他并不抽烟。怎么到你老兄手里,好样子不学,倒弄上了这个?真正我替你们老太爷怄气!”刘大侉子听到这里,一声不响,只顾拿着马蹄袖擦眼泪。署院又道:“出来做官,说什么显亲扬名,都是假的;只要不替先人丢脸,就算得孝子了。"刘大侉子听到这里,一半自己的委屈,一半是娘舅的教训,一不做,二不休,索性呜呜咽咽哭将起来。各位司、道大人见了都为诧异,一齐替他捏着一把汗。谁知署院并不见怪,停了一回,朝他说道:"我教导你的几句话并不是坏话,用不着哭啊。"刘大侉子擦了一擦眼泪,又擤了一把鼻涕,说道:"职道何尝不知道大人教训的都是好话。职道听了大人的教训,想起从前职道父亲在日也常是拿这话教训职道;如今职道父亲病故已经多年,职道听了大人的教训,一来恨自己不长进,二来感念职道父亲去世的早。听了大人的话,不觉有感于中,屡次三番的要哭不敢哭出,怕的是失仪。今天实实在在熬不住了!"说完了话,立起身来,爬在地下朝着署院磕了三个头,长跪不起。署院赶紧下座拉他。众官亦一起站立。署院道:"这从哪里说起! 有话起来说。"刘大侉子哭着回道:"大人教训的话,都同职道父亲的话一样。总怪职道不长进。职道该死! 求大人今天就参掉职道的官,也好替职道消点罪孽,就是职道父亲在九泉之下也是感激大人的。"说完了这两句,便从头上把自己大帽子抓了下来,亲自动手,把个二品顶戴旋了下来;嘴里说道:"职道把这个官交还了大人。大人是职道父执一辈子的人,职道就同大人子侄一样。职道情愿不做官,跟着大人,伺候大人,可以常常听大人的教训。将来磨练出来,或者还可以做得一个人,不至于辱没先人,便是职道的万幸了。"说完了,直挺挺地跪着。署院一定要他起,众官又帮着相劝,他只是不肯起。嘴里又说道:"总得大人答应了职道,职道方才起来。"署院道:"你果然能听我话,想做好人,我还要保举你鼓励别人,何必一定要参你的官呢?"说着,便叫巡捕过来,替他把顶子旋好,仍旧合在头上。署院又亲自拉了他一把。刘大侉子见署院如此赏脸,便趁势又替署院磕了三个头,然后起立归座。署院道:"人孰无过? 过而能改,就不失其为好人了。兄弟生平最恨的是抽大烟一桩事,好好一个人,生生的被烟困住,以后还能做什么事业呢!"说到这里,回转头去一看,见商务局老总也在坐,便同他说道:"从前你们所说那个姓胡的办的那个戒烟善会,到底靠得住靠不住?"商务局老总道:"他的丸药外头倒很销,而且分会也不少。"署院道:"销场虽好,不足为凭。你们只要看这位刘大哥脸的颜色,怎么越吃越难看呢? 不要丸药里搀了什么东西害人罢?"商务局老总道:"职道也问过胡令,据称用的是林文忠公的遗方。既然刘道吃了不好,等职道下去查访查访,果然不好,就撤去前头给的告示，勒令停办，免得害人。”署院道：“正该如此。”说完送客。

刘大侉子下来仍旧去找娘舅。娘舅问他怎么样，刘大侉子便一五一十，述了一遍。娘舅道：“此计已行，以后包你上院，永远不会再碰钉子。但是想他的差使还不在里头，等我慢慢地再替你想个法子，包你得一个顶好的事情。”刘大侉子一定要请教。娘舅发急道：“你别性急！早则十天，迟则半月，总给你颜色看就是了。怎么性急到这步田地？也得容我想想看呀！”刘大侉子见娘舅动气，只好无言而罢。

且说官场上信息顶灵，署院放一个屁，外头都会晓得的。这日说了胡镜孙丸药不好，当天就有人传话给他，叫他当心点。他这人生平最会拍马屁，新近又不知道走了什么路子，弄到山东赈捐总局的札子，委他兼办劝捐事宜。他得了这个差使，便兴头的了不得，东也拜客，西也拉拢；怀里揣着章程，手里拿着实收，一处处向人劝募。居然劝了一个月下来，也捐到一个五品衔，两个封典，五六个贡、监①。论他的场面，能够如此已经很不容易了。这日听得人家传来的话，赛如兜头一盆冷水，在店里盘算了半夜，踱来踱去，走投无路。

后来忽然想到本省藩台，曾经见过两面，前头开办善会的时候，托人求他写过一块匾，有此渊源，或者不至忘记。事到其间，只得拼着老脸去做。是日一夜未睡。次天大早，便穿了衣帽赶上藩台衙门。手本进去，藩台不见。胡镜孙说有公事面回，然后勉勉强强见的。见面之后，藩台心上本不高兴，胡镜孙又嚅嚅嗫嗫地说了些不相干话。藩台气极了，便说：“老兄有什么公事快些说。兄弟事情忙，没有工夫陪着你闲谈。”胡镜孙碰了这个钉子，面孔一红，咳嗽了一声，然后硬着胆子说出话来。才说得“卑职前头办的那个戒烟善会”一句话，藩台已把茶碗端在手中，说了声“我知道了”，端茶送客。胡镜孙不好再说下去，只得退了出来。一场没趣，愈加气闷。回到店里，茶也不喝，饭也不吃，如同发了痴的一般。

幸亏太太是个才女，出来问知究竟，便说：“现在世路上的事，非钱不行。藩台不理你，你化上两个，他就理你了。”胡镜孙道：“去年我开办这个善会的时候，问你借的当头，如今还没有替你赎出来，哪里还有钱去孝敬上司呢？”太太道：“有得赎没有得赎，自己夫妻，有什么不明白的，只要

① 贡、监——即国子监的贡生和监生。

你不替我没掉就是了。至于你如今孝敬上司,没有现钱,依我想,东西也是好的。”胡镜孙道:“你看我这店里,除掉几包丸药,几瓶药酒之外,还有什么东西可以送得人的?”太太道:“只要值钱,怎么送不得?如果不好送,为什么你的仿单上要说‘官礼相宜’呢?”胡镜孙道:“话虽如此讲,你晓得我十块钱的药,本钱只有几块?自己人,同你老实说,两块钱的本钱也没有,不过骗碗饭吃吃罢了,哪里值得什么钱呢。”太太道:“时常见你替人家捐官,从前你得这个差使的时候,你自己说过有多少的扣头。如今这笔钱哪里去了呢?”一句话提醒了胡镜孙,心上一想:“横竖空白实收在自己手里,与其张罗了钱去孝敬上司,何如填两张监生实收去送藩台的少爷。像他们这样宦家子弟,这一点点的底子总要有的。如果收了我的实收,他自然照应我。彼时间骑马寻马,只要弄到一笔大大的银款,赚上百十两扣头,就有在里头了。他若不肯照应我,一定还我实收;实收已经填了字,不能还,只好还我银子。如此一来,我赈捐内又多了两个监生,将来报销上去也好看。”主意打定,告诉了自己妻子。太太点头无话。胡镜孙方才胡乱吃了一碗饭,连忙取出实收,想要取笔填写履历;无奈又不晓得少爷的年、貌、三代,只好搁笔。想来想去,没有他法,只好封了两张实收,托人替他写了一个禀帖给藩台,说明白:“卑职目下办捐,情愿报效宪少大人两个监生,务求大人赏收。”另外又附一张夹单,是求藩台替他斡旋那戒烟善会的事情。禀帖写完,他便冒冒失失交给藩台号房替他递了进去,自己坐在官厅上等传见。以为这一功他总受的了。谁知等了半天,里头传出话来,问他这个办捐差使是谁委的。他只得照实而说。那人进去,等到天黑,也没见藩台传见。后来向号房打听,亦打听不出。号房劝他明天再来,只好回家。

谁知一连上了三天藩台衙门,始终未见。第四天上,接到委他办捐那个老总的札子,上写:“接准浙江布政司函开”,说他如何“借差招摇,钻营无耻”,又“附还实收两张,希即查办”云云。后面写明将他撤委,限他“即日将经手已捐未捐各实收,造册报销,不得含混”各等语。他得了这个札子,犹如晴天霹雳一般,善会尚未保全,差使已经撤去。还算他自己顾全场面,次日即把捐务及收到的银子一律交割清楚。后来又费九牛二虎之力,把个戒烟会保住,依旧做他的卖买。都是后话不题。要知官场上又出什么新鲜事情,且听下回分解。

第二十二回

叩辕门荡妇觅情郎　奉板舆[1]慈亲勖[2]孝子

却说浙江吏治，自从傅署院到任以来，竭力整顿，虽然不能有十二分起色，然而局面已为之一变。若从外面子上看他，却是真正的一个清官：照壁旧了也不彩画；辕门倒了也不收拾；暖阁破了也不裱糊。首县奉了他的命，不敢前来办差。一个堂堂抚台衙门，竟弄得像破窑一样：大堂底下，草长没胫，无人剪除；马粪堆了几尺高，也无人打扫。人家都说碰到这位上司，自己不要办差，又不准别人办差，做首县的应该大发财源。——谁知外面花费虽无，里面孝敬却不能少，不过折成现的罢了。所以但就情形而论，只有比起从前俭朴了许多，不能不说是他的好处；至于要钱的风气，却还未能改除。俗语说的好："千里为官只为财。"做书的人实实在在没有瞧见真不要钱的人，所以也无从捏造了。

闲话休题。且说署院自从到任至今，正是光阴似水，日月如梭，弹指间已过半载。朝廷因他居官清正，声名尚好，就下了一道上谕，命他补授是缺。他出京的时候是一个三品京堂[3]，如今半年之间，已做到封疆大吏，自然是感激天恩，力图报称。立刻具折谢恩。合属官员得信之余，一齐上院叩贺，不消细说。从此以后，他老人家更打起精神，励精图治。闲下来还要课小少爷读书。他太太早已去世，小少爷是姨太太养的，年方一十二岁，居然开笔能做"破承"[4]。傅抚院更是得意非凡。拿了一本"文

---

① 板舆——一种车子。晋潘岳《闲居赋》里有"太夫人乃御板舆"的句子，后来就以板舆为官员迎养父母的代词。

② 勖(xù)——勉励。

③ 京堂——指都察院、通政司、詹事府和诸卿寺的堂官。因为这些官署的堂官，除左都御史外，都是三四品的官员，后来便也以京堂为三四品京官的虚衔。

④ 破承——八股文文体是死板的，起头两句必需点破全题，这两句就叫破题。破题之后，又要作三句到五句，加以解释，这三五句叫做承题。破题和承题并在一起，省称叫做破承。

法启蒙”,天天讲给小少爷听。还说:“我们这种人家世受国恩,除了做八股考功名,将来报效国家,并没有第二条路可以走得。”他一家骨肉,只有亲丁三口,并无别的拖累,所以他于做官课子之外,一无他事。今见天恩高厚,将他补授斯缺,心中更为快乐。

一天适当辕期,会客之后,回到上房吃饭。正想吃过饭考问儿子的功课。他一向吃饭,因为人少,都是姨太太陪着吃的。这日等了半天,姨太太竟未出来。他总以为姨太太另有别的事情,偶然迟到,不以为意;谁知等到吃完,姨太太始终不见。问问老妈,都不肯说。后来又问儿子。毕竟儿子年轻嘴快,回称:“我娘困在床上,从早上哭到此刻,还没有梳头。”傅抚院听了诧异,一时摸不着头脑,只得又问儿子。旁边伺候的老妈一齐做眉眼给少爷,叫他不要说。被傅抚院瞧见,骂了老妈两句说:“你们偏会鬼鬼祟祟,有什么事情要瞒我?”一定追着儿子要问个明白。少爷无法,只得说道:“我亦不知道什么。今儿早上,门上汤二爷来说,有个媳妇长得很标致,还带了一个孩子,说是来找爸爸的。我娘就为着这个生气。”傅抚院一听这话,心上老大吃惊,盘算了半天,一声不响。歇了一会,问道:“现在这女人在哪里?”少爷道:“她要来;汤二爷叫把门的看好了门,不许她进来。我娘嘱咐汤二爷,等她来的时候打她出去。”傅抚院着急道:“此刻到底这人在哪里?”少爷道:“连我不知道。”老妈见主人发急,晓得事情瞒不住,只得回道:“这女人,据她自己说是北京下来的,现住在衙门西边一爿小客栈里。来了好两天了。她说她认得老爷有靠十年光景,从前老爷许过她什么,她所以找了来的。”傅抚院道:“哪里有这回事,我也不认得什么女人。”老妈道:“她是这么说呢,我们也不晓得。”傅抚院道:“我不问你这个。到底她到衙门里来过没有?”老妈道:“这个不知道。我们亦是听见汤二爷说的。”傅抚院便吩咐:“叫汤升来,我问他。”原来这汤升是傅抚院的心腹门上。他家的规矩:凡老人家手里用的人,儿子都不能直呼名字,所以少爷也称他为汤二爷。

闲话休题。且说姨太太先前也是听见丫头们咕咕唧唧,说什么有个女人来找老爷。姨太太醋性是最大不过的,听了生疑,便向丫头追究。丫头说是汤二爷说的。姨太太便把汤二爷叫上来,拷问此事。没了大太太,姨太太便做了中宫,当家人的哪里还有不巴结她的,便一五一十说了一遍。当时姨太太便气得几乎发厥。这时候傅抚院正在厅上会客,老妈们屡次三番要出来报信,因为会的是些正经客,恐怕不便,所以没有敢回。等到傅抚院送客回来吃饭,姨太太肝厥已平下去了,只是还躺在床上不肯起来。傅抚院向儿子追问此事,以及传唤汤二爷,她都听在耳朵里,装做不听见,不作声,看他们怎样。

停了一刻,汤升穿了长褂子上来。傅抚院正要问他,一想守着多少人,说出来不便,便起身要带汤升到签押房里去盘问。刚刚走到廊檐底下,已经被姨太太听见,直着嗓子大喊起来,又像拿头在板壁上碰得砰砰冬冬的响。傅抚院一听声音不对,立刻缩住了脚。再一细听,姨太太已经放声大哭起来,说什么:"老不死的! 面子上假正经,倒会在外头骗人家的女人,还养了杂种的儿子! 你们带声信给那老不死的:他要去会那不要脸的婊子,叫他先拿条绳子来勒死我,再去拿八抬轿抬那婊子进来!"一面骂,一面又问少爷在哪里。先是少爷听见娘生气,丢掉饭碗,早已溜在后院去了。好容易被丫头、老婆子找着,一齐说:"我的小祖宗,你快上去罢! 姨太太要同老爷拼命,现在不知道怎么样了!"小少爷起先还不肯去,后来被丫头、老婆子连哄带骗的,才骗到上房。他娘一看见了他,就下死地打了两拳头。手里打的儿子,嘴里却骂的老爷,说:"我们娘儿俩今儿一齐死给他看! 替他拔去眼中钉,肉中刺,好等他们来过现成日子! 横竖你老子有了那个杂种,也可以不要你了!"说着,又叫:"拿绳子来,我先勒死了你,我再死!"儿子捱了两拳头,早已哇的哭了。

傅抚院本来站在廊檐底下的,后来听见姨太太要找少爷,知道事情闹大了,只得回转上房,到套间里,在靠窗一张椅子上坐下叹气。姨太太也不睬他。后来看见小婆打儿子,又要勒死儿子,他老人家也动了真气,便气愤愤站起来说道:"儿子是我养的。你们做妾妇的人不懂得道理,好歹有我管教,你须打他不得!"姨太太一听这话,格外生气,便使劲唾了傅抚院一口道:"你说儿子是你养的,难道不是我十月怀胎怀出来的? 我是他的娘,我就可以打得他!"说着,顺手又打了儿子几巴掌。儿子又哭又跳。傅抚院道:"岂有此理! 我们这种诗礼人家,一个做小老婆的都要如此癫狂起来,还了得!"姨太太道:"小老婆不是人?"傅抚院道:"人家纵容小老婆,把小老婆顶在头上。我这个老爷不比别人,我要照我的家教。从前老太爷临终的时候有过遗嘱的,不好我就要……"话未说完,姨太太逼着问道:"你要怎么样?"傅抚院又缩住了嘴,不肯说出来。姨太太道:"开口老太爷遗嘱，闭口老太爷遗嘱，难道你在外头相与那不成器的女人，也是老太爷遗嘱上有的吗！既然家教好，从前就不该应同那臭婊子来往！也不晓得姓张的、姓王的养了杂种，一定要拉到自己身上。”傅抚院被他顶的无话说，连连冷笑道：“你们听听，她这话说的奇怪不奇怪！来的女人是个什么人也没有问个明白，一定要栽在我身上。等弄明白了，再同我闹也不迟。”

姨太太正还要说，人报“表太太来了”。傅抚院立刻起身迎了出去，朝着进来的那个老妇人叫了一声“表嫂”，连说：“岂有此理！……请表嫂开导开导她。表嫂在这里吃了晚饭去，我有公事，不能陪了。”原来傅抚院请的账房就是他的表兄，这表太太便是表兄的家小。傅抚院因为自己人少，就叫表兄、表嫂一齐住在衙门内，乐得有个照应。这天家人、丫头们看见姨太太同老爷怄气，就连忙的送信给表太太，请她过来劝解劝解。傅抚院此时心挂两头，正在进退两难的时候，一见表嫂到来，便借此为由，推头有公事，到外边去了。

汤升一直站在廊檐底下伺候着，看见老爷出来，亦就跟了出来。一走走进签押房，傅抚院坐着，汤升站着。傅抚院问汤升道：“那女人是几时来的？共总来过几次？现在住在哪里？她来是个什么意思？”汤升回道：“这女人来了整整有五六天了。住在衙门西边一爿小客栈里。来的那一天，先叫人来找小的，小的没有去；第二天晚上，她就同了孩子一齐跑了来。把门的没有叫她进来，送个信给小的。小的赶出去一看，那女人倒也穿得干干净净；小孩子看上去有七八岁光景，倒生的肥头大耳。”傅抚院道：“我不问你这个，问她到这里是个什么意思？”汤升凑前一步，低声回道：“小的出去见了她，就问她来干什么的。她说八年前就同老爷在京里认识，后来有了肚子。没有养，老爷曾经有过话给她，说将来无论生男生女，连大人孩子都是老爷的；但是家里不便张扬，将来只好住在外头。后来十月临盆，果然养了个儿子，就是现在带来的那个孩子了。”傅抚院道：“既然孩子是我养的，我又有过话，她为什么一养之后不来找我，要到这七八年呢？”汤升道：“小的何尝不是如此说。况且这七八年老爷一直在京里，又没有出门，为什么不来找呢？”傅抚院道：“是啊。她怎么说？”汤升道：“她说她还没有养，她娘就把她带到天津卫，孩子是在天津卫养的。养过孩子之后，一直想守着老爷；老鸨不肯，一定要她做生意。顶到大前年才赎的身。因为手里没有钱,又在天津卫做了两年生意。今年二月上京,意思就想找老爷,不料老爷已放了外任,她所以赶了来的。”傅抚院听了,皱皱眉头,又摇摇头,半晌不说话。歇了一回,自言自语道:“他在天津赎身,是哪个花的钱？她怎么会知道我在这里?”汤升道:“在窑子里做生意,怕少了冤桶①花钱。老爷是一省巡抚,能够瞒得了人吗?”傅抚院道:“你不要听她胡说。我也不认得这种人。你去吓吓她,如果再来,我就要拿她发到首县里重办,立刻打她的递解。”汤升道:“这些话小的都说过了。她自从来过一次之后,以后天天晚上坐在二门外头,顶到关宅门才走。头三天还讲情理,说她此来并不要老爷为难,只要老爷出去会她一面,给她一个下落,她就走的。而且不要老爷难为钱,她出去做做生意,自己还可以过得。她还说这七八年没见老爷寄过一个钱,她亦过到如今了,儿子亦这么大了。大家有情义,何必叫老爷一时为难呢。但是树高千丈,叶落归根,将来总得有个着落,不能不说说明白。”傅抚院道:“越发胡说了！再这么说,打她两个耳刮子。”汤升道:“小的亦是这么说,叫她把嘴里放干净些,哪知她不服,就同小的拌嘴。到昨天晚上,越发闹得凶,一定要进来,幸亏被把门的拦着,没有被她闯进宅门。齐巧丫头们出来有事情,看见这个样子,进去对姨太太说了。小的就晓得被她们瞧见不得,起先还拦她们不要说,怕的是闹口舌是非。她们不听,今儿果然几乎闹出事来。”傅抚院说:“我家里的事情还闹不了,哪里又跑出来这个女人。你叫人去同她说,叫她放明白些,快些离开杭州,如果再在这里缠不清,将来送她到县里去,她可没有便宜的。”傅抚院把话说完,汤升虽然答应了几声“是”,却是站着不走。傅抚院问她:“还站在这里做什么?”汤升回道:“老爷明鉴:那女人实在利害得很,说出来的话,句句斩钉截铁。起先小的有些话不敢回老爷,现在却不能不回明一声,好商量想个法子对付她。”傅抚院道:“奇怪,你倒怕起她来了?”汤升道:“小的不是怕她。怕的是这种女人,她既然泼出来赶到这里,她还顾什么脸面。生怕被她张扬出去,外头的名声不好听。”傅抚院道:“送到县里去,打她的嘴巴,办她的递解就是了。”汤升道:“不瞒老爷说:这些话小的都同她讲过了。她非但不怕,而且笑嘻嘻地说:‘你们不去替我回,你家老爷再不出来会我,我为她守

① 冤桶——常受欺骗。

了这许多年,吃了多少苦,真正有冤没处伸,我可要到钱塘县里去告了。'"傅抚院道:"告哪个?"汤升道:"小的也不晓得告的是哪个。"傅抚院道:"等她告呢,我看钱塘县有多大的胆量,敢收她的呈子!"汤升道:"小的亦是这么想。后来她亦料到这一层,她说县里不准到府里,府里不准到道里,道里不准到司里。杭州打不赢官司,索性赶到北京告御状。"

傅抚院听了这话,气得胡子一根根笔直,连连说道:"好个泼辣的女人!……汤升,你可晓得老爷是讲理学的人,凡事有则有,无则无,从不作欺人之谈的。这女人还是那年我们中国同西洋打仗,京里信息不好,家眷在里头住着不放心,一齐搬了回去,是国子监孙老爷高兴,约我出去吃过几回酒,就此认得了她。后来她有了身孕,一定栽在我身上,说是我的。当初我想儿子的事,多一个好一个,因此就答应了下来。谁知后来我有事情出京,等到回去不上两个月,再去访访,已经找不着了。当时我一直记挂她,不知所生的是男是女。倘若是个女儿呢,落在她们门头人家,将来长大之后,无非还做老本行,那如何使得呢。所以我今天听说是个男孩子,我这条心已放了一大半,好歹由她去,不与我相干。不是我心狠,肯把儿子流落在外头,你瞧我家里闹的这个样子,以后有得是饥荒!况且这女人也不是个好惹的。我如今多一事不如省一事,谢谢罢,我不敢请教了!"汤升道:"既然老爷不收留她,或者想个什么法子打发她走。不要被她天天上门,弄得外头名声不好听;里头姨太太晓得了,还要怄气。"傅抚院道:"你这人好糊涂!你把她送到钱塘县去,叫陆大老爷安放她,不就结了吗。"汤升道:"一到首县,外头就一齐知道了。"傅抚院道:"陆某人不比别人,我的事情他一定出力的。他这些本事很大,等他去连骗带吓,再给上几个钱,还有大不了的事。"汤升道:"横竖是要给她钱她才肯走路。小的出去就同她讲,有了钱,她自然会走,何必又要发县,多一周折呢?"傅抚院发急道:"你这个人好糊涂!钱虽是一样给她,你为什么定要老爷自己掏腰,你才高兴?"汤升至此,方才明白老爷的意思,这笔钱是要首县替他出,他自己不肯掏腰的缘故。只得一声不响,退了下来。

刚走到门房里,三小子来回道:"大爷,那个女人又来了。"汤升摇了一摇头,说道:"自己做的事却要别人出钱替他了,通天底下哪有这样便宜事情!说不得,吃了他的饭,只好苦着这副老脸去替他干,还有什么说的!"一面自言自语,一面走出门房,到了宅门外头。那女人正在那里,一手拉着孩子,一手指着把门的骂呢。那女人穿的是浅蓝竹布褂,底下扎着腿,外面加了一条元色裙子;头上戴着金簪子,金耳圈,却也梳的是圆头;瘦伶伶的脸,爆眼睛,长眉毛,一根鼻梁笔直,不过有点翘嘴唇;虽然不施脂粉,皮肤倒也雪雪白;手上戴了一副绞丝银镯子;一对金莲,叫大不大,叫小不小,穿着印花布的红鞋。只因她来过几次都是晚上,所以汤升未曾看得清楚;今番是白天,特地看了一个饱。至于她那个儿子,虽然肥头大耳,却甚聪明伶俐,叫他喊汤升大爷,他听说话,就喊他为大爷。这时候因为女人要进来,把门的不准她进来,嘴里还不干不净地乱说,所以女人动了气,拿手指着他骂。齐巧被汤升看见,呵斥了把门的两句。因为白天在宅门外头,倘或被人看见不雅,就让女人到门房里坐,叫三小子泡茶让女人喝,又叫买点心给孩子吃。

张罗了半天,方才坐定。女人问道:"我的事情怎么样了?托了你汤大爷,料想总替我回过的了?我也不想赖到这里,在这里多住一天,多一天浇裹[1]。说明白了,也好早些打发我们走。我不是那不开眼的人,银子元宝再多些都见过;只要他会我一面,说掉两句,我立刻就走。……不走不是人!他若是不会我,叫他写张字据给我也使得。他做大官大府的人,三妻四妾,不能保住他不讨。他给我一张字,将来我也好留着做个凭据。"汤升道:"这些话都不用说了。倒是你有什么过不去的事情,告诉我们,替你想个法子,打发你动身是正经。这些话都是白说的。"女人道:"我不稀罕钱,我只要同他见一面;他一天不见我,我一天不走!"后来被汤升好骗歹骗,好说歹说,女人方才应允,笑着说道:"送我到钱塘县我是不怕的。但是我既然同他要好,我为什么一定要闹到钱塘县去,出他的坏名声呢?现在是你出来打圆场,我决不敲他的竹杠,只要他把从前七八年的用度算还了我,另外再找补我几吊银子,我也是个爽快人,说一句,是一句,无论穷到讨饭,也决计不来累他。汤大爷,你是明白人,你老爷不肯写凭据给我,却要我同他一刀两断,自己评评良心,这一点子是不好再少的了。"

汤升听了她话,又是喜,又是愁:喜的是女人肯走;愁的是数目太大,老爷自己又不肯往外拿,却要叫我同钱塘县陆大老爷商量。得知人家肯

---

① 浇裹——指日常的开销。浇,指饮食;裹,指衣服。

与不肯呢？想了一会，总觉数目太大，再三地磋磨，好容易讲明白，一共六千银子。女人在门房里坐等。汤升想来想去，总不便向首县开口，只得又上去回老爷。其时傅抚院正在上房里同姨太太讲和。傅抚院同姨太太说道："那个混账女人已经送到首县里去了。叫她连夜办递解，大约明天就离杭州了。"姨太太听了方才无话。汤升上来一见这个样子，不便说什么，只好回了两件别的公事，支吾过去，却出去在签押房里等候。傅抚院会意，便亦踱了出来，劈口便问："怎么样了？"汤升把刚才的话说了一遍，又回道："这女人很讲情理，似乎不便拿她发县。请老爷的示，这笔银子怎么说？据小的意思，还是早把她打发走的干净。"傅抚院道："话虽如此说，六千数目总太大。"汤升道："像这样的事，从前那位大人也有过的，听说化到头两万事情才了。"傅抚院听说，半天不言语，意思总不肯自己掏腰。

汤升情急智生，忽然想出一条主意，道："外头有个人想求老爷密保他一下，为的老爷不要钱，他不敢来送。等小的透个风给他，把这事承当了去。横竖只做一次，也累不到老爷的清名。就是将来外面有点风声，好在这钱不是老爷自己得的，自可以问心无愧。"傅抚院道："是啊，只要这钱不是我拿的，随你们去做就是了。但是也只好问人家要六千，多要一个便是欺人，欺人自欺，那是断断不可！"汤升听了这话，心上要笑又不敢笑，只得答应着退下。不到三天把事办妥，女人离了杭州。汤升亦赚着不少。

那个想保举的人，你说是谁？就是本省的粮道①。他同汤升说明，想中丞给他一个密保，他肯出这笔银子。中丞应允，他就立刻垫了出来。且说这粮道姓贾字筱芝，是个孝廉方正②出身，由知县直爬到道员。生平长于逢迎，一举一动，甚合傅抚院的脾胃；新近又有此一功，因此傅抚院就保了他一本。适遇河南臬司出缺，朝廷就升他为河南按察使。辞别同寅，北上请训，都不用细述。

单说他此次本是奉了老太太，同了家眷一块儿去的。将到省城时候，

---

① 粮道——即督粮道，是清时设置的负督运漕粮的责任的官员。

② 孝廉方正——是清代科举制度中的一项规定一凡品行端正并有考行的，可由地方长官保举、考察后，任用为州县、教职等官职。

有天落了店,他便上去同老太太商量道:“再走三天,就要到省城了。请老太太把从前儿子到浙江粮道上任的时候,教训儿子的话,拿出来操演操演。倘若有忘记的,儿子好告诉老太太,省得临时说不出口。”老太太道:“那些话我都记得。”贾臬台便从下一站打尖为始,约摸离着店还有头二里路,一定叫轿夫赶到前头,在店门外下轿,站立街旁。有些地方官来接差的,也只好陪他站着。老远的望见老太太轿子的影子,他早已跪下了。等到轿子到了跟前,他还要嘴里报一句“儿子某人,接老太太的慈驾”。老太太在轿子里点一点头,他方从地上爬了起来,扶着轿杠,慢慢地扶进店门。老太太在轿子里吩咐道:“你现在是朝廷的三品大员了,一省刑名,都归你管。你须得忠心办事,报效朝廷,不要辜负我这一番教训。”贾臬台听到这里,一定要回过身来,脸朝轿门,答应一声“是”,再说一句“儿子谨遵老太太的教训”。说话间,老太太下轿,他赶着自己上来,搀扶着老太太进屋,又张罗了一番,然后出来会客。惹得接差的官员,看热闹的百姓,一齐都说:“这位大人真正是个孝子咧!”谁知他午上打尖是如此,晚上住店亦是如此;到了出店的时候,一定还要跪送。所有沿途地方官止见得一遭,觉得稀奇;倒是省里派出来接他老人家的差官,一路看了几天,甚为诧异。私底下同人讲道:“大人每天几次跪着接老太太,乃是他的礼信应得如此。何以老太太教训他的话,颠来倒去,总是这两句,从来没有换过,是个什么缘故?”大众听了他言,一想果然不错。

到了第三天,将到开封,这天更把他忙得了不得:早上从店里出来送一次,打尖迎一次,打尖完又送一次,离城五里,又下来禀安一次。顶到城门,合省官员出城接他的,除照例仪注行过后,他便一直扶了老太太的轿子,从城外走到城里,顶到行辕门口,又下来跪一次。一路上老太太又吩咐了许多话,忙得他不时躬身称是。等到安顿了老太太,方才出来禀见中丞。大家晓得他是个孝子,都拿他十分敬重。

等到接印的那一天,他自己望阙谢恩,拜过印,磕过头还不算,一定还要到里头请老太太出来行礼。老太太穿了补褂,由两个管家拿竹椅子从里头抬了出来。贾臬台亲自搀老太太下来行礼。老太太磕头的时候,他亦跪在老太太身后;等老太太行完了礼,他才跟着起来,躬身向老太太说道:“儿子蒙皇上天恩,补授河南按察使。今儿是接印的头一天,凡百事情,总得求老太太教训。”老太太正待坐下说话,忽然一口痰涌了上来,咳个不了。急得贾臬台忙把老太太搀扶坐下,自己拿拳头替老太太捶背。

管家们又端上茶来。老太太坐了一回,好容易不咳了,少停又哇的吐了一口痰,但是觉得头昏眼花,有些坐不住。一众官员齐说:“老太太年纪大了,不可劳动,还是拿椅子抬到上房歇息的好。”老太太也晓得自己撑持不住,只得由人拿她送了进去。贾臬台跟到上房,又张罗了半天,方才出来。把照例文章做过,上院拜客,不用细述。

且说他自从到任之后,事必亲理,轻易不肯假手于人。凡遇外府州、县上来的案件,须要臬司过堂的,他一定要亲自提审。见了犯人的面,劈口先问:“你有冤枉没有?”碰着老实的犯人,不敢说冤枉,依着口供顺过一遍,自无话说。倘若是个狡猾的,板子打着,夹棍夹着,还要满嘴地喊冤枉。做州、县的好容易把他审实了,定成罪名,叠成案卷,解到司里过堂;被这位大人轻轻地挑上一句,就是不冤枉,那犯人也就乐得借此可以迁延时日。贾臬台一见犯人呼冤,便立刻将此案停审,行文到本县,传齐一干原告、见证,提省再问。他说这都是老太太的教训。老太太说:“人命关天,不可草率。倘若冤屈了一个人,那人死后见了阎王,一定要讨命的。”贾臬台最怕的是冤鬼来讨命,所以听了老太太的教训,特地分外谨慎。无奈各州、县解上来的犯人,十个里头倒有九个喊冤枉。贾臬台没法,只得一面将犯人收监,一面行文各州、县去。不到一月,司里、府里、县里三处监牢,都已填满。重新提审的案件,一百起当中,倒有九十九起不能断结。各处提来的尸亲、苦主、见证、邻右,省城里大小各店,亦都住的实实窒窒。有些带的盘缠不足,等的日子又久了,当光卖绝,不能回家的,亦所在皆是。

老太太又看过小书,提起从前有个什么包大人、施大人,每每自己出外私访,好替百姓伸冤。贾臬台听在肚里,亦不时换了便服,溜出衙门,在大街小巷各处察听。歇了半年,有天晚上,独自一个出来,走了一回,觉得有点吃力。忽见路旁有个相面先生,一张桌子,一张椅子,那相士独自坐在灯光底下看书;旁边摆着几张板凳,原是预备人来坐的。贾臬台走得乏了,一看有现成板凳,便一屁股坐下。相士赶着招呼,以为是来相面的了。贾臬台道:“不敢劳动,我是因为走乏了歇歇脚的。”相士一见没有生意,仍旧看他的书,不来理会。贾臬台坐了一会,便搭讪着问道:“先生贵府哪里?一天到晚在这里生意可好?家里还有什么人?”相士见问,方把贾臬台看了两眼,叹了一口气,顺手拿书往桌上一撩,说道:“客人不要提起，提起来恨得我要三天三夜睡不着觉！”贾臬台听了诧异道：“这是什么缘故？”相士道：“我是陈州府人。客人，你想想陈州到省里是几天的路程！我家里虽不算得有钱，日子也很好过得。五年前，还是赵大人岁考的那一年，在下在他手里侥幸进了个学。每年坐坐馆，也有二十几吊钱的束脩。谁知去年隔壁邻舍打死了人，地保、乡约，上上下下，赶着有辫子的抓，因此硬拖我出来做干证。本县做做也罢了，然而已经害掉我几十吊钱。后来又碰着这个天杀的臬台，真正混账王八蛋，害得我家破人亡，一门星散！”贾臬台听到这里，陡吃一惊，又问道：“是哪个臬台？还是前任的，还是现在的？”相士道：“就是现在姓贾的这个杂种了！”贾臬台一听当面骂他，心上拍笃一跳，要发作又不好发作。只得忍着气问他道：“你好好的在家里，怎么会到省城来呢？”相士道：“因为姓贾的这杂种，面子上说要做好官，其实暗地里想人家的钱。无论什么案件，县里口供已经招的了，到他手里，一定要挑唆犯人翻供，他好行文到本县，把原告、邻舍、干证，一齐提到，提了来，又不立时断结，把这些人搁在省里。省里浇裹很大，如何支持得住！杂种一天不问，这些人一天不能走。就以我们这一案而论，还是五个月前头提了来的，一搁搁到如今。他这样的狗官真正是害人！我想这人一定不得好死，将来还要绝子绝孙哩！”贾臬台听了他话，气得顿口无言。歇了一歇，就道：“你不要看轻这位臬台大人，人家都说他是孝子哩。”相士鼻子里哼了一声道：“你们说他是孝子，你可知道他这孝子是假的呢！”贾臬台欲问究竟，相士道：“等他绝子绝孙之后，他祖宗的香烟都要断了，还充哪一门的孝子！”贾臬台见他愈骂愈毒，不好发作什么，只得忍着气走开，仍旧独自一人踱入衙内而去。欲知后事如何，且听下回分解。

第二十三回

讯奸情臬司惹笑柄　造假信观察赚优差

却说贾臬司听了相士当面骂他的话，愤愤而归。到了次日，一心想把相士提到衙中，将他重重的惩处一番，以泄心头之恨。但是一件，昨日忘却讯问这相士姓什名谁，票子上不好写；而且连他摆摊的地方地名亦不晓得，更不能凭空拿人。想了半天，只好搁手，然而心上总不免生气。

齐巧这日有起上控案件，他老人家正在火头上，立刻坐堂亲自提问。这上控的人姓孔，乃是山东曲阜人氏。他父亲一向在归德府做买卖。因为归德府奉了上头的公事，要在本地开一个中学堂，款项无出，就向生意人硬捐。这姓孔的父亲只开得一个小小布店，本钱不过一千多吊，不料府大人定要派他每年捐三百吊。他一爿小铺如何捐得起。府大人见他不肯，便说他有意抗捐，立刻将他锁押起来。他的儿子东也求人，西也求人，想求府大人将他父亲释放。府大人道："如要释放他父亲也甚容易，除每年捐钱三百吊之外，另外叫他再捐二千吊，立刻缴进来为修理衙署之费。"他儿子一时哪里拿得出许多。府大人便将他父亲打了二百手心，一百嘴巴，打完之后，仍押班房。尚算留情，未曾打得屁股。儿子急了，只得到省上控。

贾臬司正是一天怒气无可发泄，把呈子大约看了一遍，便拍着惊堂木骂道："天底下的百姓，刁到你们河南也没有再刁的了！开学堂是奉过上谕的，原是替你们地方上培植人材，多捐两个有什么要紧，也值得上控！这一点事情都要上控，我这个臬台只好替你们白忙的了。"姓孔的儿子说道："小的本来不敢到大人这里来上控的，实在被本府大人逼得没有法儿，所以只得来求大人伸冤。"贾臬台道："混账！自己抗了捐不算，还敢上控！你们河南人真正不是好东西！"姓孔的儿子道："小的是山东兖州府曲阜县人，是在河南做生意的。老圣人传下来我们姓孔的人，虽然各省都有，然而小的实实在在不是河南人。"贾臬台见他顶嘴，犹如火上添油，那气格外来的大。拍着惊堂木，连连骂道："放屁，胡说！……就是你们孔家门里没有一个好东西!”姓孔的儿子道:“大人,你这话怎么讲?你老读谁的书长大了的?姓孔的没有好人,还有老圣人呢,怎么连他老人家都忘记了?”贾臬台被他这一项,立时顿口无言,面孔涨得绯红。歇了一会,又骂道:“你有多大胆子,敢同本司顶撞!替我打:打他个藐视官长,咆哮公堂!”两旁差役吆喝一声,正待动手,姓孔的儿子一站就起,嘴里说道:“大人打不得!打不得!”一头说,一头往外就走。贾臬台气得要再发作。他背后有个老管家,还是跟着老太太当年陪嫁过来的,凡遇贾臬台审案,老太太都命他在旁监视。设如贾臬台要打人,他说不打,贾臬台便不敢打,真是他的话犹如母命一般。如今他见贾臬台要打姓孔的儿子,他知道是打错了,便把主人的袖子一拉,道:“这个人打不得,打错了,老太太要说话的。”贾臬台听了老管家的话,立刻站起来答应了一声“是”。回头叫差役把姓孔的儿子拉回来,对他说道:“依本司的意思,定要办你个罪名;是我老太太吩咐,念你是生意人,不懂得规矩,暂且饶你一次。二次不可!下去!”姓孔的儿子道:“到底小的告的状,大人准与不准?”贾臬台道:“下去候批!大正月里,我哪里有许多工夫同你讲话!”姓孔的儿子无奈,退了下去。

值堂的门上回道:“河南府解来的那起谋杀亲夫一案的人证,是去年腊月二十四都解齐了,犯人寄在监里,人证住在店里。老爷当初原说是就审的;如今一个年一过,又是多少天了。大家都望老爷早点把案断开,好等那些见证早点回去,乡下人是耽误不起的。”贾臬台道:“我一年到头,只有封了印空两天,你们还不叫我闲。什么要紧事情就等不及!你们晓得我这几天里头,又要过年,又要拜客,哪里有一天空。我做官也算得做得勤的了,今天还是大年初五,不等开印,我就出来问案,还说我耽误百姓。你们这些人良心是什么做的!况且大年初五,就要问案,也要取个吉利,怎么就叫我问这奸情案呢?你们叫我问,我偏不问!退堂明天审。”

到了明天,便是新年初六,他老人家饭后无事,吩咐把河南府解到的谋杀亲夫一案提司过堂。霎时男女两犯,以及全案人证统通提到。他老人家便升坐大堂,一一点名,先问原告,再问见证,然后提审奸夫,一齐录有口供,都与县里所供的不相上下。贾臬台审了半天,也审不出一毫道理。原来告状的是本夫的亲侄儿。这奸夫就是本夫的姑表兄弟,算起来是表叔同表嫂通奸。后来陡起不良,将本夫用药毒死,被他亲侄儿看出,举发到官。县官亲临检验，填明尸格，委系服毒身亡。随把邻右、奸妇提案审问。奸妇熬刑不过，供出奸情。然后补提奸夫，一见人证俱齐，晓得赖不到哪里，亦就招认不讳。当时由县拟定罪名，叠成案卷，送府过堂，转道解省。当时本县出了这种案件，问明之后，照例先行申详各宪，所以人犯尚未解省，臬司衙门早经得知。贾臬台一见是谋杀亲夫的重案，恐怕本县审得容有不实不尽，所以格外关心，预先传谕，一俟此案解到，定须亲自过堂。又因受了老太太的教训，说是臬司乃刑名总汇，人命关天，非同儿戏，所以虽在封印期内，向例不理刑名，他以堂堂臬司，却依旧逐日升堂理事，也算是他的好处。

闲话休题。单说他的本意，自因恐怕案中容有冤情，所以定要亲自提讯。及至问过原告、见证、奸夫，都是照实直陈，没有翻动。他心上闷闷不乐，便叫把奸妇提上堂来。这奸妇年纪不过二十岁，虽然是蓬首垢面，然而模样却是生得标致，一双水汪汪的眼睛，更为勾魂摄魄。贾臬台见了这种女人，虽不至魂不守舍，然而坐在上头，就觉得有点摇晃起来。自知不妙，赶紧收了一收神，照例问过几句口供。他老人家是奉过老太太教训的，道是女人最重的是名节，最要紧的是脸面。如今公堂之上，站了许多书差，还有许多看审的人，叫她一个年轻妇女如何说得出话来。况且这通奸事情也不是冠冠冕冕可以说的。想罢，便吩咐把女人带进花厅细问。

当时选了一个白胡子的书办，四个年老的差役跟了进去，其余的都留在外面。贾臬台走进花厅，就在炕上盘膝打坐，叫人把女人带到炕前跪下。贾臬台又叫她仰起头来。贾臬台的脸正对准了女人的脸，看了一回，先说得一声道："看你的模样，也不像是个谋杀人的。"女人一听这话，正中下怀，连忙喊了一声："大人，冤枉！"贾臬台道："本司这里不比别的衙门。你若是真有冤枉，不妨照实的诉；倘若没有冤枉，也决计瞒不过我的眼睛。你但从实招来，可以救你的地方，本司没有不成全你的。平时我们老太太还常常叫我买这些鲤鱼、乌龟、甲鱼、黄鳝到黄河里放生，哪有好好一个人，无缘无故，拿他大切八块的道理呢。你快说！"女人一见大人如此慈悲，自然乐得翻供，便说道："小女人自从十六岁上嫁了这个死的男人，到今年已经第五个年头了。咱两口子再要好是没有的。上年九月，他犯了伤寒病，请城里南街上张先生来家替他看。谁知他的药吃错了，第二天他就跷了辫子了。青天大人！你想咱们年纪轻轻的夫妻，生生被他拆开,你说我这以后的日子怎么过呢?”说罢,呜呜咽咽地哭起来了,贾臬台瞧着也觉得伤心。停了一会,问道:“庸医杀人亦是有的,怎么他们咬定是你毒死的呢?”女人道:“小女人的男人被张先生看死了,小女人自然不答应,闹到姓张的家里,叫他还我的丈夫。他被小女人缠不过,他不说是他把药下错了,倒说是小女人毒死的。我的青天大人,他这话可就坑死了小女人了!”

贾臬台听了,点头叹息。又问道:“这姓张的医生同来没有?”书办回道:“点单上张大纯就是他,刚才大人已经问过了。”贾臬台道:“刚才他跟着大众上来,说的话都是一样,我却没有仔细问他。如今看起来,倒是这里头顶要紧的一个人了。你们去把他提来,等我再细细地问他一问。”差役遵命,立时出去把张大纯带了进来,就跪在女人旁边。贾臬台问了名姓,复问:“死者究竟身犯何症?”张大纯道:“犯的是伤寒症,一起手病在太阳经。职员下的是‘桂枝汤’。大人明鉴:这‘桂枝汤’是职员远祖仲景先生传下来的秘方,自从汉朝到今日,也不知医好了多少人。不瞒大人说:不是职员家学渊源,寻常悬壶行道的人,像这种方子,他们肚皮里就没有。”贾臬台道:“我不来考查你的学问,要你多嘴!”张大纯不敢做声。贾臬台又问道:“你看过几次?”张大纯道:“职员只看过一次。以为这帖药下去,一定见效的。谁知后来说是死了。职员正在疑心,倒说他女人找到职员家里,要职员赔他的男人。”刚说到这里,女人插嘴道:“你看一趟病,要人家二十四吊钱,挂号要钱,过桥要钱,还不好生替人家看,把病人吃死了,怎么不问你要人呢?”贾臬台道:“看病用不了这许多钱。”女人道:“大人你不知道,咱那里的先生都是些黑良心的。随常的先生,起码要四吊钱一趟;这位张先生与众不同,看一回要二十四吊。每到一个人家,进了大门,多走一重院子,要加倍四十八吊,他住城南,咱住城北,他穿城走过,要走两道吊桥,每一顶桥加两吊。大人,你说他的良心可狠不狠!”贾臬台道:“从前我到过上海,上海的先生有个把心狠的,是有这许多名目。你们河南地方不至于如此。像这么要起钱来,不要绝子绝孙吗?”女人道:“可不是呢!”贾臬台又对张大纯道:“多要少要,我也不来问你。但是你怎么晓得是服毒死的?”张大纯道:“职员被这女人缠不过,职员说:‘你的男人吃了我的药,只会好,不会死的,论不定吃了别人的药了。’他说没有。职员不相信,赶到他家,定要看看死人是个什么样子。那时他男人还未盛殓，被职员这一看，可就看出破绽来了。”说到这里，贾臬台连忙拦住道：“不用说了。你这些话刚才都说过了，还不是同大家一样的。你的话也不能为凭。”张大纯着急道：“县主大老爷验过尸，验出来是毒死的。毒死的同病死的，差着天悬地隔呢。”贾臬台发狠道：“不管他是毒死是病死，你们做医生的，人家有了危急的病来请教到你，你总不该应同人家狠命的要钱。古人说：‘医生有割股之心。’你们这些医生，恨不得把人家的肉割下来送到你嘴里方好，真正好良心！”言罢，喝令左右：“替我把他拉下去发首县。等到事情完结之后，我要重重地办他一办，做个榜样！”左右一声答应，顿时张大纯颈脖子上，拿了链子拉着，送到祥符县去了。

医生去后，贾臬台重新再问女人。女人咬定一口：“男人是病死，不是毒死。这个侄儿想家当，抢过继；家当想不到手，所以勾通了张先生同衙门里的人，串成一气，陷害小女人的。县里大老爷被他们蒙住了，所以拿小女人屈打成招。我的青天大人！再不替小女人伸冤，小女人没有活命了！”贾臬台听了，点头不语。翻出原卷看了一回，问道：“谋杀一层搁在后头。我且问你：你同你男人的表弟通奸，可有此事？”女人道：“王家表弟同小女人的男人生来是不对的，咱们家里他并不常来，面长面短小女人还不认得，哪里会与他通奸。这话可屈死小女人了！”贾臬台听了，微微地一笑道：“通奸原不是要紧事情，律例上是没有死罪的，你怕的哪一门？现在堂上并没有别人，不妨慢慢地同我讲。”女人仍是低头无语。贾臬台道：“现在我索性把值堂书役一概指使出去，省得你害羞不肯说。”说罢，便叫书役退至廊下。

此时花厅之内，只有贾臬台一位，犯妇一口。贾臬台道：“如今这屋里没有人了，你可以从实招了。”女人还是不说，时时抬头偷眼瞧看大人。只见大人闭目凝神，坐在炕上。此时女人跪在地下，见大人如此举动，丝毫摸不着头脑，以为大人转了什么念头。无奈他只是闭着眼睛出神，颇有庄敬之容，而无猥亵之意。停了一会，但听得大人吩咐道：“你快招啊！这屋里没有人，还有什么话说不得的！”女人心上想道：“事已到此，乐得翻供翻到底，看他将奈我何。瞧他的样子，决计没有什么苦头给我吃的。”主意想好，仍是一口咬定，是人家设了圈套陷害她的。贾臬台问来问去，依然一句口供没有。贾臬台发急道：“我现在还没问你谋杀，你连通奸的事情都不肯认，你这个人也太不懂得好歹了！唉！这总怪本司不能以德化人，所以地方上生了你这样的刁妇！现在说不得，只好惊动我们老太太了。我们老太太，至诚所感，人不忍欺。等你见了我们老太太，那时不打自招，不愁你不认。”说罢，便起身从炕上走了下来，行近女人身旁，卷卷袖子，要去拉女人的膀子。谁知贾臬台是安徽人，所说的话说慢些还可以懂，若是说快了，倒有一大半不能明白，所以女人听了半天，他这一篇话，只听清“老太太”三个字，其余的一概是糊里糊涂。忽然看见大人下来拉他的膀子，不晓得是什么事情，陡然吃了一惊。在贾臬台的意思，是要拉他到上房里去，请老太太审问；女人不知道，反疑大人有了什么意思了，一时不得主意，蹲在地下。大人要她站起，她偏不站起。贾臬台见拉她不起，便用两只手去拖她。女人一时情急，随口喊了一声：“大人，你这是什么样子！”谁知这一喊，惊动廊下的书差，不知道里面什么事情，还当是大人呼唤他们，立刻三步做两步闯了进来，一看大人正在地下拿两只手拉着女人不放哩。大家见此情形，均吃一惊，连忙退去不迭。贾臬台一见女人不肯跟到上房听老太太审问，这一气非同小可！立刻放手，回到炕上坐下，骂道：“像你这种贱人，真正少有！我们老太太如此仁德，你还怕见她的面，你这人还可以造就吗！这种不知好歹的东西，本司也决计不来顾恋你了。”说罢，喊一声“人来”。书差跄踉奔进。贾臬台吩咐：“把女人交给发审委员老爷们去问，限他们尽今天问出口供。”众人遵命，立刻带了女人出去。贾臬台方才退堂。

刚刚回到上房，老太太问起“今天有什么事情，坐堂坐得如此之久？”贾臬台躬身回了一遍。老太太道：“这些事情，你们男人问她，她如何肯说。把她叫上来，等我问给你看，包你不消费事，统通都招了出来。”贾臬台道：“儿子的意思也是如此，无奈她不肯上来。”老太太道：“你领她上来，她自然不肯；等我叫老妈去叫她。也不用一个衙役，她是个女人，不会逃到哪里去的。”说完，吩咐一个贴身老妈出去提人。这老妈姓费，跟着老太太也有四十多年了。满衙门的丫环、仆妇都归她总管。合衙门上下都称他为费大娘，宅门以外，三小子、茶房、把门的、差役人等，都尊她为总管奶奶。这总管奶奶传出话来，没有一个不奉命如神的。而且老太太时常提问案件，大家亦都见惯，不以为奇。凡经老太太提讯过的人，无论什么人，有罪都可以改成无罪，十起当中，总要平反八九起。此番这女人听说老太太派人提她到上房，她心上还不得主意。一应差役、官媒人等，都朝她恭喜,齐说:“我们这位老太太是慈悲不过的,到了她手里,你就有了活命了。快快跟着总管奶奶上去罢。”女人至此,喜出望外,登时跟着到了上房,见了老太太,跪下磕头。

其时老太太坐在上房中间上首一张椅子上;贾臬台站在后头替老太太捶背,还不时过来倒茶装水烟。老太太当下问了女人几句话,还没有问到奸情,女人已在地下极口呼冤。老太太听了点头,复叹一口气,说道:“蝼蚁尚且贪生,为人岂不惜命。死的我亦不去管他了,现在活活的要拿你大切八块,虽说皇上家的王法,该应如此,但是有一线可以救得你的地方,在我手里决计不来要你命的。”说罢,回转头来对儿子说道:“你做官总要记好我一句话,叫做‘救生不救死’:死者不可复生,活的总得想法替他开脱。”贾臬台连忙走过来,答应了一声“是”,又跪下叩谢老太太的教训,起来站立一旁。然后老太太又细细盘问女人。无奈仍是连连呼冤,一句口供没有。老太太发急道:“无论什么人,到我这里没有不说真话的。我现在有恩典给你,想是你还不知道。费妈,你把她带到厢房里,叫大厨房做碗面给她吃。你们好好地开导开导她。”费大娘领命,把女人带下,两个人在厢房里咕唧了好一回。一霎点心吃过,费大娘仍把她带到老太太跟前,老太太又拿她盘问了半天。无奈女人总不肯吐真言。气得老太太喘病发作,连连咳嗽不止。急得贾臬台忙跑到老太太身后,又捶了一回背,方渐渐地平复下来。只听得老太太喘吁吁地说道:“我从小到大,没有见过你这样牛性子的人!我好意开导你,你不说,我也不要你说了。等我晚上佛菩萨面前上了香,我把你的事情统通告诉了佛菩萨,到那时候,自然神差鬼使的叫你说,不怕你不说!……”老太太还要说下去,无奈又咳了起来,霎时间喘成一堆。贾臬台只好叫人仍旧把女人带出去,交给发审老爷们审问。自己在上房伺候老太太,把老太太搀进里房,睡了一会亦就好了。贾臬台方才把心放下,出来吃晚饭。

刚刚坐定,人报大少爷进来。他这位大少爷,是前年赈捐便宜的时候,报捐分省知府,就在劝捐案内得了个异常劳绩,保了个免补本班,以道员补用,并加三品衔。少爷的意思,一心只羡慕二品顶戴,要想戴个红顶子。又因他这个道台虽然是候补班,将来归部掣签,保不定要掣哪一省;况且到省之后还要候补,一省之中,候补道台论不定只有一缺半缺,若非化了大本钱到京里走门路,就是候补一辈子也不会得实缺的。他的主意最牢靠没有:虽然道台核准了已经一年有余,他却一直不引见、不到省,仍旧在老子任上当少爷,吃现成饭,静候机缘。

这天因在电报局得了电报,说是郑州底下黄河又开了口子,漫延十余州、县,一片汪洋,尽成泽国。至于劝捐办赈,自有借此营生的一般大善士钻着去办。他一心一意,却想靠老人家的面子,弄一个河工上总办当当:一来办工办料,老大可以赚两个钱;二来合龙之后,一个异常劳绩又是稳的。已经做了道台,虽然官阶无可再保,但求保一个送部引见,下来发一道上谕,某人发往某省,就变成了"特旨道"。至于二品顶戴,赛如自家荷包里的东西,更不消多虑了。河工上赚的银子,水里来,水里去,就拿他到京里,拜上两个老师,再走走老公的路子,放一个缺也在掌握之中。所以黄河决口,百姓遭殃,却是他升官发财的第一捷径。他既得了这个消息,连忙奔回衙门,告诉他老子,求他老子替他到河督跟前谋这个差使。

贾臬台听了儿子的话,自然也是欢喜。说道:"既然郑州黄河决口,院上就要来知会的。"大少爷道:"刚刚来的电报,只怕此时已经送到院上去了。"话言未了,果然院上打发人来,说是郑州决口。灾区甚广。一切工程虽有河督担任,究竟在河南省治,是巡抚管辖的地方,所以抚台急急传见司、道,商议赈抚事宜。贾臬台得信,立刻起身上院,会同各司、道一同进见。抚院大人接着,先把郑州来的电报拿出来叫大众瞧了一遍。说道:"近来二十多年,我们河南从来没有开过这么大的口子。这是兄弟运气不好,偏偏碰着了这倒霉的事情。"司、道一齐回道:"我们河南不比山东,山东自从丁宫保①把河工揽在自己身上,倒被河督卸了一半干系;我们河南却是责成河督,与大人并不相干。"抚院道:"担子在身上,有好有坏:开了口子就有处分,办起工程来,多少有点好处。如今归了河督,好处沾不到,只怕处分倒不能免的。——为的是在你属下,总是你该管地方,怎么能够便宜你呢。如今不要说别的,十几处州、县就有几十万灾民。我们河南是个苦地方,哪里捐这许多钱去养活他们。兄弟头一个就捐不起。现在兄弟请你们诸公到此,不为别事,先商量打个电报给上海的善堂董事,劝他们弄几个钱来做好事,将来奏出去也有个交代。"司、道俱各称"是"。正说着,河督也有信来了,是咨照会衔电奏的事情。抚台道:"不

---

① 宫保——太子少保的简称,因太子住东宫而称之。

用说来了。他是不肯饶我的，一定要拿我拖在里头，好替他卸一半干系。我是早已看穿，彼此都不能免的。”便亲自动手，拟好复电，是彼此会衔电奏，并声明已经电托上海办捐官商筹款赈抚，以顾自己的面子。河督那面亦声明业已遴派委员，驰赴上下游查勘形势，以便兴工筑堵。一面两个人并自行检举，又将决口地方员弁统通撤参，候旨惩处。这都是照例文章，不用细述。

过了一日，奉到电谕，以：

> “该督、抚疏于防范，酿此巨灾，非寻常决口可比。河道总督、河南巡抚，均着革职留任；其他员弁，一概革职，戴罪自赎。——还有几个枷号河干的——朝廷轸念①灾民，发下内帑银②二十万，着河南巡抚遴委妥员，驰赴灾区，核实散放，毋任流离失所。所有此次工程浩大，仍着该督、抚督率在工员弁，无分昼夜，设法防堵，以期早日合龙”

各等语。贾臬台得了这个消息，这日午后，便独自到抚台跟前，替儿子求谋河工上总办差使。抚台说道：“你老哥的世兄，还有什么说的，派了出去，兄弟再放心没有了。但是这个工程须得河台做主，兄弟犯不着僭他的面子。因为我们河南比不得山东，巡抚可以拿得权的。既然是老哥嘱托，兄弟总竭力的同河台去说就是了。”贾臬台替儿子谢过了栽培，退回本衙，告诉了大少爷。大少爷皱眉道：“这样说起来，恐防要漂！”贾臬台道：“何以见得？”大少爷道：“抚台作不得主，到了河台手里，一定要委他的私人，我们还有指望吗？”贾臬台道：“既然你怕抚台说话不中用，不如打个电报给周老夫子，等他打个电报出来托托河台。里外有人帮忙，他总得顾这个面子。”列位看官：你晓得贾臬台说的周老夫子是谁？原来就是现在军机大臣上的周中堂。贾臬台此番升臬台，进京陛见的时候，化了三千银子新拜的门，遇事甚为关照。所以如今想到了他，要打电报给他，求他助一臂之力。大少爷听了父亲的说话，一想这条门路果然不错，立刻拟好电报，亲自赶到电局里打报。省城里公事忙，电报学生是一天到晚不得空的。大少爷特地打了一个加急的三等报，化了三倍报费，眼看着打了去。

---

① 轸（zhěn）念——悲痛地怀念。

② 内帑（tǎng）银——国库里的银两。

又托本局委员私下传个电报给那边委员,此电送到,先打一个回电。不消一刻,那边回电过来,说周中堂不在宅中。电报局委员巴结大少爷,忙说一得回电立刻就送过来。大少爷只得怅怅而归。等到天黑,周中堂的回电来了。赶忙译出来一看,只见上面写的是:

“河南贾臬台:弟与某素无往来,前荐某丞未收。工程浩大,恐非某能胜任。世兄事当另图。”

下面注着一个“隐”字,贾臬台父子便知是周中堂的别号了。贾臬台看过电报无语,口中说道:“既然周老夫子如此吩咐,你权且等他几天再作道理。”大少爷听了并不答应,自己肚里打主意;寻思了好半天,忽然想出一个计策,急忙忙奔到自己书房。他虽是捐班出身,幸亏肚才还好,提起笔来就写,登时写成功一封信。写完,自己又看了一遍。看他脸上甚是高兴,但不知这信是写给谁的。看完之后,封入信封,填好信面,忽又重新拆开,取了出来,又随便叠了一叠,套入信封里去,跟手往靴页子里一夹,怡然自得。当晚睡觉歇息无话。到了次日,见了父亲,也不说别的,但说:“今天爸爸上院见着抚台,请问一声,到底托他的事情,河台那里可曾有过信去?倘若已经提过,无论事情成与不成,似乎应得前去禀见一趟。天下断没有坐在家里可以得差使的。”贾臬台道:“你话不错。”这天上院见了抚台,未及开言,倒是抚台先提起,说:“世兄的事情,昨天兄弟已有信给河台了。听说河台这几天里头,就得动身到下游去踏勘,世兄可以先去见他一趟,就是工上的事情派不到,好歹总不会落空。”贾臬台听了着实感激,回来同儿子说知。大少爷道:“只要抚台有过信,我去见他就有了底子了。”

这时候河台已经驻扎工上,不能像从前整天闲着无事。大少爷就于这日饭后动身,坐的是自己的双套车,后头跟着行李车、家人车,还有骡马一大群。在路无分昼夜,兼程而进。这天到了工上,在河台行辕旁边一个相好朋友的下处暂且住下。这相好也是新委的河工差使,姓萧号二多,是个候选知府,乃是河台的红人,天天见着河台的。贾大少爷有了这条好内线,更可以显他的作用。先打听河台这两天还不动身,他并不忙着禀见,说在路上辛苦了,要养息两天,方能出门。后来倒是萧知府关切,说:“你既然来了,应该先去见他老人家一面。这两天各省投效的人,一天总有好几起来禀见,都是大帽子的信。你再不去,将来好差使都被人家占了去,你就没有指望了。”贾大少爷道:“你别替我着急。我来虽来了,然而心上懊悔的了不得,这一趟很不该来,很该应在省里听听消息再来。”萧知府道:“省城里有什么消息?”贾大少爷道:“省城里有什么消息!怕的是京里有什么事情。他老人家倘或有点风吹草动,我们这个大局就有变动。所以兄弟甚是懊悔,早知如此,实实在在不该应来的。”萧知府说:“难道你得了什么确实信息不成?”贾大少爷道:“真实信息虽然没有,然而终究不妥。知己之间,我也不用瞒你:就是我动身的那一天,动身之后不到三个时辰,老人家接到京城里一封信,立刻派了三匹马一路追了下来,要追我回去。老哥,你想兄弟是何等性子躁的人,上了路,白天晚上哪里歇一歇,三步路并做两步走,一口气赶到这里。我刚下车,他的马也赶到了。我看了信,真把我气得了不得!早知如此,我不会顿在省里候信,何必定要吃这一趟辛苦呢!所以我这两天不去上院,为的是等等信息再说。老哥,你不问我,亦不便告诉你,好在你也不是外人,告诉了你也不要紧。”萧知府听了,赛如顶上打了个闷雷一样,愣了好半天,才说道:“到底老大人接到京里哪一个的信?这个消息究竟确不确?”贾大少爷听说,也不答言,从自己枕箱里找了一回,找出一封信来,随手递与萧知府,说道:“我们自己人,这个你拿去瞧了就明白。只要你外头不提起,我们自己晓得就是了。”萧知府接到手中一看,信上的字足有核桃大小,共只有三张信纸。信上说的话,除寒暄之外,就说:

“令亲某人,拟改同知,分发河南。承嘱函托某人照拂。某办事不近人情,朝议咸薄其为人。仆前以舍亲某丞相属,至今亦未位置。令亲事容代缓图”

各等语。萧知府看了,意思似乎不甚明白,又翻来倒去地看。贾大少爷忙解说与他听道:“这是军机大臣周中堂给老人家的信。老人家是周中堂的门生。这件事情,还是三个月头里托他的,想不到如今才接到他老人家的回信。这信上的事情虽与兄弟毫不相干,然而照他这封信上,他老人家同河帅意思着实有点不对。他写这封回信的时候,黄河还没有开口子,如今出了这个岔子,——我们私底下讲讲不妨——若照这封信上,河帅的事情恐怕不妙。所以老人家一得这封信,就要追我回去,叫我不要来。我所以到了这里一直不去见他,就是这个缘故。”

萧知府听了,心上老大不高兴。然而他是河台的红人,更比别人休戚相关,听了哪有不着急的。贾大少爷虽然再三嘱咐他不要提起,他见了河台,一心想献殷勤,难保不露出一言半语。齐巧这两日河台接到军机大臣上字寄①,屡奉严旨切责,说他“调度乖方,办理不善,若不克期合龙,定降严谴”等语。河台自从奉到这些谕旨,正在茶饭无心,走投无路,不知如何是好,再听了萧知府传来的话,焉有不关心之理。当向萧知府详细追问。萧知府也只得详陈无隐,把贾大少爷的话说了一遍,又把周中堂的信,大略念了一遍。河督听了,尤为毛发悚然。一想:“事情不妙!保不定这几天之内,里头还要动我的手!”想来想去,一筹莫展。只得与萧知府商量。又问他:“周中堂与贾臬台是个什么交情?抚台曾有信给我,说贾臬台的世兄如何老练,要我派他总办差使。何以他来了一直不来见我?”萧知府见问,只得把贾臬台拜门的一节说明。又说:“若照周中堂的信看起来,他二人的交情很不浅。至于贾道虽然来了几天,却因为路上感冒,所以一直还没有上来禀见。”河台又想了半天,说道:“若论工上的差使,总得熟手才可以委。现在说不得了,一来要看周中堂的分上,二则抚台又有过信来。好在下游地方很大,一个人也顾不来,贾某人现已来了,不如先把他添上,给他一个下游总办。将来里头的事,就托他老人家帮着疏通疏通。”萧知府连连称“是”。又说:“卑府下去,就叫贾道来禀见。”河台道:“他既然在路上感冒,不妨叫他多养息两天再来见我,河工上风大,吹着不是玩的。你就去把我的话传谕给他。我这里不妨先下札子,叫他请两天假就是了。”萧知府唯唯遵命。一到下处,立刻把这话告诉了贾大少爷。贾大少爷听了自然欢喜,心上想道:“他如今可上了我的当了。”未到天黑,札子已经送来。贾大少爷差使既已到手,病也没有了,并不请假,第二天便赴河督行辕禀见谢委。欲知后事如何,且听下回分解。

① 字寄——由内阁寄递的皇帝的谕旨。

第二十四回

摆花酒大闹喜春堂　撞木钟初访文殊院

话说贾臬台的大少爷，自从造了一封周中堂的假信，吹了个风声到河台耳朵里，竟把河台瞒过，信以为真，立刻委他当了河工下游的总办。他心十分欢喜，立刻上辕禀见谢委禀辞。河台见面之后，不免又着实灌些米汤。他到工之后，自己一个人盘算："将来大工合龙，随折保个送部引见，已在掌握之中。虽然免了指省、保举一切费用，然而必得放个实缺出来，方满我的心愿。"又想："要放实缺，非走门路不可；要走门路，又非化钱不可。"因此他一到工上，先把前头委的几个办料委员，抓个错，一齐撤差，统通换了自己的私人，以便上下其手。下游原有一个总办，见他如此作威作福，心上老大不高兴，屡次到河台面前说姓贾的坏话。河台碍于情面，不好将他如何。后来又被贾总办晓得了，反说他有意霸持，遇事掣肘，递了个禀帖给河台，请河台撤他的差使，以便事权归一："大人若不将他撤去，职道情愿辞差。"河台无法，只得又把前头的一个总办调往别处，这里归了他一人独办，更可以肆无忌惮，任所欲为。

诸公要晓得：凡是黄河开口子，总在三汛。到了这时候，水势一定加涨，一个防堵不及，把堤岸冲开，就出了岔子。等到过了这个汛，水势一退，这开口子的地方，竟可以一点水没有。所以无论开了多大的口门，到后来没有不合龙的。故而河工报效人员，只要上头肯收留，虽然辛苦一两个月，将来保举是断乎不会漂①的。此番贾大少爷既然委了这个差使，任凭他如何赚钱，只要他肯拿土拿木头把他该管的一段填满，挨过来年三汛不出乱子，他便可告无罪。就是出了乱子，上头也不肯为人受过，但把地名换上一个，譬如张家庄改作李家庄，将朝廷蒙过去，也就没有处分了。自来办大工的人都守着这一个诀窍，所以这回贾大少爷的保举竟其十拿九稳。

---

① 漂——指将要成功的事突然没了。

有话便长，无话便短。过了几日，决口地方虽不能如上文所说的点水俱无，然而水势渐平，防堵易于为力，又加以河帅恐遭严谴，昼夜督催。贾大少爷本是个娇生惯养的人，到了此时，也只好跟在工上吃辛吃苦，亦总算难为他了。等到工程十成八九，大众方才把心放下。下游工程统归总办做主，当由他选择吉日吉时合龙。到了那天四更头里，贾大少爷换了一身簇新的行装，摆齐亲兵小队，跨了一匹高头大马，亲到工上督率。等着吉时报到，大工告成，总办又统率在工大小文武员弁，上香行礼，叩谢河神。文武员弁，又一齐向总办贺喜。总办又赴河帅行辕禀知合龙。当蒙河帅传见，允为从优保奖。照例文章，不用细述。贾大少爷事完之后，当即回省，仍在父亲衙内居住。过了些时，电报局得了阁抄上谕，晓得贾大少爷蒙河督于奏报合龙折内，另片奏保，奉旨送部引见，先赏加布政使衔。得信之下，自然欢喜。河督因他是贾臬台的少爷，乃是同寅之子，虽未接到部文，业奉圣旨允准，特地先写信来关照。贾臬台便叫儿子先赴河督、巡抚两院叩谢。此时督、抚两宪俱已开复处分，而且一齐又交部从优议叙，自然也是高兴的。等到大案出奏的时候，贾大少爷除将在工员弁分别异常、寻常请奖外，又趁势把自己的兄弟侄儿，亲戚故旧，蒙保了十几个在里头。河督一时不及细察，统通保了进去。这是河工上的积弊如此，也无从整顿的。

闲话休题。单说贾大少爷这一趟差使，钱也赚饱了，红顶子也戴上了，送部引见也保到手了：正是志满心高，十分得意。在家里将息了两个月，他便想进京引见，谋干他的前程。禀告父亲，贾臬台自然无甚说得。随向原保大臣那里请了咨文，择日登程北发。预先把赚来的银子，托票号里替他汇十万进京。又托京里朋友预为代赁高大公馆一所，以便到京居住。诸事办妥，然后自己带了一个姨太太，一个代笔师爷，又一个管账的，并男女大小仆人、厨子、车夫人等，数了数足足有三十来个。贾大少爷同姨太太坐的都是自己的车，其余全是祥符县办的官车。在路晓行夜宿，非止一日。一日到得北京城，在顺治门外南横街，朋友替他预先找好的一座公馆暂时住下。

贾大少爷此番进京原是为广通声气起见，所以打定主意，极力拉拢。到京之后，凡是寅、年、世、戚、乡谊，无不亲自登门奉拜，足足拜了七八天的客方才拜完。他每日出门，坐的是自己的坐车。骡子是在河南五百两银子买的。赶车的一齐头戴羽缨凉帽,身穿葛布袍子,腰挂荷包,足蹬抓地虎;跨在车沿上,脊梁笔直,连帽缨子都不作兴动一动:这个名堂叫做“朝天一炷香”。京城里顶讲究这个,所以贾大少爷竭力摹仿。坐车之外,前顶马,后跟骡。每到一处,管家赶忙下马,跑在前头投帖。所拜的客,也有见得着的,也有见不着的,也有发帖子请吃饭的,也有过天来回拜的。贾大少爷都不在意,顶要紧的是太老师周中堂同着寄顿银子一个钱店掌柜,外号叫做黄胖姑的。到京的第二天,就去奉拜。

齐巧这天周中堂请假在家,一见大片子名字上头写着“小门生”三个字,另外粘着一张签条,写明“河南按察使贾某之子”,周中堂便晓得是他了。这位老中堂一直做京官,没有放过外任,一年四季,什么炭敬、冰敬、贽见、别仪,全靠这班门生故吏接济他些,以资浇裹。如今听说是他,心上早打了底子,立刻请见。贾大少爷进去了好一回,只觉得冷冷清清,不见动静。约摸坐了半个钟头,中堂方才出来。贾大少爷朝他拜了几拜,中堂只还了半个揖,让他坐。他晓得中堂的炕不是寻常人可以坐得的,就在旁边一张椅子上坐下。中堂见了他,气吁吁的,只问得他父亲一声“好”,跟手自己就发了一顿牢骚,随后方问:“你来京干吗?”贾大少爷一一回答。中堂见话说完,就此送客。

贾大少爷出来,忙赶到前门外大栅栏去找黄胖姑。黄胖姑是绍兴人,因为在京年久,说的一口好京话。京城上下三等人都认得,外省官场也很同他拉拢。大家为他养的肥胖,做起事来又有些婆婆妈妈的腔调,所以大家就送他一个表号,叫他做黄胖姑。他这表号是没有一个人不晓得的。贾大少爷到他店门口下了车,不等通报,闯进了门就嚷着问道:“胖姑在家没有?”惹得一班伙计们都抿着嘴笑。一个伙计把他领到客座里。只听得嘻嘻哈哈一阵笑声,从里头笑到外头;一看不是别人,正是黄胖姑。黄胖姑一见贾大少爷,嘴里嚷道:“我的大爷,你是几时来的?可把我想坏了!”贾大少爷要同他行礼,他双手拉住贾大少爷的手,不准他下礼。那股要好的劲,画亦画不出。两人分宾叙坐。才坐下,黄胖姑又站起来问:“老大人好?”贾大少爷亦站起来回答说:“好。”然后仍旧坐下对谈。黄胖姑要留贾大少爷吃便饭。贾大少爷道:“今天要拜客,过天再扰罢。”黄胖姑便问:“今天拜了些什么客?”贾大少爷回称:“刚从周中堂那里来。”黄胖姑道:“这位老中堂现在背时的了,你去找他做啥?”贾大少爷一听大惊,急于要问。黄胖姑道:“新近他老人家因为误保了一个人,上头很不喜欢,着实拿他申饬,几乎把官送掉。亏了一位王爷替他求情,官虽没有坏,恐怕要去军机,所以他这两天请假躲在家里。你想,出了军机,还有什么捞呢?”贾大少爷听说,心上沉思道:“怪不得走上大门冷清清,见了他老人家面色很不对,又发了半天牢骚,原来就是这个讲究。”想罢问道:“保着一个什么人保举错了?”黄胖姑道:“本来老中堂也太糊涂了!什么人保不得,偏偏保举个维新党,怎么不要坏官呢!赶出军机还是便宜他的。”贾大少爷顿脚说道:“糟了,糟了!里头顶恨这个,他老人家怎么糊涂到这步地位!他保举维新党,人家就要疑心他,连他亦是个维新党。”黄胖姑道:“对啊,正是为此。”贾大少爷道:“既然如此,以后他那里我亦不便常去走动,省得叫人家疑心,说我也是他们同党。”黄胖姑把大拇指头一伸道:“我的大爷,你真是个明白人,有见识!我佩服你!况且这种背时的人,你巴结他也没用。”贾大少爷听了,半天不语。黄胖姑何等刁钻,早已瞧出他是因为断了一条门路,心上可惜的意思。便说道:“他的事是自己找的,我们也不必顾恋他。大爷,咱是自己人,你的事情我总可以效力。我有几个朋友在里头,大家都还说得来;你委了我,我去托他们,包你成功就是了。”贾大少爷一听这话,句句打入他的心坎,霎时转忧为喜,连说:“本来有许多事要拜托费心。……过天细细地再谈。”说完起身,要往别处拜客。黄胖姑又恐怕卖买被人家分做了去,不肯放松一步,先约他明天到便宜坊吃中饭。又道:“大爷早晨出门拜客,可以到馆子里去换便衣,咱们尽兴乐一乐。”贾大少爷立时应允。临时出来上车,忽然又笑着问黄胖姑道:“近来有什么好‘条子’没有?”黄胖姑道:“有有有,明天我荐给你。”说完各自分手。

黄胖姑回转店内,立刻写帖子请客。所请的客:一位是新科翰林钱运通钱太史①。一位是甲班②主事王占科王老爷。一位是个宗室老爷,名字叫做溥化;排行第四,人家都尊他为溥四爷。一位是银炉③老板,姓白号韬光。一位是琉璃厂书铺掌柜的,姓黑,名字叫做黑伯果;天生一张嘴,能

① 太史——即翰林,因翰林院修史书而得名。

② 甲班——甲榜,指进士出身。

③ 银炉——旧时铸造宝银的机构,清代有官设和私营之分,兼营银钱业务。

言惯道，一到席面上，咭咭呱呱，只有他一个人说的话；大家叫顺了嘴，把黑伯果三个字竟变为“黑八哥”了。还有一位，是在前门外开古董铺的，姓刘名厚守；新近捐了一个光禄寺署正，常常带着白顶子同大人先生们来往。这些人除去钱、王二位是带还东的，其余全是黄胖姑的好友，而且广通内线，专拉皮条。黄胖姑看准了，想做贾大少爷一注生意，所以把这些人一齐邀来。当下数了数，连贾大少爷一共是七个客人。帖子写好，派人一面到便宜坊定座，一面分头请客。不在话下。

到了次日，看看自鸣钟上刚正打过十一点，黄胖姑吩咐套车，自己先到便宜坊等候。约摸有三刻工夫，黑八哥头一个先来。第二个便是宗室溥四爷，一进门就同黄胖姑请安拉手，说不出那副亲热样子。贾大少爷虽然沿途拜客，倒也未曾耽搁，接着也就来了。一个个问“贵姓、台甫”；黄胖姑替他们三个彼此通姓报名，大家无非说了些“久仰”的客气话。后来说到溥四爷，黄胖姑说：“贾大哥！我们这位溥老弟乃是宗室当中第一位博学。”说罢，又哈哈一笑道：“谁不晓得北京城里有名的才子溥四爷呢！我从前考过他的学问：我拿笔在纸上写一竖两点，他认得是个小的的‘小’字；后来我又在小字上头加了两横，难为他亦认得，说是出告示的‘示’字；跟手我又在示字上加了一个宝盖头，他说这是我们宗室的‘宗’字；这些都不稀奇，末后来又在宗字头上加一个山字，这却难为他了，你说他念个什么字？”贾大少爷尚未接言，黄胖姑道：“他说是哈哒门的‘哈’字。大爷，你瞧，亏他好记性，记得这字是哈哒门的‘哈’字。”贾大少爷也明白，北京城的崇文门俗名叫做哈哒门。想是溥四爷念惯了“哈”字，看惯了“崇”字，所以拿“崇”字当作“哈”字读了。晓得这话是黄胖姑奚落溥四爷的，但系初次相会，不便说什么，只好笑而不答。及至回头再看，溥四爷却是眉头一掀，脖子一挺，欲笑不笑的满面孔得意之色。

大家言来语去，正谈论间，白韬光、刘厚守、钱太史三个人亦都来到。其时已有四点多钟，只差王主事一个人。黄胖姑道：“时候不早了，我们先坐罢，空了首席等他。”刚才入座停当，人报王老爷来。大家一齐站起，主人出位相迎。只见王主事穿着衣帽进来，先朝主人作了一个揖，又朝台面上作了一个总揖。黄胖姑让他换了便衣入座。在席的人，王主事只认得钱太史及古董铺老板刘厚守两个人。钱太史发达比他迟两科，乃是后辈，并不在意。倒是这刘厚守，乃是一直充当现任满大学士，又兼军机大臣华中堂的门上。跟了中堂几年，着实发了几十万银子的家私，因此就在前门外开了一爿古董铺。如今虽然捐了官，却还常到中堂宅内当差。王主事还是那年朝考，中堂派了阅卷大臣，照例拜门去过几趟，没有得见，只好在刘厚守门房里坐坐。刘厚守虽不认得他，他却记得刘厚守的面孔。自古道："宰相家奴七品官。"况且他现在又捐了署正，同是六品，一样分印结，而且又是中堂老师的门口，寻常人哪里巴结得上。如今反见他坐在下首，自己坐了首坐，心上着实不安，一定要同刘厚守换坐。刘厚守不肯道："你别光让我，还有别人呢。"王主事只得又让别人，别人都不肯，只得自己扭扭捏捏的坐了。

然后同不认得的人，一一问"贵姓、台甫"，"贵科、贵班、贵衙门"。一一问问到贾大少爷，贾大少爷回称："姓贾，号润孙。"黄胖姑插口说道："这位便是河南臬台贾筱芝贾大人的少爷，我们至好。"王主事道："原来是孝子顺孙，聚在一门，难得难得！"跟手又问："贵科？"贾大少爷涨红了脸，回答不出。黄胖姑只得又替他说道："这位贾观察乃是去年赈捐案内保过道班，今年河工合龙，又蒙河台保了送部引见。他老大人官声甚好，早已简在帝心，将来润翁引见之后，指日就要放缺的。"王主事一听他不是科甲出身，立刻回转了脸不同他说话。在座的人只有同钱太史还说得来。王占科乃是"庶常散"的主事，钱运通乃是新庶常，所以钱运通见了王占科竟其口口声声"老前辈"，自称"晚生"。王主事却是直受不辞，非凡得意。不料谈了半天，刘厚守忽然问王主事道："王老爷你好面善，我们好像在哪里会过？"一句话问住了。王主事羞得满脸通红，歇了半天才答道："厚翁，你真是贵人多忘事。兄弟那年朝考下来，三次到中堂老师那里去叩见，回回都坐在厚翁的屋子里，怎么就忘记了？"刘厚守道："莫怪，莫怪！我们中堂，每日找他的人可不少，咱哪里记得许多。不要说别的，外省实缺藩、臬来过几次，我还记不清他的名字；何况……"说到这里，不往下说了。黄胖姑赶忙打岔道："这位王大哥，乃是刑部主事，贵州司行走①，当差很勤。将来老中堂跟前，还得你老哥保举保举他，常常提提他名字，拜托拜托！"刘厚守听了一笑。王主事更觉难以为情，坐立不定。

这个档口里，贾大少爷坐着无味，便做眉眼与黄胖姑。黄胖姑会意，

---

① 行走——有了一定的官职，又派到其他的机构去办事，叫做行走。

晓得他要叫“条子”，本来也觉着大家闷吃不高兴，遂把这话问众人。众人都愿意。黄胖姑便吩咐堂倌拿纸片。当下纸笔拿齐，溥四爷头一个抢着要写，先问：“王老爷叫哪一个？”王老爷说：“二丽。”无奈溥四爷提笔在手，欲写而力不从心，半天画了两画，一个“丽”字写死写不对；后来还是王老爷提过笔来自己写好。当下检熟人先写：于是刘厚守叫了一个景芬堂的小芬；黑伯果叫了一个老相公，名字叫绮云。白韬光说：“我没有熟人，我免了罢。”主人黄胖姑倒也随随便便。不料溥四爷反不答应，拉着他一定要叫。白韬光道：“如要我破例叫条子，对不住，我只好失陪了。”大家见他要走，只得随他。钱运通说：“老前辈在这里，不敢放肆。”王老爷不去理他，早已替他写好了。溥四爷最高兴，叫了两个：一个叫顺泉，一个叫顺利。末后轮到贾大少爷。王老爷因为他是捐班，瞧他不起，不同他说话，只问得黄胖姑一声说：“你这位朋友叫谁？”贾大少爷叫黄胖姑荐个条子。黄胖姑想了一会，忽然想到韩家潭喜春堂有个相公名叫奎官。他虽不叫这相公的条子，然而见面总请安，说：“老爷有什么朋友，求你老赏荐赏荐！”因此常常记在心上。当时就把这人荐与贾大少爷，主人见在台的人都已写好，然后自己叫了一个小相公红喜作陪。霎时条子发齐，主人让菜敬酒。

不多一会，跑堂的把门帘一掀，走了进来，低着头回了一声道：“老爷们条子到了。”众人留心观看，倒是钱太史的相好头一个来。这小子长的雪白粉嫩，见了人叫爷请安，在席的人倒有一大半不认得他。问起名字，王老爷代说：“他是庄儿的徒弟，今年六月才来的。头一个条子就是我们这位钱运翁破的例。你们没瞧见，运翁新近送他八张泥金炕屏，都是楷书，足足写了两天工夫，另外还有一副对子，都是他一手报效的。送去之后，齐巧第二天徐尚书在他家请客。他写的八张屏挂在屋里，不晓得被哪位王爷瞧见了，很赏识。”说至此，钱太史连连自谦道：“晚生写的字，何足以污大人先生之目！……不过积习未除，玩玩罢了。”王占科道：“这是他师傅庄儿亲口对我讲的，并不假。照庄儿说起来，运翁明年放差①，大有可望。”大众又一齐向钱太史说“恭喜”。

---

① 放差——就是乡试的主考官。当时做京官生活很清苦，凡科甲出身的人，唯有盼望能放一趟学差，便有一些例规的收入。

正闹着，在席的条子都陆续来到，只差得贾大少爷的奎官没来。这时候贾大少爷见人家的条子都已到齐，瞧着眼热，自己一个人坐在那里，甚觉没精打采。黄胖姑看出苗头，便说："奎官的条子并不忙，怎么还不来?"正待叫人去催，奎官已进来了。黄胖姑便把贾大少爷指给他。奎官过来请安坐下，说："今日是我妈过生日，在家里陪客，所以来的迟了些，求老爷不要动气!"溥四爷说道："你再不来，可把他急死了。"一头说话，一头喝酒。叫来的相公搳拳打通关，五魁、八马，早已闹得烟雾尘天。贾大少爷便趁空同奎官咬耳朵，问他："现在多大年纪？唱的什么角色？出师没有？住在哪一条胡同里？家里有什么人?"奎官一一地告诉他："今年二十岁了。一直是唱大花脸的。十八岁上出的师，现在自己住家。家里只有一个老娘。去年腊月娶的媳妇，今年上春三死了。住在韩家潭，同小叫天谭老板斜对过。老爷吃完饭，就请过去坐坐。"贾大少爷满口答应。奎官从腰里摸出鼻烟壶来请老爷闻；又在怀里掏出一杆"京八寸[①]"，装上兰花烟，自己抽着了，从嘴里掏出来，递给贾大少爷抽。贾大少爷又要闻鼻烟，又要抽旱烟，一张嘴来不及，把他忙得了不得。一头吃烟，举目四下一看，只见合席叫来的条子，都没有像奎官如此亲热巴结的，自己便觉着得意，更把他兴头的了不得。黄胖姑都看在眼中，朝着贾大少爷点点头，又朝着奎官挤挤眼。奎官会意，等到大家散的时候，他偏落后迟走一步。黄胖姑连忙帮腔道："大爷，怎么样？可对劲?"贾大少爷笑而不答。溥四爷嚷着，一定要贾大少爷请他吃酒："齐巧今儿是奎官妈的生日，你俩如此要好，你不看朋友情分，你看他面上，今儿这一局还好意思不去应酬他吗?"白韬光道："润翁赏酒吃，兄弟一定奉陪。"黑伯果拍他一下道："不害臊的，条子不叫，酒倒会要着吃。"说的大家都笑了。贾大少爷却不过情，只得答应同到奎官家去。又托黄胖姑代邀在席诸公。王老爷头一个回头说："明天有公事，要起早上衙门，谢谢罢!"刘厚守说："我不能磨夜，有时候的，九点钟总得回家。"黄胖姑道："不错，厚翁嫂夫人阃令[②]极严，我不敢勉强。回来叫他顶灯吃苦头，是对他不住的。"又朝着钱太史说道："运翁明天没有什么事情，可以同去走走。"贾大少爷因为他是翰

---

① 京八寸——指长烟袋杆。

② 阃(kǔn)令——阃，门槛，阃令，指妻子的命令。

林，要借他撑场面，便道："运翁是最好没有，我们一见如故，今天一定赏光的。"钱太史无奈，只得应允。王老爷起先还想拉住钱太史，做眼色给他，叫他不要去；后来见他答应，便也无法。他自己只得跟了刘厚守，先辞别众人，上车而去。

这里大家席散，约摸已有八点多钟。等到主人看过账，大众作过揖，然后一齐坐了车，同往韩家潭而来。便宜坊到韩家潭有限的路，不多一会就到了。下车之后，贾大少爷留心观看：门口钉着一块黑漆底子金字的小牌子，上写着"喜春堂"三个字；大门底下悬了一盏门灯。有几个"跟兔"，一个个垂手侍立，口称"大爷来啦"。走进门来，虽是夜里，还看得清爽，仿佛是座四合厅的房子；沿大门一并排三间，便是客座书房；院子里隔着一道竹篱，地下摆着大大小小的花盆，种了若干的花。这一天是奎官妈的生日，隔着篱笆，瞧见里面设了寿堂；点了一对蜡烛，却不甚亮。有几个穿红着绿的女人，想是奎官的亲戚；此外并无别的客人，甚是冷冷清清。当下奎官出来，把众人让进客堂。贾大少爷举目四看：字画虽然挂了几条，但是破旧不堪，烟榻床铺一切陈设，有虽有，然亦不甚漂亮。一面看，一面坐下。溥四爷、白韬光两个先吵着："快摆，让我们吃了好走。"主人无奈，只得吩咐预备酒。一声令下，把几个跟兔乐不可支，连爬带滚的，嚷到后面厨房里去了。霎时台面摆齐，主人让坐，拿纸片叫条子，以及条子到，搳拳敬酒，照例文章，不用细述。

这时候贾大少爷酒入欢肠，渐渐的兴致发作，先同朋友搳通关，又自己摆了十大碗的庄。不知不觉，有了酒意，浑身燥热起来，头上的汗珠子有绿豆大小。奎官让他脱去上身衣服，打赤了膊，又把辫子盘了两盘。谁知这位大爷有个毛病，是有狐骚气的，而且很厉害，人家闻了都要呕的。当下在席的人都渐渐觉得，于是闻鼻烟的闻鼻烟，吃旱烟的吃旱烟。奎官更点了一把安息香，想要解解臭气。不料贾大少爷汗出多了，那股臭味格外难闻。在席的人被熏不过，不等席散，相率告辞；转眼间只剩得黄胖姑一个。奎官怕近贾大少爷的身旁。贾大少爷一定要奎官靠着他坐，奎官不肯。贾大少爷伸出手去拖他，奎官无法，只得一只手拿袖子掩着鼻子。

贾大少爷是懂得相公堂子规矩的，此时倚酒三分醉，竟握住了奎官的手，拿自己的手指头在奎官手心里一连掏了两下。奎官为他骚味难闻，心上不高兴；然而又要顾黄胖姑的面子，不好直绝回复他不留他，只好装作不知，同他说别的闲话。贾大少爷一时心上抓拿不定。黄胖姑都已明白，只得起身告别。贾大少爷并不挽留。奎官一见黄老爷要走，怕他走掉，贾大少爷更要缠绕不清，便说："求黄老爷等一等。我们大爷吃醉了，还是把车套好，一块儿把他送回家去的好。"贾大少爷听说套车，这一气非同小可！他手里正拿着一把酒壶，还在那里让黄胖姑吃酒；忽听这话，但听得"拍秃"一声，一个酒壶已朝奎官打来。虽然没有打着，已经洒了浑身的酒。又听得"拍"的一声，桌子上的菜碗，乒乒乓乓，把吃剩的残羹冷炙，翻的各处都是。幸亏台面没有翻转。奎官一看情形不对，便说道："大爷，你可醉啦！"贾大少爷气得脸红筋涨，指着奎官大骂道："我毁你这小王八羔子！我大爷哪一样不如人！你叫套车，你要赶着我走！还亏是黄老爷的面子，你不看僧面看佛面；如果不是黄老爷荐的，你们这起王八羔子，没良心的东西，还要吃掉我呢！"一头骂，一头在屋里踱来踱去。黄胖姑竭力地相劝，他也不听。奎官只得坐在底下不做声。歇了半天，熬不住，只得说道："黄老爷，你想这是哪里来的话！我怕的大爷吃醉，所以才叫人套车，想送大爷回去，睡得安稳些，为的是好意。"贾大少爷道："你这个好意我不领情！"奎官又道："不是我说句不害臊的话：就是有什么意思，也得两相情愿才好。"贾大少爷听到这里，越发生气道："放你妈的狗臭大驴屁！你拿镜子照照你的脑袋，一个冬瓜脸，一片大麻子，这副模样还要拿腔做势，我不稀罕！"奎官道："老爷叫条子，原是老爷自己情愿，我总不能捱上门来。"贾大少爷气得要动手打他。

黄胖姑因怕闹得不得下台，只得奔过来，双手把贾大少爷捺住，说道："我的老弟！你凡事总看老哥哥脸上。他算得什么！你自己气着了倒不值得！你我一块儿走。"贾大少爷道："时候还早得很，我回去了没有事情做。"黄胖姑道："我们去打个茶围好不好？"贾大少爷无奈，只得把小褂、大褂一齐穿好。奎官拗不过黄胖姑的面子，也只得亲自过来帮着张罗。又让大爷同黄老爷吃了稀饭再去。贾大少爷不理。黄胖姑说："吃不下。"因为路近，黄胖姑说："不用坐车，我们走了去。"于是奎官又叫跟兔点了一盏灯笼，亲自送出大门，照例敷衍了两句，方才回去。

当下二人走出门来，向南转弯；走了一截路，出得外南营，一直向东；又朝北方进陕西巷，一走走到赛金花家。黄胖姑一进门便问："赛二爷在家没有？"人回："赛二爷今儿早上肚子疼，请大夫吃了药，刚刚睡着了。"

黄胖姑道:“既然他睡了,我们不必惊动他,到别的屋子里坐坐,就要走的。”当下就有人把他俩一领,领到一个房间里坐了。黄胖姑问:“姑娘呢?”人回:“花宝宝家应条子去了。”黄胖姑无甚说得。于是二人相对,躺在烟铺上谈心。贾大少爷一直把个奎官恨的了不得。黄胖姑因为是自己所荐,也不好同他争论什么,只说道:“论理呢,这事情奎官太固执些;你大爷也太情急了些,才摆一台酒就同他如此要好,莫怪他要生疑心。过天你再摆台饭试试如何?”贾大少爷道:“算了罢,那副嘴脸我不稀罕。我有钱哪里不好使,一定要送给他!”黄胖姑道:“你的话原不错。这种事情,丢开就完了,有什么一直放在心上的。好便好,不好就再换一个,十个八个,听凭你大爷挑选,谁能够管住你呢。”贾大少爷道:“你这话很明白。我今天要不是看你的面子,早把那小鳖蛋的窠毁掉了。”

黄胖姑道:“这些话不用说了,我们谈正经要紧。你这趟到京城,到底打个什么主意?”贾大少爷便凑近一步,附耳低声,把要走门子的话说了一遍。又说:“在河南的时候,常常听见老人家谈起,前门内有个什么庵里的姑子,现在很有势力,并且有一位公主拜在她门下为徒。老人家说过她的名字,我一时记不清楚。这姑子常常到里头去,说一是一,说二是二。上头总说她们出家人以慈悲为主,方便为门,她们来说什么,总得比大概要赏她们一个脸。其实这姑子也是非钱不应的。不过走她的门路,比大概总要近便些:譬如别人要二十万,到她十万也就好了,人家要十万,到她五万也就好了。只要认得了她,是一个冤枉钱不会化的。倘若不认得她,再要别人经手,那就化的大了。”黄胖姑一听这话,心上毕拍一跳,心想:“被他晓得了这条门路,我的买卖就不成了!”其实黄胖姑心上很晓得这个姑子的来历,而且同她也有往来,因为想赚贾大少爷的钱,只得装作不知。又假意说道:“大爷你既有这条门路,那是顶近便没有了。为什么不去找找她呢?”贾大少爷道:“动身的时候原问过老人家。老人家说:‘你一到京打听人家,像她这样大名鼎鼎,还怕有不晓得的。’所以我来问你,到底她如今怎么样?”黄胖姑假作踌躇道:“你这问可把我问住了。不是我说句大话:北京城里上下三等,九流三教,只要些微有点名气的人,谁不认得我黄胖姑?倒没听说有什么姑子同里头来往。你不要记错,不是姑子,是和尚、道士罢?”贾大少爷道:“的的确确是姑子。老人家说过,我忘记了。”说罢,甚是懊悔。黄胖姑道:“既然说是住在前门里头,你何妨去找找，有了这条门路，也省得东奔西波。咱们是自己人，我也帮着替你打听打听。”贾大少爷道：“如此，费心得很！”坐了一回，又抽了两袋烟，姑娘出条子还没有回来。贾大少爷摸出表来一看，说：“天不早了，我们回去罢。”赛金花始终也没有见面，只有几个老妈送了出来。二人一拱手，各自上车而去。

贾大少爷回到寓处，一宵无话。到了次日，仍旧出门拜客，顺便去访问他老人家所说的那个姑子。一连问了几个朋友，也有略知一二的，也有丝毫不知的。只因这些朋友不是穷京官，就是流寓在京的，一向无事同这姑子往来，难怪他们不晓得。弄得贾大少爷甚为闷闷。一心思想：“我若是把各式事情交托黄胖姑，原无不可，但是经了他手，其中必有几个转折，未免要化冤钱。倘若我找着这个姑子，托她经手，一定事半功倍。老人家总不会给我当上的。只恨动身的匆忙，未曾问得仔细，只好慢慢地寻找。”一个人坐在车中往来盘算。一走走到他老人家拜把子的一个都老爷家。这都老爷姓胡名周，为人甚是四海①。见了面，居然以世侄相待，问长问短，甚为关切。贾大少爷急不待择，言谈之间，讲及朝政，不说自己想走门路，但说：“如今里头的情形，竟其江河日下了。听说什么当姑子的，胆敢出入权门，替人关说，这还了得！”胡都老爷道：“是啊，越是他们出家人，里头越相信。时事如此，无法挽回，也只得付之一叹的了。”贾大少爷道：“老世伯现居言职，何不具折纠参，那倒是名传不朽的。想是不晓得那个庵里的姑子叫个什么名字，所以未曾动手？”胡都老爷道：“名字倒有点晓得。不过现在里头阉寺当权，都成了他们的世界，说了非但无益，反怕贾祸，所以兄弟只得谨守金人之箴，不敢多事。”贾大少爷道：“老世伯身居台谏，尚然如此见机，无怪乎朝政日非了。现在京城地面既有这种人，倒不可不请教请教她的名字，将来当作一件新闻谈谈亦好。”胡都老爷想了一会，说道：“这姑子的名字叫镜空。这种人你找她去做啥？如果一定要找她访问个实在，你只要进了前门，沿城脚去问，有几个转弯，我听人家说过，如今也记不得了。”

贾大少爷问到了地方名字，心中暗暗欢喜。同老世伯无甚说得，只得兴辞出来。一见天色尚早，就命车夫替他把车赶进前门。车夫请示进前

---

① 四海——即热情豪爽，爱交朋友。

门到哪一家拜客。贾大少爷便按胡都老爷的话，一一告诉了车夫。车夫道声“晓得”，于是把鞭子一洒，展起双轮，不多一刻，捱进前门。约摸转了七八个弯，到得一个所在：只见一道红墙，门前有几棵合抱的大槐树。山门上悬挂着一方匾额，上写“文殊道院”四个大字。山门紧闭不开，却从左首一个侧门内出入。但是门前甚是冷清，并无车马的踪迹。贾大少爷下得车来，车夫在前引路，把他领进了门，乃是一个小小院落，当头一个藤萝架，其时绿叶正茂，赛如搭的凉棚一般，不见天日。院之西面，另有一个小门，进去就是大殿的院子了。南面三间，开出去便是山门；北面为大殿，左为客堂，右为观音殿：一共是十二间。院子里上首两个砖砌的花台，下首两棵龙爪槐。房子虽不大，倒也清静幽雅。

贾大少爷一路观看，踱进客堂。就有执事的道婆前来打个问讯。贾大少爷便说是专诚来拜镜空师父的。道婆道：“老爷请坐，等我进去通报。”不到一刻，只见道婆引了一个老年尼姑出来。老尼见了贾大少爷，两手合十，念了一句“阿弥陀佛”，动问：“老爷贵姓？是什么风吹到此地？”贾大少爷便把自己的姓名、履历背了几句。又道：“是进京引见，久仰师傅大名，所以特来拜访。”老尼一听他是道台，不觉肃然起敬，连称：“不知大人光降，亵渎得很！……”贾大少爷回称：“说哪里话！”又问：“师傅出家几年？是几时到的京城？这庵里香火必盛，来往的人可多？”老尼道：“不瞒大人说：老身原是本京人，出家就在这庵里。是二十五岁上削的发，今年六十五岁了。京城地面乃是红尘世界；老身师徒三众一直是清修，所以这庵里除掉几位施主家的太太、小姐前来做佛事，吃顿把素斋，此外并无杂人来往。大人今天忽然下降，乃是难得之事。”贾大少爷一听不对，沉吟了一会，便问：“师傅的法号，上一个字可是‘水月镜花’的‘镜’字，下一个字可是‘四大皆空’的‘空’字？”老尼道：“下一字不错。上一字乃是清静的‘静’字，并不是镜子的‘镜’字。”贾大少爷便知其中必有错误，忙问：“有位与师傅名字同音的，但是换了一个‘镜’字，这人师傅可认得？”老尼道：“一个北京城，几十里地面，庵观寺院，不计其数，哪里一一都能认得。”贾大少爷知道走错了路，只得说了些闲话，搭讪着辞了出来。老尼又要留吃素面。贾大少爷随手在身上摸了一锭银子送与老尼，作为香金，方才拱手出门，匆匆上车而去。

贾大少爷一面上车，一面问车夫道：“不对啊，你从哪儿认得这姑子的?”车夫道:“小的从前伺候过顺治门外南横街户部谢老爷,跟着谢老爷来过两趟,所以才认得的。她庵里很有两个年轻的姑子,长的很俊。谢老爷上年在这里请过客,小姑子出来陪着一块儿吃酒。今天想是为着老爷头一趟来,所以小的不出来陪。这庵里很靠不住。”贾大少爷听说,心上一动,把头伸到车子外头往后一瞧,只见刚才替他通报的那个道婆在那里探头探脑地望。此时贾大少爷弄得六神无主:意思想要出城,因听了车夫的话,想要会会那年轻的姑子;待要下车,又见天色渐晚,恐怕赶不出城。车夫见他踌躇,也就停鞭以待。贾大少爷沉吟了一会,道:“今天镜空会不着,倒想不着走到这么一个好地方来。姑且回去通知了黄胖姑,过天同他一块来。他在京里久了,人家不敢欺负他。什么相公、婊子,我都玩过的了,倒要请教请教这尼姑的风味。”说罢,便命车夫赶车出城,过天再来。车夫遵谕,鞭子一洒,骡子已得得而去。贾大少爷又不住地把头伸出来往后探望,一直等到转过弯方才缩进。

霎时到得寓所,下车宽衣。只见管家拿了两副帖子上来,当中还夹着一封信。贾大少爷看那帖子,一副是黑伯果请在致美斋吃午饭,一副是溥四爷请在他叫的相公顺泉家吃夜饭,都是明日的日期。另外那封信,乃是黄胖姑给他的。贾大少爷看得一半,不觉脸上的颜色改变,等到看完,这一吓更非同小可!欲知信中所言何事,以及贾大少爷明天曾否赴黑、溥二人之约,并后来曾否再去访那姑子,且听三续书中分解。

第二十五回

买古董借径谒权门　献巨金痴心放实缺

却说贾大少爷自从城里出来，回到下处，正想拜访黄胖姑，告诉他文殊道院会见姑子的事，不料黄胖姑先有信来。拆开看时，不知信上说些什么，但见贾大少爷脸色一阵阵改变；看完之后，顺手拿信往衣裳袋里一塞，也不说什么。当夜无精打采，坐立不宁。他本有一个小老婆同来的，见了这样，忙问缘故。他也不说。

到了次日一早便即起身，吩咐套车，赶到黄胖姑店里。打门进去，叫人把胖姑唤醒。彼此见了面，胖姑便问："大爷为何起得这般早？"贾大少爷道："依着我，昨儿接到你信之后，就要来的。为的是常常听见你说，你的应酬很忙，一吃中饭，就找不着你了，所以我今儿特地起个早赶了来。我问你到底这个信息是哪里来的？现在有这个风声，料想东西还没出去？"黄胖姑道："本来前天夜里的事情，他昨儿才晓得。就是要出去，也决计不会如此之快。不过我写信给你，叫你以后当心点，这是我们朋友要好的意思，并没有别的。"

贾大少爷道："看来奎官竟不是个东西！我看他也并不红，前天晚上也没有见他有过第二张条子，却不料倒有这么一位仗腰的人！"黄胖姑道："说起来也好笑。就是打听你的这位卢给事，五年前头，也是一天到晚长在相公堂子里的。他老人家在广东做官，历任好缺。自从他点了翰林当京官，连着应酬连着玩，三年头里，足足挥霍过二十万银子。奎官就是他赎的身。等到奎官赎身的时候，他已经不大玩了。因为他一向最欢喜唱大花脸，所以就爱上了奎官。然而论起奎官来，也亏得有此一个老斗①帮扶帮扶；如果不是他，现在奎官也不晓得到哪里去了。"贾大少爷道："他问我是个什么意思呢？"黄胖姑道："你别忙，我同你讲，这位卢给

① 老斗——即相公，就是以色事人的男妓，凡是和某一相公要好，而且被倚为靠山的人，俗称为老斗。

事名字叫卢朝宾，号叫芝侯；还是癸未的庶常，后来留了馆。那年考取御史，引见下来，头一个就圈了他。不久补了都老爷，混了这几年，今年新转的给事中。他同奎官要好，他替他赎身，他替他娶媳妇，他替他买房子，吃他用他都不算。奎官两口子同他赛如一个人。如今是奎官媳妇死了，他去的也渐渐的少了。齐巧那天是奎官妈生日，他晚上高兴跑了去，刚碰着你在那里闹脾气。等你出门，他就问奎官，叫奎官告诉他。昨儿奎官为着得罪了你，怕我脸上下不去，到我这儿来赔不是。我问起奎官：'昨儿有些什么人到你哪里？'他就提起这卢芝侯。我问他：'贾大人生气，卢都老爷晓得不晓得？'他说：'卢都老爷来的时候，正是贾大人摔酒壶的时候，后来的事情统通被他老人家都晓得了。'我当时就怪奎官，说：'贾大人是来引见的，怎么好把他的事情告诉他们都老爷呢？'奎官说：'我见贾大人生气，我一步没离，我并没有告诉他。又问我们家里，也不晓得哪一个告诉他的。'所以我昨儿得了这个风声，立刻写信通知你。你是就要放缺的人，名声是要紧的，既然大家相好，我所以关照。"

贾大少爷道："费心得很！你看上去，不至于有别的事情罢？"黄胖姑道："那亦难说。他们做都老爷的，听见风就是雨，皇上原许他风闻奏事，说错了又没有不是的。"贾大少爷一听，不免愁上心来，低首沉吟，不知如何是好。歇了一会，说道："千不该，万不该，前天吃醉了酒，在你荐的人那里撒酒风，叫你下不去！真正对你不住！大哥，我替你赔个罪。"说着，便作揖下去。黄胖姑连连还礼，连连说道："笑话笑话！咱们弟兄，哪个怪你！"贾大少爷道："大哥，你京里人头熟，趁着折子还没有出去，想个法儿，你替我疏通疏通，出两个钱倒不要紧。"黄胖姑听了欢喜，又故作踌躇，说道："虽说现在之事，非钱不行，然而要看什么人。钱用在刀口上才好，若用在刀背上，岂不是白填在里头？幸亏这位都老爷，这两年同奎官交情有限；若是三年头里，你敢碰他一碰！但是这位都老爷是有家，见过钱的，你就送他几吊银子，也不在他眼里。不比那些穷都见钱眼开，不要说十两、八两，就是一两、八钱，他们也没命的去干。我们自己人，还有什么不同你讲真话的。前儿的事情，也是你大爷过于脱略了些，京城说话的人多，不比外面可以随随便便的。至于卢芝侯那里，我不敢说他一定要动你的手，然而我也不敢保你一定无事。既然承你老弟的情，瞧得起我，不把我当作外人，我还有不尽心竭力的吗。"说着，贾大少爷又替他请了一个安，说了声："多谢大哥。"

黄胖姑一面还礼，一面又自己沉吟了半天，说道："芝侯那里，愚兄想来想去，虽然同他认得多年，总不便向他开口。碰了钉子回来，大家没味。我替你想，你若能拼着多出几文，索性走他一条大路子，到那时候，不疏通自疏通。你看可好？"贾大少爷摸不着头脑，愣住不语。黄胖姑又说道："算起来，你并不吃亏。你这趟来本来想要结交结交的，如今一当两便，岂不省事。依我意思：你说的那些什么姑子、道士，都是小路，我劝你不必走。你要走还是军机大臣上结交一两位，凡事总逃不过他们的手；你就是有内线，事情弄好了，也总得他们拟旨。再不然，黑八哥的叔叔在里头当总管，真正头一分的红人，说一是一，说二是二，同军机上他们都是连手。你若是认得了这位大叔，不要说是一个卢都老爷，就是十个卢都老爷也弄你不动。何以见得？他们折子上去，不等上头做主，他们就替你留中了。至于那些姑子，你认得她，她们就是真能够替你出力，她们到里头还得求人；她们求的无非仍旧还是黑大叔几个。有些位分还不及黑大叔的，她们也去求他。在你以为这当中就是她一个转手，化不了多少钱，何如我叫八哥带着你一直去见他叔叔，岂不更为省事？前天我见你一团高兴要去找姑子，我不便拦你。究竟我们自己弟兄，有近路好走，我肯叫你多转弯吗？"

贾大少爷道："本来我要同你说，我昨儿好容易问了我们老世伯，才晓得这姑子的名字住处，谁知奔了去并不是那个姑子。还有好笑的事要同你讲。"黄胖姑道："什么好笑的事？"贾大少爷把车夫说姑子不正经的话述了一遍。黄胖姑道："本来这些人不是好东西，你去找她做什么呢？但是愚兄还有一言奉劝你老弟，现在正是疑谤交集的时候，这种地方少去为妙。一个奎官玩不了，还禁得住再闹姑子？倘或传到都老爷耳朵里，又替他们添作料了。"

贾大少爷一团高兴，做声不得，只得权时忍耐，谈论正经，连连赔着笑说道："大哥的话不错，指教的极是。……小弟的事全仗大哥费心，还有什么不遵教的。但是走那条路，还得大哥指引。"黄胖姑道："你别忙。今天黑八哥请你致美斋，一定少不了刘厚守的。到了那里，你俩是会过的，你先拿话笼住他，私底下我再同他替你讲盘子。你晓得厚守是个什么人？"贾大少爷道："他是古董铺的老板。"黄胖姑哼的一笑道："古董铺的老板？你也忒小看他了！你初到京，也难怪你不晓得。你说这古董铺是谁的本钱？"贾大少爷一听话内有因，不便置辞。黄胖姑又道："这是他的东家华中堂的本钱！"贾大少爷道："他有这个绷硬东家，自然开得起大古董铺了。"黄胖姑道："你这人好不明白！到如今你还拿他当古董铺老板看待，真正'有眼不识泰山'了！"贾大少爷听了诧异，定要追问。黄胖姑道："你也不必问我。你既当他是开古董铺的，你就去照顾照顾，至少头二万两银子起码，再多更好。无论什么烂铜破瓦，他要一万，你给一万；他要八千，你给八千，你也不必同他还价。你把古董买回来，自然还你效验。"贾大少爷听说，格外糊涂。心上思想："一定是我买了他的古董，便算照顾了他，他才肯到中堂跟前替我说好话。"便把这话问黄胖姑道："可是不是？"黄胖姑道："天机不可泄漏！到时还你分晓。"

贾大少爷将信将疑，自以为心上想的一定不错，便也不复追问。停了一刻，说道："华中堂这条路是一定要走的了。还有别人呢！黑大叔那里几时去？"黄胖姑道："你别忙。华中堂的路要走，军机上不止他一个，别人那里自然也要去的。你不要可惜钱，包你总占便宜就是了。"贾大少爷道："你老哥费了心，小弟还有什么不晓得。"黄胖姑道："事不宜迟，要去今天就去。你在我这里坐一会儿，等我替人家办掉两桩事情，等到一点钟我们一块儿上致美斋。"贾大少爷道："既然你有事情，我也不来打搅你，我到别处去转一转来，等到打过十二点钟我来同你去。"说罢，拱拱手别去。

这里黄胖姑果然替人家办了若干事，无非替人家捐官上兑，部里书办打招呼，以及写回信，打电报：大小事情，足足办了十几件。真正是"能者多劳"。幸亏他自己以此为生，倒也不觉辛苦。等到事情办完，恰恰打过十二点，贾大少爷已经来了，约他一同去赴黑八哥的约，饭后同到刘厚守铺子里买古董。说罢同出上车。

霎时到得致美斋，客人陆续来齐，亦无非是昨天几个，但是没有钱、王二位。却添了一位，也是进京引见的试用知府。这位知府姓时，号筱仁，乃山西人氏。贾大少爷叙起来，还有点世谊。贾大少爷到了台面上，竭力的敷衍刘厚守、黑八哥两个，很露殷勤。刘厚守因预先听了黄胖姑先入之言，词色之间也就和平了许多，不像前天拒人于千里之外了。一霎席散，天色还早。刘厚守要回店，贾大少爷便约了黄胖姑跟他同走。溥四爷又再三叮嘱晚上同到顺泉家吃饭。贾大少爷因为奎官之事,面有难色,尚未回答得出。黄胖姑道:“你跟着我们一块儿玩,只要不撒酒风,包你无事。”究竟他是贪玩的人,也就答应下来,分别上车,各自回去。

霎时黄、贾两人到了大栅栏刘厚守古董铺,下车进去。刘厚守已先回一步,接着让了进去,请坐奉茶。贾大少爷是初到,不免又说了些客气话。刘厚守虽同他客气,究竟还有点骄傲之容,不能不使贾大少爷格外恭敬。当下黄胖姑先把贾大少爷的来意言明,说要选买几件古董孝敬华中堂的。刘厚守四面一看,道:“这摆着的都是,请挑就是了。”贾大少爷当下四下里看了一遍,选中一对鼻烟壶、一个大鼎、一个玉磬,还有十六扇珠玉嵌的挂屏。刘厚守道:“这对烟壶倒亏润翁法眼挑着的。这位老中堂别的不稀罕,只有这样东西收藏的最多。他有一本谱,是专门考究这烟壶的。上个月底结账,总共收到了八千零六十三个;而且个个都好,没有一个坏的。拿这样东西送他顶中意。”贾大少爷听了非常之喜。刘厚守道:“这位老中堂,他的脾气我是晓得的,最恨人家孝敬他钱。你若是拿钱送他,一定要生气,说:‘我又不是钻钱眼的人,你们也太瞧我不起了!’本来他老人家做到这么大的官,还怕少了钱用?你们送他钱,岂不是明明骂他要钱,怎么能够不碰钉子呢?所以他爱古董,你送他古董顶欢喜。”

贾大少爷便托黄胖姑问一共多少价钱。刘厚守说:“烟壶二千两,古鼎三千六,玉磬一千三,挂屏三千二:一共一万零一百两。”贾大少爷意思嫌多,说:“可能让些?”黄胖姑急忙从他身后把他衣裳一拉,意思想叫他不要同刘厚守讲价钱。贾大少爷尚未觉得,刘厚守早已一声不响,仰着头,眼望到别处去了。黄胖姑赶忙打圆场,朝着贾大少爷说道:“彼此知己,刘厚翁还肯问你多要吗?”贾大少爷亦恍然大悟道:“既然如此,就托大哥替我划过来就是了。”刘厚守道:“如果不是胖姑的面子,我这一对烟壶,任你出什么大价钱我不卖。不瞒你二位说,我有个盟弟,亦在河南候补。上年有信来,说是也要拜在我们这位老中堂门下,托我替他留心几件礼物。这对烟壶我本要留给他的。如今被贾润翁买了去,中堂见了一定欢喜。不过我有点对不住我那个盟弟。”

黄胖姑同贾大少爷连连称谢不置。黄胖姑又道:“厚翁肯替人家帮忙说两句好话,一句话就值一万银子,个把烟壶算得什么!将来润孙的事,总还要借重厚翁大力。”刘厚守道:“我们一句话算得什么!胖姑,你是知道的，我如今也捐了官了，老中堂跟前我也不大去，就觉着生疏了。而且现在做了官，官有官体，倒比不得从前可以随随便便了。但是一样，从前我跟他老人家这几多年，总算缘分还好，他待我很不错。不是我自己胡吹，我跟他这十几年，可没有误过事。所以偶尔说两句话，或者替人家吹嘘吹嘘，他老人家还相信，总还给个面子。”黄胖姑道：“能够叫他老人家相信，谈何容易！像你厚翁这样的老成练达，爱惜声名，真正难得！”刘厚守听了，怡然自得，坐在椅子上，尽兴地把身子乱摆，一声儿也不响。

歇了一会，黄胖姑又叮咛一句道：“如此，东西算买定，少停兄弟把钱划过来。中堂跟前怎么送上去，索性奉托厚翁代办一办。”刘厚守踌躇道：“这件事倒要讲起来看。兄弟自从上兑之后，里头的事一直不大问信。门口另外派了人。不去找他们，中堂虽然也见得着，但是将来事情多，终究不能越过他们的手。如果去找他们，我兄弟现在是有官人员，不好再同他们去讲这个，怕的是自己亵渎自己。胖姑，我看这件事你还是托了别人罢。”黄胖姑道：“你的事情我晓得的。并不是要你去同他们讲价钱，只要你吩咐他们一句，他们还敢不遵吗？”刘厚守道：“这几年我替人家经手，实在经手的怕了。你偏偏要来找我，没法，你老哥的事，做兄弟的怎么好意思推头不给你个面子？”黄胖姑立刻站起身来，请安相谢。贾大少爷也跟着请了一个安。

刘厚守道：“事情准定我去办；但是我说个数目，你不要驳我。”贾大少爷正在沉吟，黄胖姑把身子一挺，拿手把胸脯一拍道：“你说，我依你！”刘厚守道：“上头不要钱，底下不好白难为他们。依兄弟的愚见：这份礼足值一万，我们自己人，我亦不准他们多要，我们一底一面罢。”黄胖姑看看贾大少爷，贾大少爷看看黄胖姑。贾大少爷道：“一底一面是多少？”黄胖姑道：“亏你一位观察公，一底一面还不晓得。你送的东西面子上值一万，这零零碎碎用的钱也得一万。”贾大少爷意思嫌多。黄胖姑好劝歹劝，两面竭力地磋磨。刘厚守忽然又拿起乔来说：“我哪里有工夫替人家办这些事！”又禁不住黄胖姑再三相求，方才讲明八千银子的门包。说明当晚就把礼物连门包送了进去，约贾大少爷明天下午去叩见。

黄胖姑同贾大少爷见诸事俱妥，方才别去。晚上又去赴了溥四爷的约会。席散之后，黄胖姑又赶到贾大少爷寓处，同做说客一样，又叫他拿出几千银子，为的军机上不止华中堂一位，此外尚有三位，别处也得点缀点缀才好。贾大少爷见他说得有理,只得应允。事情概托黄胖姑代办。黄胖姑亦就勇于任事,自己一力承当,绝不推托。当下议定明天头一处先到华中堂那里,回来依着路再到那三家去,这四处见过之后,再托黑八哥带领着去见他叔子。目下一面先托八哥同他叔子讲起价钱来。一切事情都托了黄胖姑做主。贾大少爷又托胖姑另外划出几百银子送一班穷都,免得他们说话。又敦嘱送奎官老斗卢都老爷格外从丰。黄胖姑会意,一一允诺。因为一应大事都已托他经手,所以也不在这小头节目上剥削他了。

贾大少爷等胖姑回去,方才歇息。一宵易过。次日起来,贾大少爷性子急,不等下午,忙着就去叩见华中堂。到了门上,刘厚守早已安排好的了。其时中堂上朝未回,就留他在门房里坐着等候,好容易等到正午,中堂从军机上回来,便有几个部里的司官跟着来找中堂画稿。公事办过,家人们赶着上去替他回。又等中堂吃过饭,方才请见。贾大少爷晓得这位华中堂乃是军机上头一个拿权的人,当今圣眷又好,不晓得见了面要拿多么大的架子,手里早捏着一把汗。谁知及至见面,异常谦和。朝他磕头,居然还了一揖。因为贾大少爷送这四样礼物,说明白是拜门的贽见,所以他口口声声叫"老弟"。当时坐下,先问:"老弟几时到京的?"又问:"老人家可好?"又问:"老弟这个月里可来得及引见?"贾大少爷一一回答。末后华中堂又说到自己:"从半夜里忙到如今,一霎没得空,如今上了年纪了,有点来不及了。我想搁下不做,上头又不准我告病。"贾大少爷回道:"中堂是朝廷柱石,怎么能容得中堂告病呢?"中堂道:"留着我中什么用!也不过像俗语说的,做一日和尚撞一日钟罢了!就是拼性命去干,现在的事也是弄不好的。"贾大少爷见提到国家大事,恐怕说错了话,便也不敢多讲。中堂见他无话,方才端茶送客。

贾大少爷出来,又赶着去见第二家。这位军机大臣姓黄,乃是才补的。他补的这个缺,就是周中堂让给他的。周中堂因为自己做错了事,保举了维新党,上头不喜欢他,就上折子说是自己有病,请开去各项差使。总算上头念他多年老臣,赏他面子,准其所奏,就叫他入阁办事。大学士虽然不曾开缺,然而声光总比前头差得远了。闲话休题。单说这位黄大军机资格虽浅,办事却甚为老练。见了贾大少爷,先问贵庚。贾大少爷回称:"三十五岁。"黄大军机道:"'英雄出少年',将来老兄一定要发达的。”说完了，也就送客。

第三家拜的这位军机姓徐。见面之后，倒问了半天河南的情形。所问的话，无非是抚台的缺怎么样，藩台的缺怎么样，一年开销若干，可余若干，没有一句要紧话。贾大少爷因为他是户部尚书，现在正是府库空虚，急于筹款之时，便说道：“职道有一个理财条陈，尚未写好，过天要送过来求大人的教训。”徐尚书道：“现在有钱也要过，没钱也要过。巧媳妇做不出没米的饭。上头催部里，部里催各省。他们有得解来，无非左手来，右手去，他们不解来，横竖其过并不在我。至于条陈，我这里也不少了，空了拿过来消消闲。至于一定要说怎么样，我没有这样才情，等别人来办罢。”说完，亦就送客。

贾大少爷又赶到第四家。门上人回报：“大人今天不见客。”叫他过天再来。第二天去又未见着，第三天才见的。

贾大少爷因四处已用去银子三万两，虽然都得见面，然而都是浮飘飘的，究竟如何栽培，毫无把握。心上着急，只得又去请教黄胖姑。胖姑道：“老弟，你这是急的哪一门？等你引过见，你是明保人员，定要召见的。要有什么好处，总在召见之后。等到召见之后，自然给你凭据。你不要嫌我多事，黑八哥叔叔那里，他侄儿已经同他讲好了，先送二万银子去见一面。如要放缺再议。”贾大少爷道：“多花几万银子算不得什么，我这钱带了来原是预备化的。但是马上总要给我一点好处，就是再多两个，我也拚得。”黄胖姑道：“老实对你讲：要放缺，这两个是不够的。你要效验，我同你说过的了，总要等到召见之后。想什么好处，预先打定主意，去同黑大叔讲妥。只要一召见，上谕下来，里应外合，那是最便没有。你如今听我的话，包你一点冤枉路不会走。不是你老弟的事，我也没有这大工夫去管他，叫他去撞撞木钟①，花了钱没有用，碰两个钉子再讲。”贾大少爷道：“老哥，你说的话我是知道的。我的事情托了你。这个月里就要引见，日子很快，亦没有几天了。我看倒是黑大叔这条门路顶靠得住。”胖姑道：“我的门路是没有一条靠不住。设或靠不住，第二三遭谁来相信我，谁来找我。就是你老弟，我同你交情再好些，你见我靠不住，你也不来找我了。”贾大少爷道：“这些话不用讲了，我相信你。倒是黑大叔那里几时

---

① 撞木钟——做没有效果的事。

去?”黄胖姑道:“这事说办就办,没有什么耽误几天的。八哥一霎来讨回信,只要你定了主意,明天就叫他带了你去见他叔子。”贾大少爷道:“横竖你替我把银子预备现成就是了,还有别的主意么。”

正说着,黑八哥也来了。黄胖姑把他拉在一旁,告知详细。黑八哥过来说道:“不瞒润翁说:我们家叔原是一个钱不要的。这二万银子,不过赏赏他的那些徒弟们。你不要疑心他老人家要钱。就是我兄弟替人家经手,我们家叔亦早吩咐过,不准得人家一个钱。我们是知己,又是黄胖姑托了我,我就带你去见见。等我今天先把银子拿了去。你明天不要过早,约摸一点之后,你到我家里,我同你去见。”贾大少爷再三称谢,自不必说。

到了次日,贾大少爷如期而往。黑八哥忙叫套车,说是:“家叔不能出来,只有到宫里去见他。”贾大少爷只好跟着他走。他叫下车就下车,他叫站住就站住。下车之后,一转转了几十个弯,约摸走了十几个院子,过了十几重门,高高低低的台阶,也不知走了多少。他此刻战战兢兢,并无心观看院子里的景致,只有低着头闷走。一走走到一个所在,黑八哥叫他站在廊檐底下等候,八哥自己到里面院子里。伺候的人却不少,都是静悄悄的一些声息都没有。八哥进去了半天,也不见出来。

忽听得里头吩咐了一句“传饭”,但见有几十个人一齐穿着袍子,戴着帽子,一人端着一个盒子,也不知盒子里装的是些什么,只见雁翅似的,一个个挨排上去。又停了一会,里头传“洗脸水”,那些人又把盒子一个个端了下来。贾大少爷晓得是上头才用过膳,但不知这用膳的是哪一位。

又停一刻,才见黑八哥从里头出来,招呼他上去。贾大少爷头也不敢抬,跟了就走。黑八哥把他一领领到堂屋里。只见居中摆着一张桌子,桌子上面坐了一个人。桌子上并无东西,只有一把小茶壶,一个茶盅。上面那个人坐在那里,自斟自喝,眼皮也不掀一掀。贾大少爷进来已经多时,他那里还没有瞧见。一面喝茶,一面慢慢地说道:“怎么还不进来?”只见八哥躬身回道:“贾某人在这里叩见大叔。”一面又使眼色给贾大少爷,叫他行礼。贾大少爷赶忙跪下磕头。黑大叔到此方拿眼睛往底下瞧了一瞧,连说:“请起。……恕我年纪大了,还不动礼。老大,给他个座位,坐下好说话。”贾大少爷还不敢坐。黑大叔又让了一次,方才扭扭捏捏地斜签着身子,脸朝上,坐了半个屁股在椅子上。

黑大叔便问他父亲好。贾大少爷连忙站起来回答，又说："父亲给大叔请安。"黑大叔听了不自在，对他侄儿说道："他可是贾筱芝的少爷不是？"八哥回称一声"是"。黑大叔又回过脸儿朝贾大少爷说道："你父亲叫我大叔，你是他儿子，怎么也叫我大叔？只怕辈分有点儿不对罢？"说完，哈哈大笑。贾大少爷一听此言，惶恐无地，回答也不好，不回答也不好。愣了半天，刚要开口，黑大叔又同他侄儿说道："你领他到外头去歇歇。没有事情，可叫他常来走走。都是自己孩子们，咱亦不同他客气了。"贾大少爷听说，只好跟了黑八哥退了出来。他退出去的时候，还一步步地慢走，意思以为大叔总得起身送他。岂知黑大叔坐在那里动也不动。贾大少爷报着自己的名字，告别了一声，只见大叔把头点了一点，一面低了下去，连屁股并没有抬起，在他已经算是送过客的了。

贾大少爷出来，也不知黑大叔待他是好是歹，心上不得主意，兀自小鹿儿心头乱撞。仍旧无心观看里头的景致，跟着黑八哥一路出来，曲曲弯弯，又走了好半天，方到停车的所在，仍旧坐了车，电掣风驰的一直出城，到得黄胖姑钱庄门口，下车进去。此时黑八哥因有他事，并未同来。黄胖姑接着，忙问："今天去见着没有？"贾大少爷回称："见着的。"黄胖姑立刻深深作了一个揖，说道："恭喜恭喜！"贾大少爷一面还礼，一面问道："见他一面有什么喜在里头？"黄胖姑道："你引见见皇上倒有限，你能够见得他老人家一面，谈何容易，谈何容易！见皇上未必就有好处。他老人家肯见你，你试试看，等到召见下来，你才服我姓黄的不是说的假话！"贾大少爷依旧将信将疑地辞别回去。

这时候离着引见的日期很近了，一天到晚，除掉坐车拜客，朋友请吃饭，此外并无别事。

一天正从拜客回来，顺便拢到黄胖姑店里。黄胖姑劈面说道："我正想来找你，你来的很好，省得我多走一趟。"贾大少爷忙问："何事？"黄胖姑道："有个机会在这里，不知道你肯不肯……"贾大少爷又问："是什么机会？"黄胖姑伸手把他一把拖到账房里面，低低地同他讲道："不是别的，为的是上头现在有一个园子已经修得有一半工程了，但是款项还缺不少。这个原是八哥他叔叔关照：说有什么外省引见人员，以及巨富豪商，只要报效，他都可以奏明上头，给他好处。朝廷还怕少了钱盖不起个园子？不过上头的意思，为的是游玩所在，不肯开支正帑；这也是黑大叔上的条陈,开这一条路,准人家报效。我想你老弟不是想放实缺吗?趁这机会报效上去,黑大叔那里,我们是熟门熟路,他自然格外替我们说好话。你自己盘算盘算。依我看起来,这个机会是万万不好错过!"

贾大少爷听了,心上喜得发痒痒。又问道:"你包得住一定放缺吗?"黄胖姑道:"这个自然!拿不稳,也不来关照你了。你引见之后,第二天召见下来,头一条上谕,军机处存记,那是坐稳的。只要第三天有什么缺出,军机把单子开上去,单子上有你的名字,里头有了这个底子,黑大叔再在旁边一帮衬,这个缺还会给别人吗。"贾大少爷道:"设或是个苦缺,怎么样呢?"黄胖姑道:"一分行钱一分货。你拼得出大价钱,他肯拿行货①给你吗?这个买卖我们经手也不止一次了,如果是骗人,以后还望别人来上钩吗?"一席话更把个贾大少爷说的快活起来,赛如已经得了实缺似的。便问:"大约要报效多少银子?这银子几时要缴?"黄胖姑道:"银子缴得越快越好,早缴早放缺。至于数目,看你要得个什么缺,自然好缺多些,坏缺少些。"

贾大少爷道:"像上海道这么一个缺,要报效多少银子呢?"黄胖姑把头摇了两摇道:"怎么你想到这个缺?这是海关道,要有人保过记名以海关道简放才轮得着。然而有了钱呢,亦办得到,随便弄个什么人保上一保;好在里头明白,没有不准的。今天记名,明天就放缺,谁能说我们不是。至于报效的钱,面子上倒也有限。不过这个缺,里头一向当他一块肥肉,从前定的价钱,多则十几万,少则十万也来了。现在这两年,听说出息比前头好,所以价钱也就放大了。新近有个什么人要谋这个缺,里头一定要他五十万;他出到三十五万里头还不答应。"贾大少爷听说,把舌头一伸道:"要报效这许多么?"黄胖姑道:"你怎么越说越糊涂!我不是同你说过面子上有限吗?报效的钱是面子上的钱,就是盖造园子用的;你多报效也好,少报效也好,不过借此为名,总管好替你说话。至于所说的五十万,那是里头大众分的。你倘若不要上海道,再次一肩的缺,价钱自然也会便宜些。"贾大少爷愣了半天,说道:"钱来不及,亦是没有法想。但是使了这许多钱,总得弄个好点的缺,可以捞回两个。"黄胖姑道:"五十万呢,本来太多;而且人家一个上海道做得好好的,你会化钱,难道人家就不

① 行货——普通货、劣货。这里指坏缺。

会化钱。你就是要,人家也未必肯让。现在我替你想,随便花上十几万,弄他一个别的实缺。只要有钱,倒也并不在乎关道。你道如何?”

贾大少爷道:“你是知道的,我一共汇来十万银子,已经用去一大半了。现在再要打电报给老人家。你晓得我们老人家的脾气,我的事他是不管的。现在至少再凑个十万才够使,而且还要报效。”黄胖姑道:“报效有了一万尽够的了。光安置里头,再有十万也好了。现在只要你再凑十万,我替你想法子,包你实缺到手。”贾大少爷道:“这个我知道。但是十万银子从哪里去筹呢?”意思想要黄胖姑担保替他去借。同黄胖姑商量,黄胖姑道:“借是有处借,但是利钱大些。我们自己人,不好叫你吃这个亏。”贾大少爷道:“横竖几天就有实缺的,等到有了缺,还怕出不起利钱吗?只求早点放缺,就有在里头了。”黄胖姑听罢,便不慌不忙,说出一个人来。

你道这人是谁?且听下回分解。

第二十六回

模棱人惯说模棱话　势利鬼偏逢势利交

却说贾大少爷因为要报效园子的工程，又想走门子放实缺，两路夹攻，尚短少十万银子之谱，托黄胖姑替他担保，暂时挪借。黄胖姑忽有所触，想着了一个人。你道是谁？就是上回书所说黑八哥请吃饭，在座的那个时筱仁时太守。

这位时太守本来广有家财，此番进京引见，也汇来十几万银子，预备过班上兑之后，带着谋干。只因他这个知府是在广西边防案内保举来的。虽然他自己并没有到过广西，然而仗着钱多，上代又有些交情，因此就把他的名字保举在内。其实这种事情各省皆有，并不稀奇。至于他那位原保大臣是一位提督军门，一直在边界上带兵防堵。近来为着克扣军饷，保举不实，被都老爷一连参了几本，奉旨革职，押解来京治罪。这道圣旨一下，早把时筱仁吓毛了。这时筱仁初进京的时候，拉拢黑八哥，拜把子，送东西，意思想拼命地干一干。等到得着这个风声，吓得他把头一缩，非但不敢引见，并且不敢拜客，终日躲在店里，唯恐怕都老爷出他的花样。等到夜里人静的时候，一个人溜到黑八哥宅里同八哥商量，托八哥替他想法子。八哥道："现在是你原保大臣出了这个岔子，连你都带累的不好，我看你还是避避风头，过一阵再出来的为是。就是我们家叔虽然不怕什么都老爷，然而你是一个知府，还够不上他老人家替你到上头去说话。"时筱仁听了这话觉着没趣，因此便同黑八哥生疏了许多。

黄胖姑的消息是顶灵不过的，晓得他有银子存在京里，一时不便拿出来使用，便想把他拉来，叫他借钱与贾大少爷，自己于中取利。主意打定，便说道："人是有一个，不过人家晓得你办这种事情，利钱是大的。"贾大少爷问："要多少利钱？"黄胖姑道："总得三分起码。"贾大少爷嫌多。黄胖姑道："你别嫌多，且等我找到那个人来，问他愿意不愿意再讲。"贾大少爷道："如此，拜托费心了。"当时别去，说明明日一早来听回音。

等他去后，黄胖姑果然去把时筱仁找了来，先宽慰他几句，又替他出主意，劝他忍耐几时，所说的话无非同黑八哥一样。慢慢地才说到他的钱："放在京里钱庄上，以前为着就要提用，谅来是没有利钱的。现在一时既然用不着，何如提了出来，到底可以寻两个利钱，总比干放着好。不比钱少，十几万银子果然放起来，就以五六厘钱一月而论，却也不在少处，大约你一个月在京里的浇裹连着挥霍也尽够了。"一句话提醒了时筱仁，心中甚以为是，不过五六厘钱一个月还嫌少，一定要七厘。黄胖姑暂时不答应他。等到第二天贾大少爷来讨回信，便同他说："银子人家肯借。利钱好容易讲到二分半，一丝一毫不能少，订期三个月。人家不相信你，要我出立凭据，必须由我手里借给你，将来你不还钱，人家只问我要。老弟，这事情是我劝你办的，好处你得，这副十万银子的重担却在愚兄身上。但是小号里股东并不是愚兄一个，如今要小号出这张票子，你得找个保人。不是做愚兄的不相信你，为的是几个股东跟前有个交代。"贾大少爷一听利钱只要他二分半，已比昨天宽了半条心。幸亏他会拉拢，亲戚世谊当中很有几个有名望的在京，出钱买缺又是当今通行之事，因此大家不以为奇，倒反极力怂恿。当时就有几位出来做保。黄胖姑又把时筱仁找了来，由本店出立存折给他，时筱仁更觉放心。但是黄胖姑一口咬定，利钱只有五厘半。时筱仁只好由他。闲话休题。且说贾大少爷钱已借到，又会过八哥几面。八哥满口答应说："一切事情都在兄弟身上。"

看看已到了引见之期，头天赴部演礼，一切照例仪注，不容细述。这天贾大少爷起了一个半夜，坐车进城。同班引见的会着了好几位。在外头等了三四个钟头，一直等到八点钟，才由带领引见的司官老爷把他们带了进去。不知道走到一个什么殿上，司官把袖子一摔，他们一班几个人在台阶上一溜跪下。离着上头约摸有二丈远，晓得坐在上头的就是当今了。当下逐一背过履历，交代过排场，司官又带他们从西首走了下来。他是道班，又是明保的人员，当天就有旨叫他第二天预备召见，又要谢恩，又要到各位军机大人前禀安，真是忙个不了。

贾大少爷虽是世家子弟，然而今番乃是第一遭见皇上，虽然请教过多人，究竟放心不下。当时引见了下来，先见着华中堂。华中堂是收过他一万银子古董的，见了面问长问短，甚是关切。后来贾大少爷请教他道："明日召见，门生的父亲是现任臬司，门生见了上头要碰头不要碰头？"华中堂没有听见上文，只听得"碰头"二字，连连回答道："多碰头，少说话，是做官的秘诀。……"贾大少爷忙分辩道:"门生说的是,上头问着门生的父亲,自然要碰头;倘若问不着,也要碰头不要碰头?"华中堂道:"上头不问你,你千万不要多说话。应该碰头的地方又万万不要忘记不碰;就是不该碰,你多磕头总没有处分的。"一席话说的贾大少爷格外糊涂,意思还要问,中堂已起身送客了。

贾大少爷只好出来。心想:"华中堂事情忙,不便烦他,不如去找黄大军机。黄大人是才进军机的,你去请教他,或者肯赐教一二。"谁知见了面,贾大少爷把话才说完,黄大人先问:"你见过华中堂没有?他怎么说的?"贾大少爷照述一遍。黄大人道:"华中堂阅历深,他叫你多碰头,少说话,老成人之见,这是一点儿不错的。"两句话亦没有说出个道理。

贾大少爷无法,只得又去找徐大军机。这位徐大人上了年纪,两耳重听;就是有时候听得两句也装作不知。他生平最讲究养心之学,有两个诀窍:一个是不动心;一个是不操心。哪上头见他不动心?无论朝廷有什么急难的事请教到他,他丝毫不乱,跟着众人随随便便把事情敷衍过去,回他家里依旧吃他的酒,抱他的孩子。哪上头见他不操心?无论朝廷有什么难办的事,他到此时只有退后,并不向前,口口声声反说:"年纪大了,不如你们年轻人办的细到,让我老头子休息休息罢!"他当军机,上头是天天召见的。他见了上头,上头说东,他也东;上头说西,他也西。每逢见面,无非"是是是","者者者"。倘若碰着上头要他出主意,他怕用心,便推头听不见,只在地下乱碰头。上头见他年纪果然大了,胡须也白了,也不来苛求他,往往把事情交给别人去办。后来他这个诀窍被同寅中都看穿了,大家就送他一个外号,叫他做"琉璃蛋"。他到此更乐得不管闲事。大众也正喜欢他不管闲事,好让别人专权,因此反没有人挤他。表过不题。

这日贾大少爷因为明天召见不懂规矩,虽然请教过华中堂、黄大军机,都说不出一个实在,只得又去求教他。见面之后,寒暄了两句,便提到此事。徐大人道:"本来多碰头是顶好的事;就是不碰头也使得。你还是应得碰头的时候你碰头;不应得碰头的时候,还是不必碰的为妙。"贾大少爷又把华、黄二位的话述了一遍。徐大人道:"他两位说的话都不错,你便照他二位的话看事行事最妥。"说了半天,仍旧说不出一毫道理。又只得退了下来。

后来一直找到一位小军机，也是他老人家的好友，才把仪注说清。第二天召见上去，居然没有出岔子。等到下来，当天奉旨是发往直隶补用，并交军机处存记。

这几天黑八哥一天好几趟来找他。黄胖姑也劝他："上紧把银子——该报效的，该孝敬的，——早些送进去。倘或出了缺，黑大叔在里头就好替你招呼。"贾大少爷亦以他二人之言为然。当时算了算，连前头用剩的以及新借的，总共有十三万五千银子。当下黄胖姑替他分派：报效二万两；孝敬黑大叔七万两；再孝敬四位军机二万两。余下二万五千两，以二万作为一切门包使费，经手谢仪；以五千作为在京用度。贾大少爷听了甚为入耳，满心满意以为这十几万银子用了进去，不到三个月，一定可以得缺的了。

且说此时周中堂虽然告退出了军机，接连请假在家，不问外边之事，然而京报是天天看的。一日看见奉旨叫贾某人预备召见，召见之后，又奉旨发往直隶补用，又交军机处存记。忽然想着了他，说道："贾筱芝的儿子乃是我的小门生。他自从到京之后，我这里只来过一趟，以后没有见他再来。明天要请几个门生吃饭，顺便请请他。他这趟进京总算得意，同他联络联络，临走的时候还好问他借两百银子。"主意打定，就顺便多发了一副帖子，约他到宅中吃饭。贾大少爷于这位太老师跟前久已绝迹的了。齐头帖子来的时候，正因为得了军机处存记，晓得是黑大叔同几位军机大人的栽培，意思正想要请请八哥，托他约个日子带领进宫谢大叔恩典。忽然见管家拿了周中堂的帖子进来，贾大少爷看过，是约明午吃饭。心上一个不高兴，随嘴说了一句道："明午我自己要请客，我哪里有工夫去扰他！"管家问："怎么回复来人？"贾大少爷道："帖子留下，明天推头有病不去就是了。"管家自去回复来人不题。

这里贾大少爷忙写信约黑八哥明午馆子里一叙，叫管家即刻送去。管家到黑宅的时候，刚刚黄胖姑拿了七万银子的银票，又二万银子的报效连费用交代八哥，托八哥替他去求大叔。八哥一算，银子一共只有九万，忙问道："不是他专为此事问时某人借过十万，怎么你只拿九万来呢？家叔跟前为得要个整数，少了拿不出手。咱们自己人，我不瞒你，有了他，还有咱呢！"黄胖姑一听口音不对，连忙替贾大少爷分辨，说道："实在没有钱，好容易借了十万，拿一万替他老太爷还了八千银子的账，余下二千做京里的浇裹。好在他多孝敬,少孝敬,大叔肚子里总有分寸就是了。”黑八哥听了甚为失望,面子上顿时露出悻悻之色。

正说话间,门上人传进贾大少爷约明午吃饭的信。黑八哥正是满肚皮不愿意,看了信,随手把信一摔,道:“我哪里有工夫去扰他!”黄胖姑见黑八哥动了真气,于是左一个揖,右一个揖,连连说道:“这一遭是兄弟效力不周,总求你担代一二,以后补你的情就是了。……”黑八哥一时虽不愿意,究竟因为他经手的买卖多,少他不得,一时也不便过于回绝他。歇了半天才说道:“胖姑,这遭事亏得是你经手,叫咱也不好意思的同你翻脸。若是换了别人,我早把这九万银子摔在大门外头去了,看你还有脸再到我的门上来!”黄胖姑听说,连忙又作一个揖,道:“多谢八哥栽培！你老人家同我闹着玩,我是禁不起吓的,早已吓了一身大汗,连小褂都汗透了。倒是贾润孙他请你吃饭,也是他一番盛意,总还求你赏他一个脸,去扰他一顿,等他也好放心。”黑八哥至此方叫把信留下,叫手下人回复来人:“同他说,我明天一准到就是了。”

黄胖姑从黑宅出来,先去拜贾大少爷。见面之后,不好说黑八哥同他起初翻脸,怕的是贾大少爷笑他,只好说:“现在里头开销很大,黑大叔拿了你这个钱统通要开销给别人。如今七万银子不够,黑八哥一定不肯收。后来亏了我好说歹说,又私下许了他些好处,他才答应替我们竭力去干。你道办事烦难不烦难？老弟,你幸亏这事是托愚兄经手,倘若是别人,还不晓得如何烦难呢!”贾大少爷自然连称“费心感激”不题。

一宵易过,便是天明。贾大少爷清晨起来,先写一封信给周中堂,推头感冒不能趋陪,等到病好即来请安。把信写好叫人送去。周中堂本来很有心于他,见他不来,不免失望。然又想拉拢他,随手交来人带回一信,说:“世兄既然欠安,不好屈驾。等到清恙痊愈,就请便衣过来谈谈。”贾大少爷拆开看过,鼻子里嗤的一笑,道:“我自己事情还忙不了,哪里有工夫去会他!”说完,把信丢在一旁,自己却到馆子里去请黑八哥吃饭。等到黑八哥来到,贾大少爷先提起:“这番记名全是大叔栽培,心上感激得很！意思想求老哥带领进去当面叩谢。”黑八哥道:“家叔事情忙,等我进去说明白了,约好日子再来关照。”贾大少爷不免又是连连称谢。

八哥这天吃饭下来,因事进宫,顺便把贾大少爷要进来叩谢的意思说了。黑大叔道:“贾筱芝的儿子也过于啰嗦了。有了机会咱自然照应他。

咱一天到晚事情忙不了，哪里有工夫去会他！”黑八哥见他叔叔推头没有工夫见贾大少爷，生怕出来被贾大少爷瞧他不起，说他连这点手面都没有，面子上落不下去。但是他叔子的脾气一向是知道的，既然说过没有工夫，也不便一定逼着他见。只好一声不响，垂手侍立，一站站了约摸有半点多钟。他叔子见他不走，又不言语，便说道：“你得了姓贾的多少钱，这样的替他帮忙？”八哥走上两步，朝他叔叔打了一个千，说道：“侄儿替人家经手事情，一向不敢问人家多要一个钱。大叔只管查问，倘然侄儿多拿了一个钱，听凭大叔要拿侄儿怎么办就怎么办，侄儿是死而无怨。现在贾筱芝的儿子，他这银子是的的确确的借来的。如今侄儿把他带进来，叫他见过大叔一面，非但他自己放心，就是那借银子给他的那个人听见了也放心，晓得他这银子已经交了进来，不久总要得好处的。”黑大叔道：“难道银子放在我这里，他们还不放心吗？”八哥道：“放心还有什么不放心。就是侄儿替人家经手，至今也不止一次了，何曾误过人家的事。但是咱们的买卖是一年到头做的，来京引见的人，有几个腰里常常带着几十万银子？不过也是东挪西借，得了缺再去还人家。如今并不是要大叔马上给他好处，只求大叔赏他个脸，再见他一面，人家出了银子，心上也就安稳了。”

黑大叔一听这话不错，但是一时自己又掉不过脸来，只好说道：“你们这些孩子真正没有经过事！七八万银子算得什么，只顾来同我缠！我若是不答应你，怕的你今天没有脸出去，就是出去了，也见不得姓贾的。现在你去同他说罢，叫他后天来见我。”说完，黑大叔踱了进去。八哥到此正如奉了圣旨一般，出来之后，立刻叫人去通知黄胖姑，叫黄胖姑转谕贾某人，叫他后天一早前来伺候，一同进去，不得有误。黄胖姑也不敢怠慢，自己不得空，又怕传话的人说不清楚，特地叫人把个贾大少爷找了来，郑重其事地把黑八哥的话传给了他。贾大少爷自然感激不尽。

等到回家，刚跨进门，只见管家拿了一张大名片进来，上面写着“候选知县包信”六个小字。贾大少爷看过，连说：“我并不认得此人，……他为什么要来找我？”管家道：“家人也问过他。他说他的胞兄是华中堂那里的西席。他晓得老爷不久就有喜信，本已求过中堂，要荐到老爷这里来，是中堂叫他今儿先来的。”贾大少爷道：“有信没有？”管家道：“家人亦问过他：‘既然是中堂荐来的，应得有中堂的荐信。’他说：‘没有。’又说：

'等你们大人见了面，他自然晓得的。'"贾大少爷道："不要是撞木钟[①]罢！既然是华中堂荐来的，多少一个条子总有，为什么空着手来见我呢？"既而一想："他说我不久就有什么喜信，或者果是他们老夫子的兄弟，打着中堂的旗号前来找我，也未可定。我不如请他进来，见机行事。"主意打定，就吩咐得一声"请"。

一霎管家引了那人进来，却是靴帽袍套。贾大少爷先想穿了便衣出去相会，唯恐他果是华中堂荐来的，或者中堂真有什么吩咐，生怕简慢了他便是简慢中堂。又想："倘然穿了官服去会他，设或他并不是中堂什么世交故谊，岂不是我自己亵渎自己。而且他是知县，我是观察，毕竟体制所关。"想了一会，于是仍旧穿着便衣，叫家人取过一顶大帽子戴上，然后出来相见。那姓包的见面之后，立刻爬下行礼。贾大少爷虽然一旁还礼，却先爬起来。等到坐定，动问"台甫、履历"。姓包的自称："贱号松明。敝省山东，济宁州人。卑职的胞兄号叫松忠，是前科的举人，上年就在老中堂家坐馆。卑职原先也在京城坐馆，去年由五城获盗案内保举了候选知县。往常听见家兄说起，大人不日就要高升，马上得实缺的，所以卑职就托了卑职的胞兄求了中堂，想来伺候大人，求大人的栽培。"

贾大少爷道："你见过中堂没有？"包松明道："见是见过几面。"贾大少爷道："中堂有信没有？"包松明道："卑职原想求中堂赏封信。昨天见着中堂，中堂说：'你先去见他，我随后写信送来。'所以卑职今天来的。后来卑职出来的时候，中堂叫带个信给大人。"贾大少爷一听中堂托他带信，不禁又惊又喜，忙问："中堂有什么见谕？"包松明道："中堂说大人上回送的那对烟壶，中堂很喜欢，把自己所有的拿出来比了一比，竟没有比过这一对的。但是中堂的意思，很想照样再弄这么一对才好。该多少钱他老人家都不可惜。"贾大少爷一听中堂赏识他的烟壶，立刻眉花眼笑，晓得包松明与中堂交非泛泛，所以才把这话交代于他。于是同包松明言长言短，又要留他在寓里吃饭。又说："本来兄弟久慕得很，极想常常请教一切。"又说："现在兄弟还未得缺，一切简慢，将来外放之后，另外尽情。"又问："贵寓在哪里？宝眷在京不在京？可以搬在兄弟这儿一块住。"包松明巴不得如此，一一答应，连说："家眷不在这里。……"

---

① 撞木钟——这里指骗人。

贾大少爷便吩咐管家："立刻把西厢房王师爷的床移在下首你们门房里，王师爷住的地方另外摆张床，去把包大老爷的行李搬了来。即刻就去，不准躲懒。要是误了包大老爷的差事，你们这些王八蛋一齐替我滚出去！"张罗了半天。包松明起身告别，说："要先到中堂跟前去复过命，回来就搬过来。"贾大少爷又再三叮咛了几句，方才进来。

他一心只想着包松明说中堂赏识他的烟壶，晓得银子没有白化，不久必有好处；却忘记把"中堂还要照样再弄一对"的话味一味。一团高兴，便想去告诉黄胖姑。忙唤套车。到了前门大栅栏黄胖姑开的钱庄上，会着了胖姑，按照包松明的话述了一遍。黄胖姑听了，只是拿手摸着下巴颏，一言不发。贾大少爷莫明其妙，忙又问道："包松明说的话很有道理，的确是中堂荐来的，但是怎么连个荐条都没有呢？"黄胖姑微微笑道："大人先生这些事情岂肯轻容易落笔。你送他烟壶，他都肯同姓包的说，这姓包的来历就不小。你如何发付那姓包的呢？"贾大少爷便把留他住的话说了。黄胖姑道："很好。倒是姓包的后头那句话，你懂不懂？"贾大少爷茫然。黄胖姑道："中堂的意思，还要你报效他一对呢！"贾大少爷道："我报效过了。"黄胖姑道："我也晓得你报效过了。他说中堂心上还想照样再弄这么一对，他不是点着了你仍旧要你孝敬他？倘若不想到了你，他为什么要把这话叫姓包的来传给你呢？"贾大少爷听了这话，手摸着脖子一想，不错。踌躇了半天，说道："银子多也花了，就是再报效一对也有限。但是到哪里照样再找这么一对呢？"黄胖姑沉思了一会，道："你姑且再到刘厚守铺子里瞧瞧看。"

贾大少爷一听他话不错，好在相去路不多远，立刻坐了车去找刘厚守。见面寒暄之后，提起要照前样再买一对烟壶。刘厚守故作踌躇道："我的大爷，前一对还是彼此交情让给你的，叫我哪里去照样替你去找呢？现在的几个阔人，除掉这位老中堂，你又要去送谁？"贾大少爷正想告诉他原是华中堂所要，既而一想，怕他借此敲竹杠，话在口头仍旧缩住，慢慢地道："是我自己见了心爱，所以要照样买这么一对。"刘厚守是何等样人，而且他这店就是华中堂的本钱，他们里头息息相通，岂有不晓得之理。他既不谈，也不追问。歇了一会，说道："有是还有一对，是兄弟留心了二十几年才弄得这么一对，原想留着自己玩，不卖给人的，如今彼此相好，也说不得了。"贾大少爷一听他还有，不禁高兴之极，连说："如蒙厚翁割爱,要多少价钱,兄弟送过来就是了。……”刘厚守只要他一句话,立刻走到自己常坐的一间屋里,开开抽屉,取了出来,交给贾大少爷。

贾大少爷托在手中一看,谁知竟与前头的一对丝毫无二。看了半天,连说:“奇怪!……怎么与前头买的一对一式一样,竟其丝毫没有两样呢?”刘厚守立刻分辨道:“这一对比那对好,怎么是一样?前头一对你是二千两买的,这一对你就是再加两倍我亦不卖给你。”贾大少爷道:“依你要多少?”刘厚守道:“一个不问你多要,一文也不能少我的,你拿八千银子来,我卖给你。”贾大少爷道:“倘然是另外一对,果然比前头的一对好,不要说是八千,连一万我都肯出。现在仍旧是前头的一对,怎么要我八千呢?”刘厚守道:“你一定说它是前头的一对,我也不来同你分辨。你相信就买,不相信,我留着自己玩。”说着,把对烟壶收了进去。

贾大少爷坐着无趣,遂亦辞了出来,仍旧赶到黄胖姑店里。黄胖姑见面就问:“烟壶可有?”贾大少爷道:“有是有一对,同前头的丝毫无二。据我看起来,很疑心就是前头的一对。”黄胖姑不等他说完,忙插嘴道:“既然有此一对,就该买了下来。”贾大少爷道:“价钱不对。”黄胖姑问:“多少价钱?”贾大少爷道:“他问我要八千。”黄胖姑便道:“八千不算多,就是八万你亦要买的。”贾大少爷忙问其故。黄胖姑叹一口气道:“咳!你们只晓得走门子送钱给人家用,连这一点点精微奥妙还不懂得!”贾大少爷听了诧异,一定要请教。黄胖姑便告诉他道:“你既然认得就是前头的一对,人家拿你当傻子,重新拿来卖给与你,你就以傻子自居,买了下来再去孝敬,包你一定得法就是了。”

说到这里,贾大少爷也就恍然大悟。想了一想,说道:“仍旧要我二千也够了,一定要我八千,未免太贵了些。”黄胖姑把头一摇,道:“不算多。他肯说价钱,这事情总好商量。”贾大少爷还要再问。黄胖姑道:“你也不必多问。我们快去买了下来,再配上几样别的古董,仍旧托刘厚守替我们送了进去。老弟,不是愚兄夸口,若非愚兄替你开这一条路,你这路哪里去找呢?”说着,两人一块儿坐车,又去找到刘厚守,把来意言明。刘厚守嘻开嘴笑道:“我早晓得润翁去了一定要回来的,如今连别的东西我都替你配好了。”取出看时,乃是一个扳指、一个翎管、一串汉玉件头,总共二千银子,连着烟壶,一共一万。贾大少爷连称“费心。”黄胖姑便说:“银子由我那里划过来。”当下又议定三千两银子的门包,仍托刘厚守一人经手。

诸事就绪,贾大少爷方才回寓。下车进门便问:“包大老爷的行李搬了来没有?”管家回道:“搬了来了。”又问:“床铺好了没有?”管家回道:“王师爷出去了,家人们不好拆他的床,等他回来才好动他的。”贾大少爷便骂:“混账王八蛋!你们吃我的饭,还是吃姓王的饭!”管家们不敢做声。贾大少爷又问:“包大老爷来过没有?”管家们回:“来过一次,又去了。”贾大少爷又骂管家:“不会办事!替我得罪人!姓王的是你们哪一门的祖宗,不敢得罪他!”一头说,一头走到师爷住的屋里,亲自动手去掀王师爷的铺盖。管家们也只好帮着下帐子,卷铺盖。贾大少爷直等看着把包老爷的帐子挂好,被褥铺好,方才走去。

列位晓得这位王师爷是个什么人?他原是浙江杭州秀才,乃是贾臬台做浙江粮道时,书院取过高等的,因此就拜了门,也无非竭力仰攀,以图后来提拔的意思。贾臬台倒也很赏识他,就把他带到河南,一直留住在衙门里。齐巧儿子得了保举进京,贾臬台就把这人交代儿子道:“你把他带了去,有什么往来信札,请客帖子,可以叫他写写。”因此,他所以才跟了贾大少爷进京。上文说的一位代笔师爷就是他了。只因他的为人过于拘执了些,所以东家不大喜欢。他是杭州人,说起话来,“姐的姐的”全是土音,有点上不得台盘,所以东家更觉犯他的恶,意思想辞他馆,打发他回去,已非止一日了。

这天贾大少爷因他不在家,又急于要巴结包老爷,所以趁空自己动手掀他的铺盖。谁知掀到一半,他刚刚从外头回来,在门帘缝里张了一张,见是如此,这一气非同小可!

要知后事如何,且听下回分解。

第二十七回

假公济私司员设计　因祸得福寒士捐官

却说贾大少爷正在自己动手掀王师爷的铺盖，被王师爷回来从门缝里瞧见了，顿时气愤填膺，怒不可遏。但是他的为人一向是忠信惯的，要发作一时又发作不出。他是杭州人，别处朋友又说不来，每日没有事的时候，一定要到仁钱会馆里走走，同两个同乡亲戚谈谈讲讲，吃两顿饭，借此消闷。这天也正从会馆回寓，一见东家如此待他，晓得此处不能存身，便独自一人踱出了门，在街上转了几个圈子。意思想把行李搬到会馆里住，一来怕失脱馆地，二来又怕同乡耻笑。倘若仍旧缩转来，想起东家的气焰，实在令人难堪。而且叫他与管家同房，尤其逼人太甚。想来想去，一筹莫展。

正在为难的时候，不提防背后有人拿手轻轻地在他肩膀上拍了一下。王师爷陡吃一惊，回头一看，不是别人，正是他同乡同宗王博高。这王博高乃是户部额外主事，没有家眷在京，因此住在会馆之中，王师爷是天天同他见面的。王博高这天傍晚无事，偶到骡马市大街一条胡同里看朋友，不提防遇着王师爷，低着头，一个人在街上乱碰，等到拍了他一下，又见他这般吃惊的样子，便也疑心起来。

王博高是个心直口快的，劈口便问："你有什么心事，一个人在街上乱碰?"王师爷见他问到这句，不禁两只眼直勾勾地朝他望了半天，一句话也说不出。王博高性子素来躁急，见了这样心上更为诧异；便道："你这样子不要是中了邪罢？快跟我到会馆里去，请个医生替你看看。"王师爷也一声不响。于是王博高雇了一辆站街口的轿车，扶他上车，自己跨沿，一拉拉到仁钱会馆，扶他下车，走到自己房间，开门进去。王师爷一见了床，倒头便睡。王博高去问他，只见他呼哧呼哧地哭个不了。王博高顶住问为什么哭，死也不肯说。再问问，他只怪自己的命运不好。王博高道："你再不说，你快请罢，我这床上不准你困了!"如此一逼，王师爷才一五一十地说了出来；还再三叮嘱王博高，叫他不要做声，怕同乡听见笑话。

王博高不等他说完,早已气得三尸神暴躁,七窍内生烟,连说:"这还了得！他有多大的一个官,竟其拿朋友不当朋友,与奴才一样看待！这还了得！眼睛里也太没有人了！我头一个不答应！明天倒要约齐了同乡,叫了他来,同他评评理！"王师爷一见王博高动气,马上伏在床上哀求道:"你快别嚷了！总是我嘴快的不好。我告诉了你,你就嚷了出来,无非我的馆地更辞的快些,眼望着要流落在京里。你又不是宽裕的,谁借盘川给我回杭州呢?"王博高道:"这种馆地你还要恋着,怕得罪东家,无怪乎被东家看不起！如今这事情既然被我们晓得了,我一定要打一个抱不平。你怕失馆,我们大家凑出钱来送你回杭州。"

王博高一面说,一面叫自己的管家去到贾大人寓处替王老爷把铺盖行李搬了出来,一面又把这话统通告诉了在会馆住的几个同乡。大家都抱不平。一霎时王博高的管家取了行李铺盖回来。王博高问管家:"瞧见贾大人没有?"管家回道:"小的走到贾大人门上,把话告诉了他门口。他的门口上去回了。贾大人把小的叫了上去,朝着小的说:'这是姓王的自己辞我的,并不是我辞他的。我辞他,我得送他盘川,打发他回去,他辞我,一定另有高就,我也不同他客气了。'"王博高道:"你说什么呢?"管家道:"小的同他辨什么,拿着铺盖行李回来就是了。"王博高听了愈加生气,说:"他太瞧不起我们杭州人了！明天上衙门,倒要把这话告诉告诉徐老夫子,叫个人去问问他,看他在京里还站得住站不住！"

列位看官:你道王博高说的徐老夫子是谁?就是上文所说绰号琉璃蛋那位徐大军机。他正是杭州人,现为户部尚书。王博高齐巧是他部里的司官。王博高中进士时,却又是他的副总裁,所以称他为徐老夫子。但是这位徐大人胆子最小,从不肯多管闲事,连着他老太爷的事情他还要推三阻四,不要说是同乡了。然而杭州人总靠他为泰山北斗,有了事不能不告诉他,其实他除掉要钱之外,其余之事是一概不肯管的。

这一夜把王博高气得直截未曾合眼,问了王师爷一夜的话,打了几条主意。到了次日,照例上衙门。齐巧这日尚书徐大人没有到部。王博高从衙门里下来,便一直坐车到徐大军机宅内,告诉门上人说:"有要紧事情面回大人。"徐大军机无奈,只得把他请了进去。问及所以,王博高便把同乡王某人受他东家贾润孙糟蹋的话说了一遍;又道:"贾润孙把王某人铺盖掀到门房里去,明明拿他当奴才看待,直截拿我们杭州人不当人,瞧我们杭州人不起,所以门生气他不过,昨天就叫王某人搬到会馆里住。今儿特地来请老师的示,总得想个法儿惩治惩治姓贾的才好。”

徐大军机听了,半天不言语,拿手拈着胡子。又歇了半天才说道:“说起来呢,同乡的人也多得很,一个个都要我照应,我也照应不来。大凡一个人出来处馆,凡百事情总得忍耐些,做东家的也有做东家的难处。为着一点点事情就闹脾气辞馆不干,等到歇了下来,只怕再要找这么一个馆地亦很不容易呢。”王博高道:“这回倒不是他自己辞的馆,是门生气不过,叫他搬出来住的。”徐大军机道:“老弟,这就是你的不是了。‘是非只为多开口,祸乱都因硬出头。’你难道连这两句俗话还不晓得吗?现在世界最忌的是硬出头。不要说是你,就像愚兄如今当了军机大臣,什么事情能够逃得过我的手?然而我但凡可以不必问信的事,生来决不操心。如今为了王某人的事情,你要硬出头替他管这个闲账,现在王某人的馆地已经不成功了。京城地面,没有事情的人岂可以长住的吗?倘或王某人因此流落下来,我们何苦丧这阴骘①呢。”王博高道:“姓王的一面,门生早已同他说过,由同乡凑几文送他回杭州去。”徐大军机不等说完,连连摇头道:“同乡人在京城的很多,倘若要帮忙,我这几两俸银不够帮同乡忙的。我头一个不来管这闲账。就是你老弟,每月印结分的好,也不过几十两银子,还没有到那‘博施济众’的时候,我也劝你不必出这种冤钱。至于姓贾的虽然也不是什么有道理的人,但是我们犯不着为了别人的事同他过不去。老弟,你以我言为何如?”

王博高听了,又添了一肚皮的气。心里想:“他不肯出力,这事岂不弄僵?现在坍台坍在姓贾的手里,心上总不甘愿!”默默地盘算了一回。幸亏晓得徐老夫子有个脾气,除掉银钱二字,其余都不在他心上。贾润孙同华中堂如何往来,如何孝敬,都已打听明白。他所孝敬徐老夫子的数目,实实不及华中堂十分之二,至于黑大叔一面更不能比。现在除非把这事和盘托出,再添上些枝叶,或者可以激怒于他,稍助一臂之力。主意打定,便道:“不瞒老师说,姓贾的非但瞧不起杭州人,而且连老师都不在他眼里。”一句话戳醒了徐大军机,忙问:“他怎样瞧我不起?但是背后的话谁不被人家骂两句,也不能作他的准。”王博高道:“空口无凭的话,门生

---

① 阴骘(zhì)——即阴德。

也不敢朝着老师来说。但是贾润孙这个人实在可恶！他的眼睛里除掉黑总管、华中堂之外，并没有第三个人。他自以为靠着这两个人就保他马上可以放缺，再用不着别人的了。”徐大军机道：“论起来，放缺不放缺，原应得我们军机上做主。如今我们的买卖已经一大半被里头太监们抢了去。这也不必说他了，他离着上头近，说话比我们说得响，所以我们也只好让他三分。至于华中堂，他虽是中堂，但是我进军机的时候，不晓得他还在哪里做副都统。就是论起科分来，他也不能越过我去。怎么倒拿我看得不如他呢？”

王博高道：“正是为此，所以门生气不过，要来告诉老师一声。”说着，便把贾大少爷如何走刘厚守门路，一回回买古董拜在华中堂门下，所有的钱都是前门外一爿钱庄的掌柜——名字叫黄胖姑——替他过付的。贾润孙的钱不够，又托黄胖姑替他借了十来万，听说就是送黑总管、华中堂两个人的，大约一边总有好几万。徐大军机道：“你这话听谁讲的？可是真的？”王博高道：“怎么不真！门生的意思也同老师一样，黑总管那里倒也不必说他了，但是华中堂同老师两下里同是一样的军机，他偏两样看待，真正岂有此理！”

徐大军机一听此言，愣了半天不响，心上盘算了一回，越想越气，霎时间面色都发了青了。王博高见他生气，便又说道：“姓贾的劣迹听说不少，他在河工上并没有当什么差使，就得了送部引见的保举，明明是河督照应他的。而且在工上很赚了些钱，来京引见，大老婆、小老婆，带的人可不少。就是到京之后，闹相公，逛窑子，嫖师姑，还同人家吃醋，打相公堂子，实在是个不安分的人。倘若这样人得了实缺，做了监司大员，那一省的吏治真正不可问了！”徐大军机道：“别的我不管他。倒是他究竟孝敬华中堂多少钱，老弟，你务必替我打听一个实数。他送华中堂多少，能少我一个，叫他试试看！”说完送客。王博高自回会馆不题。

这里徐大军机气了一夜未曾合眼。次日一早到了军机处，会见了华中堂，气吁吁地不说别话，兜头便问道：“恭喜你收了一位财主门生了！”华中堂听了诧异，不知所对，一定要请教老前辈说的是哪个。徐大军机又微微地冷笑了一声，说道：“河南臬司贾筱芝的儿子，不是他才拜在你的门下吗？”华中堂气愤愤地道：“我们收两个门生算得什么！我说穿了，我们几个人谁不靠着门生孝敬过日子。各人有本事，谁能管得谁！”徐大军机道:“我不是禁住你不收门生,但是贾筱芝的儿子漂亮虽然漂亮,然而过于滑溜,这种人我就不取!”华中堂道:“天底下哪里有真好人!老前辈,你我也不过担待他们些就是了。”徐大军机道:“我见了不好的人,我心上就要生气。我不如你有担待。你做中堂的是‘宰相肚里好撑船’,我生来就是这个脾气不好。”华中堂道:“既然老前辈不喜他,等他来的时候关照他,以后不要叫他上徐大人的门就是了。什么财主门生不财主门生!门生不财主,岂不要老师一齐喝了‘西北风’吗?……”华中堂还要再说,别位军机大人恐怕他俩闹起来,叫上头晓得了不好看,好容易总算极力劝住。徐大军机还说:“你们传个信给姓贾的,叫他候着,再歇一个月,实缺包他到手。”华中堂听了又生气,说道:“放缺不放缺,恩出自上,谁亦作不了谁的主!”正闹着,上头传出话来召见军机,几个人一齐进去,方才把话打住。

但是王博高自己拍胸脯，在王师爷面前做了这么一回好汉，虽然把徐老夫子说恼了，已同华中堂反过脸，然而贾大少爷那里一点没有叫他觉着，心上总不满意。想来想去，总得再去撺掇徐老夫子，或者叫了姓贾的来当面坍他个台，否则亦总得叫他破费两个，大家沾光两个，这事方好过去。想了一会，主意打定。第二天又去拜见徐大军机。只见徐大军机气色还不好看，晓得是昨夜余怒未消。寒暄了两句，王博高又趁空提到贾大少爷的话。徐大军机道：“为了这个人，我昨儿几乎同华老二打起来。”王博高愕然。徐大军机道：“可恨华老二倚老卖老，不晓得果真得了姓贾的多少钱，竟其一力帮他，连个面子都不顾了!”

王博高一听,晓得有机会可乘,便趁势说道:“回老师的话,他孝敬华中堂的钱比大概的都多,所以难怪华中堂。倒是姓贾的这小子,自从走上了黑总管、华中堂两条路,竟其拿别人不放在眼里。非但不把老师放在眼里,而且背后还有糟蹋老师的话。都是他自己朋友出来说的,现有活口可以对证。”徐大军机听说贾大少爷背后有糟蹋他的话,虽然平时不动心惯了的,至此也不能不动心。便问:“他背后糟蹋我什么?”王博高道:“他虽骂得出,门生却说不出。”徐大军机道:“这小子他还骂我吗?”王博高道:“真正岂有此理!门生听着也气得一天没有吃饭!”徐大军机道:“他骂我什么?你说!”王博高又愣了半天。徐大军机又催了两遍,王博高才说道:“说说也气人！他背后说老师是个‘金漆饭桶’。”徐大军机听了不懂,便问:“什么叫‘饭桶’?”王博高道:“一个人只会吃饭,不会做别的,就叫做‘饭桶’。‘金漆饭桶’,大约说徒有其表,面子上好看,其实内骨子一无所有。”

徐大军机至此方动了真气,说道:“怎么他说我没用！我倒要做点手面给他瞧,看我到底是饭桶不是饭桶！真正岂有此理!”说着,那气色更觉不对了,两只手气得冰冷,两撇鼠须一根根都跷了起来,坐在椅子上不声不响。王博高晓得他年高的人,恐怕他气得痰涌上来,厥了过去,忙解劝道:“老师也犯不着同这小子怄气。他算得什么！老师为国柱石,气坏了倒不是玩的。将来给他个厉害,叫他服个罪就是了。”徐大军机便问:“怎么给他个厉害?说的好容易！光叫他服个罪,我这口气就平了吗!”

此时王博高已想好一条主意,走近徐大军机身前,附耳说了一遍。徐大军机平时虽然装痴做聋,此时忽然聪明了许多。王博高说一句,他应一句。等到王博高说完,他统通记得,一句没有遗漏。便笑嘻嘻地道:“准其照老弟说的话去办。折稿还是就在我这里起,还是老弟带回去起?依我的意思,会馆里人多,带回去恐怕不便,还是在我这里隐瞒些。”王博高因为要在老师跟前献殷勤,忙说:“老师吩咐的极是。门生就在老师这里把底子打好了再出去。”徐大军机忙叫人把他带到自己的一间小书房里。等他把折稿拟定,彼此又斟酌了一番,王博高方才辞别徐大军机,拢了稿底出来,也不回会馆,竟往前门大栅栏黄胖姑钱庄而来。

到门不及投帖,下了车就一直奔了进去。店里伙计见他来的奇怪,就有几个人出来招呼,问他贵姓,找哪一个。王博高说:“我姓王,找你们黄掌柜的。”伙计们便让他在客位坐了,进去告诉了黄胖姑。黄胖姑走到门帘缝里一张,是个不认得的人,便叫伙计出去探问车夫,才晓得他是户部王老爷,刚打军机徐大人那里来的。黄胖姑便知道他来历不小。肚里寻思:“或者有什么买卖上门,也未可知。”连忙亲自出来相陪。一揖之后,归座奉茶。彼此寒暄了两句,王博高先问道:“有个贾润孙贾观察,阁下可是一向同他相好的?”黄胖姑是何等样人,一听这话,便知话内有因,就不肯说真话,慢慢地回答道:“认虽认得,也是一个朋友介绍的,一向并没有什么深交,就是小号里他也不常来。”王博高道:“他可托过宝号里经手过事情没有?”黄胖姑不好说没有,只得答道:“经手的事情也有,但是不多,也是朋友转托的。”王博高道:“既然如此,就是了。”说完,便问胖姑:“有空屋子没有?我们谈句天。”胖姑道:“有有有。”便把他拉到顶后头一间屋里去坐。

这间屋本来是间密室,原预备谈秘密事的。两人坐定,王博高就从袖筒管里把折稿拿了出来,说:“有一件东西,是从敝老师徐大军机那里得来的。小弟自从到京以来,也很仰慕大名,无缘相见,所以特地从敝老师那里抽了出来,到宝号里来送个信。敝老师的为人诸公是知道的:凡事但求过得去,决计不为已甚。这折稿原是敝同门周都老爷拟好了来请教敝老师的,老兄看了自然明白。”此时黄胖姑把折稿接在手中,早已仔仔细细看了一遍。原来是位都老爷参贾润孙的,并且带着他自己。折子上先参:

“贾某总办河工,浮开报销,滥得保举。到京之后,又复花天酒地,任意招摇;并串通市侩黄某,到处钻营,卑鄙无耻。相应请旨将贾某革职,同黄某一并归案讯办,彻底根究,以儆官邪而饬吏治”

各等语。另外还粘了一张单子,是送总管太监某人若干,送某中堂若干,送某军机若干,都是黄胖姑一人经手,不过数目多少不甚相符。

黄胖姑看过之后,他是“老京城”了,这种风浪也经过非止一次,往往有些穷都借此为由,想敲竹杠,在他眼里实已见过不少。此番王博高前来,明明又是那副圈套。心上虽不介意,但念:“自己代贾润孙经手本是有的;王某人又是从徐大军机那里来的,看来事情瞒不过他。”又念:“凡事总要大化小,小化无。羊毛出在羊身上,等姓贾的再出两个,把这件事平平安安过去,不就结了吗。”想罢,便说道:“此事承博翁费心,晚生感激得很!晚生经手虽有,但是什么中堂、总管跟前,晚生也够不上同他们拉拢,折子上说的未免言过其实。不过既承博翁关照,事情料可挽回,索性就托博翁照应到底。徐大人跟前,以及博翁跟前,还有周都老爷那里,该应如何之处,晚生心上都有个数。晚生是个做买卖的人,全靠东家照应开这个店,哪里有什么钱。打破鼻子说亮话,还不是等姓贾的过来尽点心,只要晚生出把力,你们老爷还有什么不明白的。”一席话说得王博高也不觉好笑,连说:“老兄真是个爽快人,闻名不如见面。兄弟以后倒要常常过来请教。……”当时黄胖姑订明明日回音。王博高答应。黄胖姑又把折稿择要录了几句下来,就把带参自己的几句话抹去未写。等到写好,王博高带了原稿忙回去。

黄胖姑等他去后,便叫人把贾大少爷找了来。先拉他到密室里同他说知详细,又拿折略与他阅过。贾大少爷这几天正因各处安排停当,早晚就要放缺,心中无所事事,终日终夜嫖姑娘,闹相公,正在发昏的时候,不提防有此一个岔子,赛如兜头被人打了一下闷棍一般,一时头晕眼花,半句话回答不出。黄胖姑道:“老弟,这事情幸亏是愚兄禁得起风浪的,若是别人早已吓毛了。”说着,便把托王博高暂时替他按住,将来三处都得尽心,等商量定了,明天给他回去等话,一齐告诉了贾大少爷。贾大少爷道:“怎么个尽心呢?”黄胖姑道:“军机徐大人跟前你是拜过门的,我想你可再孝敬三千;博高费了一番心,至少送他一千道乏;至于周都老爷那里,不过托博高送他两百银子就结了,一共不过五千银子,大事全消。”贾大少爷看看银子存的不多,如今又要去掉五千两,不免肉痛。只因功名大事,无奈只得听从。

到了次日,王博高来讨回音,先说:“敝老师徐大军机跟前已经说明,并不计较。就是周都老爷那里,亦是多少唯命。不过现在打听出这件事是他自己朋友,杭州人姓王的起的。贾某人瞧不起朋友,所以姓王的串出都老爷来参他;倘若参不成,姓王的还要叩阍①。目下倒是安排姓王的顶要紧。姓王的空在京里没有事情做,终非了局,亦是敝老师的吩咐,劝贾某人拿出两吊银子,我们大家做中人,算他借给姓王的捐个京官,再由敝老师替他说个差使。等他有了事,便不至于同贾某人为难了。”黄胖姑只得回称:“商量起来看。”王博高随又告辞回去。黄胖姑又去找了贾大少爷来同他商议。贾大少爷一听还要叫他添银子。执定不肯。又是黄胖姑做好做歹,劝他添一千银子。仍旧孝敬徐大军机三千两,不敢少;送王博高的改为五百;送周都老爷及上下门包,一共五百;提出二千,作为帮王师爷捐官之费。一齐打了银票,等第三天王博高来,统通交代清楚。王博高带了贾大少爷又去见了徐大军机一面,另外备了一席酒,替贾大少爷及王师爷解和。

---

① 叩阍(kòu hūn)——旧称吏民向皇帝申诉冤屈为“叩阍”。叩,敲;阍,宫门。

又过了两天，徐大军机又把王博高叫了去，拿几百银子交代他替王师爷捐了一个起码的京官，又给他二百现银子，以为到衙门创衣服一切使用。下余一千多两，徐大军机便同王博高说：“老弟，你费了多少心，姓贾的又送了我三千金，我也不同他客气了。这是王某人捐官剩下来的一千多银子，你拿了去，就算替你道乏罢。”王博高偶然打了一个抱不平，居然连底连面弄到一千几百两银子，心上着实高兴，心想好人是做得过。

闲话少题。且说华中堂自与徐大军机冲突之后，彼此意见甚深，便是有心要照应贾大少爷，也不好公然照应。因此，贾大少爷倒反搁了下来。一搁搁了两个多月，连着一点放缺的消息都没有了。幸亏他这一阵子自以为门路已经走好，里头有黑总管，外头有华中堂，赛如泰山之靠，就是都老爷说他两句闲话，他也不怕。但是胆子越弄越大，闹相公，闯窑子，同了黑八哥一般人终日厮混，比前头玩得更凶。

一玩玩了两个月，看看前头存在黄胖姑那里的银子渐渐花完，只剩得千把两银子，而放缺又遥遥无期。黄胖姑又来同他说：“再歇一个月，时筱仁的十万银子就要到期，该应怎么，他好预先打算。”贾大少爷一听，心上不免着急，便同黄胖姑说起放缺一事：“如今银子都用了下去了，怎么出了这么许多缺，一个轮不到我？请你找找刘厚守，托他里头替我上点劲才好。”黄胖姑道：“这两年记名的道员足足有一千多个。你说你花钱，人家还有比你花钱多的在你头里，总得一个个挨下来，早晚不叫你落空就是了。”贾大少爷到此也无法想，只有在京守候。

只是黄胖姑经手的那笔十万两头，看看就要期满。黄胖姑自己不见面，每天必叫伙计前来关照一次，说：“日子一天一天的近了，请请贾大人的示，预先筹划筹划。到期之后，贾大人还了小号，小号跟手就要还给时大人的，若是误了期，小号里被时大人追起来，那是关系小号几十年的名声，不是玩的！”贾大少爷被他天天来啰嗦，实在讨厌之极，而又奈他何不得。等到满期的头一天，黄胖姑又把他用剩的几百两银子结了一结，打了一张银票，叫伙计送过来，跟手就把往来的折子要了回去，说要涂销。贾大少爷听了，这一气非同小可！急得踱来踱去，走投无路。几天里头，河南老太爷任上，以及相好的亲友那里，都打了电报去筹款。到了这日，只有一个把兄弟寄来五百两银子，也无济于事，其余各处杳无回音。真把他急得要死，恨不得找个地方躲两天才好。

到了第二天，便是该应还钱的那一天了。大清早上，黄胖姑就派了人来拿他看守住了。来看他的人，轮流回店吃饭。但是黄胖姑所派来的人，只在贾大少爷寓处静候，并不多说一句话。到得天黑，贾大少爷叫套车要出门，黄胖姑派来的人怕他要溜，也就雇了一辆车跟在他的车后头，贾大少爷到了朋友家下车进去，黄胖姑派的人也下车在门口守候，贾大少爷出来上车，他也跟着出来上车，真是一步不肯放松。等到晚上十一点钟，黄胖姑又加派两个人来，但亦是跟出跟进，并不多说一句话。贾大少爷见溜不掉，自己赶到黄胖姑铺子里想要同他商量，黄胖姑只是藏着不见面。店里别的伙计见了他也是淡淡的。贾大少爷在那里无趣，仍旧坐车回来，看守他的人也仍旧跟了回来。其时已有头两点钟了。

贾大少爷回家，刚才下车跨进大门，便见黄胖姑同了前头替他做保人的一个同乡，一个世交，一齐进来，见面也不寒暄，只是板着面孔坐着要钱。贾大少爷无法，只好左打一恭，右请一安，求黄胖姑替他担代，展限两个月。黄胖姑执定不允，说："并不是我来逼你老弟，实在我被别人逼不过。你不还我，我要还人，倘若不还，以后我京里就站不住，还想做别的买卖吗！"禁不住贾大少爷一再哀求，两个保人也再三替他说法，黄胖姑连着两个保人都一家埋怨一顿。

看看闹到天快亮了，黄胖姑见他实在无法，便道："两个月太远，小店里耽搁不起。既然你们二位作保，我就再宽他一个月。但是现在利钱很重，至少总得再加二分，共是四分五厘利息。"贾大少爷无奈，只得应允，又立了字据，由中人画了押，交给了黄胖姑。贾大少爷又说："京里无可生法，总得自己往河南去走一遭。"黄胖姑也明晓得他出京方有生路，面子上却不答应，说："你这一走，我的钱问谁要呢？"后来仍由两个保人出主意，请黄胖姑派一个人，两个保人当中一个留京，一个跟他到河南取银子，言明后天就动身。黄胖姑方才答应，相辞回去。

欲知后事如何，且听下回分解。

第二十八回

待罪天牢有心下石　趋公郎署无意分金

做书的人一枝笔不能写两桩事，一张嘴不能说两处话，总得有个先后次序。如今暂把贾大少爷赴河南筹款一事搁下慢表，再把借十万银子与他的那个时筱仁重提一提。

且说时筱仁自从拿十万银子交给黄胖姑生息之后，一个月倒很得几百两银子的利息。他此时因为躲避风头，不敢出面，既不拜客，亦不应酬，倒也用度甚省，每月很可多余几文。黄胖姑同贾大少爷虽然打了三个月的期限，他同黄胖姑却是能够多放一天便多得一天利息。只要黄胖姑不来退还他，他此时没有正用，决计不来讨回的。但是他的为人，原是功名热中的人，自己虽没有到广西同土匪打仗，靠了上代的交情，居然也保举到一个候补知府。这番上京引见，带了十几万银子进来，又想谋干，又想过班。正在兴头的时候，忽被都老爷一连参了几本，说他的那个原保大臣舒军门克扣军饷，纵兵为匪，误剿良民，捏报胜仗以及滥保匪类，浮开报销，……足足参有二十多款。朝廷得奏，龙心大怒，立刻下了一道旨意，叫两广总督按照所参各款，查明复奏，不得徇隐。齐巧碰着这位两广总督年少精明，勇于任事，不怕招怨，竟其丝毫不为隐瞒，一齐和盘托出，奏了上去。上头说他"溺职辜恩"，"养痈贻患"，立刻降旨将他革职，拿解来京，交与刑部治罪。广西防务另派别人接办。时筱仁因为原参折内有滥保一条，恐干查究，就是查不出，倘若在京闹的声名大了，亦怕都老爷没有事情之时拿他填空，总为不妙。黑八哥一干人也劝他，叫他暂时匿迹销声，等避过风头再作道理，这也是照应他的意思。

有天外边传说舒军门①业已押解来京，送交刑部，当由刑部签掣山西司审讯。听说已经问过一堂，收入天牢之内。时筱仁当初保此官时，原是靠着上代交情，自己却未见过那舒军门一面。自从舒军门解交刑部之后，

① 军门——提督的尊称。

虽然亦有几个受过他的恩惠的人前去看他，同他招呼一切，时筱仁因彼此素昧生平，也乐得装作不知，求免拖累。

单说这位舒军门历年带兵，在广西边界上克扣的军饷，每年足有一百万。无奈他交游极广，应酬又大。京官老爷们每年总得他头二十万银子，大家分润。至于里头的什么总管太监、军机大臣，以及各项御前有差使的人，至少一年也得结交三四十万。此外还有世交故旧，沾他光的也不少。所以他进款虽多，出款亦足相抵。等到革职交卸，依然是两手空空。由广西押解进京，尚在半路，业已借贷度日。门生故吏当中，有两个天良未泯的，少不得各凭良心，帮助他几个，其在一班势利小人，早已溜之大吉。舒军门是湖南衡州人。他自己历年在广西，家小却一直住在原籍。等到奉着革拿上谕，家眷立刻赶到京城。舒军门家内并无他人，只有一个太太，一个小少爷，年纪不过十二三岁。他外面用钱虽然挥霍，只因一向不大顾家，所以太太手里并不曾有甚积蓄。到京之后，住在店里，已经是当卖度日，坐吃山空。他今乃是失势之人，哪里还有人来问信。

一天舒军门押解来京，一直送交刑部，照例审过一堂，立时将他收禁。他做官做久了，岂有不懂得规矩之理？这个刑部天牢并不是空手可以进得的，况他又是阔绰惯的人，更非寻常官犯可比。当他在半路上，早已东拼西凑，凑得三千银子，专为监中打点之用。及至到监打听，才晓得现在做提牢厅的这位司官老爷是他老把兄，前任山东臬台史达仁之子，本部主事史耀全。这史耀全年年在京充当京官，亦很得这老世叔的接济不少。所以舒军门一打听是他，不禁把心宽了一大半。及至进监不多时候，史耀全便走来看他，口称："老世叔暂时委屈。老世叔平日上头圣眷很好，不过借此堵堵人家的嘴，料想不日就有恩诏，一定还要起用的。至于这里的一切事情，都有小侄招呼，请老世叔尽管宽心罢了。"舒军门听他如此说法，虽然欢喜，但是"阎王好见，小鬼难当"，老世侄虽然不要钱，还有禁卒人等，未必可以通融的。便把凑到的三千银子取出来交与史耀全，托他上下代为招呼。史耀全嘴里虽说不要，却早已伸手接了过来，顺手点了一点，大大小小的银票，一共只有三千银子。数完之后，仍旧交还了舒军门，说道："老世叔的事小侄自可效劳，何必定要这个。况且老世叔在这里头，至多不过三五日，一定就要出去的，尽管放心就是了。"说罢，扬长而去。舒军门听他说话，不觉信以为真。

列位看官：要晓得刑部羁禁官犯的所在，就在狱神堂旁边，另外有几间房子。当下史耀全去后，禁卒便把他领到一个所在，乃是三间敞厅。房子虽然轩敞，却是空空洞洞的，其中一无所有：不但睡觉的床没有，连着一张桌子、一张椅子也没有。舒军门走了进去之后，只好一个人在地下踱来踱去，连个坐处都没处寻。他老人家生平烟瘾最大，从前在大营时候，三四个差官轮流替他打烟还来不及，此时把他一个人丢在这里，不但烟具不来，而且连着铺盖亦不送进。歇了一回，烟瘾上来，直把他难过的了不得。没有进监的时候，早同手下人讲明，应用物件，无不立时送进。哪知等了三个时辰，还是杳无音信。此时他老人家的眼泪鼻涕一齐发作，渐渐地支持不住，只好暂在墙根底下权坐一回。后来等到天黑，依然不见手下人进来，便晓其中必有缘故。又拜求禁卒把个史耀全找了来，同他商议。史耀全说："小侄因为老世叔两三天就要出去的，生怕老世叔一时看不开，或者寻个自尽，小侄担当不起，所以就吩咐这屋里不准多放东西。这也是小侄一片苦心，务求老世叔原谅一二！小侄事情多，容明天再来请安罢。"说完，掉头不顾地走了。舒军门情知不妙，然又无计可施，只得罢手。此时烟瘾大发，加以饥火上蒸，更觉愁苦万状。搁下慢表。

且说舒军门由广西押解来京，手下只有一个老伴当，——现在也保举了武官——两个差官，都是在跟前当差当久了的。军门平时待他们还好，所以他三个不得不跟了军门吃这一趟苦。然而三个当中，只有一个老伴当，名唤孔长胜，一个差官，名唤王得标，这二人还肯掏出一点忠心，替军门谋干。此外还有一个差官，名唤夏武义，因他排行第十，大家都叫他夏十。他为人却与那两个不同。自从军门坏事之后，他一直就想另觅枝栖，因被孔、王两个再三相劝，方才一路同来。到京之后，也不问军门死活，把一应事务统通卸在孔、王二人身上，他却早已访亲觅友，干他自己的去了。孔、王两个奈何他不得，只好听其所为。后文再叙。

且说孔、王两个送舒军门进了刑部监，以为军门身边有三千两银票，大约上下可以敷衍，他两人便把烟具、行李收拾齐整，预备跟着送到里边。岂知走到门前，为禁卒们所阻，口称："提牢史老爷吩咐：军门所犯案情重大，既不容跟随人等进监探视，亦不准将行李、食物私相传递。倘有不遵，一概重办。"

舒军门将要进监的时候，晓得自己三千两一定不够，满腹盘算："京官当中受过我接济的人虽然不少，然而京官穷的居多，不可前去开口。至于大员当中虽然也有些用我钱的，但念我此时业已身犯重罪，死活未知，只盼他们顾念前情，肯替我在上头说一两句好话帮扶我，叫我不死，便已尽够，哪里还有向他们借贷之理。”想来想去，一筹莫展。后来忽然想到顺治门外有个开镖局的涿州卢五。这卢五从前本是马贩子出身。舒军门历年统带营头，营里用马都是他贩卖前去。营盘里的钱比别处赚的容易，他就此兴家立业，手内着实有钱。他为人又爱交朋友，最有义气。使的一手好双刀，因此江湖上又送他一个表号，叫他为“双刀卢五”。卢五从前为了一件什么案件也曾下过刑部监，后来遇赦得放。他在刑部监时，禁卒人等着实得过他的好处，因此刑部里面没有一个不晓得他的，舒军门既然想着了他，便同孔、王两个说知。

孔、王两个这日见军门进监之后，内外膜不通气，谅系人情未曾托到，一时走投无路，便急急奔到顺治门外去找双刀卢五。谁知奔到那里，卢五已于五天前头因事出京。直把他二人急得要死，恨不得哭出来。镖局里人问起根由，才晓得是舒军门派来的差官。登时镖局里的人异常殷勤，连说：“五爷几天头里就提起军门不日可到，齐巧有事，他老人家回家去了。五爷临走的时候曾经有过话，倘或军门到京，短了一万、八千使费，尽管来取……又叫局里伙计们帮着招呼。”说罢，便吩咐备饭，款待二位。孔、王两个道：“现在不拘你们哪一位赶紧帮着到部里替军门招呼招呼就够了！军门从午刻进监，到如今鸦片烟还没送进去，不晓得在里边怎样吃苦哩！”卢五的伙计一听这话，便有一个瘦长条子挺身而出，道：“既然如此，我陪二位一同前去。”说罢，便到后面牵出一匹马。孔、王两个自有牲口。当时三人同时上马，一个辔头到得刑部监。这卢五的伙计名唤耿二，本是卢五结义的朋友。卢五那年犯案下刑部监，一应都是耿二替他跑腿。

当下刑部监里的人一见是他，一齐赶着叫“二爷”。耿二道：“现在舒军门舒大人到这里，诸位有什么说话，一齐在小弟身上。舒大人虽然带了这多年的营头，但他是个清官，诸位得原谅他一二！”一干人道：“二爷一句话，比一万两银子还重！二爷到这里，不用吩咐，我们一齐明白。不过提牢老爷跟前，须得二爷自己去同他言明一声。现在的事情倒不是我们下头为难。”耿二便问：“提牢是哪一位老爷？”众人说：“是史耀全史老爷。”耿二说：“不认得。”当下便有一个老禁卒说：“我带你去。我先替你通报,你俩好说话。”耿二应允。老禁卒果然上去同史耀全唧唧哝哝的半天,然后下来招呼耿二。

耿二见了史耀全,叫了一声“老爷”,又打了一个千。史耀全也把身子呵了一呵。史耀全听了老禁卒先入之言,心上早有了底子。耿二说不满三句,他便笑嘻嘻地说道:“舒大人没有钱,我们是世交,岂有不晓得的。但是我们这些同寅当中,当他是块肥肉,我们又是世交,我倘若拿他少了,人家一定要说我用情在他身上。真正说不出的冤枉!舒大人一进来就交给我三千票子。你想,这么大的一个衙门,加上他老人家的身份,叫我拿他这三千两派给哪一个好?幸亏你来了,这事情我们就有了商量了。”耿二道:“三千两不够,小的亦知道。但是舒大人亦是实在没有钱,各位大人跟前,少不得总求老爷替他担代一二。现在小的既求老爷替他周全,断乎不能再叫老爷为难。准定小的回去,明天再凑三千银子送过来。至于下头的这些伙计们,由小的去同他们商量,不敢再要老爷操心。”史耀全听了方才无话。但是三千两头要当天交进来。耿二说:“天已黑了,哪里去打票子?就是有现元宝也不能抬了进来,叫人看着算个什么样子呢!”复由老禁卒从中做保,准他明日一早交进,此事方才过去。

且说舒军门这日在监里足足等到二更多天,方见手下人拿了烟具、铺盖进来,犹如绝处逢生,说不尽他那种苦恼情形。当下急急开灯,先呼了十几口烟,方慢慢地问起情由。差官就把前后情形统通告诉了他。舒军门听到耿二又答应史耀全三千银子,不禁大为诧异道:“他这人还算人吗!他同我拉交情,说明不要我一个大钱!怪道我左等右等总不见你们进来,原来是嫌三千太少!既然嫌少,当时何不与我言明?一定要磨折我,这是什么道理呢?”差官道:“到了这地方还有什么道理好讲,不全是他们的世界吗?”舒军门叹了一口气。差官又说:“别的有限,倒是这一罐子鸦片烟可就值了钱了。”军门问:“多少?”差官回:“一应上下,都是卢五的伙计耿二担在身上,也不晓得是多少。但是这罐鸦片烟拿进来,另外是三百两。”舒军门听了吐舌头。自此以后,舒军门的差官便时常进监探望,送东西,一应使费都是卢五局里担付。过了几天,卢五回京,又亲自进监问候。不在话下。

目下再说时筱仁时太守因为舒军门获咎,暂避风头,不敢出面。他生平最是趋炎附势的,如何肯销声匿迹。如今接连把他闷了好几个月,直把他急得要死,心想:“我这个人总得想个出头之日方好!”

合当有事:舒军门押解到京,收入刑部。太太闻信,亦来探望。三个差官晓得太太已从原籍到京,大家便搬在一块儿住,以便商量办事。家里的人都晓得军门外面交情很不少。孔、王两个又趁进监探望的时候细问军门,某人有什么交情,某处有银钱来往,一一问明,以便代为设法。时筱仁到京已久,毕竟有晓得他的踪迹的,就将他的住处、履历,详细通知舒军门一边。军门的儿子小,一切都是孔、王两个架着太太亲自出去向人讨情。这天得知时筱仁在京,又探明这时筱仁的官乃是军门所保,一来彼此本有渊源,二来也晓得这时筱仁手头素裕,当下便由舒太太带着儿子同了孔、王两个赶到时筱仁寓处求他帮忙。时筱仁见面之后,着实拿舒太太安慰,连说:“小侄这个官儿还是军门所保,小侄饮水思源,岂有坐视之理?老伯母尽管放心!……”舒太太听他此言,以为总有照应,便也不往下说,带了儿子欣然而去。

哪知过了两天,杳无消息。不得已写上一信,差人送去,写明暂时借银五千两。谁知时筱仁接信之后,立刻回复一封信来,上说:

“小侄此番北上,只凑得引见费一千余金。原为亲老家贫,亟谋禄养;讵料军门获咎,人言藉藉,小侄转为所误。避匿至今,不特将引见费全数用完,此外复增亏累不少。若论上代交情,以及小侄知遇,极应勉力图报,聊尽寸心;无如小侄此时实系进退两难,一筹莫展。效力不周之处,伏乞格外海涵,不胜感荷”

云云。舒太太得信,大为失望,不免背后就有不满意于他的话,说他“不是无钱,明明是负义忘恩,坐视不救”。不料舒太太只顾恨骂时筱仁,旁边倒触动了一个人。你道这人是谁?就是跟着舒军门进京的差官,夏十夏武义便是。

这夏十自从跟随军门进京,一路上怨天恨人,没有一些些好声气。军门现是失势之人,也不同他计较。自从军门进了监,他镇日在寓处,除掉吃饭睡觉之外,一无事事,有时还要吃两杯酒,吃醉了借酒骂人。起先孔、王两个还将他好言相劝,后来人家一开口,他的两只眼睛已竖了起来,因此孔、王两个也就相戒不言。舒军门的太太本是个好人,更不消说得了。

这夏十京城之内也很有几个朋友。无奈同他来往的都是混混一流,晓得夏十在外边久了,一定发了大财,那些朋友起初都来想他好处,等到想不着，也就渐渐地疏远了。所以夏十自从到京，转眼已是三个月，除了这里，另外总弄不到一条出路，因此便闷闷在家，也不出去。这两日无意之中晓得军门太太去找时筱仁，偶然听人说起“时筱仁官居知府，广有钱财”，他便动了“择木”之思。后来舒太太向时筱仁借钱不遂，背后骂时筱仁如何忘恩，如何负义，他一一听在耳中。忽然意有所触，于无事时向孔、王两个把时筱仁的履历、住处一一问明，等到黄昏时候，便借探友为名，一直径到时筱仁寓处，打门求见。

连日时筱仁正为舒军门信息不好，朝廷有严办的意思，他恐怕牵连，终日躲避在家，不敢出外。正在一个人自怨自艾，连说：“我有了这许多钱，早知如此，一个实缺道台都可以到手了。只为捐班不及保的体面，所以才走了他的门路。谁知如今反为所害，弄得不敢出头。今天又有人来说：这老头子在广西时节，部下兵勇暗中都与会党私通，所以都老爷才参他纵兵为匪，养痈成患。现在又有廷寄①给广西巡抚，说他手下办事的人难保无会党头目混迹在内，叫广西巡抚严密查办，务绝根株。我虽不在他手下办事，然而是他所保，不免总有人疑心我们都是一党。我今总得想个法儿，洗清身子才好，否则便是一辈子也无出头之日！……”

时筱仁正在一个人自思自想，不得主意的时候，忽然管家来回：“舒军门跟来的差官夏某人前来求见。”时筱仁一听“舒军门”三个字，还当又是来借钱的，想要回头不见。管家道：“这姓夏的说过，他虽在军门公馆里当差，此来却非为军门之事。”时筱仁听了这句，不觉得心上一动，便道：“你去领他进来。”霎时夏武义进来，叩头请安。时筱仁摸不着他的底细，急忙弯着腰去扶他，又像还礼又像不还地同他谦逊了一回。时筱仁叫他坐，他不敢坐，口称：“标下理当伺候大人，大人眼前哪有标下的坐位。”时筱仁还不晓得他是个什么来意，又道：“你是军门跟前的人，我也是军门保举的，我们自己一家人，你还同我闹这个吗？”夏十听了，方斜签着身子坐下。当下言来语去，无非一派寒暄之词。两人虽都有心，然而谁摸不着谁的心思，总觉得不便造次。

后来还是时筱仁熬不住，先试探一句道：“这两天军门的信息很不

---

① 廷寄——皇帝的机密谕旨，由军机处加封，交兵部捷报处发交驿站驰递外省，称为廷寄。

好,你晓得不晓得?”夏十道:“说是亦听见人家说起,但是上头究竟是个什么意思?依大人看起来,军门到底几时可以出来?”时筱仁道:“放出来的话,如今还说不到哩。能够不要他老人家的命,已经是他的造化。”夏十忙问道:“这话怎讲?”时筱仁便把都老爷又参,以及重派广西巡抚密查的话说了出来。夏十半天不言语。

时筱仁把身子凑前一步,道:“我请教你一桩事情。”夏十一听“请教”二字,不觉肃然起敬,忙说:“大人有话请吩咐。”时筱仁道:“我的官虽是军门所保,但是我并没有在他手下当过差使。像你是跟军门年代久了,军门所办的事究竟如何?都老爷所参的到底冤枉不冤枉?你我是自己人,私下说说不妨事的。”夏十听到此话,觉得意思近了一层,也把身子向前凑了一凑,道:“这话大人不问,标下也不敢说。论理,标下跟了他十几年,受了他老人家十几年好处,这话亦是不该应说的,但是大人是自家人,标下亦断无欺瞒大人之理。”时筱仁道:“我这里你说了不要紧的。”

夏十又叹一口气道:“唉!说起这位军门来,在广西办的事,论起他的罪名来,莫说一个头不够杀,就有十个八个头也不够杀!”时筱仁忙问:“这是怎么说?”夏十道:“国家‘养兵千日,用在一朝’,别的不要讲,这两句话是人所共知的。这位军门自从到广西的那一年,手下就有四十个营头。大人,你想,四十营头,一年要多少饷?你猜实实在在有多少人?”时筱仁道:“六七成总有。吃上三四成,也就不在少处了。”夏十道:“只有倒六折!——这也不必去说他。初到的两年,地方上平静,没有土匪,虽然只有四成人,倒也可以敷衍过去。近来四五年年成不好,遍地土匪,他老人家还是同前头一样。你说怎么办得了呢?标下听得人家说,那老爷折子上还有一句叫做什么‘纵兵为匪’,标下起先听了还不懂,到后来才明白。说他叫兵为匪,这句话是假的,但是兵匪串通一气,这句话却是实在不冤枉他。”时筱仁道:“照你说来,军门该应着实发财了,怎么如今还要借账呢?”夏十道:“钱虽赚的多,无奈做不了肉。大人,你想,光京城里面,什么军机处、内阁、六部,还有里头老公们,哪一处不要钱孝敬?东手来西手去,也不过替人家帮忙。事到如今,钱也完了,人情也没有了,还不同没有用过钱的一样。平心而论,我们军门倘若不把钱送给人用,哪里能够叫你享用到十几年,如今才出你的手呢。”

时筱仁道:“都老爷参他还有些别的事情,可确不确?他手下办事的人,到底有什么会党没有?”夏十道:“标下前后在大营顿过二十来年,有什么不晓得的。从前还是打‘长毛’,打‘捻子’的时候,营盘的人叙起来都是同乡,这里头又多半是无家无室的,故尔把同乡都当作亲人一样。因此就立下一个会,无非是有福同享,有难同当的意思。有了事情,大家可以照顾。彼此只当做哥儿兄弟看待,同拜把子的一样,并不论官职大小,亦并没有为非作歹的意思。打起仗来,一鼓作气,说声‘上前’,一齐上前,所以从前打‘长毛’,打‘捻子’屡次打赢,就是这个缘故。到后来上头一定要拿他当坏人看待。大人,你想,吃粮当兵的人有几个好的?当他坏人,他就做了坏人了。非但当他坏人,而且还要克扣他,怎么能够叫他心服呢?至于我们这位军门,他手下的人未必真有这帮人在内,有了这帮人,肯叫他如此克扣吗?广西事情一半亦是官逼民反。正经说起来,三天亦说不完。”时筱仁道:“闲话少讲。我只问都老爷所参的事情,可样样都有?”夏十道:“总而言之一句话,只有些事情都老爷摸不着,所以参的不的当。至所参的乃是带营头的通病,人人都有的。说起来哪一位统领不应该拿问,不应该正法?如今独独叫他一个人当了灾去,还算是他晦气呢!”

时筱仁道:“别的不要说,但是像你跟了军门这许多年,吃了多少苦,总望军门烈烈轰轰带你们上去,如今凭空出了这么一个岔子,真是意想不到之事。”夏十道:“军门一面不用去说他了,倒是旁人的气难受。”时筱仁道:“军门现是失势之人,你还跟了他进京,也算得赤心忠良了,怎么旁边人能够给你气受?”夏十又叹了一口气,随口编了多少假话,说孔、王二差官如何霸持,借着军门的事,如何在外头弄钱,太太又如何糊涂,连着背后骂时筱仁“忘恩负义”的话,统通说了出来。说完了,起来替时筱仁请了一个安,说:“标下情愿变牛变马,过来伺候大人,姓舒的饭一定不要吃了!”

时筱仁听了他一番言语,别的都不在意,但是他说军门还有许多事情连都老爷都不晓得,倒要问问他。“人家说我同他一党,害得我永无出头之日。如今借他做个证见,等我洗清身子也好。”主意打定,便道:“我用你的地方是有,但是你暂且不要搬到我这里来住,以免旁人耳目。你若是缺钱用,我这里不妨每月先送你几两银子使用。等到我的事情停当,咱们一块儿出京，到那时候你的事情都包在我的身上。”夏十见时筱仁应允，而且每月还先送他银子，立刻爬在地下叩头谢赏。那副感激涕零的样子，真是一言难尽。

叩头起来，时筱仁又问了许多话，无非是舒军门在广西时候的劣迹。等到夏十去后，他恐怕忘记，随手又拿纸笔录了出来。写好之后，看了又看，改了又改，整整盘算了一夜。改到一半，忽然搁笔，道：“他现在已是掉在井里的人，我怕他不死，还要放块石头下去，究于良心有亏。”想到这里，意思想要就此歇手。忽然看见桌子上一本《京报》，头一张便是验看之后分发人员的谕旨。前两个就是同自己一块儿进京的，内中还有两个同时进京，目下已经选缺出去了。时筱仁看了这个，不觉心上又为一动。又想到朋友们叫我暂时避避风头的话，“照此下去，我要躲到何年何月方有出头之日！”又一转念道：“‘识时务者为俊杰。’他本来不认得我，虽然他保举我过班，毕竟是老人家的面子。他受过老人家的好处，他保举我，只算是补老人家的情。他与我并无来往，我又何必为他耽误了自己功名。况且他在广西所做的事情，亦实实在在对不住皇上，我现在就是告发他，也不为过。”想到这里，忽又转一念，道：“我去出首，又要证见，又要对质：有了夏十，不愁没有证见，但是我何犯着同他对质呢？”想来想去，总不妥当。

于是又盘算了一回，想要找个朋友谈谈心，想：“这些朋友当中，一向只有黄胖姑、黑八哥两个遇事还算关切。我明天先找他两个商量商量再说。”主意打定，上床安置，未及睡着，天已大亮了。他恐怕误了正事，立刻起身去找黄胖姑。胖姑被他闹起，还当他是来提银子的，心上倒捏了一把汗。及至见面问起来意，时筱仁低低地同他说过，又说：“现在并不求别的，只求我自己洗清身子，好干我的事业去。”

黄胖姑踌躇了一回，道：“你要洗清身子，目下先要得罪两个人。”时筱仁请教哪两个。黄胖姑道：“里头一个黑总管，外头一个华老爷。他俩从前着实受过姓舒的孝敬，所以到如今一直还是护庇他。依他俩的意思，本来没有这回事的，都是琉璃蛋架在头里，所以才把他拿问。”时筱仁也晓得他说的琉璃蛋就是现在的徐大军机了，便问：“他怎么架在头里？”黄胖姑道：“琉璃蛋一定要办，华老爷一定不要办，他俩天天在那里为着这件事抬杠子，有天几乎打起架来。至于黑总管，听说他常常在佛爷前替军门求情,说好话,说什么'舒某人有罪,佛爷很可以革掉他的功名,叫他戴罪立功,以观后效。御史们的话,奴才不敢说他是假,然而风闻奏事,一半亦是有影无形。舒某人果然不好,为什么不在广西造反,倒乖乖地等上头拿问呢?'这都是黑大叔的话,是他侄儿亲口说给我听的。照这样儿,亏你还想出首告他。"时筱仁道:"不是这两天又被都老爷参的很不好听,有廷寄叫广西巡抚查办吗?"黄胖姑道:"你这话听哪个讲的?这班穷都①同一群疯狗似的,没有事情说了,大家一窝风打死老虎。倘碰着胆子小的,禁不起参,私底下送他们两个,也是乐得。至于廷寄查办,还不是照例文章。他的人已经进了刑部,不好提出来问他,何犯着到广西去查呢?大约又是华老爷敷衍琉璃蛋的。这些话都是人家吓你的,你当了真,又混出主意了。"

时筱仁被黄胖姑一席话说的顿口无言,心想:"到底我走哪一条路才好?现在我若是去出首,只好走徐大军机一路。但是听胖姑所讲,里头黑大叔,外面华中堂,都帮着军门这边。何以军门一出了事,八哥反叫我不要出面,避避风头?这是什么用意呢?"随又把这话详详细细地请教黄胖姑。胖姑听了哈哈一笑,顿时又收住了笑,做出一副正言厉色的样子,说道:"总而言之一句话:凡百事情,都是官小的晦气。你瞧,一省之中,督、抚被参,弄到后来还不是坏掉一两个道、府了事;道、府被参,弄到后来还不是坏掉一两个州、县、佐杂了事。舒军门的事情虽比不上这些,你也不是他手下的人,然而他总是你的原保大臣。他正在信息不好的时候,你何苦自己去碰在刀上?不要多,只要被都老爷轻轻地带上一句,你就吃不了。这无非八哥关照你的意思,有什么别的用意呢。"

时筱仁道:"八哥照应我,总得替我想个出头的路才好。"黄胖姑又哈哈笑了一声,道:"有什么出头不出头?你连'财去身安乐'一句话还不晓得吗?"时筱仁道:"我带了银子进京,为的哪回事?既然想钱,为什么不说明,叫我瘪了这两三个月呢?"黄胖姑一句话在口头没有说出,是:"早要你出,你一定不肯多出,必须逼你到这条路上来,然后你方心服情愿的多出!"但是这句话又不便向时筱仁说明,只得支吾其词道:"这不过我想

---

① 都——御史尊称为都老爷,简称都。

情度理是如此。究竟他们心上想要你多少,他们不说明,我也不会晓得。或者真心照应你,不要你钱也未可定。”时筱仁道:“胖姑,你又要自谦了。这些朋友当中,还有高明过你的?你说的话是决计不会错的。现在我也不东奔西波了,只要你肯照应我,替我出个主意。徐大人既同军门不对,他那里有什么路,你替我疏通疏通。至于八哥他叔叔,还有华中堂那里,既然都是帮着这一边的,那话自然更容易说了。”

黄胖姑此时心中其实路道早已安排停当,但是一时不肯说出,恐怕时筱仁看着事情容易。回称:“你歇两日再来候信。”至时筱仁此时心上已经明白:“华、黑两个是不妨事的,只要有银子就会说话。唯现在急于打听徐大军机这一条路,只要有人代为介绍,等我认得了这个人,彼时舒军门的事不妨见机而行,能够替他解开无事,也是我阴功积德,倘然不能,我就顺了这边放上一把火,只要徐大军机不来恨我,横竖是没有人晓得的。”主意打定,因见黄胖姑有叫他“歇两天来候信”的话,只得暂时起身相辞。又在寓中闷守了两日。

到第三天早上,又来找黄胖姑。黄胖姑便告诉他说:“人是有一个,这人是徐大军机的嫡亲同乡,而且还是师生,偏偏又是他部里的司官老爷。一天没有事,徐大军机宅子里也得去上两趟。所以徐大军机很欢喜他,有些事情都同他商量,叫他经手。但就本部而论,就有好几个差使,此外还有几处,都是吃粮不管事的。如今徐大军机跟前,除非托他疏通,更没有第二个。”时筱仁忙问:“是谁?”黄胖姑便说出王博高来。又道:“这位王公,宦途着实得意得很。新近又被顺天府辛大京兆保荐了人材,召见过一次。他的头又会钻,不晓得怎么,弄的军机处几位都同他合式起来。召见的那一天,佛爷问军机给他点什么好处。军机拟了三条旨意。佛爷圈了头一条,是‘免补主事,以员外郎升用’,目下有缺就是他的了。我们也是新近为着别人家一件事相识起来的。但是他的为人,明送是不肯受的;只好说是你要拜徐大军机的门,一切贽见、门包,总共多少银子,统通拜托了他,托他替你去包办。他外面做的却是方正的了不得,你交给他几千银子,他事情办完之后,一定要开一篇细账,不拘十两、八两,五钱、六钱,多少总要还你点,以明无欺。你不必另外送他,他也尽够的了。我现在把这个人说给你。你果然要办这一手,我们就去办了来。”时筱仁道:“银子呢?”黄胖姑道:“十万头非预先说明,一时提不出。你要银子用,我替你借,你认利钱就是了。”时筱仁明晓得他无非又要借此敲他的重利,然而事已至此,也只好听其所为。当下只得满口应允,连称“费心感谢”不置,“一切准照老兄吩咐的办理”。

于是胖姑留他吃过中饭,一同出门,找到博高新搬的房子。家人通报,博高出来。彼此见礼之后,尚未归座,博高忽拉胖姑到一旁,咕咕哝哝了一回。胖姑走过来,对了时筱仁连连拿手拍着胸脯,说道:“险呀!险呀!我们还算运气!”时筱仁急问:“怎的?”胖姑慢慢的说道:“因为你要拜徐大人的门,你那天托我之后,我跟手就来看博翁。博翁替朋友做事,那是天下第一个热心肠的人,他便当天出去替你去回徐大人,徐大人跟前倒替你说好了。谁知今天一早博翁上衙门,看见他同寅傅理堂的侄少爷傅子平,——也是本部郎中——两个人闲谈,子平就提起他亲家毕都老爷已经有个折子做好,一连参了十几个人:有的是军门手下办事的,也有得过军门保举的。听说你筱翁的名字也在内。子平同博翁要好,博翁要替你介绍去见徐大人,这话两天头里也同子平谈过,所以子平肚里有了底子。当时见他亲家有此一番举动,便拦住他亲家,叫他不要动手,三日之后复音。子平今日到衙门,会见了博翁,就告诉了博翁。博翁也托他去拦住他的亲家,说:‘大家哪里不结交一个朋友,有话彼此可以商量。’博翁晓得你今朝要来,所以约子平一准后天给他回音,叫他亲家折子千万不要出去。刚刚博翁同我讲的就是这个话。”

时筱仁听了这个话,一时不得主意,便请黄胖姑及王博高两个替他斟酌办理。当下论定:拜徐大军机的门,贽见连上下包,一共五千银子,统通交给王博高经手,将来共用若干,等事情过后,再由王博高开出账来。傅子平的亲家毕都老爷那里先送三百两。傅子平经手,送五十两。说到这里,王博高便吩咐管家到隔壁把傅老爷请过来。霎时来了,穿的甚是破旧。彼此见面一揖之后,也不及动问姓名,王博高便把他拉到一旁,鬼鬼祟祟了半天,那人便起身告辞。只听得王博高说了声:“等会四数统由兄弟交过来”。那人道:“舍亲那里有兄弟,请放心就是了。”说罢自去。这里时筱仁见事情已办得千妥万当,便亦起身告辞,同到黄胖姑店里,把借银子的笔据写好。黄胖姑又跟手替他把银票送到王博高宅中。博高接着,就叫人在隔壁把个傅子平找来。

诸公要晓得,隔壁这位傅子平虽然姓傅,何尝是浙江巡抚傅理堂的侄儿！不过说是傅某人的侄儿，人家格外相信些。至于他的官，却实实在在是个郎中。京城里的穷司员比狗还多，候补到胡子白尚不得一差一缺的不计其数，这位傅子平正吃了这个苦处。因他认得王博高，又是新邻居，所以时时刻刻来告帮。齐巧这天有了时筱仁的事情，王博高要假撇清，随借他用了一用，做了一个证见。等到王博高银子到手，只叫人送过来四两。然而在他已经饿了好几天，穷的当卖俱无，虽只区区四金，倒也不无小补，又可以苛延残喘得好几日了。这正是当京官的苦处。要知后事如何，且听下回分解。

第二十九回

傻道台访艳秦淮河　阔统领宴宾番菜馆

却说时筱仁自从结交了王博高，得拜在徐大军机门下。徐大军机本来是最恨舒军门的，屡次三番请上头拿他正法。无奈上头天恩高厚，不肯轻易加罪大臣，又加以外面华老爷，里面黑大叔，替他一力斡旋，所以但把他羁禁在刑部天牢，从缓发落。徐大军机因扳他不动，心上自不免格外生气。不但深恨舒军门，连着舒军门保举的人亦一块儿不喜欢。只要人提起这人是舒某人保过的，或者是在广西当过差的，他都拿他当坏人看待。此番时筱仁幸亏走了王博高的路。博高是徐大人得意门生，晓得老师脾气，预先进去替时筱仁说了多少话，又道："时某人虽是舒某人所保，但时某人着实漂亮，有能耐，而且并没有在广西当过差使。"徐大军机一听是舒某人所保，任你说的如何天花乱坠，心上已有三分不愿意。后来又亏得王博高把时筱仁的贽见呈了进来，徐大军机一看，数目却比别的门生不同，因此方转嗔为喜，解释前嫌，不向他再追究前事了。黄胖姑又趁这个挡口劝时筱仁在华、黑二位面前大大地送了两份礼，一处见了一面。从此这时筱仁赛如拨云雾而见青天，在京城里面着实有点声光，不像从前的销声匿迹了。

时筱仁又托黄胖姑替他捐过了班。他生平志向很不小，意思想弄一个人拿他保荐使才，充当一任出使大臣，以为后来升官地步。主意打定，先去请教老师徐大军机。无奈琉璃蛋生平为人，到处总是净光的滑，不肯担一点干系，而且又极其守旧。听了他话，连连摇头，道："不妥，不妥！做出使大臣要到外洋，到外洋就要坐火轮船，火轮船在海里走，几天几夜不靠岸，设或闹点事情出来，那时候上天无路，入地无门，我老师救不了你。我不能救你还是小事，你家里还有妻儿老小，将来设或问我要起人来，我拿什么还他呢？我看你还是先去到省，等到历练几年，弄个送部引见，保举放任实缺做做，倒是顶稳当的一条路。老弟，你万万不可错打主意，那时悔之无及！"时筱仁道："门生本来已经指省江苏。此番到省，总求老师格外栽培,赏两封信,不要说是署缺,就是得个差使,也可以贴补贴补旅费。”徐大军机无奈,只得应允。

正是光阴似箭,日月如梭。时筱仁又在京城里面鬼混了半个多月,等把各式事情料理清楚,然后坐了火车出京。他老先生到了天津,又去禀见直隶制台①。这位制台是在旗,很讲究玩耍的。因为他是别省的官,而且又有世谊,便不同他客气。等他见过出去之后,当天就叫差官拿片子到他栈房里去谢步,并且约他次日吃饭。他本想第二天趁了招商局安平轮船往上海去的,因此只得耽搁下来。

到了第二天,席面上同座的有两个京官,一个是主考,请假期满,一个是都老爷,丁艰起服,都由原籍进京过天津的。还有两个,一个客官,是才放出来的镇台,刚从北京下来,一个也是江南记名道,前去到省的。连时筱仁宾主共六个人。未曾入座,制台已替那位记名道通过姓名,时筱仁于是晓得他叫佘小观。一时酒罢三巡,菜上六道。制台便脱略形迹,问起北京情形。在制台的意思不过问问北京现在热闹不热闹,有什么新鲜事情。时筱仁尚未开口,不料佘小观错会了宗旨,又吃了两杯酒,忘其所以,竟畅谈起国事来,连连说道:“不瞒大帅说,现在的时势,实在是江河日下了!……”制台听了诧异,愣住不响,听他往底下讲。他又说道:“不要说别的,外头一位华中堂,里头一位黑总管,这他两个人无钱不要,只要有钱就是好人。有这两个人,国事还可以问吗!”这位制台从前能够实授这个缺,以及做了几多年一直太平无事,全亏华、黑二人之力居多,现在听见佘小观骂他,心上老大不高兴。停了一会,慢慢地问道:“老兄在京里可曾见过他二位?”佘小观趁着酒兴,正说得得意,听了这问,不禁叹一口气道:“‘在他檐下走,怎敢不低头!’大帅连这句俗语还不知道吗?上头纵容他们,他们才敢如此,还有什么说的!”制台是旗人,另有一副忠君爱国的心肠,一见佘小观说出这犯上的话来,连连拿话打断他的话头,怕他再说出些不中听的来,被旁人灌在耳朵里,传了进去,连自己都落不是的。

一霎时酒阑人散。时筱仁回到客栈,晓得这佘小观是自己同省同寅,而且直隶制台请他吃饭,谅来根基不浅,便想同他结识,一路同行,以便到省有得照应。谁料见面问起,佘小观还要在天津盘桓几日,恋着侯家后一

---

① 制台——清称总督为制军,尊称为制宪,别称为制台。

个相好，名字叫花小红的，不肯就走。时筱仁却因放给黄胖姑的十万头在京城里只取得一半，连过班连拜门早已用得干干净净，下余五万，胖姑给他一张汇票，叫他到南京去取。他所以急于到省，不及候佘小观了。

单说佘小观佘道台在天津一连盘桓了几日。直隶制台那里虽然早已禀辞，却只是恋着相好，不肯就走。他今天请客，明天打牌，竟其把窑子当作了公馆。后来耽搁的时候太长久了，朋友们都来相劝，说："小翁既然欢喜小红，何妨就娶了她做个姨太太呢？"哪知这佘道台的正太太非凡之凶，哪里能容他纳妾！佘道台也只是有怀莫遂，抱恨终天而已。又过了两日，捱不过了，方与花小红挥泪而别。花小红又亲自送到塘沽上火轮船，做出一副难分难舍的样子，害的佘道台格外难过。

等到轮船开出了口，就碰着了大风，霎时颠簸起来，坐立不稳。在船的人，十成之中倒有九成是呕吐的。佘道台脾虚胃弱，撑持不住，早躺下了，睡又睡不着，吃又吃不进。幸亏有花小红送的水果拿来润口。好容易熬了三天三夜，进了吴淞口，风浪渐息，他老人家挣扎起来。又停了一会，船拢码头，住了长发栈。当天歇息了一夜，没有出门。次日坐车拜了一天客。当天就有人请他吃馆子，吃大菜，吃花酒，听戏。他一概辞谢。后来被朋友亲自来拖了出去。到了席面上，叫他带局，他又不肯，面子上说："恐怕不便"，其实心上恋着天津的相好，说："她待我如此之厚，我不便辜负她！"所以迸住不叫别人。

过了两天，就坐了江裕轮船一直往南京而去。第三天大早，轮船到了下关，预先有朋友替他写信招呼，晓得他是本省的观察，下船之后，就有一爿什么局派来四名亲兵，替他搬运行李。他是湖南人，因为未带家眷，暂时先借会馆住下，随后再寻公馆。一连几天，上衙门拜客，接着同寅接风，请吃饭，整整忙了一个月方才停当。

列位看官，要晓得江南地方虽经当年"洪逆"蹂躏，幸喜克复已久，六朝金粉，不减昔日繁华。又因江南地大物博，差使很多，大非别省可比。加以从前克复金陵立功的人，尽有在这里置立房产，购买田地，以作久远之计。目下老成虽已凋谢，而一班勋旧子弟，承祖父余荫，文不能拈笔，武不能拉弓，娇生惯养，无事可为。幸遇朝廷捐例大开，上代有得元宝，只要抬了出去上兑，除掉督、抚、藩、臬例不能捐，所以一个个都捐到道台为止。倘若舍不得出钱捐，好在他们亲戚故旧各省都有，一个保举总得好几百人，只要附个名字在内，官小不要，起码亦是一位观察。至于襁褓孩提，预先捐个官放在那里，等候将来长大去做，却也不计其数。此外还有因为同乡、亲戚做总督奏调来的，亦有羡慕江南好地方，差使多，指省来的。有此数层，所以这江南道台竟愈聚愈众。

闲话少叙。却说佘小观佘道台，他父亲却也是个有名的人，曾经做过一任提督。他自己中过一个举人，本来是个候选知府。老太爷过世，朝廷眷念功勋，就赏了他个道台，已经是"特旨道"。毕竟他是孝廉出身，比众不同，平时看了几本新书，胸中老大有点学问，欢喜谈论谈论时务。有些胸无墨汁的督、抚，见他如此，便以天人相待。就有一省督、抚保举人材，把他的名字附了进去，送部引见，又交军机处记名。若论他的资格，早可以放实缺了，无奈他老人家虽是官居提督，死下来却没有什么钱。无钱花费，如何便能得缺。齐巧此时做两江总督的这一位是他同乡，同他父亲也有交情，便叫他指分江南，到省候补。

他自从到省之后，同寅当中不多几日已经很结识得几个人，不是世谊，便是乡谊。就是一无瓜葛的人，到了此时，一经拉拢，彼此亦就要好起来。所谓"臭味相投"，正是这个道理。却说他结识的几个候补道，一个姓余，号荩臣，云南人氏，现当牙厘局总办。一个姓孙，号国英，是直隶人，现充学堂总办。这两个都是甲班出身。一个姓潘，号金士，是安徽人，现当洋务局会办。一个姓唐，号六轩，是个汉军旗①人，现充保甲局会办。还有旗人叫乌额拉布，差使顶多，上头亦顶红。这五个人，连着佘小观，一共六位候补道，是常常在一起的。六个人每日下午，或从局里，或从衙门里，办完公事下来，一定要会在一处。

江南此时麻雀牌盛行，各位大人闲空无事，总借此为消遣之计。有了六个人，不论谁来凑上两个，便成两局。他们的麻雀，除掉上衙门办公事，是整日整夜打的。六人之中算余荩臣公馆顶大，又有家眷，饮食一切，无一不便，因此大众都在这余公馆会齐的时候顶多。他们打起麻雀来，至少五百块一底起码。后来他们打麻雀的名声出了，连着上头制台都知道。有天要传见唐六轩，制台便说："你们要找唐某人，不必到他自己公馆里去，只要到余荩臣那里，包你一找就到。"制台年纪大了，有些事情不能烦

---

① 汉军旗——指汉族依照满洲兵制编入汉军各旗的人。

心。生平最相信的是“养气修道”,每日总得打坐三点钟,这三点钟里头,无论谁来是不见的。空了下来,签押房后面有一间黑房,供着吕洞宾,设着乩坛,遇有疑难的事,他就要扶鸾。等到坛上判断下来,他一定要依着仙人所指示的去办。倘若没有要紧事情,他一天也要到坛好几次,与仙人谈诗为乐。一年三百六十日,日日如此,倒也乐此不疲。所以朝廷虽以三省地方叫他总制,他竟其行所无事,如同卧治①的一般。所属的官员们见他如此,也乐得逍遥自在。横竖照例公事不错,余下工夫,不是要钱便是玩女人,乐得自便私图,能够顾顾大局的有几个呢?

佘小观又有三件脾气是一世改不掉的:头一件打麻雀。自到江南,结识了余荩臣,投其所好,自然没有一天肯不打。而且他赌品甚高,输得越多心越定,脸上神色丝毫不动。又欢喜做“清一色”。所以同赌的人更拿他当财神看待。第二件讲时务。起先讲的不过是如何变法,如何改良。大人先生见他说话之间总带着些维新习气,就不免有点讨厌他。他自己已经为人所厌尚不晓得,而又没有钱内外打点,自然人家更不喜欢他了。他这个道台虽然是特旨,是记名,在京里一等等了两年多没有得缺,心上一气,于是又变为满腹牢骚,平时同人谈天,不是骂军机,就是骂督、抚。大众听了,都说他是“痰迷心窍”。因此格外不合时宜。第三件是嫖婆娘。他为人最深于情,只要同这个姑娘要好了,连自己的心都肯掏出来给人家。在京城的时候,北班子里有个叫金桂的,他俩弄上了,银子用了二千多,自己没有钱,又拉了一千多银子亏空。一个要嫁,一个要娶,赛如从盘古到如今,世界上一男一女,没有好过他俩的。谁知后来金桂又结识了一个阔人,银子又多,脸蛋儿又好,又有势力。佘道台抵他不过,于是赌气不去,并且发下重誓,说:“从今以后,再不来上当了!”在京又守了好几个月,分发出京,碰着一位老世伯帮了他一千银子。到了天津,手里有了钱,心思就活动了。人家请他吃花酒,又相与个花小红,几乎把银子用完。被朋友催不过,方才硬硬心肠同小红分手的。路过上海,因为感念小红的情义,所以没有去嫖。到了南京之后,住了两个月,寄过两件织现成花头的缎子送给小红作衣服穿。后来同寅当中亦很有人请他在秦淮河船上吃过几台花酒,他只是进着不肯带局。后来时候久了,同秦淮河钓鱼巷的女人

① 卧治——指政事清简。

渐渐熟了,不免就把思念小红的心肠淡了下来。

一天余荩臣请他在六八子家吃酒。台面上唐六轩带了一个局,佘小观见面之后,不禁陡吃一惊。原来这唐六轩唐观察为人极其和蔼可亲,见了人总是笑嘻嘻的,说起话来,一张嘴比蜜糖还甜,真正叫人听了又喜又爱。因此南京官场中就送他一个表号,叫他"糖葫芦"。这糖葫芦到省之后,一直就相与了三和堂一个姑娘,名字叫王小四子的。这王小四子原籍扬州人氏,瘦括括的一张脸,两条弯溜溜的细眉毛,一个直鼻梁,一张小嘴,高高的身材,小小的一双脚,近来南京打扮已渐渐的仿照苏州款式,梳的是圆头,前面亦有一寸多长的前刘海。此时初秋天气,身上穿一件大袖子三尺八寸长的浅蓝竹布衫,拖拖拉拉,底下已遮过膝盖,紧与裤脚管上沿条相连,亦瞧不出穿的裤子是什么颜色了。佘道台因见她面貌很像天津的花小红,所以心上地一动。

当下王小四子走到台面上,往糖葫芦身后一坐。糖葫芦只顾低着头吃菜,未曾晓得。对面坐的是孙国英孙观察,绰号叫孙大胡子的见了王小四子,拿手指指糖葫芦,又拿手摆了两摆。王小四子误会了意,齐巧这两天糖葫芦又没有去,王小四子便打情骂俏起来,伸手把糖葫芦小辫一拖,把个糖葫芦的脑袋揿到自己怀里,举起粉嫩的手打他的嘴巴。此时糖葫芦嘴里正衔着一块荷叶卷子,一片烧鸭,嘴唇皮上油晃晃的,回头一看,见是相好来拖他,亦就撒娇撒痴,趁势把脑袋困在王小四子怀里,任凭打骂。只听得王小四子说道:"你这两天死到哪里去了?我那里一趟不来!叫你打的东西怎么样了?到底还有没有?"糖葫芦嬉皮涎脸地答道:"我不到你那里去,我到我相好的家里去!"他说的是玩话,谁知王小四子倒认以为真。立刻眉毛一竖,面孔一板,说道:"我早晓得我仰攀你大人不上!那个姑娘不比我长的俊!你要同别人'结线头'①,你又何必再来带我呢!"一头说话,那副神形就要掉下泪来,慌忙又拿手帕子去擦。糖葫芦只是仰着脸朝着她笑。王小四子瞧着格外生气,抡起拳头,照准了头,又是两下子。打的他不由的喊"阿唷"。孙大胡子哈哈大笑道:"打不得了!再打两下子,糖葫芦就要变成'扁山楂'了!"王小四子听了这话,忽然扑哧地一笑,又赶紧合拢了嘴,做出一副怒容。佘道台见了这副神气,更觉

① 结线头——指狎客和妓女发生肉体关系。

得同花小红一式一样，毫无二致。因为她是糖葫芦带的人，不便问她芳名、住处，只得暗底下拉孙大胡子一把，想要问他。孙大胡子又只顾同糖葫芦、王小四子说话，没有听见，佘道台只得罢休。

此时王小四子、糖葫芦正扭在一处。孙大胡子见王小四子认了真，恐怕闹出笑话来，连忙劝王小四子放手："不要打了。凡百事情有我。你要怎么罚他，告诉了我，我替你做主。你倘若把他的脸打肿了，怎么叫他明天上衙门呢？这岂不是你害了他么？"王小四子道："我现在不问他别的，他许我的金镯子，有头两个月了，问问还没有打好。我晓得的，一定送给别个相好了！"糖葫芦道："真正冤枉！我为着南京的样子不好，特地写信到上海托朋友替我打一付。前个月有信来，说是打的八两三钱七分重。后首等等不来，我又写信去问，还没有接到回信。昨儿来了一个上海朋友，说起这付镯子，那个朋友已经自己留下送给相好了，现在替我重打，包管一礼拜准定寄来。如果没有，加倍罚我！"王小四子道："孙大人，请你做个证见。一礼拜没有，加倍罚他！前头打的是八两三钱七分重，加一倍，要十六两七钱四了。"

孙大胡子正要回言，不提防他的胡子又长又多，他的相好双喜坐在旁边无事，嫌他胡子不好看，却替他把左边的一半分为三绺，辫成功一条辫子。孙大胡子的胡子是一向被相好玩惯的，起初并不在意，后来因为要站起来去拉糖葫芦，不料被双喜拉住不放，低头一看，才晓得变成一条辫子。把他气得开不出口。歇了一回，说道："真正你们这些人会淘气！没有东西玩了，玩我的胡子！"双喜道："一团毛围在嘴上，像个刺猬似的，真正难看，所以替你辫起来，让你清爽清爽，还不好？"孙大胡子道："你嫌我不好看！你不晓得我这个大胡子是上过东洋新闻纸，天下闻名的，没有人嫌我不好。你嫌我不好，真正岂有此理！"

说着，有人来招呼王小四子、双喜到刘河厅去出局，于是二人匆匆告假而去。佘荩臣便问："刘河厅是谁请客？"人回："羊统领羊大人请客，请的是湖北来的章统领章大人。因为章统领初到南京，没有相好，所以今天羊大人请他在刘河厅吃饭，把钓鱼巷所有的姑娘都叫了去看。"其时潘金士潘观察亦在座，听了接口道："不错，章豹臣刚刚从武昌来，听说老帅要在两江安置他一个事情。羊紫辰恐怕占了他的位子，所以竭力地拉拢他，同他拜把子。听说还托人做媒，要拿他第二位小姐许给章豹臣的大少君。

明天请章豹臣在金林春吃番菜。今儿兄弟出门出的晚，齐巧他的知单送了来，诸位都是陪客，单是没有佘小翁。想是小翁初到省，彼此还没有会过?”佘小观答应了一声“是”。其实他此时一心只恋着王小四子一个人，默默地暗想:“怎么她同花小红赛如一块印板印出来的? 可惜此人已为唐六轩所带，不然，我倒要叫叫她哩。现在且不要管她，等到散过席，拉着六轩去打茶围再讲。”

说话之间，席面上的局已经来齐，又喊先生来唱过曲子。渐渐的把菜上完，大家吃过稀饭。佘小观便把前意通知了唐六轩。这几天糖葫芦也因为公私交迫，没有到王小四子家续旧，以致台面上受了她一番埋怨，心中正抱不安，现在又趁着酒兴，一听佘小观之言，立刻应允。等到抹过了脸，除主人余荩臣还要小坐不去外，其余的各位大人，一齐相辞。走出大门，只见一并排摆着十几顶轿子，绿呢、蓝呢都有。亲兵们一齐穿着号褂，手里拿着官衔洋纱灯，还夹着些火把，点得通明透亮，好不威武! 其间孙大胡子因为太太阃令森严，不敢迟归，首先上轿，由亲兵们簇拥而去。此外也有两个先回家的，也有两个自去看相好的。只有佘小观无家无室，又无相知，便跟了糖葫芦去到王小四子家打茶围。一进了三和堂，几个男班子一齐认得唐大人的，统通站起来招呼，领到王小四子屋里。

其时王小四子出局未归。等了一回，姑娘回来了，跨进房门见了糖葫芦，一屁股就坐在他的怀里，又着实拿他打骂了一顿，一直等到糖葫芦讨了饶方才住手。王小四子因为他好几天没有来，把他脱下的长衫、马褂一齐藏起，以示不准他走的意思。又敲他明日七月初七是“乞巧日”，一定要他吃酒。糖葫芦也答应了，又面约佘小观明夜八点钟到这里来吃酒。

佘小观自从走进了房，一直呆呆地坐着，不言不语。王小四子自从进门问过了“贵姓”，敬过瓜子，转身便同糖葫芦瞎吵着玩，亦没有理会他。后来听见自鸣钟当当的敲了两声，糖葫芦急摸出表来一看，说声:“不早了;明天还有公事，我们去罢”。王小四子把眉毛一竖，眼睛一斜，道:“不准走!”糖葫芦只得嬉皮笑脸地仍旧坐下。说话间，佘小观却早把长衫、马褂穿好。王小四子一直没理他，坐着没趣，所以要走。今忽见她挽留，不觉信以为真，连忙又从身上把马褂脱了，重新坐下。这一坐又坐了一个钟头，害得糖葫芦同王小四子两个人只好陪他坐着，不得安睡。起先彼此还谈些闲话，到得后来，糖葫芦、王小四子恨他不迭，哪个还高兴理他。佘小观坐着无趣,于是又要穿马褂先走。偏偏有个不懂事的老婆子,见他要走,连忙拦住,说道:“天已快亮了,只怕轿夫已经回去了。大人何不坐一回,等到天亮了再走?”佘小观起身朝窗户外头一看,说了声“果然不早了”。糖葫芦、王小四子二人只是不理他。老婆子只是挽留。气得糖葫芦、王小四子暗底下骂:“老东西,真正可恶!”因为当着佘小观的面,又不便拿他怎样。

歇了一歇,糖葫芦在烟榻上装做困着。王小四子故意说道:“烟铺上睡着冷,不要着了凉!”于是硬把他拉起来,扶到大床上睡下。糖葫芦装作不知,任她摆布。等到扶上大床,王小四子便亦没有下来。佘小观一人觉得乏味,而又瞌铳上来,便在糖葫芦所躺的地方睡下了。毕竟夜深人倦,不多时便已鼻息如雷。起先挽留他的那个老婆子还说:“现在已经交秋,寒气是受不得的,受了寒气,秋天要打疟疾的。”一头说,一头想去找条毯子给他盖。谁知王小四子在大床上还没有睡着,骂老婆子道:“他病他的,管你什么事!他又不是你哪一门子的亲人,要你顾恋他做什么!”老婆子捱了一顿骂,便蹑手蹑脚地出去,自去睡觉了。

却说屋里三个人一直睡到第二天七点钟。头一个佘小观先醒,睁眼一看,看见太阳已经晒在身上,不能再睡,便一骨碌爬起,披好马褂,竟独自拔关而去。此时男女班子亦有几个起来的,留他洗脸吃点心,一概摇头,只见他匆匆出门,唤了辆东洋车,一直回公馆去了。这里糖葫芦不久亦即起身。因为现在这位制台大人相信修道,近来又添了功课,每日清晨定要在吕祖面前跪了一枝香方才出来会客,所以各位司、道以及所属官员挨到九点钟上院,还不算晚。当下糖葫芦轿班、跟人到来,也不及回公馆,就在三和堂换了衣帽,一直坐了轿子上院。走到官厅上,会见了各位司、道大人。昨儿同席的几个统通到齐,佘小观也早来了。

此时还穿着纱袍褂,是不戴领子的。有几个同寅望着他好笑。大家奇怪。及至问及所以,那位同寅便把糖葫芦的汗衫领子一提,却原来袍子衬衣里面穿的乃是一件粉红汗衫,也不知是几时同相好换错的。大家俱哈哈一笑。糖葫芦不以为奇,反觉得意。

正闹着,齐巧余荩臣出去解手,走进来松去扣带,提起衣裳,两只手重行在那里扎裤腰带。孙大胡子眼尖,忙问:“余荩翁,你腰里是条什么带子?怎么花花绿绿的?”大众又赶上前去一看,谁知竟是一条女人家结的汗巾,大约亦是同相好换错的。余荩臣自己瞧着亦觉好笑。等把裤子扎好,巡捕已经出来招呼。几个有差使的红道台跟了藩司,盐、粮二道一齐上去禀见,照例谈了几句公事。制台发话道:“兄弟昨儿晚上很蒙老祖奖励,说兄弟居官清正,修道诚心,已把兄弟收在弟子之列。老祖的意思还要托兄弟替他再找两位仙童,以便朝晚在坛伺候。有一位是在下关开杂货铺的,这人很孝顺父母,老祖晓得他的名字,就在坛上批了下来,吩咐兄弟立刻去把这人唤到。兄弟今天五更头就叫戈什按照老祖所指示的方向,居然一找找着。如今已在坛前,蒙老祖封他为‘净水仙童’。什么叫做净水仙童呢?只因老祖跟前一向有两个童子是不离左右的:一个手捧花瓶,一个手拿拂帚。拿花瓶的,瓶内满贮清水,设遇天干不雨,只要老祖把瓶里的水滴上一滴,这江南一省就统通有了雨了。佛经上说的‘杨枝一滴,洒遍大千’,正是这个道理。”制台说到这里,有一位候补道插嘴道:“这个职道晓得的,是观音大士的故典。”制台道:“你别管他是观音是吕祖,成仙成佛都是一样。佛爷、仙爷修成了都在天上,他俩的道行看来是差不多的。但是现在捧花瓶的一位有了,还差一位拿拂帚的。这位仙童倒很不好找呢!”说到这里,举眼把各位司、道大人周围一个个的看过来,看到孙大胡子,便道:“孙大哥,兄弟看你这一嘴好胡子,飘飘有神仙之概,又合了古人‘童颜鹤发’的一句话,我看你倒着实有点根基。等我到老祖面前保举你一下子,等他封你为‘拂尘仙童’。也不用候补了,我们天天在一块儿跟着老祖学道,学成了一同升天。你道可好?”

孙大胡子是天天打麻雀,嫖姑娘,玩惯了的,而且公馆里太太又凶,不能一天不回去,如何能当这苦差!听了制台的吩咐,想了一会,吞吞吐吐地回道:“实不瞒大帅说:职道虽然上了年纪,但是根基浅薄,尘根未断,恐怕不能胜任这个差使,还求大帅另简贤能罢。”制台听了,似有不悦之意,也愣了一会,说道:“你有了这么一把胡子,还说尘根未断,你叫我委哪一个呢?”说罢,甚觉踌躇。再仔细观看别位候补道,不是烟气冲天,就是色欲过度,又实实在在无人可委。只得端茶送客。走出大堂,孙大胡子把头上的汗一摸,道:“险呀!今天若是答应了他,还能够去扰羊紫辰的金林春吗!”说罢,各自上轿,也不及回公馆脱衣服,径奔金林春而来。其时主人羊紫辰同特客章豹臣,还有几位陪客,一齐在那里了。

羊紫辰本来说是这天晚上请吃番菜的。因为这天是“乞巧日”,南京钓鱼巷规矩,到了这一天,个个姑娘屋里都得有酒,有了酒,才算有面子。章豹臣昨天晚上在刘河厅选中了一个姑娘,是韩起发家的,名字叫小金红,当夜就到她家去“结线头”。章统领是阔人,少了拿不出手。羊统领替他代付了一百二十块洋钱。第二天统领吩咐预备一桌满汉酒席,又叫了戴老四的洋派船,一来应酬相好,二来谢媒人,三来请朋友。戴老四的船已经有人预先定去,因为章统领一定指名要,羊统领只得叫他回复前途。戴老四不愿意。羊统领发脾气,要叫县里封他的船,还要送他到县里办他。戴老四无奈允了。

是日各位候补道大人,凡是与钓鱼巷姑娘有相好的,一齐都有台面,就是羊统领自己也要应酬相好,所以特地把金林春一局改早,以便腾出工夫好做别事。当下主客到齐,一共也有十来位。主人叫细崽让各位大人点菜。合席只有孙大胡子吃量顶好,一点点了十二三样。席间各人又把自己的相好叫了来。这天不比往日,凡有来的局,大约只坐一坐就告假走了。羊统领见章豹臣新相知小金红也要走,便朝着她努努嘴,叫她再多坐一会儿。小金红果然末了一个去的。章豹臣非凡得意,大众都朝他恭喜。

说话间,各人点的菜都已上齐。问问孙大胡子,才吃得一小半,还有六七样没有来。于是叫细崽去催菜,细崽答应着去了。席面上,乌额拉布乌道台晓得这爿番菜馆是羊统领的大老板,孙大胡子及余荩臣一干人亦都有股份在内,便说笑话道:“国翁,你少吃些,多吃了羊大人要心疼的。”羊统领道:“你让他吃罢,横竖是‘蜻蜓吃尾巴’,多吃了他自己也有分的。”章豹臣道:“原来这爿番菜馆就是诸位的主人,生意是一定发财的了?”羊紫辰道:“也不过玩玩罢了,哪里就能够靠着这个发财呢。”

正说着,窗户外头河下一只“七板子”①,坐着一位小姑娘,听见里面热闹,便把船紧靠栏杆,用手把着栏杆朝里一望,一见羊大人坐了主位在那里请客,便提高嗓子叫了一声“干爷”。羊紫辰亦逼紧喉咙答应了一声“嗳”。大家一齐笑起来。章豹臣道:“我倒不晓得羊大人有这么一位好令爱。早晓得你有这么一位好令爱,我情愿做你的女婿了。”糖葫芦也接口道:“不但章大人愿意,就是我们谁不愿意做羊大人女婿呢。”羊紫辰道:“我的女儿有了你们这些好女婿,真要把我乐死了!”说着,那个小姑

① 七板子——一种有篷而船外无走沿的船。

娘已经在他身旁坐下了。

大家又鬼混了一阵。孙大胡子点的菜亦已吃完。只因今日应酬多，大家不敢耽误。差官们进来请示："还是坐轿去坐船去？"其时戴老四的船已经撑到金林春窗外，章豹臣便让众位大人上船。正闹着，章豹臣新结的线头小金红亦回来了。当天章豹臣在席面上又赏识了一个姑娘，名字叫做大乔。这大乔见章豹臣挥霍甚豪，晓得他一定是个阔老，便用尽心机，拿他十二分巴结。章豹臣亦非常之喜。小金红坐在一旁，瞧着甚不高兴。这一席酒定价是五十块，加开销三十块，戴老四的船价一天是十块，章豹臣还要另外赏犒，一齐有一百多块。章豹臣的席面散后，接着孙大胡子、余荩臣、糖葫芦、羊紫辰、乌额拉布统通有酒。虽说一处处都是草草了事，然从两点钟吃起，吃了六七台，等到吃完，已是半夜里三点钟了。孙大胡子怕太太，仍旧头一个回去。

章豹臣赏识了大乔，吃到三点钟，便假装吃醉，说了声"失陪"，一直到大乔家去了。这夜大乔异常之忙，等到第二天大天白亮才回来。章豹臣会着，自然异常恩爱，问长问短。大乔就把自己的身世统通告诉了他。到底做统领的人，银钱来的容易，第二天就托羊紫辰同鸨儿说："章大人要替大乔赎身。"鸨儿听得人说，也晓得章大人的来历非同小可，况且又是羊统领的吩咐，敢道得一个"不"字！当天定议，共总一千块钱。章豹臣自己挖腰包付给了他。大乔自然分外感激章大人不尽。

又混了两天，章豹臣奉到上头公事，派他到别处出差，约摸一时不得回来。动身的头一天，叫差官拿着洋钱一家家去开销。他叫的局本来多，连他自己还记不清楚。差官一家家去问。谁知问到东，东家说："章大人的局包，羊大人已经开销了。"问到西，西家说："章大人的账，羊大人已经代惠了。"后来接连问了几处，都是如此。连小金红"结线头"的钱亦是羊大人的东道。差官无奈，只得回家据情禀知章豹臣。章豹臣道："别的钱他替我付，我可以不同他客气，怎么好叫他替我出嫖帐呢？这个钱都要他出，岂不是我玩了他家的人吗？"说罢，哈哈大笑。后来章豹臣要拿这钱算还羊紫辰。羊紫辰执定不肯收，说道："这几个钱算什么？连这一点点还不赏脸，便是瞧不起兄弟了。"章豹臣听他如此说法，只得罢手。只因这一闹，直闹得南京城里声名洋溢，没有一个不晓得的。要知后事如何，且听下回分解。

第 三 十 回

认娘舅当场露马脚　饰娇女背地结鸳盟

话说羊紫辰羊统领本是别省的一位实缺镇台，只因他本缺十分清苦，便走了门路，由两江总督出奏，奏留他在南京统带防营。这便是上头有心调剂他。自从接事之后，因见地方平静，所有的兵丁大半是吃粮不管事。他的前任已经有两成缺额，到他接手便借裁汰老弱为名，又一去去了两三成。却是旧的虽去，新的却没有补进一个。歇上三年，制台阅操一次，有的是临时招人，有的还是前后接应。怎么叫做“前后接应”呢？譬如一营之中本是五百个人，他倒吃了三百名的额子，实实在在只有二百个人。等到制台阅操的时候，前头一排点过名，赶紧退了下来，改换衣服军械，跟着后头的人再上去应名。如此一排排的上来下去，轮流倒换，不要说是一营五百人他吃三百个，就是再吃多些，有此妙法，也容易弥补。况且制台年纪大了，又要修道养心，大半是派营务处上的道台替他校阅。这般营务处上的人，哪一个不是羊统领的朋友，天天吃花酒，嫖婊子，同在一处玩惯了的？等到派了这个差使下来，并不要羊统领前去嘱托，他们早已彼此心照，马马虎虎，把制台敷衍过去就算了事。统领如此，营官自然亦是如此。调换营官更是统领一件生财之道：倘然出了一个缺，一定预先就有人钻门路，送银子。不是走姨太太的门路，就得走天天同统领在一块儿玩的人的门路，甚至于统领的相好，什么私门子，钓鱼巷的婊子，这种门路亦都有人走。统领是非钱不行，替他经手过付的人所赚的钱亦都不在少处。

闲话休题。且说归羊统领管辖的什么护军正营、护军副营、新兵营、常备军、续备军，一共有好几个名目。每一营之中，有营官，有哨官。营官都是记名提、镇，哨官则自副、参、游以下以至千、把、外委都有在内。

其时有一个在江阴带炮划子的哨官，据他自己说是一个副将衔的游击，就是人家谈起来，说他的官亦并不是假的。他在江阴炮船上当了两年零三个月的差使，因为克扣兵饷，被上头查了出来，拿他的差使撤去，他就跑到南京来另觅生路。

却说这人姓冒,名字叫得官,本来是在江北泰兴县跟官当长随的。后来攒聚了几十吊钱。有天为着做错了一件事,被主人将他骂了一顿,正在闷极无聊的时候,便到烟馆里吃烟。合该他官星透露。其时正值江南裁撤营头,所有前头打“长毛”得过保举的人一齐歇了下来,谋生无路。很有些提、镇、副、参,个个弄到穷极不堪,便拿了饬知、奖札沿门兜卖。这时候只要有人出上百十吊钱,便可得个一二品的功名,亦要算得不值钱了。这日冒得官走到烟馆里面,值堂的是认得他的,连忙让出一张烟铺,请冒大爷这边来坐。冒得官有事在心,闷闷不乐,便没精打采地躺了下去。值堂的又赶过来替他烧烟。抽不上三四口,忽然烟榻前来了一个彪形大汉,虽然是面目黧黑,形容枯槁,却显出一副雄赳赳、气昂昂的神情。冒得官亦不理他。值堂的见了,倒摆出满脸的悻悻之色,朝他哼儿哈儿的赶他走开。只听得那人叹一口气道:“你不要朝着我这个样儿!我也不是什么好欺负的!你认得我是谁?你们江南若是没有我们,你们哪里来的这种好日子过呢!不过是我运气不好,以至落拓到这步田地。如果要讲起身份来,不要说是你一个做跑堂的算得什么,就是泰兴县县大老爷,比比顶子,要比我差着好几级呢!”值堂的见他出言无状,便把眉毛一竖,眼皮一掀,一骨碌爬起,想要动手赶他走开。谁知那大汉哈哈大笑。值堂的非但推他不动,反被大汉摔了一个筋斗。值堂的气得了不得,愤愤地要出去叫地保。大汉冷笑道:“我正苦没有饭吃,这个样儿又见不得官。你今送我前去,好好好,我就跟了你去。见了你们大老爷,只要他肯把我收留下来,等我吃两天饱饭,省得在外头挨饿,我就感激不尽了!”值堂的见他如此,更是火上添油。

这些话冒得官都听得明明白白,心上甚是诧异。暗想:“此人必定有点来历。”又看他的样子,决不是等闲之辈。便叫值堂的:“不要同他多讲,等我问他。”一面说,一面把烟枪一丢,坐了起来,慢慢地问他:“你贵姓?听你口音不像本地人氏,怎么会到得此地来的?”那大汉见冒得官说话讲理,便亦改换了一副神情,先叹了一口气道:“一言难尽!”冒得官又让他在烟榻前一张杌子上坐了。谁知这大汉后头还跟着一个人。冒得官问是谁,那大汉回称是他外甥。冒得官并不在意。那大汉坐定之后,自己说了姓名:“是湖南人氏。从前打‘长毛’,身当前敌,克复城池,后来叙功,历保至花翎副将衔,尽先候补游击。”当时保虽保了,等到平定之后,哪里有这些缺安置他们。记名提、镇能够借补个游击、都司,已经是十不获一,何况是内无奥援,外无帮助,一旦裁撤归农,无家可归,焉有不流落之理。"在营盘的时候,大注钱财也曾在手里经过;无奈彼时心高气傲,挥金如土,直把钱财看得不当东西。就是出营之后,身边也还带得几文;有的是坐吃山空,有的是同人合股做个小买卖,到得后来亦总是关门。即以在下而论:正坐着这个毛病。一身之外,除掉两件破旧衣裳,还有几张破纸头,便是当年所得的奖札、饬知了。这种破纸头,饥不可为食,寒不可为衣,真正穷到极处!可惜这个东西没得人要;如有人要,我情愿得几文钱就卖了它。"冒得官听到这里,不觉心上一动,便问:"你这东西带在身边没有?"那大汉道:"我孑然一身,无家无室,又无行李,除掉带在身边,更把它放在何处。"冒得官道:"你拿出来我瞧瞧。"那大汉正在解衣取出之时,值堂的走过来说道:"大爷,你别上他的当。他天天拿着这个到这里骗人。"大汉见值堂的打散他的买卖,抡起拳头便要打值堂的;被冒得官吆喝了值堂的两句,彼此方才罢休。

冒得官是在衙门里顿过的,认得奖札、饬知,知道不是假。此时忽动了做官之念,便问他要几多钱。那大汉起初不肯说,后来冒得官顶住问他,才说得一百五十块。禁不住冒得官再四磋磨,说明三十块钱。当天先付三块钱定洋,先拿他一个奖札,下余的约明次日两点钟仍到这爿烟馆里交割。大汉拿到洋钱,欢欣鼓舞地而去。值堂的又要问他拿扣头,大汉不肯,值堂的一定要,彼此争论起来。又幸亏冒得官呼喝了两声,方才住手。大汉已去,冒得官亦即回衙。到了次日,冒得官带了二十七块钱仍到烟馆里来交割。等得饬知、奖札统通拿到了手,冒得官揣回家中,在灯下取出观看,见饬知上的名字乃是"毛长胜"三个字,虽然名字不同,幸喜姓的声音还是一样。

过了一天,这冒得官便上去到主人跟前告假,另外走了门路,一心想去投效提标①。其时提台驻扎江阴。既有门路,自然收留,不上两个月,便委了他炮船管带。从此这冒得官便真正做了"冒得官"了。在江阴炮船上当了三年多的管带。船上不比岸上,来往的人少,一直没有人看出他的破绽。

---

① 提标——绿营兵由提督统辖的叫提标。

有日提台传令看操。许多炮划子正在操演的时候,人家当管带的一齐站在船头上指挥兵丁们,不想他老人家在舱板上滑了一脚,一滑就滑到水里去。一众兵丁慌了手脚。亏得有两个会泅水①的,脱去衣服,好容易把他捞了上来。提台在长龙船上瞧着,吩咐戈什坐了小划子过去问信,问他还有气没有。其时兵丁们已把他救起,拖过三条板凳,把他背朝上,脸朝下,悬空着伏在板凳上,好等他把嘴里喝进去的水淌出来,淌了半天,水也少了,肚子也瘪了,然后拿他抬到舱里去睡,又灌了两碗姜汤,才慢慢地回醒过来。戈什回去禀复提台。提台道:"阿弥陀佛!我心上一块石头才放下。他这个差使是某人保荐的,倘若他死了,我怎么对得住朋友呢。"

到了第二天,冒得官请了三天假,一直到第四天才上去叩谢提台,口称:"沐恩自不小心,走滑了脚,倒叫老帅操心,沐恩实在感激得很!沐恩家里还有八十岁的老娘,孩子年纪小,都不会挣饭吃。沐恩跌下去的时候,自己也还明白,肚皮里想道:'我这下子可完了!'如今总算托赖着老帅的洪福没有死,还能够来伺候老帅。所以沐恩当时就许下愿,拜三天龙王忏,超度超度水里的这些冤魂。老帅请放心,以后就没有事了。"提台道:"你跌下去的时候,我替你捏着一把汗。倘若被水淹死了,虽然是你命该如此,总要算是没于王事,我已经打算替你打咨文给制台,奏明上头,请个恤典,将来你的儿子倒可无庸多虑。现在你既未曾死,这些话也不必提它了。"冒得官又重新下了半跪,叩谢老帅的恩典。

提台又道:"你跌下去的地方,水有多么深?想来一定是浅的,所以你没有送命。"冒得官道:"回老帅的话:现在水陆营头一齐改了洋操,最讲究的是测量之学。沐恩测虽不会测,要说单是量还办得来。即以沐恩自己而论,那天跌下去的地方,大约那里的水只有五尺多深。何以见得?沐恩常常听见老一辈子的人讲:'大凡跳河自尽的人,一定是站在水里的。'那天沐恩的嘴里水都灌得进,一定这水已经没过头顶。到了第二天,沐恩又拿起靴子来一看,果然满靴的泥,可见是已经到底。沐恩穿的是三尺八寸的袍子,上头再加脑袋、顶帽,下头再加靴子,统算起来,这水

---

① 泅(qiú)水——游泳。

不过五尺多深。”提台道:“就不会六七尺吗? 你在水里哪里量得这么清楚?”冒得官凑前一步,道:“大帅明鉴:沐恩手下的那些兵丁,五尺深的水他们还敢下去,所以还救得沐恩上来,若是再深些,他们就不敢跳了。这是沐恩亲身试验的,不敢撒一字谎。大帅不信,不妨派个人去查查看,也可以显显沐恩量的到底准不准。”提台道:“你量过就是了,亦不用查得的。”说完了话,冒得官退了下来。

又过了两个月,上头调他们到别处去拿盐枭。有天晚上,满船上的人都睡着了,反被盐枭跳上了他的船,把船上的帐篷、军器拿了一个干净。他从睡梦中惊醒,提着裤子出来探望。有个盐枭照着他的脸放了一声空枪,直把他吓的跪在舱板上磕头如捣蒜,口称“大王饶命”。后来盐枭跑了,他便闹到县里去,怪地方官缉捕不力,又开了一篇假账,说共总被强盗打劫去许多东西,一定要知县认赔。知县说道:“清平世界,哪里来的强盗? 兄弟到任之后,严加整顿,窃案尚且没有,怎么会有盗案呢?”当被冒得官顶住不走,知县不得已,答应替他查办,方才走的。过了两天,又来催讨。其时知县已派人查过,晓得是盐枭所为。见了冒得官,便分辨说是盐枭,不是强盗。冒得官道:“说强盗打劫也好,说盐枭打劫也好,横竖总在你贵境里出的抢案。”知县发急道:“这倒不可以胡乱说说的。强盗是强盗,盐枭是盐枭。强盗打劫了人家,自然是地方官之事,至于盐枭,一定是怀恨你们前来报仇的。如说不是报仇而来,何以不抢岸上的居民,专抢你们河里的炮船呢? 况且你们炮船上又有兵勇,又有军器,你老哥为一船之主,又是有本事的人,怎么不去打退他们,倒反吃了他们的亏? 此乃决无之事,兄弟一定不能相信。”冒得官道:“如果是白天呢,兄弟一定同他打一仗;无奈是半夜里,一齐睡着了,所以上了他的算。”知县道:“等你睡着了他才动手,这明明是偷,怎么好说是抢呢? 地方上出了窃案,亦是兄弟的事。来啊!”跟班的答应了一声“着”。知县道:“冒大人船上失窃东西,限捕快三天替我破案,拿不到人打断他的狗腿!”跟班的答应下去。冒得官至此方无话说,只好告退。

过了两日,心还不死,又催逼知县,知县恨极了,上去求了本府。齐巧这时候新换了一个提台,本府同他有点渊源,便按照知县的话写信告诉了提台。提台新到任,正要借他立个下马威,便道:“他自己被贼偷了,还说是强盗打劫,要知县赔他东西,岂非是无赖! 就说是强盗打劫,派他出去,原是要他拿强盗,如今倒反被强盗打劫了去,他管的什么事情?这种东西要他何用!”一角公事,便撤了他的差使,另派了别人接管。他被撤之后,无颜再到江阴,所以才到南京来的。

他在炮船上的时候,亦很赚得几个钱。一到南京,便钻头觅缝地寻觅事情。就有人对他说:“现在只有羊紫辰羊统领上头的面子顶好,手下的营头又多,只要走上他的门路,弄个营官当当,那是很容易的事。然而走统领的路,还不如走他姨太太的路:统领事情多,怕有忘记;走了姨太太的路,姨太太朝晚在一旁替你加死力的催差使,又好又快,比走统领的路要好得几倍呢!”冒得官问道:“姨太太在里头,我们又见不着,怎么会巴结得上呢?”那人道:“你又呆了。要做这种事情,总得下水磨工夫。头一个离不掉门房、门口拿权的,或是戈什、差官之类,你总得先把他弄好。以后有了机会,或者是姨太太做生日了,或者是姨太太想吃什么,想穿什么,你巴结好了门口,他们就通信给你,等你去办了来。头两次你不好自己居功,要算是替他们门上的人代办的。等他们自己人先得了好处,以后你再求他们提拔提拔你。人心是肉做的,受了你的好处,总得替你说两句好话补报补报你。到这时候,一句话总抵得十句。只要姨太太跟前有他们一帮人替你说话,统领跟前又有姨太太替你说话,这事情岂有不成之理。但是你要先笼络他门口的人,不但底下要笼络,就是上房的老妈子,丫头亦得弄好。这是什么缘故呢?戈什、差官到上房是有数的,不能一天到晚守着姨太太,伺候姨太太。老妈子、丫头却是一天到晚守好了姨太太,一步不离的。姨太太又相信她们的话,所以她们说的话更比别人说得灵。”冒得官听了,心上寻思:“原来求差使有这许多经络。”连忙谢了又谢。又问:“统领跟前总得见一面才好?”那人道:“统领见不见倒不在乎此。见了统领,没有差使亦是枉然。只要到过一次,上过一回手本,做个引子,以后便好常常同他门口来往,相机行事。”冒得官连称“领教”,牢记在心。

后来如法炮制,先从门口结识起,又送了多少东西,天天跑来厮混。后来跑的时候久了,羊统领共有八个姨太太,他又打听得哪一个最得宠。遇见这一位姨太太有什么差使派了下来,他便赶着替门口上这班人去做。有时候垫了钱亦不要他们还。他办的差事,又讨好,又快当,又省钱,所以门口上这班人都同他要好的了不得。后来大家交情深了,他便把谋差的意思说了。众人俱各应允,得便就替他竭力上头去求。齐巧这日姨太太要裱糊一间房子,自己想中了一种有颜色花头的洋纸,派了多少差官去买,总办不来。就有人说给冒得官。冒得官便化了三天工夫,把个南京城里的大小洋货店,城外下关的洋行,统通跑遍,居然照样办到。差官拿进去给姨太太看了,正对意思,连夜就叫裱糊匠把房子糊好,搬了进去。不料这差官正是姨太太的红人,姨太太一见之后,就着实拿他夸奖,说他有能耐,会办事。此番这差官有心要替冒得官说好话,便说:“这纸是一个来营投效的冒某人弄得来的。南京城里城外,足足跑了三天,才弄得来孝敬姨太太的。”姨太太道:“我倒不晓得是他背地里替我出力。他是个什么功名?”差官道:“他是个副将衔的游击,在江阴带过炮船。如今没有事,所以来到这里,想要求统领赏派个差使,跑了好几个月,还没有见着呢。”姨太太道:“要差使,你为什么不来跟我说?你去关照他,叫他明天来见统领,包他见面之后就有差使。”差官出去,把话传给了冒得官。冒得官自然感激。当夜姨太太告诉了统领。有了内线,还有什么不灵的,而且他这条内线更与别人不同。

到了第二天,冒得官又来上手本。自然羊统领立刻见他,而且问长问短,着实关切,当面许他派他差使。冒得官退了下来。一等等了三天没有动静。那个差官又去同姨太太说了。姨太太太想卖弄自己的手段,便把统领请了来,撒娇撒痴把统领的胡子拉住不放,一定要统领立刻答应派冒得官一个好差使方肯放手,统领答应三天还不算,一定等统领应允当天下委札,方才放手。统领一手拿出小木梳来梳胡子,已经有好两根弄断掉了下来了。只因这位姨太太又是一向纵容惯的,因爱生惧,非但拉掉胡子不敢做声,并且立刻出来替他对付差使。无可如何,硬把护军右营的一个管带,说他“营务废弛”,登时撤掉差使,就委冒得官接管。札子写好了,用过关防,标过朱,羊统领又拿进去给姨太太瞧过了,然后交到门口。不用等到派人去送,冒得官早在外头伺候好了。立刻上来叩谢统领。统领照例敷衍了两句面子上的话,无非是“修明纪律,勤加训练”的话头。冒得官一迭连声地答应“者者”。下来又托人带他上去叩谢姨太太,姨太太却没有见。次日又办了几分重礼,把羊统领公馆里的人,上上下下,择要打点了一番,然后择了吉日去到差。

接差的头一天,照例要点卯。忽然内中有个哨官,带着水晶顶子,上来应名。冒得官看了他一眼,甚是面善,那哨官亦不住的抬头看冒得官,四目相注,彼此分明打了一个照面。当时冒得官想他不起,亦就撩开。不料这哨官却记好了他,等到事完之后,便独自一个拿了手本跑到冒得官下处求见。冒得官一看手本,知是本营的人,心里寻思道:“我今天头一天接差,他有什么事情来找我?”先回报不见,后来这哨官一定要见,只得吩咐叫他进来。

那哨官进来之后,见了营官,自然先要行还他的官礼。冒得官因为初接差,见了他格外谦和,问他有什么事情。毕竟当武官的心粗气浮,也不管跟前有人没人,开口便说:“大人,你怎么连标下都不认得了?你老的这个官,不是某年某月在某处烟馆里,俺娘舅拿你三十块钱卖给你的吗?你这个官,有人说起要值好几千银子哩。标下就是他的外甥。那天不是同在烟馆里,你还问俺娘舅,问我是谁,我娘舅说:‘他叫朱得贵,是我外甥。’怎样你老忘记了?真正是贵人多忘事了!”冒得官一见他守着众人揭破他的底细,心上这一气非同小可!立刻把脸一沉,道:“混账!胡说!我的官是张宫保保的,怎么说是你舅舅卖给我的!你是谁?你舅舅又是谁?你不要认错了人,在此胡说!快些回去!好端端的说出这种话来,岂非是无赖!再要这样的胡说,你却不要怪我翻脸是不认人的!”朱得贵还强辩道:“我何曾记错!你老左边耳朵后头有一块红记,我记得明明白白,不信你们大家来看,怎么说我胡说?我现在也不想你别的好处。但是我的娘舅上个月里得了病死了,棺材虽然有了,还寄在庙里,没有找到地方去埋他。只要你老松松手,随便拿出几个钱来,弄块地殡葬了他,你也对得住死的,我也对得住死的。以后我在这里当差,你老看我娘舅面上,能够另眼拿我看待,那是你的恩典,就是我死的娘舅在阴间里亦是感激你的。”冒得官听了,又气又恨,而又无可奈何他。只得连连冷笑,对旁边人说道:“你们听听,他这话越发胡说了!他这人想是有点痰气病,你们快些拉他出去,叫他去歇歇。”左右的人便想拖他出去。朱得贵越发怒道:“我说的是真话。我哪里来的病!你老爱帮钱就帮,不爱帮钱就不帮!天在头上,各人凭良心说话。要说你的官不是我娘舅卖给你的,割掉我的头我也不能附和你的!”冒得官见他如此的说法,不禁恼羞变怒,喝令左右:“替我赶他出去!”又说:“这个样子,明明是个疯子!明日一定撤他的差使,换派别人!”朱得贵至此亦不相让,嘴里一面嚷着回骂,一面已被众人连推带拉地拉出来了。冒得官还是恨恨不已,心上想要立刻撤掉他的差使，赶他出去。既而一想："就此撤他的事，他一定心上不服，陡然闹出些口舌是非，反于声名有碍，不如隐忍不发，朝晚找他一个错，办他一个永远不得翻身！"主意打定，便作没事人一般。

冒得官在江阴时，本有两个太太，分两下里住，一个是结发夫妻，生得一儿一女，小姐年十七岁，少爷才十一岁。那一个听说还是人家的一个"二婚头"，不知怎样，冒得官同她相与上的。冒得官到南京谋事，只带得这个二婚头同来，那个正太太同着儿女仍在江阴居住。冒得官好容易走了羊统领姨太太的门路，得了差使，便亦不忘夫妻之情，派个差官带了盘川，把他娘儿接了上来。轮船上下。甚是简便，不消三四天便已接到。另外赁的公馆，齐巧正对着羊统领公馆的后门，为的是早晚到统领公馆里请安便当之故。

闲话休题。且说大营的规矩，每逢初一、十五，营官一定要升帐约齐了手下大小将官，团团坐定，谈论一回闲话，彼此一哄而散，其名谓之"讲公事"。从前所讲的无非是些用兵之道，杀敌之方，同戏台上"取帅印"陈叔宝教导尉迟恭的话大致仿佛。到得后来，当营官的有几个懂得韬略，也不过是个具文罢了。

这天刚正初一，冒得官率领大小将官升帐坐定，才谈得一句"今天天气很好"，众人尚未接谈，不料那个朱得贵在众人中忽然挺身而出，朝着冒得官恭恭敬敬叫了一声"娘舅"，遂称："外甥在这里替娘舅请安。"冒得官不提防他有此一来，直气得目瞪口呆，面色发紫，紫里转青，很不好看。朱得贵又在人丛中拉出一个头戴暗蓝顶子的人，拿手指指他，说道："他是娘舅的把兄弟。娘舅是老把哥，他是老把弟。你俩叙叙旧。"众人举目看时，只见老把弟已经胡须雪白，老把兄不过三十多岁，这其间明明显出不对，只是顾着他营官面子，不好说破。

无奈冒得官的无明火早已按捺不住，也不管当着众人，拼命向前，扭住朱得贵拳脚交下，朱得贵亦不相让。登时两人就扭成一团。冒得官骂他："好个撒野东西！眼睛里没有上司！你这东西，我打都打得！——"叫人："替我拿军棍来！"朱得贵道："你这不要脸的东西！冒了人家的官还要打人！我就是不服你的管！你是个好的，你敢同我到统领跟前去评理！"冒得官道："就同你去！"说着，两个人就从营盘里一路拉着辫子，拉到羊统领的公馆里来；足足走了三里多路。街上看热闹的，以及营盘里跟着劝解的,少说有上千的人,一哄哄到统领门口。

其时天色尚早,统领正从钓鱼巷住夜回来,在家里睡着养神。睡梦中忽听人声嘈杂,还当是克扣了他们的军饷,他们不服,鼓噪起来,禁不住瑟瑟地抖。屡次三番叫差官出去问信。大家一看都是熟人,一齐忙和着上前劝解,却忘记回报统领。直等他俩都放了手,才有人进来把详细情形一一禀闻。统领胆子登时就硬起来,骂他二人:“都不是东西!营官不像营官!哨官不像哨官!”又骂冒得官:“当初一来的时候,我看他就有点鬼鬼祟祟!原来他这个官是假的!这倒要仔仔细细地查查!”羊统领如此说,不料旁边惊动了一个人。你道这人是谁?就是替冒得官说好话的那位姨太太了。姨太太说:“天底下样样多好假,官末怎么好假?况且他从前在别处已经当过差使,为什么从前没有人告发他?这明明是姓朱的想讹诈他。等他们出去劝劝就完了,用不着大惊小怪,要你统领自己出去。”羊统领一想,姨太太的话很有理,而且自己出去,事情反不容易落场,便亦听其自然。外面冒得官、朱得贵两个人,其时亦被众人劝住,各自回营无事。

却不料这一闹,风声竟传到制台耳朵里去。次日传见羊统领,便问起他来。羊统领已有姨太太先入之言,立刻回称没有。后来制台一定说有,要他查办。羊统领只得答应。下来先把冒得官传了来申饬了一番;又吊他从前所得的功牌、奖札、饬知,冒得官不敢隐瞒,统通呈了上去。谁知年纪竟其大相悬殊,若论他得功名的年纪,足足已有六十多岁,及看他的面貌,连四十都未满。羊统领看过,笑了一笑,心中早有成竹。也不说别的,但问得一声:“老兄本事倒不小!还没有养下来,已经替皇上家立了这许多功劳!令人可敬得很!”说完这句话,端茶送客。冒得官毕竟贼人心胆虚,一听话内有因,便涨红了脸,一句对答不上。后见统领端茶,只得退回家中,愁眉不展的终日在家里对了老婆孩子咳声叹气。

俗语说得好:“一只碗不响,两只碗丁当。”冒得官自从娶了那个二婚头,常常家里搬口舌,挑是非。其实这个二婚头一直又没有同正太太在一块儿住,无奈她心里总多嫌他娘儿几个。正太太晓得冒得官相与了这种混账女人,心上也是不高兴,同冒得官吵闹已非止一次。因此两下里的冤仇就此越结越深。

冒得官自从当了羊统领的差使,回家谈天,开口闭口总是不离“统领”两个字。统领的好处虽然是着实表扬;就是统领的不好之处,什么包婊子,相与女人,也都当作家常话说了出来。谁知言者无心,听者有意,早被那个二婚头记在肚里,待时而动。

齐巧这一天冒得官在统领前碰了钉子回家,心上没好气,开口就是骂人,一天到夜坐卧不定,茶饭无心;一个人走出走进,不是长吁,就是短叹,好像满肚皮心事似的。二婚头问他亦不响,一时摸不着头脑,后来问跟去的人,才晓得他同朱得贵的前后一本账。二婚头眉头一皱,计上心来。进得房中,先借别事开端,拿他软语温存了一番,然后慢慢地讲到:“今日之事,虽说是上头制台的意思,然而统领实在亦是想拿我们的岔儿。这桩事情权柄还在统领手里,总得想个法儿修全修全才好。”冒得官道:“我的意思何尝不是如此。但是我们初到差,哪里来的钱去交结他呢?”二婚头鼻子里嗤的一笑,道:“你们只晓得巴结上司非钱不行!”冒得官忙接嘴道:“除了钱,你还有什么法子?”二婚头道:“法子是有,只怕你未见得能够做得到,于你的事无济,我反多添一层冤家。我想想不上算,还是不说罢。”冒得官道:“我此时是一点点主意都没有了。你有主意,你说出来,我们大家商量。倘若事情弄好了,也是大家好。”二婚头道:“你别忙,待我讲给你听。你不是说的统领专在女人身上用工夫吗?”冒得官道:“不错,他在女人身上用工夫。你总不能够去陪他,好替我当面求情?”二婚头把嘴一撇道:“我不是那种混账女人!一个女人,好嫁几个男人的!”冒得官道:“你是再要清节没有,生平只嫁我一个!——现在这些闲话都不要讲,我们谈正经要紧。”二婚头把脸一板道:“倒亦不是这样讲。只要于你老爷事情有益,就苦着我的身体去干也不打紧。我听见你常提起,后营里周总爷不是先把他太太孝敬了统领才得的差使吗?只要于你老爷事情有益,这亦算不了什么大事。人家好做,我亦办得到。只可惜我是四十岁的人了,统领见了不欢喜,不如年轻的好。”

冒得官道:“这个人哪里去找呢?”二婚头道:“人是现成的,只要你拼得,光你拼得也没用,还要一个人拼得,最好亦要他本人愿意。”冒得官道:“你越说我越糊涂了。到底你说的是谁?”二婚头又故作沉吟道:“究竟权柄还在你手里。你是一家之主,说出来的话,要行就行,谁能驳回你去。”冒得官道:“你老实说罢,可急死我了!”二婚头又踌躇一回,道:“其实事情是大家之事,又不是我一人之事。我说了出来也为的是众人,并不是老爷得了好处我一个人享福。”冒得官接着又顶住她问:“所说的到底是哪一个？”二婚头至此方说道：“这件事不要来问我，你去同你令爱小姐商量。”

冒得官听了，顿口无言。二婚头道：“男大当婚，女大当嫁。人家养了姑娘，早晚总得出阁的，出阁就成了人家的人，总不能拿她当儿子看待，留在家里一辈子。既然终须出阁，做大亦是做，做小亦是做。与其配了个中等人家做大，我看不如送给一个阔人做小。她自己丰衣足食，乐得受用；就是家里的人，也好跟着沾点光。为人在世，须图实在，为这虚名上也不知误了多少人，我的眼睛里着实见过不少了。”冒得官听了摇头道：“我如今总算是三品的职分，官也不算小了，我们这种人家也不算低微了，怎么好拿女儿送给人家做小老婆呢？这句话非但太太不答应，小姐不愿意，就是我也不以为然！”二婚头见他不允，又鼻子里嗤的一笑，道：“我早晓得我这话是白说的，果不出我之所料。大家落拓大家穷，并不是我一人之事。从今以后，你们好歹都与我不相干涉，你们不必来问我，我也不来管你们的闲事！”说完，便自赌气先去睡觉去了。

冒得官也不言语，独自盘算了一夜，始终想不出一条修全的法子。慢慢地回想到二婚头的话，毕竟不错；除此之外，并没有第二条计策。于是又从床上把二婚头唤醒，称赞她的主意不错，同她商量怎样办法。此时二婚头唯恐不能报仇，一见冒得官从她之计，便亦欣然乐从，把嘴附在冒得官的耳朵上，如此如此，这般这般，传授了一个极好的办法。冒得官连连点头称“是”。

到了第二天绝早，也不及洗脸吃点心，急急奔到大太太住的公馆里敲门。手下人开了门，便一直跑到太太屋里，也不及说别的，掀开太太的帐子，问太太“鸦片烟盒子在哪里。”太太还当他起早到统领公馆里请安回来，没有过瘾，如今要鸦片烟过瘾，便说：“在抽屉里。”小姐就住在太太床背后。太太又忙唤女儿起来：“快替你爸爸打烟。”说时迟，那时快，小姐还没有下床，他这里已经从抽屉里找到烟盒子，顺手揭开盖，拿烟抹了一嘴唇，把烟盒往地下一丢，趁势咕咚一声，困在地板上，喊道：“我哪里要吃烟！我是要寻死！我死了好等你们享福！”说完这句，便四脚朝天，一声不言语了。太太、小姐一听这话，都吓得魂不附体。连忙起来看时，果然老爷吞了烟躺在地下了。

连日老爷被朱得贵讹诈以及统领当面申饬的事情，他母女亦早有风闻,都道他假官之事发作,无脸见人,所以自尽。但天下断无看着丈夫、父亲自尽不去救他的道理。于是太太、小姐慌了手脚,连哭带喊,把合公馆的人都闹了起来,一面到善堂里差人去讨药,一面拿粪给他吃,说:“大烟吃下去的工夫还少,一吐就好了。”冒得官抵死不肯吃粪。太太、小姐亲自动手,要撬开他的嘴拿粪灌下去。冒得官急了,拿手摆了两摆,挥退家里的众人,一骨碌坐起,就坐在地板上。太太、小姐也只得陪着他坐在地板上。他未曾开言,先叹一口气,停一停,说道:“我是要死的人了!但是此时鸦片烟毒还没有发出来,趁我有口气,交代你们几句话,等你们也好晓得我为什么要寻死。”太太、小姐一迭连声的催他道:“你快说呀!”冒得官拿手指指小姐道:“我为的是你呀!”太太问:“怎么为了她呢?”冒得官道:“说说我的气就上来了!我想我们现在也不是什么低微人家,可恨这位统领一定看上了她,要她!”太太道:“统领不是有太太、姨太太吗?怎么还要娶什么太太?”冒得官道:“呸!他要她做小!你想,我的脸搁在哪里去?所以想想只得寻死!这也怪我们小姐自己不好。我们前门紧对他的后门,我们这位小姐专爱站门子;他一夜到天亮,出进两次,不晓得那天被他看见了。齐巧前天姓朱的那杂种同我倒蛋,统领便借此为由,要出我的花样,撤差使、参官都不算,一定还要查办。太太,你是知道,我这官瞒不了你的。倘或查实在了,我的性命都没有!所以我想来想去,没有路走,只得走到这条路上去,一死为净!你们要一定救回我来,现在除掉把女儿孝敬统领做小,没有第二条路!你说我肯不肯!”太太、小姐听了,相对无言。

冒得官此时反有了精神,顶住太太、女儿问道:“你们还是要我自尽?还是等统领禀过制台,拿我参官拿问?论不定杀头、充军,还要看我的运气去碰!总而言之,同你们是不会再在一块儿了!”说罢,拿袖子装着擦眼泪,却不时偷瞧看女儿。太太听了这话,当时也不好说别的,一心挂念老爷要寻死,未知救得活救不活。要老爷不死,除非把女儿送给人家做小,又是心上舍不得。因此心上七上八下,也禁不住扑簌簌掉下泪来。至于小姐呢,平时爱站门子是有的,统领走出走进,也着实见过几面,又粗又蠢的一个大汉,实在心上有点不愿意,现在为了此事害的爸爸要寻死。想来想去,总怪自己命苦,所以会有这些磨难。一面想,一面哭,除哭之外,亦无别话可说。冒得官看了气闷,发急说道:“我的命根子在你们手里!

怎么说：还是要我活，要我死？”小姐一头哭，一头说道：“总是我这个祸害不好，害得爸爸要寻死！与其爸爸死，还不如等我寻个自尽罢！”说完了话，在地下拾起烟盒子就想去舐。却被太太一把抢过，说道：“一个还没有救活，怎禁得再加上你一个呢！”冒得官道：“罢罢罢！你们索性随我死，也不用来救我了！我自己养的女儿都不能救我一命，我还活在世界上做什么人呢！”小姐也说道：“罢罢罢！你们既不容我死，一定要我做人家的小老婆，只要你老人家的脸搁得下，不要说是送给统领做姨太太，就是拿我给叫花子，我敢说得一个‘不’字吗？现在我再不答应，这明明是我逼死你老人家，这个罪名我却担不起！横竖苦着我的身子去干！但愿从今以后，你老人家升官发财就是了！”

冒得官一见女儿应允，心上暗暗欢喜，便做出假欲呕吐之状，吊了几个干恶心，吐出了些白痰。太太、小姐忙着替他捶胸捶背，一面问他怎么样。只见他连连点头道：“好了，好了，如今一齐吐了出来，大约不妨事的了。”又忙爬下替女儿磕了一个头，说：“我这条老命全亏是你救的！将来我老两口子有了好处，决计不忘记你的！”小姐赶忙跪下，搀老子起来。满肚皮的委曲，只是说不出来，半天才挣得一句道：“这是女儿命里所招，也怨不得爸爸！”冒得官起来之后，在床上歇了一会，又吃了一点东西，便吩咐太太：“快把女儿收拾收拾，论不定一说妥就要过去的。”说完这两句，独自一个扬长出门而去。

走出大门，肚里寻思道：“现在这一头已经说好了，那一头还得寻人做媒。先前走的那条路，是姨太太手下的人，倘若被她晓得了，那时反好为仇，是不妥当的。后营周总爷，在统领跟前虽然也说得动话；但是他的太太也在里头，他靠着他太太得的差使，怎么还肯再把我的女儿弄进去呢。若是当面去求统领，又怕当面臊他，事情做不成，反讨一场没趣。”左右思量，都不妥当。后来忽然想到统领有个小戈什，每逢统领出来住夜，总是他拿着烟枪，跟来跟去；而且统领也很相信他的话。现在不如去走他的门路。主意已定，便去找到了他，送了几两银子，说明：“家里女孩子长的还下得去，今年刚正十七岁，常常站在大门口，料想统领是一定见过的。听说统领还要娶姨太太，我情愿把这个丫头孝敬了他。但是这个媒人我不好自己去做，所以要借重你老哥代言一声。但是也不便说出是我的女孩子，怕的是他老人家晓得了不肯来的缘故。我们知己之谈：现在我兄弟的功名在他手里。倘若他老人家不肯,我的事就要弄僵!如今且把他瞒住,等到生米煮成熟饭,他老人家也赖不到哪里去了,我的事也好说了。只要我的差使不动,我们相会的日子长着哩。"小戈什得了他的银子,自然是满口应允。但说得一句道:"你倒会爬高,索性做起他的小丈人来了!我们倒要称你一声好听的呢!"冒得官把脸一红道:"为了吃饭,也叫做没法!老哥,你就去替我说。我此刻先回到家里安排安排,预备他老人家今夜好光降。"小戈什道:"慢着!说不说由我,来不来由他,你且候我的信再办事不迟。"冒得官道:"有你吹嘘,还怕事情不成功!"说着自去了。

这里小戈什果然暗底下替他回了统领,说:"我们后门对过新搬来的一个人家,就是母女两个,听说都不怎么正经。女儿今年十七岁,长的真是头挑人才。昨儿会见她的娘,她娘说女儿大了,有什么对劲的媒人替她做做,就是给人家做小也愿意,亦不要什么身价。统领如果中意,包管一说就成;而且不消另外赁公馆,等到晚上请过去就是了。"一派话说得天花乱坠。羊统领本是个好色之徒,在后门时常出出进进,也见过这女孩子几面。虽然不及小戈什说的好,然而总要算得出色的了。如今听了他的话,不禁动了垂涎之思,坐在那里半天不言语。小戈什是摸着脾气的,晓得是已经有了意思了,便说:"沐恩此刻就去招呼她娘,统领晚上过去就是了。"说着,也就出来去找冒得官通知了。冒得官听了非常之喜,便说:"家里都已交代好了,只等晚上请他老人家赏光就是了。我在这里不便,我得到别处去躲过一夜,等明儿一早再回来。"小戈什道:"明儿一早回来做丈人,可是不是?"冒得官又把脸一红,搭讪着自去。这里小戈什也就回去转禀统领,以便晚上成其好事以后如何,且听下回分解。